레이 브래드버리

18 세계문학 단편선

레이 브래드버리

조호근 옮김

H
현대문학

차례

안개 고동
The Fog Horn

　육지에서 멀리 떨어진 차가운 바다 위에서, 매일 밤 우리는 안개가 찾아오기를 기다렸다. 마침내 안개가 찾아오는 밤이면 우리는 황동 기계에 기름을 칠하고 돌탑에 올라 안개등을 켰다. 회색 하늘의 두 마리 새가 된 기분으로, 맥던과 나는 홀로 있는 배들을 안내하기 위해 붉은색, 하얀색, 붉은색 불빛을 깜빡였다. 우리의 불빛이 그쪽에 닿지 못할 경우에는 우리의 목소리가 있었다. 너덜너덜한 안개 사이를 뚫고 울려 퍼질 때마다 갈매기들이 놀라 흩어진 카드들처럼 퍼덕이며 날아가고 파도는 높게 솟구쳐 포말을 흩날리며 부서지게 하는, 낮고 우렁차게 울리는 안개 고동 소리가.

　"꽤나 외로운 곳이기는 하지만, 이제 자네도 적응되지 않았나?" 맥던이 물었다.

"그렇네요." 내가 말했다. "아저씨가 말솜씨가 좋으신 게 다행이죠."

"뭐, 어쨌든 내일은 자네가 뭍으로 나갈 차례구먼." 그가 웃으며 대꾸했다. "숙녀분들과 춤을 추고 진을 마실 수 있겠어."

"아저씨, 여기 홀로 남으면 무슨 생각을 하세요?"

"바다의 수수께끼에 대해 생각하지." 맥던은 파이프에 불을 붙였다. 싸늘한 11월 저녁 7시 15분이었다. 난방은 켜져 있고, 안개등은 200도에 걸쳐 빛의 꼬리를 깜박이며, 높다란 탑의 목젖에서는 안개 고동이 울려 퍼지고 있었다. 해안을 따라 160킬로미터를 내려가야 가장 가까운 마을이 나오는데, 그곳에서 여기까지는 차도 별로 다니지 않고 삭막한 황야를 뚫고 바다까지 이르는 한 가닥 길이 뻗어 있을 뿐이었다. 그리고 도로가 끝나는 곳에서 우리가 있는 바위에 이르려면 3킬로미터에 이르는 차가운 물길을 건너야 했다. 지나는 배도 별로 없었다.

"바다의 수수께끼 말인데." 맥던이 생각에 잠긴 채 말했다. "자네 말이야, 바다가 세상에서 가장 큰 빌어먹을 눈송이라는 생각을 해 본 적 있나? 천 가지 형상과 색조로 변하고, 단 한 번도 같은 모습을 취하지 않지. 묘한 존재야. 몇 년 전, 한밤중에 여기에 혼자 있었던 적이 있는데, 물고기들이 죄다 여기 해안으로 몰려와서는 고개를 내밀지 않겠나. 무언가 알 수 없는 존재가 놈들을 이리로 불러들여서는, 만을 가득 메우고 몸을 떨면서 자기들 위로 붉은색, 흰색, 붉은색, 흰색으로 껌뻑이는 안개등을 바라보고 있게 만든 걸세. 불빛에 놈들의 괴상한 눈이 생생하게 보이더군. 나는 얼어붙었네. 마치 커다란 공작의 꼬리가 그곳에서 움직이고 있는 것 같았어. 자정까지 그러더니, 이윽고 놈들이 소리도 별로 내지 않고 그대로 물러가 버렸다네. 100만 마리는 좋이 될 듯한 물고기들이 전부 사라져 버린 거야. 나는 놈들이 일종의 경배 비슷한 것을 드리러 온 것이 아닌가 하고 생각한다네. 웃기는 이야기이긴 하지. 하지만 이 탑이 물고기들에게 어떻게 보일지 생각해 보게나. 20미터나 되는 거체가 수면 위에 우뚝 서서, 신의 불빛을 번쩍이며, 괴물 같은 목소리로 자신의 존재를 과시하고 있질 않나. 물고기들은 다시 돌아오지 않았지만, 놈들이 잠시나마 신을 대면하고 있다고 생각했을 것 같지 않나?"

몸이 떨려 왔다. 나는 아무것도 존재하지 않는 적막 속으로 끝없이 뻗어 있는 회색 물결의 평원을 내다보았다.

"아, 바다는 가득 차 있다네." 맥던이 초조하게 파이프에서 연기를 뿜으며 눈을 껌뻑였다. 오늘 하루 내내 초조한 모습이었지만, 내게 그 이유를 말해 주지는 않았다. "우리의 수많은 기계와 소위 잠수함이라 부르는 물건들로도, 바닷속 대지의 밑바닥에 발을 딛고, 그곳에 존재하는 동화 속 세상을 보고, 진정한 공포를 알게 될 때까지는 1만 세기는 더 걸릴 거야. 생각해 보게나. 저 아래쪽은 아직 기원전 30만 년의 세계란 말이야. 우리가 나팔을 불며 행진을 하고, 서로의 나라를 강탈하고 머리를 베는 동안, 저들은 20킬로미터 아래의 차갑고 깊은 바닷속에서, 혜성 꼬리만큼이나 오래된 시간 속에서 살아왔단 말이지."

"네, 분명 오래된 세계겠죠."

"따라오게. 지금까지 말하지 않고 간직하고 있던 게 하나 있네."

우리는 대화를 나누며 느긋하게 80개의 계단을 올랐다. 꼭대기에 이르자 맥던은 방의 조명을 꺼서 유리판의 반사광을 없앴다. 거대한 빛의 눈이 윙윙 소리를 내며 기름칠된 소켓 안에서 가볍게 돌아가고 있었다. 15초에 한 번씩 안개 고동이 꾸준히 울렸다.

"짐승 소리처럼 들리지 않나?" 맥던은 이렇게 말하고는 스스로 고개를 주억거렸다. "한밤중에 울부짖는 외롭고 거대한 짐승이지. 여기 100억 년의 가장자리에 선 채로 심연을 향해 소리치고 있는 거야. 나 여기 있어, 여기 있어, 여기 있어. 그러면 심연도 대답을 해 오지. 그래, 대답을 한다네. 조니, 자네도 여기 석 달을 있었으니 대비를 해 둘 필요가 있어. 매년 이맘때쯤이 되면," 그는 칠흑 같은 바다와 안개를 살펴보며 말했다. "이 등대를 방문하러 오는 존재가 하나 있다네."

"아까 말씀하신 물고기 떼 말인가요?"

"아니, 다른 녀석이야. 자네가 내 정신이 나갔다고 생각할까 봐 지금까지는 말하지 않고 미뤘지. 하지만 이제 더는 미룰 수가 없네. 작년에 달력에 제대로 표시를 해 뒀다면, 오늘 밤 녀석이 찾아올 테니 말이야. 자세히 설명하지는 않겠네. 자네가 직접 봐야 할 테니. 그냥 저기 앉아 있게나. 원한다면 내일 바로 짐을 꾸려서 모터보트를 타고 육지로 나간 다음, 곶에 있는 작은 부두에 주차해 놓은 차를 타고 내륙의 작은 마을로 달려가서 매일 밤 불을 끄지 못하는 삶을 보내도 뭐라 하지 않겠네. 질문을 하거나 책망하지 않을 테니까. 지금까지 3년 동안 그게 계속 찾아왔는데, 함께 그 모습을 확인할 사람이 있었던 적은 이번이 처음일세. 기다리다가 직접 확인해 보게나."

30분이 흘러갔고, 우리는 서로 몇 마디를 중얼거렸을 뿐이다. 기다리는 데도 지쳐 가자, 맥던은 자신의 생각 일부를 내게 털어놓기 시작했다. 그는 안개 고동 그 자체에 대해 몇 가지 가설을 세우고 있었다.

"먼 옛날 어느 날, 한 사람이 이곳으로 걸어와서 햇빛이 비추지 않는 차가운 해변에 섰다네. 그는 바다의 소리를 들으며 말했지. '물 건너에 있는 배들에게 경고를 보낼 목소리가 필요하겠어. 내가 하나 만들어 보지. 모든 시간과 존재하던 모든 안개와 같은 목소리를 만들겠어. 밤

새 텅 비어 있는 침대 옆자리 같은 목소리를, 문을 열었을 때 텅 비어 있는 집과 같은 목소리를, 가을이 되어 이파리가 전부 떨어져 버린 나무 같은 목소리를 만들겠어. 지저귀며 남쪽으로 날아가는 철새 같은, 11월의 바람과 차가운 돌투성이 해안에 와서 부딪치는 바다 같은 목소리를 만들겠어. 너무 외로워서 그 누구도 지나치지 못할 목소리를, 듣는 모두가 영혼으로 울게 할 목소리를, 화덕이 더 따뜻해 보이게 하는 목소리를, 멀리 떨어진 마을 사람들이 소리를 듣고 집 안에 있는 편이 더 낫겠다고 생각하게 만드는 목소리를 만들겠어. 사람들은 그 소리와 기구를 안개 고동이라고 부를 테고, 그 소리를 듣는 사람은 영겁의 슬픔과 삶의 덧없음을 깨닫게 될 거야.'"

안개 고동이 울었다.

"내가 만들어 낸 이야기일세." 맥던이 나직하게 말했다. "왜 그 존재가 매년 등대로 돌아오는지 설명하려고 말야. 안개 고동이 녀석을 불러서 찾아오게 되는 거지……"

"하지만," 내가 말했다.

"쉬잇!" 맥던이 말했다. "저길세!" 그가 심연을 향해 고갯짓했다.

무언가가 등대를 향해 헤엄쳐 오고 있었다.

아까도 말했듯이 추운 밤이었다. 높은 등대는 차갑게 서 있었고, 불빛은 깜빡이고, 안개 고동은 밀려오는 안개 속으로 계속 울려 퍼졌다. 멀리 볼 수도, 자세히 볼 수도 없었지만, 평평하고 조용한, 잿빛 진흙색의 형체가 밤의 육지처럼 깊은 바닷속에서 올라와 이쪽으로 다가오고 있었다. 그리고 여기, 높은 탑 위에는 우리 두 사람만이 있을 뿐이었다. 처음에는 저 멀리서 물결이 일어났다. 뒤이어 파도가, 물결이, 거품이, 포말이 따라왔다. 그리고 이어 차가운 바다의 수면을 뚫고 머리가, 짙은 피부색의 커다란 머리가, 커다란 눈이, 목이 올라왔다. 그리고 그 뒤로는…… 몸이 아니라 계속 목이 이어졌다! 늘씬하고 아름다운 검은색 목에 얹힌 머리는 수면 위로 12미터에 이를 때까지 계속 솟아올랐다. 그러고 나서야 검은 산호와 조개껍질과 가재로 이루어진 작은 섬 모양의 몸통이 심연에서 솟아났다. 놈이 꼬리를 휘둘렀다. 머리에서 꼬리 끝까지, 내 짐작으로는 몸길이가 30미터 정도 되는 괴물이었다.

내가 순간 무슨 말을 했는지는 모르겠다. 무언가를 말한 것은 분명하지만.

"진정하게, 진정해." 맥던이 속삭였다.

"말도 안 돼요!"

"아닐세, 조니. 말도 안 되는 건 우리야. 1000만 년 전부터 저 녀석은 계속 저런 모습이었어. 변한 것은 저것이 아닐세. 변한 것은, 말도 안 되는 모습이 된 것은 우리들과 육지인 거야. 우리라고!"

괴물은 얼음장 같은 물을 헤치고 멀찍이서 우아한 어둠처럼 천천히 헤엄쳐 왔다. 안개가 밀려들어 그 주변을 감싸 잠시 그 모습이 시야에서 사라졌다. 거대한 한쪽 눈이 우리의 거대한 불빛을 받아 간직해 두었다 반사했다. 붉은색, 흰색, 붉은색, 흰색. 원반을 높이 들어 올려 태곳적 암호로 신호를 보내는 것만 같았다. 괴물은 자신이 헤쳐 나가고 있는 안개만큼이나 조용했다.

"저거 공룡 종류 아닌가요!" 나는 계단 난간을 붙들고 쪼그려 앉았다.

"그래, 그런 부류겠지."

"하지만 멸종했을 텐데요!"

"아니, 그저 심연 속에 숨어 있었을 뿐이라네. 가장 깊은 심해에서도 깊고 또 깊은 곳에 말이야. 이 단어 자체가 모든 것을 알려 주고 있다는 생각이 들지 않나? 심연이라. 온갖 차가움과 어둠과 깊이를 간직하고 있는 단어지."

"이제 어떻게 하죠?"

"뭘 하긴? 우리도 직무가 있지 않나. 여기를 떠날 수는 없어. 게다가 우리는 뭍으로 오고 있는 배들보다는 훨씬 안전한 상황에 있다네. 저 놈은 구축함만큼이나 크고 날렵하니까."

"하지만 왜 여기죠? 왜 저놈이 여기로 오는 건가요?"

다음 순간, 나는 답을 깨달았다.

안개 고동이 울렸다.

그리고 괴물은 그 소리에 답했다.

100만 년의 바다와 안개를 가로질러 오는 울음소리였다. 너무 고통스럽고 고독해서 내 머리와 몸을 떨리게 하는 소리였다. 괴물이 탑을 보고 울부짖었다. 안개 고동이 울렸다. 괴물이 다시 포효했다. 안개 고동이 울렸다. 괴물이 이빨이 가득한 거대한 입을 열고는, 안개 고동과 너무도 흡사한 소리로 울었다. 외롭고 거대하고 멀리 떨어진 곳에서 들려오는 소리였다. 고독의 소리, 앞이 보이지 않는 바다, 싸늘한 밤, 외따로 떨어진 이의 소리였다. 바로 그 소리였다.

맥던이 속삭였다. "이제 저 녀석이 왜 이리로 오는지 알겠지?"

나는 고개를 끄덕였다.

"조니, 저 불쌍한 괴물은 1년 내내 멀찍이 떨어져 있는 걸세. 100만 년은 족히 살아왔을 저 괴물은, 아마 1,000킬로미터 밖의 바다, 30킬로미터 아래의 심연에 숨어서 혼자서 시간을 보내고 있는 걸세. 생각해 보게나. 100만 년을 기다린다니. 자네라면 그렇게 오래 기다릴 수 있겠나? 어쩌면 동족 중 마지막으로 살아남은 놈일지도 모르지. 나는 아마도 그럴 것이라고 생각한다네. 어쨌든 5년 전에 뭍에서 사람들이 와서 이곳에 등대를 지었지. 그리고 안개 고동을 설치한 다음 끊임없이 울려 댄 걸세. 자신과 같은 모습의 존재가 수천 마리 있는 세계의 바다를 꿈꾸면서 잠들어 있는 이를 향해서. 자신을 위해 만들어진 것이 아닌 세계, 숨어 살아야만 하는 세계에 홀로 남은 이를 향해서.

안개 고동 소리가 울리다 사라지고, 다시 울리다 사라질 때마다, 놈은 심연 바닥의 진흙 속에 누운 채로, 60센티미터는 좋이 되는 사진기 렌즈 같은 눈을 뜨고 천천히 움직이기 시작하는 걸세. 온 대양의 무게가 어깨를 무겁게 짓누르고 있어서 천천히 움직일 수밖에 없지. 하지만 안개 고동의 희미하고 낯익은 소리가 바다를 1,000킬로미터나 뚫고 들려와서, 그 소리가 배 속의 용광로를 끓어오르게 해서, 놈은 결국 천천히, 천천히, 수면으로 올라오는 걸세. 대구와 정어리 떼로, 또는 무리 지어 흘러가는 해파리로 허기를 달래면서, 가을 하늘이 기다리는 수면으로 조금씩 올라오는 거지. 그렇게 바다 안개가 시작되는 9월, 안개가 짙어지고 아직 고동 소리가 들려오는 10월이 흘러간다네. 그리고 11월 말이 되면, 매일, 매시간 몇 미터씩 천천히 수압에 적응하며 올라와서, 마침내 산 채로 수면에 모습을 드러낼 수 있게 되는 걸세. 천천히 상승할 수밖에 없어. 단숨에 올라오면 몸이 터져 버릴 테니까. 수면으로 올라오는 데는 3개월이 걸렸지만, 차가운 물을 헤치고 여기 등대에 도착하는 데는 며칠이면 충분하겠지. 조니, 그렇게 해서, 지금까지 창조된 존재 중 가장 거대한 괴물이 한밤중에 이곳에 도착하게 된 거라네. 그리고 여기에서, 자신과 마찬가지로 물 위로 목을 길게 뻗

14

고, 자신과 비슷한 몸을 가지고, 다른 무엇보다 자신과 비슷한 목소리를 가진 등대가 자신을 부르고 있는 모습을 발견하는 거지. 이해가 되나, 조니, 이해가 되나?"

안개 고동이 울렸다.

괴물이 대답했다.

알 수 있었다. 알게 되었다. 100만 년 동안 홀로 기다리는 마음을, 결코 돌아오지 않을 누군가가 돌아오기를 기다리는 마음을. 바다 아래에서 보낸 100만 년 동안의 고독, 그곳에서 보내는 돌아 버릴 것 같은 시간. 하늘에서는 익룡들이 사라지고, 육지에서는 늪지대가 말라붙고, 나무늘보와 검치호랑이들이 자신의 시대를 누린 후 타르 웅덩이 안에 가라앉고, 인간들이 흰개미처럼 개밋둑에서 쏟아져 나오는 데 걸린 시간.

안개 고동이 울렸다.

맥던이 입을 열었다. "작년에는 저 녀석이 밤새도록 등대 주변을 계속 빙글빙글 헤엄치며 돌았네. 영문을 몰라서 너무 가까이 오지 않는 것 같더군. 어쩌면 겁을 먹었을 수도 있지. 여기까지 오게 되어서 조금 성이 났을지도 모르고. 하지만 다음 날 갑자기 안개가 걷히고, 태양이 환하게 떠오르고, 하늘이 그림처럼 푸르게 빛나기 시작했지. 그러자 저 녀석은 열기와 침묵을 피해 헤엄쳐 가서는 다시는 돌아오지 않았네. 내 생각에 지금까지 1년 동안 들어앉아서 생각에 잠겨 있었을 것 같네. 온갖 생각을 다 해 보면서 말이야."

괴물은 이제 100미터 정도밖에는 떨어져 있지 않았다. 안개 고동과 괴물이 서로 울었다. 눈동자에 비치는 안개등 불빛으로 괴물의 눈이 불과 얼음, 불과 얼음처럼 빛났다.

"그런 것이 인생이지." 맥던이 말했다. "항상 절대로 돌아오지 않는 이를 기다리는 사람이 있지. 항상 상대방이 자신을 사랑하는 것보다 더 큰 사랑을 하는 사람이 있지. 그리고 그렇게 시간이 흐르고 나면, 그것이 무엇이든 그걸 파괴해 버리고 싶어지지. 더 이상 자신에게 상처 입히지 못하도록 말이야."

괴물이 등대를 향해 돌진해 오고 있었다.

안개 고동이 울렸다.

"어떻게 되는지 한번 보세."

맥던이 안개 고동을 껐다.

뒤이은 잠시의 정적이 너무도 격렬해서 탑 유리를 통해 심장이 두근대는 소리를 들을 수 있을 것만 같았다. 안개등의 불빛이 부드럽게 천천히 돌아가는 소리를 들을 수 있을 것만 같았다.

괴물이 그 자리에 멈춰 얼어붙었다. 거대한 등잔 같은 눈이 껌뻑였다. 입이 벌어졌다. 놈은 쿠릉거리며 화산이 터지는 듯한 소리를 냈다. 고개를 이리저리 꼬는 모습이 보였다. 마치 안개 속으로 사라져 버린 소리를 찾으려는 듯한 모습이었다. 괴물이 다시 울부짖었다. 그리고 놈의 눈에 불길이 일었다. 괴물이 그대로 몸을 일으켜 물 밖으로 나와서는 고통스러울 정도로 분노가 가득한 눈으로 탑을 향해 돌진해 왔다.

"맥던! 안개 고동을 울려요!" 내가 소리쳤다.

맥던이 스위치를 더듬었다. 그러나 고동을 울리는 그 순간, 괴물은 이미 뒷발로 일어서고 있었다. 놈의 거대한 발이, 손가락처럼 뻗어 나온 발톱이, 그 사이를 메운 반짝이는 물고기 비늘 같은 피부의 물갈퀴가 탑을 향해 날아오는 것이 보였다. 괴로움에 달뜬 머리 오른쪽의 거대한 눈이 내 앞에서 번뜩였고, 나는 그 눈이 거대한 무쇠솥이라도 되는 양 비명을 지르며 그 안으로 떨어질 것 같은 기분에 사로잡혔다. 탑이 흔들렸다. 안개 고동이 울부짖었다. 괴물이 울부짖었다. 괴물이 탑을 붙들고 유리를 물어뜯었다. 유리 조각이 우리 위로 떨어졌다.

맥던이 내 팔을 붙들었다. "아래로 가세!"

탑이 흔들리고 떨리더니 마침내 무너져 내리기 시작했다. 안개 고동과 괴물이 포효했다. 우리는 반쯤 나뒹굴 듯 층계를 내려갔다. "어서!"

층계 마지막 단에 도달하자 우리 위로 탑이 기울어지기 시작했다. 우리는 계단 아래에 있는 작은 석조 지하실로 숨어 들어갔다. 수없이 많은 돌이 떨어지는 충격음이 들려왔다. 갑자기 안개 고동이 멈추었다. 괴물이 탑을 짓밟았다. 탑이 무너졌다. 맥던과 나는 서로를 끌어안고 무릎을 꿇었다. 사방에서 세상이 터져 나갔다.

그리고 모든 것이 끝났다. 어둠, 그리고 돌무더기 위를 휩쓰는 바닷소리밖에는 들리지 않았다.

그리고 한 가지 소리가 더 있었다.

"들어 보게." 맥던이 나직하게 말했다. "귀를 기울여 봐."

우리는 잠시 기다렸다. 그러자 소리가 들리기 시작했다. 처음에는 거대한 진공이 공기를 빨아들이는 소리가, 그리고 뒤이어 후회하는, 당황한, 외로움에 몸부림치는 거대한 괴물의 소리가 우리 위에서 울리며 우리를 내리덮었다. 지하실의 한 겹 돌벽을 뚫고 들어온, 놈의 몸에서 나는 시큼한 악취가 허공에 맴돌았다. 괴물이 헐떡이며 울부짖었다. 탑은 사라졌다. 빛도 사라졌다. 100만 년의 시대를 가로질러 자신을 부른 존재가 사라져 버렸다. 괴물이 입을 벌린 채 큰 소리로 울부짖었다. 안개 고동 소리가 울리고 또 울렸다. 먼 바다에 떠 있는, 빛을 찾을 수 없는 배들은, 아무것도 보지 못하고 지나치며 늦은 밤의 소리만을 들은 배들은 분명 이렇게 생각했으리라. 저기 들리는구나. 외로운 소리가. 외로운 만의 안개 고동 소리가. 아무 문제도 없어. 이제 곶을 지난 거야.

그 소리는 밤이 다 지나가도록 계속 울려 퍼졌다.

다음 날 오후 구조대가 와서 우리를 지하실에서 꺼내 주었을 때는 이미 뜨겁고 노란 태양이 우리를 내려다보고 있었다.

"그냥 무너진 것뿐입니다." 맥던 씨가 침중한 얼굴로 대답했다. "파도가 거세게 몇 번 부딪치더니 그대로 무너져 내렸어요." 그러면서 내 팔을 꼬집었다.

볼만한 것은 없었다. 바다는 고요하고 하늘은 푸르렀다. 남은 것은 무너진 탑의 잔해와 해안의 바위를 뒤덮은 녹색 물질에서 나는 고약한 해초 냄새뿐이었다. 파리들이 왱왱거렸다. 파도가 해안으로 밀려와 부서졌다.

다음 해 새로운 등대가 세워졌지만, 그동안 나는 한 소도시에서 직업과 아내를 얻었다. 가을밤마다 노란 불빛으로 빛나며, 문은 잠겨 있고, 굴뚝에서는 연기가 뿜어져 나오는 작은 집도. 맥던으로 말할 것 같으면, 그는 자신이 요구한 대로 철근 강화 콘크리트를 사용해 지은 새 등대의 주인이 되었다. "만일을 대비하는 걸세." 그가 말했다.

새 등대는 11월에야 준비가 되었다. 어느 저녁, 나는 그곳으로 내려가 차를 대고 회색 물결 너머로 등대를 바라보며 새로운 안개 고동이 울리는 소리를 들었다. 1분 동안 한 번, 두 번, 세 번, 네 번 울리는, 혼자서 울부짖는 소리를.

괴물은?

다시는 돌아오지 않았다.

"가 버린 게야." 맥던이 말했다. "심연으로 돌아간 거지. 이 세계에서는 그 무엇도 지나치게 사랑할 수 없다는 것을 배운 거지. 다시 가장 깊은 심해로 돌아가서 100만 년을 더 기다리겠지. 아, 불쌍한 녀석! 인간이 이 비참한 작은 행성을 헤집고 돌아다니는 동안 그곳에서 그렇게 끊임없이 기다리고만 있는 게야. 기다리고 또 기다리는 게야."

나는 차 안에 앉아서 귀를 기울였다. 등대 건물도, 외로운 만을 비추는 안개등 불빛도 보이지 않았다. 안개 고동 소리만이, 고동 소리만이, 고동 소리만이 들릴 뿐이었다. 마치 괴물이 나를 부르는 것만 같았다.

무언가 대답할 말이 떠오르기만을 바라며, 나는 그렇게 앉아 있었다.

4월의 마녀
The April Witch

세시는 날아갔다. 하늘 높이, 계곡을 넘어, 별빛 아래로, 강과 연못과 도로를 가로질러. 갓 태어난 봄바람처럼 투명하고, 해 질 녘 들판에서 피어오르는 토끼풀 향기처럼 상쾌하게. 흰담비 털옷만큼이나 새하얀 비둘기를 타고 날아오르고, 나무에 머물고 꽃봉오리 속에서 숨 쉬다가, 산들바람이 불어오면 그대로 꽃잎에 실려 흩날렸다. 연녹색의 청개구리 안에 깃들인 채 박하처럼 상큼하고 반짝이는 연못가에 웅크리고 앉기도 했다. 덩치 큰 개 속에 들어가 돌아다니다, 멀리 외양간에 반사되어 돌아오는 메아리에 귀를 기울이고 짖어 대기도 했다. 그녀는 새로 자라난 4월의 풀밭 속에, 봄 내음으로 가득한 땅속에서 솟아오르는 투명하고 달콤한 액체 안에서 생명을 누렸다.

이제 봄이로구나, 세시는 생각했다. 오늘 밤에는 세상의 살아 있는 모든 것들 안에 깃들여야지.

이제 그녀는 어둠이 가득 고인 길가에 앉은 귀여운 귀뚜라미 속에 있었다. 이제는 철문에 맺힌 이슬방울 속에 있었다. 재빠르고 모든 것에 적응할 수 있는 그녀의 마음은, 이제 열일곱 살이 된 첫날 밤을 맞아 일리노이의 바람을 타고 보이지 않게 떠돌고 있었다.

"사랑에 빠지고 싶어." 그녀가 말했다.

저녁 식사 자리에서 이미 했던 말이었다. 그러자 부모님은 눈을 크게 뜨고 앉은 자세 그대로 굳어 버렸다. "참고 기다리거라." 부모님이 충고했다. "네가 평범하지 않다는 걸 기억해야 한다. 우리 가족 전체가 기묘하고 뛰어나지. 우리는 평범한 사람들과 섞이거나 결혼할 수 없단다. 그랬다가는 마법의 힘을 전부 잃어버리게 돼. 마법으로 '여행'하는 능력을 잃고 싶지는 않겠지? 그렇다면 조심해야 한단다. 조심해야 해!"

그러나 높다란 곳에 위치한 자신의 침실로 돌아온 세시는 목깃에 향수를 뿌리고 커튼 달린 침대에 앉아 기지개를 켰다. 창밖에는 우윳빛 달이 일리노이의 시골 풍경 위로 떠올라 강을 크림으로, 길을 백금으로 바꾸어 놓고 있었다.

"그래." 그녀는 한숨을 쉬었다. "나는 기묘한 일족의 일원이야. 낮에는 잠을 자고 밤에는 검은 연처럼 바람을 타고 날아다니지. 원하기만 한다면 두더지 속에 들어가 겨울 내내 따뜻한 땅속에서 잠을 잘 수도 있어. 나는 어떤 것에도 깃들일 수 있지. 조약돌, 사프란, 아니면 사마귀에도. 평범하고 비쩍 마른 몸을 떠나서 정신만으로 멀리 모험을 떠날 수 있어. 이렇게!"

바람이 그녀를 휘감아 올려 평원과 들판 위로 날려 보냈다.

그녀는 황혼의 마지막 햇빛과 뒤섞여 빛나는, 작은 집과 농장에서 흘러나오는 따뜻한 봄날의 불빛을 보았다.

　　그리고 그녀는 생각했다. 만약 내가 평범한 모습에 괴상한 아이라서 사랑을 할 수가 없는 거라면, 다른 사람을 통해서 사랑에 빠지겠어.

　　봄날 저녁의 농가 안뜰에, 많아 봤자 열아홉 살 정도의 검은 머리 소녀 하나가 우물에서 물을 긷고 있었다. 노래를 부르는 중이었다.

　　세시는 녹색 이파리에 숨어 우물로 떨어졌다. 그녀는 우물 안쪽 부드러운 이끼 안에 도사린 채로 어둑하고 서늘한 우물 안에서 위를 올려다보았다. 이제 그녀는 눈에 보이지 않는, 옴찔대는 아메바 속으로 옮겨 갔다. 이제 물방울 안에 있었다! 마침내, 차가운 컵에 담겨, 그녀는 소녀의 따뜻한 입가로 움직여 갔다. 부드러운 밤처럼 물 마시는 소리가 울렸다.

　　세시는 소녀의 눈을 통해 밖을 내다보았다.

　　그녀는 소녀의 검은 머리 안으로 들어가서, 빛나는 눈을 통해 거친 밧줄을 당기는 손을 바라보았다. 조가비 같은 귀로 소녀가 존재하는 세계의 소리를 들었다. 오뚝 솟은 코로 들어오는 우주의 냄새를 맡고, 소녀의 특별한 심장이 뛰고 또 뛰는 소리를 들었다. 소녀의 혀가 묘하게 움직이며 노랫소리를 엮어 내는 것을 느꼈다.

　　얘는 지금 내가 여기 있다는 걸 알까? 세시는 생각했다.

　　소녀는 숨을 멈추었다. 그리고 밤이 내린 들판 위를 바라보았다.

　　"누구 있어요?"

　　아무 대답도 없었다.

　　"바람뿐이야." 세시가 속삭였다.

　　"바람뿐이야." 소녀는 자신을 우습다고 생각했지만, 그러면서도 몸을 떨었다.

훌륭한 몸이었다. 예쁜 모양의 늘씬한 상아색 뼈 위로 살점이 고르게 덮여 있었다. 뇌는 어둠 속에 핀 한 송이 분홍 장미 같았고, 입가에는 사이다 와인의 맛이 맴돌았다. 새하얀 치아 위에 입술이 단단히 덮이고, 눈썹은 세상을 향해 부드럽게 굽이져 있었다. 우윳빛 목덜미 위에서 머리카락이 부드럽고 섬세하게 흩날렸다. 모공은 작고 단단히 닫혀 있었다. 코는 달을 바라보고, 볼은 작은 불길처럼 빛났다. 소녀의 육체는 마치 쉴 새 없이 노래를 부르는 듯 깃털처럼 가볍게 한 동작에서 다음 동작으로 균형을 잡으며 옮겨 갔다. 이 몸, 이 머리 안에 들어와 있으니 마치 화덕에 몸을 데우는 것처럼 포근했다. 잠들어 있는 고양이의 가르랑거림, 밤마다 바다로 흘러드는 따뜻한 하구의 물과도 같았다.

이 안은 마음에 들 것 같아, 하고 세시는 생각했다.

"뭐라고?" 소녀가 마치 목소리를 들은 양 물었다.

"네 이름이 뭐야?" 세시가 조심스레 물었다.

"앤 리어리." 소녀는 몸을 뒤틀었다. "내가 대체 왜 소리 내서 이름을 대고 있는 거지?"

"앤, 앤." 세시가 속삭였다. "앤, 너는 이제 사랑에 빠질 거야."

이 말에 답하듯 길 쪽에서 굉음이 울려왔다. 덜커덩거리는 소리와 자갈 위에서 바퀴가 구르는 소리도 들렸다. 키 큰 남자 하나가 커다란 팔로 고삐를 높이 잡고 마차를 몰고 달려왔다. 그의 웃음이 뜰 안에 가득 퍼졌다.

"앤!"

"또 너야, 톰?"

"그럼 누구겠어?" 남자는 마차에서 뛰어내려 울타리에 말고삐를 묶었다.

"너하고는 이야기 안 할 거야!" 앤은 휙 몸을 돌렸다. 그녀의 손에 들린 양동이에서 물이 쏟아졌다.

"안 돼!" 세시가 소리쳤다.

앤은 그 자리에서 움직임을 멈췄다. 그녀는 언덕과 봄을 맞이하며 떠오른 별들을 바라보았다. 톰이라는 이름의 남자를 바라보았다. 세시는 그녀가 양동이를 떨어트리게 만들었다.

"네가 무슨 짓을 했는지 좀 봐!"

톰이 달려왔다.

"네가 나한테 무슨 짓을 하게 했는지 좀 봐!"

그는 웃으며 그녀의 신발을 손수건으로 닦아 주었다.

"좀 떨어져!" 그녀가 손을 걷어챘지만 그는 다시 한 번 웃었다. 세시는 멀리 떨어진 곳에서 그를 내려다보았다. 그가 고개를 돌리는 모습을, 두개골의 크기를, 콧구멍을 벌름거리는 모습을, 반짝이는 눈빛을, 듬직하게 벌어진 어깨를, 그리고 손수건을 세심하게 움직이는 손에 숨겨진 강한 힘을 알아보았다. 사랑스러운 머릿속의 비밀 다락방에서 그 모든 것을 바라보고 있던 세시는, 숨겨져 있는 복화술사의 조종 철사를 잡아당겨 앤의 예쁘장한 입을 활짝 벌리게 했다. "고마워!"

"오, 너한테도 예절이라는 게 있는 모양이지?" 그의 손에서 나는 가죽 냄새, 그의 옷에서 풍기는 말 냄새가 따뜻한 콧속으로 밀려 들어왔고, 저 멀리 꽃이 가득한 밤의 들판에 누워 있는 세시는 마치 꿈이라도 꾸는 양 몸부림을 쳤다.

"너한테 쓸 예절은 없어, 없다고!" 앤이 말했다.

"쉿, 부드럽게 말해 봐." 세시가 말했다. 그녀는 앤의 손가락을 톰의 머리 쪽으로 움직였다. 앤이 퍼뜩 놀라 손을 다시 뒤로 뺐다.

"내가 미쳤나 봐!"

"그래 보이네." 그는 여전히 웃으면서도 놀란 듯 고개를 끄덕였다. "그럼 설마 나를 만질 생각이었던 거야?"

"나도 몰라. 아, 저리 가!" 그녀의 볼이 분홍색 숯처럼 달아올랐다.

"그냥 도망가는 게 어때? 막을 생각은 없는데." 톰이 자리에서 일어나며 말했다. "혹시 생각이 바뀌지는 않았어? 오늘 밤에 나하고 춤추러 가지 않을래? 특별한 날이거든. 이유는 나중에 말해 줄게."

"싫어." 앤이 말했다.

"갈래!" 세시가 소리쳤다. "나는 춤춰 본 적이 없어. 춤추고 싶다고. 땅에 닿도록 길게 휘날리는 드레스를 입어 본 적도 없어. 입어 보고 싶다고. 밤새 춤추고 싶어. 춤추는 여자가 어떤 기분인지 알지도 못해. 아버지와 어머니가 허락해 주시지를 않으니까. 이 세상의 다른 모든 것들, 개, 고양이, 메뚜기, 나뭇잎, 모든 것들을 알고 있지만, 봄날의 여인이 되어 본 적은 없어. 이런 날 밤의 여인이 되어 본 적은 없다고. 아, 제발, 우리는 꼭 춤추러 가야 해!"

그녀는 새로 산 장갑 안으로 손가락을 들이밀듯 자신의 생각을 퍼트렸다.

"갈게." 앤 리어리가 말했다. "가겠어. 왜인지는 모르겠지만, 오늘 밤 너랑 같이 춤추러 가야겠어, 톰."

"얼른 집으로 들어가!" 세시가 소리쳤다. "세수도 하고, 가족들에게 말하고, 드레스를 준비하고, 다리미를 꺼내고, 방으로 가야지!"

"어머니, 저 생각을 바꿨어요!" 앤이 말했다.

마차는 산등성이를 타고 달려 내려갔고, 농가에는 활기가 돌아왔다. 목욕물을 끓이는 동안 석탄 난로 위에서는 드레스를 다릴 다리미가 달구어졌다. 어머니는 입에 머리핀을 잔뜩 물고는 속사포처럼 질문을 쏘아 댔다. "어떻게 된 거니, 앤? 너 톰을 싫어하지 않니!"

"그건 그래요." 앤은 분주하게 움직이다가 문득 멈추어 섰다.

하지만 봄이잖아! 세시가 생각했다.

"봄이잖아요." 앤이 말했다.

그리고 춤을 추러 가기에 딱 좋은 밤이고. 세시가 생각했다.

"춤을 추러 가기에도……" 앤 리어리가 웅얼거렸다.

그리고 그녀는 욕조에 들어가서, 하얀 바다표범 가죽 같은 어깨에 비누를 바르고, 팔 아래쪽에 작은 비누거품 뭉치를 만들고, 따뜻한 가슴을 어루만졌다. 세시는 입을 움직여 미소를 짓게 하면서 이 모든 움직임을 계속하게 만들었다. 잠시도 멈추거나 주저해서는 안 되었다. 그랬다가는 이 인형극이 전부 망가져 버릴 테니까! 앤 리어리는 계속 움직이고, 행동을 하고, 연기하고, 여기를 닦고, 저기에 비누칠을 하고, 이제 나가야 한다! 수건으로 몸을 닦아! 이제 향수를 뿌리고 분칠을 해!

"너!" 앤은 거울에 비친 자신의 모습을 보았다. 백합과 카네이션처럼 온통 흰색과 분홍색이었다. "오늘 밤 너는 대체 누구야?"

"나는 열일곱 소녀인데." 세시는 보랏빛 눈 속에서 그녀를 지그시 바라보았다. "너는 나를 볼 수 없어. 내가 여기 있다는 걸 알고 있어?"

앤 리어리는 고개를 저었다. "4월의 마녀가 내 몸을 빼앗아 간 모양이야."

"비슷해, 아주 비슷해!" 세시가 소리 내어 웃었다. "자, 그럼 이제 옷을 입어야지."

풍만한 몸에 좋은 옷을 걸치는 이 호사스러운 기분이라니! 그리고 밖에서 말을 달래는 소리가 들렸다.

"앤, 톰이 왔어!"

"기다리라고 해 주세요." 앤이 갑자기 자리에 주저앉았다. "오늘 춤 추러 가지 않을 거라고 전해 주세요."

"뭐라고?" 문가에서 그녀의 어머니가 말했다.

세시는 서둘러 다시 주의를 기울였다. 치명적인 실수였다. 아주 잠 시지만 가장 중요한 순간에 앤의 몸을 내버려 둔 것이다. 멀리서 달빛 에 젖은 봄의 전원을 가로질러 말발굽과 마차가 삐걱대는 소리가 들 려왔기 때문이었다. 아주 잠시, 그녀는 톰을 찾아가서 그 머릿속에 들 어가, 스물두 살짜리 남자가 이런 밤에 무슨 생각을 하는지 살펴보려 고 했던 것이다. 그녀는 서둘러 히스 들판을 가로질러 날아가다 말고, 집으로 돌아오는 새처럼 재빨리 돌아와 앤 리어리의 머릿속에 들어앉 아 홰를 쳤다.

"앤!"

"가라고 하세요!"

"앤!" 세시는 다시 자리를 잡고 자신의 생각을 퍼트렸다.

그러나 이제 앤은 입술을 꽉 깨물고 있었다. "싫어, 싫어, 난 그가 싫 단 말이야!"

떠나면 안 됐는데, 아주 잠시라도. 세시는 자신의 정신을 소녀의 손 으로, 심장으로, 머릿속으로, 부드럽게, 부드럽게 퍼트렸다. 일어나. 그 녀는 생각했다.

앤은 자리에서 일어섰다.

외투를 입어!

앤은 외투를 입었다.

자, 이제 밖으로 나가!

싫어! 앤 리어리는 생각했다.

나가!

"앤." 그녀의 어머니가 말했다. "더 이상 톰을 기다리게 하지 말거라. 허튼소리 하지 말고 지금 당장 나가렴. 대체 너 어떻게 된 거니?"

"아무것도 아니에요, 어머니. 다녀올게요. 늦게 돌아올 것 같아요."

앤과 세시는 함께 봄의 밤하늘 아래로 달려 나갔다.

길게 늘어진 깃털을 한껏 부풀린 채 부드럽게 춤추는 비둘기들, 공작들, 무지개같이 빛나는 눈빛과 불빛으로 가득한 방이었다. 그리고 그 가운데에서 앤 리어리는 계속 돌고, 돌고, 돌면서 춤을 추었다.

"아, 정말 멋진 밤이야." 세시가 생각했다.

"아, 정말 멋진 밤이야." 앤이 말했다.

"너 좀 이상해." 톰이 말했다.

음악과 노래가 강물같이 그들을 아련히 감싸고 돌았다. 그들은 그 위를 떠다니다, 수면 아래로 들어가, 깊이 가라앉았다가 다시 숨을 쉬러 올라오고, 숨을 몰아쉬며, 익사하는 사람들처럼 서로를 부둥켜안으며 다시 휘돌았다. 속삭이고 한숨 쉬며, 〈아름다운 오하이오〉의 곡조에 맞추어.

세시가 노래를 흥얼거렸다. 앤의 입술이 벌어지며 음악이 새어 나왔다.

"그래, 난 이상해." 세시가 말했다.

"평소하고는 다른데." 톰이 말했다.

"그래, 오늘 밤은 그렇지."

"너는 내가 알던 앤 리어리가 아니야."

"그래, 아니야, 전혀 아니지." 세시가 멀리멀리 떨어진 곳에서 중얼거렸다. "그래, 전혀 아니야." 입술이 움직이며 이렇게 말했다.

"꽤나 묘한 기분이 드는데." 톰이 말했다.

"뭐가 말이야?"

"너에 대해서." 그는 그녀를 몸에서 떨어트리고 계속 춤추며 무엇을 찾으려는 듯 그녀의 달아오른 얼굴을 바라보았다. "네 눈을 읽을 수가 없어." 그가 말했다.

"내가 보이는 거야?" 세시가 물었다.

"앤, 네 일부는 여기에 있지만, 다른 일부는 그렇지 않은 것 같아." 톰은 걱정 섞인 얼굴로 조심스레 그녀의 몸을 돌리며 말했다.

"맞아."

"왜 나하고 여기에 온 거야?"

"난 오고 싶지 않았어." 앤이 말했다.

"그럼 왜 온 건데?"

"뭔가가 날 여기에 오게 만들었어."

"뭐가?"

"나도 모르겠어." 앤의 목소리에는 희미한 두려움이 엉겨 붙어 있었다.

"자, 자, 쉿, 쉿." 세시가 속삭였다. "조용히. 그거야. 돌아, 돌아."

그들은 어두운 방 안에서 속삭이고 뒤척이고 솟아올랐다가 가라앉았다. 음악에 이끌려 움직이고 돌면서.

"하지만 결국 춤추러 왔잖아." 톰이 말했다.

"내가 그런 거야." 세시가 말했다.

"이리 와." 그리고 그는 가볍게 그녀를 이끌고 춤추며 열린 문을 통해 홀에서, 사람들과 음악에서 떨어진 곳으로 조용히 걸어 나왔다.

그들은 마차에 올라 함께 자리를 잡고 앉았다.

"앤." 그가 그녀의 떨리는 손을 붙들었다. "앤." 그러나 마치 자신의 입에서 나오는 말이 그녀의 이름이 아닌 듯한 말투였다. 그는 계속 그녀의 창백한 얼굴을 바라보았다. 그녀의 눈이 다시 뜨였다. "나는 너를 죽 사랑했어. 너도 알지?" 그가 말했다.

"알아."

"하지만 너는 언제나 변덕스럽게 굴었고, 나는 상처받고 싶지 않았지."

"그래서 안 될 건 없잖아. 우린 둘 다 너무 젊다고." 앤이 말했다.

"아냐, 나는 그러니까, 미안하다고 말하고 싶었어." 세시가 말했다.

"무슨 소리야?" 톰은 그녀의 손을 놓고는 얼어붙었다.

따뜻한 밤이었고, 땅의 내음이 그들이 앉아 있는 곳 사방에 일렁였다. 그리고 새로 생명을 얻은 나무들이 잎 하나하나를 통해 숨 쉬며 몸을 떨고 일렁였다.

"나도 모르겠어." 앤이 말했다.

"아, 하지만 나는 알아." 세시가 말했다. "너는 키도 크고 세상에서 제일 잘생긴 남자야. 오늘은 아주 멋진 밤이고. 너와 함께 있었던 이 밤은 앞으로 영원히 기억될 거야." 그녀는 낯설고 차가운 손을 뻗어, 머뭇거리는 그의 손을 다시 잡아 자기 쪽으로 이끌고는, 꼭 붙들고 온기를 나누려 했다.

톰은 눈을 깜빡이며 말했다. "하지만 오늘 밤, 너는 이랬다저랬다 하고 있어. 한번은 이렇게 굴었다가, 다음 순간에는 완전히 다른 모습이 되잖아. 나는 옛 시절을 추억하는 마음에서 너에게 춤추러 가자고 청했던 거야. 처음 네게 청했을 때는 다른 생각은 아무것도 없었어. 그런데 오늘 우물가에 서 있자니, 무언가 변한 것이, 네가 정말로 변한 것이 느껴졌어. 너는 다른 사람이었어. 무언가 새롭고 부드러운, 다른 무언가……" 그는 알맞은 단어를 찾으려 말을 더듬었다. "모르겠어, 말로 표현할 수가 없어. 네 모습이 그렇게 보였어. 네 목소리에서도 느껴졌어. 하지만 다시 너를 사랑하게 된 것은 분명해."

"아니야." 세시가 말했다. "나야, 나를 사랑하게 된 거야."

"그리고 나는 너와 사랑에 빠지는 일이 두려워." 그가 말했다. "너는 또다시 나를 상처 입힐 테니까."

"그렇게 되겠지." 앤이 말했다.

아냐, 아냐, 나는 진심으로 당신을 사랑해! 세시는 생각했다. 앤, 저 사람에게 말해 줘, 나를 위해 말해 줘. 진심으로 그를 사랑한다고 말해 줘.

앤은 아무 말도 하지 않았다.

톰은 제법 가까운 곳까지 다가와서 손을 뻗어 그녀의 턱을 들어 올렸다. "나는 떠날 거야. 여기에서 한참 떨어진 곳에 일자리가 생겼어. 내가 그리울 것 같아?"

"응." 앤과 세시가 대답했다.

"그럼 작별 키스를 해도 될까?"

"응." 세시는 다른 사람이 말하기도 전에 얼른 대답했다.

그는 낯선 입술 위에 자신의 입술을 포갰다. 그는 낯선 입술에 키스했고, 몸을 떨었다.

앤은 하얀 석상처럼 앉아 있었다.

"앤!" 세시가 말했다. "팔을 움직여. 저 사람을 안아!"

그녀는 달빛 속에서 나무를 깎아 만든 인형처럼 앉아 있었다.

그는 다시 한 번 그녀의 입술에 키스했다.

"나는 당신을 사랑해." 세시가 속삭였다. "나는 여기에 있어. 당신이 그녀의 눈에서 본 사람은 바로 나야. 나라고. 그리고 그녀가 당신을 사랑하지 않을지라도 나는 당신을 사랑하고 있어."

그는 마치 먼 거리를 달려온 사람 같은 모습으로 천천히 몸을 뺐다. 그는 그녀의 곁에 앉았다. "무슨 일이 벌어지는 건지 모르겠어. 아주 잠시, 여기에……"

"응?" 세시가 물었다.

"잠깐이지만, 느낌이……" 그가 손으로 자신의 눈을 덮었다. "신경 쓰지 마. 그럼 이제 집으로 데려다줄까?"

"제발 그래 줘." 앤 리어리가 말했다.

그는 지친 손길로 고삐를 흔들며 말에게 혀를 찼다. 마차가 움직이기 시작했다. 아직은 이른 시간, 겨우 11시밖에 되지 않은 봄밤의 달빛 속에서, 그들은 마차의 움직임에 맞춰 덜걱거리며 집으로 향했다. 빛이 일렁이는 풀밭과 상큼한 토끼풀 내음이 양옆으로 스쳐 지나갔다.

그리고 세시는 들판과 초원을 보며 생각했다. 그럴 가치가 있을지도 몰라. 오늘 밤 이후로 그와 함께 있을 수 있다면, 그럴 가치가 있을지도 몰라. 문득 부모님의 목소리가 희미하게 다시 들려왔다. "조심하거라. 하잘것없는 필멸자와 결혼해서 네 마법의 힘을 전부 잃고 싶은 것은 아니겠지? 조심하거라. 그런 것을 원하지는 않을 것 아니냐."

그래요, 그래요. 세시는 생각했다. 만약 그가 나를 원한다면 나는 여기에서 즉시 그 모든 것을 버릴 수 있어요. 그러면 봄밤마다 떠돌아다닐 필요도, 새와 개와 고양이와 여우 속에 깃들일 필요도 없을 거예요. 그와 함께할 수 있으면 충분할 거예요. 오직 그와 함께할 수만 있다면.

길이 삐걱이며 마차 아래에서 속삭였다.

"톰." 앤이 마침내 입을 열었다.

"왜?" 그는 차가운 눈으로 길을, 말을, 나무를, 하늘을, 별을 바라보고 있었다.

"만약 네가 앞으로 몇 년 안에, 어쩌다가 일리노이의 그린타운에 들르게 되면 말이야. 여기에서 몇 킬로미터 떨어져 있는 곳인데, 부탁 하나 들어줄 수 있어?"

"할 수 있는 일이면."

"잠시 들러서 내 친구를 만나 줄 수 있어?" 앤이 묘한 말투로 띄엄띄엄 말했다.

"왜?"

"좋은 친구거든. 그 애한테 네 이야기를 했어. 주소를 줄게. 잠깐만 기다려 봐." 마차가 그녀의 농장 앞에 멈추자 달빛 아래에서 그녀는 작은 손가방에서 연필과 종이를 꺼내 무릎에 종이를 대고 끄적였다. "여기 있어. 알아볼 수 있겠어?"

그는 종이를 보고는 당황한 듯 고개를 끄덕였다.

"세시 엘리엇, 윌로 가 12번지, 일리노이 주 그린타운." 그가 말했다.

"언젠가 그 아이를 찾아가 주겠어?" 앤이 물었다.

"언젠가는." 그가 말했다.

"약속해?"

"이게 우리 문제하고 무슨 상관인데?" 그가 거칠게 소리쳤다. "내가 이런 이름에, 종이쪽지에 왜 신경을 써야 하는데?" 그는 종이를 둥글게 구겨서 외투 속으로 쑤셔 넣었다.

"아, 제발 약속해 줘!" 세시가 애걸했다.

"……약속을……" 앤이 말했다.

"알았어, 알았어, 이제 날 좀 놔줘!" 그가 소리쳤다.

이제 지쳤어. 세시는 생각했다. 더 이상 머물 수가 없어. 집으로 돌아가야 해. 힘이 약해지고 있어. 밤을 타고 옮겨 다니는 일은 내 힘으로는 기껏해야 몇 시간 정도가 한계니까. 하지만 떠나기 전에……

"……떠나기 전에." 앤이 말했다.

그녀는 톰의 입술에 입을 맞췄다.

"이건 내가 키스하는 거야." 세시가 말했다.

톰은 그녀를 밀어내고는, 앤 리어리를, 그녀의 마음속 깊고 깊은 곳을 바라보았다. 다른 말은 조금도 하지 않았지만, 그의 얼굴은 천천히, 아주 천천히, 평정을 되찾고 있었다. 주름살은 사라졌고, 딱딱하게 굳어 있던 입은 부드러움을 찾았다. 그리고 그는 달빛에 빛나는 그녀의 얼굴 속 깊은 곳을 바라보았다.

그리고 그는 그녀를 마차에서 내려 준 다음, 작별 인사도 제대로 하지 않고 빠르게 길을 따라 마차를 달려 내려갔다.

세시는 그대로 떠났다.

감옥에서 해방된 앤 리어리는 그대로 울음을 터트리고는, 달빛 아래 오솔길을 따라 달려 집으로 들어가더니 문을 쾅 닫아 버렸다.

세시는 아주 잠시 머물렀을 뿐이다. 귀뚜라미의 눈으로, 그녀는 봄밤의 세상을 보았다. 개구리의 눈으로, 그녀는 웅덩이가에 홀로 잠시 앉아 있었다. 밤새의 눈으로, 그녀는 달빛에 창백하게 빛나는 커다란 느릅나무 꼭대기에 앉아 두 채의 농가의 불이 꺼지는 모습을 보았다. 하나는 이곳에서, 하나는 2킬로미터 정도 떨어진 곳에서. 그녀는 자신과 자신의 가족을, 자신의 기이한 능력을, 그리고 자신의 일족 중에는 언덕 너머 넓은 세상의 사람들과 결혼한 사람이 없었다는 사실을 생각했다.

"톰?" 점차 약해져 가는 그녀의 정신력이 밤새의 날개를 타고 나무를 떠나 야생 겨자가 가득한 풀밭을 날아갔다. "아직 그 종이쪽지 가지고 있어, 톰? 언젠가, 몇 년 안에, 때가 오면, 나를 만나러 올 거야? 그러면 나를 알아볼 수 있을까? 내 얼굴을 보고, 나를 마지막으로 보았던 때를 기억할 수 있을까? 당신이 나를 사랑하고 내가 당신을 사랑한다는 사실을, 언제나, 진심으로 사랑한다는 사실을 기억할 수 있을까?"

그녀는 서늘한 밤하늘에서 잠시 머물렀다. 마을과 사람들로부터 100만 킬로미터는 떨어진 곳에서, 농장과 대륙과 강과 언덕 하늘 위 높은 곳에서. "톰?" 부드러운 목소리로.

톰은 잠들어 있었다. 밤이 깊었다. 그의 옷가지는 의자에 걸려 있거나, 침대 끄트머리에 깔끔하게 개켜져 있었다. 그리고 하얀 베개 위, 머리 위로 조심스레 뻗은 한 손 안에, 글자가 적힌 작은 종이가 들려 있었다. 천천히, 천천히, 한 번에 1센티미터씩, 그의 손가락이 종이를 감싸며 꽉 붙들었다. 그리고 그는 뒤척이지도, 알아채지도 못했다. 찌르레기 한 마리가 놀랍도록 조용히 달빛이 깃든 유리창에 대고 날갯짓을 한 다음, 그대로 조용히 날아올라 잠시 머뭇거린 후 동쪽으로, 잠든 대지 위를 날아 사라져 버렸다는 것을.

황야
The Wilderness

"아, 마침내 좋은 계절이 찾아왔다네."

여름 어스름 속에서 재니스와 리어노라는 집에 들어앉아, 노래를 하고, 음식도 먹고, 필요할 때마다 서로를 붙들어 주었다. 그러나 그들은 절대로 점차 깊어 가는 밤, 그리고 밝고 차가운 별들이 떠오르는 모습이 보이는 창문 쪽은 돌아보지 않았다.

"들어 봐!" 재니스가 말했다.

강을 따라 흘러가는 증기선 같은 소리였지만, 사실은 하늘의 로켓이었다. 그리고 그 너머로⋯⋯ 밴조* 소리인가? 아니, 그저 2003년 여름밤의 귀뚜라미 소리일 뿐이었다. 마을의 공기 속으로 수천 가지의 소

---

* 미국에서 발달한 현악기로, 주로 민속음악이나 재즈에 사용된다.

리가 숨 쉬고 있었다. 재니스는 고개를 갸웃하며 귀를 기울였다. 아주, 아주 오래전, 1849년에, 이 거리에는 복화술사, 선교사, 점쟁이, 광대, 학자, 도박사들의 목소리로 가득했었다. 바로 이곳 미주리 주 인디펜 던스로 모여든 사람들의 소리로. 축축한 대지가 말라 굳고 풀이 무성 하게 자라 마차의 무게를, 자신들의 난잡한 운명과 꿈의 무게를 지탱 할 수 있게 되기만을 기다리던 사람들이었다.

아, 마침내 좋은 계절이 찾아왔네.
우리는 화성으로 떠나가네.
5,000명의 여인이 하늘에 있으니
봄철에 걸맞은 씨 뿌릴 때가 아닌가!

"와이오밍의 옛날 노래야." 리어노라가 말했다. "단어만 바꾸면 2003년에도 그대로 사용할 수 있겠어."

재니스는 음식 알약이 든 성냥갑 크기의 상자를 들고, 당시 높은 굴 대가 달린 마차에 실려 있었을 음식의 총량을 가늠해 보았다. 그 모 든 남자와 여자들이 먹을 음식이니 당연히 엄청난 양이었겠지! 햄, 베 이컨 덩어리, 설탕, 소금, 밀가루, 말린 과일, 건빵, 구연산, 물, 생강, 후 추······ 땅덩어리만큼이나 긴 목록이 만들어질 거야! 하지만 오늘날 이곳에서는 손목시계에 넣을 수 있는 알약 몇 알이면 포트래러미에서 행타운 정도가 아니라 별들 사이의 황야를 여행하면서도 살아남을 수 가 있다.

재니스는 옷장 문을 활짝 열어젖히다가 거의 비명을 지를 뻔했다. 어둠, 밤, 그리고 별들 사이의 드넓은 우주가 그녀를 바라보고 있었다.

오래전, 두 가지 사건이 있었다. 언니가 비명을 지르는 그녀를 옷장에 가두었던 적이 있다. 그리고 파티에서 숨바꼭질을 하다가 부엌을 지나 길고 어두운 복도로 들어갔던 적이 있다. 하지만 그곳은 복도가 아니라 불이 켜지지 않은 층계, 모든 것을 삼켜 버리는 암흑이었다. 그녀는 허공으로 달려 나갔고, 그대로 발을 허우적거리며 비명을 지르다 떨어져 버리고 말았다! 한밤중과 같은 어둠 속으로, 지하실까지 떨어졌다. 떨어지는 데는 단 한순간, 심장이 한 번 뛰는 정도의 시간이 걸릴 뿐이었다. 그리고 그녀는 옷장 안에서 오래, 정말로 오랫동안 꼼짝도 못 하고 있었다. 친구 하나 없이, 그녀의 비명을 들어 줄 사람도 없이, 모든 것들로부터 유리된 채 어둠 속에 갇혀 있었다. 어둠 속으로, 비명을 지르며 떨어지고 있었다!

그 두 가지의 기억.

활짝 열린 옷장 문 앞에서, 어둠이 벨벳처럼 그녀 주변을 감싸서 떨리는 손으로 훑어 주는 동안, 어둠이 검은 표범처럼 빛을 삼켜 버리는 눈으로 그녀를 조용히 바라보며 숨 쉬는 동안, 이런 두 가지 기억이 그녀에게 밀려왔다. 우주, 그리고 추락. 우주, 그리고 어둠 속에 갇힌 채 질러 대는 비명. 그녀와 리어노라는 꾸준히 일하며, 짐을 싸며, 창밖의 두려운 은하수와 광대한 공허를 바라보지 않으려고 애썼다. 그들의 마지막 운명을 알려 주는 것은 오랫동안 사용해 익숙해진 옷장, 그리고 그 안에 있는 한 사람분의 밤으로 충분했다.

그렇게 될 것이다. 밖으로 나가, 별들을 향해 날아가며, 밤 속에서, 거대하고 끔찍하고 칠흑 같은 옷장 속에서, 누구도 듣지 못하는 비명을 지르면서. 유성우와 신의 손길이 닿지 않는 혜성들 속으로 영원히 떨어지게 될 것이다. 승강기의 통로 아래로. 공허뿐인 악몽의 갱도 아래로.

그녀는 비명을 질렀지만, 소리가 입 밖으로 나오지는 않았다. 그녀의 비명은 그대로 자신의 가슴과 머리에 부딪쳐 왔다. 그녀는 비명을 지르고는 옷장 문을 쾅 닫았다! 어둠이 문가에서 숨 쉬며 지껄이는 소리가 들렸고, 그녀는 물기 어린 눈으로 옷장 문을 부여잡고 있었다. 그렇게 한동안, 몸의 떨림이 잦아들 때까지, 그녀는 그렇게 서서 리어노라가 일하는 모습을 바라보았다. 이렇게 외면하고 있는 동안 히스테리가 천천히 그녀의 몸에서 빠져나가 사라져 버렸다. 손목시계 하나가 보통 세상의 또렷한 소리로 방 안을 가득 채웠다.

"1억 킬로미터야." 마침내 그녀는 창문이 깊은 우물이라도 되는 양 그쪽으로 조심스레 움직여 갔다. "오늘 밤에도 남자들이 화성에서 우리를 기다리며 도시를 건설하고 있다니, 믿을 수가 없어."

"믿을 수 있는 건 내일 로켓을 타게 되리라는 것뿐이야."

재니스는 유령처럼 보이는 하얀 드레스를 들어 보였다.

"이상해, 너무 이상해. 다른 세계로 가서 결혼을 하다니."

"침실로 가자."

"싫어! 자정에 전화가 온단 말이야. 윌한테 내가 화성행 로켓을 타기로 결정했다고 어떻게 설명할지 생각하느라 제대로 잘 수도 없었어. 아, 리어노라, 생각해 봐. 내 목소리가 광속 전화를 타고 1억 킬로미터를 이동한다니. 너무 마음을 빨리 바꾸는 바람에…… 겁이 날 지경이야!"

"지구에서의 마지막 밤이잖아."

이제 그들은 그 사실을 마음속 깊이 인지하고, 받아들이고 있었다.

이제는 눈을 돌릴 수 없었다. 그들은 떠날 예정이었고, 두 번 다시 돌아오지 못할지도 몰랐다. 그들은 한쪽이 태평양, 한쪽이 대서양으로 둘러싸인 북미 대륙을, 미주리 주 인디펜던스를 떠날 것이다. 그리고 그들의 여행가방에는 이 모든 것들이 단 하나도 들어가지 못한다. 그들은 그동안 이 마지막 깨달음을 애써 회피했다. 그러나 이제 여행은 눈앞으로 다가와 있었고, 그들은 옴짝달싹할 수 없는 상황이 되었다.

"우리 아이들, 그 아이들은 미국인이 아닐 거야. 지구인도 아니겠지. 우리는 남은 일생을 화성인으로 지내게 될 거야."

"가고 싶지 않아!" 갑자기 재니스가 소리쳤다.

그녀는 공포에 얼어붙었다.

"무섭단 말이야! 우주가, 어둠이, 로켓이, 운석이! 거긴 아무것도 없는데! 내가 왜 그리 가야 하는데?"

리어노라는 그녀의 어깨를 잡고 가까이 끌어당겨 흔들었다. "새로운 세상이잖아. 예전과 마찬가지야. 남자가 먼저 가고 여자가 따라가는 거지."

"내가 왜, 왜 가야 하는 건데, 말해 줘!"

"왜냐하면," 리어노라가 마침내, 침대에 앉아 있는 그녀를 바라보며 조용히 입을 열었다. "윌이 저 위에 있기 때문이지."

그의 이름을 들으니 기분이 나아졌다. 재니스의 마음이 가라앉았다.

"남자들은 일을 너무 힘들게 만들어." 리어노라가 말했다. "옛날에는 여자가 남자를 따라 300킬로미터를 가는 것도 엄청난 일이었는데 말이야. 그러더니 곧 1,000킬로미터가 되었지. 그런데 이제는 우리 사이에 우주가 가로놓여 있지. 하지만 그런다고 우리가 멈출 리는 없잖아, 그렇지?"

"로켓에 타면 바보가 된 기분이 들 것 같아."

"나도 너랑 같이 바보가 될 거야." 리어노라가 자리에서 일어섰다. "자, 그럼 마을을 한 바퀴 돌아보면서 모든 것을 마지막으로 한 번 훑어보자."

재니스는 마을 쪽을 바라보았다. "내일 밤에도 이 모든 것들은 이곳에 있겠지. 하지만 나는 없을 거야. 사람들은 자리에서 일어나서, 식사를 하고, 일하고, 잠이 들고, 다시 일어나겠지만, 우리는 그 모든 것을 알 수 없을 거야. 그리고 사람들은 우리를 그리워하지 않을 테고."

리어노라와 재니스는 문을 찾지 못하는 것처럼 주변을 한 바퀴 둘러보았다.

"이리 와."

그들은 문을 열고, 불을 끈 다음, 밖으로 나가서 문을 닫았다.

하늘에서는 계속 무언가가 움직이고 또 움직였다. 거대한 불꽃이 피어오르며, 호각과 소용돌이 소리가 크게 울리고, 눈보라가 몰아쳤다. 헬리콥터들이 하얀 눈송이처럼 조용히 떨어져 내려왔다. 서쪽과 동쪽과 북쪽과 남쪽에서 여자들이 끊임없이 도착했다. 밤하늘 곳곳에서 헬리콥터들이 눈보라처럼 떨어져 내려오는 모습이 보였다. 호텔은 가득 차고, 개인 주택은 민박을 받았으며, 들판과 목초지마다 천막의 도시가 기이하고 흉측한 꽃처럼 자라나고, 도시와 주변 근교는 단순한 여름 이상의 그 무엇으로 달아오르고 있었다. 하늘을 올려다보는 여자들의 분홍빛 얼굴, 그리고 새로 온 남자들의 햇볕에 그을린 얼굴이 그렇게 만들고 있었다. 언덕 너머에서는 로켓이 시험 삼아 화염을 뿜고 있었고, 그와 함께 커다란 오르간의 건반을 모두 한 번에 누른 듯한 소리가 모든 수정 같은 창문과 숨어 있는 뼈들을 진동시켰다. 턱으로도, 발가락으로도, 손가락으로도 느낄 수 있었다. 격렬한 떨림이었다.

리어노라와 재니스는 낯선 여인들과 함께 드러그스토어에 자리를 잡고 앉았다.

"거기 숙녀분들은 아주 예쁜데 꽤나 슬픈 얼굴이군요." 소다수 판매원이 말했다.

"초콜릿 몰트 두 잔 주세요." 리어노라는 재니스가 벙어리라도 되는 양 두 사람의 주문을 도맡아 했다.

그들은 초콜릿 음료가 박물관의 희귀 전시품이라도 되는 양 내려다보았다. 화성에서는 한참 동안 몰트를 찾아보기 힘들 것이다.

재니스는 핸드백을 뒤적거리더니, 머뭇거리며 봉투 하나를 꺼내 대리석 탁자 위에 올려놓았다.

"윌이 보낸 거야. 이틀 전에 로켓 우편으로 왔어. 이 편지 때문에 마음을 다잡고, 그곳으로 가기로 정한 거야. 너한테는 말하지 않았지. 이제 봐 줬으면 좋겠어. 어서, 쪽지를 읽어 봐."

리어노라는 봉투를 털어 쪽지를 꺼낸 다음 소리 내어 읽었다.

"사랑하는 재니스. 네가 화성으로 오기로 결심한다면 이곳이 우리 집이 될 거야. 윌."

리어노라는 다시 한 번 봉투를 털었다. 반짝이는 컬러사진 한 장이 탁자 위로 떨어졌다. 집을 찍은 사진이었다. 어둡고, 이끼가 끼고 오래된, 담갈색의 편안한 집이었다. 주변에는 붉은 꽃과 멋들어진 녹색 양치식물이 자라나고, 현관에는 가는 담쟁이덩굴이 올라가고 있었다.

"하지만 재니스!"

"왜?"

"이건 너희 집 사진이잖아. 여기 지구에, 엘름 가에 있는 너희 집 말이야!"

"아니야. 자세히 봐."

그리고 그들은 다시 함께 사진을 들여다보았다. 편안해 보이는 짙은 색조의 건물 양쪽, 그리고 뒤로 보이는 풍경은 지구의 풍경이 아니었다. 토양은 기묘한 자줏빛을 띠고, 잔디에는 희미하게 붉은빛이 감돌며, 하늘은 회색 다이아몬드처럼 반짝이고 있었다. 그리고 한쪽으로는 기묘하게 굽은 나무가 자라고 있었다. 마치 하얀 머리카락에 반짝이는 수정 조각들을 단 노파 같은 모습이었다.

"이건 윌이 나를 위해 화성에 지은 집이야." 재니스가 말했다. "이걸 보면 도움이 돼. 어제 하루 종일, 혼자 시간이 있을 때마다, 그리고 가장 두렵고 혼란스러울 때마다 나는 이 사진을 꺼내 봤어."

그들은 함께 1억 킬로미터 떨어진 곳의 어둡고 편안한 집을 바라보았다. 낯익으며 동시에 낯선, 예스럽지만 새로운, 현관 오른쪽 창문 안에서 노란 불빛이 비치는 집을.

"윌이라는 남자는 자기가 뭘 해야 되는지 잘 아는 모양이네." 리어노라가 고개를 끄덕였다.

그들은 음료를 마저 비웠다. 밖에서는 낯선 사람들이 상기된 채 무리를 지어 돌아다녔고, 여름 하늘에서는 끊임없이 '눈'이 떨어져 내리고 있었다.

그들은 화성에 가져갈 여러 가지 한심한 물건들을 사 모았다. 레몬 사탕 여러 봉지, 반짝이는 여성용 잡지, 깨지기 쉬운 향수병. 그리고 그들은 도시 중심가로 걸어 나와 반중력 장치가 달린 벨트 재킷 두 벌을 빌린 다음, 나방을 흉내 내듯 조심스레 조작기를 움직여 하얀 꽃잎처럼 도시를 날아다녔다. "어디라도." 리어노라가 말했다. "어디든 좋아."

그들은 불어오는 바람에 몸을 내맡겼다. 바람을 타고 여름날 사과나무와 서서히 더워지고 있는 밤 속을 가로지르며, 그들은 사랑스러운 도시, 어린 시절을 보낸 집들, 학교와 거리, 계곡과 초원과 농장 위를 날아다녔다. 너무 낯익어 이삭의 밀알 하나하나가 황금 동전처럼 보였다. 그들은 불똥의 위협에도 계속 날아다니는 낙엽처럼, 경고의 속삭임과 여름 번개의 소리를 들으며 구름으로 덮인 언덕 위를 날아다녔다. 별로 오래전도 아닌 때, 지금은 가 버린 젊은 남자들과 함께 헬리콥터를 아래로 내려 차가운 밤의 시냇물을 만지려고 내려갔던, 바로 그 희뿌연 빛의 시골길이 아득하게 보였다.

그들과 지구 사이에 놓인 얼마 안 되는 공간만으로도, 그들은 이미 도시에서 한참을 떨어져 나온 기분에 휩싸였다. 검은 강이 사라지고 빛과 색채가 해일처럼 밀려들었다. 도시는 이미 만질 수 없는 꿈처럼 느껴지는, 이미 그들의 눈 속에 향수와 함께 새겨진, 시야에서 온전히 사라지기 전부터 불안한 추억의 일부가 되어 버렸다.

조용히 바람을 타고 흩날리며, 그들은 비밀스럽게 이곳에 남기고 가는 100여 명의 친구들 얼굴을, 바람에 스쳐 지나가는 창가에 놓아둔 램프의 불빛을 바라보았다. 시간이 그들을 따라 호흡하고 있었다. 옛사랑의 고백이 새겨지지 않은 나무는 하나도 없었다. 백색의 눈가루로 덮인 골목길 중 지나가 보지 않은 곳은 하나도 없었다. 그들은 난생처음으로 자신들의 도시가 아름답다는 사실을, 외로운 불빛과 오래된 벽돌 건물이 아름답다는 사실을 깨달았다. 그들 앞에 펼쳐진 아름다움의 만찬에 눈이 휘둥그레질 지경이었다. 여기저기서 아련하게 들려오는 음악 소리, 집집마다 들려오는 텔레비전 소리에 섞인 중얼거림들이 하나가 되어 밤의 허공을 끊임없이 떠돌았다.

두 여인은 거리를 날아다니며 마치 바늘이라도 된 양 나무 한 그루한 그루를 자신들의 향수 냄새로 꿰매 붙였다. 눈에는 이미 수많은 것이 그득 담겨 있었지만, 그들은 하나하나의 모습을, 그림자를, 외따로서 있는 떡갈나무와 느릅나무를, 구불구불한 작은 골목길을 지나가는 차들을 계속 담았다. 그들의 눈만이 아니라 머리까지, 그리고 마침내는 심장까지 가득 차 넘칠 지경이 될 때까지.

죽은 것 같은 기분이야, 하고 재니스는 생각했다. 봄밤에 무덤에 누운 채로, 나를 제외한 모두가 살아서 나 없이 움직이고 있는 모습을 보는 기분이야. 열여섯 살 때 봄밤마다 공동묘지 옆을 지나가며, 이렇게 부드러운 봄날 나는 살아 있는데 저들은 죽어 있다는 사실이 공평치 않다는 생각에 눈물 흘렸던 때와 같은 감정이야. 살아 있다는 죄를 저지르고 있었던 거야. 그리고 이제, 여기, 오늘 밤은, 그들이 나를 무덤에서 꺼내어 다시 한 번 마지막으로 도시 위를 날게 해 주며, 살아 있다는 것이 어떤 느낌인지를, 도시와 사람들과 함께하는 기분이 어떤지를 느끼게 해 준 다음, 다시 내 몸 위로 검은 뚜껑을 덮을 것만 같은 느낌이야.

부드럽게, 부드럽게, 밤바람에 날리는 하얀 종이 등불처럼, 여인들은 자신의 일생과 과거 위를 날아다녔다. 천막 도시가 세워진 풀밭 위, 그리고 새벽까지 계속 트럭이 오가며 보급품을 실어 나를 고속도로위도. 그들은 그 모두 위를 오랫동안 날아다녔다.

거미집을 만들듯 별들 사이를 떠돌다 재니스의 오래된 집 앞의 달빛 어린 포석에 발을 디뎠을 때, 탑시계가 11시 45분을 알렸다. 도시는 잠들어 있었고, 재니스의 집은 잠자리를 찾아들어 오는 그들을 기다리고 있었다. 그러나 아직 잠들 기분은 들지 않았다.

"여기 있는 게 우리 맞지?" 재니스가 물었다. "재니스 스미스와 리어노라 홈스, 2003년. 맞지?"

"맞아."

재니스는 입술을 핥으며 자세를 바로 하고 섰다. "다른 시대였으면 좋겠어."

"1492년? 1612년?" 리어노라는 한숨을 쉬었고, 나무 사이로 불어 가는 바람도 그녀와 함께 한숨을 쉬었다. "어느 시대든 콜럼버스의 날이나 플리머스 록의 날은 존재할 테고, 우리 여자들이 거기에 대해 대체 무슨 일을 할 수 있을지 짐작도 가지 않는걸."

"노처녀가 될 수 있겠지."

"아니면 지금 우리가 하려는 일을 하든가."

그들은 따뜻한 한밤중의 집 문을 열었다. 도시의 소리가 천천히 그들의 귓속에서 잦아들었다. 문을 닫자마자 전화가 울리기 시작했다.

"전화가 왔어!" 재니스가 소리치며 달려갔다.

리어노라는 그녀를 따라 침실로 들어갔고, 재니스는 이미 송수화기를 들고 말하고 있었다. "여보세요, 여보세요!" 먼 도시에 있는 교환원이 두 세계를 하나로 엮어 주는 거대한 기계를 준비하기 시작했다. 두 여인은 기다렸다. 한 여인은 창백한 얼굴로 자리에 앉아서, 다른 여인은 서 있지만 마찬가지로 창백한 얼굴을 하고 첫 번째 여인 쪽으로 몸을 굽힌 채로.

한참 침묵이 흘렀다. 별과 시간으로 가득한, 그들 모두가 지난 3년 동안 느꼈던 것과 별로 다르지 않은 기다림의 시간이. 그리고 이제 그때가 되었다. 이제는 재니스가 수백만 킬로미터의 유성과 혜성을 뚫고 대답을 할 차례였다. 그녀의 말을 끓어오르게 하거나 지져 버릴 수도 있는, 또는 그 안의 내용을 태워 없앨 수도 있는 노란 태양을 피해, 그녀가 대답을 할 차례였다. 그러나 그녀의 목소리는 은빛 바늘처럼 모든 것을 꿰뚫으며 전해져 갔다. 목소리로 모든 것을 꿰매 버리듯, 광막한 밤하늘을 지나, 화성의 위성에 반사되어 울려 퍼졌다. 그러다 마침내, 그녀의 목소리는 길을 찾아 다른 행성 다른 도시의 어느 방에 앉아 있는 남자에게 도달했다. 소리가 전달되는 데만 5분이 걸리는 거리였다. 그리고 그녀의 대답은 이러했다.

"안녕, 윌. 나 재니스야!"

그녀는 침을 삼켰다.

"시간이 별로 없대. 한 1분 정도."

그녀는 눈을 감았다.

"천천히 이야기하고 싶은데, 빨리 한마디 안에 전부 담아서 말하라고 하네. 그러니까 내가 하고 싶은 말은…… 결정을 내렸어. 그리로 갈게. 내일, 로켓을 타고 갈 거야. 무슨 일이 생겨도 당신이 있는 곳으로 갈 거야. 그리고 사랑해. 내 목소리가 들렸으면 좋겠어. 사랑해. 정말 오랜 시간이 지났는데……"

그녀의 목소리가 눈에 보이지 않는 세계로 퍼져 나갔다. 대답을 보내고 나자, 그녀는 자신이 뱉은 말을 다시 불러들이고 싶어졌다. 검열하고 재배치해서, 조금 더 아름다운 문장으로, 자신의 영혼을 보다 충실하게 표현할 수 있도록 만들고 싶었다. 그러나 이미 그녀의 말은 행성들 사이를 날아가고 있었다. 문득 이런 생각이 들었다. 만약 어떤 우주적인 힘이 그 말에 불빛이 들어오게 한다면, 방울져 불타오르게 한다면, 그녀의 사랑은 열 몇 개의 행성에 빛을 밝히고 밤이 된 쪽의 지구에 때 이른 새벽을 찾아오게 할 수 있을 것이라고. 이제 그 말은 더 이상 그녀의 것이 아니라 우주의 일부가 되었다. 도착할 때까지는 누구에게도 속해 있지 않았다. 그리고 그 말은, 지금 초속 28만 9,682킬로미터의 속도로 목적지로 날아가고 있었다.

그가 내게 뭐라고 말해 줄까? 자신에게 주어진 1분의 시간 동안 무슨 말을 할까? 그녀는 궁금했다. 그녀는 손목의 시계를 만지작거리고 비틀었다. 귀에 대고 있는 수화기에서 지직대는 소리가 들렸다. 우주가 전기의 움직임과 춤과 귀에 들리는 오로라의 형태로 그녀에게 속삭였다.

"대답했어?" 리어노라가 속삭였다.

"쉬잇!" 재니스는 몸이 좋지 않은 것처럼 잔뜩 허리를 굽혔다.

그리고 우주를 통해 그의 목소리가 도착했다.

"목소리가 들려!" 재니스가 소리쳤다.

"뭐라고 했어?"

화성에서 들려온 소리는 해가 뜨지도 지지도 않는, 언제나 암흑 가운데 해가 떠 있는 밤을 통해 날아왔다. 그리고 화성과 지구 사이의 어디선가 소리의 대부분이 사라져 버렸다. 아마도 지나가는 유성우로 인한 전자기장에 휩쓸려 버렸든가, 빗발치는 은빛 유성우의 장막에 가려진 모양이었다. 어쨌든 그렇게 해서 사소한 단어, 중요하지 않은 단어들은 전부 휩쓸려 사라졌다. 그리고 그의 목소리는 단 하나의 단어만을 그녀에게 전달해 주었다.

"······사랑······"

그리고 다시 광막한 밤이 찾아왔고, 별과 태양이 자기들끼리 속삭이며 서로를 바라보는 소리, 그녀의 맥박이 뛰는 소리만이, 우주 저 너머의 또 다른 세계처럼 그녀의 이어폰을 가득 채웠다.

"목소리 들었어?" 리어노라가 물었다.

재니스는 고개를 끄덕일 수밖에 없었다.

"뭐라 그래? 뭐라고 했어?" 리어노라가 소리쳐 물었다.

하지만 재니스는 누구에게도 말해 줄 수 없었다. 입 밖에 내기에는 너무 행복했다. 그녀는 기억 속에서 끊임없이 재생을 되풀이하며, 그 한 단어를 계속 듣고 또 들었다. 그렇게 계속 귀를 기울이는 동안, 리어노라가 그녀의 손에서 송수화기를 빼앗아 전화기 위에 올려놓았다. 그녀는 그 사실을 알아채지도 못했다.

그리고 그들은 잠자리에 들어 불을 껐고, 밤바람이 방 안을 휘감고 지나가며 어둠과 별 속의 긴긴 여행의 냄새를 실어다 주었다. 그리고 그들은 내일 일어날 일을, 그리고 내일 이후의 날들에 일어날 일들에 대해 이야기했다. 이후의 날들은 날이 아니라, 헤아릴 수 없는 시간 속의 낮이자 밤이 될 것이다. 그들의 목소리는 차츰 잠 속으로, 그리고 생각 속으로 잦아들었고, 재니스는 홀로 침대에 누워 있었다.

문득 이런 생각이 들었다. 1세기 전에도 이런 일이 있었을까. 동부의 작은 마을에서, 떠나기 전날 밤, 준비를 끝낸 채로, 또는 아직 준비를 끝내지 못한 여인들이, 떠날 준비를 마친 말 울음소리나 대형 짐마차가 삐걱대는 소리에 귀를 기울이며 누워 있었을까? 나무 아래에서 신음하는 황소들의 소리나, 자신의 때가 오기도 전에 벌써 외로운 울음을 터트리는 아이들의 소리를 듣고 있었을까? 깊은 숲이나 평원에서 도착하고 또 떠나가는 소리, 자정이 넘도록 붉은 지옥에서 일하고 있는 대장장이들의 소리를? 여행길을 위해 준비한 베이컨과 햄의 냄새도, 나무통이 흔들려 넘친 물을 대평원으로 흩뿌리며 움직이는, 화물을 가득 실은 배처럼 묵직한 마차도, 마차 아래쪽 상자 안에서 격렬하게 홰를 치는 암탉들도, 마차를 앞질러 황야로 달려 나가다 광활한 평야를 눈에 담은 채 돌아오곤 하는 개들까지도? 그 옛날에도 모든 것이 이러했을까? 낭떠러지 끝에 몰리듯이, 별의 절벽 가장자리에 몰려서. 당시에는 들소의 냄새를, 우리 시대에는 로켓의 냄새를 맡으면서. 그렇다면 그때에도 이러했던 걸까?

그리고 그녀는 잠이 베푸는 꿈속으로 빠져들며 생각했다. 그래, 물론 그랬겠지. 정말 비슷했을 거야. 항상 그래 왔고, 앞으로도 영원히 그런 모습이겠지.

그릇 밑바닥의 과일
The Fruit at the Bottom of the Bowl

윌리엄 액턴은 몸을 일으켰다. 벽난로 장식 위의 시계가 자정을 향해 째깍대고 있었다.

그는 자신의 손가락을 보고, 자신을 둘러싼 널찍한 방을 보고, 바닥에 누워 있는 남자를 보았다. 지금껏 타자기의 자판을 누르고 사랑을 나누고 이른 아침에 햄과 달걀을 뒤집던 그 손가락으로, 소용돌이 문양이 새겨진 바로 그 열 손가락으로, 윌리엄 액턴은 살인을 저지르고만 것이다.

지금껏 자신에게 조각가의 소질이 있다고 생각해 본 적은 없었다. 하지만 지금 이 순간, 자신의 양손 너머 반짝이는 나무 바닥에 누워 있는 시체를 내려다보고 있자니, 그는 자신이 바로 이 남자, 도널드 헉슬리라는 이름의 인간 점토를 취하여, 그 모습을 바꾸고 뒤틀어 이를 취하는 작업을 수행했다는 사실을, 그의 골격 자체, 골상을 바꾸어 버렸다는 사실을 깨닫게 되었다.

손가락을 비트는 것만으로 헉슬리의 눈 속에 깃든 가혹한 빛은 전부 씻겨 내려갔다. 그의 눈두덩 안에는 이제 눈먼 둔탁함이 차갑게 깃들어 있었다. 항상 분홍색에 육감적이던 입술도 이제는 말려 올라가 말상의 이빨을, 누렇게 물든 앞니를, 니코틴에 찌든 송곳니를, 금으로 때운 어금니를 드러냈다. 분홍색이던 코 역시 이제 얼룩덜룩하고 창백하고 색이 바래 있었다. 귀도 마찬가지였다. 바닥에 늘어진 손은 활짝 펼쳐진 상태였다. 그의 인생에서 처음으로 요구가 아니라 간청을 하는 모습이었다.

그래, 예술적인 모습이었다. 전체적으로 보아 헉슬리에게 나름 유익한 방향의 변화였다. 죽음 덕분에 보다 상대하기 편한 사람이 된 것이다. 이제 그도 말을 할 수 있을 것이며, 헉슬리도 귀를 기울일 수밖에 없을 것이다.

윌리엄 액턴은 자신의 손가락을 내려다보았다.

이미 저지른 일이다. 돌이킬 수는 없었다. 소리가 들리지는 않았을까? 그는 귀를 기울여 보았다. 바깥에서는 늦은 밤 거리의 평범한 소리가 들려오고 있었다. 현관문을 부수며 밀고 들어오는 소리도, 문을 열라고 요구하는 목소리도 들리지 않았다. 살인이, 따뜻한 진흙의 육신을 차갑게 만드는 일이 일어났음을 아는 사람은, 아무도 없었다.

이제 어쩐다? 째깍 소리가 자정을 알렸다. 머릿속에서 온갖 충동이 폭발하며 당장 문으로 달려가라고 히스테릭하게 소리치고 있었다. 뛰어, 도망쳐, 달려, 절대 돌아오지 마, 기차에 올라, 택시를 잡아, 타든, 뛰든, 걷든, 어떻게든 좋으니까 당장 여기에서 빠져나가라고!

그는 눈앞에서 손을 들어 뒤집어 보았다.

그는 생각에 잠긴 채 천천히 손을 비틀어 보았다. 깃털처럼 가볍고 공허하게 느껴졌다. 왜 이런 식으로 손을 바라보고 있던 것일까? 그는 자문했다. 지금 이 순간에 움직임을 멈추어야 할 만큼 중요한 이유가 있는 것일까? 성공적으로 목을 꺾어 버린 다음에, 소용돌이 하나하나를 세밀하게 살펴보아야 할 이유가?

평범한 손이었다. 너무 굵지도 가늘지도 않고, 너무 길지도 짧지도 않았다. 털이 부숭부숭하지도, 한 올도 없이 매끈하지도 않았다. 매니큐어를 칠하지는 않았지만 더럽지도 않았고, 부드럽지는 않아도 못이 박이지도 않았으며, 주름이 지지도 않았지만 매끄럽지도 않았다. 전혀 살인을 저지를 만한 손이 아니었지만…… 이미 죄를 저지른 손이었다. 이렇게 바라보고 있자니 그 자체가 기적처럼 여겨지기만 했다.

손 그 자체에, 손가락 그 자체에 관심을 둔 것은 아니었다. 폭력을 저지른 후 찾아오는, 감각이 마비된 영겁의 시간 속에서, 그는 오직 자신의 손가락 끝에만 신경을 쓰고 있었다.

벽난로 위 시계가 째깍거렸다.

그는 헉슬리의 시체 옆에 무릎을 꿇고 앉아서는, 헉슬리의 주머니에서 손수건 한 장을 꺼내, 그것으로 헉슬리의 목을 체계적으로 닦아 내기 시작했다. 목젖 부분을 쓸고 주무른 다음, 열정적으로 얼굴과 목 뒤를 닦아 냈다. 그리고 그는 자리에서 일어섰다.

그는 목을 보았다. 반짝이는 바닥을 보았다. 그러고는 천천히 몸을 굽혀 손수건으로 바닥을 몇 번 찍어 보았다. 그리고 코웃음을 치며 바닥을 닦았다. 우선 시체의 머리 근처, 다음으로는 시체의 팔 근처. 그리고 시체 주위의 바닥을 전부 닦았다. 시체 사방으로 1미터에 걸쳐진 바닥을 전부 닦았다. 그리고 시체 사방으로 2미터 안의 바닥을 전부 닦았다. 그리고 시체 사방으로 3미터 안의 바닥을 전부 닦았다. 그리고……

그는 움직임을 멈추었다.

집 전체를 돌아보던 순간이 있었다. 거울이 걸린 홀을, 조각 문양이 들어간 문들을, 휘황찬란한 가구들을. 그리고 지금 단어 하나하나를 되풀이해 말해 주는 것처럼, 그의 머릿속에서는 고작해야 한 시간 전에 헉슬리와 자신이 했던 말이 생생하게 울려 퍼지고 있었다.

헉슬리의 집 초인종에 손가락을 대고 눌렀다. 헉슬리가 문을 열었다.

"아!" 헉슬리는 충격을 받은 표정이었다. "자네로군, 액턴."

"내 아내는 어디에 있나, 헉슬리?"

"자네 설마 내가 말해 줄 거라고 생각하고 있는 건가, 진심으로? 거기 그렇게 멍청하게 서 있지 말게. 할 말이 있으면 안으로 들어오라고. 그 문으로. 그래. 서재로 가자고."

그때 액턴은 서재 문을 만졌다.

"술?"

"그래, 술이 필요하지. 릴리가 떠난다니 믿을 수가 없어. 그녀가 자네를,"

"저기 부르고뉴 와인이 한 병 있네. 진열장에서 꺼내 오겠나?"

그래, 꺼내 오라고. 집어 들어. 손으로 만져. 그는 그렇게 했다.

"저기 꽤 흥미로운 초판본들이 있다네, 액턴. 장정을 만져 봐. 느껴 보라고."

"나는 책을 보러 온 것이 아니네. 나는,"

그때 그는 책과 서재 탁자와 와인병과 유리잔을 만졌다.

헉슬리의 차가운 시체 옆에 쭈그려 앉아서, 손에는 물건을 닦기 위한 손수건을 들고, 움직임을 멈춘 채로, 이제 그는 주변 실내를, 벽을, 가구를 둘러보았다. 눈이 점차 커지고 입이 벌어졌다. 자신이 깨달은 것에, 자신이 보고 느낀 것에 경악한 것이다. 그는 눈을 감고 고개를 떨구며 손가락으로 손수건을 구기고는, 이빨로 입술을 깨물며 초조함을 억눌렀다.

사방에 지문이 있었다. 사방에!

"와인 좀 들겠나, 액턴? 거기 와인병 좀 가져다주지? 자네 손으로? 나는 정말로 지쳤다고. 이해가 되나?"

장갑.

다른 일을 하기 전에, 다른 구역을 닦기 전에, 일단 장갑부터 껴야 했다. 그러지 않으면 닦아 낸 다음에 실수로 자신의 신원을 떡하니 남겨 놓고 오게 될 수가 있었다.

그는 주머니에 손을 넣어 보았다. 현관의 우산꽂이, 모자걸이, 헉슬리의 외투를 전부 살펴보았다. 외투 주머니를 끄집어내 보기도 했다.

장갑은 없었다.

그는 다시 주머니에 손을 찔러 넣고 2층으로 올라갔다. 서두르면서도 감정을 적절히 절제하며, 다급해져 난폭한 행동을 하지 않도록 신경을 쓰면서. 애초에 장갑을 끼고 오지 않는 실수를 저질렀기 때문에, (하지만 어쨌든, 그는 살인을 계획하고 온 것이 아니었다. 그리고 일을 저지르기 전에 이미 깨닫고 있었을 법한 무의식은, 그날 밤이 지나기 전에 장갑이 필요하게 될 것이라는 힌트조차 주지 않았다) 이제는 자신의 노력으로 그 어리석음을 메워야만 했다. 집 안 어딘가에 장갑이 한 벌은 있을 것이다. 서둘러야 했다. 이런 시간이지만 누군가가 헉슬리를 찾아올 가능성이 있었다. 잔뜩 취해서 문을 두드리고는, 웃고 떠들며 가벼운 인사조차도 없이 자유롭게 드나드는 인간들이. 아침 6시까지는 시간이 있을 것이다. 그때가 되면 헉슬리의 친구들이 공항으로, 멕시코시티로 여행을 떠나려고 그를 데리러 올 테니까……

액턴은 서둘러 2층으로 올라가, 손수건을 대고 서랍을 열었다. 그는 6개의 방에서 70~80개의 서랍을 헤집었다. 옷자락이 삐져나온 채로 닫거나 그대로 열어 둔 채로 다음 서랍으로 옮겨 갔다. 마치 벌거벗은 것처럼, 장갑을 찾기 전에는 다른 일은 아무것도 할 수 없을 것만 같았다. 집 안 전체를 손수건으로 닦고, 지문이 묻을 만한 모든 표면을 닦아 낸 다음에도, 실수로 어딘가 벽에 부딪혀서 남긴 작은 소용돌이 문양 하나 때문에 파멸할 것만 같았다! 범행을 인정한다는 증거를 찍어 놓은 것만 같았다. 그런 의미일 터였다! 과거에 사각거리는 파피루스 위에 화려하게 글을 쓰고, 잉크를 말리려고 뿌리는 모래를 잔뜩 묻힌 다음, 편지 끝에 뜨거운 붉은색 수지를 떨어트리고 그 위에 눌러 찍는 인장 반지와 같은 것이다. 하나, 단 하나의 지문만 현장에 남기더라도 그런 효과가 발생할 것이다! 그가 범죄를 자백하는 것보다도 그런 인장 쪽이 더 신뢰가 갈 것이다.

서랍을 더 뒤져 봐야 한다! 조용히, 세심하게, 조심해서. 그는 중얼거렸다.

그는 85번째 서랍 바닥에서 장갑 한 벌을 발견했다.

"아, 주여, 감사합니다!" 그는 안도의 숨을 내쉬며 서랍장에 기대 주저앉았다. 그는 장갑을 낀 다음, 손을 들어서 자랑스럽게 쥐었다 폈다

해 보고는 단추를 채웠다. 부드럽고, 회색에, 두껍고, 난공불락으로 보였다. 이제는 이 손으로 온갖 일을 벌여도 흔적이 남지 않을 것이다. 그는 침실 거울을 보며 엄지로 코를 누르면서 이를 악물었다.

"안 돼!" 헉슬리가 소리쳤다.

얼마나 사악한 계략이었는지.

헉슬리는 고의적으로 바닥으로 넘어진 것이다! 아, 정말로 사악하고 교활한 작자가 아닌가! 헉슬리가 나무 바닥 위로 그대로 넘어졌고, 액턴이 그 뒤를 따랐다. 그들은 서로 다투며 구르고 바닥을 긁었고, 계속 바닥에 자신의 지문을 남기고 또 남겼다! 헉슬리는 몇십 센티미터 밖으로 굴러 도망쳤고, 액턴은 그 뒤를 따라가 그의 목에 손을 올리고는 튜브에서 치약이 빠져나오듯 생명이 빠져나올 때까지 짓눌렀다!

윌리엄 액턴은 장갑을 낀 채로 방에 돌아와서, 바닥에 무릎을 꿇고 앉아 감염된 모든 표면을 말끔하게 닦아 내는 작업에 착수했다. 1센티미터 1센티미터씩, 그는 반질반질한 바닥에 땀투성이가 된 자기 얼굴이 비쳐 보일 정도로 닦고 또 닦았다. 그리고 탁자로 가서 다리부터 닦아 올라가, 육중한 동체를 지나 서랍 손잡이와 상판에 이르렀다. 밀랍으로 만든 과일이 담긴 그릇에 이르자, 그는 은세공 그릇을 말끔히 닦은 다음 밀랍 과일을 꺼내어 세심하게 문질렀다. 그릇 바닥의 과일 하나는 남겨 둔 채였다.

"저건 분명히 건드리지 않았으니까."

탁자를 닦은 다음, 그는 탁자 위에 걸린 액자에 이르렀다.

"저것도 분명히 건드리지 않았으니까."

그는 한동안 그림을 바라보며 서 있었다.

그는 방 안의 문들을 훑어보았다. 오늘 밤 어느 문을 썼더라? 기억이 나지 않았다. 그는 문고리부터 시작해서 문 전체를 닦은 다음, 만일을 대비해서 문을 꼭대기에서 아래까지 전부 문질렀다. 그리고 방 안의 가구로 옮겨 가 안락의자를 닦았다.

"액턴, 자네가 앉은 의자 말인데, 루이 14세 시대의 물건이라고. 그질감을 느껴 봐." 헉슬리가 말했다.

"나는 가구 이야기를 하러 온 것이 아닐세, 헉슬리! 릴리 때문에 온거라고."

"아, 그건 그만 떨쳐 내지 그러나. 자네도 진지했던 건 아니잖아. 그여자는 자네를 사랑하지 않는다고. 내일 나하고 같이 멕시코시티로가겠다고 하던데."

"네놈과 돈과 빌어먹을 가구들을 사랑하는 거겠지!"

"훌륭한 가구라고, 액턴. 손님답게 질감을 한번 느껴 보게나."

직물에서도 지문은 검출할 수 있다.

"헉슬리!" 윌리엄 액턴은 시체를 바라보았다. "내가 자네를 죽일 거라고 예상한 건가? 내 무의식이 예견했듯이, 자네의 무의식도 그렇게의심한 건가? 그리고 자네의 무의식이 시키는 대로 집 안 곳곳을 끌고다니며 책을, 접시를, 문을, 의자를 만지고 주무르게 만든 건가? 자네, 그 정도로 영리하고 잔인한 사람이었나?"

그는 손수건을 움켜쥐고 무미건조한 표정으로 의자를 닦았다. 이내그는 시체를 떠올렸다. 시체 자체는 닦지 않았던 것이다. 그는 시체로가서 이리저리 돌리면서 모든 표면을 깔끔하게 닦아 냈다. 심지어는아무 대가도 없이 구두에 광을 내 주기도 했다.

구두를 광내는 도중 그의 얼굴에 살짝 근심의 기색이 스쳤다. 잠시 후 그는 몸을 일으켜 탁자로 갔다.

그리고 그는 그릇 맨 아래에 있는 밀랍 과일을 꺼내 깨끗이 닦았다.

"좀 낫군." 그가 중얼거리고는 다시 시체 쪽으로 돌아갔다.

그러나 다시 시체를 내려다보며 쭈그려 앉던 그는, 눈살을 찌푸리고 턱을 움직이면서 한동안 고민한 후, 자리에서 일어나 다시 탁자 쪽으로 향했다.

그는 액자를 문질러 닦았다.

액자에 광을 내던 도중 그는 문득 한 가지 사실을 발견했다.

벽이 있다는 사실을.

"저건, 말도 안 되지." 그가 중얼거렸다.

"아!" 헉슬리가 자신을 방어하며 소리쳤다. 싸우는 동안 그는 액턴을 밀쳤다. 액턴은 넘어졌다가 벽에 손을 짚고 일어나서는 다시 헉슬리에게 달려들었다. 그는 헉슬리의 목을 졸랐다. 헉슬리는 죽었다.

액턴은 평정을 유지하며 결단을 내린 얼굴로 천천히 벽에서 돌아섰다. 당시의 가혹한 말과 행동이 천천히 마음속에서 사라져 갔다. 숨겼다고 해야 할까. 그는 다시 사방의 벽을 바라보았다.

"말도 안 돼!" 그가 말했다.

시야 가장자리로 보이는 벽에 뭔가가 있었다.

"신경 쓰지 않겠어." 그는 주의를 돌리려고 혼잣말을 했다. "다음 방으로 가자고! 체계적으로 해야 해. 어디 보자…… 우리는 함께 홀에, 서재에, 이 방에, 그리고 식당과 주방에 있었지."

뒤편 벽에 얼룩이 보였다.

애초에 아까도 보지 않았던가?

그는 화가 나서 몸을 돌렸다. "좋아, 좋아, 그냥 확실히 하려는 거야." 그리고 그는 벽으로 갔지만 얼룩은 전혀 보이지 않았다. 아, 작은 게 하나 있긴 하군. 그래, 이거야…… 됐어. 그는 얼룩을 가볍게 두드렸다. 어쨌든 지문도 아니었다. 그는 얼룩을 없앤 다음, 장갑을 낀 손을 대고 벽에 기대 벽을 이리저리 살펴보았다. 자신의 오른쪽으로 뻗은 부분을 보고 왼쪽으로 뻗은 부분을 보고 발 아래쪽을 살펴보고 머리 위를 살펴보고는 마침내 나직하게 말했다. "아니야." 그는 위를 보고 아래를 보고 건너편을 본 다음 조용히 말했다. "이건 너무 넓어." 몇 평이나 되려나? "여기에는 신경도 쓰지 않을 거야." 그는 말했다. 그러나 그의 눈이 보지 못하는 곳에서, 장갑 안의 손가락들은 이미 슬쩍 리듬을 타며 벽을 닦기 시작하고 있었다.

그는 자신의 손과 벽지를 번갈아 힐끔거렸다. 그는 어깨 너머로 다른 방들을 바라보았다. "저리로 가서 꼭 필요한 물건들부터 닦아야 해." 그는 이렇게 중얼거렸지만, 그의 손은 벽을, 또는 그 자신을 붙들 듯 벽 위에 달라붙어 있었다. 그의 얼굴이 굳었다.

단 한 마디도 하지 않고, 그는 벽을 문지르기 시작했다. 위로 아래로, 왼쪽으로 오른쪽으로, 위로 아래로, 손을 뻗어 닿을 수 있는 한도까지, 몸을 숙여 닿을 수 있는 한도까지.

"말도 안 돼, 이런 세상에, 말도 안 된다고!"

하지만 확실하게 처리해야 해. 그의 생각이 속삭였다.

"그래, 확실하게 처리해야 하지." 그가 대답했다.

그는 한쪽 벽을 끝낸 다음……

다른 벽 앞에 섰다.

"몇 시나 됐지?"

그는 벽난로 위의 시계를 보았다. 한 시간이 지났다. 1시 5분이었다.

초인종이 울렸다.

액턴은 문을 바라보며, 시계를, 문을, 시계를 보며 얼어붙었다.

누군가가 시끄럽게 문을 두드리고 있었다.

기나긴 찰나가 흘러갔다. 액턴은 숨조차 쉬지 않았다. 몸에 새로운 공기가 들어오지 않게 되자, 그의 몸은 기능을 수행하지 못하고 흔들리기 시작했다. 머릿속에서 차가운 파도가 묵직한 바위에 부딪치며 소리 없는 천둥소리를 울렸다.

"어이, 그 안에!" 술 취한 목소리가 소리쳤다. "그 안에 있다는 거 알아, 헉슬리! 열라고, 빌어먹을! 올빼미만큼 취한 네 친구 빌리란 말씀이야. 헉슬리, 이 친구야, 올빼미 두 마리보다 더 취했다고."

"저리 가." 액턴은 짓눌린 채로 소리 없이 속삭였다.

"헉슬리, 안에 있잖나, 네놈이 숨 쉬는 소리가 들린다고!" 취한 목소리가 소리쳤다.

"그래, 내가 있지." 액턴이 속삭였다. 바닥에 널브러져 몸을 제대로 가누지도 못하며, 소리 없이 얼어붙은 채 비틀거리며. "그래."

"염병할!" 목소리가 안개 속으로 사라져 갔다. 발자국 소리가 멀어졌다. "염병할……"

액턴은 그곳에 한참을 서서 감은 눈 안에서, 머릿속에서 뛰는 붉은 심장의 박동을 느끼며 서 있었다. 마침내 그는 눈을 뜨고 앞에 있는 새로운 벽을 보고 다시 입을 열 용기를 얻었다. "한심하군." 그는 말했다. "이 벽에는 티끌 하나 없어. 건드리지 않을 거야. 서둘러야지. 서둘러야지. 시간, 시간이 필요해. 그 멍청한 친구 놈들이 끼어들기까지 몇 시간밖에 남지 않았다고!" 그는 몸을 돌렸다.

시선 끝에 작은 거미줄이 보였다. 그가 등을 돌리고 있는 동안, 작은

거미들이 목조 부분에서 기어 나와 가냘프고 반투명한 거미줄을 자아
낸 모양이었다. 그가 깨끗이 닦아 놓은 왼쪽 벽이 아니라, 아직 손대
지 않은 나머지 세 벽에 말이다. 그가 정면으로 쳐다보면 거미들은 나
무 기둥 속으로 숨어 들어갔고, 그가 시선을 돌리면 다시 기어 나왔다.
"이 벽들은 문제없어." 그는 반쯤 소리치듯 말했다. "건드리지 않을 거
라고!"

　그는 조금 전에 헉슬리가 앉았던 책상으로 갔다. 그는 서랍을 뒤져
찾던 물건을 꺼냈다. 헉슬리가 때때로 책을 읽을 때 사용하던 작은 돋
보기였다. 그는 돋보기를 손에 들고 불안한 기색으로 벽으로 다가갔
다.

　지문이 있었다.

　"하지만 저건 내 지문이 아냐!" 그는 초조하게 웃었다. "내가 저 지
문을 찍은 게 아니야! 분명 내가 한 게 아니라고! 하인이나, 집사나, 아
니면 가정부가 한 거겠지!"

　벽은 지문으로 가득했다.

　"여기 이쪽을 좀 보라고." 그가 말했다. "길쭉하고 점점 가늘어지는
모양이잖아. 여성의 지문이야. 내기할 수도 있어."

　"정말로?"

　"당연하지!"

　"확신할 수 있어?"

　"그럼!"

　"장담해?"

　"음…… 물론."

　"절대적으로?"

"그래, 젠장, 그렇다고!"

"어쨌든 닦아 내는 게 나을걸. 닦지 않겠어?"

"망할, 그래 닦았다!"

"빌어먹을 얼룩이 사라진 거잖아, 응, 액턴?"

"그리고 여기 이 지문, 이쪽에 있는 건," 액턴은 코웃음을 쳤다. "이건 뚱뚱한 사람의 지문이야."

"확신할 수 있어?"

"또 그걸 시작하려는 거지!" 그는 쏘아붙이고는, 지문을 문질러 지웠다. 그는 장갑을 벗고, 떨리는 손을 눈부신 조명 속으로 들어 올렸다.

"이걸 보라고, 이 머저리! 소용돌이가 어떤 식으로 도는지 보여? 보이느냐고?"

"그걸로 증명이 되는 건 아니잖아!"

"아, 알겠어!" 그는 분노를 폭발시키며 벽을 위아래로, 왼쪽 오른쪽으로 닦았다. 장갑을 낀 손으로, 땀을 흘리며, 투덜대며, 욕설을 내뱉으며, 몸을 숙이고, 위로 뻗고, 갈수록 얼굴이 더욱 붉어지면서.

그는 외투를 벗어 의자에 걸쳐 놓았다.

"2시야." 그는 벽을 끝낸 다음 시계를 노려보았다.

그는 그릇으로 가서 밀랍 과일들을 꺼내 밑바닥에 있던 것들을 전부 닦아 낸 다음 원래 자리로 돌려놓고, 액자 틀을 닦았다.

그는 샹들리에를 올려다보았다.

손가락이 움찔거렸다.

입이 열리며 혀가 입술을 더듬듯 움직였다. 그는 샹들리에를 보고 시선을 돌리고, 다시 샹들리에를 보고 헉슬리의 시체를 보고, 다시 오색의 유리구슬이 늘어진 샹들리에를 보았다.

그는 의자를 가져와 샹들리에 아래에 놓고는 한 발을 딛고 샹들리에를 끌어 내린 다음, 웃으며 의자를 거칠게 구석으로 던졌다. 그리고 그는 아직 한쪽 벽을 닦지 않은 채로 방에서 달려 나갔다.

식당에 도착한 그는 식탁 앞에 섰다.

"그레고리안 식기 세트를 보여 주고 싶은데, 액턴." 헉슬리는 이렇게 말했었다. 아, 그 무심하고 최면을 거는 듯한 목소리라니!

"시간이 없어." 액턴이 말했다. "릴리를 만나야 한다고."

"말도 안 되는 소리. 이 은식기를 좀 보라고. 정말로 뛰어난 장인의 솜씨 아닌가!"

액턴은 여러 벌의 식기 세트를 펼쳐 놓은 식탁 앞에서 움직임을 멈춘 채, 다시 한 번 헉슬리의 목소리를 들으며 만지고 손짓했던 것들을 기억해 냈다.

이제 액턴은 포크와 스푼을 닦고 벽에 걸린 기념판과 자기 접시들을 끄집어 내리고 있었다⋯⋯

"이건 거트루드와 오토 나즐러가 만든 훌륭한 자기 작품들이야. 이 사람들 작품을 좀 알고 있던가?"

"멋지긴 하군."

"들어 보라고. 뒤집어 봐. 그 섬세하고 가냘픈 모습을 확인해 보라고. 회전 제작대 위에서 손으로 만든 거라니까. 달걀 껍질만큼 얇지. 대단해. 그리고 저기 용암 유약 처리를 한 그릇도. 들어 보라니까. 어서. 그래도 신경 안 써."

들어 보라고. 어서, 집어 들라고!

액턴은 조금씩 흐느끼고 있었다. 그는 자기 그릇을 벽으로 집어 던졌다. 그릇은 산산조각이 나며 바닥 사방으로 파편을 흩뿌렸다.

　다음 순간, 그는 바닥에 엎드려 있었다. 한 조각 한 조각, 모든 조각을 찾아내야 한다. 바보, 멍청이, 머저리! 그는 이렇게 중얼거리며, 고개를 젓고 눈을 감았다 뜨고 허리를 굽혀 식탁 아래를 살펴보았다. 모든 조각을 찾아야 한다고, 이 머저리. 단 한 조각도 남기면 안 돼. 멍청이, 멍청한 놈! 그는 조각을 모았다. 이게 전부인가? 그는 식탁에 놓인 조각들을 바라보았다. 그는 다시 식탁 아래를, 의자 아래를, 서랍장 아래를 살펴보았고, 성냥 불빛으로 한 조각을 더 찾아낸 다음, 모든 조각을 보석이라도 되는 양 세심하게 닦기 시작했다. 그는 반짝이게 닦은 식탁 위에 조각들을 깔끔하게 늘어놓았다.

　"사랑스러운 자기 그릇이라고, 액턴. 어서, 만져 봐."

　그는 리넨 천을 꺼내어 자기를 닦고, 의자와 식탁과 문고리와 창틀과 선반과 커튼을 닦고, 바닥까지 닦은 다음 부엌에 도달했다. 헐떡이며, 격하게 숨을 고르며, 그는 조끼를 벗고 장갑을 바로 긴 다음 반짝이는 크로뮴 가구를 닦아 내기 시작했다…… "내 집을 보여 주고 싶군, 액턴. 따라오게……" 헉슬리가 말했다. 그리고 그는 모든 주방 기구와 은빛 수도꼭지와 주발을 닦았는데, 이제는 자신이 무엇을 만지고 무엇을 만지지 않았는지 기억할 수 없었기 때문이다. 헉슬리와 그는 이곳 주방에도 왔었고, 헉슬리는 잠재적 살인자 앞에서 불안을 숨기며 자신의 수집품을 자신 있게 소개했다. 어쩌면 필요할 경우 옆에 칼이 있기를 바랐던 것일지도 모른다. 그들은 이곳에 한동안 머물며 이것, 저것, 다른 것을 만졌다…… 무엇을, 얼마나 오래, 얼마나 많이 만졌는지는 기억이 나지 않았다…… 그리고 그는 부엌 닦는 일을 끝낸 다음 홀을 지나 헉슬리가 누워 있는 방에 도달했다.

그는 비명을 질렀다.

방의 네 번째 벽을 닦는 일을 잊었던 것이다! 그리고 그가 떠나 있는 동안 작은 거미들이 아직 닦지 않은 네 번째 벽에서 튀어나와 깨끗해진 벽 위를 돌아다니며 다시 더럽혔다! 천장에도, 샹들리에에도, 구석에도, 바닥에도, 소용돌이 모양의 거미줄 100만 개가 그의 비명을 받아 물결치고 있었다! 작은, 작은 거미줄이, 기묘하게도 그의 손가락과 똑같은 크기의 거미줄이!

그가 지켜보는 와중에도, 거미줄은 액자 틀 위로, 과일 그릇으로, 시체로, 바닥으로 퍼져 나가고 있었다. 지문들이 편지 칼의 손잡이를 거머쥐고, 서랍을 빼고, 책상 위를 건드리고, 모든 곳의 모든 것들을 만지고 만지고 또 만지고 있었다.

그는 거칠게, 거칠게 바닥을 닦아 냈다. 닦아 내면서 몸을 웅크리고 흐느끼다가, 일어나서 그릇으로 가서 밑바닥에 있는 과일을 꺼내 닦았다. 그리고 샹들리에 아래 의자를 놓고 올라가 허공에 매달린 불꽃을 하나씩 닦아 내며, 수정으로 만든 탬버린처럼 흔들어 허공에 종소리가 울려 퍼지게 했다. 의자에서 뛰어내려 문고리를 닦아 내고 다른 의자에 올라가 높고 높은 벽을 닦아 낸 다음 부엌으로 달려가 빗자루를 꺼내서 천장의 거미줄을 떨어내고 그릇 밑바닥의 과일을 닦고 문고리와 은식기를 닦고 홀의 난간을 발견하고 난간을 닦으며 위층으로 올라갔다.

3시다! 주변 모든 곳에서, 날카롭고 격렬하고 기계적인 시곗바늘 소리가 들렸다. 아래층에는 12개의 방이, 위층에는 8개의 방이 있다. 그는 남은 공간의 넓이와 필요한 시간을 계산해 보았다. 의자 100개, 소파 6개, 탁자 27개, 라디오 6개. 그리고 그 아래와 위와 뒤편까지. 그는 벽에서 가구를 끌어낸 다음, 흐느끼며 수년에 걸쳐 쌓인 먼지를 닦아 내고, 비틀거리며 난간을 따라 계단을 올라가며, 만지고, 지우고, 문지르고, 닦아 냈다. 지문을 단 하나라도 남겼다가는 번식하며 100만 개의 지문을 만들어 낼 테니까! 그러면 이 일을 전부 처음부터 다시 해야 하는데 벌써 4시가 아닌가! 팔이 뻐근하고 눈이 부어오르고 눈앞이 침침해지고 움직임도 느려지고, 다리는 비틀거리고, 고개는 수그러드는데도, 그의 팔은 계속 움직이며 닦아 내고 문지르며 침실에서 침실로, 옷장에서 옷장으로 옮겨 가는데⋯⋯

그들은 오전 6시 30분에 그를 발견했다.

다락방에서.

집 전체가 눈부실 정도로 광이 나고 있었다. 꽃병은 유리로 만든 별처럼 빛났다. 의자에는 광택이 흘렀다. 청동, 황동, 구리로 된 물건들이 모두 불이 붙은 것처럼 반짝였다. 바닥에는 윤기가 넘쳤다. 난간이 번들거렸다.

모든 것이 빛나고 있었다. 모든 것이 반짝이고, 모든 것이 황홀했다!

그들은 다락방에서 그를 발견했다. 그는 낡은 여행가방과 낡은 액자와 낡은 의자와 낡은 유모차와 장난감과 음악상자와 꽃병과 식기와 목마와 먼지가 앉은 남북전쟁 기념주화를 닦아 내고 있었다. 경찰이 총을 들고 그의 뒤로 다가갔을 때, 그는 다락방을 반쯤 끝낸 후였다.

"이걸로 끝!"

집 밖으로 나가면서, 액턴은 마지막으로 현관문 고리를 손수건으로 닦아 내고는, 승리감으로 가득 차서 문을 쾅 하고 닫았다!

날틀
The Flying Machine

서기 400년, 유안 황제는 장성의 힘에 의지해 나라를 다스렸다. 비가 내려 땅은 푸르렀으며, 평화 속에서 추수의 계절을 준비하고 있었다. 그가 다스리는 백성들은 너무 행복하지도, 너무 슬프지도 않았다.

새해 두 번째 달 첫 번째 주 첫 번째 날의 이른 아침, 유안 황제는 차를 마시며 따스한 공기 속에서 부채질을 하고 있었다. 바로 그때 시종 하나가 적색과 청색 타일이 깔린 정원을 가로질러 오며 소리쳤다. "아, 황제 폐하, 황제 폐하, 기적이 일어났습니다!"

"그래. 오늘 아침은 공기가 참으로 상쾌하구나." 황제가 말했다.

"아닙니다, 아닙니다. 기적이란 말입니다!" 시종은 서둘러 고개 숙여 절하며 말했다.

"그리고 짐의 입에 들어온 차는 참으로 맛이 좋으니, 이것이 기적이 아니면 무엇일꼬.”

“아닙니다, 그게 아닙니다, 폐하.”

“그럼 어디 한번 생각해 볼까. 태양이 떠오르고 새로운 날이 시작되었구나. 바다는 푸른색이고. 이야말로 가장 훌륭한 기적이 아니겠느냐.”

“폐하, 사람이 하늘을 날고 있습니다!”

“뭣이라?” 황제는 부채질을 멈추었다.

“날개가 달린 사람이 하늘을 날아다니는 모습을 보았습니다. 공중에서 누군가가 소리치는 것이 들려서 위를 올려다보니, 사람이 있었습니다. 용 한 마리가 입에 사람을 물고 하늘을 날고 있었습니다. 종이와 대나무로 만들고, 태양과 풀처럼 색을 입힌 용이었습니다.”

“이른 시간이 아니냐.” 황제가 말했다. “네가 아무래도 방금 꿈을 꾼 모양이구나.”

“이른 아침이기는 하지만, 정말로 제 눈으로 보았단 말입니다! 이리로 오시면 폐하께서도 직접 확인할 수 있으실 겁니다.”

“나와 함께 여기 앉아 있자꾸나.” 황제가 말했다. “차를 좀 들거라. 사람이 나는 것을 보다니, 진실이라면 정말로 기묘한 일이겠구나. 너도 그 일에 대해 생각을 좀 해 보아야 하지 않겠느냐. 짐 또한 마음의 준비를 해야 하고 말이다.”

그들은 함께 차를 마셨다.

“어서 가시지요.” 마침내 시종이 말했다. “그러시지 않으면 금세 사라질 겁니다.”

황제는 침착하게 자리에서 일어섰다. “그럼 어디 한번 네가 본 것을 짐에게도 보여 보거라.”

그들은 정원으로 걸음을 옮겨 잔디밭을 가로질러, 작은 다리를 지나, 숲을 헤치고 작은 언덕으로 올라갔다.

"저깁니다!" 시종이 말했다.

황제는 하늘을 올려다보았다.

하늘 높은 곳, 웃음소리조차 거의 들리지 않을 정도로 높은 곳에, 남자 하나가 있었다. 남자는 화려한 색의 종이와 대나무 줄기로 날개와 아름다운 노란색 꼬리를 만들어 달고 있었다. 그는 새들의 세상에서 가장 큰 새처럼, 늙은 용의 나라에 태어난 새로운 용처럼 자유롭게 날아다녔다.

남자가 아침의 차가운 바람을 타고 높은 곳에서 소리쳤다. "나, 날고 있어, 날고 있다고!"

시종은 그를 향해 손을 흔들었다. "그래, 그래!"

유안 황제는 전혀 움직이지 않았다. 그 대신 그는 푸른 언덕 너머 멀리 안개 속에 떠올라 있는 장성을 바라보았다. 이 땅의 대부분을 가로질러 구불거리며 나아가는 거대한 돌로 된 뱀의 모습. 영겁의 시간 동안 이 땅을 적의 무리로부터 지켜 주고 헤아릴 수 없는 시간 동안 평화를 유지해 준 장벽을. 그의 눈이 강과 도로와 언덕 옆에 있는, 막 깨어나기 시작하는 마을에 가서 멎었다.

"말해 보거라. 저 날아다니는 사람을 또 본 사람이 있느냐?" 황제가 시종에게 물었다.

"본 사람은 저 하나뿐입니다, 폐하." 시종은 하늘을 향해 웃으며 손을 흔들면서 대답했다.

황제는 잠시 하늘을 바라보다가 말했다. "저자에게 이리로 내려오라고 전하거라."

"이보게, 내려오게, 내려와! 황제 폐하께서 자네를 보고 싶어 하신다네!" 시종이 입가에 손을 모으고 소리쳤다.

하늘의 남자가 아침 바람을 타고 내려오는 동안 황제는 사방을 둘러보았다. 일찍 밭에 나온 농부 하나가 하늘을 바라보는 모습이 보였다. 그는 그 장소를 기억해 두었다.

남자는 종이를 펄럭이고 대나무 줄기를 삐걱대며 내려앉았다. 그는 비척거리면서도 자부심 넘치는 걸음으로 앞으로 나와서는, 마침내 늙은 황제 앞에 절을 했다.

"그대는 무슨 일을 한 것인고?" 황제가 물었다.

"하늘을 날았습니다, 폐하." 남자가 대답했다.

"무엇을 한 것이냐고 물었노라." 다시 황제가 말했다.

"방금 말씀드리지 않았습니까!" 하늘을 난 사람이 소리쳤다.

"그대는 아무것도 말하지 않았노라." 황제는 마른 손을 뻗어 화려한 종이와 새 모양의 골조를 만져 보았다. 시원한 바람 내음이 느껴졌다.

"아름답지 않습니까, 폐하?"

"그래, 너무 아름답구나."

"세상에 단 하나뿐인 물건입니다!" 남자가 웃으며 말했다. "그리고 바로 제가 발명한 것입니다."

"세상에 단 하나뿐이라?"

"맹세할 수 있습니다!"

"이 물건에 대해 또 누가 알고 있는고?"

"아무도 모릅니다. 제 아내도요. 제가 햇볕 때문에 돌아 버렸다고 생각할 겁니다. 제가 연을 만드는 줄로만 알고 있었죠. 저는 한밤중에 일어나서 멀리 떨어진 절벽까지 갔습니다. 그리고 아침 바람이 불어오고 태양이 떠올랐지요. 폐하, 그리고 저는 용기를 내어 절벽에서 뛰어내렸습니다. 그리고 날았지요! 하지만 제 아내도 이 사실을 모릅니다."

"그거 잘된 일이로군." 황제가 말했다. "따라오거라."

그들은 황제의 거처로 돌아갔다. 태양은 이제 하늘 높이 솟아올라 있었고, 상쾌한 풀 내음이 났다. 황제와 시종과 하늘을 난 남자는 널찍한 정원 가운데에서 걸음을 멈췄다.

황제가 손뼉을 쳤다. "여봐라, 근위병!"

근위병들이 뛰어왔다.

"이자를 포박하라."

근위병들이 남자를 결박했다.

"망나니를 불러라." 황제가 말했다.

"왜 이러십니까!" 깜짝 놀란 남자가 말했다. "제가 뭘 했다는 겁니까?" 그는 눈물을 흘리기 시작했고, 그 때문에 아름다운 종이 용이 부스스 소리를 냈다.

황제가 말했다. "여기 있는 남자는 그런 기구를 만들어 놓고도, 우리에게 자신이 무엇을 만들었는지를 묻는구나. 자신도 모르는 것이 분명하도다. 자신이 왜 그런 일을 했는지도, 그 기구가 무엇을 할 수 있는지도 모르고 만든 것이 분명하구나."

망나니가 날이 선 은도끼를 들고 등장했다. 그는 근육이 우람한 팔을 드러내고 하얀 가면을 근엄하게 쓴 채로 기다리며 서 있었다.

"잠시만 기다리거라." 황제가 말했다. 그는 근처에 있는, 자신이 제작한 기계가 놓인 탁자로 다가갔다. 황제는 목에 걸고 있던 작은 금 열쇠를 꺼냈다. 그러고는 작고 정교한 기계에 열쇠를 꽂은 다음 태엽을 감아 작동시켰다.

그 기계는 금속과 보석으로 가득한 작은 정원이었다. 움직이기 시작하자 작은 금속 나무에서 새들이 노래를 했고, 늑대는 작은 숲 속을 오갔으며, 작은 사람들은 햇빛과 그늘 사이를 오가고, 작은 부채로 부채질을 해 대고, 에메랄드 새들의 노랫소리를 들으며, 놀랍도록 작지만 반짝이는 냇가에 서 있었다.

"이것은 아름답지 않느냐?" 황제가 말했다. "만약 네가 지금 짐에게 무엇을 했느냐고 묻는다면, 짐은 훌륭하게 대답할 수 있을 것이다. 짐은 새들이 노래하게 만들었다. 숲이 중얼거리게 하고, 사람들이 숲을 거닐며 낙엽과 그림자와 노래를 즐기도록 만들었다. 짐이 한 일은 이런 것이다."

"하지만, 아, 황제 폐하!" 남자는 무릎을 꿇은 채 눈물을 줄줄 흘리며 애원했다. "저도 비슷한 일을 했습니다! 저는 아름다움을 찾아냈습니다. 아침 바람을 타고 날았습니다. 잠들어 있는 집과 정원을 보았습니다. 저 드높은 곳에서 언덕 너머의 바다 냄새를 맡고 심지어 보기까지 했습니다. 그리고 새와 같이 날아올랐습니다. 아, 저곳에서 보면 얼마나 아름다운지, 하늘에서 바람에 휩싸여서, 깃털처럼, 부채처럼 바람을 타고 날아다니며, 아침 하늘의 냄새를 맡았습니다! 얼마나 자유로운 기분이 드는지! 참으로 아름다웠습니다, 폐하. 이것 역시 아름다웠다는 겁니다!"

"그래." 황제는 애석함이 깃든 목소리로 대답했다. "네 말이 진실이라는 사실도 알고 있다. 짐의 마음도 그대와 함께 허공으로 날아갔으니까. 하늘을 나는 일은 어떤 느낌일까? 어떤 기분이 들까? 멀리 있는 바다가 높은 곳에서는 어떻게 보일까? 나의 백성들과 집들은 어떻게 보일까? 개미처럼 보일까? 먼 곳의 아직 깨어나지 않은 마을들은 어떨까?"

"그렇다면 저를 살려 주십시오!"

황제는 더욱 슬픈 어조로 말을 이었다. "하지만 때로는, 이미 가지고 있는 아름다움을 지키기 위해 다른 작은 아름다움을 희생해야 할 때도 있는 법이다. 나는 그대를 두려워하는 것이 아니라, 다른 사람을 두려워하는 것이다."

"어떤 사람 말씀이십니까?"

"너를 보고 나서, 화려한 종이와 대나무로 이와 비슷한 기구를 만들 사람 말이다. 그러나 그 사람은 사악한 얼굴과 사악한 마음을 가지고 있을 테고, 아름다움은 사라져 버리겠지. 바로 그런 사람이 두려운 것이다."

"왜죠? 왜입니까?"

"언젠가 그런 사람이, 종이와 대나무로 만든 바로 이런 기구를 가지고, 하늘로 날아올라 장성에 커다란 돌덩이를 떨어트리지 않으리라고 확신할 수 있겠느냐?" 황제가 말했다.

아무도 움직이거나 입을 열지 않았다.

"이자의 목을 베어라." 황제가 말했다.

망나니가 은도끼를 휘둘렀다.

"연과 이 남자의 시체를 화장한 다음, 그 재를 함께 묻어 주거라." 황제가 말했다.

시종들은 그 말을 따르기 위해 물러났다.

황제는 남자가 하늘을 나는 모습을 보았던 시종을 돌아보았다. "입을 조심하거라. 그 모든 일이 전부 꿈이었을 뿐이노라. 아주 슬프고도 아름다운 꿈. 그리고 멀리 떨어진 농지에서 그 모습을 지켜본 농부도 찾아가서, 그 광경이 환상이었을 뿐이라고 여기면 보상이 있을 것이라고 말하거라. 만약 이 소문이 새어 나가게 되면, 너와 그 농부는 한 시간 안에 목숨을 잃을 것이다."

"참으로 자비로우십니다, 폐하."

"아니, 자비가 아니다." 늙은 황제는 말했다. 정원의 벽 너머에서 근위병들이 아침 바람의 냄새가 나는 종이와 대나무 기구를 태우는 모습이 보였다. 그는 검은 연기가 하늘로 솟아오르는 모습을 지켜보았다. "아니, 그저 매우 놀라고 겁을 먹었을 뿐이노라." 그는 재를 묻기 위해 근위병들이 땅을 파는 모습을 바라보았다. "수백만의 목숨이 달려 있는데 한 사람의 생명이 무에 중요하겠는가? 짐은 이런 생각을 하며 평정을 찾으려 하는 중이노라."

그는 목에 걸린 열쇠를 빼 들어 다시 한 번 아름다운 모형 정원의 태엽을 감았다. 그는 저 멀리 장성과 평화로운 마을, 푸른 평야, 강과 시냇물을 바라보았다. 그는 한숨을 쉬었다. 작은 정원에 숨겨진 섬세한 기계 장치가 작동하자 다시 풍경이 움직였다. 작은 사람들이 숲 속을 거닐고, 햇살에 반짝이는 촘촘한 풀밭 위에서 작은 얼굴이 고개를 들었다. 작은 나무 사이로는 작은 새들이 날아다니며 노래를 불렀다. 작은 하늘 위에서는 밝은 푸른색과 노란색이 날갯짓을 하며 날아다녔다.

황제는 눈을 감으며 말했다. "아, 이 새들을 보거라. 이 새들을 봐!"

살해자
The Murderer

그는 음악과 함께 하얀 복도를 지나쳐 갔다. 사무실 문을 지나칠 때
는 〈즐거운 미망인 왈츠〉. 두 번째 문을 지나칠 때는 〈목신의 오후〉,
세 번째 문은 〈키스 미 어게인〉, 십자로에 도달하며 〈칼춤〉. 그는 이내
심벌즈와 드럼과 냄비, 팬, 나이프, 포크, 천둥, 깡통의 번개에 휩싸였
다. 비서가 베토벤의 〈5번 교향곡〉에 귀가 먼 채로 앉아 있는 대기실
로 들어가자, 다른 모든 음악은 휩쓸려 사라져 버렸다. 그는 비서의 눈
앞에서 손을 흔들듯 몸을 흔들어 보았다. 그러나 비서는 그를 알아채
지 못했다.

손목에 찬 라디오에서 호출음이 들렸다.

"네?"

"리예요, 아빠. 제 용돈 잊지 마세요."

"그래, 아들아. 그래. 지금 바쁘단다."

"그냥 까먹지 마시라고 전화했어요, 아빠." 손목 라디오가 말했다. 차이콥스키의 〈로미오와 줄리엣〉이 아들의 목소리와 함께 밀려 들어오더니, 이내 긴 복도를 따라 사라져 버렸다.

우리의 정신과 의사는 이제 벌집같이 빼곡하게 들어찬 사무실 사이를 움직이며 여러 테마를 서로 접붙여 보는 중이었다. 스트라빈스키와 바흐가 한데 어울리고, 하이든은 라흐마니노프를 제대로 물리치지 못하는 중이고, 슈베르트는 듀크 엘링턴에게 살해당하고 있었다. 그는 아침 일과를 진행하며 흥얼거리는 비서들과 휘파람을 불고 있는 의사들에게 고개를 끄덕여 인사했다. 자신의 사무실로 들어와서, 그는 입 속으로 노래를 흥얼거리고 있는 속기사와 함께 문서 몇 건을 확인한 다음, 위층의 경감에게 전화를 걸었다. 몇 분 후 붉은 불빛이 깜빡이더니 천장에서 소리가 들렸다.

"죄수를 9번 면담실로 이송 완료했습니다."

그는 방문을 열고, 안으로 들어가서는, 뒤에서 문이 잠기는 소리를 들었다.

"썩 꺼져." 죄수가 웃으면서 말했다.

정신과 의사는 이 웃음에 충격을 받았다. 아주 해맑고 즐겁고 따스한 미소, 방 안을 빛으로 환히 밝히는 웃음이었다. 어두운 언덕 위에 여명이 밝아 오는 것만 같았다. 한밤중에 한낮이 찾아오는 것만 같은 웃음이었다. 자신감 있게 드러난 고른 치열 위로 푸른 눈이 우아하게 빛났다.

"나는 도움을 주려고 온 겁니다." 정신과 의사는 얼굴을 찌푸리며 말했다. 이 방은 어딘가 잘못되어 있었다. 들어온 순간 머뭇거리기도 했다. 그는 주변을 둘러보았다. 죄수가 웃음을 터트렸다. "이 안이 왜 이렇게 조용한지 궁금한가? 내가 방금 라디오를 발로 차서 망가트렸거든."

의사는 생각했다. 폭력적인 성향이 있군.

죄수가 그 생각을 읽었는지 웃으면서 부드럽게 손을 내밀었다.

"아니, 그저 수다를 떠는 기계들한테만 그럴 뿐이야."

벽 라디오의 진공관과 전선 조각들이 회색 양탄자 위에 널브러져 있었다. 그 모습을 무시하고, 자신에게 쏟아지는 발열 램프와 같은 미소를 느끼며, 의사는 폭풍 전야와 같이 불안한 침묵을 지키고 있는 환자 건너편에 앉았다.

"당신이 앨버트 브록 씨지요. 스스로를 살해자라고 칭하고 계신다던데요."

브록이 경쾌하게 고개를 끄덕였다. "시작하기 전에⋯⋯" 그는 조용히, 그리고 재빠르게 의사의 팔에서 손목 라디오를 풀었다. 그는 그 물건을 호두처럼 어금니 사이에 물고는, 입을 꽉 다물어 으깨지는 소리를 확인한 다음, 당황한 의사에게 잔해를 돌려주었다. 마치 서로에게 도움이 되는 일을 했다는 태도였다. "이제 좀 낫군."

정신과 의사는 망가진 기계를 물끄러미 바라보았다. "피해보상액이 늘어나고 있군요."

"나는 신경 안 써." 환자가 웃음을 지었다. "옛날 노래에서 그러잖아. '나한테 무슨 일이 일어나도 상관없어요!'" 그러고는 노래를 흥얼거렸다.

의사가 말했다. "그럼 시작해 볼까요?"

"좋아. 우선 첫 번째 희생자, 또는 첫 번째 중 하나는, 내 전화기였어.

가장 끔찍한 살해 행위였지. 음식물 처리기 속에 쑤셔 박았거든! 분쇄
기는 놈을 삼키려다가 막혀 버렸지. 불쌍한 분쇄기는 그대로 숨이 막
혀 죽었어. 그다음에는 텔레비전을 쐈지!"

정신과 의사가 말했다. "으음."

"음극관에 여섯 발이 명중했지. 사방에 흩날리는 잔해가 아주 아름
답게 반짝이더군. 떨어져서 박살 난 샹들리에 같았어."

"훌륭한 묘사로군요."

"고마워. 나는 항상 작가가 되고 싶었거든."

"처음에 어쩌다 전화기를 증오하게 되었는지를 말씀해 주시면 어떻
겠습니까."

"어릴 적부터 전화기가 무서웠어. 삼촌은 그걸 유령 기계라고 불렀
지. 육체를 가지지 못한 목소리라고 말이야. 정말로 끔찍하게 무서웠
어. 이후로도 전화기를 편안하게 대할 수가 없었어. 비인간적인 도구
로밖에는 보이지 않았거든. 기분이 좋을 때면, 놈은 당신의 인격을 전
화선을 통해 전달해 줘. 기분이 나쁘면, 당신의 인격을 전부 빨아들여
서 전화선 반대편에 강철, 구리, 플라스틱만으로 만들어진, 따스함도
현실성도 없는 수상쩍은 냉정한 소리만을 전달해 주지. 전화로는 잘
못 말하기가 쉽단 말이야. 전화가 알아서 말뜻을 바꾸어 주니까. 그럼
그 즉시, 아, 내가 지금 적을 만들었구나, 하는 느낌이 딱 오지. 하지만
그래도 전화는 정말로 편리한 물건이야. 거기 그렇게 꼼짝도 않고 있
으면서, 전화를 받고 싶지 않은 사람에게 전화를 걸라고 요구하니까
말이야. 친구들은 계속 나한테 전화를 걸고, 걸고, 또 걸지. 젠장, 내 시
간을 가질 수도 없어. 전화가 사라지면 텔레비전, 라디오, 축음기가 있
지. 텔레비전이나 라디오나 축음기를 제외하면 모퉁이 극장의 영화가

있지. 낮게 깔린 뭉게구름 위로 광고를 쏘아 보내는 그 영화들 말이야. 이제는 비도 내리지 않아. 비 대신 광고를 실은 비누거품이 내리지. 고공 구름 광고가 없으면, 온 식당에서 모젝의 음악을 틀어 줘. 일터로 가는 버스에서도 음악과 광고가 나와. 음악이 없으면 사내 통신기가 있고, 친구들과 아내가 5분마다 전화를 걸어 대는 고문실이나 다름없는 손목시계 라디오가 있어. 그렇게 거절할 수 없을 정도로 매혹적인 '편리함'이라는 게 존재하기는 하나? 평범한 사람은 이렇게 생각하는 모양이지. 자, 지금 나는 시간은 많고 손목에는 손목 전화를 차고 있으니까, 그냥 조한테 전화나 걸어 보는 건 어떨까? '여보세요, 여어!' 나는 친구들과 아내와 인류를 아주 많이 사랑하지만, 아내가 전화를 걸어서 '여보, 지금 어디 있어요?'라고 하거나 친구가 전화를 걸어서 '내가 아주 끝내주는 농담을 하나 들었는데 말이야. 어떤 사람이 있었는데……'라고 말하기 시작하면 말이야, 거기다 낯선 사람이 전화를 걸어서 '파인드팩스 여론조사 기관입니다. 지금 바로 이 순간에 무슨 껌을 씹고 계신가요!'라고 말하면, 이건 정말!"

"이번 주에는 기분이 어떠셨습니까?"

"도화선에 불이 붙은 것 같았지. 벼랑 끝에 서 있는 기분이었어. 바로 그날 오후에, 직장에서도 일을 저질러 줬지."

"그 일이 뭔가요?"

"종이컵에 물을 담아서 사내 통신 시스템에 부어 버렸지."

정신과 의사는 공책에 무언가를 적었다.

"그래서 시스템이 합선된 모양이군요?"

"아주 아름다웠지! 독립기념일 불꽃놀이 같았다니까! 세상에, 속기사들이 정신이 나간 것처럼 돌아다니더라고! 완전히 난장판이었어!"

"그래서 일시적으로 기분이 나아지셨습니까?"

"아주 좋았지! 그리고 정오에는 손목 라디오를 보도에 놓고 짓밟아버리면 어떨까 하는 생각이 났어. 손목 라디오의 목숨을 그대로 발로 차서 아작 내는 순간에, 그 안에서 새된 목소리가 나한테 소리치고 있었다고. '여러분의 여론조사 9번입니다. 점심으로 무엇을 드셨나요?' 하고 말이야."

"기분이 더 좋아지셨겠군요?"

"점점 이런 생각이 들더라고!" 브록은 손을 마주 비볐다. "인류를 그런 '편리함'에서 구원하기 위한 혼자만의 혁명을 시작하는 것은 어떨까? '누구한테 편리한 거야?' 나는 소리쳤어. 친구들에게는 편리하겠지. '어이, 앨, 여기 그린힐스에 있는 라커룸에서 전화를 하는 거야. 방금 터무니없이 끝내주는 홀인원을 하나 쳤거든, 앨! 정말 끝내주는 날이야. 지금은 위스키를 한잔하고 있어. 자네가 궁금할 것 같아서 말이야, 앨!' 직장 측에서도 편리하겠지. 내가 현장에 나가 있을 때도, 내 차에 탑재된 무선 장치로 나와 접촉이 끊어지지 않을 수 있으니까 말이야. 접촉이라! 이거 정말로 불쾌한 표현이거든. 접촉이라니, 젠장. 손아귀에 쥐고 있는 거겠지! 후려갈기는 거라고. FM 라디오의 목소리로 때리고 주무르고 후려치는 거란 말이야. 거기다 보고하지 않고는 차를 떠날 수도 없어. '주유소 화장실에 들르기 위해 잠깐 멈췄습니다', '좋아, 브록. 일 잘 보게!', '브록, 자네 왜 그렇게 오래 걸렸나?', '죄송합니다', '다음번에는 주의하게, 브록', '네!' 자, 그래서 의사 선생, 내가 다음에 뭘 했는지 짐작이 가나? 프렌치 초콜릿 아이스크림을 1쿼트* 사서 자동차 라디오 송신기에 떠먹여 줬어. 숟가락으로."

"방송 장비에 떠먹일 음식으로 프렌치 초콜릿 아이스크림을 선택한 특별한 이유가 있습니까?"

브록은 잠시 생각한 다음 웃음을 지었다. "내가 제일 좋아하는 맛이거든."

"오." 의사가 말했다.

"그러니까 말이야, 젠장, 나한테 좋은 물건이면 라디오 송신기한테도 괜찮을 거라고 생각했거든."

"하필이면 아이스크림을 라디오에 떠 넣을 생각을 한 이유는 뭡니까?"

"날이 더웠거든."

의사는 잠시 말을 멈추었다.

"그래서 다음에는 무슨 일이 있었지요?"

"다음에는 침묵이 이어졌지. 세상에, 정말로 아름답더군. 자동차 라디오가 하루 종일 떠들어 대고 있었단 말이야. 브록 이리로 와라, 브록 저리로 가라, 브록 보고해라, 브록 확인해라, 좋아 브록, 점심시간이다, 브록, 점심시간 끝났다, 브록, 브록, 브록. 그래, 내 귀에 아이스크림을 떠 넣는 것 같은 상쾌한 침묵이었어."

"아이스크림을 정말로 좋아하시나 보군요."

"그냥 침묵의 기분을 표현하고 싶었을 뿐이야. 세상에서 제일 훌륭하고 부드러운 플란넬 천 같더군. 침묵. 온전한 한 시간 동안의 침묵. 나는 그대로 차 안에 앉아서, 웃음을 머금고, 내 귓가를 스치는 플란넬 천을 느끼고 있었어. 자유에 취하는 것만 같더군!"

"계속해 보시죠."

---

* 파인트의 두 배. 미국 파인트는 0.47리터.

"그러다 문득 휴대용 고주파 발열치료 장치가 떠올랐어. 나는 그걸 하나 빌려서, 그날 밤 집으로 가는 버스에 가지고 탔지. 지쳐서 자리에 앉은 통근자들이 죄다 손목 라디오를 들여다보면서 아내에게 말하고 있더군. '이제 43번가야. 이제 44번가야. 이제 49번가고, 이제 61번가 교차로로 들어서고 있어.' 한 남편은 욕을 해 대더군. '젠장, 당장 그 바에서 나와서 집으로 가서 저녁을 차리라고. 이제 70번가란 말이야!' 그리고 통근 시스템의 라디오는 〈비엔나 숲 속의 이야기〉를 틀어 주고 있었지. 카나리아 한 마리가 1등급 시리얼에 대한 가사를 읊조리고 있고. 그 시점에서…… 나는 발열 장치의 전원을 넣었어! 잡음! 간섭! 모든 아내들이 사무실의 고약한 하루에 대해 주절대는 남편들로부터 차단된 거야. 모든 남편들이 방금 아이가 유리창을 깨는 모습을 목격한 아내들로부터 차단된 거야! '비엔나 숲'은 전부 벌목되어 버렸고, 카나리아는 아작이 났지! 침묵! 끔찍한, 예기치 못한 침묵. 버스의 사람들은 서로 대화를 나누어야 하는 상황에 직면했어. 공황이 발생했지. 순수하고 동물적인 공황이!"

"경찰이 당신을 저지한 겁니까?"

"버스가 멈출 수밖에 없었어. 어쨌든 음악이 엉망이 된 데다가, 남편과 아내들은 현실과 연락할 방도를 잃어버린 거니까. 복마전이, 아우성이, 혼돈이 찾아왔지. 우리에 가둔 다람쥐들 같았어! 긴급대응팀이 즉각 도착해서, 삼면에서 나를 포위하고 덤벼들더니, 질책하고, 벌금을 매기고, 곧바로 집으로 돌려보냈지. 발열치료 장치만 빼고 말이야."

"브록 씨, 지금까지 당신의 행동 양식이 그다지…… 실용적이지 못했다는 사실을 지적해도 되겠습니까? 통근 라디오나 사무실 라디오나 차량의 상용 라디오를 좋아하지 않으신다면, 라디오 혐오자 단체에 가입하시거나, 합법적인 성과를 얻어 내기 위해 청원을 하시는 편이 낫지 않겠습니까? 어쨌든 우리는 민주주의 사회에 살고 있지 않습니까."

"근데 나는 소위 말하는 소수자라는 인종이거든. 단체에도 가입하고, 시위도 하고, 청원을 넣고, 법정에 가 보기도 했어. 몇 년 동안 저항했다고. 모두가 웃을 뿐이었지. 다른 사람들은 모두 버스 라디오와 광고를 좋아했거든. 나는 더 이상 할 수 있는 일이 없었어."

"그러면 충실한 병사처럼 받아들여야 하지 않겠습니까? 다수자가 다스리는 사회인데요."

"하지만 그자들은 너무 멀리 나갔다고. 이렇게 생각했겠지. 약간의 음악과 '접촉을 유지'하는 일이 즐거우니까, 그걸 잔뜩 늘리면 열 배로 더 즐거울 거라고! 나는 막 나가기로 했어! 집에 도착해 보니까 아내가 신경질을 잔뜩 부리고 있더군. 왜? 반나절 동안 나하고 전혀 연락이 되지 않았으니까. 내가 손목 라디오를 밟으며 춤을 추었다는 것 기억하지? 그래, 그날 밤 나는 우리 집을 살해할 계획을 세웠어."

"제가 그렇게 적기를 바라시는 것이 확실합니까?"

"의미론적으로는 정확한 표현이야. 완벽하게 죽여 버리는 거지. 우리 집은 흔히 있는 말하고, 노래하고, 흥얼거리고, 일기예보를 하고, 시를 읽어 주고, 소설을 인용하고, 수다를 떨고, 잠이 들 때까지 자장가를 불러 주는 그런 집이거든. 샤워를 할 때면 오페라 가수의 비명을 들려주고, 잠자리에 들면 스페인어 수면 학습을 시켜 주는 집이란 말이야. 온갖 종류의 전기 현자들이 당신을 골무 세 개만 한 난쟁이가 된 기분이 들게 하는 소리를 지껄이고, 스토브는 '저는 살구 파이예요, 아주 잘 익었어요!', '저는 1등급 로스트비프예요, 그러니 국물을 좀 끼얹어 주세요!' 따위의 동화 속 헛소리를 지껄여 대는 수다쟁이 오두막 집이라고. 침대를 흔들어 잠을 재우고, 당신을 흔들어 깨워 주는 집이야. 인간이 존재한다는 사실을 간신히 참아 넘기는 집이라고. 현관문은 이렇게 소리치지. '주인님, 발에 진흙이 묻으셨네요!' 그리고 전기 진공청소기는 방에서 방으로 나를 따라다니면서 손톱 조각이나 담뱃재를 떨어트릴 때마다 즉각 빨아들여. 이런 세상에. 신이시여, 이게 대체 무슨 짓이야!"

"확실히 그렇군요." 정신과 의사가 말했다.

"길버트와 설리번의 노래 기억하나? '내 목록에 있으니, 절대 잊지 않을 거라고'*? 나는 밤새 불평을 목록으로 적었어. 다음 날 아침에는 권총을 샀지. 나는 일부러 발에 진흙을 묻혔어. 그러고는 현관문 앞에 섰어. 문이 새된 소리로 외치더군. '더러운 발, 진흙 묻은 발! 발을 닦으세요! 제발 깔끔하게 사세요!' 나는 그 망할 놈의 열쇠구멍을 쏴 버렸지. 그러고는 스토브가 '뒤집어 주세요!'라고 칭얼대는 부엌으로 달려갔어. 그리고 놈이 기계 오믈렛이 될 때까지 박살을 내 줬지. 아, 그놈이 지글거리면서 '합선이 일어났어요!'라고 비명을 질러 대는 꼴이라니. 그러고는 전화기가 버릇없는 애새끼처럼 울어 대더군. 그대로 음식물 처리기 안으로 밀어 넣었지. 여기에서 음식물 처리기에게는 아무런 악감정도 없었다는 사실을 진술해야겠군. 무고한 방관자일 뿐이었는데. 이제 와서 생각하니 미안한 마음이 들어. 녀석은 단 한 마디도 하지 않는 실용적인 도구였는데 말이야. 항상 졸린 사자처럼 고롱거리면서 우리 쓰레기를 소화해 주는 놈이잖아. 수리를 해 줘야겠

---

* 희극 오페라 〈미카도〉 제1막의 아리아. 처형인이 훗날 처치할 사람들의 목록을 읊어 대는 내용이다.

어. 그러고는 안으로 들어가서 텔레비전을 쐈지. 그 교활한 짐승, 수백 만의 사람들을 밤마다 돌처럼 굳어 버리게 만드는 메두사 같은 놈, 유혹하고 노래하며 수많은 것을 약속하지만 아주 조금밖에는 주지 않는 세이렌 같은 놈. 하지만 사람들은 항상 그 앞으로 돌아가지. 희망을 가지고 기다리면서 돌아가다가 마침내는…… 탕! 아내가 현관문을 열고 목이 잘린 칠면조처럼 골골거리면서 뛰쳐나가더군. 경찰이 왔고. 그래서 내가 여기에 온 거야!"

그는 행복한 얼굴로 앉아 담배를 피워 물었다.

"그리고 그런 범죄를 저지르는 동안 혹시라도, 그 손목 라디오며, 방송 장치며, 전화기며, 버스 라디오며, 사내 통신 장비 등이 모두 대여한 물품이거나 타인의 소유물이라는 생각이 들지는 않았습니까?"

"기꺼이 다시 그런 일을 저지를 생각이니, 신의 도움이나 빌어야지."

정신과 의사는 그 아름다운 미소의 햇살을 받으며 한동안 앉아 있었다.

"정신건강 사무국으로부터 더 이상의 도움을 원하지는 않으십니까? 자신의 행동에 대한 대가를 치를 준비는 되셨습니까?"

"이건 그저 시작일 뿐이야." 브록 씨가 말했다. "나는 소수 대중의 선봉장이거든. 소음에 지치고, 속임수에 넘어가고, 사방으로 떠밀리며 명령에 시달리며, 매 순간 음악이 나오고, 어딘가에 있는 다른 누군가와 접촉을 해야만 하는 현실에, 이걸 해라 저걸 해라, 빨리빨리, 이제 여기로, 이제 저기로 소리에 질려 버린 사람들의 대변인이란 말이야. 곧 알게 될걸. 반란이 시작된다고. 내 이름은 역사 속에 남을 거야!"

"음." 의사는 생각에 잠긴 모습이었다.

"물론 시간이 걸리겠지. 처음에는 모두 눈부셨어. 이런 물건들의 개

넘 자체가, 그 실용성은 정말로 훌륭했다고. 가지고 놀 수 있는 장난 감이나 마찬가지였지. 하지만 사람들은 그것들에 너무 의존하고, 너무 멀리 나아가서, 사회적 행동의 그물 속에 감싸여 빠져나올 수 없게 됐어. 심지어는 자신들이 사로잡혔다는 사실도 인정할 수 없게 되어 버렸지. 그래서 그런 신경증 증상을 다른 말로 포장하기 시작한 거야. '현대라는 시대'라고 말하지. '환경'이라고 말하지. '긴장 상태'라고 말하지. 하지만 내 말 잘 들으라고. 이미 씨앗은 뿌려졌어. 내 행동은 텔레비전, 라디오, 영화로 전 세계에 퍼져 나갈 거야. 이거야말로 아이러니 아닌가. 닷새 전에 있었던 일이지. 이제 수억 명의 사람들이 나에 대해서 알고 있다고. 당신네 경제지를 확인해 봐. 이제부터 언제라도 좋아. 바로 오늘일 수도 있고. 이제 곧 프렌치 초콜릿 아이스크림의 판매량이 갑작스럽게 상승할 거라니까!"

"그렇군요." 의사가 말했다.

"이제 내 안락한 독방으로 돌아가도 되겠나? 앞으로 6개월 동안 홀로 얌전히 지낼 공간으로 말이야."

"그러시죠." 의사가 조용히 말했다.

"내 걱정은 말라고." 브록이 자리에서 일어났다. "침묵이라는 이름의 보드라운 물질로 양쪽 귀를 틀어막고 한참 앉아 있기만 하면 되는 일이니까."

"음." 의사가 말하고는 문으로 향했다.

"힘내라고." 브록이 말했다.

"그러죠." 의사가 말했다.

숨겨진 버튼에 암호를 입력하자 문이 열렸다. 그는 밖으로 나왔고, 문은 닫히자마자 잠겼다. 그는 혼자서 사무실과 복도 사이를 걸어 내려갔다. 첫 20미터 동안은 〈중국의 탬버린〉이었다. 그다음으로는 〈집시〉, 바흐의 〈파사칼리아〉, 어쩌구 단조의 푸가, 〈타이거 래그〉, 〈사랑은 담배와 같다네〉가 이어졌다. 그는 죽은 사마귀를 다루듯 주머니 속에서 부서진 손목 라디오를 꺼냈다. 그는 자기 사무실로 돌아왔다. 벨소리가 들리며 천장에서 목소리가 들려왔다. "어떤가, 선생?"

"방금 브록과 면담을 하고 왔습니다." 정신과 의사가 말했다.

"진단은?"

"완전히 혼란에 빠져 있지만 경쾌해 보이더군요. 주변의 기본적인 현실을 받아들이고 적응하기를 거부하고 있습니다."

"예후는?"

"확언하기 힘듭니다. 자기만 아는 눈에 보이지 않는 물질을 즐기게 놔두고 왔습니다."

전화기 세 대가 울렸다. 책상 서랍 속의 예비용 손목 라디오가 상처입은 메뚜기처럼 지지직댔다. 사내 통신기가 분홍빛을 반짝이며 달각거렸다. 전화기 세 대가 울렸다. 서랍이 지지직댔다. 열린 문으로 음악이 흘러들었다. 의사는 나직하게 콧노래를 흥얼대며 새 손목 라디오를 손목에 찬 다음, 통신기를 열고 잠시 말한 다음, 전화 한 대를 들고 말한 다음, 다른 전화를 들고 말한 다음, 세 번째 전화를 들고 말한 다음, 손목 라디오 버튼을 누르고, 음악과 번쩍이는 불빛 속에서도 냉정하고 침착한 얼굴로 차분하고 조용히 말했고, 전화기 두 대가 다시 울렸고, 손이 움직였고, 손목 라디오가 지지직댔고, 통신기에서 목소리가 들렸고, 천장에서 목소리가 들렸다. 그는 이런 식으로 에어컨 바람으로 서늘한 방에서 긴 오후를 보냈다. 전화, 손목 라디오, 통신기, 전화, 손목 라디오, 통신기, 전화, 손목 라디오, 통신기, 전화, 손목 라디오……

금빛 연, 은빛 바람
The Golden Kite, The Silver Wind

"돼지 모양으로 말인가?" 태수가 울부짖었다.

"돼지 모양입니다." 전령이 말하고는 물러났다.

"아, 참으로 끔찍한 해의 끔찍한 날이로고." 태수가 울부짖었다. "언덕 너머 관시 마을은 내 어릴 적에는 참으로 작은 곳이었건만. 이제 너무 커져서 마침내 성벽을 짓는다고 하는구나."

"하지만 아버님, 8리나 떨어진 곳에 있는 도시 때문에 갑작스레 비탄에 잠기고 분노를 터트리시는 이유가 무엇이옵니까?" 태수의 딸이 조용히 물었다.

"그자들이 돼지 모양으로 성벽을 짓는다고 하는구나." 태수가 말했다. "돼지 모양으로 말이다! 모르겠느냐? 우리 도시의 성벽은 귤 모양이지 않느냐. 돼지가 탐욕스레 우리를 집어삼켜 버릴 것이야!"

"아."

두 사람은 생각에 잠겨 앉아 있었다.

삶은 상징과 징조로 가득하다. 천지 사방에 악령들이 꿈틀대며, 눈물 속에 죽음이 헤엄치고, 갈매기의 날갯짓에 따라 비가 내릴 수도 있다. 부채를 드는 모습, 지붕이 기울어진 모양도 마찬가지이다. 성벽은 말할 수 없을 정도로 중요하다. 여행자와 관광객, 대상, 음악가, 예술가들은 두 도시를 한번 본 다음, 그 가능성에 대해 이렇게 평가할 것이다. "귤 모양의 도시라? 아니! 나는 돼지 모양의 도시로 가야겠어. 모든 것을 먹어 치우고 행운과 번영으로 토실토실 살쪄 가는 돼지 쪽이 훨씬 낫지!"

태수는 눈물을 흘렸다. "모든 것이 끝장이야! 상징과 징조는 무시무시하단 말이다. 언젠가 우리 도시는 비탄에 잠길 거야."

딸이 말했다. "그렇다면 도시의 석공들과 사원의 직공들을 전부 불러 모아 주시옵소서. 소녀가 비단 장막 뒤에 숨어 아버님께서 하실 말씀을 알려 드리겠사옵니다."

노인은 비탄에 잠긴 채 손뼉을 쳤다. "이보게, 석공들! 이보게, 도시와 궐을 짓는 건축가들!"

대리석과 화강암과 마노와 수정을 다룰 줄 아는 남자들이 서둘러 모여들었다. 태수는 불안한 얼굴로 그들을 바라보았다. 달리 이유가 있어서가 아니라, 그저 자신의 의자 뒤에 걸린 비단 장막 안에서 들려올 속삭임을 기다리고 있었기 때문이다.

마침내 속삭임이 들려왔다. "내 그대들을 이곳에 부른 것은."

태수는 큰 소리로 말했다. "내 그대들을 이곳에 부른 것은, 우리 도시가 귤 모양이며, 사악한 관시의 종자들이 자기네 도시를 게걸스러운 돼지 모양으로 만들고자 하기 때문……"

여기에서 석공들은 신음을 내며 눈물을 뿌리기 시작했다. 죽음이 바깥 정원에서 지팡이를 달각이는 소리가 들려왔다. 빈곤이 방 안 그림자 속에서 가래 끓는 기침 소리를 냈다.

"따라서," 속삭임을 따라 태수가 말했다. "그대, 성벽을 만드는 이들은 흙손을 들고 나가 돌을 날라 우리 도시의 모양을 바꾸기 바란다!"

장인과 석공들은 숨을 삼켰다. 태수 본인도 자신의 말에 숨이 턱 막혔다. 다시 속삭임이 들려왔다. 태수는 말을 이었다. "그대들은 우리 성벽을 돼지를 때려 쫓아낼 수 있는 곤봉 모양으로 바꿀지어다!"

석공들이 환호하며 자리에서 일어섰다. 심지어 태수마저 자신의 입에서 나온 말에 기분이 좋아져 자리에서 내려오며 박수를 쳤다. "어서! 당장 일하러 가거라!"

백성들이 왁자지껄하게 웃으며 자리를 뜨자, 태수는 크나큰 사랑을 담아 비단 장막 쪽으로 몸을 돌렸다. "얘야, 안아 주고 싶구나." 그러나 대답은 없었다. 장막 뒤로 돌아가 봤지만, 딸은 이미 그곳에 없었다.

정말 겸손한 아이야, 라고 태수는 생각했다. 마치 내 공인 양 승리를 즐기게 해 놓고 빠져나가 버린 게지.

이 소식은 도시 전체로 퍼져 나갔다. 모두가 태수를 칭송했다. 모두가 성벽으로 돌을 날랐다. 폭죽이 터졌고, 모두가 함께 일하는 모습에 죽음과 빈곤의 악령들은 더 이상 머물지 못했다. 그 달이 끝날 무렵이 되자 성벽의 모양은 바뀌었다. 이제 성벽은 돼지, 멧돼지, 심지어는 사자조차 몰아낼 수 있는 튼튼한 곤봉의 모습이 되어 있었다. 태수는 매일 밤 행복한 여우처럼 잠을 푹 이룰 수 있었다.

"이 소식을 들은 관시의 태수가 어떤 표정을 지을지 궁금하구나. 끔찍하게 혼란스럽고 흥분한 얼굴이겠지. 산꼭대기에서 몸을 던질지도 몰라! 술 한 잔 더 따라다오, 남자처럼 생각하는 내 딸아."

그러나 그 즐거움은 한겨울의 꽃송이처럼 부질없이 사라지고 말았다. 바로 그날 저녁, 전령이 알현실로 뛰어 들어왔다. "오, 태수님, 역병, 때 이른 슬픔, 눈사태, 메뚜기 떼, 독을 푼 우물이 이곳에 도달했습니다!"

태수는 몸을 떨었다.

전령은 말했다. "돼지 모양의 성벽을 지어, 우리가 튼튼한 곤봉으로 도시의 모습을 바꾸어 몰아내었던 바로 그 관시의 작자들이, 우리의 승리를 겨울의 잿더미로 바꾸어 버리고 말았습니다. 그자들이 우리의 작대기를 태우려고 자기네 성벽 모양을 거대한 화톳불로 바꾸었습니다!"

태수의 마음도 그를 따라 늙은 나무에 매달린 가을의 과실처럼 짓무르고 말았다. "아, 신들이시여! 여행자들은 우리를 피할 것이야. 상인들도 이 상징을 읽고, 모든 것을 지배하는 화염에 쉽사리 타 버리는 우리 막대기로는 다가오지 않겠지!"

"안 될 일이야." 비단 장막 뒤에서 눈송이 같은 목소리가 속삭였다.

"안 될 일이야." 깜짝 놀란 태수는 그 목소리를 되뇌었다.

"우리 석공들에게 이렇게 이르거라." 떨어지는 빗방울 소리 같은 목소리가 속삭였다. "우리 도시의 성벽을 빛나는 호수 모양으로 만들라고!"

태수는 이 말을 그대로 따라 하며, 가슴이 따뜻해지는 것을 느꼈다.

"그 호수의 물로, 우리는 불을 영원히 꺼 버릴 것이노라!" 속삭임과 늙은 태수가 함께 말했다.

도시 사람들은 다시 한 번 위대한 지혜의 주인이 자신들을 구했음을 알고는 더없이 기뻐했다. 그들은 성벽으로 달려가 다시 한 번 새로운 복안에 맞추어 모양을 바꾸었다. 여전히 노래를 했지만 지쳤던지라 예전만큼 큰 소리는 아니었다. 빠르기는 했지만 예전처럼 빠르지는 않았다. 저번의 성벽을 짓는 데 한 달이 걸린지라, 일거리와 농작물을 내팽개쳐 두었기에 보다 가난하고 연약해진 상태였기 때문이다.

그 후로, 끔찍한 날과 행복한 날이 번갈아 이어졌다. 마치 끊임없이 계속되는 깜짝상자 같은 나날이었다.

"아, 지혜의 주인이시여." 전령이 소리쳤다. "관시가 자기네 성벽을 우리 호수의 물을 전부 마셔 버릴 수 있는 입 모양으로 바꾸었습니다!"

"그렇다면 우리 성벽을 그 입을 꿰맬 바늘 모양으로 만들라!" 태수가 비단 장막 옆에 선 채로 말했다.

"주군이시여!" 전령이 울부짖었다. "저들이 자기네 성벽을 바늘을 부술 수 있는 칼 모양으로 만들었습니다!"

태수는 몸을 떨며 비단 장막을 붙들었다. "그렇다면 칼을 집어넣을 칼집 모양으로 돌의 배열을 바꾸라!"

"이런 세상에." 다음 날 아침 전령이 흐느끼며 고했다. "저자들이 밤새 일해서 자기네 성벽을 칼집을 터트려 부수는 번개 모양으로 바꾸었습니다!"

전염병이 사악한 들개 떼처럼 도시를 휩쓸었다. 가게들은 문을 닫았다. 몇 달 동안 끝없이 성벽 모양을 바꾸는 일에 매진한 사람들은 이제 그 자신이 죽음과 흡사한 모습이 되어서, 바람에 흔들리며 악기처럼 하얀 뼈를 부딪쳐 덜걱대고 있었다. 모두가 작물을 돌보고 추수를 준비해야 하는 여름철임에도, 길거리 여기저기에 장례 행렬이 나타나고 있었다. 태수는 너무 쇠약해져서 비단 장막 옆으로 침상을 옮기고 누워 비참한 모습으로 석공들에게 지시를 내렸다. 장막 뒤편의 목소리도 이제는 쇠약하고 희미해져서, 마치 처마를 스쳐 가는 바람 소리처럼 들렸다.

"관시는 독수리다. 그러면 우리 성벽은 독수리를 잡을 그물이 되어야 한다. 저들은 우리 그물을 태울 수 있는 태양이다. 그러면 우리는 일식으로 해를 덮을 수 있는 달을 지어야 한다!"

녹슨 기계처럼, 도시는 천천히 움직임을 멈추어 갔다.

마침내 장막 뒤의 목소리가 소리쳤다.

"신들의 이름으로, 어서 관시에 사절을 보내거라!"

여름이 끝나는 날이 되어, 병들고 쇠약해진 관시의 태수가 굶주린 병졸 넷이 든 들것에 실려 이쪽 태수의 안뜰로 들어왔다. 두 태수는 몸을 일으켜 서로를 마주했다. 그들의 입안에서 헐떡이는 숨소리가 겨울바람처럼 들려왔다. 그때 목소리가 들렸다.

"이 모든 일에 종지부를 찍을 때가 왔나이다."

두 노인은 고개를 끄덕였다.

희미한 목소리가 말을 이었다. "이런 식으로 계속할 수는 없사옵니다. 우리의 백성들은 매일, 매 시각 도시를 새로운 모양으로 만들 뿐, 다른 일은 아무것도 하고 있지 않으니까요. 사냥할 시간도, 낚시할 시간도, 사랑을 나누거나 조상에게 경배를 올리거나 조상의 자손들을 보살필 시간도 없지 않사옵니까."

"그 사실은 인정하네." 우리, 달, 창, 불, 검 그리고 다른 온갖 모양의 도시를 다스리는 태수 두 사람이 한목소리로 대답했다.

"함께 햇빛이 드는 곳으로 나가시지요." 목소리가 말했다.

두 노인은 햇살을 받으며 힘겹게 작은 언덕을 올라갔다. 늦여름의 산들바람 속에 깡마른 아이들 몇 명이 용 모양의 연을 날리고 있었다. 태양, 개구리, 바다, 동전, 밀밭의 색깔을 가진 온갖 연이 하늘을 수놓았다.

첫 번째 태수의 딸이 언덕 위에 서 있었다.

"보시옵소서." 그녀가 말했다.

"연을 날리고 있을 뿐이지 않느냐." 두 노인이 말했다.

"하지만 땅에 있는 연에 무슨 가치가 있겠사옵니까? 아무 역할도 할 수 없겠지요. 연에 생명을 불어넣어, 아름답고 영적인 존재로 만들어 주려면 무엇이 필요할지요?"

"당연히 바람이지!" 두 노인이 말했다.

"그렇다면 하늘과 바람을 아름답게 만들려면 무엇이 필요하겠사옵니까?"

"당연히 연이겠지. 똑같은 모습의, 단조로운 하늘을 수놓을 수 있는, 색색의 연이 날아야 하지!"

"그렇다면," 태수의 딸이 말했다. "관시의 태수시여, 마지막으로 성벽의 모양을 오로지 바람을 뜻하는 모습으로 바꾸어 주시옵소서. 그리고 우리는 금빛 연 모양으로 도시를 만들겠사옵니다. 바람이 연을 아름답게 만들며 드높은 곳으로 올려 줄 것입니다. 그리고 연은 바람의 단조로움을 깨트리며 목적과 의미를 부여해 줄 것입니다. 한쪽이 없으면 다른 쪽은 아무것도 아니게 되겠지요. 우리는 함께 아름다움과 협동과 길고 영원히 이어지는 삶을 누리게 될 것입니다."

이 말에 두 태수는 너무도 기쁜 나머지 며칠 만에 처음으로 활력을 얻어, 순간 힘을 되찾아 서로를 포옹하고 수도 없이 칭찬을 나눈 다음, 태수의 딸을 사내라고, 남자라고, 지주이자 전사이며 참으로 영원히 기억될 아들이라고 불렀다. 그들은 즉시 작별을 나누고 서둘러 각자의 도시로 돌아갔다. 힘없이, 하지만 행복하게, 소리치고 노래하면서.

이윽고 두 도시는 금빛 연의 도시와 은빛 바람의 도시가 되었다. 농작물을 수확하고 가게를 돌보게 되었으며, 사람들의 얼굴에는 살점이 돌아왔고 질병은 겁먹은 이리처럼 도망쳐 버렸다. 그리고 연의 도시 사람들은 매일 밤마다 그들을 지탱해 주는 바람 소리를 들을 수 있었다. 바람의 도시 사람들은 연이 노래하고, 속삭이고, 날아올라 그들을 아름답게 만들어 주는 소리를 들을 수 있었다.

"그렇게 될지어다." 태수는 비단 장막 앞에 앉아 말했다.

나 당신 못 봐요
I See You Never

힘없이 부엌문을 두드리는 소리가 들렸다. 오브라이언 부인이 나가 보니, 뒷문 현관에 그녀의 가장 성실한 세입자인 라미레스 씨가 서 있었다. 경관 두 사람을 양옆에 대동한 채로, 라미레스 씨는 무력하고 작아 보이는 모습으로 그저 그렇게 서 있기만 했다.

"어머나, 라미레스 씨!" 오브라이언 부인이 말했다.

라미레스 씨는 위축되어 있었다. 설명할 말을 떠올리지 못하는 듯했다.

그는 2년도 더 전에 오브라이언 부인의 하숙집에 도착했고, 이후로 쭉 여기에서 살았다. 멕시코시티에서 샌디에이고로 버스를 타고 왔고, 거기에서 로스앤젤레스까지 올라왔다고 한다. 그리고 그는 그곳에서 작고 깨끗한 방, 반짝이는 푸른색 리놀륨 바닥, 꽃무늬 벽지 위에 달린 그림과 달력, 그리고 오브라이언 부인이라는 이름의 엄격하지만 친절한 집주인을 만났다. 전쟁 기간 동안 그는 비행기 공장에서 일하며 어딘가로 날아갈 비행기의 부속을 만들었다. 그리고 전쟁이 끝난 지금까지도, 그는 여전히 그 직업을 유지하고 있었다. 처음부터 그는 꽤 많은 돈을 벌었다. 그는 수입의 일부를 꼬박꼬박 저축했고, 술에 잔뜩 취하는 것은 일주일에 하루뿐이었다. 오브라이언 부인의 관점에 따르자면, 그 정도는 성실한 노동자라면 누구나 당연히 누려야 하는 권리에 속했다. 질문도, 질책도 할 필요 없는 일이었다.

오브라이언 부인의 부엌 오븐에서는 파이가 구워지고 있었다. 얼마 지나지 않아 라미레스 씨와 같은 색깔로 구워진 파이가 나올 것이다. 갈색에 반짝이고 바삭거리는, 그리고 라미레스 씨의 검은 눈처럼 껍질에 가늘게 금이 간 파이가. 부엌에서는 좋은 냄새가 났다. 경관들은 냄새에 이끌려 앞으로 몸을 기울였다. 라미레스는 자기 발이 이 모든 사태로 혼자 걸어 들어가기라도 한 것처럼 아래를 내려다보고만 있었다.

"무슨 일이 생긴 건가요, 라미레스 씨?" 오브라이언 부인이 물었다.

고개를 든 라미레스 씨는 오브라이언 부인 뒤로 깨끗한 흰 식탁보가 깔린 긴 식탁을 보았다. 접시와 깨끗하고 반짝이는 유리잔, 안에 네모난 얼음이 떠다니는 물병 하나, 방금 만든 감자 샐러드와 네모나게 잘라 설탕을 뿌린 바나나와 오렌지 조각이 들어 있는 그릇이 보였다. 식탁 앞에는 오브라이언 부인의 아이들이 앉아 있었다. 음식을 먹으며 이야기를 나누고 있는 장성한 세 아들, 그리고 음식을 먹으며 경관들을 바라보고 있는 보다 어린 나이의 두 딸들.

"나 여기 30개월 있었어요." 라미레스 씨가 조용히 말하며, 오브라이언 부인의 통통한 손을 바라보았다.

"6개월이나 초과해 있었던 거요." 경관 하나가 말했다. "임시 비자밖에 없으면서. 이 친구를 찾아서 주변을 돌아다니던 참이오."

라미레스 씨는 이곳에 도착한 지 얼마 되지 않아, 자신의 작은 방에 놓을 라디오를 하나 샀다. 저녁이면 그는 라디오를 크게 틀고는 그 소리를 즐기곤 했다. 손목시계도 샀고, 그 역시 즐겼다. 그리고 밤이면 종종 조용한 거리를 걸으며 상점 창문으로 화려한 옷들을 구경했고, 몇 벌을 구입하기도 했다. 보석을 구경하고 약간 사서 몇 안 되는 여성 친구들에게 선물하기도 했다. 그리고 한동안은 일주일에 닷새 밤을 영화관에서 보내기도 했다. 전차를 타기도 했다. 때로는 밤새도록 내리지 않기도 했다. 전기 냄새를 맡고, 검은 눈으로 광고를 훑으며, 발 아래에서 바퀴가 덜컹거리는 것을 느끼며, 창밖을 스쳐 지나가는 작은 살림집과 커다란 호텔 건물들을 바라보곤 했다. 그 외에도 커다란 식당에 가서 여러 코스로 된 저녁 식사를 하기도 하고, 오페라와 연극을 보러 가기도 했다. 그리고 차도 한 대 샀는데, 나중에 대금을 치르는 것을 잊어버리는 바람에 성난 영업사원이 하숙집 앞에 세워 놓은 차를 몰고 돌아간 일도 있었다.

"그래서 나 여기 왔어요." 라미레스 씨가 말했다. "내 방을 내놓아야 한다고 말하려고요, 오브라이언 부인. 내 짐하고 옷을 챙겨서 이 사람들과 함께 가야 한다고 말하러 왔어요."

"멕시코로 돌아가나요?"

"그래요. 라고스로 가요. 멕시코시티 북쪽에 있는 작은 마을이에요."

"유감이네요, 라미레스 씨."

"짐 다 쌌어요." 라미레스 씨는 쉰 목소리로 말하고는, 검은 눈을 깜박이며 손을 몸 앞에서 힘없이 저었다. 경관들은 그를 제지하지 않았다. 그럴 필요가 없는 일이었다.

"여기 열쇠 있어요, 오브라이언 부인." 라미레스 씨가 말했다. "이미 가방 가지고 있어요."

그제야 오브라이언 부인은 그의 옆에 여행가방 하나가 서 있는 것을 발견했다.

라미레스 씨는 다시 한 번 널찍한 부엌을 돌아보고, 반짝이는 은식기와 식사 중인 아이들과 왁스로 닦아 반짝이는 바닥을 바라보았다. 그는 몸을 돌려서는 한참을 옆 아파트 건물을 바라보았다. 높고 아름다운 3층 건물이었다. 그는 발코니와 화재용 비상계단과 뒤편의 현관 계단을, 바람에 날리고 있는 빨래를 바라보았다.

"당신은 좋은 세입자였어요." 오브라이언 부인이 말했다.

"고마워요, 고마워요, 오브라이언 부인." 그가 작은 소리로 말했다. 그리고 눈을 감았다.

오브라이언 부인은 문을 반쯤 연 채로 서 있었다. 뒤에서 아들 하나가 식사가 식어 간다고 말했지만, 그녀는 아들에게 고개를 저어 보이고는 다시 라미레스 씨를 돌아보았다. 언젠가 멕시코의 국경도시를 방문했던 때가 떠올랐다. 무더운 한낮, 상점 창가마다 뛰어오르거나 떨어지거나 죽어서 나자빠져 있는, 흡사 담배꽁초처럼 보이는 무수한 귀뚜라미들, 강물을 농장으로 날라 주는 운하들, 흙길과 황량한 풍경. 느릿느릿 움직이는 짐말과 도로 위에서 비쩍 말라 버린 들토끼 시체. 하늘을 찌르는 산맥과 먼지투성이 골짜기들과 파도 소리밖에 들리지 않는 해변이 수백 킬로미터 뻗어 있는 모습도 기억이 났다. 자동차도, 건물도, 아무것도 없는 곳.

"정말로 유감이에요, 라미레스 씨." 그녀가 말했다.

"나 돌아가고 싶지 않아요, 오브라이언 부인." 그가 힘없이 말했다. "나 여기 좋아요, 여기 있고 싶어요. 나 일했어요, 돈도 있어요. 나 괜찮아 보이잖아요, 아닌가요? 나 돌아가고 싶지 않아요!"

"유감이에요, 라미레스 씨." 그녀가 말했다. "제가 할 수 있는 일이 있었으면 좋겠어요."

"오브라이언 부인!" 그가 갑자기 울음을 터트렸다. 눈꺼풀 아래에서 눈물이 흘러나왔다. 그는 손을 뻗어 열렬하게 그녀의 손을 잡고는, 악수하고, 움켜쥐고, 매달렸다. "오브라이언 부인, 나 당신 못 봐요, 나 다시는 당신 못 봐요!"

경관들은 이 말에 웃음을 지었지만, 라미레스 씨는 그 사실을 눈치채지 못했다. 그리고 이내 그들의 얼굴에서도 웃음기가 사라졌다.

"잘 있어요, 오브라이언 부인. 당신 내게 정말 친절했어요. 아, 잘 있어요, 오브라이언 부인. 나 당신 못 봐요!"

라미레스 씨가 몸을 돌려 여행가방을 들고 걸음을 옮길 때까지, 경관들은 기다렸다. 그러고는 오브라이언 부인에게 가볍게 모자를 들어 보인 후 그를 따라 걸음을 옮겼다. 그녀는 세 사람이 현관 계단을 내려가는 모습을 바라보고는, 조용히 문을 닫은 후 천천히 식탁으로 돌아왔다. 그녀는 의자를 당기고 자리에 앉았다. 그리고 반짝이는 나이프와 포크를 손에 들고 다시 스테이크를 먹기 시작했다.

"빨리 드세요, 엄마." 아들 중 하나가 말했다. "다 식겠어요."

오브라이언 부인은 스테이크 한 조각을 입에 넣고는 천천히, 오랫동안 씹었다. 그리고 닫힌 문을 바라보았다. 그녀가 나이프와 포크를 내려놓았다.

"왜 그러세요, 엄마?"

"이제야 알겠구나." 오브라이언 부인이 손에 얼굴을 묻었다. "이제 다시는 라미레스 씨를 보지 못할 거야."

자수
Embroidery

바늘이 움직이며 번쩍이는 섬광이, 마치 빛에 모여드는 은빛 곤충 떼처럼 저녁나절의 어둑한 베란다를 가득 채웠다. 바늘의 움직임을 따라 세 여인의 입가도 실룩거렸다. 삐걱대며 움직이는 흔들의자를 따라, 그들의 몸 역시 뒤로 젖혀졌다 슬쩍 앞으로 기울어지기를 반복했다. 세 여인은 자신의 손을 내려다보았다. 마치 순간 자신의 심장이 그곳에서 뛰는 것을 발견한 듯이.

"지금 몇 시나 됐어?"

"5시 10분 전이야."

"좀 있다 일어나서 저녁때 먹을 완두콩을 까야지."

"하지만," 다른 한 여인이 입을 열었다.

"아 그래, 잊어버렸네. 나도 정말 멍청하다니까……" 첫 번째 여인이 손을 멈추고, 자수거리와 바늘을 집어넣은 다음, 열려 있는 베란다 문을 통해 조용하고 따뜻한 집 안을, 고요한 부엌을 바라보았다. 탁자에는 지금까지 살아오며 본 그 어떤 것보다도 훨씬 더 가사의 표상처럼 보이는, 깨끗이 씻은 완두콩 무더기가 놓여 있었다. 깔끔하고 튼튼한 외투에 싸인 채 그녀의 손길에 의해 세상으로 나오기만을 기다리고 있었다.

"기분이 나아질 것 같으면 네가 가서 껍질 벗겨." 두 번째 여인이 말했다.

"아니." 첫 번째 여인이 말했다. "안 할래. 절대 안 할 거야."

세 번째 여인이 한숨을 쉬었다. 그녀는 푸른 들판을 배경으로 장미꽃 하나, 이파리 하나, 데이지 하나를 수놓고 있었다. 자수용 바늘이 오르내리다가 사라져 버렸다.

두 번째 여인은 그중에서도 가장 섬세하고 복잡한 수를 놓고 있었다. 바늘이 천을 찔러 들어가고, 더듬고, 다시 돌아오는 무수한 여정을 짧은 시간 동안 무수히 반복했다. 그녀는 손을 한 번 움직일 때마다 검은 눈으로 자신의 작품을 바라보았다. 꽃, 남자, 길, 태양, 집. 그녀의 손길 아래 풍경이 자라나고 있었다. 모든 세밀한 부분을 완벽하게 실로 자아낸, 작고 정밀한 아름다움이 깃든 풍경이었다.

"이럴 때는 결국 손에 의존하게 되는 것 같아." 그녀가 말했다. 나머지 두 여인도 흔들의자가 다시 흔들리기 시작할 정도로 고개를 끄덕여 보였다.

첫 번째 여인이 말했다. "내 생각에는, 우리 영혼은 손에 깃들여 있는 것 같아. 세상을 바꾸는 모든 일은 손으로 하는 거니까. 머리를 써서 하지 않는 건 분명하잖아."

그들은 작업을 하고 있는 손을 더 세심하게 바라보았다. "그래." 세 번째 여인이 말했다. "지금까지 인생을 되돌아보면, 손이나 손이 하던 일들이 얼굴보다 더 많이 떠오르는 것 같아."

그들은 자신이 열었던 단지의 뚜껑, 열고 닫았던 문, 꺾어 들었던 꽃, 준비했던 저녁 식사들을 헤아려 보았다. 느리게 또는 빠르게 움직이는 손가락으로, 각자의 습관이나 관례에 따라 했던 그 모든 일을. 과거를 돌아보면 수많은 손들이 보였다. 마치 마법사의 환영처럼, 문을 활짝 열고, 수도꼭지를 잠그고, 빗자루를 들고, 아이들의 엉덩이를 때리는 손들이. 분홍색 손이 퍼덕이는 소리만이 들려왔다. 나머지는 소리가 들리지 않는 꿈일 뿐이었다.

"오늘 밤이나 내일 밤이나 모레 밤에는 저녁을 준비하지 않아도 되겠지."

"열고 닫을 창문도 없어."

"내년 겨울에 지하 화로에 퍼 넣을 석탄도 없을 거야."

"요리책에 꽂아 놓을 종이 클립도 없을 테고."

그리고 갑자기 그들은 흐느끼기 시작했다. 눈물이 소리 없이 그들의 얼굴을 타고 흘러, 움직이는 손가락 위로 떨어졌다.

"이런다고 도움이 되지는 않아." 마침내 첫 번째 여인이, 엄지로 양쪽 눈꺼풀 아래를 찍으며 말했다. 엄지를 보니 젖어 있었다.

"내가 무슨 짓을 했는지 좀 봐!" 두 번째 여인이 짜증을 내며 소리쳤다. 다른 이들이 손길을 멈추고 그쪽을 바라보았다. 두 번째 여인이 자수를 펴 들어 보였다. 풍경은 완벽했다. 단 한 가지, 자수 속의 태양이 수놓은 푸른 들판과 수놓은 분홍 집과 그를 향해 굽어 있는 수놓은 갈색 길 위에 내리쬐고 있음에도, 길가에 서 있는 남자의 얼굴에는 어딘가 문제가 있었다.

"이걸 제대로 고치려면 이 패턴을 전부 뜯어야 한단 말이야." 두 번째 여인이 말했다.

"아까워라." 그들은 모두 흠이 하나 있는 아름다운 풍경을 바라보았다.

두 번째 여인이 작은 가위를 번쩍이며 재빠르게 실밥을 뜯기 시작했다. 풍경이 한 올씩 사라져 갔다. 그녀는 포악해 보일 정도로 실밥을 뜯고 잡아당겼다. 남자의 얼굴이 사라졌다. 그녀는 계속 실을 잡아 뜯었다.

"지금 뭘 하고 있는 거야?" 다른 여인들이 물었다.

길 위의 남자는 사라져 버렸다. 그녀가 완전히 없애 버린 것이다.

그들은 아무 말 않고 제각기 자신의 일로 돌아갔다.

"몇 시나 됐어?" 누군가 물었다.

"5시 5분 전이야."

"5시에 그 일이 벌어지는 것 아니야?"

"맞아."

"그리고 실제로 벌어지면, 정확하게 어떤 일이 일어날지는 모른다는 거지?"

"그래, 확신할 수가 없대."

"이렇게 돌이킬 수 없는 큰일이 벌어지기 전에 막을 생각을 못 했을까?"

"예전보다 두 배는 크다고 하더라. 아니, 열 배, 어쩌면 천 배는 될지도 몰라."

"첫 번째나 그 이후 열 몇 번 일어났던 일들하고는 다를 거야. 이번 일은 달라. 실제로 일어나면 무슨 일이 벌어질지 아무도 모른다고 하니까."

그들은 장미와 풀 내음을 맡으며 베란다에서 기다렸다. "이제 몇 시나 됐지?"

"5시 1분 전이야."

그들의 바늘이 재빠르게 움직였다. 마치 어둑한 여름 공기 속을 헤엄치는 작은 금속 물고기 떼처럼 보였다.

멀리서 모기 소리가 들렸다. 그리고 북 치는 소리가 이어졌다. 세 여인은 고개를 갸웃하며 귀를 기울였다.

"아무 소리도 안 들리겠지?"

"그럴 거라던데."

"어쩌면 우리가 어리석은 걸지도 몰라. 5시가 지나도 세상은 계속될지도 모른다고. 완두콩을 까고, 문을 열고, 수프를 젓고, 접시를 닦고, 점심을 준비하고, 오렌지를 까고……"

"세상에, 옛 실험 따위에 그토록 겁먹었다는 사실을 생각하면 얼마나 우스울까!" 그들은 잠시 서로를 보며 웃음 지었다.

"5시야."

이 말에 그들은 입을 다물고 다시 부지런히 움직였다. 손가락이 바쁘게 쏘아져 나아갔다. 얼굴은 손가락의 움직임을 향한 채였다. 흥분한 손길이 형체를 만들었다. 천 위에 라일락과 풀밭과 나무와 집과 강이 생겨났다. 아무 말도 하지 않았지만, 조용한 베란다 공기 속에서 그들의 숨소리를 들을 수 있었다.

30초가 흘러갔다.

두 번째 여인이 마침내 한숨을 쉬고 긴장을 풀기 시작했다.

"아무래도 그냥 가서 저녁에 먹을 완두콩 껍질이나 벗겨야 할까 봐." 그녀가 말했다. "나는……"

그러나 그녀에게는 고개를 들 시간조차 주어지지 않았다. 그녀의 시야 한편 어딘가에서 세상이 환하게 타오르는 모습이 보였다. 그녀는 여전히 고개를 숙이고 있었다. 그것이 무엇인지 알고 있었기 때문에. 그녀도, 다른 여인들도, 고개를 들지 않았다. 그리고 마지막 순간까지 그들의 손가락은 바삐 움직이고 있었다. 이 나라에, 마을에, 집에, 이 베란다에 무슨 일이 벌어지고 있는지 확인하려 바라보지도 않았다. 그들은 자수를 놓고 있는 번득이는 손을 내려다볼 뿐이었다.

두 번째 여인은 수놓은 꽃이 사라지는 모습을 지켜보았다. 그녀는 다시 수를 놓아 되살리려 했지만, 꽃은 그대로 사라져 버렸다. 그리고 길이 사라졌고, 풀잎도 사라졌다. 그녀는 불길이 슬로 모션처럼 수놓은 집을 휩싸며 지붕널을 흐트러트리는 모습을 보았다. 배경에 놓인 나무의 잎 하나하나가 올이 풀려 사라져 버리고, 태양조차도 떨어져 내리는 모습을 보았다. 그리고 불길은 여전히 빛나고 있는 바늘의 움직이는 끄트머리로 옮겨붙었다. 그녀는 불길이 손가락과 팔을 타고 몸으로 올라오는 것을 보았다. 그녀의 존재 자체를 한 올 한 올 세심하게 풀어 헤치는 모습에서 악마적인 아름다움이 느껴졌다. 손에 쥔 물체의 패턴을 해체하는 모습에서. 다른 여인들이나 가구나 정원의 느릅나무에는 무슨 일을 하고 있는지, 전혀 알 수가 없었다. 바로 지금, 그래, 지금은! 그 불길이 그녀의 흰 살결이라는 직물을, 뺨의 분홍색 자수를 뜯어내고 있었기 때문이다. 그리고 마침내 그녀의 심장을 찾아냈다. 불길로 수놓은 부드럽고 작은 장미를. 불길은 살점을 태우고, 수놓은 꽃잎을 뜯어냈다. 섬세한 꽃잎을 한 장씩……

흑백 친선 야구시합
The Big Black and White Game

관객들은 철조망 뒤의 관중석을 가득 메우고 앉아 기다리고 있었다.
나를 비롯한 아이들은 호수에서 흠뻑 젖은 채로, 하얀 오두막 사이를
달려, 리조트 호텔을 지나, 소리를 지르며 외야 관람석에 앉아서 엉덩
이 모양의 젖은 자국을 남겼다. 뜨거운 태양이 야구장 주변을 둘러싸
고 있는 키 큰 떡갈나무 사이를 뚫고 내리쬐고 있었다. 우리 아버지와
어머니들은 골프 바지와 얇은 여름 드레스를 걸치고, 우리를 꾸짖어
얌전히 앉아 있게 하려고 애쓰고 있었다.

우리는 기대하는 얼굴로 호텔과 커다란 주방의 뒷문을 바라보았다.
유색인종 여인 몇이 그 사이의 군데군데 그늘진 공간을 오가는 모습
이 보이기 시작했고, 10분이 지나자 관람석 반대편은 그들의 깨끗이
씻은 얼굴과 팔뚝으로 부드럽고 달콤하게 가득 찼다. 이렇게 오랜 세

월이 지난 다음에도, 그때를 돌이켜 생각하면 그들이 내던 소리가 귓가에 떠오른다. 달아오른 공기 속으로, 그들끼리 이야기를 나눌 때마다 비둘기가 부드럽게 지저귀는 소리가 들려왔다.

이내 모두가 흥겹게 떠들기 시작했고, 청명하고 푸른 위스콘신의 하늘 위로 웃음소리가 드높이 퍼져 올라갔다. 부엌문이 활짝 열리며 큰 사람과 작은 사람, 검은 사람과 잿빛 피부의 사람, 제복을 입은 깜둥이 웨이터, 수위, 버스 차장, 나룻배꾼, 요리사, 병 씻는 사람, 음료 판매원, 정원사, 골프장 정비원들이 달려 나왔다. 즐겁게 지껄이며, 치열이 고른 하얀 이빨을 내보이며, 새로 입은 붉은 줄무늬 유니폼이 자랑스러운 듯, 반짝이는 신발을 높이 쳐들어 푸른 잔디밭에 내려놓으며, 그들은 관람석 가장자리를 지나쳐 경기장 안을 느릿하게 돌기 시작했다. 모두를, 모든 것들을 소리쳐 부르면서.

우리 아이들은 즐거워 깔깔댔다. 잔디 깎는 사람 롱 존슨이 보였다. 음료 가판대의 캐버너도 있었다. 그리고 땅딸보 스미스와 피트 브라운과 지프 밀러도 있었다!

그리고 빅 포가 있었다! 우리 꼬마들은 소리를 치고 박수를 쳐 댔다!

빅 포는 호숫가 호텔 너머 한참을 가야 있는 '100만 달러 댄스장' 앞에서 매일 밤 우뚝 서서 팝콘을 파는 사람이었다. 나는 매일 밤 빅 포에게서 팝콘을 샀고, 그는 나를 위해 팝콘 위에 버터를 잔뜩 끼얹어 주었다.

나는 발을 구르며 소리쳤다. "빅 포! 빅 포!"

그러자 그가 내 쪽을 바라보면서, 입술을 활짝 벌려 이빨을 드러내고는, 손을 흔들면서 큰 소리로 웃어 보였다.

어머니는 오른쪽, 왼쪽, 그리고 뒤쪽을 걱정 섞인 눈으로 살펴보더니 팔꿈치로 나를 찌르셨다. "조용히 좀 하거라." 어머니가 말씀하셨다. "쉿."

"랜드, 랜드." 우리 어머니 옆에 앉은 숙녀가 접은 종이로 부채질을 하면서 말했다. "유색인종 하인들에게는 꽤나 대단한 날인 것 같지 않아요? 1년에 단 한 번 마음껏 뛰놀 수 있는 날이잖아요. 여름철 내내 흑백 친선 야구시합을 기다리는 것 같아요. 하지만 이걸로 다가 아니죠. 저 사람들의 케이크워크* 잼버리를 본 적 있으세요?"

"우리도 표를 샀지요." 어머니가 말씀하셨다. "오늘 밤 댄스장에 가 볼 생각이에요. 한 사람에 1달러씩 받더라고요. 제법 비싼 듯하지만요."

"하지만 1년에 한 번 정도는 돈을 쓸 만한 구경거리라는 생각이 드네요." 여자가 말했다. "그리고 저 사람들이 춤추는 모습은 정말 대단하거든요. 저 사람들은 천성적으로 그 뭐랄까……"

"리듬감을 타고났지요." 어머니가 말씀하셨다.

"바로 그거예요." 숙녀가 말했다. "리듬이요. 리듬감을 가지고 있지요. 랜드, 호텔의 유색인종 하녀들이 뭘 하는지 한번 보셨어야 해요. 지금까지 한 달 내내 매디슨 가의 대형 상점에서 새틴 옷감을 사 모았거든요. 그리고는 조금이라도 짬이 날 때마다 자리에 앉아 바느질을 하며 웃고 떠드는 거예요. 그리고 모자에 달 깃털을 사는 것도 봤어요. 겨자색에 와인색에 파란색에 보라색에. 아, 정말 멋진 광경일 거예요!"

---

* 미국 남부의 흑인 놀이에서 발달하여 나온 춤. 또는 그런 2박자의 춤곡.

"턱시도도 내놓고 있었어요." 내가 말했다. "지난주 내내 호텔 뒤편 빨랫줄에 널어놓고 있었다고요!"

"저 의기양양한 모습들 좀 보세요." 어머니가 말씀하셨다. "누가 저 작자들이 우리 남자들을 이길 수 있다고 생각한다고 여기겠어요."

유색인종 남자들은 앞뒤로 달리면서 높고 음악 같은 목소리, 또는 낮고 노곤하고 한없이 이어지는 목소리로 소리쳐 댔다. 내야 가운데에는 번득이는 하얀 이빨과 제자리 뛰기를 하고 토끼처럼 달려가는 모습과 높이 치켜들어 힘차게 양옆으로 휘두르는 검은 팔뚝이 가득했다.

빅 포는 커다란 양손에 야구방망이들을 가득 들고는, 육중한 근육덩어리 어깨에 메고 나와서 1루 라인을 따라 걸어갔다. 그는 머리를 젖힌 채 입을 크게 벌리고 활짝 웃음을 지었다. 그의 혀가 움직이며 노래를 부르는 모습이 보였다.

> 그들이 〈젤리 롤 블루스〉*를 연주하면
> 나는 신발을 두 짝 모두 벗고 춤출 거라네.
> 내일 밤은 〈다크타운 스트러터스의 무도회〉**라네!

그는 야구방망이들을 지휘봉이라도 되는 양 휘두르면서, 무릎을 번쩍 들었다 내리며 걸어갔다. 좌익수 쪽 특별 관람석에서 박수 소리와 부드러운 웃음소리가 터져 나왔다. 젊은 유색인종 아가씨들이 열망으

---

* 1915년 젤리 롤 모턴이 작곡한 유명한 재즈 스탠더드넘버.
** 1917년 셸턴 브룩스가 작곡한 재즈. 유명한 재즈 스탠더드넘버로, 엘라 피츠제럴드, 베니 굿맨 등이 불렀다.

로 달뜬 갈색 눈을 반짝이며 앉아 있는 쪽이었다. 그들의 손짓은 우아하고 달콤하게 보였다. 아마도 짙은 피부색 때문이었을 것이다. 그들은 수줍은 새들처럼 웃으며 빅 포에게 손을 흔들었고, 그중 하나는 높은 소리로 외쳤다. "오, 빅 포! 오, 빅 포!"

빅 포가 자신의 케이크워크를 끝내자, 백인 쪽 관람석도 예의 바르게 박수를 보내 주었다. "헤이, 포!" 나는 다시 소리쳤다.

"당장 그만두지 못하겠니, 더글러스!" 어머니가 나를 노려보며 말씀하셨다.

이제 백인들이 유니폼을 입은 채 나무 사이를 달려 들어오고 있었다. 우리 쪽 관람석에서 우레 같은 환호가 울렸고, 사방에서 사람들이 일어났다. 백인들은 하얗게 빛나며 푸른 다이아몬드를 가로질렀다.

"어머, 저기 조지 삼촌이 있구나!" 어머니께서 말씀하셨다. "세상에, 정말 멋지지 않니?" 어머니가 보시는 쪽에서 우리 조지 삼촌이 유니폼을 입은 채 어정거리며 달려오고 있었다. 툭 튀어나온 배에 옷깃을 어떻게 채워도 불거져 나오는 아래턱 때문에 도저히 어울리는 모습이라고는 할 수 없었다. 그는 숨을 몰아쉬면서도 웃음을 지으려 노력하면서, 통통하고 짧은 다리를 바삐 움직여 달려왔다. "세상에, 다들 정말 멋지구나." 어머니께서 말씀하셨다.

나는 그대로 앉아 그들이 움직이는 모습을 바라보았다. 어머니는 내 옆에 앉아 계셨는데, 내 생각에는 그분 역시 양쪽을 비교해 보며 놀라고 당황하셨으리라 생각한다. 먼저 들어온 검은 피부의 사람들이 얼마나 수월하게 달렸는지, 아프리카의 모습을 찍은 영화에서 슬로 모션으로 달리는 사슴이나 영양처럼 보였는지, 꿈속의 존재들처럼 보였는지를 생각하시면서. 그들은 갈색으로 빛나는 아름다운 동물처럼, 자신이 살아 있다는 사실을 자각하지도 못하고 살아가는 동물처럼 보였다. 그리고 그들이 뛰어가며 영원 속에 살아 있는 다리를 수월하게, 가뿐하게 내려놓으며 거대한 팔을 활짝 펼치고 손가락을 털고 불어오는 바람을 향해 웃음을 지을 때, 그들의 얼굴에는 "나 뛰는 것 좀 봐 줘, 나 뛰는 것 좀 봐 줘!"라고 애원하는 표정 따위는 보이지 않았다. 그래, 그런 기색은 조금도 없었다. 그들의 얼굴에는 이렇게 말하는 듯한 아련한 표정이 떠올라 있었다. "세상에, 달리니까 정말로 기분이 좋아. 발밑에서 부드럽게 부풀어 오르는 땅이 느껴지잖아? 이야, 정말 기분이 좋아. 뼈에 붙은 근육이 기름칠한 것처럼 매끄럽게 움직이네. 달리기야말로 세상에서 제일 기분 좋은 일이야." 그들은 그렇게 달렸다. 그들이 달리는 모습에서는 다른 어떤 목적도 없는, 환희와 생명 그 자체만이 보였다.

백인들은 다른 모든 일과 마찬가지로, 달리기 역시 노동으로 치부한다. 그들을 보며 당황하게 되는 이유는, 그들의 활기가 잘못된 방향을 향하고 있기 때문이다. 그들은 언제나 곁눈으로 누군가가 지켜보고 있는지를 확인한다. 흑인들은 누가 보든 말든 조금도 신경 쓰지 않는다. 그들은 계속 움직이면서 삶을 누린다. 자신의 행동을 확신하고 있어서, 더 이상 고민할 필요조차 없는 것이다.

"세상에, 하지만 우리 편은 정말 멋지지 않니." 어머니는 다분히 심드렁하게 말씀하셨다. 어머니 역시 양 팀을 직접 보고 비교해 보신 것이다. 속으로는 그분도 유색인종 팀이 유니폼을 입고 얼마나 여유롭게 움직이는지, 유니폼 안에 쑤셔 박힌 채 벨트를 졸라매고 있는 백인들이 얼마나 어색하고 뻣뻣하게 움직이는지를 깨달으신 것이다.

내 생각에는, 바로 그때쯤부터 긴장이 감돌기 시작했던 듯하다.

아마 모두가 무슨 일이 벌어지려는지 깨달았을 것이다. 모두가 백인 팀이 일광욕 복장을 걸친 국회의원들처럼 보인다는 사실을 깨달았다. 그리고 유색인종 팀의 무심한 우아함에 경탄했다. 그리고 언제나 그렇듯이, 그런 경탄은 부러움으로, 질투로, 짜증으로 변했다. 그런 감정은 이런 식으로 대화 속에 섞여 나왔다.

"저기 3루에 있는 저이가 우리 남편 톰이에요. 왜 발을 움직이지 않는 걸까요? 그냥 서 있기만 하네."

"걱정할 필요 없어요, 걱정하지 말아요. 때가 되면 알아서 달려갈 테니까!"

"제 말이 바로 그거예요! 자, 예를 들어, 우리 헨리를 좀 보세요. 헨리는 항상 활동적인 사람은 아니지만, 위기가 닥치면…… 잘 보고 있으라고요. 어…… 손을 흔들거나 해 주면 좋겠는데 말이죠. 아, 저기 보세요! 여기예요, 헨리!"

"저기 지미 코스너가 뭘 하는지 좀 보세요!"

나는 그쪽을 보았다. 주근깨 가득한 얼굴과 붉은 머리를 가진 중키의 백인 남자가 내야 안에서 광대 짓을 하고 있었다. 야구방망이를 이마에 세운 채로 균형을 잡고 있었던 것이다. 백인 쪽 관중석에서 웃음소리가 들렸다. 그러나 내 귀에는 당황스러운 모습을 마주했을 때의 어색한 웃음으로만 들렸다.

"플레이 볼!" 주심이 선언했다.

동전이 허공으로 솟아올랐다. 유색인종 팀이 먼저 공격에 들어갔다.

"빌어먹을." 어머니가 말씀하셨다.

빅 포가 첫 타자였다. 나는 환호성을 울렸다. 그는 야구방망이가 이쑤시개라도 되는 양 한 손으로 들고는 여유롭게 타석으로 걸어가 듬직한 어깨 위로 야구방망이를 올렸다. 반짝이는 야구방망이에 비친 얼굴이 흑인 측 관람석을 향해 웃음 짓고 있었다. 선명한 꽃무늬가 수놓인 크림색 드레스를 입고 다리를 꼬고 앉아 있는 유색인종 여성들이 갓 구운 진저스틱처럼 관중석 군데군데 눈에 띄었다. 모두 머리카락을 화려하게 감아올려 귀 위로 튼 채였다. 빅 포는 그중에서도 자기 애인, 닭 뼈만큼이나 작고 가냘픈 캐서린을 바라보고 있었다. 매일 아침 호텔과 방갈로의 침대를 정리하는 아가씨로, 작은 새처럼 방문을 두드리고는 손님에게 예의 바르게 꿈은 다 꾸셨는지 묻곤 했다. 만약 그렇다면 낡은 악몽은 전부 치워 내가고 새것을 가져다드릴게요. 부디 한 번에 하나씩 사용해 주세요, 감사합니다. 빅 포는 고개를 저으며 그녀를 바라보았다. 마치 그곳에 그녀가 있다는 사실을 믿을 수 없는 듯했다. 그리고 그는 한 손으로 야구방망이의 균형을 잡으며 몸을 돌린 다음, 왼손을 몸 옆으로 늘어트리고 연습 투구가 끝나기를 기다렸다. 공은 쉭 소리를 내며 옆으로 날아가, 포수의 미트 속으로 정확하게 들어가 박힌 후, 다시 투수 쪽으로 날아갔다. 주심이 신음했다. 다음 공으로 경기가 시작이었다.

빅 포는 첫 번째 공을 지켜보기만 했다.

"스트으라이크!" 주심이 선언했다. 빅 포는 백인 친구들을 향해 가볍게 윙크를 해 보였다. 팡! "스트으라이크 투!" 주심이 소리쳤다.

세 번째로 공이 날아왔다.

갑자기 빅 포의 몸이 기름칠한 기계처럼 회전했다. 한쪽으로 늘어져 있던 손이 야구방망이 끄트머리로 올라갔고, 야구방망이는 그대로 회전하며 공에 명중했다. 깡! 공은 허공으로 솟아올라, 흔들리는 떡갈나무 숲을 넘어, 하얀 돛단배 한 척이 소리 없이 떠다니는 호수를 향해 떨어졌다. 관중이 환호성을 울렸고, 그중에서도 내 목소리가 제일 컸다! 조지 삼촌이 양털 스타킹을 신은 땅딸막한 다리를 열심히 움직이며 달려가 점차 작아지는 모습이 보였다.

빅 포는 잠시 제자리에 서서 공이 어디로 가는지 살펴보았다. 그리고 뛰기 시작했다. 그는 성큼성큼 걸음을 옮기며 베이스를 돌았고, 3루를 지나 홈으로 돌아오는 길에는 흑인 아가씨들을 향해 자연스럽고 행복하게 손을 흔들었다. 아가씨들 역시 자리에서 일어나 높은 소리를 지르며 그에게 손을 흔들었다.

10분 후, 모든 베이스에 사람이 나가고 홈런을 치는 일이 반복되고, 빅 포가 다시 타석에 나서자, 어머니가 나를 돌아보며 말씀하셨다. "정말로 배려라고는 없는 자들이로구나."

"하지만 이건 시합이잖아요." 내가 말했다. "아직 투 아웃밖에 안 됐다고요."

"하지만 벌써 점수가 7 대 0이잖니." 어머니가 항변하셨다.

"글쎄, 일단 우리 남자들이 칠 차례가 될 때까지 기다려 보세요." 옆자리의 숙녀가 파란 정맥이 드러난 손으로 파리를 쫓으며 말했다. "저 깜둥이들은 정말로 분수도 모르는군요."

"스트으라이크 투!" 빅 포가 야구방망이를 휘두르자 주심이 말했다.

"지난주 내내 말이에요." 어머니 옆에 앉은 여자가 빅 포를 지그시 노려보며 말했다. "호텔 서비스 수준이 정말 끔찍했어요. 저 하녀들은 케이크워크 잼버리 말고 다른 화제는 조금도 꺼내지 않고, 얼음물 한 잔이라도 부탁하면 가져다줄 때까지 30분은 걸리더라니까요. 바느질하느라 너무 바빠서 말이죠."

"볼 원!" 주심이 말했다.

여자가 분통을 터트렸다. "이번 주가 끝나면 정말 행복할 거라고 분명하게 말할 수 있어요."

"볼 투!" 주심이 빅 포에게 말했다.

"설마 포볼로 내보내려는 건 아니겠지?" 어머니가 내게 말씀하셨다. "미친 거 아니니?" 그러고는 옆자리의 여자에게 말씀하셨다. "맞아요. 이번 주 내내 묘하게 굴더라니까요. 어젯밤에는 빅 포에게 팝콘에 버터를 더 끼얹어 달라고 두 번이나 말했다니까요. 아마 돈을 절약하거나 뭐 그런 짓을 하려던 모양이던데요."

"볼 스리!" 주심이 말했다.

어머니 옆의 숙녀가 갑자기 소리를 지르더니 접은 신문으로 격렬하게 부채질을 해 댔다. "랜드, 방금 한 가지 생각이 떠올랐어요. 저치들이 시합에서 이기면 정말로 끔찍할 것 같지 않아요? 그럴 수도 있을 거라고요. 정말로 그럴지도 몰라요."

어머니는 호수를, 나무를, 자신의 손을 바라보셨다. "조지 삼촌이 왜 시합에 나가야 하는지 모르겠구나. 바보처럼 보이기만 할 텐데. 더 글러스, 지금 달려가서 당장 관두라고 말하고 오거라. 심장에 나쁠 거야."

"아웃!" 주심이 빅 포에게 소리쳤다.

"아." 관중석에서 일제히 한숨 소리가 나왔다.

공수 교대였다. 빅 포가 야구방망이를 가볍게 내려놓고는 베이스 라인을 따라 걸어 나왔다. 야구장에서 걸어 나오는 백인들은 짜증이 솟구쳐 얼굴이 벌게져 있었다. 겨드랑이에는 하나같이 큼직하게 땀에 젖은 자국이 나 있었다. 빅 포가 내 쪽을 바라보았다. 나는 그에게 윙크를 보냈다. 그도 윙크로 대답했다. 순간 나는 그가 그렇게 멍청하지 않다는 사실을 깨달았다.

그는 일부러 삼진 아웃을 당한 것이었다.

유색인종 팀의 투수는 롱 존슨이었다.

그는 느릿느릿 투수판 앞으로 걸어 나와서, 꿈지럭거리며 손가락을 풀었다.

백인 팀의 첫 번째 타자는 코디머라는 남자였는데, 1년 내내 시카고에서 양복을 팔았다.

롱 존슨은 힘 빠진 동작으로, 별로 신경도 쓰지 않는 양, 정확하게 겨냥한 공을 뿌려 댔다.

코디머 씨는 야구방망이를 짧게 쥐고 휘둘렀다. 공이 맞았다. 공은 3루 앞 내야 땅볼이 되었다.

"1루 아웃." 주심이 말했다. 마허니라는 이름의 아일랜드인이었다.

두 번째 타자는 모베리라는 이름의 젊은 스웨덴 사람이었다. 그는 중견수 쪽으로 높은 뜬공을 날렸고, 작고 토실토실한 깜둥이가 공을 잡았다. 매끈하고 둥근 수은 방울처럼 튀어 다니고 있어서, 그런 체형인데도 조금도 뚱뚱하다는 생각이 들지 않았다.

3번 타자는 밀워키의 트럭 운전수였다. 그는 중견수 쪽으로 직선 타구를 날렸다. 훌륭한 솜씨였다. 문제는 그가 이 안타를 2루타로 만들려고 안간힘을 썼다는 것이었다. 그가 2루에 도달했을 때쯤에는, 이미 땅딸막한 스미스가 새까만 손 안에 하얗고 작은 공을 쥐고 기다리고 있었다.

어머니는 참고 있던 숨을 뱉으며 의자에 몸을 묻으셨다. "세상에, 어떻게 저럴 수가!"

"갈수록 더워지네요." 옆자리의 숙녀가 말했다. "호숫가로 산보나 나가야겠어요. 여기 앉아 한심한 시합이나 보고 있기에는 날이 너무 덥네요. 같이 가지 않으실래요, 부인?" 그녀가 어머니에게 권했다.

이런 식으로 시합이 5이닝 동안 이어졌다.

점수는 11대 0이 되었고 빅 포는 세 번이나 일부러 삼진 아웃을 당했다. 그리고 5회 말에 지미 코스너가 다시 우리 쪽 타석에 섰다. 그는 오후 내내 광대 짓을 벌이고, 지시를 내리고, 일단 익숙해지기만 하면 저런 공 따위는 그냥 날려 버릴 거라고 모두에게 말하면서 온갖 노력을 하고 있었다. 이제 그는 당당하게 타석으로 걸어 나왔다. 거만하게 나팔 소리를 내면서. 그는 비쩍 마른 손으로 여섯 개의 야구방망이를 휘두르면서, 조그만 녹색 눈으로 날카롭게 자신에게 맞는 야구방망이를 가늠했다. 그는 야구방망이 하나를 고른 후 나머지를 떨어트리고 타석으로 달려가며, 스파이크로 새로 깎은 잔디밭을 파 점점이 흙의 섬을 만들어 놓았다. 그가 열은 붉은 머리 위에 모자를 거꾸로 쓰며 말했다. "잘 보라고!" 그가 숙녀들 쪽을 향해 소리쳤다. "내가 이 시커먼 자식들한테 뭘 보여 줄지 잘 보라고! 야하!"

마운드 위의 롱 존슨이 천천히 뱀처럼 와인드업을 했다. 마치 뱀이 나무를 타고 올라가다가, 몸을 풀면서 갑자기 달려드는 모습이었다. 다음 순간 존슨의 손은 검은 송곳니처럼 보이는 손가락을 활짝 펼친 채 앞으로 내밀어져 있었다. 그리고 작은 구슬은 면도날 같은 소리를 내며 타석을 가르고 날아들었다.

"스트으라이크!"

지미 코스너는 야구방망이를 내려놓고 주심을 노려보았다. 그는 한동안 아무 말도 하지 않았다. 그리고 일부러 포수의 발치에 침을 뱉고는, 노란 단풍나무 야구방망이를 집어 들어 휘둘렀다. 태양이 야구방망이가 지나간 궤적을 따라 신경질적인 후광을 그렸다. 그는 야구방망이를 흔들어 보고는 가는 골격 위에 비스듬히 걸쳤고, 순간 입이 열려 니코틴에 찌든 길쭉한 이빨을 보여 주고는 다시 닫혔다.

팟! 하는 소리가 포수의 미트에서 울렸다.

코스너는 몸을 돌리고 멍하니 바라보았다.

포수는 흑인 마법사처럼 하얀 이빨을 드러내며 기름 먹인 미트를 열어 보였다. 그 안에서 하얀 꽃처럼 공이 피어나는 모습이 보였다.

"스트으라이크 투!" 주심이 아련한 열기 속에서 소리쳤다.

지미 코스너는 타석 위에 야구방망이를 내려놓고 주근깨 가득한 손을 옆구리에 가져다 댔다. "방금 그게 스트라이크라고 하는 거야?"

"바로 그렇게 말했네." 주심이 말했다. "방망이 들어."

"네놈 대가리를 때려 주기 위해서라면야." 코스너가 날카롭게 말했다.

"타석에 서지 않으면 바로 퇴장이야!"

지미 코스너는 입을 놀리며 뱉을 만큼의 침을 모으다가, 이내 화난 얼굴로 삼키고는 고약한 욕설을 중얼거렸다. 그는 손을 뻗어 야구방망이를 주워 든 다음, 소총처럼 어깨에 올리고 섰다.

그리고 공이 날아왔다! 처음에는 작았으나 그의 앞에 이르자 한없이 커졌다. 팡! 노란 야구방망이에서 폭발음이 들렸다. 공은 회전하며 계속 올라가고 또 올라갔다. 지미는 1루를 향해 부리나케 달려갔다. 공은 중력이 무엇인지를 생각해 내려는 듯 허공에 한동안 머물러 있었다. 호수 쪽에서 물결이 밀려와 철썩였다. 관중들이 환호성을 질렀다. 지미는 달렸다. 공은 이내 결정을 내린 듯 떨어졌다. 그 아래에 서 있던 미끈한 혼혈 남자가 그만 공을 놓쳤다. 그는 잔디밭으로 떨어진 공을 주워 그대로 1루를 향해 던졌다.

지미는 자신이 아웃이 되리라는 사실을 알았다. 그래서 그는 발을 먼저 내밀고 1루로 뛰어들었다.

모두가 그의 스파이크가 빅 포의 발목을 파고드는 모습을 보았다. 모두가 붉은 피를 보았다. 모두가 함성과 비명을 듣고, 두터운 먼지구름이 일어나는 모습을 보았다.

"난 세이프야!" 2분 후, 지미가 항의했다.

빅 포는 그라운드에 주저앉아 있었다. 흑인 팀 전원이 그를 둘러싸고 서 있었다. 의사가 몸을 숙여 빅 포의 발목을 진찰해 보고는, "음, 아주 끔찍하군. 여기"라고 말했다. 그리고 그곳에 약을 바르고 하얀 붕대를 감았다.

주심이 차가운 눈으로 코스너를 쏘아보았다. "넌 퇴장이야!"

"누구 맘대로!" 코스너가 소리쳤다. 그는 당당히 1루를 밟고 서서, 거만하게 숨을 몰아쉬면서, 주근깨 가득한 손을 양쪽으로 휘두르고 있었다. "난 세이프라고. 무슨 일이 있어도 여기에 있을 거다! 깜둥이 따위가 나를 아웃시킬 수 있을 것 같아!"

"아니. 백인이 말하는 거다." 주심이 말했다. "내가 한 거야. 당장 꺼져!"

"저놈은 공을 놓쳤다고! 규칙을 찾아봐! 나는 세이프야!"

주심과 코스너는 서로를 노려보고 서 있었다.

빅 포는 부어오른 발목을 치료받다 말고 그들을 올려다보았다. 그의 목소리는 굵고 부드러웠으며, 눈은 부드럽게 지미 코스너를 바라보고 있었다.

"맞아요, 저 사람은 세이프입니다, 주심 선생님. 여기에 있게 해 주세요. 세이프입니다."

나는 바로 그곳에 서 있었다. 그 말을 전부 들었다. 나와 다른 아이들 몇은 그 광경을 지켜보러 경기장으로 달려 나가 있었다. 어머니는 관중석에서 계속 나를 부르고 계셨다.

"그래요, 세이프입니다." 빅 포가 다시 말했다.

유색인종 남자들이 일제히 소리를 쳐 댔다.

"너 대체 어떻게 된 거야, 이 깜둥이 자식아? 머리에 공이라도 맞은 거냐?"

"내 말은 다들 들었을 텐데." 빅 포가 조용히 대답했다. 그는 붕대를 감아 주고 있는 의사를 돌아보았다. "저 사람은 세이프야. 그냥 있게 놔둬."

주심이 욕설을 내뱉었다.

"좋아, 알았다. 그럼 저놈은 세이프다!"

주심은 등을 꼿꼿이 펴고 목이 붉어진 채로 돌아갔다.

사람들이 빅 포를 일으켜 주었다. "그 다리로는 걷지 않는 편이 좋을 걸세." 의사가 주의를 주었다.

"걸을 수 있습니다." 빅 포가 나직하게 중얼거렸다.

"시합은 관두는 편이 좋아."

"시합은 할 수 있습니다." 빅 포는 부드럽지만 단호하게 말하고는 고개를 저었다. 그의 하얀 눈자위 아래 젖은 자국이 말라붙고 있었다. "이 다리로도 충분합니다." 딱히 누구를 쳐다보는 것도 아니었다. "아주 충분합니다."

"하." 2루의 유색인종 남자가 말했다. 묘한 기색이 어린 소리였다.

모든 흑인 남자들이 서로를 바라보고 빅 포를 본 다음, 지미 코스너를, 하늘을, 호수를, 관중들을 바라보았다. 그들은 아무 말 없이 자기 자리로 돌아갔다. 빅 포는 다친 발을 제대로 땅에 대지도 않은 채로 균형을 잡고 섰다. 의사는 계속 항의했다. 그러나 빅 포는 그를 밀어냈다.

"다음 타자!" 주심이 소리쳤다.

우리는 다시 관중석에 자리를 잡았다. 어머니는 내 다리를 꼬집으며 왜 얌전히 앉아 있지 못하느냐고 꾸짖으셨다. 날씨가 갈수록 더워졌다. 물결이 서너 번 더 호반으로 밀려왔다. 철사로 엮은 펜스 뒤에 앉은 숙녀들은 땀에 젖은 얼굴에 부채질을 해 댔고, 남자들은 나무판자 위에서 조금씩 앞으로 당겨 앉으며 1루에 삼나무처럼 우뚝 서 있는 빅 포와, 검은 나무의 거대한 그늘 아래 서 있는 지미 코스너를 내다보았다.

젊은 모베리가 우리 쪽 타자로 나왔다.

"쳐라, 스웨덴 자식아, 좀 쳐라, 스웨덴 자식아!" 누군가 홀로, 목쉰 새처럼, 타오르는 초록빛 잔디밭에서 소리치고 있었다. 지미 코스너였다. 관중석의 모두가 그를 바라보았다. 외야에 서 있던 땀에 젖은 검은 머리들이 그쪽으로 돌아갔다. 검은 얼굴들이 일제히 그쪽을, 불안한 듯 휘어 있는 가는 등허리를 바라보았다. 그는 우주의 중심이었다.

"치라고, 이 스웨덴 놈아! 이 깜둥이 자식들한테 보여 주잔 말이야!" 코스너가 크게 웃었다.

그의 목소리가 잦아들었다. 완벽한 정적이 찾아들었다. 높게 솟아 반짝이는 나무 사이로 바람이 불어올 뿐이었다.

"얼른, 스웨덴 자식아. 딱 한 방만 때리면……"

마운드에 서 있는 롱 존슨이 고개를 꼬았다. 천천히, 신중하게, 그는 코스너를 바라보았다. 그와 빅 포 사이에 눈짓이 오갔고, 코스너는 그

눈짓을 보고는 입을 다물고 마른침을 꿀꺽 삼켰다.

롱 존슨이 천천히 와인드업을 했다.

코스너는 1루에서 발을 떼고 앞서 나갔다.

롱 존슨은 투구 동작을 멈추었다.

코스너는 서둘러 1루로 돌아온 다음, 손에 입을 맞추고, 그 손으로 1루 베이스 가운데를 두드렸다. 그리고 고개를 들고 사방으로 활짝 웃어 보였다.

투수는 다시 한 번 길고 유연한 팔을 꼬아 올리고는, 검은 손가락으로 공의 가죽을 어루만지며 휘감아서, 뒤로 뻗은 다음…… 코스너가 1루에서 춤추고 있었다. 코스너가 원숭이처럼 위아래로 깡충거리며 뛰고 있었다. 투수의 눈은 그쪽을 향하고 있지 않았다. 투수의 눈은 비밀스럽게, 교활하게, 즐거운 듯, 곁눈질로 주시하고 있었다. 그리고 고개를 휙 돌리는 동작만으로, 투수는 코스너에게 겁을 주어 1루로 돌려보냈다. 코스너는 그 자리에 서서 조롱하듯 웃음을 흘렸다.

롱 존슨은 세 번째로 투구 동작에 들어갔고, 코스너는 베이스에서 멀리 떨어져 2루를 향해 달려가기 시작했다.

투수의 손이 휙 꺾였다. 통 하는 소리와 함께 1루에 있는 빅 포의 글러브에 공이 박혔다.

모든 것이 얼어붙었다. 아주 잠시.

하늘에 떠 있는 태양, 배들이 오가는 호수, 관중석, 공을 던진 다음 손을 아래로 내리고 있는 마운드 위의 투수. 힘세고 검은 손으로 공을 들고 있는 빅 포가 있었다. 내야수들은 몸을 웅크린 채 그 모습을 바라보았고, 이 한여름의 세계에서 유일하게 움직이고 있는, 흙을 걷어차며 달려가는 지미 코스너가 있었다.

빅 포는 몸을 앞으로 수그리며, 2루 쪽을 겨냥한 후, 강인한 오른팔을 뒤로 힘껏 뺀 다음 하얀 공을 2루 쪽을 향해 직선으로 날려 보냈다. 그리고 날아가던 공은 지미 코스너의 머리에 닿았다.

다음 순간, 마법이 깨졌다.

지미 코스너는 타오르는 풀밭 위에 엎어졌다. 사람들이 관중석에서 달려 나왔다. 욕설이 이어졌고, 여자들은 비명을 지르고, 남자들이 관람석의 나무판자를 들썩이며 움직이는 소리가 들렸다. 흑인 팀은 지미 코스너를 놔둔 채로 빅 포 쪽으로 몰려들었다. 빅 포는 무심한 표정으로 절뚝이며 경기장을 나서며, 자신을 저지하려는 백인들을 빨래집게라도 되는 양 떨어냈다. 그저 집어 들어서는 던져 버릴 뿐이었다.

"이리 온, 더글러스!" 어머니가 나를 붙들며 소리치셨다. "집으로 가자꾸나! 저자들이 면도날을 가지고 있을지도 몰라! 세상에!"

오후에 폭동에 가까운 사태가 벌어졌던 그날 밤, 우리 부모님은 집에서 잡지를 읽으며 시간을 보내셨다. 우리 주변의 집들에도 모두 불이 켜져 있었다. 모두가 집에 있었다. 멀리서 들려오는 음악 소리가 내 귓가로 흘러들었다. 나는 뒷문으로 슬쩍 나가서, 무르익은 여름밤의 어둠을 뚫고 댄스장으로 달려갔다. 조명이 휘황찬란했고, 음악 소리도 들렸다.

그러나 탁자에는 백인이 한 사람도 앉아 있지 않았다. 잼버리에는 아무도 찾아오지 않은 모양이었다.

그곳에는 유색인종들만 있었다. 밝은 색조의 붉고 푸른 새틴 드레스를 입고 그물 스타킹을 신고 보드라운 장갑을 끼고 와인색 모자를 쓴 여자들, 번들거리는 턱시도를 입은 남자들. 음악이 쿵쿵거리며 밖으로, 위로, 아래로, 댄스장 위로 울려 퍼졌다. 그리고 롱 존슨과 캐버너와 지프 밀러와 피트 브라운, 모두가 케이크워크 박자에 맞추어 광낸 신발을 신고 크게 웃으며 위아래로 몸을 움직이고 있었다. 다리를 절뚝이는 빅 포와 그의 애인, 캐서린도. 다른 모든 잔디 깎는 사람과 나룻배꾼과 수위와 가정부가, 다 함께 무대 위에 올라가 있었다.

댄스장 주변은 너무도 어둑했다. 검은 하늘에는 별이 반짝였고, 나는 창문에 코를 붙인 채로, 아무 말 없이 오래, 아주 오랫동안 그 모습을 바라보았다.

나는 무엇을 보았는지 아무에게도 알리지 않고 잠자리에 들었다.

그리고 어스름 속에서 무르익은 사과 냄새를 맡고, 한밤중의 호수 소리와 멀리서 희미하게 들려오는 아름다운 음악 소리를 들으며, 나는 어둠 속에 누워 있었다. 잠이 들기 직전, 그 마지막 가사가 다시 귓가에 울렸다.

그들이 〈젤리 롤 블루스〉를 연주하면
나는 신발을 두 짝 모두 벗고 춤출 거라네.
내일 밤은 〈다크타운 스트러터스의 무도회〉라네!

저 너머의 드넓은 세계
The Great Wide World Over There

침대에서 나와 커튼을 젖히고 창문을 활짝 열기에 좋은 날이었다. 따스한 산골짝 공기로 가슴을 크게 부풀리기에 좋은 날이었다.

코라는 주름진 낡은 옷을 입은 소녀가 된 기분으로 잠자리에서 일어나 앉았다.

이른 시간이었다. 태양은 간신히 지평선에서 고개를 내밀고 있었지만, 이미 새들은 소나무 위에서 버석대기 시작했고 수백만 마리의 붉은 개미들이 오두막 문 옆의 청동색 개밋둑에서 기어 나오고 있었다. 코라의 남편 톰은 눈 덮인 동굴 안의 곰처럼 이불 속에서 겨울잠에 빠져 있었다. 내 두근거리는 가슴으로 이 사람을 깨울 수 있을까? 그녀는 이런 생각을 했다.

이내 그녀는 오늘이 왜 특별한 날로 느껴지는지를 깨달았다.

"벤지가 오잖아!"

그녀는 먼 곳에 있는 아이를 떠올려 보았다. 푸른 들판을 뛰어오며, 이끼 빛깔의 깨끗한 물을 바다를 향해 밀어내고 있는 시냇물을 건너는 모습을. 그 아이의 커다란 신발이 돌로 만든 길 위를 획획 스쳐 지나가는 모습이 보였다. 주근깨 난 얼굴을 높이 쳐든 아이의 훤칠한 몸에 햇볕이 내리쬐고, 긴 팔이 양옆으로 늘어진 채 흔들리는 모습이 보였다.

벤지, 어서 오려무나! 얼른 창문을 열면서 그녀는 생각했다. 바람이 불어와 그녀의 머리카락을 회색 거미줄처럼 귀 뒤로 날렸다. 이제 벤지는 철교까지 왔을 거야. 이제 목초지 경계까지 왔겠지. 이제 계곡 진입로까지 왔을 거야. 그리고 첼시의 농장을 지나……

미주리 주의 산악 지대 어딘가에 벤지가 있을 것이다. 코라는 눈을 깜빡였다. 1년에 두 번씩, 그녀와 톰은 마차를 타고 그 기묘한 구릉지를 넘어가 도시를 방문했다. 그리고 30여 년 전, 그녀는 영원히 그렇게 달리고 싶은 마음에 이렇게 말했다. "아, 톰, 우리 바다가 나올 때까지 계속 이렇게 달려가 봐요." 그러나 톰은 따귀라도 맞은 듯한 표정으로 그녀를 바라보더니, 마차를 돌려서 말에게 계속 뭐라고 투덜거리며 집으로 돌아왔다. 그녀는 폭풍처럼 매일 거칠어졌다 부드러워지는 파도가 다가오는 해변에 사람들이 사는지를 알지 못했다. 또한 매일 저녁 네온사인이 분홍색 얼음과 녹색 민트와 붉은 폭죽처럼 반짝이는 도시에 대해서도 알지 못했다. 그녀 세상의 경계는 북쪽으로도, 남쪽으로도, 동쪽과 서쪽으로도 이 계곡이었을 뿐이며, 다른 곳에는 가 본 적이 없었다.

하지만 오늘은 벤지가 저 너머의 세계에서 찾아온다. 그 아이는 그곳을 직접 보고 냄새를 맡았으니까, 이야기를 해 줄 수 있을 것이다. 게다가 글도 쓸 줄 안다. 그녀는 자신의 손을 바라보았다. 여기에 한 달 내내 있을 테니 가르쳐 줄 수 있을 것이다. 그러면 저 너머의 세계로 편지를 쓸 수 있을 것이고, 오늘 톰에게 만들게 할 우편함에도 편지가 들어올 것이다. "일어나요, 톰! 내 말 들려요?"

그녀는 침대 위의 눈 더미를 벗겨 내기 위해 손을 뻗었다.

9시 즈음이 되자 계곡은 상쾌한 푸른 공기 속으로 몸을 날려 대는 메뚜기들로 가득했고, 하늘로 연기가 피어올랐다.

코라는 냄비와 팬을 문질러 광내며 노래를 흥얼거리면서, 구리로 된 냄비 바닥에 자신의 주름진 얼굴이 새로이 새겨지기라도 한 양 반짝이는 모습을 보았다. 톰은 걸쭉한 아침 식사를 앞에 놓은 채로 졸음에 겨운 곰처럼 투덜대고 있었다. 그런 그의 주변을 코라의 노랫소리가 감싸듯 휘돌았다. 마치 새장에 들어 있는 새처럼.

"누군가가 엄청나게 행복한 모양이네요"라는 목소리가 들렸다.

코라는 그대로 석상처럼 얼어붙었다. 그녀의 눈가에서 그림자 하나가 방을 가로지르는 모습이 보였다.

"브래범 부인?" 코라는 그 존재조차 문질러 닦아 내고 싶은 기분으로 물었다.

"바로 그렇답니다!" 그곳에는 예의 과부 숙녀분이, 줄무늬 드레스로 봄철의 먼지를 끌고 들어오며, 비쩍 마른 손에 편지를 들고 서 있었다. "좋은 아침이네요! 방금 내 우편함에 들렀다 온 참이랍니다. 스프링필드의 조지 숙부님이 정말로 아름다운 편지를 보내 주셨거든요." 브래범 부인은 은바늘 같은 시선으로 코라를 쏘아보았다. "숙부님께 편지를 받아 본 지가 얼마나 되셨나요, 부인?"

"제 숙부님은 전부 돌아가셨어요." 거짓말을 한 것은 코라의 혀일 뿐, 코라 본인은 아니었다. 신과 하나가 될 때가 되면, 지상의 죄를 고해하는 것은 그녀의 혀 혼자만이 될 것이다.

"편지를 받는 일은 정말이지 기분이 좋답니다." 브래범 부인은 문으로 흘러드는 아침 공기 속에서 편지를 흔들어 보였다.

언제나 찌른 칼을 비트는 일을 잊지 않는다. 코라는 이 모든 일이 얼마나 오래 계속되어 왔는지를 생각했다. 브래범 부인과 항상 웃고 있는 눈, 편지를 받았다고 큰 소리로 떠벌리는 일까지. 주변 몇 킬로미터 안에는 글을 읽을 줄 아는 사람이 없다는 사실을 암시하면서. 코라는 입술을 깨물며 그대로 냄비를 던져 버릴 뻔했지만, 이내 웃으며 냄비를 내려놓았다. "그러고 보니 말씀드리는 것을 잊었네요. 조카 벤지가 온답니다. 그 아이 가족이 가난해서, 오늘부터 여기에서 여름을 보낼 생각이래요. 그 아이가 글 쓰는 법을 가르쳐 줄 거예요. 그리고 톰이 우편함을 지어 줄 테고요. 그렇죠, 톰?"

브래범 부인이 자신의 편지를 부여잡았다. "그래요, 그거 정말 멋지네요! 정말 운도 좋으시군요." 그리고 다음 순간, 문간은 텅 비어 있었다. 브래범 부인이 가 버린 것이다.

그러나 코라는 그녀를 따라 밖으로 나갔다. 순간 그녀는 허수아비처럼 보이는 무언가를, 순수한 햇살 속에 일렁이는 존재를, 계곡의 송어가 상류로 뛰어오르는 것처럼 아래쪽 울타리를 뛰어넘는 무언가를 보았다. 커다란 손을 흔드는 사람이 그녀의 눈에 들어왔고, 새들은 겁에 질려 퍼덕이며 산사과나무에서 일제히 날아올랐다.

코라는 달리기 시작하며, 세상이 자신을 향해 마주 달려오는 것을,

오솔길을 따라 달려오는 것을 느꼈다. "벤지!"

그들은 토요일 밤 무도회의 파트너처럼 서로를 향해 달려와서는, 팔을 맞잡고, 부딪고, 재잘거리며 춤을 추었다. "벤지!"

그녀는 얼른 조카의 귀 뒤를 살펴보았다.

그래, 그곳에는 노란 연필이 한 자루 끼워져 있었다.

"벤지, 정말 잘 왔다!"

"세상에, 숙모!" 그는 그녀를 붙든 채로 거리를 두고는 놀라 말했다. "숙모, 우세요?"

"이 애가 제 조카예요." 코라가 말했다.

톰은 걸쭉한 옥수수죽을 먹다 말고 찌푸린 채 시선을 들어 올렸다.

"정말 반갑습니다." 벤지가 웃음을 지었다.

코라는 조카아이가 사라지지 않도록 팔을 단단히 붙들었다. 머리가 어질하고, 자리에 앉고, 일어서고, 달리고 싶었지만, 지금은 그저 심장이 빠르게 뛰는 것을 느끼며 엉뚱한 때에 크게 웃어 보일 뿐이었다. 먼 곳의 고장들이 순식간에 가까운 곳으로 다가왔다. 여기에 있는 키 큰 소년이 관솔불처럼 방 안을 환히 비추고 있었다. 도시와 바다를 본 적이 있는, 부모의 형편이 보다 나았을 때는 이곳저곳을 가 본 적이 있는 아이였다.

"벤지, 아침 식사로는 완두콩, 옥수수, 베이컨, 죽, 수프, 그리고 콩이 있단다."

"잠깐, 그게 무슨!" 톰이 말했다.

"조용히 해요, 톰. 이 아이는 걸어오느라 뼈가 보일 정도로 말랐다고요." 그녀는 조카를 돌아보았다. "벤지, 네 이야기 좀 해 보거라. 넌 학교에 다닌 것 맞지?"

벤지는 신발을 벗어 던지더니, 한쪽 맨발로 화덕의 잿더미 속에 단어 하나를 썼다.

톰이 얼굴을 찌푸렸다. "뭐라고 쓴 게냐?"

"C, O, R, A, '코라'라고 쓴 거예요." 벤지가 말했다.

"내 이름이에요, 톰, 이걸 좀 봐요! 아, 벤지, 네가 정말로 글을 쓸 수 있다니 다행이로구나. 오래전에 사촌이 하나 온 적 있는데, 자기가 글자를 거꾸로 쓰거나 뒤집어 쓸 수도 있다고 주장했었단다. 그래서 우리는 그 사람을 통통해질 때까지 먹여 주었고, 그 사람은 편지를 썼지만 답장은 오지 않았단다. 결국 우리는 그 사람 철자법이 형편없어서 편지가 전부 배달 불가 보관실에 들어갔다는 사실을 알게 되었지. 세상에, 톰이 그 작자를 두 달 치 식량 값어치만큼 흠씬 두들겨 줬단다. 울타리 널판으로 두들겨 쫓아냈지."

그들은 어색하게 웃었다.

"저는 꽤나 잘 쓸 수 있어요." 벤지가 진지하게 말했다.

"지금은 그것만 확인하면 된단다." 그녀는 베리 파이 하나를 조카에게 들이밀었다. "이거 좀 먹거라."

10시 30분이 되어 해가 더 높이 떠오르고, 벤지가 음식으로 가득한 접시를 여러 개 해치우는 것을 지켜본 후에, 톰은 모자를 눌러쓰고 발소리를 울리며 오두막에서 걸어 나갔다. "난 이제 밖으로 나가서 숲을 절반쯤 베어 넘겨야겠어!" 그는 화난 목소리로 말했다.

그러나 귀를 기울이는 사람은 아무도 없었다. 코라는 마법에 걸려 숨조차 제대로 쉬기 힘들 지경이었다. 그녀는 복숭앗빛 솜털이 보송한 벤지의 귓가에 꽂힌 연필을 주시하고 있었다. 그녀는 벤지가 너무도 가볍게, 나른하게, 무심하게 연필을 매만지는 모습을 바라보며 생각했다. 아, 벤지, 그렇게 가벼이 하면 안 된단다. 봄철 울새의 알을 다루듯 조심해서 다루렴. 그녀도 연필을 만지고 싶었지만, 지난 수년 동안 한 번도 해 본 적이 없는 일이었다. 처음에는 자신이 한심하게 느껴졌고, 그 감정은 이내 분노로, 그리고 슬픔으로 바뀌었기 때문이다. 그녀의 무릎 위에 놓인 손이 꼼지락거렸다.

"종이 좀 있으세요?" 벤지가 물었다.

"아, 세상에, 그 생각은 못 했구나." 그녀는 소리쳤고, 순식간에 사방 벽이 어둠에 휩싸였다. "어쩌면 좋니?"

"어쩌다 보니 좀 가져오기는 했어요." 그는 작은 가방에서 종이 묶음을 꺼냈다. "어딘가에 편지를 쓰고 싶으신 거죠?"

그녀는 너무 기뻐서 웃음을 지었다. "그래, 편지를 써야지. 그러니까…… 그게……" 그녀의 표정이 흐려졌다. 그녀는 어딘가 멀리 사는 사람을 기억해 내려고 주변을 둘러보았다. 그녀는 아침 햇살 속에 빛나는 산맥을 바라보았다. 수천 킬로미터 밖에서 와서 누런 해변에 부딪치는 바다를 바라보았다. 새들이 계곡을 넘어 북쪽으로 날아가고 있었다. 이 순간 그녀의 절실함에는 아무런 관심도 기울이지 않는, 수많은 도시들을 향해 날아가는 새들이었다.

"벤지, 어쩌면 좋니, 지금까지 생각도 해 본 적이 없구나. 저 너머의 세계에 사는 사람은 아무도 모르거든. 우리 숙모님 말고는 말이야. 그리고 그분께 편지를 썼다가는 기분을 상하게 할 거란다. 여기에서 160킬로미터 떨어진 곳에 사시는데, 편지를 읽어 줄 사람을 따로 찾으셔야 할 거라서. 그분은 고래 뼈 코르셋 같은 자부심을 가지신 분이거든. 이 편지를 벽난로 장식 위에 올려놓은 채로, 앞으로 10년 동안 내내 바라보며 초조해하실 거란다. 안 돼, 그분께는 쓸 수 없겠구나." 코라의 눈이 언덕을 떠나 보이지 않는 바다를 향했다. "그럼 누구에게 쓴다지? 어디로? 누군가가 있을 텐데. 그저 나한테 편지를 보내 줄 만한 사람이면 되는데."

"기다려 보세요." 벤지가 외투 안에서 싸구려 잡지 한 권을 꺼냈다. 붉은 표지에 녹색 괴물로부터 도망치는 헐벗은 여인이 그려진 잡지였다. "여기에는 온갖 주소가 다 적혀 있거든요."

그들은 함께 잡지를 이리저리 훑었다. "이건 뭐니?" 코라가 광고 하나를 두드리며 물었다.

"여기 '파워 플러스'에서 제공하는 무료 근육량 측정표가 있습니다. 성함과 주소를 M-3 사서함으로 보내 주시면 무료 건강 측정표를 보내 드립니다!" 벤지가 광고를 읽었다.

"그럼 이건 또 뭐니?"

"탐정 사무소. 비밀 조사 업무를 맡아 드립니다. 상담은 무료입니다. G. D. M. 탐정 사무소로 우편을 보내 주세요."

"뭐든 다 공짜로구나. 그래, 벤지." 그녀는 조카의 손에 들린 연필을 바라보았다. 그녀는 의자를 당겨 앉았다. 그녀는 조카가 손가락에 연필을 끼우고 돌리고, 사소하게 조정하는 모습을 바라보았다. 그가 살짝 혀를 빼무는 모습을 보았다. 눈을 찡그리는 모습을 보았다. 자신의 숨소리를 들었다. 그녀는 앞으로 허리를 굽혔다. 그리고 자신의 눈을 찡그리고, 혀를 빼물었다.

그리고, 이제, 벤지는 연필을 들더니, 끝을 핥고는, 종이 위로 내렸다.

이제 시작이야, 코라는 생각했다.

첫 단어들. 놀라운 종이 위에 첫 단어들이 천천히 형상을 만들어 내기 시작했다.

친애하는 파워 플러스 머슬 사의 분들께,

그렇게 그는 글을 써 내려갔다.

아침이 바람을 타고 흘러갔고, 계곡을 따라 내려갔고, 까마귀와 함께 날아가 버렸다. 그리고 오두막 지붕에는 태양이 뜨겁게 내리쬐고 있었다. 코라는 햇살로 가득한 뜨거운 문가에서 뒤척이는 소리가 들려도 고개도 돌리지 않았다. 톰은 거기에 있었지만, 동시에 거기에 있지 않았다. 그녀 앞에 있는 것이라고는 글자로 가득 찬 종이, 사각거리는 연필, 그리고 파머 습자책의 자세를 취하고 있는 벤지의 손뿐이었다. 코라는 'o'가 나오고 'l'이 나올 때마다 연필의 움직임을 따라 고개로 원을 그렸고, 'm'의 작은 골짜기 하나하나를 따라 고개를 주억거렸다. 작은 점이 하나씩 찍힐 때마다 그녀는 암탉처럼 콕콕 쪼는 동작을 했다. 't' 위의 수직선을 그을 때마다 그녀의 혀가 윗입술을 핥았다.

"한낮이고, 배가 고프다고!" 톰이 거의 그녀의 등 뒤에까지 다가와서 말했다.

그러나 코라는 지금 석상이나 다름없었다. 이른 아침에 평편한 돌 위를 기어가며 자국을 남기는 달팽이를 바라보는 것처럼 연필만을 바라보고 있었다.

"한낮이라니까!" 톰이 다시 소리쳤다.

코라는 놀라 고개를 들었다.

"세상에, 필라델피아 동전수집가협회에 편지를 쓴 것이 방금 전인 것만 같은데. 그렇지 않니, 벤지?" 코라는 쉰다섯 살 여인치고는 매우 눈부신 미소를 지었다. "식사를 준비하는 동안 우편함 좀 만들어 줄 수 있어요, 톰? 브래범 부인 것보다 더 큰 걸로요?"

"신발 상자를 하나 박아 놓지."

"톰 기브스." 그녀는 쾌활하게 언성을 높였다. 그녀의 미소는 당장 가서 일하라고, 당장 작업을 시작하는 편이 나을 것이라고 말하고 있었다! "나는 크고 예쁜 우편함을 원해요. 전부 하얀색으로 칠해서, 벤지가 검은색으로 우리 이름을 적어 넣을 수 있게요. 내게 오는 제대로 된 첫 편지가 신발 상자에 들어가게 하지는 않을 거예요."

그리고 그녀의 말대로 이루어졌다.

벤지가 완성된 우편함에 글자를 썼다. 코라 기브스 부인. 톰은 그동안 투덜대며 옆에 서 있었다.

"뭐라고 쓴 거냐?"

"톰 기브스 씨요." 벤지가 글자를 그려 넣으며 나직하게 말했다.

톰은 잠시 눈을 끔뻑이며 그곳에 서 있다가 말했다. "아직 배가 고픈데. 누가 화덕에 불 좀 지펴 봐."

우표가 없었다. 코라는 안색이 창백해졌다. 톰은 마차에 말을 매고 그린포크까지 가서 엄숙한 얼굴의 신사가 인쇄된 빨간 우표 여러 장, 녹색 우표 한 장, 분홍색 우표 열 장을 사야 했다. 하지만 톰이 계곡에 그 첫 편지들을 던져 버리지 못하도록, 코라도 남편과 함께 마차를 타고 나가기로 했다. 마차가 집에 도착했을 때, 환한 얼굴의 코라가 처음 한 일은 우편함에 얼굴을 들이박는 것이었다.

"당신 미쳤소?" 톰이 말했다.

"본다고 해될 것은 없잖아요."

그날 오후, 그녀는 우편함을 여섯 번 방문했다. 일곱 번째 방문에서 땅다람쥐 한 마리가 튀어나왔다. 톰은 문가에 서서 무릎을 때리며 큰 소리로 웃었다. 코라는 여전히 웃고 있는 남편을 집 밖으로 쫓아냈다.

그리고 그녀는 창문 앞에 서서 브래범 부인의 우편함 바로 건너에 위치한 자신의 우편함을 바라보고 있었다. 10년 전, 저 과부는 자신의 우편함을 말 그대로 코라의 코앞에 세워 놓았다. 자신의 오두막에 더 가까운 곳에 세울 수 있었는데도. 브래범 부인은 그 우편함을 핑계로 강물에 떠내려오는 꽃잎처럼 언덕 오솔길을 따라 내려와, 크게 기침을 하고 인기척을 내며 우편함을 열어 본 후, 때로는 코라가 지켜보고 있는지 슬쩍 엿보았다. 코라는 항상 지켜보고 있었다. 그 모습이 들키면, 그녀는 텅 빈 물뿌리개로 물을 주는 척하거나 계절이 맞지 않는데도 버섯을 따는 척하곤 했다.

다음 날 아침, 코라는 태양이 떠올라 딸기 덤불을 데우거나 바람이 소나무를 흔들고 지나가기도 전에 자리에서 일어나 있었다.

코라가 우편함을 확인하고 돌아왔을 때, 벤지는 자신의 간이침대에 앉아 있었다. "너무 일러요." 그가 말했다. "아직 우편차가 지나가지 않았잖아요."

"차가 지나가?"

"이런 오지에는 차를 보내요."

"아." 코라는 자리에 앉았다.

"기분이 안 좋으세요, 숙모?"

"아니, 아니란다." 그녀는 눈을 깜빡였다. "그저 있잖니, 20년 동안 우편 트럭이 이 부근을 지나가는 소리를 한 번도 들어 본 적이 없어서 그런단다. 이제야 떠오르는데, 지금까지 집배원을 본 적도 한 번도 없구나."

"어쩌면 숙모가 안 계실 때 오는지도 모르죠."

"나는 안개가 피어오를 때 일어나서 닭들과 함께 잠자리에 든단다. 물론 지금까지는 생각조차 해 보지 못했던 일이지만, 그래도……" 그녀는 고개를 돌려 창밖으로 브래범 부인의 집을 올려다보았다. "벤지, 잠깐 몰래 살펴보고 와야겠구나." 그녀는 자리에서 일어나 곧장 오두막 밖으로 나가 흙길을 따라 걸어갔다. 벤지도 그 뒤를 따랐고, 두 사람은 좁은 도로 건너편에 있는 브래범 부인의 우편함에 도착했다. 주변의 평원과 언덕은 모두 고요했다. 너무 이른 시간이라 속삭여야만 할 것 같았다.

"이건 불법이에요, 숙모!"

"쉿! 여기 있구나." 그녀는 우편함을 열고는, 땅다람쥐 구멍을 뒤적거리는 사람처럼 손을 넣었다. "여기도 있고, 여기도 있고." 그녀는 오므린 손안에서 편지를 흔들어 보였다.

"어라, 전부 개봉되어 있잖아요! 숙모가 편지를 뜯으신 거예요?"

"애야, 나는 지금까지 이걸 건드린 적도 없단다." 그녀의 얼굴에는 놀란 기색이 서려 있었다. "지금까지 살면서 내 그림자조차도 이 우편함을 건드린 적이 없어."

벤지는 편지를 이리저리 둘러보면서 고개를 꼬았다. "어라, 숙모, 이 편지들은 전부 10년은 된 것들인데요!"

"뭐라고!" 코라는 편지를 손에 쥐었다.

"숙모, 저 부인은 몇 년 동안이나 같은 편지를 받고 있던 거예요. 게다가 브래범 부인 앞으로 온 것들도 아니에요. 그린포크에 사는 오르테가라는 여자 앞으로 온 거라고요."

"오르테가라니, 그 멕시코 식료품점 여자 아니니! 지금까지 몇 년을." 코라가 중얼거리며 닳아 해진 편지들을 바라보았다. "지금까지 계속해서."

그들은 서늘하고 조용한 아침 공기 속에서, 아직 잠들어 있는 브래범 부인의 집을 바라보았다.

"아, 교활한 여편네 같으니. 이따위 편지로 맨날 소동만 벌이고, 나를 하찮게 보이게 만들다니. 전부 허풍이었던 거야. 편지를 읽는 척하는 허풍에 휘말린 거라고."

브래범 부인의 오두막 문이 열렸다.

"다시 집어넣으세요, 숙모!"

코라는 여유 있게 우편함을 닫았다.

브래범 부인이 오솔길을 따라 내려오며, 아무 말 없이 때때로 발을 멈추어 꽃잎을 여는 들꽃들을 바라보았다.

"좋은 아침이네요." 그녀가 부드럽게 말했다.

"브래범 부인, 이쪽은 제 조카 벤지예요."

"멋지기도 해라." 브래범 부인은 몸을 크게 돌리면서, 밀가루처럼 하얀 손을 화려하게 움직여서, 안에 든 편지를 떨어내기라도 하려는 듯 우편함을 두드리고는, 덮개를 열고, 등으로 움직임을 가린 채 편지를 꺼냈다. 그녀는 손짓을 하고 윙크를 보내며 즐겁게 몸을 돌렸다. "정말 훌륭하네요! 어머나, 여기 사랑하는 조지 숙부님이 보내 주신 편지들 좀 보세요!"

"어머, 정말 멋지네요!" 코라가 말했다.

그리고 기다림에 숨이 막히는 여름이 흘러갔다. 나비들이 허공에서 주황색과 푸른색으로 뛰놀았고, 오두막 근처의 꽃들은 고개를 숙였으며, 오후 내내 벤지의 연필이 종이 위에 끄적거리는 단단하고 육중한 소리가 울렸다. 벤지의 입에는 항상 음식이 가득했고, 톰은 언제나 쿵쿵거리며 들어와서는 점심이나 저녁 식사가 늦거나, 식어 있거나, 둘 다거나, 아니면 아무것도 없는 꼴을 발견하곤 했다.

벤지는 깡마른 손을 부드럽게 펼치고 연필을 다루었다. 벤지가 사랑스러운 손길로 자음과 모음을 하나씩 새겨 나가는 동안, 코라는 그 모습을 바라보며, 말을 만들어 내고, 혀 위에서 굴리며, 종이에 펼쳐지는 모습을 볼 때마다 즐거움에 사로잡혔다. 그러나 그녀는 글 쓰는 법을 배우지는 않았다. "네가 쓰는 모습을 보고만 있어도 너무 즐겁구나, 벤지. 배우는 건 내일 시작하자꾸나. 편지 한 통만 더 써 주렴!"

그들은 천식, 탈장, 마술에 대한 광고를 전부 처리했고, 장미십자회에 입단 신청을, 아니면 적어도 영원히 무지에 묻혀 마땅한 고서들을, 역사 속에 숨겨진 고대의 신전과 대지에 파묻힌 성소에서 나온 비전의 지식이 수록된, 봉인된 무료 책자들을 신청하기도 했다. 그리고 그들은 무료 대형 해바라기 씨앗을 신청하고, 가슴앓이와 관련된 뭔가를 신청했다. 그리고 그들이 《쿼터 머더 매거진》의 127쪽에 도달한 어느 눈부신 여름 아침……

"지금 들었니?" 코라가 말했다.

그들은 귀를 기울였다.

"차 소리네요." 벤지가 말했다.

푸른 언덕을 넘어, 무성한 녹색 소나무 숲을 지나, 먼지 이는 흙길을 따라, 조금씩 조금씩, 차 소리가 가까워 오고 있었다. 마침내 모퉁이를 돌아 차 소리가 우레처럼 울려오자, 코라는 집 밖으로 달려 나갔고, 그 소리를 들으며 무수히 많은 생각을 했다. 우선 시선 가장자리에서, 브래범 부인이 반대편에서 길을 따라 걸어오는 모습이 보였다. 그녀는 밝은 녹색의 차가 공터에서 부릉거리는 모습을 보자 그대로 얼어붙었다. 은빛 호각을 울리는 소리가 들리며, 차에 타고 있던 노인이 코라 바로 앞에서 몸을 내밀고 말했다. "기브스 부인?" "네!" 그녀는 소리쳤다. "부인 우편물입니다." 그가 편지를 내밀었다. 그녀는 즉시 손을 내밀었다가, 순간 한 가지를 기억해 내고는 다시 손을 거두어들였다. "아, 제발, 한 가지만 부탁드릴게요. 부디…… 제 우편함에 편지를 넣어 주실 수 있나요?" 노인은 눈을 찌푸리고 그녀를, 우편함을, 그리고 다시 그녀를 쳐다보더니, 이내 웃음을 터트렸다. "물론이지요." 그는 그렇게 말하고는, 그녀의 말대로 우편함에 편지를 넣어 주었다.

브래범 부인은 그 자리에 그대로 서서, 꼼짝도 않고 사나운 눈길로 그 모습을 지켜보고 있었다. "브래범 부인에게 온 우편물은 없나요?" 코라가 물었다.

"그게 답니다." 그리고 차는 먼지를 흩날리며 길을 따라 사라졌다.

브래범 부인은 양손을 꾹 모아 쥐고 서 있었다. 그러다 자신의 우편함은 쳐다보지도 않고, 몸을 돌려 빠르게 자기 집으로 향하는 오솔길을 올라 시야에서 사라졌다.

코라는 한참 우편함을 건드리지도 않고 그저 주변만 빙빙 돌았다. "벤지, 나한테 편지가 왔어!" 그녀는 살짝 손을 뻗어 편지를 꺼낸 다음 이리저리 돌려 보았다. 그녀는 편지를 사뿐히 조카의 손 위에 올려놓왔다. "좀 읽어 주련. 앞에 내 이름이 적혀 있니?"

"네, 숙모." 그는 첫 번째 편지를 조심스레 뜯고는, 여름의 아침 공기 속에서 크게 낭독했다.

"친애하는 기브스 부인……"

그는 말을 멈추고, 숙모가 눈을 반쯤 감고 입속으로 단어를 되뇌며 편지 내용을 음미하도록 놔두었다. 그는 예술적 강조를 위해 다시 한 번 도입부를 읊고는 계속 읽어 나갔다. "여기 인터콘티넨털 우편교육회에서 제공하는, 서신 교환 위생공학 수업을 받을 수 있는 상세한 방법이 수록된 무료 안내책자를 동봉합니다……"

"벤지, 벤지, 너무 행복하구나! 처음부터 다시 읽어 주련!"

"친애하는 기브스 부인," 그는 다시 읽어 내려갔다.

그 후로 그녀의 우편함은 단 한 번도 텅 빈 적이 없었다. 그녀가 단 한 번도 보거나 듣거나 가 본 적이 없는 세상이 물밀 듯이 쏟아져 들어왔다. 여행안내서, 스파이스 케이크 조리법, 그리고 심지어는 숙녀와의 교제를 원하는 노신사가 보낸 편지까지. "……50세, 점잖은 성격, 금전 상태 양호. 결혼에는 반대." 벤지는 이렇게 답장을 썼다. "저는 이미 결혼을 했지만, 친절하고 세심하게 생각해 주셔서 감사하네요. 당신의 친애하는 코라 기브스."

그리고 편지들은 계속 언덕을 넘어 쏟아져 들어왔다. 동전 수집가의 카탈로그, 염가판 소설책, 마법 목록, 관절염 진단서, 벼룩 제거제 견본품. 세상이 그녀의 우편함을 가득 채웠고, 갑자기 그녀는 혼자도, 세상에서 떨어져 있지도 않게 되었다. 코라에게 새롭게 밝혀진 고대 마야의 신비에 대한 편지 한 통을 보낸 사람은, 그다음 주면 코라가 보낸 편지를 세 통은 받게 되었다. 사업상의 만남이 따스한 우정으로 변해 가는 편지였다. 유달리 많은 편지를 쓴 오후가 지나면, 벤지는 엡섬 소금을 푼 물에 손을 담그고 있어야 할 지경이었다.

3주째가 끝나 갈 즈음이 되자, 브래범 부인은 더 이상 자신의 우편함으로 내려와 보지 않게 되었다. 심지어는 바람을 쐬러 오두막 밖으로 나오는 일도 없었다. 코라가 항상 길가로 나와 몸을 내민 채 집배원을 보고 미소 짓고 있었기 때문이다.

여름은 너무도 빨리 끝나 버렸다. 또는 적어도, 중요한 의미를 가진 여름의 일부, 즉 벤지의 방문 기간은. 오두막 식탁 위에는 붉은색 보자기가 놓여 있었고, 양파가 들어간 샌드위치는 민트 가지로 묶어 냄새가 나지 않게 해 놓았다. 새로 닦은 바닥에는 그의 신발이 놓이고, 의자에는 한때 길고 노란색이었지만 이제는 몽땅하고 씹힌 자국이 가득한 연필을 든 채로, 벤지가 앉아 있었다. 코라는 그의 턱을 붙들고 머리를 이리저리 돌려 보고 있었다. 마치 낯선 종류의 여름 호박을 보는 듯한 눈길이었다.

"벤지, 사과를 하나 해야겠구나. 지금까지 네 얼굴을 제대로 본 적도 없는 것 같아. 네 손은 사마귀 하나, 손거스러미 하나, 못이나 주름 하나까지 알고 있는데, 사람들 속에서 네 얼굴을 보고도 알아보지 못할 수도 있을 것 같구나."

"딱히 볼만한 얼굴도 아닌데요." 벤지가 수줍게 말했다.

"하지만 네 손은 100만 개의 손이 함께 있어도 알아볼 수 있단다." 코라가 말했다. "캄캄한 방 안에서 1,000명의 사람들이 악수를 하고 지나가더라도, 나는 '어머, 이 손이 벤지로구나'라고 말할 수 있어." 그녀는 조용히 웃으며 열려 있는 문을 향해 걸어갔다. "브래범 부인을 몇 주 동안 보지 못한 것만 같구나. 이제는 항상 집 안에 있는 모양이야. 죄책감이 드는구나. 나는 자만심 때문에 죄를 저질렀어. 저 사람이 내게 저지른 것보다 훨씬 나쁜 일을 한 거야. 잔인하고 고약한 일이었지. 부끄럽구나." 그녀는 조용한 언덕 위에 있는 문이 잠긴 집을 올려다보았다. "벤지, 마지막으로 한 가지만 더 부탁해도 되겠니?"

"네, 숙모."

"브래범 부인을 위해 편지를 한 통 써 주려무나."

"네?"

"그래, 거기 무료 상품 목록이든, 견본품이든, 뭐든 보내 주는 회사에 편지를 쓰고, 브래범 부인의 이름으로 서명을 해 주려무나."

"알았어요." 벤지가 말했다.

"그렇게 하면, 일주일이나 한 달이 지나고 나면 집배원이 와서 호각을 불 테니까, 그러면 특별히 저 여자 문 앞까지 가서 전해 주라고 부탁을 해야지. 그리고 그 모습이 보이도록, 브래범 부인도 내가 보고 있다는 것을 알 수 있도록 앞뜰에 나가 서 있는 거야. 그러면 나는 그 여자에게 편지를 흔들어 보이고, 그 여자도 내게 편지를 흔들어 보이고, 모두가 함께 웃는 거지."

"알았어요, 숙모." 벤지가 말했다.

그는 세 통의 편지를 쓰고, 침을 발라 세심하게 편지를 봉한 다음, 주머니에 찔러 넣었다. "세인트루이스에 도착하면 거기에서 부칠게요."

"정말이지 멋진 여름이었어." 그녀가 말했다.

"확실히 그랬죠."

"하지만 벤지, 결국 글 쓰는 법은 익히지 못했지 뭐니? 편지를 쫓아다니고, 네가 밤늦도록 편지를 쓰게 하고, 명찰을 보내고 견본품을 받고 하느라, 도저히 배울 시간이 안 나지 않았니. 그러니까 그 말은 결국……"

그는 그것이 무슨 뜻인지 알고 있었다. 그는 숙모와 악수를 했다. 그들은 오두막 문 앞에 서 있었다. "정말 여러모로 고맙구나." 그녀가 말했다.

그리고 그는 달려갔다. 목초지 울타리에 이를 때까지 달려가더니, 가볍게 울타리를 뛰어넘었다. 그리고 그녀가 본 조카의 마지막 모습은, 예의 특별한 편지를 들고 흔들면서, 언덕 너머의 드넓은 세계로 멈추지 않고 달려 사라지는 모습이었다.

벤지가 떠난 후 6개월 동안 편지는 계속 쏟아져 들어왔다. 집배원의 작은 녹색 차가 도착하며 날카롭고 차가운 아침 인사 소리, 또는 호각 소리가 들렸고, 그는 두세 통의 분홍색 또는 파란색 편지봉투를 훌륭한 우편함 안에 넣었다.

그리고 브래범 부인이 처음으로 진짜 편지를 받게 되는 그 특별한 날도 찾아왔다.

그 후로 편지는 일주일 간격을 두고, 한 달 간격을 두고 찾아왔다. 그리고 마침내 집배원 노인의 인사도 사라지고, 외딴 산간 도로를 따라 달려오는 자동차 소리도 사라졌다. 우편함에는 처음에는 거미가, 그다음에는 참새 한 마리가 자리 잡았다.

그리고 코라는, 아직 편지가 계속 도착하는 동안에는 어쩔 줄 모른 채 편지들을 부여잡고는, 찌푸린 얼굴로 아무 말 없이 편지들을 노려보다가, 이윽고 반짝이는 둥근 물방울을 점점이 떨어트리곤 했다. 그녀는 파란색 편지봉투를 들어 보였다. "이건 누가 보낸 거죠?"

"난 모르지." 톰이 말했다.

"뭐라고 적혀 있나요?" 그녀가 소리쳤다.

"난 모르지." 톰이 말했다.

"저 너머 세상에서 무슨 일이 벌어지고 있는지, 이제는 알 수가 없어요. 절대 알 수 없을 거예요." 그녀가 말했다. "그리고 이 편지도, 이 것도, 이것도!" 그녀는 벤지가 달려가 사라진 이후 도착한 편지 무더기를 흩으며 소리쳤다. "온 세상과 그 안의 모든 사람들과 그 안에서 일어나는 일 모두, 나는 하나도 알 수가 없어요. 온 세상과 사람들이 우리 이야기를 들으려고 기다리고 있는데, 우리는 글을 쓸 수도 없으니, 그쪽에서도 다시는 답장을 보내지 않을 거라고요!"

그리고 마침내 어느 날, 바람이 우편함을 쓰러트렸다. 다시 아침이 찾아왔을 때, 코라는 오두막의 열린 문 앞에 서서, 회색 머리카락을 천천히 쓸어 넘기며, 아무 말 하지 않고 언덕 너머를 바라보고만 있었다. 그리고 그날 이후로도, 그녀는 언제나 쓰러진 우편함 앞에서 걸음을 멈추고, 멍하니 몸을 굽힌 다음 안을 휘저어 아무것도 없는 것을 확인하고 나서야, 다시 들판으로 걸음을 옮길 수 있었다.

발전소
Powerhouse

　말이 천천히 걸음을 멈추자, 부부는 메마른 모래투성이 계곡을 내려다보았다. 아내는 넋을 잃은 채 안장에 앉아 있었다. 그녀는 몇 시간 동안 입을 열지 않았다. 하고 싶은 말도 떠오르지 않았다. 그녀는 애리조나 하늘에 폭풍우를 담은 채 떠 있는 뜨겁고 묵직한 구름과, 거센 바람이 몰아치는 산맥의 단단한 화강암 사이에 붙들려 있었다. 그녀의 떨리는 손 위로 차가운 빗방울이 떨어져 내렸다.

　그녀는 지친 얼굴로 남편 쪽을 바라보았다. 그는 먼지투성이인 말 위에 조용하지만 굳건하게 앉아 있었다. 그녀는 눈을 감고, 오늘까지 이어진 평온한 나날을 떠올려 보았다. 자신의 모습을 거울에 비추어 보며 웃고 싶었지만, 그조차 할 방법이 없었다. 어딘가 정신이 나간 것처럼 보일 것이다. 단순히 이 음울한 날씨 때문에 그런 것일지도 모른다. 아니면 오늘 아침 말을 탄 심부름꾼이 전해 준 전보의 내용 때문인지도 모른다. 아니면 도시에 도착할 때까지의 기나긴 여행 때문일지도 모른다.

아직도 텅 빈 세상을 하나 가로질러야 했고, 그녀는 추위를 느끼고 있었다.

"나는 종교를 필요로 하지 않는 여자였는데." 그녀가 눈을 감은 채 중얼거렸다.

"뭐라고 했소?" 그녀의 남편, 버티가 그녀를 바라보았다.

"아무것도 아니에요." 그녀는 고개를 저으며 나지막이 속삭였다. 그동안 그녀가 얼마나 확신을 가지고 있었는지. 절대로, 절대로 교회는 필요하지 않을 터였다. 훌륭한 사람들이 종교에 대해 끊임없이 말하는 것을 들었고, 왁스 칠한 신도석과 커다란 청동 양동이에 담긴 산부채꽃과 설교자들이 열심히 울려 대는 교회 종소리를 관찰하기도 했다. 소리쳐 대는 설교와 잠잠하고 열정적인 설교를 모두 들었지만, 결국에는 전부 똑같았다. 결국 그녀는 딱딱한 신도석을 견딜 수 있는 부류가 아니었다.

"애초에 교회에 가서 앉아 있을 이유가 없을 뿐이에요." 그녀는 사람들에게 이렇게 말했다. 내놓고 주장하고 다닌 것은 아니다. 그저 주변을 돌아다니며 자신의 삶을 살고, 조약돌처럼 작고 매끈한 손을 끊임없이 움직였을 뿐이다. 노동으로 인해, 그녀의 손톱에는 병에 들어 있지 않은 매니큐어가 계속 덧칠되었다. 아이들을 만지면 부드러워졌고, 아이들을 키우면서 일시적으로 엄격해졌고, 남편에 대한 사랑으로 차분하게 가라앉았다.

그리고 이제, 죽음이 그 손톱을 떨리게 하고 있었다.

"여기요." 남편이 말했다. 말들이 먼지를 일으키며 말라 버린 강 옆에 서 있는 묘한 벽돌 건물로 향했다. 건물에는 모두 녹색을 입힌 유리창이 달려 있었고, 푸른색 기계, 붉은 타일, 그리고 전선이 보였다. 전선은 고압 송전탑을 타고 사막 반대편까지 이어졌다. 그녀는 아무 말 없이 멀리 사라져 가는 전선을 바라보고는, 여전히 생각에 잠긴 채로 폭풍 같은 녹색의 창문과 타오르는 붉은색의 벽돌로, 그 괴상해 보이는 건물로 시선을 돌렸다.

그녀는 성경의 특정 구절에 책갈피를 끼워 본 적이 없었다. 이 사막에서 보낸 평생은 화강암, 태양, 그리고 피부의 수분을 앗아 가는 열기의 삶이었고, 그 안에 그녀를 위협하는 요소는 단 하나도 없었기 때문이다. 잠 못 이루는 새벽이 찾아오거나 이마에 주름이 잡히기 전에, 결국 모든 일은 알아서 해결되었다. 이유는 알 수 없지만 세상의 모든 잔혹함은 그녀를 비껴갔다. 죽음이란 멀리 떨어진 산악 지대에서 들려오는 폭풍의 전조일 뿐이었다.

그녀가 서부에 도착해서, 고독한 덫사냥꾼이 건넨 금반지를 끼고, 사막이 세 번째의 가족이자 영원히 함께하는 동반자로 받아들여진 이후로, 먼지 속을 구르는 잡초 덩어리처럼 20년의 세월이 지나쳐 갔다. 그녀의 네 아이는 병에 걸리거나 죽음의 문턱을 오간 일이 없었다. 이미 깨끗이 닦은 바닥을 다시 닦으려고 할 때 외에는, 무릎을 꿇을 필요가 조금도 없었다.

그러나 이제 모든 것이 끝났다. 이제 그들은 멀리 떨어진 도시로 말을 몰고 있었다. 노란 종이 한 장이 날아와서, 너무나 평온한 말투로 그녀의 어머니가 죽어 간다고 알려 주었기 때문이다.

그녀로서는 상상조차 할 수가 없었다. 아무리 그 상황을 받아들이려고 고개를 돌리고 마음을 돌려 보아도 말이다. 붙들 손잡이가 없으니, 위로 올라갈 수도 아래로 내려갈 수도 없었다. 그리고 그녀의 마음은 갑작스레 불어온 모래 폭풍 속에 남겨 둔 나침반 바늘처럼, 한때 확고했던 방향 지침을 잃어버린 채로 아무 목적 없이 돌고 또 돌 뿐이었다. 버티의 팔이 그녀의 몸을 둘러도 충분하지 않았다. 즐거운 연극이 끝나고 사악한 극이 막을 올리는 것만 같았다. 그녀가 사랑한 사람이 실제로 죽어 가고 있는 것이다. 있을 수 없는 일이었다!

"좀 멈춰야겠어요." 그녀가 말했다. 목소리로 공포를 숨길 수 있으리라고 믿지 않았기 때문에, 그녀는 짜증이 난 것처럼 들리게 하려고 했다.

버티는 그녀가 신경질을 부리는 여자가 아니라는 것을 알고 있었기에, 그녀의 짜증이 전염되어 그를 채우는 일은 벌어지지 않았다. 남편은 뚜껑을 닫은 물병 같은 사람이었다. 그 안에 무엇이 들어 있는지 알 도리가 없었다. 밖에서 비바람이 몰아쳐도 그의 내면을 채운 물질에는 영향을 끼칠 수 없었다. 그는 아내와 말 머리를 나란히 하고는 그녀의 손을 부드럽게 쓰다듬었다. "물론이오." 그는 이렇게 말하며 동쪽 하늘을 바라보았다. "먹구름이 몰려드는군. 조금 기다려야겠소. 비가 올지도 모르니까. 밖에서 비를 맞고 싶지는 않으니 말이오."

이제 그녀는 자신의 짜증에 짜증이 나고 있었다. 하나의 감정이 다른 하나를 좀먹어 들어갔고, 그 사이의 그녀는 무력하기만 했다. 그러나 입을 열어 다시 그 과정을 반복하는 대신, 그녀는 앞으로 몸을 숙이고 흐느끼기 시작했다. 남편은 아내의 말을 끌어 주었고, 말은 이내 붉은 벽돌 건물 옆에서 부드럽게 발을 구르며 멈추어 섰다.

그녀는 소포 꾸러미처럼 남편의 품 안으로 미끄러져 내려갔고, 그는 자신의 어깨에 팔을 두르는 아내를 붙들어 주었다. 그리고 그는 아내를 땅에 내려 주며 말했다. "여기에는 사람이 살지 않는 것 같군. 어이, 누구 없소?" 그는 이렇게 소리치다가, 이내 문에 붙은 표지판을 발견했다. 위험 구역. 전력공사.

공기 중에 거대한 곤충이 날개를 떠는 소리가 울렸다. 끝없이 더듬거리면서 살짝 높아졌다가, 아마도 그만큼 다시 낮아지기도 했지만, 여전히 동일한 음조를 유지하고 있었다. 따뜻한 황혼 녘에 뜨거운 스토브 옆에서 음식을 만드는 여인이 꾹 다문 입술 사이로 노래를 흥얼거리는 것 같은 소리였다. 건물 안에 움직이는 것은 전혀 없었다. 거대한 흥얼거림만이 들릴 뿐이었다. 무더운 여름날 달아오른 철도 침목에서 피어오르는 아지랑이에서 날 것만 같은 소리였다. 달아오른 침묵 속에서 공기가 일렁이고 소용돌이치고 흘러가는 모습을 보면서, 그 과정에서 소리가 날 것이라 여기며 귀를 기울여 보지만, 결국 잔뜩 긴장해 뻣뻣해진 고막과 긴장 속의 침묵밖에는 아무것도 얻지 못하는 그런 때의 느낌이었다.

흥얼거리는 소리는 그녀의 발꿈치를 타고 올라와, 적절히 날씬한 다리로 스며들어, 거기에서 그녀의 몸으로 옮아갔다. 소리가 그녀의 심장 속으로 들어가 어루만졌다. 버티가 덫울타리 꼭대기에 앉아 있는 광경을 볼 때마다 느꼈던 것과 같은 감정이었다. 그리고 소리는 그녀의 머리로 옮아가서 두개골의 가장 얇은 부분에 모여 노래를 들려주기 시작했다. 예전 언젠가 사랑 노래나 좋은 책들이 그러했듯이.

흥얼거리는 소리가 사방에 가득했다. 선인장과 마찬가지로 대지의 일부였다. 열기와 마찬가지로 대기의 일부였다.

"이게 뭐죠?" 그녀는 살짝 당황해서 건물을 바라보며 물었다.

"나도 발전소라는 것 말고는 별로 아는 게 없소." 버티가 말했다. 그는 문을 흔들어 보았다. "열려 있군." 그가 놀라서 말했다. "주변에 사람이 있으면 좋겠는데." 문은 활짝 열렸고, 고동치는 흥얼거림이 내쉬는 숨결처럼 한층 크게 들려왔다.

그들은 함께 장중한 노래로 가득 찬 건물 안으로 들어갔다. 그녀는 남편의 팔짱을 낀 팔에 한층 힘을 주었다.

희미한 조명이 비추는 모습이 매끄럽고 깨끗하고 반짝거리는, 마치 심해 바닥과도 같은 곳이었다. 언제나 무언가가 지나가고 지나가며 한곳에 머무르지 않지만, 언제나 움직임이 존재하는, 눈에 보이지 않는 물결이 절대 잦아들지 않는 곳이었다. 양쪽으로는, 처음에는 조용히 늘어선 사람들로 보였던 것들이 두 줄로 나란히 서 있었다. 그러나 곧 그것들이 흥얼거리는 소리를 내는, 둥근 껍질을 쓰고 있는 기계라는 사실을 알게 되었다. 검은색과 회색과 녹색의 기계들에는 금빛 케이블과 연녹색 전선이 뻗어 나오고, 선홍색 스위치와 흰색 글자가 박힌 은빛 금속 주머니도 있었으며, 욕조 비슷한 구덩이 안에서 무언가 눈에 보이지 않는 물체를 세척하는 양 빠르게 소용돌이치는 액체도 보였다. 원심분리기는 너무 빨리 돌아서 멈춰 있는 것처럼 보였다. 거대한 구리선이 어두침침한 천장에서 뱀처럼 고리를 만들며 늘어지고, 수직 파이프가 시멘트 바닥에서 붉은 벽돌 벽으로 거미줄처럼 엮여 나가고 있었다. 그 모든 모습이 녹색 번개처럼 선명하게 보였고, 그 비슷한 냄새가 났다. 귀가 먹을 듯한 파직거리는 소리와 종이가 말라 바삭거리는 소리가 들렸다. 전선이 자기 실패와 녹색 유리로 된 절연체를 만나는 곳에서는 계속 푸른 불꽃이 타오르고, 사라지고, 번쩍이고, 쉭쉭거렸다.

건물 밖의 현실 세계에서는 비가 내리기 시작했다.

그녀는 이곳에 머물고 싶지 않았다. 머무를 만한 곳이 아니었다. 거주자들은 인간이 아니라 어스름 속에 자리한 기계일 뿐이고, 망가져서 키가 내려앉아 가장 높은 음과 낮은 음이 끊임없이 울리는 오르간으로 연주되는 듯한 음악이 있는 곳이었다. 그러나 빗물이 모든 창문을 씻어 내리기 시작했고, 버티가 입을 열었다. "한참을 내릴 것 같소. 여기에서 밤을 지내는 편이 나을지도 모르겠소. 어쨌든 시간이 늦기도 했고. 가서 짐을 들여오리다."

그녀는 아무 말도 하지 않았다. 그녀는 계속 길을 가고 싶었다. 어떤 곳의 무엇을 보러 가는지는, 사실상 알 도리가 없었다. 그러나 적어도 도시에 가면 돈을 생각하게 될 테고, 표를 사서 손에 꼭 쥐고 있다가 빠르게 달리고 큰 소리를 내는 기차에 올라탈 수 있게 될 테고, 기차에서 내려서 다른 말을 타거나 차를 타고 수백 킬로미터를 다시 달려가야 할 테고, 마침내 죽었거나 살아 있는 어머니 옆에 서게 될 것이다. 모든 것이 시간과 병세에 달려 있었다. 여러 장소를 지나치게 될 것은 분명했지만, 그런 장소들은 모두 그녀의 발을 받쳐 줄 대지, 콧구멍으로 들어올 공기, 감각을 잃은 입에 들어갈 음식밖에 제공해 줄 수 없을 것이었다. 그리고 그런 것들은 없는 것보다 못했다. 왜 어머니에게 가서 말을 걸고 인사를 나누어야 한다는 말인가? 그게 대체 무슨 소용이 있나?

발밑으로 강물이 흐르는 것처럼, 바닥은 선명했다. 강물을 거슬러 올라가자 직직거리는 메아리가 희미한 총성처럼 방 안을 휘돌아 울렸다. 입 밖으로 내는 모든 소리는 화강암 동굴처럼 울리며 되돌아왔다.

뒤에서 버티가 짐을 내리는 소리가 들렸다. 그는 회색 담요 두 장을 펼쳐 놓고는 통조림 음식을 이것저것 꺼내고 있었다.

밤이 되었다. 높이 달린 녹색 창문 위로는 여전히 빗물이 흘러, 펄럭이는 비단 같은 무늬를 만들며 부드럽고 투명한 커튼으로 섞이고 있었다. 쏟아져 내리는 차가운 비와 모래와 바위를 때리는 바람 사이로, 때때로 벼락이 내리쳐 주변 모습을 드러냈다.

그녀는 개킨 옷가지 위에 머리를 두고 있었다. 그러나 어느 방향으로 고개를 돌리든, 거대한 발전기가 흥얼거리는 소리는 옷가지를 통해 그녀의 머리까지 파고들었다. 그녀는 몸을 뒤척이고, 눈을 감고, 자세를 바로 했지만, 소리는 계속 이어졌다. 그녀는 일어나서 옷가지를 매만지고는 다시 자리에 누웠다.

그러나 흥얼거리는 소리는 여전했다.

돌아보지 않고도, 그녀는 내면 깊은 곳의 느낌으로, 남편이 깨어 있음을 알 수가 있었다. 그녀가 기억하는 한 언제든 남편에 대해서는 알 수가 있었다. 숨 쉬는 소리에 미묘한 차이가 있었다. 아니, 소리의 부재라고 해야 할 것이다. 일부러 심어 놓는 긴 간극 외에는, 그의 숨소리가 전혀 들리지 않았다. 그가 비 오는 밤 속의 그녀를 바라보고 있다는 사실을, 그녀를 걱정하고 있다는 사실을, 자신의 숨소리에 조심하고 있다는 사실을 알고 있었다.

그녀는 어둠 속에서 몸을 돌렸다. "버티?"

"음?"

"나도 깨어 있어요." 그녀가 말했다.

"알고 있소." 그가 말했다.

그들은 누워 있었다. 아내는 꼿꼿이 몸을 펴고 경직된 자세로, 남편은 긴장이 풀린 손처럼 등을 굽히고 반쯤 구부정한 자세로. 그녀는 어둠 속에서 남편의 몸이 만드는 곡선을 눈으로 훑으며, 말로 표현할 수 없는 경이감에 휩싸였다.

"버티." 그녀가 말문을 열고는 한참 침묵을 지켰다. "당신…… 당신은 어떻게 그럴 수 있어요?"

그는 잠시 기다렸다. "내가 뭘 어떻게 한다는 거요?"

"어떻게 쉴 수가 있는 거죠?" 그녀는 말을 멈추었다. 아주 고약하게 들리는 소리였다. 비난하는 듯이 들리는 말이었다. 하지만 사실, 그런 것은 아니었다. 그녀는 남편이 모든 것에 주의를 기울이는 사람이라고 생각했다. 어둠 속에서도 사물을 볼 수 있으며, 자신의 능력에 자만심을 가지지 않는 사람이라고. 그는 지금 아내를, 그리고 장모의 생사를 걱정하고 있었다. 그러나 그가 걱정하는 태도는 무심하고 무책임하게 보이기만 했다. 양쪽 다 사실이 아니었지만. 그의 걱정은 그의 내면 깊은 곳에 깃들어 있었다. 그러나 그의 태도는 또한 일종의 신념처럼, 그 모든 것을 기꺼이 받아들이고 저항을 포기하는 것처럼 보였다. 그의 내면에 있는 어떤 기관이 슬픔을 우선 받아들인 다음, 그 슬픔에 익숙해지고 모든 요소를 알아낸 다음에야 온몸으로 그 감정을 전달해주는 것만 같았다. 그의 몸에는 미궁과도 같은 신념이 깃들어 있었고, 그를 공격하는 슬픔은 미궁 안에서 길을 잃어, 원래 고통을 주고자 했던 기관에 도착하기 전에 힘을 잃고 사라지는 모양이었다. 때로는 이 신념 때문에 그녀가 무분별한 분노에 빠지는 일도 있었다. 그러나 그럴 때마다 그녀는 곧 회복하였다. 복숭아씨만큼 단단하게 틀어박혀 있는 것을 비난하는 일이 얼마나 쓸모없는지를 알고 있었기 때문이다.

"왜 당신한테서 옮지 않은 걸까요?" 그녀가 마침내 말했다.

남편은 부드럽게 살짝 웃었다. "내가 무얼 옮긴다는 거요?"

"다른 것은 모두 옮았는데요. 다른 일에서는 당신이 나한테 끔찍하게 영향을 끼치잖아요. 내가 아는 것은 모두 당신이 가르쳐 준 것들뿐이에요." 그녀는 말을 멈추었다. 설명하기 힘든 일이었다. 그들의 삶은 조직 사이를 조용히 흘러가는 따뜻한 혈액과 같은 것이었다. 양쪽 모두.

"모든 것들. 종교만 빼고요. 당신한테서 종교만은 옮지 않았어요." 그녀가 말했다.

"그건 옮는 게 아니오." 그가 말했다. "긴장이 풀리면, 어느 순간 깨닫게 되는 거지."

긴장이 풀린다라. 그녀는 생각했다. 어디에 긴장이 풀려? 육체라면 가능하겠지. 하지만 정신의 긴장은 어떻게 풀 수 있지? 몸 옆으로 붙인 손가락이 움찔거렸다. 눈이 드넓은 발전소 내부를 천천히 훑었다. 어두운 그림자처럼 보이는 기계들이, 작은 불꽃을 튀기며 그녀를 굽어보고 있었다. 흥얼거리고 흥얼거리는 소리들이 그녀의 사지를 타고 올라왔다.

피곤했다. 지쳤다. 그녀는 잠시 졸았다. 눈꺼풀이 감겼다 열렸다 감겼다 열렸다. 흥얼거리는 소리가 그녀의 골수를 가득 채웠다. 작은 벌새들이 그녀의 육체와 머리에 깃들이는 것만 같았다.

그녀는 천장으로 사라지는, 흐릿하게 보이는 관을 눈으로 좇고, 기계를 보고 눈에 보이지 않는 기계 돌아가는 소리를 들었다. 문득 그녀는 나른함 속에서 바짝 경계하며 긴장했다. 그녀의 눈이 위로 위로, 그리고 아래와 좌우로 빠르게 움직였고, 기계의 흥얼거리는 소리는 계속 커져만 갔고, 그녀의 눈은 움직이고, 몸은 긴장이 풀렸다. 그리고 커다란 녹색 유리를 통해 고압전선이 비 내리는 밤 속으로 달려가는 모습이 보였다.

이제 흥얼거리는 소리는 그녀 안에 있었다. 갑자기 시야가 바뀌며, 몸이 격렬하게 위로 끌려 올라가는 느낌이 들었다. 소용돌이치는 발전기 속으로 끌려 들어가 돌고 또 돌면서, 밖으로, 밖으로, 보이지 않는 소용돌이의 심장부로 끌려 들어가, 그대로 천 가닥의 구리선으로 나뉘어 들어가, 순식간에 지상으로 뻗어 나가는 자신이 느껴졌다!

그녀는 동시에 모든 곳에 있었다!

그녀는 거대한 괴물 송전탑을 타고 흘러가, 작은 유리 고정대가 수정으로 만든 녹색 새들처럼 절연체로 된 부리로 전선을 붙들고 있는 높은 전신주 위를 직직대며 지나가, 네 갈래로 나뉘고, 2차로 여덟 갈래로 나뉜 다음, 마을을, 농촌을, 도시를 찾아내고, 농장으로, 목장으로 달려 나가며, 널찍하게 펼쳐진 거미줄처럼 수천 제곱킬로미터의 사막 위로 부드럽게 내려앉고 있었다!

대지는 갑자기 따로 떨어져 있는 수많은 것들의 집합 이상이 되었다. 주택과 바위와 콘크리트 도로와 드문드문 보이는 말 몇 마리, 얕게 파고 돌을 얹은 무덤 아래 누워 있는 인간, 선인장의 바늘, 밤에 휩싸인 채 자신의 빛을 발하고 있는 마을, 그 외의 수백만 개의 서로 다른 것들. 갑자기 그 모든 것들이 하나의 무늬를 공유하며 맥동하는 전기의 거미줄로 이어져 버렸다.

그녀는 빠르게 모든 곳으로 쏟아져 들어갔다. 갓난아기의 등을 찰싹 때리는 소리와 함께 생명이 탄생하는 방에도, 전구의 필라멘트가 빛나다가 희미해지다가 마침내 색을 잃는 것처럼 생명이 육신을 떠나고 있는 방에도. 그녀는 모든 마을에, 모든 방에 있었다. 수백 킬로미터의 대지에 걸쳐 생명의 무늬를 수놓고 있었다. 모든 것을 보고 모든 것을 들으며, 더 이상 혼자가 아니라, 제각기 생각과 신념을 가진 수천 명의 사람들 중 하나로서.

그녀의 육체는 생명 없는 갈대처럼 창백하게 몸을 떨며 누워 있었다. 그녀의 정신은 전류를 타고 이쪽으로, 저쪽으로, 발전소의 방대한 전력 공급망 속을 이리저리 날아다니고 있었다.

모든 것이 균형을 이루었다. 어떤 방에서는 시들어 가는 생명이 보였다. 1.5킬로미터 떨어진 다른 방에서는 새로 태어난 아이를 놓고 와인 잔을 들어 건배를 하며, 시가를 나누어 주고, 미소, 악수, 웃음이 오가는 모습을 보았다. 하얀 침상 위에서 죽음을 기다리는 창백하고 수척한 얼굴들을 보면서, 그들이 어떻게 죽음을 이해하고 받아들이는지에 귀를 기울이고, 그들의 몸짓을 보고, 그들의 감정을 느끼고, 그들 역시 자신만 홀로 있어 외롭다는 사실을, 지금 그녀가 보고 있는 세상의 균형을 알 수가 없다는 사실을 깨달았다.

그녀는 마른침을 삼켰다. 눈꺼풀이 떨리고, 높이 뻗은 손가락 아래 목젖이 타들어 갔다.

그녀는 혼자가 아니었다.

발전기가 회전하며 발생하는 원심력을 타고, 그녀는 수천 갈래의 전선을 타고 천장에 고정되어 있는 100만 개의 유리 캡슐 안으로 흘러 들었고, 줄을 당기거나 고리를 비틀거나 스위치를 누르면 그에 따라 빛을 발했다.

빛은 모든 방에 있을 수 있다. 필요한 것은 스위치를 누르는 것뿐이었다. 모든 방은 빛이 찾아오기 전까지는 어두울 수밖에 없다. 그리고 그녀는 그 모든 곳에 동시에 있었다. 그리고 그녀는 혼자가 아니었다. 그녀의 슬픔은 하나의 거대한 슬픔의 일부일 뿐이었고, 그녀의 공포는 셀 수 없이 많은 공포들 중 하나일 뿐이었다. 그리고 슬픔은 절반에 지나지 않았다. 나머지 절반은 다른 곳에 있었다. 태어나는 존재들 속에, 갓난아기의 형상을 가진 편안함 속에, 따뜻한 몸에 들어간 음식물 속에, 눈에 보이는 색채와 깨어난 귀에 들리는 소리 속에, 그리고 봄의 들꽃 향기 속에.

한쪽에서 빛이 꺼지면, 생명은 다른 쪽에서 스위치를 올렸다. 그러면 방은 새로운 불빛으로 환히 밝아졌다.

그녀는 클라크라는 이름의 가족과 그레이라는 이름의 가족과 쇼와 마틴과 핸퍼드와, 펜턴과, 드레이크와, 섀턱스와, 허벨과, 스미스와 함께 있었다. 혼자 남는 것은 오직 마음속으로만 혼자인 것이었다. 당신의 머릿속에는 온갖 종류의 엿볼 수 있는 구멍이 존재한다. 이렇게 표현하면 우스꽝스럽게 들릴지도 모르지만, 그런 구멍들은 실제로 존재했다. 그 안을 보면 세계가 보이고 사람들이 보인다. 당신과 마찬가지로 불안하고 힘겨워하는 사람들이. 그리고 귀를 기울일 수 있는 구멍도 존재한다. 자신의 절망을 털어놓아 떨쳐 낼 수 있는 구멍도 있다. 그리고 여름의 밀밭이나 겨울의 얼음이나 가을의 불 냄새를 맡으며 계절의 변화를 알 수 있는 구멍도 존재한다. 그런 구멍들은 자신이 혼자가 아니라는 사실을 알려 주기 위해 존재하는 것이다. 고독은 눈을 감는 일이다. 신념은 그저 출입구일 뿐이다.

그녀가 20년 동안 알던 모든 세계에 빛의 그물이 쏟아져 드리웠고, 그녀는 그 모든 씨줄과 날줄에 깃들여 있었다. 그녀는 빛나고 맥동하며 매끈한 줄 안에서 안도했다. 그물은 땅을 뻗어 나가며, 모든 곳을 부드럽고 따뜻한 흥얼거림으로 감싸 안았다. 그녀는 모든 곳에 존재했다.

발전소 안에서는 터빈이 회전하며 흥얼거리는 소리를 냈고, 전기의 불꽃은 작은 봉헌 양초처럼 구부러진 관과 용기 사이를 뛰어다니고 머물렀다. 그리고 기계들은 성자와 성가대들처럼 노란색, 붉은색, 녹색으로 변하는 후광을 지고 우뚝 서 있었고, 그들의 미사 성가는 지붕 아래에서 공명하여 끝없는 찬송과 찬양으로 울려 퍼졌다. 밖에서는 바람이 벽돌 벽을 때리고, 색유리창을 빗방울로 적셨다. 안에서는 그녀가 작은 베개를 베고 누워서 갑자기 울음을 터트렸다.

이해, 납득, 환희, 체념, 무엇 때문인지는 그녀도 알 수가 없었다. 노래는 계속되었다. 높게, 더 높게. 그리고 그녀는 모든 곳에 있었다. 그녀는 손을 뻗어 아직도 잠을 이루지 못하고 있던 남편을 붙들었다. 어쩌면 그 순간, 그 역시 빛과 동력의 그물망을 타고 모든 곳을 가 보고 왔는지도 모른다. 하지만 생각해 보면 그는 언제나 모든 곳에 있었다. 그는 자신이 전체의 일부분이라 생각했고, 그 때문에 안정되어 있었다. 그녀에게 있어 합일성은 새롭고 두려운 경험이었다. 문득 그녀는 남편의 팔이 자신을 감싸 안는 것을 느꼈고, 남편의 어깨에 얼굴을 묻었다. 한참을, 꼭 붙인 채로, 흥얼거리는 찬송이 갈수록 더 높아지는 것을 느끼며, 그녀는 마음껏, 서럽게, 남편에게 몸을 맡긴 채로 울었다……

아침이 되자 사막 하늘에는 구름 한 점 없었다. 그들은 조용히 발전소에서 나와, 말에 안장을 올리고, 짐을 전부 붙들어 맨 다음, 말에 올라탔다.

그녀는 푸른 하늘 아래 자세를 바로 하고 앉았다. 그리고 문득 자신이 등을 곧게 펴고 있다는 사실을 깨달았다. 고삐를 잡고 있는 자신의 낯선 손을 보고는, 떨림이 멈추었다는 사실을 깨달았다. 멀리 산맥이 보였다. 뿌연 윤곽도, 색이 섞이듯 흐릿해 보이는 모습도 없었다. 바위와 만나는 바위가, 모래와 만나는 바위가, 들꽃을 만나는 모래가, 하늘에 닿는 들꽃 그 모두가 끝없이 흐르는 명징한 물결 속에서, 각자의 모습을 선명하게 드러내고 있었다.

"이랴!" 버티가 소리쳤다. 그리고 말은 천천히 걸음을 옮기기 시작했다. 벽돌 건물을 떠나, 시원하고 상쾌한 아침 공기 속으로.

그녀는 훌륭한 솜씨로 말을 몰았다. 그리고 그녀 안에는 복숭아씨처럼 평화가 깃들어 있었다. 언덕을 만나 속도를 줄이자, 그녀는 남편을 보고 말했다. "버티!"

"음?"

"우리 나중에……" 그녀가 물었다.

"우리, 뭐라고 했소?" 처음으로 그녀의 말을 알아듣지 못한 남편이 되물었다.

"우리 나중에 가끔 여기 와 볼 수 있을까요?" 그녀가 등 뒤의 발전소 쪽으로 고갯짓을 하며 물었다. "가끔가다 한 번씩요. 일요일이라든가?"

그는 아내를 보며 천천히 고개를 끄덕였다. "그럴 수 있을 거요. 그래, 물론이오. 그럴 수 있을 거요."

도시를 향해 말을 몰아가며 그녀는 콧노래를, 기묘하고 부드러운 곡조를 흥얼거리고 있었다. 그는 아내 쪽을 바라보며 귀를 기울였다. 무더운 여름날 햇볕에 달구어진 철도 침목 위에 피어오르는 아지랑이에서 날 법한 소리였다. 흩날리고 휘돌며, 하나의 음, 하나의 음조로, 약

간 높아졌다 약간 낮아지며, 흥얼거리고 또 흥얼거리고, 하지만 일정
하게, 평화롭게, 귀를 즐겁게 해 주는 소리였다.

엔 라 노체[*]
En La Noche

나바레스 부인은 밤새 신음했다. 그녀의 신음이 마치 모든 방에 조명을 켠 것처럼 건물 안을 가득 채워 아무도 잠을 이루지 못하게 만들었다. 밤새 그녀는 가는 손가락으로 하얀 베개를 쥐어뜯으며 소리를 질러 댔다. "내 사랑 조!" 새벽 3시가 되자 마침내 건물 세입자들은 그녀가 붉게 칠한 입술을 다물 리가 없다고 포기하고는, 단호하게 자리를 박차고 일어나 옷을 챙겨 입고 심야영화를 보러 시내로 향하는 전차에 올랐다. 어두운 밤의 상영관에서, 로이 로저스가 자욱한 담배 연기 속에서 악당을 쫓고, 코 고는 소리 사이로 대사가 들리는 그곳으로.

새벽이 될 때까지 나바레스 부인은 여전히 흐느끼며 소리치고 있었다.

[*] 스페인어로 '밤에'라는 의미이다.

낮 동안은 그리 나쁘지 않았다. 낮에는 집 안 여기저기에서 울어 대는 아이들의 합창이라는 구원의 은총이 그녀의 소리와 거의 조화를 이룰 정도였기 때문이다. 또한 발코니에서 덜거덕대며 돌아가는 세탁기 소리에, 자수가 들어간 로브를 걸친 여자들이 잔뜩 젖은 베란다에 모여 서서 멕시코 말을 빠르게 쏘아 대며 잡담을 나누는 소리도 있었다. 그러나 그런 때에도, 새된 조잘거림과 세탁기 소리와 아이들의 울음소리 너머로, 나바레스 부인이 음량을 최대로 높인 라디오처럼 외치는 소리가 간간이 들려오곤 했다. "내 사랑 조! 아, 불쌍한 조!"

그리고 저녁때가 되자, 일하느라 겨드랑이가 땀에 젖은 남자들이 도착했다. 식사를 준비하는 동안 시원한 욕조 안에서 빈둥대던 남자들은 저마다 욕설을 하며 귀를 막았다.

"저 여자 아직도 저러고 있군!" 그들은 무력하게 화만 낼 뿐이었다. 심지어 한 남자는 그녀의 문을 걷어차기까지 했다. "좀 닥쳐, 이 여자야!" 그러나 그래 봤자 나바레스 부인의 비명은 더욱 커질 뿐이었다. "오! 아! 조, 조!"

"오늘은 외식이나 하지!" 남편들은 아내들을 보고 말했다. 건물 곳곳에서 조리도구를 집어넣고 문을 잠근 다음, 향수를 뿌린 아내와 팔짱을 끼고는 서둘러 복도를 걸어가는 남편들의 모습이 보였다.

자정 무렵, 비야나술 씨는 낡아서 조각이 떨어지는 문을 열고는, 갈색 눈을 감고 한동안 고개를 기울인 채 서 있었다. 그의 아내 티나는 옆에서 세 아들과 두 딸을 데리고 기다렸다. 아이 하나는 품에 안은 채였다.

비야나술 씨가 중얼거렸다. "원 세상에. 사랑하는 주님, 부디 십자가에서 내려오셔서 저 여자를 조용하게 해 주소서." 그들은 어둑하고 작은 방에 들어가서는, 십자가 아래 희미하게 흔들리며 타고 있는 푸른 촛불을 바라보았다. 비야나술 씨는 사색에 잠긴 듯 고개를 저었다. "아직도 십자가에 매달려 계시는군."

그들은 불 위의 통구이처럼 잠자리에 들었다. 여름밤이 모든 사람들을 제 육즙에 절여 구워 내고 있었다. 그리고 정신 나간 여자의 울음소리가 집 안을 흠뻑 달구었다.

"이제 질렸어!" 비야나술 씨는 아내와 함께 복도를 달려 도망쳐 나갔다. 아래층으로 내려가 건물 앞쪽의 발코니까지. 이런 모든 일에도 잠에서 깨지 않는 놀라운 능력을 가진 아이들은 남겨 둔 채로.

어스름 속에서, 사람들이 발코니를 차지하고 있는 모습이 보였다. 열 명가량의 남자들이 조용히 쭈그리고 앉아 있었다. 갈색 손가락 사이에는 연기를 피우며 빨갛게 빛나는 담배꽁초가 하나씩 들려 있었다. 자수가 놓인 숄을 걸친 여인들은 바람이라 할 것도 없는 미풍을 쏘이는 중이었다. 모두가 꿈속의 사람들처럼, 조작용 철사와 실패가 연결된 옷을 걸친 꼭두각시 인형들처럼 움직이고 있었다. 눈가는 푸석하고 입은 메말라 있었다.

"저년 집으로 쳐들어가서 목을 졸라 버리자고." 남자 하나가 말했다.

"아니, 그런 짓을 하면 못쓰죠." 여자 하나가 말했다. "그냥 창문에서 던져 버리자고요."

사방에서 피로에 전 웃음소리가 들렸다.

비야나술 씨는 놀란 눈으로 사람들을 바라보며 서 있었다. 그의 아내가 옆에서 천천히 움직였다.

"군대에 간 남자가 조 하나밖에 없는 줄 알겠구먼." 누군가가 짜증 섞인 소리로 말했다. "나바레스 부인이라, 하! 저년의 남편이라는 조는 감자 껍질이나 벗길 거라고. 보병 연대에서 가장 안전한 사람일 텐데!"

"뭔가 해야만 하네." 비야나술 씨가 말했다. 단호한 말투에 스스로도 깜짝 놀랄 지경이었다. 모두가 그를 흘깃 바라보았다.

"이렇게 하룻밤을 더 보낼 수는 없지 않나." 비야나술 씨가 퉁명스럽게 말을 이었다.

"문을 두들기면 두들길수록 더 심하게 울어 댄다고." 고메스 씨가 설명했다.

"오늘 오후에 신부님이 오셨어요." 구티에레스 부인이 말했다. "도저히 다른 방법이 없어서 우리가 모셔 왔거든요. 그런데 나바레스 부인이 신부님을 방에 들어오지도 못하게 하는 거예요. 신부님이 그렇게 간청하시는데도. 힐비 순경도 데려와서 윽박지르게 했는데, 그 여자가 들은 척이라도 했을 것 같아요?"

"그렇다면 다른 방법을 사용해 봐야겠군." 비야나술 씨는 생각에 잠겼다. "누군가가 그녀를, 흠, 위로를 해 줬으면 좋겠는데."

"다른 방법이 뭐가 있는데?" 고메스 씨가 물었다.

잠시 생각을 한 후 비야나술 씨가 말했다. "만약에 말이지. 만약 우리 중에 미혼 남성이 한 명 있기만 하다면."

그의 말은 깊은 우물에 차가운 돌덩이를 던져 넣은 격이었다. 그는 첨벙하는 소리와 함께 물결이 퍼져 나가기를 기다리고 있었다.

모두가 한숨을 쉬었다.

마치 여름 밤바람이 잠시나마 일어난 것만 같았다. 남자들이 몸을 폈다. 여자들은 서둘러 다가왔다.

고메스 씨가 다시 자리에 앉으며 대답했다. "하지만 우리는 모두 결혼한 몸 아닌가. 여기 미혼 남성 따위는 없다고."

"아." 모두가 이렇게 말하고는, 뜨겁고 메마른 밤의 강둑 속에 다시 주저앉았다. 정적 속에서 담배 연기만이 피어올랐다.

비야나술 씨는 어깨를 펴고 단호한 얼굴로 되쏘았다. "그렇다면 우리 중 하나가 그 일을 할 수밖에 없겠군!"

다시 한 번 밤바람이 불었고, 사람들은 놀라서 몸을 뒤척였다.

"이기적인 생각을 하고 있을 때가 아닐세!" 비야나술이 선언했다. "우리 중 하나가 이 일을 해야만 해! 그러지 않으면 내일 밤도 지옥에서 보내야 한단 말일세!"

이제 발코니의 사람들은 눈을 깜빡이며 그에게서 떨어지기 시작했다. "물론 그렇다면 당신이 이 일을 하겠지요, 비야나술 씨?" 사람들이 물었다.

그는 얼어붙었다. 담배가 그의 손가락에서 떨어질 뻔했다. "아, 하지만 나는……" 그가 반대를 표했다.

"당신이 어때서요?" 사람들이 물었다.

그는 황급히 손사래를 쳤다. "나는 아내에 다섯 아이가 있다고. 하나는 아직 갓난애야!"

"하지만 여기 미혼 남성은 하나도 없어요. 게다가 당신 생각이었으니 수행할 만한 용기도 있을 것 아닌가요, 비야나술 씨!" 모두가 말했다.

그는 겁에 질려 아무 말도 하지 못했다. 그는 놀라서 눈을 번득이고 있는 아내 쪽을 바라보았다.

그녀는 지친 손길로 자욱한 연기를 내저으며, 그를 바라보려 했다.

"나 정말로 지쳤어요." 그녀가 말했다.

"티나." 그가 말했다.

"자지 못하면 죽을 것 같아요." 그녀가 말했다.

"아, 하지만, 티나." 그가 말했다.

"쉬지 못하면 나는 죽게 될 테고, 꽃이 사방에 가득한 가운데 땅속에 묻힐 거예요." 그녀가 중얼거렸다.

"상태가 많이 안 좋아 보이는데요." 모두가 말했다.

비야나술 씨는 아주 잠깐 머뭇거렸다. 그는 아내의 뜨겁고 가는 손가락을 어루만졌다. 그녀의 뜨거운 볼에 자신의 입술을 가져다 대었다.

아무 말 없이, 그는 발코니에서 걸어 나갔다.

사람들은 그가 계단을 올라가는 소리를 들을 수 있었다. 위로, 3층으로, 나바레스 부인이 흐느끼며 비명을 질러 대는 곳으로.

사람들은 발코니에서 기다렸다.

남자들은 새 담배에 불을 붙이고 성냥을 던져 버린 다음, 바람 소리처럼 중얼거렸다. 여자들은 그들 사이를 돌아다니면서, 모두가 비야나술 부인에게 가서 한마디씩 하고 돌아왔다. 그녀는 눈자위가 거무스레해진 채로 발코니 난간에 기대어 서 있었다.

"자, 방금 비야나술 씨가 꼭대기 층에 도착했어!" 남자 하나가 조용히 말했다.

모두가 조용해졌다.

"자 이제, 비야나술 씨가 그 여자 방문을 두드리는군! 똑, 똑." 계단 위의 남자가 속삭였다.

모두가 숨을 죽이고 귀를 기울였다.

멀리서 부드럽게 문을 두드리는 소리가 들렸다.

"자 이제, 방해를 받은 나바레스 부인이 더 크게 울어 젖히는데!"

꼭대기 층에서 크게 외치는 소리가 들렸다.

"자, 이제," 남자는 웅크린 채로 상상의 나래를 펴며, 허공에서 부드럽게 손을 놀려 댔다. "비야나술 씨는 애원하고 또 애원할 거야. 부드럽게, 조용히, 잠긴 문을 향해서."

발코니의 사람들은 초조하게 고개를 들고는 3층 분량의 목재와 회반죽 너머에서 벌어지고 있는 일을 꿰뚫어 보려 애쓰며 기다렸다.

비명이 잦아들었다.

"자 이제, 비야나술 씨는 빠르게 말하고 있어. 애원하고, 속삭이고, 약속을 하는군." 남자가 조용히 말했다.

비명이 흐느낌으로, 흐느낌은 신음으로, 그리고 마침내 모든 소리가 잦아들어 귀를 기울이는 사람들의 숨소리와 심장 박동 소리만이 남았다.

그대로 서서 땀을 뻘뻘 흘리며 2분 정도 기다리자, 발코니에 있는 사람들 모두는 위층 먼 곳에서 자물쇠가 절걱이고, 문이 열리고, 그리고 잠시 후 속삭임과 함께 문이 닫히는 소리를 들을 수 있었다.

건물 안은 고요해졌다.

정적이 불을 끈 것처럼 모든 방마다 깃들었다. 정적이 시원한 와인처럼 어두운 복도를 가득 채웠다. 정적이 지하실에서 밀려오는 시원한 공기처럼 층계참에서 흘러나왔다. 그들은 모두 그 상쾌한 정적을 깊이 들이마시며 서 있었다.

"아." 모두가 한숨을 쉬었다.

남자들은 꽁초를 던져 버리고 조심조심 조용한 건물 안으로 들어갔다. 여자들이 뒤를 따랐다. 곧 발코니는 텅 비었다. 모두가 정적 때문에 시원해진 복도로 흘러 들어간 것이다.

비야나술 부인은 중독된 듯한 혼수상태로 자신의 방문을 열었다.

"비야나술 씨를 위해 파티라도 열어야겠어요." 어디선가 누군가가 속삭였다.

"내일 그 친구를 위해 촛불을 밝히자고."

문이 닫혔다.

비야나술 부인은 시원한 침대에 몸을 뉘었다. 그녀는 눈을 감은 채로 꿈속으로 빠져들었다. 남편은 사려 깊은 사람이야. 그 때문에 그를 사랑하는 거지.

정적이 서늘한 손길처럼 그녀를 쓰다듬어 잠으로 인도했다.

태양과 그림자
Sun and Shadow

카메라가 곤충처럼 짤깍였다. 남자가 부드러운 손길로 소중하게 매만지고 있는 모습이, 마치 푸른색의 거대한 금속 딱정벌레처럼 보였다. 벌레가 번득이는 햇빛을 보며 눈을 깜빡였다.

"쉿, 리카르도, 이리 와요!"

"거기 아래 너!" 리카르도가 창문으로 소리쳤다.

"리카르도, 그만해요!"

그는 아내를 돌아보았다. "그만하라는 소리는 나 말고 저놈들에게 해. 내려가서 말하란 말이야. 아니면 겁이 나서 그러나?"

"누굴 다치게 하는 것도 아니잖아요." 아내가 침착하게 말했다.

그는 손을 내저어 아내를 무시하고 창문에 기대어 골목을 내려다보았다. "거기 당신들!" 그가 소리쳤다.

검은 카메라를 들고 골목에 서 있던 남자가 위를 올려다보더니, 다시 흰 반바지와 흰 브래지어, 그리고 녹색의 십자 무늬 스카프를 걸친 숙녀 쪽으로 카메라를 돌렸다. 그녀는 금이 간 회반죽이 떨어지는 건물 벽에 기대서 있었다. 그녀 뒤에서 갈색 피부의 소년 하나가 손으로 입을 가린 채 웃고 있었다.

"토마스!" 리카르도가 소리쳤다. 그는 아내를 돌아보았다. "아, 성스러우신 예수님, 토마스가 거리에 나가 있어. 내 아들놈이 저기서 웃고 있단 말이야." 리카르도는 문으로 향했다.

"아무 짓도 하지 말아요!" 아내가 소리쳤다.

"놈들 목을 따 버리겠어!" 리카르도가 소리치고는 사라졌다.

거리에서, 이제 그 여자는 푸른색 페인트가 벗겨지는 계단 난간에 기대어 나른하게 서 있었다. 리카르도가 그 순간에 때맞춰 등장해서 말했다. "거긴 우리 계단이야!"

사진사가 서둘러 다가왔다. "아니, 아니, 그냥 사진을 찍는 것뿐입니다. 다 괜찮아요. 금방 갈 겁니다."

"하나도 안 괜찮은데." 리카르도가 갈색 눈을 번득였다. 그는 주름진 손을 휘둘러 보였다. "저 여자가 우리 집에 들어온 거라고."

"패션 사진을 찍는 겁니다." 사진사가 웃으며 말했다.

"그래서 나보고 어쩌라는 건가?" 리카르도가 푸른 하늘을 바라보며 말했다. "그 사실을 듣고 미쳐 날뛰어야 하나? 간질에 걸린 성자처럼 춤추며 돌아다닐까?"

"돈 문제라면, 여기 5페소 지폐 한 장 드리죠." 사진사가 웃으며 말했다.

리카르도는 손을 밀쳐 냈다. "나는 일해서 먹고사는 사람이야. 이해를 못 하는군. 부디 꺼져 주게."

사진사는 눈이 휘둥그레졌다. "잠깐만요……"

"토마스, 집 안으로 들어오거라!"

"하지만, 아빠……"

"으아아아!" 리카르도가 소리쳤다.

소년은 사라져 버렸다.

"지금까지 이런 적은 없었는데요." 사진사가 말했다.

"그게 언제 적 얘긴데! 우리가 대체 뭔가? 겁쟁인가?" 리카르도가 사방을 향해 외쳤다.

사람들이 모여들고 있었다. 그들은 서로 숙덕이고 웃으며 팔꿈치로 찔러 댔다. 믿을 수 없을 정도로 사람이 좋은 사진사는 카메라를 집어넣고는, 어깨 너머로 모델을 바라보며 말했다. "좋아요. 그럼 다른 골목에서 하자고. 저쪽에 괜찮게 금이 간 담벼락하고 적당히 어둑한 그림자가 있던데. 서두르기만 하면……"

대화가 계속되는 동안 초조하게 스카프 끝을 꼬고 서 있던 아가씨는, 이제 메이크업 상자를 들고 재빠르게 리카르도 옆을 지나 달려갔다. 그러나 그 순간, 그가 그녀의 팔을 잡았다. "오해하지는 말라고." 그가 재빨리 말했다. 그녀는 눈을 깜빡이며 멈추어 섰다. 그는 말을 이었다. "당신한테 화가 난 것은 아니니까. 아니면 당신이나." 그는 사진사를 가리켰다.

"그러면 왜……" 사진사가 말했다.

리카르도는 손을 저어 보였다. "당신들은 그저 고용된 것뿐이잖나. 나 역시도 마찬가지고. 우리 모두가 고용된 사람들 아닌가. 우리는 서로를 이해할 필요가 있어. 하지만 그따위 검은색 말파리 겹눈처럼 생긴 카메라를 들고 우리 집으로 오면, 그런 이해는 끝나는 거지. 그저 그림자가 예쁘장하게 드리운다고 해서 내 거리를, 태양이 활짝 떠 있다고 해서 내 하늘을, 벽에 흥미로운 금이 가 있다고 해서 내 집을 쓰게 해 줄 생각은 없단 말이야! 알겠나? 아, 정말 아름답군! 여기 누워! 여기 서! 여기 앉아! 여기 웅크려! 가만 있어! 아, 다 들었지. 내가 바보인 줄 아나? 위층 내 집에는 책이 있다고. 저기 창문 보이지? 마리아!"

아내의 머리가 튀어나왔다. "이놈들한테 내 책 좀 보여 줘!" 그가 소리쳤다.

그녀는 뭐라고 투덜대기는 했지만, 잠시 후 한 권, 두 권, 그리고 대여섯 권의 책을 창으로 보여 주었다. 눈을 감고 고개를 돌린 것이 마치 오래된 생선이라도 다루는 듯한 모습이었다.

"그리고 위에 가면 20권은 더 있다니까!" 리카르도가 소리쳤다. "당신네는 지금 숲 속의 소들하고 이야기하는 것이 아니라, 사람하고 대화하는 중이라고!"

"이봐요." 사진사가 재빨리 건판을 챙겨 넣었다. "우린 갈 겁니다. 이제 됐죠."

"가기 전에, 내가 무슨 말을 하는지 잘 들어 보는 게 좋을걸." 리카르도가 말했다. "나는 고약한 사람이 아니야. 하지만 아주 화가 난 사람이 될 수는 있지. 내가 골판지 인간처럼 보이나?"

"누가 무엇처럼 보인다는 말을 한 사람은 아무도 없는데요." 사진사가 장비를 챙겨 들고 걸음을 옮기기 시작했다.

"두 골목 떨어진 곳에 사진사가 하나 있지." 리카르도가 그를 따라가며 말했다. "그 친구는 골판지 풍경을 가지고 있어. 그 앞에 서서 함께 사진을 찍는 용도지. 거기에는 '그랜드 호텔'이라고 적혀 있는데,

꼭 당신이 그랜드 호텔 안에 있는 것처럼 보이게 해 주지. 내 말이 무슨 뜻인지 알겠나? 내 골목은 내 골목이고, 내 삶은 내 삶이고, 내 아들은 내 아들이야. 내 아들은 골판지 인간이 아니라고! 당신네가 내 아들놈을 벽에 세워 놓는 모습을, 그렇게 해서 배경에 집어넣는 모습을 보았지. 그걸 뭐라고 부르더라. 분위기를 갖추기 위해서? 전체 사진과 내 아들내미 앞에 서 있는 사랑스러운 숙녀분을 매력적으로 만들기 위해서?"

"시간이 늦어지고 있는데." 사진사가 땀을 뻘뻘 흘리며 말했다. 모델이 반대편에서 그를 따라오고 있었다.

"우리는 가난한 사람이야." 리카르도가 말했다. "문에서는 페인트칠이 벗겨지고, 벽의 회반죽에는 금이 가서 떨어져 나가고, 하수구에서는 악취가 올라오고, 거리에는 포석만 잔뜩 깔려 있지. 하지만 당신네들이 여기에 와서, 마치 내가 그렇게 되도록 계획을 한 양, 벽에 금이 가도록 몇 년을 방치했다는 듯이 굴기 시작하면 정말로 끔찍하게 화가 난다고. 당신들이 올 줄 알고 페인트가 낡아 떨어지게 한 줄 아나? 아니면 당신네가 올 줄 알고 아들내미한테 제일 지저분한 옷을 입힌 줄 아나? 우리는 스튜디오의 부속물이 아니라고! 우리는 인간 대접을 받아야 하는 인간이란 말이야. 내 말이 무슨 뜻인지 똑똑히 알겠나?"

"아주 자세히 잘 알았습니다." 사진사가 말하고는, 그를 돌아보지 않고 서둘러 걸음을 옮겼다.

"이제 내가 뭘 원하는지, 그리고 그 이유까지 알았으니, 얌전히 친교를 나눈 후 집으로 꺼져 주겠나?"

"당신은 참 대단한 사람이군요." 사진사가 말했다. "어이!" 그들은 다섯 명의 다른 모델과 두 번째 사진사를 만났다. 마치 결혼식 케이크처럼 층층이 놓인, 백색의 마을 광장으로 올라가는 커다란 돌계단이 있는 곳이었다. "일이 어떻게 되어 가나, 조?"

"성모 교회 근처에서 꽤 아름다운 사진을 몇 장 찍었죠. 코가 하나도 없는 석상도 많더군요. 아주 훌륭해요." 조가 말했다. "여긴 왜 이렇게 난리인가요?"

"여기 판초 하나가 법석을 떨어서. 아무래도 이 사람 집에 기대어 섰다가 무너트리기라도 한 모양이야."

"내 이름은 리카르도일세. 집은 완벽하게 무사하고."

"여기에서 찍을 테니 걱정 마시죠." 첫 번째 사진사가 말했다. "거기 가게 쪽 아치 옆에 서 봐. 고풍스러운 벽이 괜찮아 보이는군." 그가 카메라를 보며 뭔지 모를 조작을 하기 시작했다.

"그러든가!" 리카르도는 불길하게 침묵했다. 그는 그들이 준비하는 모습을 지켜보았다. 그들이 사진 찍을 채비를 끝내자, 그는 잽싸게 앞으로 달려 나가며 문가에 서 있는 남자를 불렀다. "호르헤! 자네 지금 뭘 하고 있는 건가?"

"그냥 서 있는데." 남자가 말했다.

"잘 보라고." 리카르도가 말했다. "저거 자네 아치 아닌가? 저자들이 저걸 사용하게 놔둘 생각인가?"

"별 상관 안 하는데." 호르헤가 말했다.

리카르도는 그의 팔을 흔들었다. "자네의 소유물을 영화배우의 집처럼 사용하고 있지 않나. 기분 나쁘지 않아?"

"그런 생각은 딱히 해 본 적이 없는데." 호르헤는 코를 파며 말했다.

"예수님의 은총으로, 이 사람아, 생각 좀 해!"

"별로 해될 것 없는 일 아닌가." 호르헤가 말했다.

"이 세상에서 입안에 혀가 굴러가는 사람은 나 하나뿐인가?" 리카르도가 손을 활짝 폈다. "그리고 그 혀로 쓴맛을 느끼는 것도 나뿐이고? 이 마을이 구태의연한 촬영 세트장이란 말인가? 나 말고는 뭔가를 할 사람이 아무도 없는 건가?"

군중은 그들을 따라 거리를 걸어 내려왔고, 그러면서 점점 수가 불어났다. 이제는 수가 제법 되는 사람들이 모였고, 리카르도의 우렁찬 포효 때문에 더 많은 사람들이 이끌려 나왔다. 그는 발을 굴렀다. 주먹을 휘둘렀다. 침을 뱉었다. 사진사와 모델들은 초조한 얼굴로 그를 바라보았다. "배경에 괴상한 남자 하나 넣을 생각은 없나?" 그는 광폭하게 사진사를 돌아보았다. "여기 뒤쪽에서 포즈를 잡지. 여기 벽 가까이에서, 내 모자는 이렇게, 내 발은 이렇게, 빛은 이렇게 해서 내가 직접 만든 샌들이 보이게 하는 것은 어떻겠나? 내 셔츠의 구멍을 조금 더 크게 뚫는 편이 낫겠나, 에, 이렇게? 그래! 얼굴에 땀은 충분히 흐르고 있나? 내 머리카락은 이 정도로 길면 되겠나, 친절하신 나리?"

"원한다면 그쪽에 서시죠." 사진사가 말했다.

"카메라 쪽을 보지는 않겠어." 리카르도가 그에게 장담했다.

사진사가 웃으며 기계를 들어 올렸다. "왼쪽으로 한 걸음만 가 봐, 아가씨." 모델이 움직였다. "이제 오른쪽 다리를 돌리고. 좋아. 됐어, 됐어. 그대로!"

모델은 턱을 추켜올리고는 그대로 움직임을 멈추었다.

리카르도는 바지를 벗어 버렸다.

"아, 세상에!" 사진사가 탄식했다.

모델 몇 명이 깍깍거렸다. 군중은 웃으며 서로를 툭툭 쳐 댔다. 리카르도는 조용히 바지를 올리고 벽에 기대섰다.

"이 정도면 충분히 괴팍했나?" 그가 말했다.

"이런 세상에!" 사진사가 중얼거렸다.

"부두 쪽으로 내려가죠." 조수가 말했다.

"나도 그쪽으로 가고 싶은데." 리카르도가 웃음 지었다.

"원 세상에, 저 천치를 어떻게 한다?" 사진사가 속삭였다.

"돈을 줘요!"

"그건 해 봤다고!"

"충분히 많이 주지 않았나 보죠."

"이봐, 자네가 가서 경찰을 불러오라고. 이 짓거리를 단번에 끝내겠어."

조수가 달려갔다. 모두가 초조하게 담배를 피우며 리카르도 쪽을 곁눈질하고 있었다. 개 한 마리가 와서는 벽에 대고 오줌을 쌌다.

"저거 좀 보라고!" 리카르도가 소리쳤다. "훌륭한 예술이군! 놀라운 무늬야! 어서, 햇볕에 말라 버리기 전에!"

사진사는 등을 돌리고 바다를 바라보았다.

조수가 거리를 따라 달려왔다. 원주민 경찰 한 명이 조용히 그 뒤를 따라오고 있었다. 조수는 걸음을 멈추고 뒤를 돌아보며 경찰에게 서두르라고 계속 재촉해야 했다. 경찰은 멀리서 손짓으로 그를 진정시켰다. 해가 저물려면 아직 멀었으며, 결국에는 뭔지 모를 재앙이 기다리고 있는 장소에 어찌 됐든 도착하게 될 것이라고.

경찰이 두 명의 사진사 사이에 자리를 잡았다. "무슨 문제요?"

"저기 저 사람요. 저 사람을 좀 치웠으면 좋겠습니다."

"내가 보기에는 그냥 벽에 기대어 있는 것으로 보이오만." 경찰이 말했다.

"아뇨, 아뇨. 기대어 있는 것 말고, 저자는, 아, 젠장." 사진사가 말했다. "설명하려면 직접 보여 드리는 수밖에 없겠군요. 아가씨, 자세 잡아 봐."

여자가 자세를 잡았다. 리카르도도 가볍게 웃으며 자세를 잡았다.

"그대로!"

여자가 움직임을 멈추었다.

리카르도가 바지를 벗었다.

카메라가 찰칵 소리를 냈다.

"아." 경찰이 말했다.

"증거가 필요하다면 바로 이 낡은 카메라 안에 있습니다!" 사진사가 말했다.

"아." 경찰은 꿈쩍도 하지 않고 턱으로 손을 올렸다. "그런가." 그는 마치 아마추어 사진사가 되기라도 한 양 풍경을 둘러보았다. 그는 모델이 얼굴을 붉힌 채 초조한 표정을 지으며 벽에 기대서 있는 모습을, 포석을, 벽을, 리카르도를 바라보았다. 리카르도는 푸른 하늘 아래 한낮의 햇살을 받으며, 남자의 바지가 흔히 가지 않는 곳에 바지를 둔 채로 우아하게 담배를 피우며 서 있었다.

"그래서요, 경관님?" 사진사는 초조하게 대답을 기다렸다.

경찰은 모자를 벗고 갈색 이마를 훔쳤다. "그래서, 내가 무얼 해 줬으면 하는 거요?"

"저 남자를 구속해야죠! 과다 노출을 하지 않았습니까!"

"아." 경찰이 말했다.

"어서요." 사진사가 말했다.

군중이 웅성거렸다. 아름다운 숙녀 모델들은 모두 바다와 갈매기를 바라보고 있었다.

"저기 벽에 기대어 있는 남자는 내가 잘 아는 사람이오. 이름은 리카르도 레예스지." 경찰이 말했다.

"안녕하시오, 에스테반!" 리카르도가 말했다.

경찰도 그에게 마주 인사를 했다. "안녕, 리카르도."

그들은 서로 손을 흔들었다.

"내가 보기에는 아무 짓도 하지 않고 있는 것 같은데." 경찰이 말했다.

"그게 무슨 뜻입니까?" 사진사가 말했다. "바위만큼이나 벌거벗고 있지 않습니까. 비도덕적이라고요!"

"저 남자는 딱히 비도덕적이라 할 만한 행위는 안 하는 것 같은데. 그냥 서 있을 뿐이잖소." 경찰이 말했다. "만약 그가 손이나 몸을 사용해서 끔찍해 보이는 짓을 한다면, 나는 그 즉시 움직일 거요. 하지만 저기서 저렇게, 팔이나 근육 하나 움직이지 않고 벽에 기대어 서 있기만 한다면, 아무 문제 될 것도 없소."

"벌거벗고 있다고요, 벗고 있다고!" 사진사가 소리쳤다.

"이해가 안 되는군." 경찰이 눈을 껌뻑였다.

"보통은 벗고 다니지 않는 법 아닙니까. 그게 다라고요!"

"벗은 사람에도 여러 종류가 있는 법이오." 경찰이 말했다. "좋은 사람과 나쁜 사람이 있지. 정신이 멀쩡한 사람과, 술을 마신 사람이 있고. 나는 이 사람을 술을 마시지 않은 사람으로, 평판이 좋은 성실한 사람으로 간주하는 거요. 물론 벗긴 했지만, 그렇게 벗고 있다고 해서 공동체에는 전혀 해를 끼치지 않고 있잖소."

"당신 뭐야, 저 사람 형제라도 되나? 아니면 공범인가?" 사진사가 말했다. 지금 당장이라도 이성의 끈이 끊어져, 물어뜯고 울부짖으며 뜨거운 태양 아래 원을 그리며 뱅뱅 돌 것만 같았다. "정의는 어디 있지? 여긴 대체 어떻게 된 동네야? 자, 가자고, 아가씨들. 다른 곳으로 가자고!"

"프랑스라든가." 리카르도가 말했다.

"뭐라고!" 사진사가 획 돌아보았다.

"프랑스나 스페인으로 가는 게 어떤가." 리카르도가 말했다. "아니면 스웨덴이나. 스웨덴에서 찍은 벽 사진들이 꽤 괜찮아 보이던데. 하지만 금은 별로 없긴 했지. 이런 제안을 해서 미안하네."

"당신이 뭘 하든 사진은 찍을 거야!" 사진사가 카메라와 주먹을 흔들어 보였다.

"내가 그곳에 따라갈 거야." 리카르도가 말했다. "내일이든, 다음 날이든, 소싸움 터에도, 시장에도, 어디든, 자네가 가는 곳이면 어디나, 조용하게, 우아하게. 자부심을 가지고 필요한 일을 하기 위해서."

그를 보고 있자니 그 말이 진실임을 알 수 있었다.

"당신 뭐야? 대체 자기가 뭐라고 생각하는 거야?" 사진사가 울부짖었다.

"나는 당신이 그렇게 물어봐 주기를 기다리고 있었다고." 리카르도가 말했다. "잘 생각해 봐. 집으로 가서 내 생각을 해 보라고. 1만 명이 사는 도시 하나마다 나 같은 사람이 한 명씩만 있으면, 세상은 잘 돌아갈 거야. 내가 없으면 모두 혼돈 속으로 떨어질 테고."

"잘 있으라고, 간호사 양반." 사진사가 말하자, 아가씨와 모자 상자와 카메라와 메이크업 상자 모두 거리를 따라 부두 쪽으로 퇴각하기 시작했다. "점심시간이야, 아가씨들. 나중에 뭔가 다른 방법을 생각해 보기로 하지!"

리카르도는 그들이 가는 모습을 조용히 지켜보았다. 그는 그 자리에 그대로 서서 움직이지 않았다. 사람들은 여전히 그를 바라보며 웃고 있었다.

리카르도는 생각했다. 자, 그럼 이제 거리를 따라 집으로, 지금까지 지나가며 천 번은 페인트칠을 한 문이 달린 집으로 돌아가자고. 46년 동안 내 발밑에서 닳은 포석 위를 밟고, 1930년 지진이 일어났을 때 집 담벼락에 난 금을 손으로 짚어 보자고. 그날이 생생하게 기억나는 군. 우리는 함께 침대에 있었고, 토마스는 태어나지 않았고, 마리아와 나는 사랑을 나누며 우리 사랑 때문에 따뜻하고 훌륭한 집이 움직이고 있다고 생각했었지. 하지만 땅이 움직이는 것이었고, 아침이 되어 보니 벽에 금이 가 있었지. 그리고 계단을 따라 아버지 집의 발코니로 올라가서, 아버지가 손수 만드신 레이스 무늬 격자가 딸린 발코니에 앉아 책을 손에 들고 아내가 가져다주는 음식을 먹어야겠어. 그리고 내 아들 토마스, 사랑스러운 아내와 단둘이서만, 아니 사실 침대보 정도의 도움을 받아 만들어 낸 우리 아들도 데리고. 우리는 거기에 앉아서 식사를 하고 대화를 할 거야. 사진도, 배경도, 그림도, 무대 장치도, 아무것도 없이. 하지만 그런 것이 없어도, 우리는 배우니까. 아주 훌륭한 배우지.

이런 마지막 생각을 뒷받침하듯, 문득 어떤 소리가 귓가에서 울렸다. 그 아름다운 소리가 들렸을 때, 그는 우아하고 장중하게, 고요 속에서 바지를 추켜올려 허리에 걸치고 있었다. 마치 비둘기들이 허공에서 부드럽게 날갯짓을 하는 듯한 소리였다. 박수 소리였다.

그곳에 모여든 관객들은 그를 바라보며, 마치 점심 식사 막간의 마

지막 장면을 보듯이, 그가 바지를 올리는 동작에서 아름다움과 신사
다운 품위를 동시에 보고 있었다. 박수는 마치 가까운 바다의 해안에
와서 부딪치는 파도처럼 스러졌다.

리카르도는 모두에게 인사를 하며 웃어 보였다.

언덕을 올라 집으로 돌아오는 길에, 그는 벽에 소변을 보았던 개와
악수를 나누었다.

꿈의 벌판
The Meadow

하나, 그리고 또 하나, 벽이 무너졌다. 둔탁한 굉음을 울리며 도시 하나가 폐허가 되었다.

밤바람이 불었다.

세상은 고요했다.

낮 동안 런던이 박살 났다. 포트사이드는 파괴되었다. 샌프란시스코 에서 못이 뽑혀 나왔다. 글래스고는 더 이상 없었다.

그 도시들 모두가 영원히 사라져 버린 것이다.

판자가 바람에 부드럽게 달각였다. 모래는 신음을 내며, 고요한 공 기 중에 작은 모래 폭풍을 만들다 흘러내렸다.

늙은 경비원이 무채색의 폐허로 향하는 길을 걸어왔다. 그는 높다란 철조망의 문을 열고 안을 들여다보기 시작했다.

달빛 속에 알렉산드리아와 모스크바와 뉴욕이 있었다. 달빛 속에 요하네스버그와 더블린과 스톡홀름이 있었다. 그리고 클리어워터, 캔자스, 프로빈스타운, 리우데자네이루가 있었다.

노인은 오늘 오후에 그 일이 벌어지는 모습을 목격했다. 철조망 건너편에 차가 도착했다. 차 안에는 햇볕에 그을린 얼굴에 늘씬한 몸매, 숯처럼 검은 값비싼 플란넬 정장을 걸치고 도금된 소매 단추를 반짝이며, 눈부실 정도로 번쩍이는 반지를 낀 남자들이 앉아서 코르크 필터를 붙인 담배에 세공이 들어간 라이터로 불을 붙이고 있었다······

"여기네, 신사 여러분. 정말 엉망이로군. 비바람 때문에 어떤 꼴이 되었는지 좀 보게나."

"그래요, 분명 엉망이로군요, 더글러스 씨!"

"파리는 살려서 쓸 수 있을지도 모르겠군."

"그렇군요, 더글러스 씨!"

"아니지, 저 꼴 좀 보게! 비 때문에 우그러들었군. 할리우드 날씨는 항상 이렇다니까. 전부 뜯어내게! 다 밀어 버려! 이 부지는 다른 용도로 사용해야겠어. 오늘 당장 철거반을 투입하도록 하게!"

"알겠습니다, 더글러스 씨!"

차는 그대로 굉음을 울리며 사라졌다.

그리고 이제 밤이 되었다. 그리고 늙은 야간 경비원은 출입문 안에서 있었다.

그는 그날 오후, 철거반이 도착했을 때 무슨 일이 벌어졌는지를 기억하고 있었다.

망치로 부수고, 뜯어내고, 덜걱거리고. 건물이 무너지며 요란한 소리가 났다. 먼지와 우레, 우레와 먼지!

그리고 온 세계에서 못과 받침목과 석고가, 창틀과 셀룰로이드 창문이 떨어졌다. 도시가 하나씩 하나씩 부서지며 납작하게 드러눕는 동안.

몸이 떨리게 하는 천둥소리가 사라지고, 다시 한 번 조용한 바람 소리만이 남았다.

야간 경비원은 이제 천천히 텅 빈 거리를 거닐고 있었다.

문득 그는 바그다드에 들어왔다. 거지들은 흙바닥에서 빈둥거리고, 반짝이는 사파이어 같은 눈동자의 여인들은 높다란 창문 위에서 베일에 가린 웃음을 보내고 있었다.

바람에 모래와 색종이 조각이 휘날렸다.

여자들과 거지들이 사라졌다.

그리고 다시 모든 것은 골조로 돌아갔다. 종이 반죽과 유화가 그려진 캔버스, 스튜디오의 이름이 적힌 지지대로 변했다. 이제 건물 앞에는 밤과 우주와 별들만 남아 있을 뿐이었다.

노인은 공구함에서 망치 하나와 긴 못 몇 개를 가져왔다. 그는 쓰레기 더미를 뒤적여서, 열 장가량의 튼튼한 판자와 찢어지지 않은 캔버스 몇 장을 발견했다. 그리고 그는 둔탁한 손가락으로 반짝이는 쇠못을 집어 들었다. 머리가 하나인 못이었다.

그리고 그는 런던을 복구하기 시작했다. 망치질을 하고 또 하며, 판자와 판자를 이어 붙이고, 벽을 세우고 또 세우며, 창문을 하나씩 만들고, 망치를 두드리고, 더 크게, 더 크게, 쇠와 쇠가 부딪치며, 쇠와 나무가 부딪치며, 나무가 하늘로 솟아오르며, 자정이 되도록 그는 손을 멈추지 않았다. 망치질을 하고 고치고 다시 망치질을 하면서.

"어이, 거기, 당신!"

노인은 움직임을 멈추었다.

"거기, 당신, 야간 경비원!"

그림자 속에서 오버올을 입은 낯선 남자 하나가 소리치며 다가왔다.

"어이, 거기 누군지는 몰라도 그만두라고!"

노인은 몸을 돌렸다. "내 이름은 스미스네."

"좋아, 스미스. 지금 뭘 하고 있는 거지!"

야간 경비원은 낯선 남자를 조용히 바라보았다. "자네는 누군가?"

"켈리다. 철거반의 십장이지."

노인은 고개를 끄덕였다. "아, 모든 것을 때려 부수는 친구들 말이군. 자네들은 오늘 충분히 일하지 않았나. 왜 집으로 가서 그 성과를 자랑하지 않는 건가?"

켈리는 가래를 모으더니 침을 퉤하고 뱉었다. "싱가포르 세트장 쪽에 장비를 남겨 두고 와서, 그걸 확인하러 왔지." 그는 입가를 훔쳤다……"이봐, 스미스, 대체 지금 뭘 하고 있는 거야? 그 망치 당장 내려놔. 전부 다시 짓고 있잖아! 우리가 부수고 있는 건데 왜 그걸 다시 만들고 있나? 정신이 나간 건가?"

노인은 고개를 끄덕였다. "어쩌면 그럴지도 모르지. 하지만 누군가는 다시 지어야 하지 않겠나."

"이봐, 스미스. 나는 내 일을 하고, 당신은 당신 일을 하면, 모두가 만족스러울 거야. 당신이 일에 끼어드는 꼴은 못 봐줘, 알겠어? 더글러스 씨에게 당신을 넘길 거라고."

노인은 다시 망치질을 시작했다. "불러 주게. 이리 보내. 그 사람과 말을 하고 싶네. 미친 사람은 그쪽이니까."

켈리가 웃었다. "농담이겠지? 더글러스 씨는 당신처럼 하찮은 사람은 만나 주지 않아." 그는 손마디를 꺾어 보이더니, 몸을 숙여 스미스가 방금 끝낸 작품을 살펴보았다. "어이, 잠깐 있어 봐! 당신 어떤 종류의 못을 쓰는 거야? 단머리 못이잖아! 당장 그만둬! 내일 저걸 뽑으려면 정말 골치가 아플 거라고!"

스미스는 고개를 돌려 동요하고 있는 남자를 한동안 바라보았다. "글쎄, 이중머리못으로 세계를 다시 일으켜 세울 수 없다는 점은 명백하지 않은가. 뽑아내기가 너무 쉽거든. 단머리못을 사용해서 확실하게 박히도록 망치질을 해 줘야 하는 거라고. 이렇게 말이야!"

그는 강철로 된 못대가리를 힘차게 때렸고, 못은 나무 속으로 완전히 박혀 들어갔다.

켈리는 손을 허리춤에 가져다 대고 섰다. "마지막으로 한 번 더 기회를 주겠어. 당장 이걸 이어 붙이는 일을 멈추면, 얌전히 보내 주겠다고."

"젊은이." 야간 경비원은 계속 망치질을 했고, 잠시 생각하다가 다시 말을 이었다. "나는 자네가 태어나기도 한참 전부터 이곳에 있었다네. 이곳이 그냥 벌판이었을 때부터 여기에 있었어. 그때는 바람에 물결치는 벌판이라는 세트장이었지. 이후 30년 동안 나는 이곳이 계속 자라나서, 마침내 모든 세계를 한데 붙인 곳이 될 때까지 지켜봤다네. 나는 여기에서 이곳과 함께 살아왔어. 괜찮은 삶이었지. 이제 내게는 이곳이 진짜 세계라네. 저 너머, 철조망 밖에 있는 세계는 그저 잠을 자느라 시간을 보내는 곳일 뿐이야. 작은 거리에 작은 집이 하나 있고, 신문 머리기사에서 전쟁이나 괴상하고 고약한 사람들에 대한 이야기를 읽지. 하지만 여기는? 여기는 온 세상을 하나로 짜 맞춘 곳이고, 오직 평화뿐이야. 나는 이 세계의 도시들을 1920년부터 거닐었다네. 밤마다 마음이 내키면, 나는 마드리드의 노천카페에 앉아서 훌륭한 아몬틸라도 셰리를 마신다네. 아니면 저 높은 곳에 있는 석고로 만든 가고일들과 어울리기도 하지. 저기 노트르담 꼭대기에 보이나? 우리는 중요한 국내 문제를 토의하고 중요한 정치적 결정을 내리기도 한다네!"

"그래, 이 양반아, 물론 그렇겠지." 켈리는 못 견디겠다는 듯 손을 내저었다.

"그런데 이제 자네들이 와서 이걸 전부 박살 내고, 밖에 있는 저 세계만 남겨 두려 한단 말이야. 내가 이곳 철조망 안쪽의 세계를 보며 알게 된, 평화에 대한 기초적인 지식조차 학습하지 못한 세계를. 자네들이 와서 이걸 전부 뜯어내면, 세상 어디에도 평화는 남지 않아. 자네와 철거꾼들은 자기 일을 정말 자랑스러워하지. 마을과 도시와 세상 전체를 주저앉히는 일을 말이야!"

"나도 먹고살아야지." 켈리가 말했다. "마누라하고 애들이 있다고."

"죄다 그런 말만 하지. 마누라와 애들이 있다고. 그렇게 말하면서 계속 부수고, 짓밟고, 죽여. 명령을 받았으니까! 누군가가 그렇게 말했으니까. 할 수밖에 없다는 거지!"

"닥치고 그 망치 이리 내놔!"

"더 이상 가까이 오지 말게!"

"뭐라고, 이 미친 노친네가."

"이 망치는 못 박는 데 말고도 여러 가지로 쓸 수 있거든!" 노인이 망치를 허공에 대고 휘둘렀다. 철거꾼은 껑충 뛰어 뒤로 물러섰다.

"염병할." 켈리가 말했다. "이 노친네 미쳤잖아! 주 스튜디오에 연락할 거야. 금방 경찰이 이리 도착할걸. 세상에, 지금은 이것저것 만들면서 헛소리나 하고 있지만, 조금 있다가 사방을 뛰어다니면서 석유를 뿌리고 불을 지를지 누가 알겠어!"

"나는 이곳에 있는 나뭇조각 하나도 상처 입히지 않을 걸세. 자네도 알겠지만." 노인이 말했다.

"이곳을 통째로 태워 버리려 들지도 모르지, 젠장." 켈리가 말했다. "잘 들어, 노친네. 여기에서 꼼짝 말고 기다리고 있으라고!"

철거꾼은 몸을 휙 돌려서 밤 속에 잠들어 있는 2차원의 마을과 무너진 도시들 사이로 달려갔다. 그의 발소리가 사라지자, 길게 이어진 은빛 철조망을 따라 바람이 내달리는 은은한 음악 소리가 났고, 노인은 계속 망치를 휘두르고 또 휘두르며, 긴 판자를 이어 벽을 세웠다. 이윽고 노인의 호흡이 가빠지고, 심장이 폭발할 지경이 되었다. 그의 손가락이 벌어지며 망치가 땅으로 떨어졌다. 쇠못이 동전처럼 포석 위로 딸그랑거리며 떨어졌고, 노인은 홀로 서서 크게 소리쳤다.

"소용없어, 소용없는 일이야. 그 작자들이 오기 전에 이걸 전부 세울 수 있을 리가 있나. 도움이 필요하기는 한데, 어찌해야 할지 알 수가 없구먼."

노인은 땅바닥에 망치를 내팽개친 채로, 딱히 방향도, 목적도 없이 걷기 시작했다. 그저 마지막으로 한 번 이곳을 둘러보며, 모든 것을 다시 한 번 살펴보고 작별 인사를 할 만한 모든 것들에 작별 인사를 할 생각이었다. 그리하여 그는 사방에 그림자를 드리우며, 사방의 그림자 속을 걸었다. 시간은 이미 한참 늦어 있었고, 온갖 종류와 형태와 크기의 그림자가 주변에 가득했다. 건물의 그림자, 사람들의 그림자. 노인은 그림자들을 똑바로 바라볼 수가 없었다. 정면으로 마주하면 모두 사라져 버릴 것만 같아서. 아니, 노인은 그저 걷기만 했다. 피커딜리서커스의 한가운데를 지나…… 자신의 발소리가 울리는 것을 들으며…… 또는 뤄드라페를 따라…… 자신이 목청을 가다듬는 소리를 들으며…… 또는 5번가를…… 그러면서도 오른쪽도 왼쪽도 바라보지 않았다. 사방을 둘러싸고 있는 이들, 으슥한 문가나 텅 빈 창문을 채우고 있는 이들은, 모두가 그의 친구들, 좋은 친구들, 더없이 좋은 친구들이었다. 멀리서 카페 에스프레소 기계에서 김이 오르는 부드러운 소리가 들렸다. 은과 크로뮴으로 만든 기계, 그리고 이탈리아어 노랫소리가…… 입에서는 발랄라이카* 노래를 부르며 어둠 속에서 손을 흔드는 그림자가 보였다. 일렁이는 야자나무의 그림자, 작은 종소리와 함께 북을 두드리는 소리도 들렸다. 그리고 여름 사과가 밤의 부드러운 잔디밭 위로 떨어지는 소리도 들렸다. 사실 그 사과는 사과가 아니라, 희미한 작은 금빛 종소리와 차임 소리에 맞추어 여인이 맨발로 원을 그리며 춤을 추는 소리였다. 검은 현무암 맷돌에서 부서지는 옥수수 소리, 뜨거운 기름에 구워지는 토르티야 소리가 들렸다. 입으로 바람을 불 때마다 숯이 타오르며 수천 개의 불꽃이 반딧불처럼 하늘로 뿜어 올라가는 모습, 파파야 잎새가 흔들리는 모습이 보였다. 사방에 얼굴과 형상이 있었고, 모든 곳에서 움직임과 손짓과 일렁이는 불길이 보였다. 불길 안에는 물에 비친 모닥불처럼 마법의 불길에 달뜬 스페인 집시들의 얼굴이 떠올랐다. 그들의 입은 삶의 기묘함과 슬픔을 읊조리는 노래를 부르고 있었다. 모든 곳에 그림자들과 사람들이 가득했다. 사람들과 그림자와 음악에 맞춰 흥얼거리는 노래가.

* 류트와 비슷한 러시아의 민속 악기.

이 모든 것이 그저 사소한 바람 때문인 것일까?

아니. 이 모든 사람들은 이곳에 있었다. 이들은 수년 동안 이곳에 있었다. 그리고 내일은?

노인은 걸음을 멈추고, 손을 모아 지그시 가슴을 눌렀다.

그들은 더 이상 이곳에 존재하지 않을 것이다.

경적 소리가 들렸다!

철조망 밖이다. 적들이 도착한 것이다! 정문 밖에는 작은 검은색 경찰차 한 대와, 5킬로미터 떨어진 주 스튜디오에서 온 커다란 검은 리무진 한 대가 도착해 있었다.

경적이 울부짖었다!

노인은 사다리를 타고 위로 올라갔다. 경적 소리가 그를 더욱더 위로 밀어 올리고 있었다. 정문이 활짝 열렸다. 굉음과 함께 적들이 쏟아져 들어왔다.

"저기 간다!"

경찰이 쏜 눈부신 조명이 벌판 위의 도시로 쏟아져 내렸다. 조명을 받아 황량한 캔버스 세트장이 모습을 드러냈다. 맨해튼, 시카고, 충칭! 조명이 노트르담 대성당의 모조 석조 종탑에서 반짝이며, 노트르담의 좁다란 지지대 위에서 균형을 잡고 있는 사람의 모습을 비추었다. 그는 위로 또 위로, 밤과 별들이 천천히 지나가고 있는 하늘로 계속 올라갔다.

"저기 있습니다, 더글러스 씨. 꼭대기에요!"

"원 세상에. 저녁에 얌전히 파티장에서 시간을 보내지도 못하게 이게 무슨……"

"성냥을 켜고 있습니다! 소방서에 연락하지요!"

노트르담 꼭대기에서, 야간 경비원이 아래를 내려다보며, 부드럽게 불어오는 바람을 손으로 막아 성냥불을 보호하고 있었다. 그는 자신을 올려다보는 경찰을, 일꾼들을, 검은 양복을 입은 덩치 큰 프로듀서를 바라보았다. 그리고 야간 경비원은 천천히 성냥을 돌려, 손으로 가린 채로 시가 끄트머리에 가져다 댔다. 그는 천천히 연기를 뿜으며 시가에 불을 붙였다.

그가 소리쳤다. "그 아래 더글러스 씨 계시오?"

목소리 하나가 대답했다. "나는 왜 부르는 건가?"

노인은 미소를 지었다. "이리 올라오시오. 혼자서! 원한다면 총을 가져와도 좋소! 나는 그저 잠깐 대화를 나누고 싶을 뿐이오!"

널찍한 성당 안뜰에 여러 목소리가 메아리쳤다.

"안 됩니다, 더글러스 씨!"

"자네 총을 이리 주게. 당장 끝내고 파티장으로 돌아가자고. 최대한 안전하게 행동할 테니 엄호를 부탁하네. 이 세트장이 불타는 모습은 보고 싶지 않아. 여기에만 200만 달러어치의 목재가 있단 말이네. 준비됐나? 그럼 출발하겠네."

프로듀서는 한밤중의 사다리를 타고, 노트르담의 반쪽짜리 껍데기 위로, 노인이 석고 가고일에 기대어 조용히 시가를 피우고 있는 곳으로 올라갔다. 프로듀서는 총을 겨눈 채, 바닥문으로 몸을 반쯤 내밀고 움직임을 멈추었다.

"좋아, 스미스. 꼼짝 말고 그 자리에 있게."

스미스는 조용히 입에서 시가를 뗐다. "나를 두려워할 필요는 없소이다. 정신이 나간 것은 아니니까."

"그쪽에 돈을 걸고 싶지는 않은데."

"더글러스 씨." 야간 경비원이 말했다. "미래로 여행을 갔다가 모든 사람이 미쳐 버렸다는 사실을 발견한 사람에 관한 이야기를 읽어 본 적이 있으시오? 모든 사람이 말이오. 하지만 모두가 미쳐 있으니 서로가 미쳤다는 사실을 알 도리가 없었지. 그들은 모두 똑같이 행동했고, 그 덕분에 자신들이 정상이라고 생각했으니 말이오. 그리고 우리 주인공은 유일하게 제정신인 사람이었기 때문에, 그 안에서는 비정상이었다오. 따라서 그가 미친 사람이 된 셈이지. 적어도 그들에게는 말이오. 그래요, 더글러스 씨. 광기란 상대적인 것이라오. 누가 누구를 어떤 창살 속에 가뒀느냐에 따라 달라지는 셈이지."

프로듀서는 속으로 욕설을 내뱉었다. "밤새 이곳에서 한담이나 나누려고 올라온 게 아닐세. 원하는 것이 뭔가?"

"그저 창조자와 이야기를 하고 싶었을 뿐이오. 더글러스 씨, 바로 당신 말이오. 당신이 이 모든 것을 만들었지. 어느 날 이곳으로 와서 마법의 수표책으로 땅을 때리며 소리쳤지. '파리가 있으라!' 그러자 파리가 탄생했소. 거리, 식당, 꽃, 와인, 노천 서점 등 모든 것들이. 그리고 당신은 다시 손뼉을 쳤소. '콘스탄티노플이 있으라!' 그러자 그 도시가 탄생한 거요. 당신은 끝없이 손뼉을 쳤고, 매 순간 새로운 것들이 탄생했소. 그리고 이제 마지막으로 손뼉을 쳐서, 이 모든 것들을 폐허로 만들 셈이지. 하지만 더글러스 씨, 그건 그렇게 단순한 일이 아니오!"

"나는 이 스튜디오의 지분을 51퍼센트나 가지고 있네!"

"하지만 이 스튜디오가 정말로 당신의 것이었던 적이 있소? 어느 늦은 밤에 이곳으로 와서, 이 대성당 꼭대기로 기어 올라와 당신이 만든 훌륭한 세계를 진심으로 감상해 본 적이 있소? 여기 꼭대기에 나와 내 친구들과 함께 앉아서, 아몬틸라도 셰리 한잔을 나누는 일도 나쁘지 않을 것이라 생각해 본 적이 있소? 그래, 내 아몬틸라도가 냄새도 모양도 맛도 커피 같기는 하지. 요는 상상력이오, 창조주 씨. 상상력이란 말이오. 아니, 당신은 이곳에 와 보지도, 이곳으로 올라와 보지도, 주변을 둘러보거나 귀를 기울이거나 신경을 써 보지도 않았소. 항상 어딘가에서 파티가 열리고 있으니까. 그런데 모든 것이 늦어 버린 이제 와서, 당신은 내게 묻지도 않고 이 모든 것을 부수려고 하는 거요. 당신은 스튜디오의 지분을 51퍼센트나 소유하고 있을지는 몰라도, 이들의 주인은 아니오."

"이들이라니!" 프로듀서가 소리쳤다. "그 '이들'이라는 게 대체 뭔가?"

"말로는 표현하기 쉽지 않은데. 여기에 사는 이들 말이오." 야간 경비원은 허공으로 손을 휘저어 절반의 얼굴을 가진 도시들과 밤하늘을 가리켰다. "오랜 세월 동안, 이곳에서 수많은 영화를 촬영했소. 분장한 단역 배우들이 거리를 걸어가고, 수천 가지의 언어를 말하고, 궐련과 해포석 파이프와 페르시아 물담배를 피웠소. 무희들은 춤을 추었지. 아, 그 반짝이며 일렁이던 모습이라니! 베일을 두른 여인들은 높은 발코니에서 아래를 향해 웃음 지었소. 병사들은 행진하고, 아이들은 뛰어놀고. 은빛 갑옷을 입은 기사들은 전투를 벌였소. 오렌지차를 파는 가게도 있었지. 사람들은 그 안에 앉아 차를 마시며 H를 발음하지 않으며 대화를 나누었지. 징 소리가 울리고, 바이킹의 배들은 내륙의 바다를 항해했소."

프로듀서는 바닥문을 통해 올라와 널판 위에 자리를 잡고 앉았다. 총을 잡은 손에도 긴장이 풀리고 있었다. 그는 처음에는 한쪽 눈으로,

다음에는 반대쪽 눈으로 노인을 살펴보는 듯했다. 처음에는 한쪽 귀로, 다음에는 반대쪽 귀로 그의 말을 들으며, 고개를 약간 갸웃거렸다.

야간 경비원이 말을 이었다.

"그리고 어찌 된 영문인지는 몰라도, 그 모든 단역 배우들과 카메라와 마이크와 장비를 든 사람들이 걸어 나가고, 철문이 닫히고, 모든 사람들이 커다란 차에 타고 가 버린 후에도, 그런 수천 명의 서로 다른 사람들의 일부가 모두 이곳에 남아 있게 되었소. 그들이 어떤 사람이었는지, 또는 어떤 사람인 척했는지, 그 흔적이 남은 것이지. 이국의 언어, 분장, 그들의 행동, 그들의 생각, 그들의 종교와 음악, 그런 사소한 것들과 중요한 것들이 모두 여기 남은 것이라오. 머나먼 이국의 풍경. 향기. 소금기 섞인 바람. 바다. 오늘 밤 귀를 기울이면 그 모든 것들을 들을 수 있다오."

프로듀서는, 그리고 노인은, 얼기설기 뼈대가 드러난 대성당 위에 앉아 귀를 기울였다. 달빛이 석고 가고일의 눈동자 위에서 반짝였고, 바람은 가짜 돌로 만든 입에서 속삭이는 소리가 흘러나오게 했다. 아래의 대지에 속한 수많은 대지의 소리가 그 바람을 타고 불어오고 흩날리고 들려왔다. 새로 생겨난 폐허 이곳저곳에, 아직 부서지지 않은 수많은 노란 미너렛*과 우윳빛 탑과 녹색의 거리에서 들려오는 소리였다. 세트장을 지탱하는 철사와 지지대가 모두, 밤을 타고 노래하는 쇠와 나무로 만든 하프의 선율처럼 노래하고 있었다. 그리고 바람이 이곳 하늘 위 높은 곳에서 서로 떨어져 서 있는 두 사람에게 그 노랫가락을 전달해 주었다.

---

* 이슬람교 사원의 외곽에 설치하는 첨탑.

프로듀서는 가볍게 웃고는 고개를 저었다.

"당신도 들은 모양이군." 야간 경비원이 말했다. "그렇지 않소? 얼굴을 보니 알겠구먼."

더글러스는 외투 주머니에 총을 집어넣었다. "귀를 기울이면 뭐든 들을 수 있지. 나는 귀를 기울이는 실수를 저지른 것뿐이네. 자네는 작가가 되었어야 했어. 우리 최고의 작가 여섯 명을 실업자로 만들고도 남겠는데. 자, 그래서 이제 어쩔 건가. 아직 내려갈 준비가 되지 않은 건가?"

"뭐, 정중하게 들리는 소리군." 야간 경비원이 말했다.

"굳이 그래야 할 필요를 모르겠네. 자네는 내 저녁 시간을 엉망으로 만들었거든."

"그랬소? 그렇게 나쁘지는 않았을 텐데? 조금 색다르기는 했을 거요. 자극이 되었을 수도 있고."

더글러스는 나직하게 웃었다. "자네는 전혀 위험한 사람이 아니야. 그저 친구가 필요할 뿐이지. 자네 직업이 나락으로 떨어지니까 고독을 느끼는 거야. 하지만 아직 자네가 어떤 사람인지는 잘 모르겠군."

"내가 당신을 생각하도록 만들었다는 거요?" 노인이 물었다.

더글러스는 코웃음을 쳤다. "할리우드에 오래 살다 보면 온갖 부류의 사람들을 만난다네. 어쨌든 여기에는 한 번도 올라와 본 적이 없긴 하지. 자네 말대로 정말 끝내주는 풍경이야. 하지만 아무리 생각해도 이 쓰레기 더미에 왜 그리 집착하는지는 도저히 모르겠네. 자네에게 이곳은 대체 뭐란 말인가?"

야간 경비원은 무릎을 꿇고 앉아서, 한쪽 손으로 다른 쪽 손바닥을 두드리며, 자신의 말을 강조해 보였다. "잘 보시오. 아까 말했듯이, 당신은 수년 전에 이곳에 와서 손뼉을 쳤고, 그에 따라 300개의 도시가 땅에서 솟아올랐소! 그런 다음에는 500여 개의 다른 나라들을 덧붙였고, 이 철조망 안에 온갖 나라와 민족과 종교와 정치 상황을 만들어 냈소. 그 때문에 문제가 생겼단 말이오! 아, 물론 눈에 보이는 것은 아니지. 그저 바람과 서로를 갈라놓는 공간들일 뿐이오. 하지만 저 철조망 너머의 세계에 존재하는 것과 같은 종류의 문제였다오. 말다툼과 폭동과 보이지 않는 전쟁이지. 하지만 마침내 그 모든 문제가 잦아들었다오. 왜인지 알고 싶으시오?"

"알고 싶지 않았다면, 여기 위에서 추위에 떨며 앉아 있지는 않겠지."

밤에 어울리는 음악을 약간 곁들여 주게, 라고 노인은 생각했다. 그러고는 허공으로 손을 움직여, 자신이 말하고자 하는 모든 것의 배경에 적절하고 아름다운 음악을 연주했다……

"왜냐하면 당신이 보스턴을 트리니다드와 합쳤기 때문이오." 그가 나직하게 말했다. "트리니다드의 일부는 리스본으로 몸을 뻗고 있고, 리스본의 일부는 알렉산드리아에 기대고 있으며, 알렉산드리아는 상하이에 딸려 가고, 그 사이에는 수많은 작은 쐐기와 못들이 끼어 들어가 있소. 채터누가, 오시코시, 오슬로, 스위트워터, 수아송, 베이루트, 뭄바이, 포트아서 등이. 뉴욕에서 어떤 사람을 쏘면 그가 앞으로 비틀대며 나아가 아테네에서 쓰러져 죽소. 시카고에서 관료에게 뇌물을 건네면 런던의 누군가가 감옥에 가지. 앨라배마에서 깜둥이 하나를 목매달면 헝가리 사람들이 그를 묻어야 하오. 폴란드에서 죽은 유대인들이 시드니, 포틀랜드, 도쿄의 길거리를 가득 메우지. 베를린에서 누군가의 배에 칼을 쑤셔 박으면 그 칼은 멤피스에 있는 어느 농부의 등을 뚫고 나오고. 너무 가까우니까. 전부 너무 붙어 있는 거요. 그래서 이곳에 평화가 존재하는 게지. 너무 북적이고 있어서, 평화가 존재할 수밖에 없는 거요. 그렇지 않다면 아무것도 남지 않을 테니까! 화재가 한번 일어나면, 누가, 무슨 이유로 시작했든 상관없이 우리 모두가 파괴될 거요. 따라서 모든 사람들, 또는 당신이 원한다면 기억들이라고 불러도 좋소만, 그들은 모두 이곳에서 타협을 하고 정착한 거요. 좋은 세계, 평온한 세계지."

노인은 말을 멈추고 천천히 입술을 핥고는 숨을 내쉬었다. "그런데 내일, 당신은 이곳을 짓밟게 될 거요."

노인은 한동안 그곳에 그렇게 쭈그리고 있다가, 자리에서 일어나 아래의 도시들을, 그리고 그 안에 깃든 수많은 그림자들을 물끄러미 바라보았다. 밤바람을 타고 거대한 석고 대성당이 삐걱 소리를 내며 천천히 흔들렸다. 앞뒤로, 여름의 물결에 맞추어.

"자." 더글러스가 마침내 입을 열었다. "그럼…… 그럼 이제 내려가는 게 어떤가?"

스미스는 고개를 끄덕였다. "할 말은 다 했소."

더글러스는 바닥문으로 사라졌고, 야간 경비원은 자신보다 젊은 남자가 사다리와 발판을 타고 아래로, 아래로 내려가는 소리에 귀를 기울였다. 그리고 잠시 망설인 후, 노인은 사다리를 잡고, 속으로 뭐라고 중얼거리며, 그림자 속으로 길고 긴 하강을 시작했다.

스튜디오의 경찰과 인부 몇 명과 하급 관리자들은 모두 차를 몰고 사라졌다. 벌판 위의 도시 사이에서 두 남자가 이야기하는 동안, 철조망 밖에는 커다란 차 한 대만이 대기하고 있었다.

"이제 어떻게 할 거요?" 스미스가 물었다.

"파티장으로 돌아가야겠지." 프로듀서가 말했다.

"재밌을 것 같소?"

"그럼." 프로듀서는 머뭇거렸다. "물론이지, 아주 즐거울 걸세!" 그는 야간 경비원의 오른손을 바라보았다. "설마 켈리가 말했던 자네가 사용한다는 그 망치를 찾은 것은 아니겠지? 다시 건물을 짓기 시작할 건가? 포기할 생각은 없는 모양이지?"

"만약 당신이 마지막 남은 건축가이고, 다른 모두가 철거꾼이라면, 당신은 포기하겠소?"

더글러스는 노인과 함께 걸음을 옮겼다. "글쎄, 어쩌면 다시 자네를 보게 될지도 모르겠군, 스미스."

"아니요." 스미스가 말했다. "나는 여기 있지 않을 거요. 이들 모두 이곳에 있지 않을 거요. 당신이 돌아올 때쯤에는 이미 늦어 있을 테니까."

더글러스는 걸음을 멈추었다. "젠장, 빌어먹을! 대체 내가 어떻게 하길 바라는 건가?"

"간단한 일이지. 이곳을 모두 이대로 놔두시오. 도시를 부수지 마시오."

"그럴 수는 없네! 젠장맞을. 사업상 문제라고. 치울 수밖에 없어."

"제대로 된 사업 감각과 상상력이 있는 사람이라면 이곳을 그대로 남겨 놓은 채 돈을 벌 방법을 찾을 수 있을 거요." 스미스가 말했다.

"차가 기다리고 있네! 여기에서 어떻게 나가지?"

프로듀서는 자갈 더미를 타고 넘어, 반쯤 넘어진 폐허를 가로질러, 이리저리 판자를 차 내며 걸어가다가, 아주 잠깐 석고 장식과 지지대에 몸을 기대었다. 하늘에서 먼지가 쏟아졌다.

"조심하시오!"

프로듀서는 쏟아지는 먼지와 벽돌 더미 아래에서 비틀거렸다. 그가 손을 허우적거리다 발이 걸려 넘어졌다. 그러나 노인이 그의 손을 잡고 앞으로 끌어당겼다.

"뛰시오!"

그들은 함께 뛰었고, 건물의 절반이 그 자리에 무너졌다. 낡은 종이와 금속 파편이 산을 이루며 쌓였다. 허공으로 먼지구름이 크게 피어올랐다.

"괜찮소?"

"그래, 괜찮네. 고맙네." 프로듀서는 무너진 건물을 바라보았다. 먼지구름이 걷혔다. "아무래도 자네가 내 목숨을 구한 것 같군."

"그럴 리가 있소. 저건 대부분 종이 반죽으로 만든 벽돌이오. 아마 조금 긁히고 타박상을 입는 정도였겠지."

"그렇다고 해도, 고맙네. 방금 무너진 건물은 뭐였나?"

"노르만 양식의 탑이오. 1925년에 지어졌지. 남은 부분 근처로 가지 마시오. 언제 무너질지 모르니까."

"조심하지." 프로듀서는 조심스레 그쪽으로 다가가 건물 세트 앞에 섰다. "이거 참, 이 빌어먹을 건물 전체를 한 손으로 밀어 넘어트릴 수도 있겠는걸." 그는 시도해 보았다. 건물이 기울어지며 삐걱거리는 신음을 냈다. 프로듀서는 재빨리 뒤로 물러섰다. "금방이라도 무너트릴 수 있겠어."

"하지만 그러고 싶지는 않을 거요." 경비원이 말했다.

"아, 그 이유가 뭔가? 이렇게 늦은 시간에 프랑스 건물 하나 없다고 뭐 달라질 일이 있겠나?"

노인이 그의 팔을 잡았다. "이 건물 반대쪽으로 돌아가 보시오."

그들은 반대편으로 돌아갔다.

"간판을 읽어 보시오." 스미스가 말했다.

프로듀서는 라이터를 켜서 높이 들고는, 눈을 찌푸리고 글씨를 읽었다.

"퍼스트 내셔널 은행, 멀린타운." 그는 말을 멈추었다. "일리노이." 그는 천천히 읽어 내려갔다.

날카로운 별빛과 하얀 달빛을 받으며, 그 건물은 그곳에 서 있었다.

더글러스는 양손을 천칭처럼 양쪽으로 기울여 보았다. "한쪽은 프랑스의 탑이고, 다른 쪽은……" 그는 오른쪽과 왼쪽으로 일곱 발자국씩 걸어가며 기웃거렸다. "퍼스트 내셔널 은행이란 말이지. 은행. 탑. 탑. 은행. 아, 이거 환장할 노릇이군."

스미스는 웃으며 말했다. "아직도 프랑스 탑을 넘어트리고 싶으시오, 더글러스 씨?"

"잠깐 기다려 보게, 잠깐, 조금 시간을 주게." 더글러스가 갑자기 눈앞에 선 건물들을 눈여겨보기 시작했다. 그는 천천히 원을 그리며 돌았다. 눈길이 위아래를, 양옆과 그 너머를 향했다. 여기에서 번득이고, 저기에서 번득이고, 이것을 보고, 저것을 보고, 관찰하고, 확인하고, 치우고, 다시 살펴보았다. 그는 아무 말 없이 걷기 시작했다. 그들은 함께 벌판에 세워진 도시 사이로 움직이며, 잡초와 들꽃을 넘어, 폐허와 반쯤 폐허가 된 도시를 들락거리고 온전한 거리와 마을과 도시 사이를 지나갔다.

그들은 계속 걸으며 설명회를 했다. 더글러스는 질문을 하고, 야간 경비원은 대답을 하고, 더글러스는 질문을 하고, 야간 경비원은 대답을 하고.

"저 건물은 뭔가?"

"불교 사원이오."

"그럼 그 반대편은?"

"링컨이 태어난 오두막이지."

"그럼 이건?"

"뉴욕의 성 패트릭 교회요."

"그럼 반대편은?"

"로스토프의 러시아 정교회 성당이오!"

"이건 뭔가?"

"라인 강 변에 있는 어떤 성의 정문이지!"

"그럼 내부는?"

"캔자스시티의 소다수 가판대요!"

"그럼 여기는? 이건? 저기 저 너머 건물은? 그리고 저건 뭔가?" 더글러스가 물었다. "이건 뭐지! 저건 대체 뭔가! 그리고 저 너머에는!"

두 사람은 함께 소리치며 도시를 질주하듯 달렸다. 여기, 저기, 모든 곳에, 위, 아래, 안쪽, 바깥쪽, 올라가고, 내려가고, 찔러 보고, 비켜서고, 문을 열었다 닫으면서, 모든 곳을 헤집고 다녔다.

"그리고 이것, 이것, 또 이것, 그리고 이것은!"

야간 경비원은 모든 것을 설명해 주었다.

그들의 그림자가 좁은 골목을, 그리고 돌과 모래로 만들어진 강물처럼 널찍한 대로를 앞질러 달려갔다.

그들은 서로 이야기를 하며 온 동네를 한 바퀴 돌았다. 서둘러 모든 것을 둘러본 후, 그들은 마침내 출발점으로 돌아왔다.

다시 침묵이 감돌았다. 노인은 할 말을 전부 다 했기에 말이 없었고, 프로듀서는 들은 모든 것을 기억하고 마음속으로 서로 짜 맞추느라 말이 없었다. 그는 그 자리에 서서, 별생각 없이 담뱃갑을 찾아 주머니를 더듬었다. 담뱃갑을 열고, 모든 행동을 고려하고, 생각을 한 후, 경비원에게 담배를 권하기까지 꼬박 1분이 걸렸다.

"고맙소."

그들은 생각에 잠긴 채 불을 붙였다. 그리고 내뿜은 담배 연기가 밤바람에 실려 흩날리는 모습을 바라보았다.

더글러스가 입을 열었다. "그 망할 망치는 어디 있나?"

"여기 있소." 스미스가 말했다.

"못도 가지고 있나?"

"물론이오."

더글러스는 담배 연기를 깊이 빨아들였다가 내뿜었다. "좋아, 스미스. 일을 시작하게."

"뭐라고 하셨소?"

"내 말을 들었지 않나. 자네가 되살릴 수 있는 것은 전부 되살려 보게. 이미 부서진 것들은 대부분 다시 살려 낼 도리가 없겠지. 하지만 풍경에 어울리고 괜찮아 보이는 것들은, 전부 다시 조립해 보게. 천만다행으로 아직 꽤나 많이 살아남아 있군. 머릿속에 생각이 떠오르기까지 아주 오래 걸렸네. 사업 감각과 상상력이 있는 사람이라면, 이라고 자네가 말했지. 이게 하나의 세계라고 말했지. 수년 전에 알아챘어야 하는 일인데. 여기 철조망 안에 모든 것이 있는데, 나는 눈이 어두워서 이걸로 뭘 할 수 있을지 깨닫지 못했어. 내 뒤뜰에 세계 연합이 있는데 그걸 차 내려고 하다니. 신께서 도우시기를. 우리 인간에게는 미친 사람들과 야간 경비원이 지금보다 더 많이 필요한 모양일세."

"당신도 알겠지만." 야간 경비원이 입을 열었다. "나는 이제 나이를 먹었고 성격도 괴팍해지고 있소. 설마 나이 먹고 괴팍한 사람을 놀리는 건 아니겠지?"

"지킬 수 없는 약속을 하지는 않네." 프로듀서가 말했다. "노력하겠다는 약속만 하지. 계획대로 실행할 수 있을 가능성은 충분할 걸세. 아름다운 영화가 되리라는 사실에는 의심의 여지가 없지. 이 안에서 전부 촬영할 수 있네. 철조망 안쪽에서, 크리스마스에도 열 군데에서 촬영을 할 수 있지 않나. 스토리가 뛰어날 것도 분명하지. 자네가 만든 이야기야. 자네 거라고. 작가들을 투입하면 어렵지 않게 훌륭한 물건이 나올 걸세. 좋은 작가를 써야지. 단편이 될 수도 있어. 20분 정도로. 하지만 이 안의 모든 도시와 나라들을, 서로가 서로에 기대어 있는 모습을 보여 줄 수는 있을 걸세. 그 아이디어가 마음에 들어. 내 말을 믿게, 정말로 마음에 든다니까. 세계 어느 곳의 관객에게 보여 줘도 분명 좋아할 걸세. 그대로 넘기지 못할 거야. 너무 중요하니까."

"그렇게 말해 주니 기쁘군."

"계속 이런 식으로 말할 수 있었으면 좋겠네." 프로듀서가 말했다. "나는 믿지 못할 사람이라서. 나 자신도 나를 믿지 못한다네. 젠장, 어느 날은 한참 흥분했다가, 다음 날이면 축 처지기도 하지. 일을 계속 추진해 가려면 자네가 그 망치로 내 머리를 때려 줘야 할지도 모르겠네."

"기꺼이 그렇게 하겠소." 스미스가 말했다.

"그리고 영화를 만든다면, 자네 도움이 필요할 거야. 자네는 이 세트장을 다른 누구보다도 잘 알고 있지 않나. 자네가 하는 조언이라면 기꺼이 귀를 기울이겠네. 그리고 영화를 촬영한 다음에는, 이 세계의 나머지 부분을 철거해도 별문제 없겠지?"

"기꺼이 허가하겠소." 경비원이 말했다.

"좋아, 그럼 며칠 동안 부하들을 보내 줄 테니, 어떤 일이 벌어지는지 확인해 보도록 하세. 내일 촬영 기사들을 보내서, 어디에서 장면을 건질 수 있을지 확인하도록 하겠네. 작가들도 보내지. 자네가 죄다 설명을 해 주게나. 이런 젠장. 이건 어떻게든 먹힐 거야." 더글러스는 문을 향해 몸을 돌렸다. "그러는 동안 자네 망치는 마음대로 써먹도록 하게. 또 보러 오겠네. 세상에, 정말 춥군!"

그들은 서둘러 문으로 걸어갔다. 노인은 걸어가다 말고 몇 시간 전에 두고 왔던 자신의 도시락을 주워 들었다. 그는 도시락 안에서 보온병을 꺼내서 흔들었다. "가기 전에 한잔하고 가는 것은 어떻소?"

"뭐가 들었나? 아까 전에 그렇게 자랑하던 그 아몬틸라도 셰리인가?"

"1876년산이오."

"그렇다면 물론 맛을 봐야겠지."

노인은 보온병을 열어 김이 올라오는 액체를 컵에 따랐다.

"자, 여기 있소." 노인이 말했다.

"고맙네. 자네를 위해 건배." 프로듀서는 컵을 홀짝였다. "이거 좋군. 아, 정말 끝내주게 좋은데!"

"맛은 커피 같을지 몰라도, 지금까지 코르크 마개로 봉한 아몬틸라도 중 최상품이라고 자신 있게 말할 수 있소."

"두말하면 잔소리지."

두 사람은 달빛이 내리는 세계의 도시들 가운데에 서서 뜨거운 음료를 마셨다. 문득 노인이 한 가지를 떠올렸다. "지금 이곳에 딱 어울리는 옛 노래가 하나 있소. 아마도 술자리 노래겠지. 여기 철조망 안에 사는 우리 모두가 한마음이 되어 부르는 노래라오. 전화선에 바람이 딱 맞게 스칠 때, 딱 맞게 귀를 기울이면 들을 수 있지. 이런 노래인데."

우리는 모두 같은 길로 집으로 간다네.
모두 같은 걸음으로, 모두 같은 방향으로,
모두 같은 길로 집으로 간다네.
그러니 헤어질 필요는 조금도 없다네.
낡은 정원 벽의 담쟁이처럼 한데 붙어 있을 테니까……

그들은 포르토프랭스의 한복판에서 커피 잔을 비웠다.
"어이!" 프로듀서가 갑자기 소리쳤다. "그 담배 좀 조심하게! 이 빌어먹을 세계를 통째로 태워 먹고 싶은 건가?"
그들은 함께 담배를 내려다보며 미소를 지었다.
"조심하겠소." 스미스가 말했다.
"잘 있게." 프로듀서가 말했다. "파티 시간에 정말로 늦어 버렸는걸."
"잘 가시오, 더글러스 씨."
문의 걸쇠가 달각거리며 열렸다 닫혔고, 발소리가 멀어져 갔고, 리무진은 시동이 걸리고는 달빛 속으로 달려 나갔다. 세계의 온갖 도시들과, 도시 한복판에 홀로 서서 손을 들어 흔들고 있는 노인 하나만을 남겨 둔 채.

"잘 가시오." 야간 경비원이 말했다.
그리고 그곳에는 바람만이 남았다.

환경미화원
The Garbage Collector

그의 일은 이렇게 흘러간다. 춥고 어두운 새벽 5시에 일어나서, 난방이 켜져 있으면 따뜻한 물로, 난방이 작동하지 않으면 차가운 물로 세수를 한다. 세심하게 면도를 한 다음, 부엌으로 가서 햄과 달걀이나 팬케이크나 다른 식사거리를 준비하고 있는 아내와 이야기를 나눈다. 6시가 되면 혼자서 차를 몰고 직장으로 가서는, 해가 뜨면 다른 사람들이 몰려와서 차를 대는 널찍한 주차장에 제일 먼저 차를 댄다. 그때쯤이면 하늘은 오렌지색과 푸른색과 보라색으로 변하며, 가끔은 매우 붉은색이나 노란색을 띠기도 하고, 물이나 하얀 돌처럼 투명한 색이 되기도 한다. 입김이 나올 때도 있고, 그렇지 않을 때도 있다. 어쨌든 해가 뜰 때쯤 되면, 그는 어김없이 녹색 트럭의 옆구리를 주먹으로 두드린다. 그러면 트럭 운전수가 웃으며 인사를 하고, 그는 조수석 쪽으로 올라타고, 그들은 함께 대도시로 들어가 작업 시작 지점까지 거리를 달려간다. 때로는 가는 길에 블랙커피를 한잔 마시고 속을 뜨듯하게 만든 다음 움직이기도 한다. 그리고 그들은 작업을 시작한다. 여기에서 작업이란 집 앞에 도착할 때마다 트럭에서 뛰어내려 쓰레기통을 집어 들고는, 트럭으로 가져와서 뚜껑을 열고 짐칸 모서리에 대고 탁탁 치는 일을 말한다. 그러면 오렌지 껍질이나 멜론 속이나 커피 찌꺼기 등이 떨어져 나와 텅 빈 트럭에 쌓이기 시작한다. 스테이크 뼈나 생선 머리나 파 조각이나 시든 샐러리는 거의 언제나 보이기 마련이다. 버린 지 얼마 안 된 쓰레기면 그다지 나쁘지 않다. 하지만 아주 오래된 쓰레기라면 고약하다. 그는 자신이 이 직업을 좋아하는지 싫어하는지 확신할 수가 없었다. 그러나 그가 잘하는 일이기는 했고, 어떤 때는 이 일에 대해 한참을 이야기하다가도 어떤 때는 아예 입을 다물기도 했다. 어떤 때는 이 일도 상당히 괜찮았다. 일찍 출근하는 데다 공기도 신선하고 시원하니까. 너무 오래 일해서 태양이 뜨거워지고 쓰레기에서 김이 솟아오르기 전까지는 말이다. 그러나 보통 이 일은, 열심히 바쁘게 일하면서도 주변의 집이나 잔디밭을 바라보며 다른 사람들이 어떻게 사는지를 구경할 정도의 여유는 있었다. 그리고 한 달에 한두 번 정도는 자신이 이 일을 사랑하며, 세상에서 가장 훌륭한 일이라고 생각하고 있다는 사실을 깨닫고 깜짝 놀라기도 했다.

몇 해가 이런 식으로 흘러갔다. 그러다 갑자기, 그의 일이 완전히 바뀌어 버렸다. 단 하루 만에. 훗날 그는 어떻게 그렇게 짧은 시간에 모든 것이 바뀔 수 있는지 궁금해지곤 했다.

그는 아파트로 들어왔다. 아내의 모습이 보이거나 말소리가 들린 것은 아니지만, 그녀가 있는 것은 확실했다. 그는 아내에게서 멀찍이 떨어진 의자로 다가갔다. 아내는 그가 말 한 마디 없이 의자를 건드리고 자리에 앉는 모습을 지켜보았다. 그는 오랫동안 그곳에 앉아 있었다.

"무슨 일이에요?" 마침내 그녀의 목소리가 그에게 가닿았다. 서너 번은 족히 말한 모양이었다.

"무슨 일?" 그는 눈앞의 여자를 바라보았다. 자신이 알고 있는 대로의 아내였다. 그가 알고 있는 사람이었다. 그리고 이곳은 천장이 높직하고 닳아 해진 양탄자가 깔린 그의 아파트였다.

"일터에서 문제가 생겼어." 그가 말했다.

그녀는 다음 말을 기다렸다.

"쓰레기 트럭을 타고 있는데, 뭔가 문제가 벌어졌어." 입술 위로 메마른 혀가 움직였고, 그는 눈을 꾹 감았다. 한밤중에 침대에서 나와 홀로 방 안에 서 있을 때처럼, 그 어떤 빛도 전혀 새어 들어오지 않게 될 때까지. "일을 관둘 생각이야. 당신이 이해를 좀 해 줘."

"이해라고요!" 그녀가 소리쳤다.

"어쩔 수 없는 일이야. 내 인생에서 가장 해괴한 일이 벌어졌어." 그는 눈을 뜨고 그대로 자리에 앉아 있었다. 엄지와 검지를 맞비비자 차가운 느낌만이 들었다. "정말로 이상한 일이 일어났다고."

"글쎄, 그냥 그렇게 앉아 있기만 하지 말고요!"

그는 가죽 재킷 주머니에서 신문 한 조각을 꺼냈다. "이건 오늘 신문이야." 그가 말했다. "1951년 12월 10일. 《로스앤젤레스 타임스》. 민방위 공고. 여길 보면 우리 쓰레기 트럭에 라디오를 사서 붙여 준다는군."

"그런가요, 음악을 좀 튼다고 해서 나쁠 건 없잖아요?"

"음악이 아니야. 이해를 못 하는군. 음악이 아니라고."

그는 거친 손을 펴고 깨끗한 손톱 하나를 뻗어, 천천히 그가, 그리고 그녀가 볼 수 있도록 모든 것을 펼쳐 놓으려고 했다. "여기 기사를 보면, 시장이 이 지역의 모든 쓰레기 트럭에 송수신 장비를 설치하도록 하겠다는 거야." 그는 자기 손을 보며 눈을 찌푸렸다. "원자폭탄이 우리 도시에 떨어지면, 이 라디오에서 우리에게 말해 준대. 그러면 우리 쓰레기 트럭이 가서 시체를 수거하는 거야."

"글쎄요, 합리적인 방식 같은데요. 만약……"

"쓰레기 트럭이 말이야. 그곳으로 가서 시체를 전부 싣는 거라고." 그가 말했다.

"시체를 그대로 놔둘 수는 없지 않아요? 어쨌든 다시 싣고 와야 할 거고……" 그녀는 천천히 입을 다물었다. 그리고 단 한 번, 그것도 아주 천천히, 눈을 깜빡였다. 그는 아내가 천천히 한 번 눈을 깜빡이는 모습을 지켜보았다. 그리고 누군가가 강제로 몸을 돌리기라도 한 것처럼, 그녀는 몸을 돌려 의자로 걸어가서는, 잠시 어떻게 해야 할지 생각을 하듯 멈춘 후, 딱딱하게 굳은 자세로 자리에 앉았다. 그리고 아무 말도 하지 않았다.

그는 손목시계의 재깍거림에 귀를 기울였다. 그러나 실제로 주의를 기울이는 부분은 얼마 되지 않았다.

마침내 그녀가 웃음을 터트렸다. "농담하는 거죠!"

그는 고개를 저었다. 자신의 머리가 왼쪽에서 오른쪽으로, 그리고 다시 오른쪽에서 왼쪽으로 천천히 움직이는 것이 느껴졌다. 다른 모든 일과 마찬가지로 아주 천천히. "아니, 오늘 내 트럭에 수신기를 달았어. 만약 경보가 떨어졌을 때 작업 중이라면, 쓰레기는 즉시 아무 데나 버리라고 하더군. 라디오로 호출하면, 그 안으로 들어가서 시체를 싣고 나오라고."

부엌 어딘가에서 물 끓는 소리가 시끄럽게 들렸다. 그녀는 5초 더 물이 끓도록 놔두고는 마침내 한 손으로 의자 팔걸이를 붙들고 일어나 문을 찾아 안으로 들어갔다. 물 끓는 소리가 멈췄다. 그녀는 잠시 문가에 서 있다가, 여전히 꿈쩍 않고 한쪽을 바라보고 있는 남편의 곁으로 돌아왔다.

"전부 계획이 끝난 일이야. 분대, 분대장, 조장, 지휘관, 전부 지정되어 있더군." 그가 말했다. "시체를 어디로 가져가야 하는지도 알고 있어."

"그래서 하루 종일 그 생각을 하고 있던 거로군요." 아내가 말했다.

"오늘 아침 이후로 하루 종일. 어쩌면 이제 더 이상 환경미화원 일은 하고 싶지 않은 것일지도 모르겠어. 톰하고 나는 일을 하면서 한 가지 게임을 하곤 했지. 결국 다들 그렇게 돼. 쓰레기는 고약하지만, 쓰레기 일을 하게 되면 쓰레기를 사용하는 게임을 즐기게 되거든. 톰과 나는 그런 일을 했어. 사람들의 쓰레기를 구경하지. 어떤 종류의 쓰레기가 있는지를 확인하기도 하고. 부잣집에서는 스테이크 뼈, 가난한 집에서는 양상추와 오렌지 껍질. 물론 한심한 놀이지만, 자기 일을 최대한 즐겁고 가치 있게 만들어야 하니까. 그럴 게 아니면 왜 그런 일을 하고 있겠어? 게다가 트럭에 타고 있으면 윗대가리도 없고. 어차피 아침 일찍 나가서 야외에서 하는 일이잖아. 해가 뜨는 것도 보고, 도시가 잠에서 깨는 모습도 보고. 그런 것도 전혀 나쁘지 않아. 하지만 이제, 오늘 갑자기, 이 일이 나에게 맞지 않는 직업이 되어 버렸어."

아내가 빠르게 말을 쏟아 내기 시작했다. 그녀는 여러 이름을 대고 그보다 더 많은 것들에 대해 이야기했다. 그러나 그녀의 말이 더 진행되기 전에, 그가 부드럽게 말을 잘랐다. "나도 알아, 나도 알아. 아이들과 학교와 우리 차 말이지. 나도 알아." 그가 말했다. "그리고 공과금과 돈과 신용도. 하지만 아버지가 남겨 주신 농장은 어떻지? 도시를 떠나서 거기에서 살 수는 없나? 나도 농사일은 조금 아니까. 물자를 비축하고 틀어박히면, 뭔가 일이 터져도 몇 달은 충분히 버틸 수 있을 거야."

그녀는 아무 말도 하지 않았다.

"물론, 우리 친구들은 전부 도시에 살지." 그는 논리적으로 말을 이었다. "영화나 공연이나 아이들 친구나, 또……"

그녀가 깊게 한숨을 내쉬었다. "며칠만 더 생각해 보면 안 되겠어요?"

"모르겠어. 그러기가 두려워. 내 트럭과 새로운 업무에 대해 더 생각하다 보면 결국 익숙해져 버릴 것만 같아. 그리고, 아 신이시여, 사람이라면, 인간이라면, 그런 종류의 생각에 절대 익숙해져서는 안 될 것만 같아."

그녀는 천천히 고개를 저으며 창문을, 회색 벽을, 벽에 걸린 검은 색조의 그림을 바라보았다. 그녀는 주먹을 꾹 쥐었다. 그리고 천천히 입을 열었다.

"오늘 밤에 생각해 볼게." 그가 말했다. "조금 오래 깨어 있어야겠어. 아침이 되면 어떻게 할지 정해지겠지."

"애들 조심해요. 이런 일을 알게 되면 애들한테는 좋지 않을 거예요."

"조심하지."

"그럼 더 이상은 이야기하지 않기로 해요. 저녁 준비를 마저 할게요!" 그녀는 자리에서 벌떡 일어나 손으로 얼굴을 쓸어내리고는, 자신의 손을, 그리고 창밖의 햇살을 보았다. "어머, 아이들이 금방 돌아오겠는데요."

"나는 별로 배가 안 고픈데."

"당신도 먹어야 해요. 그래야 계속 움직일 수 있을 테니까." 그녀는 서둘러 방을 나갔고, 그는 홀로 방 가운데 남았다. 커튼을 펄럭이는 산들바람도 없고, 회색 천장에 달린 불 꺼진 백열전구 하나만이 마치 밤하늘에서 이울어 가는 달처럼 조용히 그를 내려다보고 있었다. 그는 아무 말도 하지 않았다. 양손으로 얼굴을 문질렀다. 그리고 자리에서 일어나, 부엌 문간에 홀로 서 있다가 앞으로 걸어가, 손으로 더듬어 식탁 의자를 찾아 자리에 앉아서 기다렸다. 그는 하얀 식탁보 위에 활짝 편 자신의 빈손이 놓여 있는 모습을 보았다.

"오후 내내 생각해 봤어." 그가 말했다.

그녀는 부엌에서 움직이며, 모든 곳에 깔려 있는 정적 속에서 식기를 달각거리고 냄비를 부딪쳤다.

그는 말을 이었다. "이런 생각을 했지. 트럭에 시체를 싣는다면 가로로 놓아야 할지, 세로로 놓아야 할지. 머리가 오른쪽으로 가게 놓을지, 발이 오른쪽에 가게 놓을지. 남자와 여자는 함께 실어야 하나, 아니면 분리해야 하나? 아이들은 따로 트럭에 싣나, 아니면 남녀와 함께 섞어 놓나? 개들은 특수 트럭에 실어야 하나, 아니면 그냥 놔둬야 하나? 쓰레기 트럭에 시체를 얼마나 실을 수 있을지도 생각했지. 그리고 포개놓아도 될지를 고민하다가, 결국 그럴 수밖에 없으리라는 사실을 깨닫기도 했고. 나로서는 짐작이 안 돼. 방법을 찾을 수가 없어. 시도는 해 보아도 짐작이 안 되는 거야. 트럭 한 대에 시체를 몇 구나 실을 수 있을지 예상할 수가 없어."

그는 그날 일이 끝나 갈 때쯤 벌어진 일을 떠올리며 앉아 있었다. 트럭의 짐칸이 가득 찼고, 캔버스 천을 두른 거대한 쓰레기 더미는 고르지 않은 둔덕처럼 보였다. 문득 그는 캔버스 천을 벗기고 그 안을 들여다보았다. 순간 마카로니나 국수처럼 보이는 허연 것들을 보았는데, 문제는 그것들이 살아서 꿈틀거리고 있었다는 것이다. 수백만 마리는 되어 보였다. 그리고 그 허연 것들은 뜨거운 태양의 열기를 느끼자 그대로 안으로 파고들어 상추와 오래된 다진 쇠고기와 커피 찌꺼기와 흰색 물고기 대가리 사이로 숨어 들어가 버렸다. 태양 빛이 닿은 지 10초도 채 되지 않아, 국수나 마카로니처럼 보였던 허연 것들은 전부 사라졌고, 거대한 쓰레기 더미는 이제 더 이상 움직이지 않았다. 캔버스 천을 다시 덮을 때 울퉁불퉁하게 접히는 표면을 보고 있자니, 그 아래에서 다시 어둠이 찾아온 것을 깨달은 놈들이 움직이기 시작할 것이라는 생각이 들었다. 어두워지면 반드시 움직여야만 하니까.

아파트 현관문이 활짝 열렸을 때도, 그는 여전히 텅 빈 방에 그대로 앉아 있었다. 아들과 딸이 웃으며 달려 들어와서는, 그가 그렇게 앉아 있는 모습을 보고 걸음을 멈추었다.

아이들의 어머니가 부엌문에서 달려 나와 재빨리 상황에 끼어들더니, 가족을 한번 둘러보았다. 모두가 그녀의 얼굴을 보고 그녀의 목소리를 들었다.

"자, 앉으렴, 얘들아, 식탁으로 와야지!" 그녀는 한 손을 들어 아이들에게 내밀었다. "시간에 딱 맞춰 왔구나."

대화재
The Great Fire

화재가 발생한 것은 아침이었다. 집 안의 누구도 불을 끌 수가 없었다. 불이 활활 타오른 사람은 부모님이 유럽에 가 있는 동안 우리와 함께 지내던 어머니의 조카 매리앤이었다. 따라서 가족 누구도 구석에 있는 붉은 상자의 유리를 부순 다음 호출기를 당겨, 소방 호스를 들고 모자를 쓴 소방수를 끄집어낼 수가 없었다. 매리앤은 불붙은 셀로판지처럼 활활 타오르며 아래층으로 내려왔다. 그리고 커다란 비명 또는 신음에 가까운 소리를 내며 아침 식탁에 앉아서는, 이빨과 이빨 사이를 채울 만큼의 음식도 먹을 수 없다고 거부했다.

아버지와 어머니는 슬쩍 거리를 벌렸다. 방 안이 과도하게 달아오르고 있었기 때문이다.

"좋은 아침이구나, 매리앤."

"네?" 매리앤은 사람들을 멀거니 바라보며 멍한 투로 말했다. "아, 안녕히 주무셨어요?"

"어젯밤 잠은 푹 잔 거니, 매리앤?"

그러나 모두 그녀가 잠을 이루지 못했다는 사실을 알고 있었다. 어머니는 매리앤에게 물 한 잔을 건네주었고, 모두 물이 그녀의 손안에서 증발해 버리지는 않을까 걱정했다. 안락의자에 앉은 할머니는 열에 달뜬 매리앤의 눈을 바라보았다. "아프기는 한 모양인데, 병균 때문은 아닌 모양이구나." 그녀가 말했다. "현미경으로도 찾을 수가 없겠어."

"네?" 매리앤이 말했다.

"사랑은 어리석음의 대모라고 하지." 아버지가 한 발짝 빼는 투로 말했다.

"괜찮을 거예요." 어머니가 아버지에게 말했다. "여자아이들이 멍청해 보이는 것은 그저 사랑에 빠지면 말을 듣지 못하기 때문이거든요."

"세반고리관이 영향을 받는 거지." 아버지가 말했다. "그래서 여자들이 몸의 균형을 잃고 남정네들의 품 안으로 쓰러지는 거야. 나도 잘 알지. 한번은 쓰러지는 여자에게 깔려 목숨을 잃을 뻔했으니까. 그 이야기를 해 보자면,"

"조용히 좀 해요." 어머니는 눈살을 찌푸리며 매리앤을 바라보았다.

"어차피 저 아이는 우리 대화를 못 들을 것 아니오. 지금은 강직증 증상을 보이고 있는 모양인데."

"그 남자애가 오늘 아침에 마중을 오기로 했대요." 어머니가 아버지에게 소곤거렸다. 마치 매리앤이 방 안에 없는 양. "남자애의 고물 자동차를 타고 나갈 거래요."

아버지가 냅킨으로 입가를 닦았다. "우리 딸애도 저랬던가, 여보?" 그가 물었다. "결혼해 나간 지 너무 오래 지나서 다 잊어버렸어. 저렇게 바보 같지는 않았던 것 같은데. 저런 때가 되면 여자애들의 머릿속에는 상식이란 단 0.1홉도 남아 있지 않은 것 같다니까. 남자들이 그래서 속아 넘어가는 거지. 남자들은 이렇게 생각해. 아, 참으로 매력적인 골 빈 아가씨야. 게다가 나를 사랑하지. 아무래도 결혼해야겠어. 그래서 결혼하고 나서 어느 날 아침 눈을 떠 보면, 모든 꿈은 사라져 버리고, 아내는 지성을 되찾아서는 집 안 곳곳에 속옷을 널어놓고 있지. 남자는 그렇게 함정 속으로 빠져들지. 사막 같은 작은 섬에, 우주 한복판에 있는 작은 거실에 갇히게 되는 거라고. 곰덫으로 변한 벌꿀, 말벌로 변신한 나비와 함께. 그리고 그는 즉시 취미를 가지게 되지. 우표 수집, 사교 회합……"

"당신 정말 말이 많군요." 어머니가 외쳤다. "매리앤, 그 젊은 친구에 대해 말해 보거라. 그 아이 이름이 뭐라고 했지? 이삭 반 펠트였나?"

"네? 아, 네, 이삭이에요." 매리앤은 밤새 침대에서 뒹굴고 있었다. 때로는 시집을 꺼내 황홀한 구절을 읽어 보기도 하고, 때로는 꼼짝 않고 누워 있기도 하고, 때로는 엎드려서 달빛에 비친 시골 풍경을 멍하니 바라보기도 하면서. 재스민 향기가 밤새 방 안에 그윽했고, 초봄의 과도한 온기가 잠을 이루지 못하게 했다(온도계 눈금이 55도에 이를 정도였다). 누군가 열쇠구멍으로 그녀를 훔쳐봤더라면, 그녀가 죽어 가는 나방 같다고 생각했을 것이다.

오늘 아침, 그녀는 거울을 들여다보며 손으로 머리를 누른 채로 아침 식탁에 앉으려 했다. 다행히도 옷을 입어야 한다는 생각은 제때 떠올릴 수 있었던 모양이다.

할머니는 아침 식사 시간 내내 조용히 웃고 있었다. 마침내 할머니가 말했다. "좀 먹어야 한단다, 얘야. 꼭 먹어야 해." 그래서 매리앤은 토스트를 만지작거리다 반 조각을 목으로 넘겼다. 바로 그때 문 밖에서 경적이 크게 울렸다. 이삭이 온 것이다! 고물차를 타고!

"이런!" 매리앤이 소리치며 서둘러 2층으로 뛰어 올라갔다.

이삭 반 펠트라는 젊은이가 들어와서는 모두에게 인사를 했다.

매리앤이 마침내 사라지자, 아버지는 자리에 앉아 이마를 훔쳤다. "나는 잘 모르겠군. 이건 너무 과도하지 않은가."

"저 아이에게 데이트를 하라고 제안한 건 당신이었잖아요." 어머니가 말했다.

"그런 제안을 한 일이 유감스러워지는데." 아버지가 말했다. "하지만 저 아이는 우리와 함께 6개월을 보냈고, 앞으로도 6개월을 더 있어야 하지 않나. 저 아이가 훌륭한 젊은이를 만나는 것도 괜찮겠다고 생각했는데……"

"그리고 결혼도 하면 좋겠다고 생각했겠지." 할머니가 쉰 목소리로 음울하게 말했다. "그래서 매리앤이 당장이라도 나갔으면 좋겠다고 말이야. 그거 아닌가?"

"뭐, 그렇죠." 아버지가 말했다.

"그렇겠지." 할머니가 말했다.

"하지만 이제 예전보다 더 나빠져 버렸군요." 아버지가 말했다. "눈을 감은 채로 노래하며 돌아다니질 않나, 그 끔찍한 사랑 노래를 틀어놓고 혼잣말을 중얼거리질 않나. 남자로서 도저히 견딜 수가 없습니다. 게다가 하루 종일 웃어 대고만 있고. 18세 처녀들이 정신병원에 갇히는 일이 자주 일어나던가요?"

"꽤나 괜찮은 젊은이 같던데요." 어머니가 말했다.

"그래, 언제나 그렇기를 기도할 수밖에 없지." 아버지는 작은 술잔을 들어 올렸다. "빠른 결혼을 위해 건배."

두 번째 날 아침, 매리앤은 고물차의 경적을 듣자마자 총알처럼 집에서 달려 나갔다. 젊은이가 문가로 올 시간조차 없었다. 오직 할머니만이 응접실 창문으로 두 사람이 차를 타고 가는 모습을 볼 수 있었다.

"나를 넘어트릴 뻔하지 않았나." 아버지가 콧수염을 매만지며 말했다. "그게 무슨 짓이지? 정신머리는 어디다 두고? 나 참."

오후가 되어 돌아온 매리앤은 거실로 사뿐히 걸어가 축음기 쪽으로 다가갔다. 축음기 바늘 소리가 집 안을 가득 채웠다. 그녀는 〈그 오래된 흑마법〉을 스물한 번 틀었고, 눈을 감은 채로 집 안을 돌아다니며 계속 "라라라" 하고 흥얼거렸다.

"내 방으로 돌아가기가 겁이 날 지경이군." 아버지가 말했다. "내가 일터에서 돌아온 것은 시가를 피우며 삶을 즐기기 위해서지, 응접실 샹들리에 아래에서 저속한 흥얼거림을 듣기 위해서가 아니란 말이야."

"조용히 좀 해요." 어머니가 말했다.

"이건 내 삶의 비상사태라고. 어찌 됐든 저 아이는 손님이잖나." 아버지가 선언했다.

"손님으로 온 여자아이들이 어떤지 알잖아요. 집에서 떠나 있다는 것만으로도 프랑스 파리에 온 것처럼 생각하는걸요. 10월만 되면 여길 떠날 거예요. 그렇게 끔찍한 일도 아니잖아요."

"어디 한번 보자." 아버지가 천천히 말했다. "그때쯤이면 나는 그린론 공동묘지에 묻힌 지 100일하고도 30일이 지난 후겠군." 아버지는 자리에서 일어나서 신문을 바닥으로 던졌다. 신문이 바닥에 삼각텐트 모양으로 얌전히 내려앉았다. "도저히 안 되겠군. 여보. 당장 저 아이한테 한 소리 해야겠소!"

아버지는 걸어 나가 응접실 문 앞에 서서, 왈츠를 추고 있는 매리앤을 바라보았다. "라." 그녀는 음악에 맞춰 노래하고 있었다.

아버지는 헛기침을 한 번 한 다음, 안으로 들어섰다.

"매리앤." 아버지가 불렀다.

"그 옛날의 흑마법은······" 매리앤이 노래했다. "네?"

아버지는 그녀의 손이 허공에서 춤추는 것을 보았다. 춤추고 지나가면서, 그녀는 그에게 열에 달뜬 눈빛을 쏘아 보냈다.

"할 말이 있단다." 아버지는 넥타이를 당기며 말했다.

"다덤 디덤덤 디덤 디덤덤." 매리앤은 노래했다.

"내 말 듣고 있는 게냐?" 아버지가 물었다.

"그 사람은 정말 친절해요." 매리앤이 말했다.

"그래 보이는구나."

"있잖아요, 도어맨처럼 저한테 절을 하면서 문을 열어 주고, 해리 제임스처럼 트럼펫을 불고, 오늘 아침에는 데이지 한 송이를 가져다주지 뭐예요?"

"물론 그랬겠지."

"그 푸른 눈동자도." 매리앤은 천장을 바라보았다.

아버지가 보기에는 천장에 볼만한 것이라고는 전혀 보이지 않았다.

그녀는 춤을 추며 계속 천장을 바라보고 있었다. 그는 그녀에게 다가가 옆에 서서 위를 보았지만, 물이 샌 흔적이나 금 따위는 보이지 않았다. 그는 한숨을 쉬며 말했다. "매리앤."

"그리고 그 강가의 카페에서 로브스터를 먹었어요."

"로브스터라. 알겠다. 하지만 우리는 네가 건강을 해치는 모습을 보고 싶지 않구나. 언제 한 번, 그래, 내일쯤 집에 있으면서 매스 이모가 레이스 깔개를 만드는 일을 도와줬으면 하는데."

"알았어요." 매리앤은 팔을 날개처럼 활짝 편 채 방 안을 멍하니 거닐었다.

"내 말 들은 게냐?" 아버지가 물었다.

"네." 매리앤이 작은 소리로 말했다. "네." 눈을 감은 채였다. "아, 물론이죠, 네." 그녀의 치맛자락이 펄럭였다. "이모부." 그녀는 고개를 뒤로 젖힌 채로 말했다.

"네 이모가 레이스 깔개를 만드는 일을 돕겠다는 거지?" 아버지가 외쳤다.

"레이스 깔개요." 매리앤이 중얼거렸다.

"알겠다!" 아버지는 부엌으로 돌아와 앉아서 신문을 집어 들었다. "내가 제대로 말한 모양이군!"

그러나 다음 날 아침, 아버지가 침대에 앉아 있는 동안, 어딘가에서 중고차의 시끄러운 머플러 소리와 매리앤이 계단을 달려 내려가는 소리가 들리더니, 식사를 하려고 식당에 2초 정도 들른 후, 혹시 몸이 좋지 않은가 의심이 들 만큼 욕실에 오래 머물렀다가, 정문을 쾅 닫으며 밖으로 나가서는, 고물차가 굉음을 울리며 거리를 달려 나가며, 두 사람이 그에 맞춰 드높이 노래 부르는 소리가 들려왔다.

아버지가 손에 머리를 파묻었다. "레이스 깔개는." 그가 말했다.

"뭐라고요?" 어머니가 물었다.

"술 가게 말이야." 아버지가 말했다. "아침에 잠깐 술 가게에 들를까

했거든."

"하지만 술 가게는 10시까지는 열지 않을 텐데요."

"기다리면 되지." 아버지는 눈을 감고는 단호하게 말했다.

그날 밤과 이후 7일간의 격렬한 밤 동안, 베란다의 흔들의자는 계속 앞뒤로, 앞뒤로 흔들리며 삐걱거리는 노래를 불러 댔다. 아버지는 거실에 숨어 있었는데, 10센트짜리 시가를 빨 때마다 빛나는 붉은 불빛에 비쳐 슬픔으로 가득 찬 그의 얼굴이 보였다. 베란다의 흔들의자가 삐걱댔다. 그는 다시 한 번 삐걱거림이 들리기를 기다렸다. 밖에서 나비가 날아다니는 듯한 작은 소리가 들렸다. 웃음을 터트리며 작은 귀에 허무하고 달콤한 소리를 속삭이는 것이 들렸다. "내 베란다인데." 아버지가 말했다. "내 흔들의자인데." 그가 시가를 바라보며 속삭였다. "내 집인데." 그는 다시 한 번 삐걱거림에 귀를 기울였다. "신이시여."

아버지가 공구 보관함으로 가서는, 반짝이는 기름통을 들고 어둑한 베란다에 나타났다. "아니, 일어나지 말게나. 신경 쓰지 마. 자, 여기, 그리고 여기." 그는 흔들의자의 연결부마다 기름칠을 했다. 어두웠다. 매리앤의 모습은 보이지 않았다. 냄새는 맡을 수 있었지만. 향수 냄새 때문에 거의 장미 덤불 안으로 쓰러질 지경이었다. 그녀의 남자 친구도 볼 수가 없었다. "좋은 밤 되게나." 그가 말했다. 그는 안으로 들어가 다시 자리에 앉았고, 더 이상 삐걱거림은 들리지 않았다. 이제는 매리앤의 심장이 나방처럼 펄럭이는 소리 비슷한 것만이 들려올 뿐이었다.

"아주 좋은 젊은이인가 보군요." 어머니가 부엌 문가에서 저녁 설거지를 하며 말했다.

"제발 그랬으면 좋겠군." 아버지가 작은 소리로 말했다. "그래서 내가 매일 밤마다 베란다를 쓰게 놔두는 것이 아닌가!"

"쉬지도 않고 매일 저렇게 만나다니." 어머니가 말했다. "진지하게 교제하는 남자가 아니라면, 여자애가 저렇게 자주 남자를 만나고 다닐 리가 없어요."

"어쩌면 오늘 밤 청혼할지도 모르지!" 아버지는 행복한 상상을 했다.

"그렇게 빠를 리가 있나요. 게다가 저 애는 아직 너무 어린걸요."

"그렇기는 해도." 그는 여전히 그 상상에 매달렸다. "일어날 수 있는 일 아닌가. 그렇게 될 거야. 주께서 도우신다면."

할머니가 구석의 안락의자에 앉은 채로 키득거렸다. 마치 오래된 책장을 넘기는 듯한 소리였다.

"뭐가 그렇게 우스우세요?" 아버지가 물었다.

"기다려 보게나. 내일 직접 확인해 봐." 할머니가 말했다.

아버지는 어둠 속을 쳐다보았지만, 할머니는 더 이상 입을 열지 않았다.

"좋아, 좋아." 아침 식사 자리에서 아버지가 말했다. 그는 부성애로 가득한 따뜻한 눈길로 달걀들을 바라보았다. "좋아, 좋아. 세상에, 어젯밤에 말인데, 베란다에서, 꽤나 여러 가지 이야기를 하는 것 같던데. 그 사람 이름이 뭐였지? 이삭? 자, 내가 판단력이 있는 사람이라면 말인데, 분명 그 친구가 매리앤에게 청혼을 했을 것 같던데. 그래, 확신할 수 있어!"

"그랬으면 정말 좋겠네요." 어머니가 말했다. "봄의 결혼이라. 하지만 너무 빠르잖아요."

"잘 생각해 보라고." 아버지가 입안에 음식을 가득 물고는 논리를 전개했다. "매리앤은 젊은 나이에 빨리 결혼하는 그런 부류의 여자애 아닌가. 우리가 그 애 앞길을 막을 수는 없지 않겠어?"

"이번만은 당신 생각이 옳은 것 같네요." 어머니가 말했다. "결혼도 괜찮겠지요. 봄의 꽃에 둘러싸여서. 그리고 지난주에 헤이데커에서 본 그 드레스가 매리앤에게 잘 어울릴 거예요."

그들은 모두 초조하게 계단을 바라보며, 매리앤이 나타나기만을 기다렸다.

"미안하지만," 할머니가 아침 토스트에서 시선을 들며 혀 짧은 소리로 중얼거렸다. "나라면 그렇게 순식간에 매리앤을 치워 버릴 방법을 이야기하지는 않을 거야."

"그건 또 왜입니까?"

"왜냐하면……"

"왜요?"

"너희들 계획을 망치고 싶지는 않지만," 할머니가 키득거리며 말을 이었다. 그녀는 심술궂게 고갯짓을 해 보였다. "너희가 매리앤을 결혼시키려고 온갖 수작을 꾸미는 동안에, 나는 그 아이를 살펴보고 있었단다. 지금까지 일주일 동안 매일 차를 타고 와서 경적을 울려 대는 젊은이를 구경했지. 아무래도 그 아이는 배우가 아니면 순간 변신 마술을 익힌 친구인 모양이야."

"뭐라고요?" 아버지가 물었다.

"그래." 할머니가 말했다. "왜냐하면 어느 날은 금발 젊은이였다가, 다음 날은 키 큰 갈색 피부의 친구였고, 수요일에는 갈색 콧수염을 기르고 있었고, 목요일에는 붉은 고수머리였다가, 금요일에는 키도 더 작고 포드 대신 쉐보레를 몰고 있었으니 말이야."

아버지와 어머니는 왼쪽 귀 뒤를 망치로 얻어맞기라도 한 것처럼 한동안 멍하니 앉아 있었다.

마침내 아버지가 얼굴이 시뻘게져서 소리쳤다. "그런 말을 왜 안 하신 겁니까! 어머니는 거기 그렇게 앉아 계셨다면서, 그 남자들을 전부 보고도, 한 마디도,"

"너희들은 언제나 숨어 있었지 않니." 할머니가 쏘아붙였다. "실수를 해서 계획을 망치지 않으려고 말이야. 너희들도 눈에 띄는 곳에 나와 있었다면 나와 똑같은 것을 보았을 텐데. 나는 한 마디도 안 했단다. 그 아이도 곧 흥분이 가시겠지. 그저 그럴 때일 뿐이야. 모든 여자들이 저런 시기를 거쳐 간단다. 힘들기는 하지만 살아남을 수는 있어. 매일 새로운 남자를 만나는 일은 여자아이의 자아에 큰 영향을 끼치거든!"

"어머니, 어머니, 어머니, 젠장, 대체!" 아버지는 숨이 막힐 지경이었다. 눈은 크게 뜨고, 목의 힘줄이 솟아 옷깃에 목이 졸릴 지경이었다. 그는 탈진해서 의자에 털썩 주저앉았다. 어머니는 충격을 받은 채 그대로 앉아 있었다.

"모두 안녕히 주무셨어요!" 매리앤이 아래층으로 달려 내려와 얼른 의자에 앉았다. 아버지는 그녀를 멍하니 바라보았다.

"어머니, 어머니, 당신이, 당신 때문에, 어머니." 아버지가 할머니를 추궁했다.

아버지는 생각했다. 거리를 뛰어가며 소리치든가, 아니면 비상용 소화전의 유리를 깨고 레버를 당겨서 소방 펌프와 호스를 끄집어내야겠다고. 아니면 때늦은 눈보라라도 몰아치면, 매리앤을 밖에 내놓아 몸을 식히게 만들어야겠다고.

그는 어느 쪽도 행동으로 옮기지 않았다. 방 안의 열기는 달력의 날짜에 비해 분명 과도하게 달아오르고 있었다. 모두는 시원한 베란다로 나가 앉았고, 매리앤은 자기 몫의 오렌지 주스를 멍하니 바라보며 홀로 앉아 있게 되었다.

태양의 황금 사과
The Golden Apples of the Sun

"남으로." 선장이 말했다.

선원들이 대답했다. "우주에 그런 방향이 어디 있습니까."

"태양을 향해 아래로 내려가고 있는 데다, 모든 것이 노랗고 따스하고 나른하게 느껴지는데, 우리가 가는 방향이 남쪽이 아니라면 또 어디라는 건가." 그는 눈을 감고 햇빛이 이글거리는 따스한 이국땅을 머릿속에 그렸다. 그의 숨결이 입안에서 부드럽게 움직이고 있었다. "남으로." 그는 혼잣말을 하며 고개를 끄덕였다. "남으로."

그들의 로켓은 '코파 데 오로'*였지만, '프로메테우스'나 '이카로스'라고 불리기도 했다. 그리고 그들의 목적지는 뜨겁게 타오르는 한낮

---

* 스페인어로 '황금 잔'이라는 의미이다.

의 태양이었다. 드넓은 불모지를 건너는 여행을 위해, 그들은 즐거운 마음으로 새콤한 레모네이드 2,000병과 화이트캡 맥주 1,000병을 챙겨 왔다. 그리고 이제 태양이 이글거리며 눈앞으로 다가오자, 그들은 여러 편의 시구와 인용구를 떠올렸다.

"태양의 황금 사과?"

"예이츠."

"태양의 열기를 더는 두려워 말지어다?"

"당연히 셰익스피어죠!"

황금의 컵? 스타인벡. 황금의 항아리? 스티븐스. 그러면 무지개의 끝에 있다는 황금의 항아리는 대체 뭐에 쓰는 물건이지? 세상에, 우리 항로에 바로 그 이름을 붙여야겠군. 무지개!

"온도는?"

"화씨 1,000도*입니다!"

선장은 커다란 검은 렌즈가 달린 창문으로 밖을 내다보았다. 그곳에 태양이 있었다. 그리고 그는 태양에 가서 그 표면을 만지고, 그 일부를 영원히 훔쳐 도망치려는 생각을 하고 있었다. 그들이 탑승한 우주선은 서늘하게 섬세하고 차갑게 실용적인 물건이었다. 얼음과 우윳빛 서리로 만들어진 통로를 따라, 암모니아로 만들어진 겨울과 눈송이가 휘몰아쳤다. 저 아래 거대한 용광로 속에서 튀어 오른 불똥이 우주선의 차가운 동체에 부딪히기만 해도, 불의 숨결 한 가닥이 안으로 새어 들어오기만 해도, 그대로 겨울을 맞이하게 될 것이었다. 이 안에는 2월의 가장 추운 시기만큼이나 차가운 겨울이 잠들어 있었다.

* 섭씨 1도는 화씨 33.8도. 화씨 1,000도는 약 섭씨 537도.

음성 온도 계측기가 극지방의 차가운 침묵 속에서 웅얼거렸다.

"온도. 화씨 2,000도입니다!"

선장은 생각했다. 눈송이처럼 떨어져 내리고 있는 거야. 6월 속으로. 따스한 7월로. 그리고 8월의 미칠 듯한 폭염 속으로.

"화씨 3,000도입니다!"

눈 덮인 벌판 아래에서 엔진이 으르렁댔다. 보아뱀처럼 선체를 휘감은 코일 속에서는 냉각제가 시속 1만 6,000킬로미터의 속도로 휘돌아 흐르고 있었다.

"화씨 4,000도입니다."

정오이다. 여름의. 7월.

"화씨 5,000도입니다!"

그리고 마침내, 선장은 입을 열어 탐사대의 침묵을 깨트렸다.

"이제 우리는 태양과 접촉하고 있다."

그 사실을 머릿속으로 곱씹어 보는 선원들의 눈은 녹아내린 금처럼 보였다.

"화씨 7,000도입니다!"

정말 묘하게도 기계 온도 계측기의 감정 없는 금속성 목소리조차 흥분한 것처럼 들렸다.

"지금 몇 시나 됐지?" 누군가가 물었다.

모두가 웃음을 지을 수밖에 없었다.

이제는 태양만이 있었으며, 오로지 태양과 태양뿐이었기 때문이다. 모든 지평선이, 사방으로 태양이 가득했다. 분을, 초를, 모래시계를, 시계 자체를 태워 버리고 있었다. 모든 시간을, 영겁의 시간을 태워 없애고 있었다. 눈꺼풀을 태우고, 그 아래에 있는 검은 세계의 혈액을 태우고, 망막을, 숨어 있는 뇌까지도 태워 버렸다. 잠을, 그리고 잠과 서늘한 밤 시간에 대한 달콤한 기억까지도 타서 없어지고 있었다.

"조심해!"

"선장님!"

일등 항해사인 브레턴이 겨울의 조종실 위로 넘어졌다. 보호복이 찢어진 자리에서 휘파람 소리가 들렸다. 그의 온기가, 산소가, 생명이, 얼어붙은 증기의 모습으로 활짝 꽃을 피웠다.

"서둘러!"

브레턴의 플라스틱 안면 보호대 안쪽에는 이미 우윳빛의 서리 결정이 빽빽하게 맺히고 있었다. 그들은 그를 살펴보고자 몸을 숙였다.

"보호복에 구조적 결함이 있었던 모양입니다, 선장님. 사망했습니다."

"동사로군."

그들은 눈이 내리고 있는 우주선 내부의 겨울이 얼마나 생생한지를 알려 주는 다른 온도계를 바라보았다. 영하 1,000도였다. 선장은 얼어붙은 사람을, 그리고 자신이 바라보는 가운데 그 위로 내려앉는 반짝이는 얼음 결정을 내려다보았다. 가장 차가운 종류의 아이러니로군. 불을 두려워하는 사람이 냉기에 목숨을 잃은 거야.

선장은 고개를 돌렸다. "시간이 없다. 시간이 없어. 이대로 놔두게." 그는 자신의 혀가 자동으로 움직이는 것을 느꼈다. "온도는?"

계측기의 눈금이 갑자기 4,000도가 올라갔다.

"저거 좀 보세요. 보이세요? 보세요."

고드름이 녹아내리고 있었다.

선장은 고개를 들어 천장을 바라보았다.

영사기의 필름이 엉켜 단 하나의 프레임으로 고정되어 있는 것처럼, 이 순간 그의 마음은 머릿속에 떠오른 어린 시절의 장면 하나에 고정되어 있었다.

봄날 아침, 어린아이였던 그는 창밖으로 몸을 내밀고 눈 냄새가 나는 공기를 맞으며 겨울의 마지막 고드름에 반짝이는 햇살을 바라보았다. 백포도주가 방울져 떨어지는 것처럼, 차갑지만 몸을 따뜻하게 덥혀 주는 4월의 피가 투명한 수정 칼날 위에 맺혀 떨어지고 있었다. 매 순간 12월의 무기는 보다 덜 위험한 모습으로 변해 가고 있었다. 그러다 마침내 고드름이 떨어져 아래의 자갈길에 부딪치더니 단 한 번의 쨍그랑 소리와 함께 부서져 버렸다.

"보조 펌프가 망가졌습니다, 선장님. 냉각계 쪽입니다. 얼음이 줄어들고 있습니다!"

미지근한 빗방울들이 그들의 머리 위로 쏟아졌다. 선장은 사방을 둘러보았다. "문제가 발생한 부분이 확인이 되나? 세상에, 거기 서 있지 말라고. 시간이 없지 않나!"

사람들이 서둘러 움직였다. 선장은 따뜻한 빗속에서 몸을 굽힌 채로, 욕설을 내뱉으며, 차가운 기계 위로 손을 움직여 계기판을 더듬었다. 그렇게 작업하는 동안, 방금 간신히 회피한 미래의 가능성이 눈앞에 떠올랐다. 로켓이라는 벌집의 껍질이 벗겨져 나가고, 인간들이 그 안에서 소리 없는 비명을 지르며 사방으로 뛰어다녔다. 우주는 생명의 포효와 공포를 모두 빨아들여 버리는 이끼 낀 검은 우물이었다. 목청껏 비명을 질러도, 우주는 그 소리가 목구멍에서 절반도 나오기 전에 그대로 잠재워 버렸다. 사람들이 불붙은 성냥갑 안의 개미들처럼 돌아다녔다. 우주선은 녹아 흘러내리고, 증기를 피워 올리다, 그대로 사라져 버렸다!

"선장님?"

순간 악몽이 사라졌다.

"여기 있네." 그는 조종실 상부에서 부드럽게 내리는 따뜻한 비를 맞으며 작업을 계속했다. 그는 보조 펌프를 만지작거렸다. "젠장!" 그는 공급선을 잡아당겼다. 지금 그들을 기다리는 죽음은 죽음의 역사에서도 가장 빠른 죽음일 것이다. 비명을 지르기 시작한 바로 다음 순간 뜨거운 섬광이 되어 버리며, 수십억 톤의 불길이 우주에서 소리 없이 속삭이는 소리만 남을 것이다. 용광로 속의 딸기처럼 터져 버릴 것이다. 육체가 순식간에 구워지고 형광성 기체만 남은 다음에도, 그들의 생각만은 달구어진 공기 속에서 한동안 남아 있을 것이다.

"젠장!" 그는 스크루 드라이버로 보조 펌프를 찔렀다. "망할!" 그는 몸을 떨었다. 완벽한 소멸. 그는 눈을 꽉 감고, 이를 악물었다. 어떻게 이럴 수가. 우리는 분과 시간 단위로 계산이 가능한 느린 죽음에 익숙해져 있다. 하지만 창밖에서 우리를 먹어 치우려고 기다리고 있는 굶주린 열간이에 비하면, 20초밖에 시간이 주어지지 않더라도 충분히 느린 죽음일 것이다!

"선장님, 이대로 빠져나갑니까, 아니면 여기에서 대기합니까?"

"컵을 준비해라. 이리 와서 여기를 좀 맡아. 어서!"

그는 몸을 돌려 커다란 컵을 조작하는 장치 쪽으로 손을 뻗어서, 로봇 장갑 속에 손가락을 들이밀었다. 여기에서 손을 살짝 움직이기만 하면, 우주선 안에 장착된 커다란 금속 손을 움직일 수 있다. 그리고 바로 지금, 커다란 황금의 컵을 들고 있는 거대한 금속 손이 우주선 밖으로 나왔다. 모두가 숨을 죽이고 지켜보는 앞에서, 컵은 강철의 용광로 속으로, 태양의 형체 없는 형체 속으로 뻗어 들어가 살점 아닌 살점을 퍼냈다.

빠르게, 서둘러서, 컵을 든 손을 움직이면서, 선장은 생각했다. 100만 년 전, 북방의 오솔길을 걸어가던 어떤 벌거벗은 사람이 나무를 때리는 번개를 목격한 거야. 그리고 자신의 동족이 전부 도망치는 동안, 그는 손가락 살이 타들어 가는 것도 개의치 않고 맨손으로 큼직한 가지를 하나 뽑아 들었지. 승리감에 휩싸여, 몸으로 비를 막으며, 그걸 들고 동굴로 돌아와서는 낙엽이 가득 쌓인 구덩이에 던져 넣어서 부족에 여름을 가져다주었을 거야. 그리고 부족 사람들은 마침내 떨리는 몸을 이끌고 불 주변으로 모여들어서, 손을 뻗다가 황급히 다시 빼면서 동굴 안에 찾아온 새로운 계절을, 날씨를 변하게 하는 작고 노란 점을 느끼고, 마침내 불안이 섞인 웃음을 지을 수 있게 되었겠지. 불이라는 선물이 그들의 것이 된 거야.

"선장님!"

거대한 손이 빈 컵을 불 속으로 밀어 넣는 데는 꼬박 4초의 시간이 걸렸다. 그래서 우리는 지금 같은 일을 하고 있는 거야. 다른 오솔길을 따라와서, 소중한 가스와 진공을 한 컵 떠내어, 다른 종류의 불을 가지고 차가운 우주에 불을 밝히며 돌아가, 지구에 영원히 타오를 불을 선물하려고 하는 거지. 대체 왜?

그는 질문을 하기 전부터 그 답을 알고 있었다.

우리가 지구에서 우리 손으로 만들어 내는 원자들은 너무도 형편없으니까. 원자폭탄은 너무 조악하고 작으며, 우리의 지식도 너무 조악하고 작으며, 우리가 알고 싶은 것을 아는 유일한 존재는 태양이며, 태양에만 그 비밀이 숨어 있기 때문에. 게다가 재밌기도 하고. 여기까지 와서 술래잡기를 하며, 태양을 한 대 때리고 도망갈 수 있는 기회니까. 사실 별다른 이유는 없었다. 오직 작은 벌레 같은 인간들이 헛된 자존심 때문에, 사자의 콧등을 쏜 다음 그 입에서 도망치려고 시도하는 것뿐이었다. 그리고 자기네가 해냈다고 당당하게 외칠 수 있게 말이지! 여기 우리 컵 안에는 에너지가, 불이, 진동이, 뭐라고 부르든 상관없지만, 우리 도시들에 전력을 공급하고 배를 움직이게 하고 도서관의 불을 밝히고 아이들의 피부를 그을리고 일용할 빵을 굽고 우리 우주에 대한 지식이 잘 익을 때까지 천 년에 걸쳐 천천히 열을 공급해 줄 존재가 있다. 컵이 있다. 과학과 종교의 모든 선량한 사람들이여, 마셔라! 이걸로 몸을 데우고 무지의 밤, 미신의 기나긴 눈보라, 불신의 차가운 바람, 그리고 모든 사람들 속에 존재하는 어둠에 대한 공포로부터 몸을 지켜라. 그를 위해 우리는 구걸하는 컵을 들고 손을 뻗어서……

"아."

컵이 태양 속으로 들어갔다. 그리고 그대로 신의 육신을 한 조각 퍼냈다. 우주의 혈액을, 타오르는 생각을, 은하계에 이르도록 뻗어 나가는 눈부신 사상을, 가라앉아 행성들을 휩쓸고 지나가며, 수많은 생명과 활기를 만들거나 사멸시키는 바로 그 힘을.

"됐어, 천천히." 선장이 나직하게 말했다.

"저걸 우주선 안으로 들이면 어떻게 될까요? 이런 상황에서 저런 열이 추가로 들어오게 되면요?"

"신께서 아시겠지."

"보조 펌프 수리가 끝났습니다, 선장님."

"바로 돌려!"

펌프가 생명을 얻어 헐떡이기 시작했다.

"컵 뚜껑을 닫아서 안으로 들여와. 천천히, 천천히."

우주선 밖에 나와 있는 아름다운 손이 스스로의 움직임을 더욱 거대하게 모사하며 떨리고 있었다. 손이 매끄러운 침묵과 함께 우주선 동체 안으로 가라앉았다. 뚜껑이 꽉 닫힌 컵은 노란 꽃과 하얀 별을 흘리며 깊숙이 들어왔다. 음성 온도 계측기가 울부짖었다. 냉각 시스템이 작동을 시작했다. 기화된 액체가 비명을 질러 대는 정신병자 머릿속의 혈액처럼 벽을 두드려 댔다.

그는 외부 에어록을 밀폐시켰다.

"됐어."

그들은 기다렸다. 우주선의 박동이 뛰는 소리가 들렸다. 황금의 컵을 품은 우주선의 심장이 뛰고, 두근거리고 뛰었다. 차가운 피가 그 주변을 휘감고 돌고, 또 휘감고 돌았다.

선장은 천천히 숨을 내쉬었다.

천장에서 흘러내리던 얼음도 움직임을 멈추고, 그대로 다시 얼어붙었다.

"여기에서 떠나자."

우주선이 방향을 돌려 움직이기 시작했다.

"저거 좀 들어 봐!"

우주선의 심장 뛰는 소리가 느려지고 있었다. 눈금은 빠르게 1,000 단위씩 내려갔다. 바늘이 보이지 않을 정도로 빠르게 돌아갔다. 온도계의 목소리가 계절의 변화를 노래했다. 그들은 이제 다 함께 생각하고 있었다. 불과 불꽃에서 멀리 떨어지고 떨어져, 열기와 용해에서, 노란색과 흰색에서 벗어나자고. 이제 춥고 어두운 곳으로 가야만 한다.

20시간이 지나면 냉각 장치를 조금 분해해 겨울을 사라지게 해야 할지도 모른다. 머지않아 그들은 새로 얻은 용광로를 사용해야 할 정도로 추운 밤 안으로 들어갈 것이다. 태 속의 아이처럼 보호받고 있는 그 불꽃으로부터 열기를 뽑아내야 할지도 모른다.

그들은 집으로 돌아갈 것이다.

그들은 집으로 가고 있었고, 이제는 약간이나마 시간이 있었다. 차가운 겨울의 눈 속에 누워 있는 브레턴의 시신을 수습하면서도, 자신이 수년 전에 썼던 시구를 떠올릴 수 있을 정도로.

> 때로는 불타는 나무에서 태양을 본다네,
> 그 금빛 열매가 진공 속에서 밝게 빛나는 모습에,
> 인간과 중력에 벌레 먹은 사과들이,
> 사방에서 그를 숭배하며 호흡한다네,
> 태양을 불타는 나무로 보는 사람에게는……

선장은 한동안 시체 옆에 앉아 여러 생각을 떠올리고 있었다. 슬프기도 하고, 행복하기도 하군. 민들레꽃을 한 줌 꺾어 들고 집으로 돌아가는 아이가 된 기분이야.

"그래." 눈을 감고 한숨을 쉬며 앉아 있던 선장이 말했다. "그래, 이제 어디로 가야 하나, 음, 어디로 가는 거지?" 그는 앉거나 서서 자기 주위를 둘러싼 사람들을 느낄 수 있었다. 공포가 가라앉아 평온하게 숨 쉬는 소리가 들렸다. "태양에 이르기까지 머나먼 여행을 해서 태양을 만지고 머무르고 주변을 돌아다니다 도망치고 나면, 어디로 가야 하는 건가? 열기와 정오의 빛과 나른함에서 도망치고 나면, 어디로 가야 하나?"

부하들은 그가 소리 높여 말하기를 기다렸다. 모든 서늘함과 흰색과 반갑고 상쾌한 날씨를 한데 그러모아, 마음속에 떠오른 단어를 입 밖에 내기를 기다렸다. 그들의 눈에, 선장이 입안에서 아이스크림 덩어리를 부드럽게 굴리듯 그 단어를 만들어 내는 모습이 보였다.

"이제 우리가 갈 수 있는 방향은 우주에서 단 하나밖에 없지." 마침내 그가 입을 열었다.

그들은 기다렸다. 빛에서 도망쳐 빠르게 차가운 어둠 속으로 움직이는 우주선에서, 그들은 기다렸다.

"북으로." 선장이 중얼거렸다. "북으로."

그리고 그들은 모두 함께 웃었다. 무더운 오후에 한 가닥 바람을 만난 사람들처럼.

중서부에 사는 한 소년이었던 시절, 나는 밤마다 밖으로 나가 별을 바라보며 온갖 의문을 품곤 했다.

  아마 모든 소년들이 이런 경험이 있을 것이다.

  별을 보고 있지 않는 동안에는, 오래 신었거나 새로 산 운동화를 신고 달리거나, 나무에 매달리거나, 호수에서 수영을 하거나, 마을 도서관에 틀어박혀 공룡이나 타임머신에 대한 책을 읽곤 했다.

  이 또한, 아마 모든 소년들이 이런 경험이 있을 것이다.

  이 책은 바로 그 별과 운동화에 대한 내용이다. 주로 별에 대한 내용이 많은 이유는 내가 그쪽 방향으로 성장해 왔기 때문에, 20대, 30대, 40대에 이를 때까지 계속 로켓과 우주에 가까워지는 방향으로 살아왔기 때문이다.

  그렇다고 해서 내가 운동화나 그 안에 깃든 강력한 마법을 잊어버린 것은 아니다. 여기에 수록된 마지막 단편에서 그 사실을 확인할 수 있을 것이다. 그 단편은 미래에 대한 이야기이기 때문이 아니라, 별을 바라보며 먼 훗날에 대해 생각하던 당시의 내가 어떤 아이였는지를 말해 주는 이야기이기 때문에 여기에 실었다.

또한 모든 소년들이 사랑하는 공룡 역시 잊어버리지 않았다. 공룡도 이 안에 있다. 시간을 거슬러 가서 나비 한 마리를 밟을 수 있게 해 주는 기계와 함께 말이다.

이 책은 일리노이 주의 작은 소도시에서 자라서, 자신이 희망하고 꿈꾼 그대로 우주 시대가 찾아오는 것을 목격한 소년의 회고록이다.

과거에 대해 궁금해하는 소년들, 현재를 빠르게 달려가고 있는 소년들, 미래에 대해 크나큰 기대를 품은 소년들에게 이 책의 이야기들을 바친다.

별은 여러분의 것이다. 별을 원하는 머리와, 손과, 심장을 가지고 있다면.

레이 브래드버리
로스앤젤레스
1962년 3월 28일

R는 로켓의 R
R is for Rocket

우리는 이곳의 철망에 얼굴을 붙이고 달아오르는 공기를 느끼며, 철
망에 매달려 우리가 누구인지, 어디에서 왔는지를 잊은 채 우리가 무
엇이 될지, 어디로 가게 될지만 꿈꾸었다……

당시 우리는 소년이었고 소년이어서 좋았다. 플로리다의 소도시에
살고 있었고 우리 도시가 좋았다. 학교에 다녔고 우리 학교가 좋았다.
나무를 오르거나 축구를 하곤 했고 우리 부모님을 좋아했다……

그러나 매일 매주 매시간, 1분이나 1초라도, 그 철망 뒤에서 기다리
고 있는 화염과 별들을 생각할 때면…… 우리는 다른 무엇보다 로켓
을 더 좋아했다.

철조망. 로켓.

매주 토요일 아침마다……

친구들은 우리 집에서 모였다……

태양이 채 떠오르지도 않았는데, 친구들은 죽어라 소리를 질러 대 결국 이웃에서 환풍구로 마비총의 총구를 내밀고 당장 닥치지 않으면 한 시간 동안 얼어붙은 동상이 될 것이고, 그 한 시간 후에는 어디에 처박혀 있게 될지 알겠느냐고 으름장을 놓기도 했다.

아, 거기 노친네, 로켓으로 올라가서 주 제트엔진에 머리나 들이박 아 버려! 아이들은 항상 이렇게 대거리하며 소리쳤지만, 그러면서도 안전한 우리 쪽 정원의 울타리 뒤에 머물러 있었다. 옆집의 위커드 노 인은 아주 훌륭한 마비총 사수였으니까.

서늘하고 어둑한 어느 토요일 새벽, 나는 침대에 누워 어제 과학 학 교에서 의미론 시험을 망친 일을 생각하고 있다가 아래에서 친구들이 소리치는 것을 들었다. 아직 오전 7시도 되지 않아서, 대서양에서 밀 려온 안개도 채 사라지지 않은 때였다. 길모퉁이마다 설치된 기후 제 어 진동기도 이제 막 작동을 시작하며 웅웅 소리를 내면서 안개를 제 거하는 광선을 쏘아 대고 있었다. 그 기계들이 부드럽고 살갑게 신음 하는 소리가 들려왔다.

나는 창가로 가서 고개를 내밀었다.

"좋아, 우주 해적들! 동력 정지!"

"어이!" 랠프 프라이어리가 소리쳤다. "방금 들었는데, 오늘 새 일정 이 잡혔대! 달 로켓이라던데. 신형 XL3-모터를 사용해서, 한 시간이면 중력권을 벗어날 수 있다고 하더라고!"

"부처, 무함마드, 알라, 그리고 다른 모든 실존하거나 반쯤 신화가 된 성인들이여." 나는 말하며 창문에서 떨어져 나왔다. 내 움직임이 너 무 빨라, 그 충격파에 다른 아이들이 모두 우리 집 안뜰에서 튕겨 나갈 정도였다.

나는 점퍼 안으로 들어가 지퍼를 올리고, 발에는 부츠를 꿴 다음, 뒷주머니에는 식량 캡슐 통을 끼웠다. 오늘은 제대로 된 식사, 아니 음식을 먹고 싶은 생각조차 없을 것이 분명하니, 배가 꼬르륵거릴 때마다 알약으로 배를 채울 생각이었다. 나는 진공 승강기를 통해 순식간에 아래층으로 내려갔다.

안뜰에서 다섯 명의 소년들이 모두 모여 입술을 잘근잘근 씹으며, 깡충거리고 뛰어다니며, 얼굴을 찌푸리고 있었다.

"모노레일에 꼴찌로 도착하는 녀석은," 나는 시속 8,000킬로미터로 그들을 지나치며 말했다. "벌레 눈깔 화성인이다!"

모노레일에서, 몇 분이면 도시에서 32킬로미터 떨어진 로켓 기지로 데려다주는 쉭쉭거리는 원통 안에서, 나는 몸이 달아 견딜 수가 없었다. 열다섯 살 먹은 소년은 그런 큰 건수를 쉽게 볼 수가 없다. 매주 보는 것이라고는 일정에 맞춰 도착했다 떠나가는 화물 로켓뿐이다. 하지만 이번에는 큰 건수였다. 가장 큰 것들 중 하나였다…… 달, 그리고 그 너머로 향하는……

"미치겠어." 프라이어리가 내 팔을 툭 쳤다.

나도 그를 치며 말했다. "나도 그래, 이 자식아. 일주일 중에서 토요일이 제일 끝내주지 않아?"

프라이어리와 나는 서로 의미심장하게 웃음을 교환했다. 우리는 서로 완벽하게 딱 맞는 사이였다. 다른 해적단원들은 그저 그런 애들이었다. 시드 로센, 맥 레슬린, 얼 마니, 세 명 모두 다른 아이들처럼 뛰어노는 법을 알고 있었고, 로켓도 좋아했지만, 그 아이들은 랠프나 내가 언젠가 하게 될 일을 하지 못할 것이라는 느낌이 있었다. 랠프와 나는 훌륭하게 세공한 청백색 다이아몬드 한 움큼보다도 별을 더 원하는 아이들이었으니까.

우리는 아이들이 소리칠 때 함께 소리치고, 아이들이 웃을 때 함께 웃었지만, 그 모든 소란 가운데에서도 랠프와 나는, 우리들은, 다른 생각을 하고 있었다. 곧 원통이 멈추었고, 우리는 웃고 소리치며 밖으로 뛰쳐나갔다. 그러나 아무 말도 없이 앞서가는 랠프와 나의 모습은 거의 슬로 모션처럼 느리게 느껴지기만 했다. 우리는 모두 같은 쪽을, 관측용 철망을 가리키고는 그곳에 매달렸고, 느리게 오는 아이들에게 빨리 오라고 소리치면서 뒤도 돌아보지 않았다. 마침내 모두가 함께 철망에 매달렸고, 커다란 로켓이 거대한 성간 서커스 천막처럼 생긴 플라스틱 덮개에서 나와, 반짝이는 궤도를 타고 발사 지점으로 이동하기 시작했다. 거대한 발사대 정비탑이 고대의 익룡들처럼 들러붙어, 불을 뿜는 괴물을 붙들고 다듬고 먹이를 주면서, 갑자기 용광로처럼 붉게 변한 하늘로 쏘아 올릴 채비를 했다.

나는 숨을 멈추었다. 로켓이 콘크리트 벌판 위로 한참을 나올 때까지 숨을 들이쉬지도 않았던 것 같다. 그 뒤를 물맴이처럼 생긴 트랙터와 사람들로 가득한 커다란 원형 차량이 따르고, 그 주위에는 석면 작업복을 입은 사마귀 꼴의 기술자들이 기계를 만지작거리고 웅성대고 깍깍거리며 통신기를 통해 우리 귀에는 들리지 않는 대화를 나누고 있었다. 그러나 우리는 그 소리를 들을 수 있었다. 우리 머릿속에서, 정신으로, 마음으로.

"세상에." 마침내 내가 입을 열었다.

"이런 세상에." 랠프 프라이어리가 내 바로 옆에서 말했다.

다른 아이들도 이 말을 계속 반복했다.

정말로 '세상에'라고 말할 만한 것이었다. 100년 동안의 모든 꿈을 정리하고 추려 내어 한데 모아서, 가장 단단하고 아름답고 날쌘 꿈을 빚어낸 것만 같았다. 선 하나하나가 불로 달구어져 완벽한 모습이었다. 콘크리트 평원 한복판에서 얼음이 녹아내리기만을 기다리고 있는, 얼어붙은 불꽃 같은 모습이었다. 포효와 함께 깨어나, 높이 솟아올라 커다란 머리를 은하수에 부딪쳐 별들이 유성이 되어 떨어지게 할 것만 같았다. 석탄자루 성운의 명치를 때려 길을 비키게 만들 수 있을 것만 같았다.

로켓은 내 명치도 때렸다. 갈망과 질투와 성취하지 못한 데서 오는 설움이 주는 그 독특한 고통이 나를 사로잡았다. 그리고 우주비행사들이 마지막으로 소리 없는 모빌밴을 타고 주변을 한 바퀴 돌 때면, 내 몸은 그들과 함께 괴상하게 생긴 하얀 갑옷 안으로, 거품처럼 생긴 헬멧과 무심한 자부심 속으로 빨려 들어갔다. 마치 동네의 자력 운동장에서 자력 미식축구 게임을 하기 전에, 연습 삼아 팀 행진을 벌이는 것처럼 보이는 모습이었다. 그러나 그들은 달로 간다. 요즘은 한 달에 한 번씩 달로 사람을 보내기 때문에, 로켓이 출발할 때마다 이곳에 몰려와 지켜보던 군중들은 더 이상 존재하지 않았다. 조바심 내며 그들이 이륙하는 모습을 바라보는 우리 꼬맹이들만 있을 뿐이다.

"세상에." 내가 말했다. "저 사람들하고 함께 올라갈 수만 있다면 뭐든 줄 텐데. 정말로 뭐든 줄 수 있어."

맥이 말했다. "나는 모노레일 1년 승차권도 줄 수 있어."

"아, 그래. 정말 대단하구나."

토요일 아침의 장난감과 토요일 오후의 실감 나고 강력한 불꽃놀이. 우리 아이들은 이 두 가지 사이에 사로잡혀 있었다.

그러는 동안 준비가 끝났다. 로켓의 연료 주입이 끝났고, 사람들은 개미 떼처럼 금속으로 만든 신으로부터 전력으로 달아났다. 우리의 꿈이 자리를 박차고 일어서서 포효하고는 하늘로 솟아올랐다. 그리고 로켓은 사라져 버렸다. 귀가 먹먹한 굉음 속에서, 뜨거운 공기의 진동만을 남긴 채. 그 진동은 대지를 타고 전해져 우리의 다리를 따라 올라와, 이윽고 심장에 이르렀다. 불꽃이 뿜어져 나왔던 곳에는, 이제 그을린 구멍과 분사구에서 나온 매연만이 낮게 깔려 있을 뿐이었다.

"이륙했어!" 프라이어리가 소리쳤다.

그리고 우리는 다시 숨을 몰아쉬기 시작했다. 거대한 마비총에 맞기라도 한 듯, 그곳에 그대로 얼어붙은 채로.

"얼른 자랐으면 좋겠어." 내가 문득 말했다. "빨리 어른이 돼서 저 로켓에 타고 싶어."

나는 입술을 깨물었다. 나는 아직 너무도 어렸고, 우주 업무는 지원할 수 있는 것이 아니었다. 선택을 받아야만 하는 것이었다. 선택을.

마침내 누군가가, 아마 시드니였던 것 같은데, 입을 열었다.

"이제 텔레쇼나 보러 가자."

모두가 동의했다. 프라이어리와 나만 빼고. 우리는 싫다고 말했고, 다른 애들은 숨 막히게 웃고 떠들며 나와 프라이어리만을 남겨 두고 가 버렸다. 우리들은 그곳에서 우주선이 있었던 지점을 바라보며 그대로 서 있었다.

방금의 이륙을 본 후라, 우리에게는 다른 무엇도 소용없는 일일 뿐이었다.

바로 그 때문에, 나는 월요일의 의미론 시험을 망쳤다.

신경도 쓰이지 않았다.

그럴 때면 나는 농축 캡슐을 만들어 주는 프로비던스에 감사한다. 흥분 때문에 배 속이 완전히 엉켜 있을 때면, 의자에 앉아 뜨듯한 저녁 풀코스를 먹을 생각은 도저히 들지 않는다. 농축 캡슐을 몇 알 삼키기만 하면, 식욕이 돌아오지 않아도 완벽하게 대체된다.

나는 그 일을 계속, 힘겹지만 열심히, 하루 종일 그리고 밤새 생각했다. 너무 심해져서 밤마다 수면 마사지 기구를 사용해야 했다. 눈을 감고 있기 위해 차이콥스키의 조용한 음악을 조금 곁들여서 말이다.

"세상에, 이게 무슨 꼴이니." 월요일이 되어, 학교에서 담임 선생님이 말씀하셨다. "이런 일이 계속되면 다음번 정신분석 상담에서 네 등급을 조정해야겠구나."

"죄송해요." 내가 대답했다.

그는 나를 한참 바라보았다. "네 의미론 수업에서 장애가 되는 것이 뭐지? 단순하지만 네가 자각하고 있는 문제인 것 같은데."

나는 얼굴을 찌푸렸다. "자각은 하고 있어요, 선생님. 하지만 단순하지는 않은데요. 수많은 의미로 파생이 가능하니까요. 하지만 요약해서 말하자면…… 로켓이 문제예요."

그는 웃음을 지었다. "R는 로켓의 R라는 거지?"

"그런 것 같네요."

"하지만 그런 일 때문에 학업에 지장을 주어서는 안 된단다."

"최면 암시가 필요할 거라고 생각하세요?"

"아니, 그런 것은 아니야." 그는 내 이름이 새겨진 작은 기록 상자를 넘겨 보았다. 나는 배 속에 묵직한 돌멩이가 들어앉은 듯한 기분을 느끼고 있었다. 선생님이 나를 바라보았다. "알겠지만, 크리스토퍼, 너는 이 동네에서는 적수가 없단다. 성적도 학급 최고고." 그는 눈을 감고 생각에 잠겼다. "이것저것 알아볼 것들이 많겠구나." 그가 말을 맺었다. 그러고는 내 어깨를 두드렸다.

"자, 그럼 계속 공부나 하거라. 걱정할 일은 없단다."

그리고 선생님은 걸어가 버렸다.

나는 작업에 매진하려 했지만, 그럴 수가 없었다. 그날 내내 선생님은 나를 바라보고 내 기록을 바라보고 입술을 잘근거리셨다. 오후 2시가 되자, 그분은 책상 오디오로 어딘가에 전화를 거시더니 5분 정도누군가와 이야기를 나누셨다.

무슨 말을 하는지는 들리지 않았다.

그러나 오디오 전화를 제자리에 돌려놓은 다음, 선생님은 묘한 눈빛으로 나를 물끄러미 바라보셨다.

부러움과 감탄과 동정이 한데 합쳐진 눈빛이었다. 조금 슬프고 상당히 기뻐 보이는 눈빛이었다. 그의 눈에는 그런 온갖 감정이 가득 담겨있었다. 표정은 전혀 변하지 않았다.

나는 선생님의 눈 속에 성자 하나와 악마 하나가 들어앉아 있는 느낌을 받았다.

*

랠프 프라이어리와 나는 그날 오후 이른 시간에 학교를 떠나 집으로 향했다. 나는 랠프에게 그날 있었던 일을 말해 주었고, 그는 항상그렇듯 우울하게 얼굴을 찌푸렸다.

나는 걱정이 되기 시작했다. 그리고 우리 둘이 있자니, 그 걱정은 금방 두 배, 세 배로 불어났다.

"혹시나 다른 데로 가게 되는 건 아니겠지, 크리스?"

우리가 타고 있는 모노레일 객차가 쉭 소리를 냈다. 우리 역에 도착한 것이다. 우리는 차에서 내려 천천히 걸음을 옮겼다. "나도 모르겠어." 내가 말했다.

"그렇게 되면 정말 고약할 거야." 랠프가 말했다.

"어쩌면 정신적으로 깔끔하게 세탁을 할 필요가 있을지도 모르잖아, 랠프. 이대로 공부를 계속 망칠 수는 없으니까."

우리는 우리 집 앞에 멈추어 서서 한참 하늘을 바라보았다. 랠프가 뭔가 묘한 이야기를 했다.

"대낮에도 별이 나와 있지만, 우리 눈으로 볼 수는 없잖아. 그렇지, 크리스?"

"그래, 맞는 말이지." 내가 말했다.

"우리는 항상 함께 있을 거지, 크리스? 그 작자들이 무슨 소리를 하든, 지금 너를 데려갈 수는 없다고. 우린 단짝이잖아. 그런 치사한 짓거리를 하게 둘 수는 없어."

나는 아무 말도 하지 않았다. 커다란 100면체 덩어리 하나가 내 목구멍을 가득 채우고 있었기 때문이다.

"갑자기 눈은 또 왜 가려?" 프라이어리가 물었다.

"아, 해를 너무 오래 보고 있었나 봐. 들어가자, 랠프."

우리는 샤워기 아래 서서 물을 맞으며 힘껏 소리를 질러 댔지만, 평소와는 달리 기분이 나아지지 않았다. 얼음처럼 차가운 물을 틀어도 마찬가지였다.

훈풍 건조기에 서 있는 동안, 나는 온갖 생각을 했다. 문학작품 속에는 강하고 날 선 적들에 맞서 싸우는 이들이 가득하다. 그들은 장애물이 닳아 없어지거나 패배하게 될 때까지 두뇌와 근육을 끝없이 쥐어 짠다. 하지만 지금 여기 나를 보고 있자면, 겉으로는 그 어떤 갈등의 흔적도 찾아볼 수 없다. 머릿속에만 존재하면서 스파이크를 신고 돌아다니며 여기저기 상처를 내고 있을 뿐이다. 나와 정신분석가를 제외한 그 누구도 볼 수 없는 곳에다가. 하지만 고통스럽기는 매한가지였다.

나는 옷을 입으며 말했다. "랠프, 나는 지금 전쟁을 벌이는 중이야."

"혼자서 싸우는 거야?" 그가 물었다.

"너를 끼워 줄 수는 없어. 나 혼자만의 전쟁이니까. 우리 어머니가 '너무 많이 먹지 말거라, 크리스. 눈은 위장보다 더 큰 법이란다'라고 말씀하신 게 몇 번이나 되지?"

"100만 번은 되겠지."

"200만 번은 될걸. 어쨌든, 그 표현을 빌려 와 보자고, 랠프. '너무 많이 보지 말거라, 네 정신은 육체에 비해 너무 크단다'라고 바꿔 보잔 말이야. 무언가를 갈망하는 내 정신하고, 그걸 제공해 줄 수 없는 내 육체가 전쟁을 벌이고 있는 거야."

프라이어리는 조용히 고개를 끄덕였다. "혼자만의 전쟁이라는 말이 무슨 뜻인지는 알겠어. 그런 뜻이라면 말이야, 크리스토퍼, 나도 역시 전쟁을 벌이는 중이야."

"그건 알고 있어." 내가 말했다. "어쩌면 다른 아이들은 어른이 되면서 이 전쟁에서 벗어날 수 있을지도 모르겠어. 하지만 우리는 그러지 못할 것 같아, 랠프. 우리는 계속 기다리고만 있게 될 거야."

우리는 햇살이 들어오는 옥상 한복판에 앉아서, 공식 패드에 대고 숙제를 풀기 시작했다. 프라이어리는 자기 공식을 풀지 못했다. 나도 마찬가지였다. 프라이어리는 내가 감히 입 밖으로 내지 못하던 바로 그 사실을 말로 내뱉었다.

"크리스, 우주탐사위원회의 선택을 받아야 해. 지원하는 게 아니라고. 우린 기다릴 수밖에 없어."

"나도 알아."

"적정 연령이 되면 달로 가는 로켓을 볼 때마다 초조한 기분이 되어서 기다리겠지. 세월을 흘려보내면서, 어느 날 아침 일어나 보면 파란색 우주탐사국 헬리콥터가 하늘에서 내려와서, 앞뜰에 내려앉은 다음, 그 안에서 잘생긴 엔지니어가 나와서 경쾌한 걸음으로 진입로를 타고 올라와 초인종을 누르기를 기다리면서 말이지.

스물한 살이 될 때까지 그 헬리콥터만 기다리는 거야. 그러다가 스무 살의 마지막 날이 되면, 술을 잔뜩 마시고 신나게 웃으면서, 될 대로 되라지, 사실 별로 신경 쓰고 있지도 않았어, 라고 말하게 되는 거라고."

우리는 그가 한 독설에서 헤어나지 못한 채 그곳에 앉아 있었다. 둘 모두 그저 앉아 있기만 했다. 그리고 랠프가 입을 열었다.

"나는 그런 식으로 좌절하고 싶지 않아, 크리스. 나도 너랑 마찬가지로 열다섯 살이라고. 하지만 우주탐사국 사람이 내가 사는 교정 시설의 초인종을 누르지 않은 채로 스물한 살이 되어 버린다면, 나는,"

"나도 알아. 나도 알아. 그렇게 기다리다 끝난 사람하고 이야기도 해 봤어. 그리고 그런 일이 우리에게도 일어난다면, 랠프, 글쎄…… 얌전히 함께 술을 마시고, 밖으로 나가서 유럽행 화물선에 화물을 싣는 일을 하게 되겠지."

랠프의 몸이 굳었고, 얼굴이 창백해졌다. "화물을 싣다니."

층계 쪽에서 가볍고 빠른 발소리가 들렸고, 어머니가 올라오셨다. 나는 웃음을 지었다. "다녀오셨어요!"

"안녕. 안녕, 랠프."

"안녕하세요, 진."

어머니는 아무리 많게 봐도 스물다섯 살 정도로밖에는 보이지 않았다. 나를 낳고 키우고 통계청에서 일하고 계시지만 말이다. 가볍고 우아하고 자주 웃으셨고, 아버지가 살아생전 어머니를 얼마나 사랑하셨을지 충분히 짐작할 수 있었다. 홀어머니라도 아무도 없는 것보다는 낫다. 불쌍한 랠프처럼 교정 시설에서 사는 것보다는……

어머니가 가까이 걸어와서 랠프의 얼굴에 손을 얹으셨다. "몸이 안 좋아 보이는구나. 무슨 일이니?"

랠프는 제법 괜찮은 웃음을 지어 보였다. "아무것도…… 아니에요."

어머니께 충고를 할 필요는 없었다. "오늘 밤은 여기에서 자고 가도 된단다, 프라이어리. 우리도 네가 있으면 좋거든. 그렇지, 크리스?"

"그야 당연하죠."

"시설로 돌아가 봐야 해요." 내가 보기에는 힘없이 저항하는 듯한 말투였다. "하지만 그렇게 말씀하시고, 크리스도 내일 의미론 숙제 때문에 제가 필요할 테니까, 여기 있으면서 숙제를 도와줄게요."

"친절도 하시군." 내가 말했다.

"하지만 그 전에 심부름을 좀 해야 돼요. 모노레일 타고 갔다가 한 시간 안에 돌아올게요."

랠프가 사라지자, 어머니는 한참 나를 바라보시다가, 손가락을 가볍게 놀려 내 머리를 뒤로 쓸어 넘기셨다.

"뭔가 일이 생기고 있단다, 크리스."

심장이 멎었다. 나는 잠시 조금도 소리를 내고 싶지 않아서, 숨을 죽이고 기다렸다.

나는 입을 열었지만, 어머니는 계속 말씀을 이어 나가셨다.

"저 위 어딘가에서 말이야. 오늘 직장으로 전화가 두 통 왔단다. 한 통은 네 담임 선생님한테서고, 다른 하나는…… 말할 수가 없구나. 일이 벌어지기 전까지는 말하고 싶지 않아……"

내 심장이 다시 뛰기 시작했다. 천천히, 따스하게.

"그럼 말씀 하지 마세요, 진. 그 전화는……"

어머니는 그저 나를 바라보고만 계셨다. 부드럽고 따뜻한 양손으로 내 손을 꼭 잡고 계셨다. "아직 이렇게 어린데, 우리 크리스. 아직 너무도 어린데."

나는 입을 열지 않았다.

어머니의 눈빛이 밝아졌다. "네 아버지를 본 적이 없지. 한 번이라도 만나 봤으면 좋았을 텐데. 뭐 하던 분인지는 알고 있니, 크리스?"

내가 말했다. "네. 화학연구소에 계셨죠. 대부분 지하에서 보내셨다고요."

어머니는 묘한 말투로 덧붙이셨다. "지하 깊은 곳에서 일했단다, 크리스. 그리고 별을 향해서는 눈도 돌리지 않았지."

가슴속에서 심장이 울부짖고 있었다. 큰 소리로, 힘겹게 고함을 치고 있었다.

"아, 어머니, 어머니……"

그녀를 어머니라고 부른 것은 몇 년 만의 일이었다.

다음 날 아침, 자리에서 일어났을 때, 방 안에는 햇살이 가득했다.

그러나 프라이어리가 우리 집에 머물 때마다 자고 가는 소파는 비어 있었다. 샤워실에서 물을 찰박이는 소리도, 건조기가 웅웅거리는 소리도 들리지 않았다. 이미 떠난 것이다.

나는 자동문에 쪽지 하나가 붙어 있는 것을 발견했다.

정오에 공식 수업에서 보자. 너희 어머니가 뭔가 심부름을 해 주셨으면 하더라고. 아침에 전화를 받으셨는데, 내가 도와 드릴 일이 있는 모양이야. 이따 봐. 프라이어리.

프라이어리가 어머니를 위해 심부름을 한다니. 이상한 일이다. 새벽부터 어머니에게 전화가 왔다는 것도. 나는 자리로 돌아가 소파에 앉았다.

그렇게 앉아 있자니, 친구들이 아래쪽 안뜰에서 소리치는 것이 들렸다. "어이, 크리스! 너 늦었어!"

나는 창문으로 고개를 내밀었다. "금방 내려갈게!"

"아니, 크리스."

어머니의 목소리였다. 나직하고 어딘가 묘한 기색이 서려 있었다. 나는 고개를 돌렸다. 어머니는 내 뒤편 문간에, 창백하고 우울한 얼굴로, 작은 고통이 가득한 표정으로 서 계셨다. 그분이 작은 소리로 다시 말씀하셨다. "아니, 크리스. 오늘은 너를 빼고 과학 학교에 가라고 하렴."

아마도 아이들은 여전히 아래에서 소란을 벌이고 있었을 것이다. 그러나 내게는 그 소리가 들리지 않았다. 그저 나와 어머니, 가냘프고 창백하고 내 방에 묶여 있는 그분만이 보일 뿐이었다. 멀리서 기후 제어

기의 진동이 시작되며 웅웅거리고 달각거렸다.

나는 천천히 몸을 돌려 아래에 있는 아이들을 내려다보았다. 세 명의 아이들이 올려다보고 있었다. 느긋하게 입을 벌리고, 반쯤 웃으며, 마디진 손가락으로는 의미론 기록 장치를 들고 있었다. "어이." 한 명이 소리쳤다. 시드니였다.

"미안, 시드. 미안, 얘들아. 나는 놔두고 가. 오늘은 학교에 못 가겠어. 나중에 보자고."

"에이, 크리스!"

"아픈 거야?"

"아니, 그냥…… 그냥 나는 빼고 가. 나중에 봐."

먹먹한 기분이었다. 나는 위를 바라보며 궁금해하는 아이들의 얼굴에서 눈길을 돌려, 문간을 바라보았다. 어머니는 그곳에 계시지 않았다. 조용히 아래층으로 내려가신 모양이었다. 아이들이 그리 활기차지 않게 모노레일 역을 향해 걸어가는 소리도 들렸다.

진공 승강기를 사용하는 대신, 나는 계단으로 천천히 아래로 내려갔다. "진, 랠프는 어디 갔어요?" 내가 물었다.

어머니는 진동 빗으로 긴 금발을 빗는 일에 신경을 쏟는 척하고 있었다. "내가 보냈단다. 오늘 아침에는 여기에 없었으면 했거든."

"왜 제가 학교에 가면 안 되는 건데요, 진?"

"크리스, 제발 묻지 말아 주렴."

다른 말을 하기도 전에, 공중에서 소리가 들렸다. 집 안의 방음벽을 뚫고 들어와, 내 골수에 닿아 울리는, 빛나는 음악의 화살만큼이나 빠르고 높이 울리는 소리였다.

나는 침을 삼켰다. 모든 두려움과 불안이 순식간에 사라졌다.

그 음악 소리에 랠프 프라이어리가 떠올랐다. 아, 랠프, 네가 지금 여기에 있을 수만 있다면. 이 일이 사실인지 믿을 수가 없었다. 그 소리를 귀로 듣는 것뿐이 아니라, 내 온몸과 영혼으로 느끼고 있으면서도.

소리가 점차 가까워 왔다. 그대로 지나가 버릴까 봐 겁이 나기 시작했다. 그러나 소리는 사라지지 않았다. 그대로 점차 낮아지더니, 빛과 그림자의 꽃잎이 회전하며, 그 소리가 우리 집 밖에 내려앉았고, 나는 그 소리의 정체가 하늘과 같은 색의 헬리콥터라는 사실을 알고 있었다. 소리가 멎었다. 그리고 정적 속에서, 어머니는 몸이 굳어 진동 빗을 떨어트리고는 숨을 멈추셨다.

또한 그 정적 속에서, 나는 아래의 계단을 타고 올라오는 부츠 소리를 들을 수 있었다. 오랫동안 기다려 왔던 바로 그 소리였다.

영원히 찾아오지 않을까 두려워했던 소리였다.

누군가가 초인종을 눌렀다.

나는 그 사람이 누군지 알고 있었다.

그리고 머릿속에 가득한 생각은 오직 이것뿐이었다. 랠프, 하필이면 왜 지금 여기 없는 거야, 이런 모든 일이 벌어지고 있는데? 젠장, 랠프, 왜 그런 거야?

문 밖의 남자는 마치 유니폼을 입은 채 태어난 것만 같은 모습이었다. 소금색의 두 번째 피부처럼 몸에 딱 맞았고, 여기저기 푸른색의 선과 점이 박혀 있었다. 유니폼으로서는 더 이상 단순하고 완벽할 수가 없어 보이는, 그 뒤에 숨은 우주의 힘이 드러나 보이는 디자인이었다.

남자의 이름은 트렌트였다. 단호한 말투에 자연스럽고 부드러운 어조로, 그는 즉시 본론을 꺼냈다.

나는 그곳에 서 있었고, 어머니는 당황해 어쩔 줄 몰라 하는 소녀처럼 방 반대편 구석에 서 계셨다. 나는 서서 그의 말에 귀를 기울였다.

그가 말한 내용 중 일부는 기억이 난다.

"……최상급의 성적, 우수한 지능지수, 감각 기능 A-1등급, 호기심 3A등급. 길고 힘겨운 8년의 교육 과정을 이겨 낼 수 있는 충분한 열정……"

"네, 교관님."

"……의미론과 정신분석 담당 교사들과 대화를 나누어 보았고……"

"네, 교관님."

"……그리고 이걸 잊지 마십시오, 크리스토퍼 씨……"

크리스토퍼 씨라니!

"……그리고 이걸 잊지 마십시오, 크리스토퍼 씨. 당신이 우주탐사위원회의 선택을 받았다는 사실은 아무한테도 알려서는 안 됩니다."

"아무한테도요?"

"당연하지만 당신의 모친과 교사들은 알고 있습니다. 하지만 그 외의 다른 사람들은 알아서는 안 됩니다. 이해했습니까?"

"네, 교관님."

트렌트는 나직하게 웃으며, 커다란 손을 옆구리에 붙인 채로 서 있었다.

"왜인지 묻고 싶겠지요? 왜 친구들에게 알리면 안 되는지? 설명해드리지요. 일종의 정신적 보호 장치라고 생각하면 됩니다. 우리는 매년 지구의 수십억 사람들 중에서 1만 명의 젊은이를 선발합니다. 8년이 지난 후 어떤 종류든 우주비행사가 되는 사람은 그중에서 3,000명에 지나지 않습니다. 다른 이들은 사회로 복귀해야 하지요. 그들은 탈락한 셈이지만, 그 사실을 다른 사람들에게 알릴 필요는 없습니다. 애초에 탈락을 할 사람이면 보통 첫 6개월 동안에 떨어져 나가기 마련입니다. 하지만 그런 다음에, 집으로 돌아가 친구들을 마주하고 세상에서 최고의 직업을 선택하기에는 성적이 부족했다는 말을 하기란 꽤나 힘겹겠지요. 그래서 우리가 복귀를 쉽게 할 수 있도록 도와주는 겁니다.

하지만 한 가지 이유가 더 있습니다. 이쪽 역시 정신적인 이유입니다. 젊은이들의 즐거움 중 하나는 자신이 어떤 면으로든 우월하다는 사실을 친구들 앞에서 뽐내는 일입니다. 우리는 친구들에게 소식을 알리는 일을 금지함으로써 우주비행사 선별 과정에서 그런 즐거움을 원초적으로 제거합니다. 그러면 유치한 이유에서 우주로 가려는 것인지, 아니면 우주 그 자체를 원하는 것인지를 확인할 수 있지요. 일신의 자부심을 위해 우주비행사가 되려는 사람은 이로 인해 좌절할 겁니다. 자신도 도저히 어찌할 도리가 없어서 우주로 가야만 하는 사람에게는, 이건 축복이 되겠지요."

그는 어머니를 향해 고개를 끄덕여 보였다. "고맙습니다, 크리스토퍼 부인."

"교관님, 질문이 하나 있습니다." 내가 말했다. "친구가 한 명 있는데요, 랠프 프라이어리라는 아이입니다. 교정 시설에 사는데,"

트렌트가 고개를 끄덕였다. "물론 그 아이의 점수를 말해 줄 수는 없지만, 우리 목록에 올라 있기는 합니다. 그 아이가 친구인가요? 물론 함께 가고 싶겠지요. 그 아이의 기록을 확인해 보겠습니다. 시설 출신이라고 했나요? 그건 좋지 못하군요. 하지만…… 어디 한번 확인해 보지요."

"부디 그렇게 해 주세요. 정말 감사합니다."

"토요일 오후 5시에 로켓 기지로 오십시오, 크리스토퍼 씨. 그동안은 침묵을 지켜야 합니다."

그는 인사를 했다. 그리고 걸어 나갔다. 그가 헬리콥터를 타고 하늘로 솟아올랐고, 어머니가 서둘러 내 옆으로 오셔서 "아, 크리스, 크리스" 하고 내 이름을 부르기만 하셨고, 우리는 서로 끌어안고 속삭이고 대화를 나누었다. 어머니는 여러 가지를 말씀하셨다. 이 일이 우리 모두에게 얼마나 잘된 일인지, 특히 내게 있어서 얼마나 훌륭한 일인지, 얼마나 영광인지, 마치 옛적에 수행을 위해 서약을 하고 수도원에 들어가, 가치 있는 사람이 되기 위해 침묵의 서약을 하고 조용히 기도하며 멀리 떨어진 여러 성당으로 파견되어 수도사나 성직자로서 가치 있는 삶을 살게 되고, 그리고 다시 세상에 나와 모범이자 지식인으로서 살아가게 되었던 사람들과 같다고. 지금도 달라진 것은 없다. 어떻게 보면 이는 더 거대한 성직의 길이다, 라고 어머니는 말씀하셨다. 나는 그 안의 작은 일부분이 될 것이라고, 더 이상 자신의 것으로 남지 않을 것이라고, 온 세계의 자산이 될 것이라고, 아버지가 바랐지만 그럴 기회조차 갖지 못하고 삶을 마감하셨던 바로 그런 존재가 될 것이라고……

"맞아요, 정말 그렇죠." 내가 중얼거렸다. "그렇게 될게요. 그렇게 될 거라고 약속할게요……"

나는 목소리를 가다듬었다. "진…… 어떻게…… 랠프한테는 어떻게 말해야 할까요? 걔한테는 어떻게 해야 하죠?"

"그냥 떠난다고 말하면 된단다. 그게 다야, 크리스. 그렇게 말해 주거라. 아주 단순하게. 더 이상 말하지 말고. 그러면 이해할 거란다."

"하지만, 진, 어머니는……"

어머니는 부드럽게 웃어 보이셨다. "그래, 외로워지겠지, 크리스. 하지만 나한테도 직업이 있고, 랠프도 있지 않니."

"그럼 혹시……"

"그 아이를 교정 시설에서 입양해 올 생각이란다. 네가 가면 그 아이가 여기에서 살게 될 거야. 그 말을 하고 싶었던 것 아니니, 크리스?"

나는 고개를 끄덕였다. 이상한 기분에 사로잡혀서, 더 이상 움직일 생각도 하지 못하면서.

"바로 그 말을 하고 싶었어요."

"그 아이는 좋은 아들이 될 거야, 크리스. 너만큼이나."

"아주 훌륭한 아들이 될 거예요!"

우리는 랠프 프라이어리에게 이야기를 꺼냈다. 내가 아마 1년 정도 유럽의 학교로 가게 될 것이라고, 그리고 어머니는 내가 돌아올 때까지 랠프가 아들로서 우리 집에 있어 주었으면 한다는 것까지. 우리는 마치 혀가 타들어 가는 것처럼 서둘러 말을 내뱉었다. 그리고 우리가 말을 끝내자, 랠프는 내게 와서 악수를 하고는 어머니의 볼에 키스를 했다.

"정말 영광이에요. 자랑스럽네요."

묘한 일이지만, 랠프는 더 이상 내가 왜 가야 하는지, 어디로 가는지, 얼마나 오래 가 있을지 전혀 묻지 않았다. 그저 "우리, 같이 있어서 정말 즐거웠지, 안 그래?"라고 묻고는, 더 이상 말할 엄두를 내지 못하는 듯 그대로 흘려보내기만 했다.

금요일 밤이었다. 프라이어리와 어머니와 나는 도시 공공구역 한가운데의 극장에서 콘서트를 본 후, 함께 웃으며 집으로 돌아와 잠자리에 들 채비를 했다.

나는 전혀 짐을 싸지 않았다. 프라이어리는 가볍게 그 사실을 지적하고 나서는 더 이상 말하지 않았다. 앞으로 8년 동안 내가 사용할 개인 물품은 다른 누군가가 제공해 줄 것이다. 짐을 쌀 필요가 없었다.

의미론 담당 선생님이 전화를 걸어서는, 웃으면서 아주 짧막하고 경쾌하게 작별 인사를 했다.

그리고 우리는 잠자리에 들었다. 마침내 잠이 들기 전까지, 나는 오늘이 어머니와 랠프와 함께 보내는 마지막 밤이라는 생각만 하고 있었다. 최후의 밤이라고.

나는 고작해야 열다섯 살의 소년일 뿐이었다.

그리고, 어둠 속에서, 내가 막 잠이 들기 직전에, 프라이어리가 소파에서 슬쩍 몸을 틀더니, 진지한 얼굴로 나를 바라보고는 속삭였다. "크리스?" 잠시 후. "크리스. 아직 깨어 있어?" 나직하게 들려오는 메아리 같은 목소리였다.

"응." 내가 말했다.

"생각하는 중이야?"

잠시 침묵.

"응."

그가 말했다. "너는…… 너는 더 이상 기다리지 않아도 되는 거지. 그런 거지, 크리스?"

나는 그가 무슨 말을 하는지 알고 있었다. 그리고 대답을 할 수 없었다.

나는 입을 열었다. "나, 진짜로 지쳤어, 랠프."

랠프가 다시 반대편으로 돌아누웠다. "그럴 거라고 생각했어. 더 이상 기다리지 않아도 되는 거야. 세상에, 하지만 정말 잘된 일이잖아, 크리스. 정말 잘됐어."

그가 손을 뻗어 가볍게 내 팔뚝을 때렸다.

그리고 우리 둘 다 잠이 들었다.

토요일 아침이었다. 아이들이 밖에서 소리치고 있었다. 그들의 목소리는 아침 7시의 안개로 가득했다. 옆집 위커드 노인의 환풍구가 열리고, 그가 아이들을 향해 장난치듯 마비총을 지직거려 보이는 소리가 들렸다.

"좀 닥쳐!" 노인이 외치는 소리가 들렸지만, 정말로 성난 목소리는 아니었다. 그에게는 토요일마다 벌어지는 놀이나 다름없었던 것이다. 그리고 아이들의 키득거림도 들려왔다.

프라이어리가 자리에서 일어나서 말했다. "크리스, 오늘 쟤들이랑 같이 가지 않을 거라고 말해 줄까?"

"그런 말은 하지 말거라." 어머니가 문을 지나 안으로 들어왔다. 그녀는 안개 속으로 머리칼을 휘날리며 창밖을 향해 말했다. "안녕, 얘들아! 랠프하고 크리스가 곧 내려갈 거야. 이륙하지 말고 있어!"

"진!" 내가 소리쳤다.

어머니가 우리 둘에게 다가오셨다. "이번 토요일은 항상 보냈던 대로 보내야지. 친구들과 함께!"

"같이 보내려고 했어요, 진."

"휴일인데 엄마하고 붙어 있으면 어떻게 하니?"

어머니는 우리에게 서둘러 아침을 먹게 한 다음, 볼에 키스를 해 주고, 문으로 내보내 해적단의 품에 안기게 했다.

"오늘은 로켓 기지에는 가지 말자, 얘들아."

"에이, 크리스. 왜 그러는데?"

그들의 얼굴에 꽤나 다양한 표정이 떠올랐다. 내가 로켓 기지에 가고 싶어 하지 않은 것은 처음이었으니까. "농담하는 거지, 크리스."

"당연히 농담이겠지."

"아니, 농담 아냐. 진심이야." 프라이어리가 말했다. "그리고 나도 가고 싶지 않아. 토요일마다 가잖아. 이제는 지겹다고. 그냥 다음 주에나 가자."

"에이……"

마음에 들지는 않는 모양이었지만, 그렇다고 자기네끼리 가 버리지는 않았다. 우리가 없으면 재미가 없다고 말했다.

"젠장, 뭐 어때. 다음 주에 갈 거 아냐."

"당연히 가겠지. 그럼 뭐 하고 싶은데, 크리스?"

나는 입을 열었다.

우리는 오전 내내 깡통 차기와 우리가 한참 전에 졸업했던 다른 놀이들을 하며 보냈다. 낡아서 녹슬고 버려진 철길을 따라 걸어가기도 하고, 도시 바깥의 작은 숲 속을 거닐며 새 사진을 찍기도 하고, 발가벗고 헤엄을 치기도 했다. 그러면서 나는 계속 생각했다. 오늘이 마지막 날이라고.

토요일에 우리는 함께 어울려 했던 모든 일을 다시 해 보았다. 한심하고 말도 안 되는 장난질을. 그리고 내가 떠난다는 사실을 아는 사람은 랠프뿐이었고, 오후 5시는 조금씩 다가오고 있었다.

4시가 되자, 나는 아이들에게 작별 인사를 했다.

"벌써 가는 거야, 크리스? 오늘 밤은 뭐 하게?"

"8시쯤 와서 불러. 같이 샐리 기버츠 신작 영화나 보러 가자!"

"끝내주는데!"

"동력 정지!"

그리고 랠프와 나는 집으로 돌아왔다.

어머니는 집에 계시지 않았다. 그러나 자신의 일부를, 그분의 미소와 목소리와 말을 오디오 필름에 담아 내 침대에 놓고 가셨다. 나는 필름을 영사기에 넣고 벽을 향해 비추어 보았다. 부드러운 금발, 창백한 얼굴과 나직한 목소리가 벽에 나타났다.

"나는 작별 인사를 싫어한단다, 크리스. 추가 근무를 하러 연구소로 갈 거야. 행운을 빌게. 너를 정말로 사랑한단다. 다음에 다시 볼 때면 남자가 되어 있겠구나."

그것이 전부였다.

내가 그 필름을 네 번 돌려 보는 동안, 프라이어리는 밖에서 기다리고 있었다. "나는 작별 인사를 싫어한단다, 크리스. 추가 근무를……갈 거야…… 행운을…… 정말로 사랑……"

나도 전날 밤에 오디오 필름을 만들어 두었다. 나는 그 필름을 영사기에 끼운 채로 그곳에 놔두었다. 그 안에는 작별 인사만이 들어 있었다.

프라이어리가 나를 배웅해 주었다. 하지만 나는 함께 로켓 기지로 가는 모노레일에 타지는 못하게 했다. 그저 손을 꽉 쥐어 악수를 하고, 말했을 뿐이다. "오늘 즐거웠어, 랠프."

"그래. 자, 그럼 다음 주 토요일에 보자고, 알았지, 크리스?"

"그러자고 말할 수 있었으면 좋겠어."

"어쨌든 그러자고 말해. 다음 주에. 숲에서, 해적단하고, 로켓을 보고. 그리고 위커드 할아범과 그 충직한 마비총까지."

우리는 웃었다. "물론 그래야지. 다음 주 토요일 새벽에. 우리……
우리 어머니한테 잘해 드려. 그렇게 해 줄 거지, 프라이어리?"

"무슨 한심한 질문이야, 이 머저리." 그가 말했다.

"그러게. 정말 그렇지?"

그가 마른침을 삼켰다. "크리스."

"응?"

"기다리고 있을 거야. 네가 기다리고 있었고, 더 이상 기다리지 않아
도 되는 것처럼. 기다릴 거야."

"어쩌면 오래 기다리지 않아도 될지도 몰라, 프라이어리. 그러기를
빌어."

나는 그의 팔을 가볍게 한 번 찔렀다. 그도 나를 마주 찔렀다.

모노레일의 문이 닫혔다. 객차는 달려가기 시작했고, 프라이어리는
뒤에 남았다.

나는 기지 역에서 내렸다. 관리국 건물까지는 걸어서 20미터 거리
밖에 되지 않았다. 거기까지 걸어가는 데는 10년이 걸렸다.

"다음에 다시 볼 때면 남자가 되어 있겠구나……"

"누구에게도 알려서는 안 됩니다……"

"기다릴 거야, 크리스……"

모든 말이 내 심장을 가득 메운 채, 사라지지 않고 내 눈가로 흘러넘
쳤다.

나의 꿈을 생각했다. 달로 가는 로켓. 그 로켓은 더 이상 내 일부가,
내 꿈의 일부가 아니다. 내가 그 로켓의 일부가 될 것이다.

나는 조금씩 더 작아지는 것을 느끼며, 걷고, 걷고, 또 걸었다.

관리국 입구로 발을 들여놓는 순간 런던으로 가는 오후 로켓이 막 출발하고 있었다. 땅이 울렸고, 내 심장도 그 소리에 울리며 전율했다.

나는 정말로 빠르게 어른이 되어 가고 있었다.

누군가가 구두 뒷굽 부딪치는 소리를 내며 내게 가볍게 경례를 할 때까지, 나는 그렇게 로켓을 바라보고 서 있었다.

온몸이 먹먹했다.

"C. M. 크리스토퍼?"

"예, 그렇습니다. 도착 보고합니다."

"이쪽으로, 크리스토퍼. 저 문으로 들어가게."

문을 지나서, 철망을 넘어서……

우리가 함께 얼굴을 붙이고 바람이 달아오르는 것을 느꼈던 철망을, 그대로 매달려 우리가 누구인지, 어디에서 왔는지 잊은 채 우리가 무엇이 될지, 어디로 가게 될지를 꿈꾸던 그 철망을……

소년이었고 소년이어서 좋았던, 플로리다의 소도시에 살면서 그 도시를 좋아했던, 학교를 좋아하고 풋볼을 좋아하고 아버지와 어머니를 좋아했던 소년들이 서 있던 철망을……

매일 매주 매시간, 1분이나 1초라도, 그 철망 뒤에서 기다리고 있는 화염과 별들을 생각하던 소년들…… 다른 무엇보다 로켓을 더 좋아했던 소년들.

어머니, 랠프, 또 봐요. 돌아올 거예요.

어머니!

랠프!

그리고 나는 걸음을 옮겨, 철망 너머로 나아갔다.

시작의 끝
The End of the Beginning

그는 잔디밭 가운데서 잔디 깎기를 멈추었다. 바로 그 순간 해가 넘어가고 별이 떠오른다고 느꼈기 때문이다. 갓 깎은 잔디가 얼굴에 쏟아졌고, 그의 몸은 천천히 먹먹해져 갔다. 그래, 별이 떠올라 있었다. 처음에는 희미했지만, 사막의 청명한 하늘 위에서 점차 빛을 더해 가고 있었다. 밤을 바라보고 있노라니, 발코니의 스크린 도어가 닫히는 소리가 들리고 그를 바라보는 아내의 시선이 느껴졌다.

"시간이 거의 다 됐어요." 그녀가 말했다.

그는 고개를 끄덕였다. 손목시계를 확인할 필요는 없었다. 흘러가는 순간 속에서 그는 매우 나이 든 느낌이, 곧이어 매우 젊어진 느낌이 들었다. 매우 추웠다가 곧 매우 따뜻해졌다. 한번은 이랬다가, 다음 순간에는 저랬다가. 갑자기 그는 멀리 떨어진 곳에 있었다. 그는 차분히 이야기하고 있는 자신의 아들이 되었다. 심장이 뛰고 공황이 찾아드는 것을 숨기려고 바지런히 움직이며, 새 제복을 입고, 식량 재고와 산소 용기와 압력 헬멧과 우주복을 살피고, 오늘 밤 다른 모든 사람들이 그러듯이 빠르게 차오르는 하늘을 바라보려고 고개를 돌리고 있었다.

그리고 다음 순간, 그는 순식간에 원래대로 돌아와 있었다. 다시 한 번 아들의 아비가 되어, 잔디깎이의 손잡이를 쥐고 서 있었다. 아내가 부르는 소리가 들렸다. "이리 와서 발코니에 앉아요."

"쉬지 않고 움직여야 한다고!"

그녀가 계단을 내려와 정원을 가로질러 왔다. "로버트 걱정은 말아요. 그 애는 괜찮을 거예요."

"하지만 완전히 새로운 일이잖소." 그의 귀에 자신의 목소리가 울렸다. "예전에 한 적 없는 일이라고. 생각을 해 보시오. 사람이 탄 로켓을 발사해서 최초의 우주정거장을 짓는 거요. 세상에, 그런 일을 할 수 있을 리가 없어. 존재하지도 않는다고. 로켓도 없고, 근거도 없고, 발사 시간도 없고, 기술자도 없고. 덧붙이자면, 나한테는 밥이라는 이름의 아들도 없는 거요. 이 모든 일이 내게는 너무 과하다고!"

"그럼 당신은 왜 거기 나가서 하늘을 바라보고 있는 거죠?"

그는 고개를 저었다. "그게, 오늘 오전 늦은 시간에, 사무실로 걸어 가다가 누군가가 크게 웃는 소리를 들었다오. 너무 충격을 받아서 대로 한복판에서 걸음을 멈출 지경이었지. 웃고 있던 사람은 바로 나 자신이었단 말이오! 그 이유가 뭐겠소? 마침내 나도 밥이 오늘 무엇을 할 생각인지를 제대로 깨달았기 때문이오. 마침내 믿게 된 게지. 나는, 세상에, 라는 말을 거의 쓰지 않지만, 오늘 차들에 잔뜩 둘러싸여서 그런 느낌을 받았단 말이오. 그리고 오후가 반쯤 지나갈 무렵에는 내가 콧노래를 흥얼거리고 있더군. 당신도 그 노래 알지? '바퀴 안의 바퀴. 허공에 둥실 떠 있는.' 나는 다시 한 번 웃었다오. 물론 그 노래가 우주 정거장을 말하는 거라고 생각했지. 밤이 여섯 달에서 여덟 달을 살다가 돌아오게 될, 속이 빈 커다란 바퀴 아니겠소. 집으로 돌아오는 길에 노래의 나머지 부분이 기억났다오. '신앙으로 돌리는 작은 바퀴, 신의 은총으로 돌리는 커다란 바퀴.' 나는 뛰어올라 소리친 다음, 불덩이가 되고 싶은 기분이었다오!"

아내가 그의 팔에 손을 올렸다. "이렇게 밖에 나와 있을 거라면, 최소한 편안하게 있는 게 어때요?"

그들은 버들고리 흔들의자 두 개를 정원 가운데에 가져다 놓고, 지평선 끝에서 끝까지 이어지는 부서진 허연 암염 위에 드리운 어둠, 그리고 그 속으로 녹아드는 별들을 바라보았다.

"있잖아요." 마침내 아내가 입을 열었다. "이거 꼭 매년 여름 시슬리 필드에서 불꽃놀이를 기다리는 것 같은 기분이네요."

"오늘 밤에는 관객이 훨씬 많지……"

"계속 이런 생각이 들어요. 지금 10억 명의 사람들이 다 함께 하늘을 바라보고 있고, 모두 동시에 입을 벌릴 거라고."

그들은 기다리며, 의자 밑에서 지구가 움직이는 것을 느꼈다.

"지금 몇 시쯤 됐나요?"

"8시까지 11분 남았소."

"당신은 시간을 틀리는 법이 없죠. 머릿속에 시계라도 들어 있는 모양이에요."

"오늘 밤에는 절대 틀릴 수 없지. 이륙하기 1초 전이라도 딱 짚어서 말해 줄 수 있소. 저기 보구려! 10분 전 경고요!"

서쪽 하늘에 네 발의 진홍색 신호탄이 터지는 모습이 보였다. 신호탄은 그대로 사막 위를 부는 바람에 일렁이다가, 아무 소리 없이 빛이 잦아드는 대지로 가라앉았다.

다시 찾아온 어둠 속에서, 남편과 아내는 의자를 흔들지 않았다.

잠시 시간이 흐른 후, 그가 말했다. "8분 남았소." 다시 정적. "7분." 훨씬 더 긴 듯한 정적이 흐른 후. "6분……"

그의 아내는 고개를 뒤로 젖힌 채로 바로 위에 있는 별들을 바라보며 중얼거렸다. "왜죠?" 그녀는 눈을 감았다. "왜 하필 로켓이고, 왜 하필 오늘 밤인 거죠? 왜 이런 일이 일어난 건가요? 알고 싶어요."

그는 그녀의 얼굴을 바라보았다. 은하수에서 쏟아져 내리는 희뿌연 빛에 얼굴이 창백해 보였다. 그는 대답하고 싶은 욕구를 느꼈으나, 그대로 아내가 말을 이어 가도록 놔두었다.

"예전에 하던 그 흔한 소리 있잖아요, 사람들이 왜 에베레스트 산을 오르느냐고 물어봤더니 '산이 그곳에 있으니까'라고 했다던가 하는 소리. 나는 그게 이해가 안 됐어요. 나한테는 그걸로는 답이 안 됐다고요."

5분이로군, 그는 생각했다. 시간이 흘러내리고 있었다…… 그의 손목시계…… 바퀴 안의 바퀴…… 작은 바퀴가 돌아가는 것은…… 큰 바퀴가 돌아가는 것은…… 그 가운데에는…… 4분!…… 이제 승무원들은 로켓 안에 자리를 잡고 있을 것이다. 조종석, 빛이 반짝이는 계기판……

그의 입술이 움직였다.

"내가 아는 거라고는 이것이 사실, 시작의 끝이라는 것뿐이오. 석기 시대, 청동기 시대, 철기 시대. 이제부터 우리는 그 모든 시대를 한데 묶어 우리가 지상을 걸으며 아침마다 새 소리를 들었던 시대라고 여기며 부러움에 소리를 질러 댈 거요. 어쩌면 지구 시대라든가, 중력 시대라고 부르게 될 수도 있겠지. 수백만 년 동안 우리는 중력과 투쟁을 벌여 왔소. 우리가 아메바나 어류였을 때는 중력에 짓눌려 파괴되지 않은 채 물을 떠나려고 애를 썼지. 일단 안전하게 물가로 올라온 후에는 중력이 우리의 새로운 발명품, 즉 척추를 부수게 하지 않으면서 몸을 일으키려고 애썼다오. 비틀대지 않고 걷기 위해서, 넘어지지 않고 달리기 위해서. 10억 년 동안, 중력은 우리를 이곳에 붙들어 두고, 바람과 구름으로, 양배추나방과 메뚜기로 우리를 조롱했소. 오늘 밤이 중요한 이유는 바로 그거라오…… 난폭한 중력 노인의 지배가, 그리고 중력으로 대표되는 옛 시대가 영원한 종언을 고하는 거라오. 시대 구분의 기준을 정확히 어디로 잡을는지는 모르겠소. 하늘을 나는 양탄자를 상상했던 페르시아인의 시대일지, 폭죽과 고고도 불꽃놀이로 생일이나 신년 축하를 하던 중국인의 시대일지, 아니면 이제 곧 찾아올 경이의 순간이 될는지는. 그러나 우리 모두는 10억 년 동안 계속된 시도의 끄트머리에 있는 거요. 기나긴 시대, 그리고 우리 인간에게 있어서는 어찌 되었든 영예로웠던 시대의 막바지에."

3분…… 2분 59초…… 2분 58초……

"하지만," 아내가 말했다. "아직도 왜인지를 모르겠어요."

2분. 그는 생각했다. 준비됐나? 준비? 준비? 멀리서 라디오 속 목소리가 울렸다. 준비 완료! 준비! 준비! 멀리서 희미하게 웅웅대는 로켓의 대답이 들려왔다. 확인! 확인! 확인!

그는 생각했다. 만약 오늘 밤 우리가 실패한다 하더라도, 우리는 두 번째와 세 번째의 우주선을 띄울 것이고, 결국에는 모든 행성에, 그리고 나중에는 모든 별에 가닿게 될 것이라고. 그저 불사 또는 영원과 같은 커다란 단어들이 의미를 가지게 될 정도로 시도만 하면 된다. 커다란 단어, 그래, 우리가 원하는 것이 바로 그것이다. 영속성. 처음으로 입안에서 혀가 움직이기 시작한 이후 우리는 계속 이 질문을 던졌다. 이게 대체 모두 무슨 뜻인가? 죽음이 우리의 목을 짓누르고 있는 상황에서는, 다른 어떤 질문도 아무런 의미가 없었다. 그러나 우리가 1만 개의 외계의 태양 주위를 도는 1만 개의 외계 행성에 자리 잡게 된다면, 그 질문은 자연스레 사라질 것이다. 인간은 무구하고 영원할 것이다. 심지어는 우주처럼 무구하고 영원해질 수 있을 것이다. 우주가 존재하는 한 인류 역시 영원히 존재할 것이다. 언제나와 마찬가지로 개인은 죽어 없어지겠지만, 우리의 역사는 시선이 닿는 미래 끝까지 전해질 것이며, 우리가 영원히 생존하리라는 사실을 알고 있게 되면 그 안전 속에서 언제나 찾아 헤매던 해답을 발견할 수 있을 것이다. 삶을 부여받은 우리가 할 수 있는 최소한의 일은 그 생명을 최대한 보존하여 영원에 도달하도록 전달해 주는 것이다. 이것이야말로 시도할 가치가 있는 일이었다.

흔들의자가 잔디밭 위에서 계속 조용히 속삭였다.

1분.

"1분." 그가 큰 소리로 말했다.

"아!" 아내가 갑자기 움직여 그의 손을 잡았다. "제발 밥이……"

"그 아이는 괜찮을 거요!"

"아, 부디, 신이여 돌봐 주소서……"

30초.

"이제 잘 보시오."

15초, 10초, 5초……

"보라고!"

4, 3, 2, 1.

"저기! 저기! 아, 저기요, 저기!"

그들은 함께 소리쳤다. 함께 일어섰다. 의자가 넘어져 잔디밭을 나뒹굴었다. 남편과 아내는 몸을 가누지 못하며, 서로 손을 더듬어 상대방을 찾아 그러안으려고 했다. 점차 밝은 빛으로 변하는 하늘이 보였다. 그리고 10초 후, 혜성 같은 거대한 불줄기가 허공을 가르고 올라가며, 별빛을 꺼트리고, 불처럼 빠르게 날아가 천천히 되돌아오는 은하수 속의 별 하나가 되어 버렸다. 남편과 아내는 서로를 끌어안았다. 마치 자신들이 너무도 깊고 어두워 끝이 없는 것처럼 보이는 거대한 절벽의 가장자리에 서 있는 것처럼. 고개를 들자, 그들은 서로가 흐느끼고 있다는 것을 알았다. 한참의 시간이 흐른 후에야 그들은 다시 말을 할 수 있었다.

"지구를 떠난 거죠, 성공한 거죠, 아닌가요?"

"그렇소……"

"그럼 괜찮은 거겠죠? 네?"

"그렇지…… 그럴 거요……"

"다시 떨어지는 일은 없겠죠……?"

"아니, 아니, 괜찮을 거요. 밥은 이제 괜찮아. 다 괜찮을 거요."

그들은 마침내 서로에게서 떨어져 섰다.

그는 손으로 얼굴을 쓰다듬고는 문득 젖은 손가락을 바라보았다. 그러고는 말했다. "괜찮을 거요. 나도 괜찮을 거요……"

그들은 어둠 속에서 하늘을 바라본 채로 다시 5분을, 그리고 10분을

기다렸다. 그들의 머릿속, 그리고 망막에 맺힌 어둠이 100만 개의 불
똥으로 시끈거릴 때까지. 결국 그들도 눈을 감아야 했다.

그녀가 말했다. "자, 그럼 이제 들어가요."

그는 움직일 수가 없었다. 유일하게 움직일 수 있는 손은 멀리 뻗어
서 잔디깎이의 손잡이를 잡을 뿐이었다. 그는 자신의 손이 한 일을 보
고는 말했다. "조금 더 할 일이 있어서 말이오……"

"하지만 어두워서 잘 보이지도 않잖아요."

"이 정도 빛이면 충분하오. 이 일은 끝내야 하니까. 이것만 끝내고,
잠자리에 들기 전까지 함께 발코니에 앉아 있읍시다."

그는 그녀가 발코니로 의자를 옮기고 자리에 앉도록 도와주고는, 다
시 걸음을 옮겨 잔디깎이의 손잡이를 잡았다. 잔디깎이. 바퀴 안의 바
퀴. 손에 쥐고 사용하는 단순한 기계. 온갖 시끄러운 소리를 내며 달려
가게 놔두고, 혼자 생각에 잠겨 뒤를 따라가기만 하면 되는 기계. 소동
뒤를 따라오는 평온한 정적. 소용돌이치는 바퀴의 뒤를 따르는, 명상
에 잠긴 숨죽인 발소리.

나는 10억 살이다. 그는 혼잣말로 중얼거렸다. 나는 1분 전에 태어
났다. 내 키는 1센티미터, 아니 1만 킬로미터이다. 아래를 내려다보아
도 발을 볼 수가 없다. 너무 멀리 떨어져 있고 너무 깊숙이 들어가 버
려서.

그는 잔디깎이를 움직였다. 잔디 조각이 위로 솟아올라 그의 주변으
로 소리 없이 떨어져 내렸다. 그는 잔디 내음을 음미하며, 자신이 마침
내 신선한 젊음의 샘물에 몸을 적시게 된 모든 인류가 된 것이라는 생
각을 했다.

이렇게 몸을 적시며, 그는 다시 한 번 바퀴와 신의 은총이 하늘 한복

판에 있는 단 하나의 별, 100만 개의 정지한 별들 중 감히 움직임을 선
택한 단 하나의 별에 있다고 읊었던 시의 내용을 기억해 냈다.

그리고 그는 잔디를 모두 깎았다.

로켓
The Rocket

어두운 하늘을 한숨 쉬며 날아가는 로켓 소리 때문에, 피오렐로 보도니는 밤마다 잠에서 깨어나곤 했다. 착한 아내가 잠들어 있는지를 확인한 다음, 그는 살금살금 침대에서 빠져나와 밤공기를 쐬러 나오곤 했다. 잠시라도 강물 옆의 작은 집 안에 감도는 오래된 음식 냄새에서 해방될 수 있었다. 침묵 속에서, 그는 홀로 로켓을 따라 우주로 마음을 쏘아 보내곤 했다.

지금, 오늘 밤, 그는 웃통을 벗은 채로 어둠 속에 서서 하늘에서 웅얼대는 불의 분수를 지켜보고 있었다. 화성과 토성과 금성으로 향하는 길고 험난한 길에 오르는 로켓들이었다!

"어이, 어이, 보도니."

보도니는 깜짝 놀랐다.

고요한 강물 옆 우유 상자 위에, 한 노인이 앉아서 그와 마찬가지로 한밤중의 정적을 뚫고 날아가는 로켓을 지켜보고 있었던 것이다.

"아, 브라만테 영감님!"

"매일 밤 이리 나오나, 보도니?"

"그냥 바람이나 쏘일까 했습니다."

"그런가? 나는 로켓 쪽이 더 볼만하던데." 브라만테 노인이 말했다. "저게 시작될 무렵 나는 꼬맹이였지. 80년 전 일이야. 그런데 나는 아직도 저걸 한 번도 타 보지 못했어."

"저는 언젠가 타고 말 겁니다." 보도니가 말했다.

"한심한 소리!" 브라만테가 소리쳤다. "자네는 절대 가지 못해. 저건 부자들의 세계라고." 그는 기억을 더듬으며 회색 머리를 흔들었다. "내가 어릴 적에는 불타는 글자로 이렇게 쓰곤 했지. '미래의 세계! 모두를 위한 과학, 편리함, 그리고 새로운 물건들!' 하! 80년이 지났어. 미래가 현재가 됐다고! 그래서 우리가 로켓을 탈 수 있나? 천만에! 우리는 조상님들처럼 움막집에 살고 있을 뿐이야."

"어쩌면 제 아이들은," 보도니가 말했다.

"천만에, 그리고 자네 아이들의 아이들도 안 돼!" 노인이 소리쳤다. "꿈이나 로켓 따위를 가질 수 있는 건 부자들뿐이라고!"

보도니는 머뭇거렸다. "저기 말입니다, 지금까지 3,000달러를 모았어요. 6년 동안 저축한 돈이죠. 가게에서 쓸 기계에 투자하려고 모은 겁니다. 하지만 요 한 달 동안, 저는 밤마다 깨어났어요. 로켓 소리가 들리는 겁니다. 그러면서 생각을 했죠. 그리고 오늘 밤 결심했습니다. 우리 가족 중 한 명이 화성으로 갈 겁니다!" 그의 눈은 검게 빛나고 있었다.

"멍청한 친구." 브라만테가 쏘아붙였다. "어떻게 그를 생각인가? 누가 갈 건데? 만약 자네가 가면 자네 아내는 자네를 싫어하게 될 게야. 우주로 나가면 자네는 조금 더 신에 가까워지게 될 테니까. 수년 후에 그녀에게 놀라운 여행담을 들려주면, 쓰라린 감정이 그녀를 갉아먹지 않겠나?"

"아뇨, 그럴 리가요!"

"그렇다니까! 그리고 자네 아이들은? 자기들을 이곳에 두고 화성으로 날아가 버린 아빠에 대한 기억이 아이들의 삶을 가득 채우지 않겠나? 아이들에게 얼마나 가혹한 짐을 지울 셈인가. 그 아이들은 평생 로켓 생각만 하게 될 게야. 밤마다 뜬눈으로 지새우겠지. 고통스러울 정도로 로켓을 원하게 될 게야. 자네가 지금 몸부림치는 것과 똑같은 모양으로. 가지 못하면 죽고 싶다고 생각하게 될 거라고. 경고하겠는데, 그런 목표를 세우지 말게나. 가난한 삶에 만족하고 살아가도록 해 줘. 별을 올려다보지 말고, 자네 아이들의 손과 자네 고물상으로 눈을 돌리게."

"하지만,"

"자네 아내가 간다면 어떨까? 아내는 봤는데 자네는 보지 못했다는 것을 알면 어떤 생각이 들 것 같나? 자네 아내는 신성한 사람이 될 게야. 강물로 던져 버리고 싶다는 생각이 들걸. 아니, 보도니. 자네가 필요한 신형 분쇄기를 구입하고, 그걸로 자네 꿈을 갈기갈기 찢은 다음 조각내 버리도록 하게."

노인은 말을 멈추고, 로켓의 그림자가 하늘에서 불타 떨어져 가라앉는 강물을 바라보았다.

"안녕히 주무세요." 보도니가 말했다.

"잘 자게." 노인이 말했다.

토스트가 은빛 상자에서 튀어 오른 순간, 보도니는 거의 비명을 지를 뻔했다. 어젯밤에는 도저히 잠을 이룰 수 없었다. 초조한 아이들과 덩치 좋은 아내 사이에서, 보도니는 몸을 비틀며 멍하니 허공을 바라볼 뿐이었다. 브라만테 영감의 말이 옳았다. 기계에 돈을 투자하는 편이 나을 것이다. 가족 중 단 한 사람만 로켓을 탈 수 있고, 다른 사람들은 낙담하여 녹아내리게 된다면 대체 왜 돈을 모아야 한다는 말인가?

"피오렐로, 토스트 들어요." 아내 마리아가 말했다.

"목구멍이 오그라든 것 같아." 보도니가 말했다.

아이들이 쏟아져 들어왔다. 아들 셋은 장난감 로켓 하나를 놓고 다투고 있었고, 딸 둘은 화성, 금성, 해왕성의 외계인을 본뜬 인형을 들고 있었다. 세 개의 노란 눈과 열두 개의 손가락을 가진 녹색 인간형 인형이었다.

"나 금성 로켓 봤어요!" 파올로가 소리쳤다.

"쉬익 하고 이륙했어요!" 안토넬로가 쉭쉭 소리를 내며 말했다.

"조용!" 보도니는 손으로 귀를 막고 소리쳤다.

모두가 그를 바라보았다. 그는 소리치는 일이 거의 없는 사람이었다.

보도니가 자리에서 일어섰다. "모두 잘 들어라. 우리 중 한 사람이 화성 로켓을 탈 수 있을 만큼 돈이 있단다." 그가 말했다.

모두가 환호성을 질렀다.

"이해를 한 거냐?" 그가 물었다. "우리 가족에서 단 한 명이라고. 누가 가야 할까?"

"저요, 저요, 저요!" 아이들이 소리쳤다.

"당신이 가요." 마리아가 말했다.

"당신이 가." 보도니가 그녀에게 말했다.

그들은 모두 입을 다물었다.

아이들은 머리를 짜내기 시작했다. "로렌초를 보내요. 제일 나이가 많잖아요."

"미리암네가 가라고 해요. 여자애잖아요!"

"무엇을 보게 될지 생각해 봐요." 보도니의 아내가 그에게 말했다. 그러나 그녀의 눈에는 미묘한 빛이 깃들어 있었다. 목소리가 떨렸다. "물고기처럼 헤엄치는 유성들. 우주. 달. 직접 보고 돌아와서 잘 설명해 줄 수 있는 사람이 필요해요. 당신은 말솜씨가 좋잖아요."

"말도 안 되는 소리. 당신도 그렇잖아." 그가 반대했다.

모두가 몸을 떨었다.

"이렇게 하지." 보도니가 우울한 목소리로 말했다. 그는 빗자루에서 다양한 길이의 지푸라기를 꺾어 들었다. "짧은 제비를 뽑은 사람이 가는 거다." 그는 제비를 꽉 쥔 채로 내밀었다. "고르거라."

모두가 진지하게 차례대로 제비를 뽑았다.

"길어요."

"길어요."

다시.

"길어요."

아이들 차례는 끝났다. 방 안은 조용했다.

지푸라기는 두 가닥만 남았다. 보도니는 심장이 아려 오는 것을 느꼈다. "자, 이제, 마리아 당신 차례야." 그가 속삭였다.

그녀는 제비를 뽑았다.

"짧은 거네요." 그녀가 말했다.

"아." 로렌초는 한숨을 쉬었다. 반쯤 행복하고, 반쯤 슬픈 한숨이었다. "엄마가 화성에 가네요."

보도니는 웃으려 노력했다. "축하해. 오늘 당신 로켓 표를 살게."

"잠깐만요, 피오렐로……"

"다음 주에 바로 떠날 수 있어." 그가 중얼거렸다.

그녀는 자신을 바라보는 아이들의 슬픈 눈빛을, 오뚝하고 커다란 코 아래의 미소를 바라보았다. 그녀는 천천히 남편에게 제비를 돌려주었다. "나는 화성에 갈 수 없어요."

"왜 안 된다는 거야?"

"다른 아이 때문에 바빠질 거라서요."

"뭐라고!"

그녀는 남편을 제대로 바라보지 않았다. "이런 몸으로는 여행하는 게 좋지 않을 거예요."

그는 아내의 팔꿈치를 붙들었다. "정말이야?"

"다시 뽑아요. 처음부터 다시."

"왜 미리 말해 주지 않은 거야?" 그는 믿을 수 없다는 듯 물었다.

"생각이 나지 않았어요."

"마리아, 마리아." 그는 나직하게 속삭이며 아내의 얼굴을 쓰다듬었다. 그는 아이들을 돌아보았다. "다시 뽑자꾸나."

파올로가 즉시 짧은 제비를 뽑았다.

"나 화성에 간다!" 그는 신나서 춤을 추기 시작했다. "감사합니다, 아버지!"

다른 아이들이 조금씩 물러섰다. "그거 잘됐네, 파올로."

파올로의 얼굴에서 웃음기가 가셨다. 그는 부모와 형제들을 둘러보았다. "저, 갈 수 있는 거 맞죠?" 아이는 머뭇거리며 물었다.

"그럼."

"그리고 다녀온 다음에도 저를 좋아해 주실 거죠?"

"물론이지."

파올로는 떨리는 손에 들린 소중한 지푸라기를 바라보다가, 이내 고개를 저었다. 그는 제비를 던져 버렸다. "까먹었네. 학교가 시작하잖아요. 저는 못 가요. 다시 뽑아 봐요."

그러나 누구도 제비를 뽑지 않았다. 온전한 슬픔이 그들 위를 뒤덮었다.

"아무도 가지 않을 거예요." 로렌초가 말했다.

"그게 나을 거야." 마리아가 말했다.

"브라만테 영감님이 옳았어." 보도니가 말했다.

아침에 먹은 음식이 배 속에 얹힌 채로, 피오렐로 보도니는 야적장으로 나가 작업을 시작했다. 금속을 뜯어내고, 녹이고, 형틀에 부어 사용 가능한 주괴를 만들었다. 장비가 부서져 금이 가고 있었다. 경쟁 때문에, 그는 20년 동안 빈곤으로 떨어지기 직전의 아슬아슬한 경계선에서 살아왔다.

아주 고약한 아침이었다.

오후가 되자 야적장으로 한 남자가 들어와서, 분쇄기 앞에서 일하고 있는 보도니를 불렀다. "어이, 보도니. 쇳덩이가 좀 있는데!"

"뭔데 그럽니까, 매튜 씨?" 보도니가 내키지 않는 듯 물었다.

"로켓 우주선인데. 왜 그런가? 가져가고 싶지 않은 건가?"

"아뇨, 아뇨!" 그는 남자의 팔을 잡고, 어안이 벙벙한 상태로 말을 멈추었다.

매튜가 말했다. "물론 모형일 뿐이야. 자네라면 알겠지. 로켓을 제작할 때는 우선 알루미늄으로 실물과 동일한 크기의 모형을 만든다고. 그걸 녹이면 약간이라도 이득을 볼 수 있을지도 몰라. 2,000달러면 자네한테 그걸 넘겨주지."

보도니는 손을 떨구었다. "그런 돈은 없습니다."

"미안하군. 도움이 될 거라고 생각했는데. 저번에 이야기했을 때 모두가 고철에 자네보다 높은 가격을 쳐준다고 한탄하지 않았나. 이번 물건은 조용히 자네에게만 넘겨주려고 했지. 뭐……"

"새 장비가 필요합니다. 그걸 위해 돈을 모았거든요."

"이해하네."

"그 로켓을 사도, 제대로 녹일 수도 없을 겁니다. 지난주에 알루미늄 용해로가 망가졌거든요."

"그렇겠지."

"그 로켓을 산다고 해도 어디에도 쓸 수가 없습니다."

"알겠네."

보도니는 눈을 깜빡이다가 질끈 감았다. 그리고 그는 다시 눈을 뜨고 매튜를 바라보았다. "하지만 저는 정말 엄청난 바보라서요. 은행에서 돈을 찾아다 지금 드리기로 하죠."

"하지만 그 로켓을 녹일 수가 없다면……"

"이리로 가져다주세요." 보도니가 말했다.

"알겠네, 자네가 그렇게 말한다면. 오늘 밤이면 되겠나?"

"오늘 밤이면 괜찮을 겁니다." 보도니가 말했다. "그래요, 오늘 밤에
는 로켓 우주선을 가지게 되겠군요."

달이 떠 있었다. 야적장 가운데 놓인 로켓은 하얗고 컸다. 달의 하얀
빛과 별의 푸른빛이 반사되어 빛났다. 보도니는 로켓을 바라보고 그
모든 것을 사랑했다. 그는 로켓을 쓰다듬고 몸을 기대어 쉬고 싶었다.
볼을 가져다 대고, 마음속의 내밀한 욕망을 모두 털어놓고 싶었다.

그는 로켓을 올려다보았다. "넌 완전히 내 거야." 그가 말했다. "움
직이지도 불을 뿜지도 못하고, 그냥 여기에 서서 50년 동안 녹슬어 가
게 되겠지만, 그래도 너는 내 거라고."

로켓에서는 시간과 거리의 냄새가 났다. 시계 안으로 걸어 들어가는
기분이었다. 스위스 시계처럼 정교한 솜씨가 이곳저곳에 보였다. 시곗
줄에 매달고 다니고 싶은 모양새였다. "오늘 밤 이 안에서 잘 수도 있
겠는데." 보도니는 흥분해서 중얼거렸다.

그는 조종석에 앉았다.

그는 레버를 건드려 보았다.

그는 눈을 감은 채, 입안으로 노래를 흥얼거렸다.

흥얼거리는 소리는 점차 커지고, 커지고, 높아지고, 높아지고, 강렬
해지고, 괴상해지고, 갈수록 쾌활해지더니, 몸속에서 떨리다가 그의
몸을 앞으로 기울이고 움직이게 했고, 우주선이 침묵으로 포효하며
금속의 비명을 질렀고, 그의 손은 계기판 위를 정신없이 움직였고 그
의 감은 눈은 떨리기 시작했으며, 소리는 점차 커지고 커지다가 마침
내 불길로, 힘으로, 그를 반으로 찢어 버리겠다고 위협하는 강렬한 힘
으로 변하고 말았다. 그는 숨을 헐떡였다. 그는 계속 흥얼거리고 또

홍얼거리며, 절대 멈추지 않았다. 멈추지 않으면 앞으로 나아갈 수밖에 없으니까. 눈을 더욱 꽉 감으며, 심장의 격렬한 고동을 느끼며. "이륙!" 그는 소리쳤다. 몸을 뒤흔드는 충격! 쾅음! "달이다!" 그는 눈을 감은 채로 울부짖었다. "유성이다!" 불타는 바윗덩이들이 소리 없이 몰려들었다. "화성. 아, 그래! 화성이다! 화성이야!"

그는 탈진해서 숨을 헐떡이며 몸을 젖혔다. 떨리는 손이 조종간을 놓았고, 그의 머리가 힘없이 푹 떨어졌다. 그는 한동안 숨을 몰아쉬며, 심장 박동이 가라앉는 것을 느끼며 그렇게 앉아 있었다.

천천히, 천천히, 그는 눈을 떴다.

야적장은 그대로 있었다.

그는 꼼짝도 하지 않고 앉아 있었다. 그는 문득 쌓여 있는 금속 더미를 바라보았다. 눈을 뗄 생각도 하지 않았다. 그러다 자리에서 튕기듯 일어나서, 조종간을 걷어찼다. "이륙하라고, 이 망할 자식아!"

우주선은 조용하기만 했다.

"내가 보여 주지!" 그가 소리쳤다.

비틀대며 밤공기 속으로 나와서, 그는 분쇄차의 시동을 걸고는 로켓을 향해 몰았다. 달이 빛나는 하늘로 육중한 철구를 들어 올렸다. 떨리는 손을 움직여 철구를 내리쳐, 그의 오만한 거짓 꿈을, 자신이 돈을 냈는데도 움직이지도 않고 자신의 말을 따르지도 않는 기계를 박살 내고 뜯어 발기려 했다. "내가 똑똑히 가르쳐 주지!" 그가 소리쳤다.

그러나 그의 손은 움직이지 않았다.

은빛 로켓은 달빛을 받으며 서 있었다. 그리고 로켓 너머로는, 한 골목 떨어진 그의 집에서 흘러나오는 노란 불빛이 따뜻하게 타오르고 있었다. 그의 집 라디오가 아련하게 음악을 울리는 소리가 들렸다. 그는 반 시간 동안 자리에 앉아 로켓과 집의 불빛을 생각했고, 이윽고 그의 눈이 가늘어졌다가 커졌다. 그는 분쇄기에서 내려와 걸어가기 시작했다. 그리고 걸음을 옮기며, 그는 웃기 시작했다. 집 뒷문에 도착해서는, 그는 심호흡을 하고 소리쳤다. "마리아, 마리아, 짐을 챙겨. 우리 모두 화성에 간다!"

"오!"

"아!"

"믿을 수가 없어!"

"믿게 될 거다, 믿게 될 거야."

아이들은 바람 부는 야적장으로 나와 빛나는 로켓 아래에 모여 서 있었다. 아직 만져 볼 엄두도 나지 않는 모양이었다. 아이들이 소리치기 시작했다.

마리아는 남편을 쳐다보았다. "대체 뭘 한 거예요?" 그녀가 말했다. "저것 때문에 저금을 찾은 거예요? 저건 날지도 못할 텐데요."

"날 거야." 그는 로켓을 바라보며 말했다.

"로켓 우주선은 수백만이 들어요. 당신 수백만 달러가 있어요?"

"날 거야." 그는 완고하게 반복해 말했다. "자, 그럼 너희 모두 집으로 돌아가거라. 전화도 여기저기 해야 하고 작업도 해야 하니까. 내일 떠날 거다! 아무에게도 말하지 말거라, 알았지? 비밀이니까."

아이들은 주저하며 로켓에서 물러났다. 그는 멀리 집 창문에서 내다보고 있는 들뜬 작은 얼굴들을 알아볼 수 있었다.

마리아는 자리를 뜨지 않았다. "당신이 우리 모두를 망쳤어요." 그녀가 말했다. "이런 데…… 이런 물건에 돈을 쓰다니. 새 장비를 사는 데

쓸 돈이었잖아요."

"두고 보라고." 그가 말했다.

그녀는 말 한 마디 않고 몸을 돌렸다.

"주께서 가호해 주시길." 그가 중얼거리고는, 작업을 시작했다.

한밤중이 될 때까지 트럭이 계속 도착하여 짐을 부려 놓았고, 보도 니는 싱글벙글 웃으며 은행 잔고를 털었다. 용접기와 금속 조각을 가지고 그는 로켓에 덤벼들어, 부품을 추가하고, 제거하고, 불타는 마법을 부리고 비밀을 심어 놓았다. 그는 오래된 자동차 엔진 아홉 개를 로켓의 텅 빈 기관실에 고정시켰다. 그리고 그는 기관실을 용접해 붙여 아무도 노동의 결과물을 보지 못하게 만들었다.

새벽이 되자 그는 부엌으로 들어갔다. "마리아." 그가 말했다. "나는 아침 먹을 준비가 됐는데."

아내는 그를 보고 한 마디도 하지 않았다.

해 질 녘이 되자 그는 아이들을 불렀다. "준비 다 됐다! 얼른 나오너라!" 집 안은 조용했다.

"내가 애들을 옷장에 가뒀어요." 마리아가 말했다.

"그게 무슨 소리야?" 그가 물었다.

"당신은 애들이랑 같이 로켓 안에서 죽을 거예요." 그녀가 말했다. "2,000달러로 살 수 있는 로켓이 대체 어떻겠어요? 아주 끔찍하겠죠!"

"내 말 좀 들어 봐, 마리아."

"폭발할 거라고요. 애초에 당신은 조종도 할 수 없잖아요."

"그래도 저 우주선은 몰 수 있다고. 내가 고쳤단 말이야."

"당신은 미친 거예요." 그녀가 말했다.

"옷장 열쇠는 어디 있어?"

"여기 가지고 있어요."

그는 손을 내밀었다. "이리 내놔."

그녀는 열쇠를 건네주었다. "당신이 애들을 죽일 거예요."

"아냐, 아냐."

"아니, 죽일 거예요. 느낄 수 있어요."

그는 아내를 바라보며 섰다. "같이 가지 않을 거야?"

"여기 있을래요." 그녀가 말했다.

"이해하게 될 거야. 곧 알게 될 거라고." 그가 웃고는, 옷장 문을 열었다. "이리 나오너라, 얘들아. 아빠랑 같이 가야지."

"다녀올게요, 잘 있어요, 엄마!"

그녀는 부엌 창문으로 가족들을 바라보고만 있었다. 매우 꼿꼿하고 조용한 모습으로.

로켓 문 앞에서, 아버지가 말했다. "얘들아, 이건 아주 빠른 로켓이란다. 아주 잠깐만 가 있을 거야. 너희들은 학교에 가야 하고, 나도 일을 해야 하니 말이다." 그는 아이들의 손을 차례로 잡아 주었다. "잘 들어라. 이 로켓은 아주 낡아서 이제 단 한 번밖에 더 날 수가 없단다. 다시는 날지 못할 거야. 평생 이런 여행은 다시 해 볼 수 없을 게다. 눈 똑바로 뜨고 보고 있거라."

"네, 아빠."

"귀를 쫑긋 세우고 모든 소리를 듣거라. 로켓의 냄새도 잘 맡아 보고. 느끼고 기억하는 거야. 돌아와서는 평생 이야기할 수 있도록 말이다."

"네, 아빠."

우주선은 멈춰 선 시계만큼이나 조용했다. 에어록이 쉭 소리를 내며 그들 뒤로 닫혔다. 그는 아이들을 고무로 된 해먹 위에 단단히 고정시켰다. 작은 미라처럼 보이는 모습이었다. "준비됐지?" 그가 소리쳤다.

"준비됐어요!" 아이들은 다 함께 소리쳤다.

"이륙한다!" 그는 10개의 스위치를 올렸다. 로켓이 굉음과 함께 솟아올랐다. 아이들은 해먹 위에서 소리치며 몸을 흔들었다. "움직인다! 이륙했어! 저거 봐!"

"곧 달이 보인다!"

달이 꿈속처럼 지나갔다. 유성이 불꽃놀이처럼 쏟아져 내렸다. 구불구불 펼쳐진 가스 구름 속에서 시간이 흘러갔다. 아이들은 소리쳤다. 몇 시간 후, 해먹에서 풀려난 아이들은 창밖을 바라보고 있었다. "저기 지구야!", "저게 화성이야!"

시간 다이얼은 계속 돌아갔고, 로켓은 분홍 불꽃을 계속 뿜어냈다. 아이들의 눈이 감기기 시작했다. 그들은 마침내 잠에 취한 나방처럼 해먹 고치 속으로 돌아갔다.

"좋아." 보도니가 혼잣말로 중얼거렸다.

그는 살금살금 조종실을 떠나, 두려움에 사로잡힌 채로, 한동안 에어록 앞에 서 있었다.

그는 버튼을 눌렀다. 에어록 문이 활짝 열렸다. 그는 밖으로 나섰다. 우주로? 검은 유성우와 가스 불꽃 속으로? 엄청난 속도와 무한한 차원 속으로?

아니. 보도니는 웃음 지었다.

진동하는 로켓 주변으로는 야적장의 풍경이 펼쳐져 있었다.

자물쇠가 달린 녹슨 야적장 정문이 똑같은 모습으로 서 있었다. 강가의 작고 조용한 집에서는 똑같은 부엌 창문의 불빛이 보였고, 강물은 똑같은 바다로 흘러가고 있었다. 그리고 야적장 가운데에는, 마법의 꿈으로 만들어 낸 로켓이 웅웅 소리와 함께 진동하며 서 있었다. 그 안에 있는 아이들을 거미줄에 걸린 파리처럼 흔들어 주면서.

마리아가 부엌 창문 앞에 서 있었다.

그는 아내에게 손을 흔들고 웃음 지었다.

그녀가 손을 마주 흔들었는지는 알 수 없었다. 아마 살짝 흔들었을 것이다. 살짝 웃었을 것이다.

해가 뜨고 있었다.

보도니는 서둘러 로켓으로 돌아갔다. 조용했다. 모두 아직도 자고 있었다. 그는 안도의 한숨을 쉬었다. 그는 해먹에 몸을 고정하고는 눈을 감았다. 그리고 속으로 기도를 했다. 아, 제발 앞으로 엿새 동안 이 환상에 아무 문제도 생기지 않기를. 우주 전체가 왔다가 사라지고, 붉은 화성과 화성의 위성들이 우주선 아래를 지나가는 동안, 컬러 영상에 아무런 흠집도 없기를. 훌륭한 환상을 위해 숨겨 놓은 거울과 화면에 아무런 문제도 일어나지 않기를. 아무런 위험 없이 시간이 흘러가기를.

그는 잠에서 깨어났다.

붉은 화성이 로켓 근처를 떠가고 있었다.

"아빠!" 아이들이 해먹에서 나오려고 버둥거렸다.

보도니는 그 모습을 보고 붉은 화성을 보았다. 그 모습은 훌륭하고 아무런 흠결도 없었고, 그는 매우 행복했다.

이레째 해 질 녘이 되자, 로켓은 진동을 멈추었다.

"집에 왔다." 보도니가 말했다.

그들은 로켓의 문을 나와 야적장을 가로질러 걸어갔다. 심장이 팔딱 팔딱 뛰고, 얼굴은 빛나고 있었다. 어쩌면 아이들도 그가 무엇을 했는지 알아차렸을지도 모른다. 어쩌면 그의 놀라운 마법의 비밀을 추측해 냈을지도 모른다. 그러나 알아챘다고 해도, 추측했다고 해도, 그들은 입을 열지 않았다. 그저 웃으며 달려갈 뿐이었다.

"모두 함께 먹을 햄과 달걀을 준비해 놨단다." 마리아가 부엌문으로 내다보며 말했다.

"엄마, 엄마, 엄마도 함께 보셨어야 해요, 화성이랑, 엄마, 유성이랑, 그거 전부 다요!"

"그렇구나." 그녀가 말했다.

잠자리에 들 시간이 되자, 아이들은 보도니 앞에 모여 섰다. "감사 인사를 드리려고 왔어요, 아빠."

"그 정도로 뭘."

"우리는 이 여행을 영원히 기억할 거예요, 아빠. 절대 잊지 않을 거예요."

한밤중이 되어, 보도니는 눈을 떴다. 아내가 옆에 누워 자신을 바라보고 있다는 사실을 깨달은 것이다. 그녀는 한동안 꼼짝도 하지 않다가, 갑자기 남편의 볼과 이마에 키스를 했다. "왜 그러는 거야?" 그가 소리쳤다.

"당신은 세계 최고의 아빠예요." 그녀가 속삭였다.

"왜?"

"이제 알겠어요. 이해했어요." 그녀가 말했다.

그녀는 다시 자리에 누워, 눈을 감고는 남편의 손을 잡았다. "아주 훌륭한 여행이었나 보죠?" 그녀가 물었다.

"그래." 그가 말했다.

"있잖아요. 언젠가 한밤중에, 나도 데리고 잠깐만 여행을 다녀와 줄 수 있어요?"

"잠깐이라면 아마 괜찮겠지." 그가 말했다.

"고마워요." 그녀가 말했다. "잘 자요."

"잘 자." 피오렐로 보도니가 말했다.

로켓맨
The Rocket Man

전기 반딧불이 어머니의 검은 머리 위에서 빛나며 앞길을 밝혀 주었다. 어머니는 침실 문 앞에서, 적막한 복도를 지나가는 나를 내다보고 계셨다. "이번에는 네 아버지를 여기 잡아 두도록 도와줄 거지?" 어머니가 말씀하셨다.

"그래야겠죠." 내가 대답했다.

"제발. 이번에는 절대 다시 보내면 안 돼." 어머니의 창백한 얼굴에 반딧불이 움직이는 불빛을 뿌렸다.

"알겠어요." 나는 잠시 그곳에 서 있다가 이내 대답했다. "하지만 그래 봤자 소용없어요. 아무 도움도 안 되잖아요."

어머니는 몸을 돌리셨다. 전기회로에 연결된 반딧불들은 움직이는 별자리처럼 그녀를 따라가며, 어둠 속에서 어디에 발을 디뎌야 할지를 알려 주었다. 어머니가 나직하게 중얼거리는 소리가 들렸다. "어쨌든 시도는 해 보아야 하지 않겠니."

몇몇 반딧불들은 내 방으로 따라 들어왔다. 내 몸무게가 침대의 회로를 작동시키자, 반딧불은 그대로 꺼져 버렸다. 한밤중이었다. 어머니와 나는 어둠 속에 외따로 떨어진 각자의 방에서, 침대에 누워 기다렸다. 침대가 흔들리며 노래를 불러 주기 시작했다. 나는 스위치를 눌렀다. 노래와 흔들림이 멈추었다. 잠이 들고 싶지 않았다. 잠이 들고 싶은 마음은 조금도 없었다.

오늘 밤도, 지금까지 우리가 보낸 천 번의 밤과 전혀 다르지 않았다. 한밤중에 깨어 있는 채로 차가운 공기가 뜨거워지는 것을 느끼고, 공기 중의 열기를 느끼고, 한순간 벽이 밝은색으로 달아오르는 것이 보일 때면, 우리는 아버지의 로켓이 우리 집 위를 지나가고 있다는 것을 알 수 있었다. 떡갈나무 숲이 그 충격파에 흔들렸다. 눈을 뜬 채로, 숨을 헐떡이며, 나는 내 방에 누워 있었고, 어머니는 어머니 방에 누워 계셨다. 그리고 가정용 통신기를 통해 어머니의 목소리가 들려오곤 했다.

"방금 그거 느꼈니?"

그러면 나는 이렇게 대답했다. "분명 아빠였어요."

우리 마을, 우주 로켓이 절대 오지 않는 작은 마을 위를 지나가는 아버지의 우주선이었다. 그리고 우리는 이후 두어 시간 동안 뜬눈으로 자리에 누워 생각을 하곤 했다. "이제 아빠는 스프링필드에 착륙하셨겠네. 이제는 활주로에 내려서셨겠지. 이제는 서류에 서명을 하고 계시고. 이제는 헬리콥터에 타고 강물을 넘어서, 언덕을 지나, 여기 그린 빌리지의 작은 공항에 헬리콥터를 대고 계시겠지……" 그리고 밤이 반쯤 끝나 가는 때가 오면, 어머니와 나는 서로 떨어진 차가운 침대에 누워 귀를 기울이고 또 기울였다. "이제 벨 가를 걸어오고 계실 거야. 항상 걸어오시니까…… 택시를 타는 법이 없으시지…… 이제는 공원을 가로질러서, 오크허스트 가 건널목을 돌아서 이제……"

나는 베개에서 머리를 들었다. 거리 저 멀리서, 활기차고 빠른 발소리가 이쪽으로 다가오고 있었다. 이제 우리 집 앞 진입로로 들어서서, 현관 계단을 올라온다. 그리고 현관문이 그를 알아보고 열리며, 조용히 귀가 인사를 건네고, 문이 닫히는 소리를 들으며, 우리 둘은, 엄마와 나는, 차가운 어둠 속에서 웃음 짓고 있었다……

세 시간 후, 나는 조용히 부모님 방의 황동 문고리를 돌렸다. 숨을 죽인 채로, 행성 사이에 펼쳐져 있는 우주 공간만큼이나 넓은 어둠 속에서 균형을 잡으며, 손을 뻗어 부모님의 침대 발치에 놓인 작은 검은색 가방을 잡았다. 나는 그것을 들고 조용히 내 방으로 달려 돌아오면서, 이렇게 생각했다. 아버지는 내가 알기를 바라지 않아서 말해 주시지 않는 거야.

가방을 열자 아버지의 검은색 제복이 흘러내렸다. 암흑 성운처럼 제복 곳곳에 반짝이는 별빛이 박혀 있었다. 나는 검은 옷을 따뜻한 손으로 주물러 보았다. 화성의 쇠 냄새, 금성의 녹색 담쟁이 냄새, 수성의 유황과 불길 냄새가 났다. 그리고 우윳빛 달과 단단한 별들의 냄새도 맡을 수 있었다. 나는 아버지의 제복을 올해 9학년 과제로 만든 원심분리기에 집어넣고 회전시켰다. 잠시 후 고운 가루가 배출구로 떨어졌다. 나는 그 가루를 현미경에 올려놓았다. 부모님은 아무것도 모르고 잠들어 계시고, 우리 집도 잠들어 있는 동안, 온갖 자동 조리기와 시종과 로봇 가정부들이 전기적인 수면에 빠져 있는 동안, 나는 유성의 가루, 혜성의 꼬리, 머나먼 목성에서 온 토양의 빛나는 덩어리들을 바라보고 있었다. 그것들은 엄청난 속도로 수억 킬로미터 떨어진 곳에서 움직이고 있는 바로 그 행성들처럼, 반짝이며 현미경 경통 속에서 나를 유혹하고 있었다.

새벽녘이 되자, 나만의 여행에 지치고 부모님께 발각될까 봐 두려워져서, 나는 제복을 가방에 넣어 부모님의 침실에 되돌려 놓았다.

그리고 나는 잠들었다. 안뜰에 들어온 드라이클리닝 차량의 경적에 잠시 깼을 뿐이었다. 그들은 검은 제복 가방을 가져갔다. 머뭇거리지 않아서 다행이라는 생각이 들었다. 이제 그 제복은 한 시간 후에, 자신의 운명과 여정이 말끔히 씻겨 나간 채로 돌아올 테니까.

나는 다시 잠들었다. 마법의 가루가 든 유리병을 잠옷 주머니에, 내 두근대는 심장 바로 위에 넣어 둔 채로.

아래층으로 내려가자, 아빠는 아침 식탁에 앉아 토스트를 뜯고 계셨다. "잘 잤니, 더그?" 아빠는 지금껏 이곳에 있었으며, 석 달이나 떠나 있지 않았던 양 말씀하셨다.

"네." 나는 말했다.

"토스트 먹을래?"

아빠는 버튼을 눌렀고, 아침 식탁이 황금색으로 구워진 토스트를 네 장 만들어 주었다.

그날 오후의 아버지를 기억한다. 아버지는 무언가를 찾는 동물처럼 정원을 파고 또 파셨다. 길고 그을린 팔을 빠르게 움직이며, 심고, 다지고, 고치고, 자르고, 가지를 치셨다. 검게 그을린 얼굴은 항상 대지를 향한 채로, 자신이 하는 일을 향해 항상 고개를 숙인 채로, 절대 하늘을 바라보지도, 나를 바라보지도, 심지어는 어머니도 바라보지 않았다. 우리가 그와 함께 무릎을 꿇어 작업복 무릎을 적시면서, 검은 흙을 손으로 쥐고 묘하게도 눈부신 하늘을 쳐다보지 않을 때를 제외하고는. 그럴 때면, 아버지는 그제야 양옆을, 어머니와 나를 돌아보며, 온화한 윙크를 보내고는 다시 몸을 숙인 채, 땅으로 얼굴을 향하며, 하늘의 시선을 뒤통수로 받아 내며 작업을 계속하셨다.

그날 밤 우리는 자동 포치 그네에 앉았다. 기계는 우리를 흔들어 주고 바람을 불어 주고 노래도 불러 주었다. 달빛이 환한 여름밤이었고, 레모네이드도 준비되어 있었다. 우리는 차가운 유리잔을 손에 들고 있었고, 아빠는 특수 모자에 삽입하는 형태의 스테레오 신문을 읽고 계셨다. 확대 렌즈 앞에 초소형 글자가 떠오르고, 눈을 연속으로 세 번 깜빡이면 책장이 넘어가는 종류였다. 아빠는 담배를 피우며, 그분이 어린아이였던 1997년에는 세상이 어땠는지를 말씀해 주셨다. "너는 왜 깡통 차기를 하러 가지 않는 거냐, 더그?"

나는 아무 말도 하지 않았지만, 어머니 쪽에서 입을 여셨다. "당신이 여기 없는 날 밤에는 차러 나가요."

아버지는 그 말에 나를 보시고는, 그날 처음으로 하늘을 올려다보셨다. 아버지가 별을 보실 때면 어머니는 항상 그분을 주시하셨다. 아버지는 집으로 돌아오신 첫날 낮과 밤에는 하늘을 별로 보지 않으신다. 정원 일을 하시는 모습, 너무 열정적이라 얼굴을 땅속으로 들이밀 듯 보이던 모습이 생각난다. 그러나 이틀째 밤에는 별들을 조금 더 올려다보신다. 어머니는 낮 동안의 하늘은 별로 두려워하지 않으셨다. 어머니가 꺼 버리고 싶어 하는 쪽은 밤하늘의 별들이었다. 나는 때로 어머니가 마음속으로 스위치를 향해 손을 뻗지만, 결국 찾지 못하는 모습을 볼 수 있었다. 그리고 사흘째가 되면, 아빠는 우리가 잠자리에 들 준비를 할 때까지 여기 베란다에 나와 계신다. 엄마가 아빠를 불러들이는 소리가, 거의 거리에 나와 있는 나를 불러들이는 소리처럼 들렸다. 그러면 이내 아빠가 한숨과 함께 전기 자물쇠를 잠그고 빗장을 지르는 소리가 들렸다. 그리고 난 다음 날 아침이면, 나는 토스트에 버터를 바르는 아빠의 발치에 작은 검은색 가방이 놓여 있는 모습을 보면서 어머니가 늦게까지 주무시리라는 사실을 알게 되곤 했다.

"자, 나중에 또 보자꾸나, 더그." 아빠가 말씀하셨고, 우리는 악수를 했다.

"한 석 달 정도 뒤에요?"

"그래."

그리고 아빠는 걸어서 가셨다. 헬리콥터도 비틀도 버스도 타지 않으시고, 겨드랑이에 낀 작은 가방에 제복을 숨긴 채로. 누구에게도 자신이 로켓맨이라고 뽐내고 싶어 하지 않는 분이셨으니까.

그런 아침이면, 어머니는 한 시간 정도 지나서 침실에서 나오셔서, 말라 버린 토스트 한 조각으로 아침 식사를 하셨다.

그러나 오늘 밤은 첫날 밤, 좋은 밤이었고, 아빠는 별을 거의 올려다보지 않으셨다.

"텔레비전 축제에 가요." 내가 말했다.

"그러자꾸나." 아빠가 말씀하셨다.

어머니는 나를 보고 웃으셨다.

그래서 우리는 헬리콥터를 타고 도시로 나가, 아빠를 이끌고 천 가지의 전시품들 사이를 돌아다녔다. 그분의 얼굴이 아래를, 우리를 향하도록, 다른 곳을 보지 못하도록 하려고. 그리고 재밌는 것을 보며 웃고 심각한 것을 심각하게 본 다음에, 나는 생각했다. 우리 아버지는 토성과 해왕성과 명왕성에 가시지만, 단 한 번도 선물을 가져오시는 적이 없다고. 아버지가 우주로 나가는 다른 아이들은 칼리스토의 광물 조각이나 검은 유성 덩어리나 푸른 모래 등을 받곤 했다. 그러나 나는 혼자 힘으로 수집품을 모아야 했다. 내 방에 있는 화성의 암석이나 수성의 모래 등은 다른 아이들과 교환한 물건이었는데, 아빠는 이런 것들에 대해서는 언제나 한 마디도 없으셨다.

어머니에게는 때로 뭔가를 가져다주셨던 기억이 난다. 화성의 해바라기를 가져다 안뜰에 심었던 적도 있는데, 아빠가 떠나고 한 달이 지나 해바라기들이 무성하게 자라자, 어느 날 어머니가 달려 나가서 그것들을 전부 잘라 버리셨다.

3차원 전시물 앞에서 발걸음을 멈췄을 때, 나는 별생각 없이 아빠에게 항상 하던 질문을 한 번 더 입 밖으로 냈다.

"우주에 있으면 어떤 느낌이에요?"

어머니는 공포에 질린 눈빛으로 나를 바라보셨다. 그러나 이미 너무 늦어 버렸다.

아버지는 30초가 지나도록 그곳에 서서 답을 찾으려 하셨지만, 결국에는 어깨를 으쓱하실 뿐이었다.

"좋은 것들로만 가득한 인생에서도 최고라고 할 수 있지." 아빠는 이렇게 말씀하시다가 문득 제정신을 차리셨다. "아, 사실 별것도 아니란다. 그냥 일상이지. 네 마음에는 들지 않을 거야." 아빠는 걱정하는 표정으로 나를 바라보셨다.

"하지만 아빠는 항상 그리로 돌아가시잖아요."

"습관이지."

"다음에는 언제 가세요?"

"아직 결정하지 않았단다. 고민을 좀 해 봐야지."

아빠는 언제나 고민을 하신다. 요즘은 로켓 조종사가 귀하기 때문에, 아빠는 일을 고르실 수도, 내킬 때에만 일을 하실 수도 있다. 집에 돌아오시고 사흘이 지나면, 아빠가 별들을 살피면서 다음 행선지를 고르시는 모습을 볼 수 있었다.

"얼른 오너라. 집에 가자꾸나." 어머니가 말씀하셨다.

집에 도착했을 때는 아직 이른 시간이었다. 나는 아빠가 제복을 입어 보시기를 원했다. 항상 그렇듯이 어머니의 기분이 나빠질 테니 그런 말을 꺼내지 말았어야 했지만, 나로서는 도저히 억누를 수가 없었다. 나는 계속 부탁을 했고, 아빠는 항상 거절하셨다. 나는 지금껏 제복을 입은 아빠의 모습을 본 적이 없었다. 마침내 아빠가 말씀하셨다. "그래, 알겠다."

우리는 거실에서 기다렸고, 아빠는 수직 통로를 타고 2층으로 올라가셨다. 어머니는 멍한 눈으로 나를 바라보셨다. 아들이 자신에게 이런 짓을 했다는 사실을 믿을 수가 없다는 듯한 표정이었다. 나는 눈길을 돌리며 말했다. "죄송해요."

"전혀 도울 생각이 없구나." 어머니가 말씀하셨다. "조금도 없어."

잠시 후, 수직 통로에서 부스럭거리는 소리가 들렸다.

"자, 입었다." 아빠가 나직하게 말씀하셨다.

우리는 제복을 입은 아빠를 살펴보았다.

단추와 옷깃만이 은빛으로, 검은 장화 끄트머리까지 전부 반짝이는 검은색으로 보이는 제복이었다. 마치 누군가 암흑 성운에서 팔과 다리와 몸통을 도려내, 희미한 별빛이 그 안에서 비치는 것처럼 보였다.

길고 늘씬한 손에 딱 맞는 장갑처럼 몸에 꼭 맞았고, 차가운 공기와 금속과 우주의 냄새가 났다. 불꽃과 시간의 냄새가 났다.

아버지는 어색하게 웃으며, 방 한가운데에 서 계셨다.

"뒤로 돌아 봐요." 어머니가 말씀하셨다.

아버지를 보는 어머니의 눈길은 공허하기만 했다.

아버지가 떠나 계신 동안, 어머니는 절대 아버지를 언급하지 않으셨다. 날씨나 내 목의 상태나 수건을 대야겠다는 이야기나, 자신이 밤마다 잠을 이루지 못한다는 말씀은 결코 하지 않으셨다. 한번은 밤마다 빛이 너무 강하다는 말씀을 하신 적이 있다.

"하지만 이번 주에는 달도 안 뜨는데요." 내가 말했다.

"별빛이 있잖니." 어머니가 말씀하셨다.

나는 가게로 가서 좀 더 진한 녹색 차양을 사다 드렸다. 밤마다 침대에 누워 있노라면 어머니가 그 차양을 창문 끝까지 단단히 내리는 소리가 들렸다. 스치는 소리가 길게 이어졌다.

한번은 잔디를 깎으려 한 적이 있었다.

"안 돼." 엄마가 현관에 나와 계셨다. "잔디깎이는 저리 치우렴."

그래서 정원의 잔디는 석 달 동안 한 번도 깎이지 않고 무성하게 자라났다. 아빠는 집에 돌아오실 때마다 잔디를 깎으셨다.

그것 말고도, 어머니는 내가 뭔가를 하도록 놔두시는 법이 없었다. 전자 아침 식사 조리기나 자동 서적 낭독기를 수리하는 일 따위조차도. 어머니는 크리스마스를 기다리는 것처럼 모든 일거리를 모아 두셨다. 때가 오면 아빠가 등장해서, 연방 웃으며 망치질을 하거나 물건을 고치셨고, 어머니는 행복하게 그 모습을 바라보며 웃곤 하셨다.

그래, 아빠가 떠나 계신 동안은, 어머니는 절대 아빠에 대해 언급하지 않으셨다. 그리고 아빠는 100만 킬로미터 떨어진 곳에서 우리와 접촉하려는 그 어떤 시도도 하지 않으셨다. 한번은 이렇게 말씀하셨다. "연락을 하면 너와 엄마와 함께 있고 싶어질 테니까. 그러면 행복할 수가 없단다."

한번은 아빠가 내게 이런 말씀을 하신 적도 있었다. "네 엄마는 가끔 가다 내가 여기 없는 양 군단다. 내가 투명인간이기라도 한 것처럼."

어머니가 그렇게 행동하시는 것을 본 적이 있다. 그저 아빠의 어깨 너머를 바라보고, 아빠의 턱이나 손은 보면서도 눈은 절대 마주치지 않으시는 것이었다. 눈을 들여다보면, 마치 잠이 들기 직전의 동물처럼 얇은 막이 어머니의 눈을 뒤덮고 있었다. 대화에 맞춰 적절하게 긍정하고, 웃음 짓기도 하시지만, 항상 예상보다 반 초 뒤에 움직이셨다. "네 엄마에게는 내가 그곳에 없는 거지." 아빠는 말씀하셨다.

그러나 다른 때는 어머니는 그곳에 계셨고 아빠도 어머니를 위해 그곳에 계셨다. 그리고 두 분은 손을 잡고 함께 거리를 산책하고, 어머니의 머리카락을 소녀처럼 뒤로 흩날리면서 함께 오토바이를 타기도 하셨다. 그리고 어머니는 부엌에 있는 모든 자동 기구의 전원을 끄고는 훌륭한 케이크와 파이와 쿠키를 구운 다음, 아빠의 얼굴을 그윽하게 바라보며 진짜 미소를 짓기도 하셨다. 그러나 그렇게 아빠와 함께 지내는 나날이 끝나 갈 때면, 어머니는 언제나 우셨다. 그럴 때면 아빠는 무력하게 자리에 서서, 영원히 찾을 수 없는 해답을 찾으려는 듯 방 안을 둘러보고 계셨다.

아빠가 제복을 입고, 우리가 잘 볼 수 있도록 천천히 몸을 돌리셨다. "다시 한 번 돌아 봐요." 엄마가 말씀하셨다.

다음 날 아침, 아빠는 표를 한 움큼 쥐고 달려 들어오셨다. 캘리포니아로 가는 분홍색 로켓 티켓, 멕시코로 가는 푸른색 티켓.

"당장 가자고!" 아빠가 말씀하셨다. "일회용 옷을 사서 입고 더러워지면 태워 버리면 되니까. 이걸 봐. L. A.로 가는 정오 로켓을 타고, 샌타바버라로 가는 2시 헬리콥터를 탄 다음에, 엔세나다로 가는 9시 비행기를 타서, 하룻밤 자고 오는 거야!"

그리고 우리는 캘리포니아로 가서 하루 반나절 동안 태평양 연안을 이리저리 날아다녔고, 마침내 맬러부의 백사장에 안착해 밤하늘 아래에서 소시지를 구웠다. 아빠는 계속 귀를 기울이거나 노래하거나 주변 사방의 것들을 살펴보고 계셨는데, 마치 이 세계가 너무 빠르게 돌아가는 원심분리기라서 자신이 언제든 우리에게서 떨어져 나갈 것만 같다고 여기시는 듯했다.

맬러부에서 보낸 마지막 오후에, 엄마는 호텔 방에 계셨다. 아빠는 뜨거운 태양 아래 백사장에서 내 옆에 한참을 누워 계셨다. "아, 바로 이거야." 아빠는 한숨을 쉬셨다. 눈은 부드럽게 감겨 있었다. 그대로 드러누운 채로 햇빛을 들이켜는 중이었다. "이게 그리워지지."

물론 '로켓에서' 그렇다는 말이었다. 하지만 아빠는 절대로 "로켓에서"라는 표현을 입에 올리거나 로켓과 로켓에서 가질 수 없는 모든 것들을 언급하지 않으셨다. 로켓에서는 바닷바람을 느낄 수도, 푸른 하늘이나 노란 태양을 볼 수도, 엄마의 요리를 먹을 수도 없다. 로켓에서는 열네 살 먹은 아들과 대화를 할 수도 없다.

"어디, 네 이야기나 좀 들어 보자꾸나." 아빠가 마침내 말씀하셨다.

그리고 나는 언제나 그래 왔듯이, 이제 앞으로 세 시간 동안 끊임없이 대화를 나누게 될 것임을 알고 있었다. 우리는 오후 내내 나른한 햇살 속에 누워 서로 나직하게 대화를 주고받았다. 내 학교 성적, 내가 얼마나 높이 뛸 수 있는지, 얼마나 빨리 헤엄칠 수 있는지 등에 대해서.

아빠는 내가 말할 때마다 고개를 끄덕이고 웃음을 지으시며, 마음에 든다는 듯 내 가슴을 가볍게 때리셨다. 우리는 이야기를 했다. 로켓이나 우주에 대해서가 아니라, 멕시코에 대해서, 예전에 낡은 차를 타고 여행했던 곳들에 대해서, 한낮에 무더운 녹색 멕시코의 정글에서 잡았던 나비들에 대해서 이야기했다. 수백 마리의 나비들이 우리 라디에이터로 빨려 들어가 그곳에서 죽어 있던 모습에 대해서. 파란색과 선홍색의 날개를 퍼덕이며 몸을 뒤틀던 그 아름답고 슬픈 광경에 대해서. 내가 이야기를 나누고 싶던 것들 대신 우리는 그런 것들에 대해 대화를 나누었다. 그리고 아빠는 내 말에 귀를 기울이셨다. 아빠는 언제나 그랬듯이, 자신이 들을 수 있는 모든 소리로 자신을 가득 채우려는 듯했다. 아빠는 바람 소리와 바다의 파도 소리와 내 목소리에 귀를 기울이셨다. 언제나 넋이 나간 듯 주의를 쏟으며, 거의 실체를 제거하고 소리만 남길 정도로 집중하고 계셨다. 아빠는 소리를 듣기 위해 눈을 감으셨다. 잔디를 깎으실 때면, 원격 조종 장치를 사용하는 대신 손수 잔디깎이를 움직이며 그 소리에 귀를 기울이곤 하셨다. 잔디깎이 뒤에 서서, 분수같이 쏟아지는 잔디 조각을 맞으며 풀 냄새를 맡으시는 모습도 보았다.

"더그." 오후 5시쯤, 타월을 주워 들고 파도가 밀려오는 해변을 따라 돌아가던 도중, 아빠가 말씀하셨다. "한 가지 약속해 주었으면 한다."

"뭘요?"

"절대로 로켓맨이 되어서는 안 된다."

나는 걸음을 멈추었다.

"진심으로 하는 소리다. 저 밖에 있는 동안은 이곳을 그리워하게 되고, 이곳에 있으면 저 밖을 그리워하게 되니까. 그런 짓을 시작하지 말거라. 그런 감정에 사로잡히면 안 된다."

"하지만……"

"너는 그게 어떤 건지 모르겠지. 나는 저 밖에 나갈 때마다 이런 생각을 한단다. '지구로 돌아갈 수만 있다면 그곳에 머무를 거야. 두 번 다시 밖으로 나오지 않겠어.' 하지만 결국 다시 나가고 말지. 아마 계속 다시 나가게 될 게다."

"저는 옛날부터 로켓맨이 되고 싶었다고요." 내가 말했다.

아빠는 내 말을 듣지 못하셨다. "나도 여기 머무르려고 노력하고 있다. 지난 토요일에 집에 온 후로, 나는 여기 머무르려고 지독하게 노력해 왔단 말이다."

나는 아빠가 정원에서 땀을 흘리며 일하던 모습, 그 모든 여행과 활동과 소리를 모아들이시던 일들을 기억했다. 그리고 그런 모든 모습이, 세상에 진짜로 존재하는 훌륭한 것들이 이곳에 있는 것들, 바다와 도시와 대지와 그분의 가족들뿐이라는 것을 스스로 확신하기 위해 하신 행동이라는 것도 알고 있었다. 그러나 나는 그날 밤 아빠가 어디에가 계실지 알고 있었다. 베란다에 나가 앉아 오리온자리의 보석들을 보고 계실 것이었다.

"나처럼 되지 않겠다고 약속해 주렴." 아빠가 말씀하셨다.

나는 한동안 망설이다 말했다. "알겠어요."

아빠는 나와 악수를 하며 말씀하셨다. "착한 아이로구나."

그날 밤 저녁 식사는 훌륭했다. 엄마는 계피와 반죽과 냄비를 한가득 들고 한참 부엌을 돌아다니셨고, 이제 커다란 칠면조가 식탁 위에서 김을 뿜고 있었다. 드레싱과 크랜베리 소스와 완두콩과 호박 파이와 함께.

"8월 중순에 이게 다 뭐야?" 아빠가 깜짝 놀라서 말씀하셨다.

"추수감사절 때는 여기에 안 계실 거잖아요."

"그렇긴 하지."

아빠는 코를 벌름거리셨다. 접시 하나하나 뚜껑을 열어 보시면서 음식의 향기를 담은 증기를 햇볕에 그을린 얼굴로 맞으신 후, 매번 "아" 하고 감탄하셨다. 아빠는 방 안과 자신의 손을 둘러보셨다. 벽에 걸린 그림들, 의자들, 식탁, 나, 그리고 엄마를 보셨다. 목청을 가다듬으셨다. 아빠가 결심을 하시는 모습이 보였다. "릴리?"

"네?" 엄마는 식탁 맞은편에서 아빠를 건너다보셨다. 자신이 만들어 놓은 훌륭한 은빛 함정에, 그레이비로 가득한 무시무시한 구덩이에, 고대의 짐승이 타르 웅덩이에 빠져 허우적대던 것처럼 자신의 남편이 빠져 사로잡히기를 기대하면서, 갈빗대의 창살 안쪽에 갇혀서 밖을 내다보며 영원히 안전하게 머무르기를 바라며 만들어 낸 그 함정들 너머로. 엄마의 눈이 반짝였다.

"릴리." 아빠가 말씀하셨다.

계속해 보세요, 나는 몸이 달아오른 채 생각했다. 얼른 말씀하세요. 이번에는 집에 계실 거라고요. 영원히 계실 거라고, 다시는 가지 않으실 거라고. 어서요!

바로 그때 지나가던 헬리콥터 소리가 방 안을 가득 채웠고, 창틀이 수정 부딪치는 소리를 내며 흔들렸다. 아빠는 창문 쪽을 바라보셨다.

저녁의 푸른 별들이 그곳에 있었다. 그리고 화성이라는 이름의 붉은 행성이 동녘에서 떠오르고 있었다.

아빠는 1분 내내 화성을 바라보고 계셨다. 그리고 나를 보지도 않고 내 쪽으로 손을 내미셨다. "완두콩 좀 주겠니." 아빠가 말씀하셨다.

"잠깐 실례할게요. 가서 빵 좀 가져와야겠어요." 엄마는 부엌으로 뛰어 들어가셨다.

"하지만 빵은 식탁 위에 있는데요." 내가 말했다.

아빠는 나를 보지도 않고 식사를 시작하셨다.

그날 밤에는 잠을 이룰 수가 없었다. 새벽 1시에 아래층으로 내려오자, 달빛은 얼음처럼 지붕 위에 가득 빛나고, 잔디 위에 내린 이슬은 눈발처럼 반짝이고 있었다. 나는 잠옷 바람으로 문간에 서서 따뜻한 밤바람을 맞고 있다가, 문득 아빠가 자동 포치 그네에 앉아 천천히 흔들리고 있다는 사실을 발견했다. 뒤로 젖혀진 옆얼굴을 보고 있자니 하늘을 가로지르는 별들을 바라보고 계신 모양이었다. 회색 수정처럼 빛나는 두 눈에 달빛이 하나씩 깃들어 있었다.

나는 그쪽으로 가서 아빠 옆에 앉았다.

우리는 한동안 그네 위에서 천천히 앞뒤로 흔들렸다.

내가 마침내 입을 열었다. "우주에서 죽는 방법이 몇 가지나 돼요?"

"100만 가지는 되지."

"몇 개만 말씀해 주세요."

"운석에 맞을 수도 있지. 로켓에서 공기가 새어 나갈 수도 있어. 아니면 혜성에 휩쓸릴 수도 있지. 충돌. 질식. 폭발. 원심력. 지나친 가속. 부족한 가속. 열기, 냉기, 태양, 달, 별, 행성, 소행성, 미微행성, 방사

선……"

"죽으면 데려다 묻어 주나요?"

"시체를 찾을 수도 없단다."

"그러면 어디로 가게 되는 거죠?"

"수억 킬로미터를 흘러가지. 움직이는 무덤이라고 부르더구나. 운석이 되어 떨어지거나, 아니면 미행성이 되어 영원히 우주를 떠돌아다니는 거란다."

나는 아무 말도 하지 않았다.

잠시 후, 아빠가 말씀하셨다. "한 가지 좋은 점은, 우주에서는 빠르게 일어난다는 거란다. 죽음 말이다. 그냥 그대로 끝나 버리거든. 오랫동안 허우적댈 필요가 없어. 대부분은 깨닫기도 전에 죽지. 바로 죽고, 그대로 끝나 버리는 거란다."

우리는 잠자리에 들었다.

아침이었다.

아빠는 문간에 서서, 금빛 새장에 든 노란 카나리아의 노랫소리를 듣고 계셨다.

"자, 결정을 했단다." 아빠가 말씀하셨다. "다음에 집에 오면, 계속 여기에 있도록 하마."

"아빠!" 내가 말했다.

"엄마가 일어나시면 말씀드리도록 하렴."

"정말이죠!"

아빠는 엄숙하게 고개를 끄덕이셨다. "대충 3개월 후에 또 보자꾸나."

그렇게 말씀하시며, 아빠는 거리를 따라 내려가셨다. 비밀 가방에 제복을 넣은 채로, 휘파람을 불며 키 큰 녹색 나무들을 바라보면서 지나치는 멀구슬나무에서 열매를 따서는 앞길에 흩뿌리며, 그렇게 이른 아침의 밝은 그림자 속으로 걸어가셨다……

그날 아침, 아빠가 떠나시고 몇 시간이 지난 후, 나는 어머니께 몇 가지 질문을 드렸다. "아빠가 그러시는데, 엄마가 때로는 아빠를 보거나 듣지 못하는 것처럼 행동하신다던데요." 내가 말했다.

그러자 어머니는 차분하게 모든 것을 설명해 주셨다.

"10년 전에 네 아빠가 처음으로 우주로 나가셨을 때, 나는 속으로 이렇게 말했단다. '저이는 죽은 사람이야.' 아니면 적어도 죽은 것이나 다름없으니까, 죽었다고 생각하자고. 그리고 1년에 서너 번 정도 네 아빠가 돌아올 때면, 그때는 그 사람 본인이 돌아오는 것이 아니라 즐거운 기억이나 꿈의 한 조각이 돌아오는 거라고 여긴단다. 기억이나 꿈으로 여긴다면, 그게 끝나더라도 절반도 고통스럽지 않을 테니까. 그러니까 대부분의 시간 동안 나는 네 아빠를 죽은 사람으로 여기고 있는 거야."

"하지만 다른 때는……"

"다른 때는 나 자신을 억제할 수 없는 거란다. 네 아빠가 살아 있는 것으로 여기고 파이를 굽고 대접을 할 때면, 그때는 다시 고통이 시작되지. 아니, 차라리 네 아빠가 10년 동안 여기에 없었고, 두 번 다시는 볼 수 없을 거라고 생각하는 편이 나아. 그러면 그 정도로 고통스럽지는 않으니까."

"다음번에는 여기에 머무를 거라고 말씀하셨는데도요?"

어머니는 천천히 고개를 저으셨다. "아니, 네 아빠는 죽은 사람이야. 그건 분명한 사실이야."

"그럼 다시 살아 돌아오시는 셈이겠네요." 내가 말했다.

어머니는 말씀하셨다. "10년 전에 이런 생각을 했단다. 만약 그이가 금성에서 죽으면 어떻게 하나? 그러면 우리는 두 번 다시 금성을 볼 수 없을 거야. 만약 그이가 화성에서 죽으면 어떻게 하나? 우리는 두 번 다시 화성을 볼 수 없을 거야. 하늘에 붉은빛이 드리우면 집 안으로 들어가서 문을 잠그게 되겠지. 만약 그이가 목성이나 토성이나 해왕성에서 죽으면 어떻게 하나? 그 행성들이 하늘 높이 떠오르는 밤이면, 우리는 그 어떤 별도 바라볼 생각이 들지 않겠지."

"아마 그렇겠죠." 내가 말했다.

다음 날 소식이 도착했다.

소식을 받아 든 사람은 나였고, 나는 현관에 선 채로 그 내용을 읽었다. 해가 지고 있었다. 엄마는 내 뒤의 칸막이 문 앞에 서서, 내가 소식을 접어서 주머니에 넣는 모습을 바라보고 계셨다.

"엄마." 내가 말했다.

"내가 알고 있는 일이라면 말해 주지 않아도 된다." 엄마가 말씀하셨다.

엄마는 눈물을 흘리지 않으셨다.

적어도 화성은 아니었다. 금성도 아니었고, 목성이나 토성에 의해 죽음을 맞으신 것도 아니었다. 저녁 하늘에 목성이나 토성이나 화성이 떠오를 때마다 아빠 생각을 하게 되지는 않았다.

완전히 다른 문제였다.

아빠의 우주선은 태양으로 추락했다.

그리고 태양은 크고 이글거리고 무자비했고, 항상 하늘에 떠 있어서 우리의 힘으로는 벗어날 도리가 없었다.

그래서 아빠가 돌아가시고 난 다음 한참을, 어머니는 낮 동안에 주무시고 밖으로 나가지 않으셨다. 우리는 자정에 아침을 먹고 새벽 3시에 점심을 먹었으며, 날이 흐릿하게 밝아 오는 서늘한 오전 6시에 저녁을 먹었다. 우리는 심야 영화를 보고는 해 뜰 무렵 잠자리에 들었다. 짙은 녹색 차양을 창문 전체에 단단하게 내린 채로.

그리고 아주 오랫동안, 우리는 비가 내려 태양이 보이지 않는 때를 제외하고는 낮에 밖으로 나가지 못했다.

우렛소리
A Sound of Thunder

  벽에 붙은 광고 문구는 미지근한 물의 막 아래에서 일렁이는 것처럼 보였다. 간판을 바라보는 에켈스의 눈꺼풀이 깜빡였고, 찰나의 어둠 속에서 간판의 글씨가 각인되어 빛났다.

시간 사파리 주식회사

과거 어느 때로든 갈 수 있는

사파리.

동물의 종류를 말씀해 주십시오.

저희가 그곳으로 데려다 드립니다.

당신은 총만 쏘시면 됩니다.

에켈스의 목구멍에 뜨뜻한 가래가 고였다. 그는 가래를 삼켜 배 속으로 넘겼다. 천천히 허공으로 손을 내미는 그의 입 근육이 미소를 만들었고, 바로 그 손에는 책상 너머에 앉아 있는 남자에게 내미는 1만 달러짜리 수표가 들려 있었다.

"이 사파리 상품이 무사 귀환까지 보장해 주나?"

"저희는 아무것도 보장하지 않습니다." 사무원이 말했다. "공룡을 제외하고는요." 그리고 그는 몸을 돌렸다. "이쪽은 트래비스 씨입니다. 손님의 과거 사파리 안내원이죠. 무엇을, 어디를 쏴야 할지를 알려 드릴 겁니다. 만약 이분이 쏘지 말라고 말하면 쏘지 않으셔야 합니다. 지시에 불응하실 경우, 추가로 1만 달러의 벌금이 부과되며, 돌아오신 후에 정부 측에서 움직일 수도 있습니다."

에켈스는 난장판에 가까운 널찍한 사무실 안을 한번 훑어보았다. 온갖 전선과 강철 상자들이 뒤얽힌 채로 웅웅대고, 그 위로는 오로라가 노란색, 은색, 푸른색으로 번갈아 바뀌며 깜빡이고 있었다. 모든 시간을 모아들여 태우는 듯한 거대한 모닥불 타는 소리가 들렸다. 모든 연도와 모든 양피지 달력들, 모든 시간을 높이 쌓아 올려 불을 붙인 듯한 소리였다.

손으로 한번 건드리기만 하면, 그 순간 이 모닥불은 아름답게 되돌아갈 것이다. 에켈스는 우편 광고에 적혀 있던 문구를 떠올렸다. 숯과 잿더미 속에서, 먼지와 석탄 속에서, 금빛 샐러맨더*처럼, 옛 시절, 푸르른 시절이 다시 살아난다. 장미 향기가 공기 중에 퍼지고, 백발이 윤기 흐르는 흑발로 변하며, 주름살이 사라진다. 모든 것들이 씨앗으로

---

* 도마뱀의 형상을 한 서양의 전설상의 동물. 불 속에 살면서 불을 끄는 힘이 있으며, 동물 중에서 가장 강한 독을 가지고 있다고 전한다.

돌아가고, 죽음을 피하여 자신의 시초로 돌아가며, 태양은 서쪽 하늘에서 떠올라 노을 가득한 동쪽으로 사라지고, 달은 익숙한 모습과 반대 방향으로 이울어 가며, 모든 것들이 중국 상자처럼 서로의 안으로 되돌아가고, 토끼가 모자 속으로 들어가며, 모든 것들이 새로운 죽음으로 아물어 버린다. 씨앗의 죽음으로, 푸르른 죽음으로, 시초 이전의 시간으로. 손으로 건드리기만 하면 이런 일이 벌어진다. 그저 손으로 건드리기만 하면.

"믿을 수 없군." 에켈스는 여윈 얼굴에 타임머신의 불빛을 받으며 숨을 몰아쉬었다. "진짜 타임머신이라니." 그는 고개를 저었다. "이런 생각이 드는군. 어제 선거 결과가 나쁜 쪽으로 돌아갔다면, 나는 그 결과를 회피하려고 여기에 있을 거라고. 키스가 승리했기에 망정이지. 그 친구는 미국 대통령의 직무를 훌륭하게 수행할 거야."

"그렇죠." 책상 너머에 앉아 있는 남자가 말했다. "우리는 운이 좋은 겁니다. 도이처가 백악관에 들어갔더라면 우리는 가장 끔찍한 독재를 겪게 됐을 겁니다. 모든 것의 적이라고 할 수 있는 사람이지요. 군국주의자, 반기독교, 반인본주의, 반지성주의. 사람들이 농담 섞인, 하지만 농담만은 아닌 문의 전화를 해 오더군요. 만약 도이처가 대통령이 된다면 1492년으로 돌아가 살고 싶다는 겁니다. 물론 우리 일은 망명을 주선하는 것이 아니라 사파리 여행을 하는 것이라서요. 어쨌든 이제 키스가 대통령이 되지 않았습니까. 걱정하셔야 하는 일은,"

"내 몫의 공룡을 쏘아 넘기는 것뿐이지." 에켈스가 그의 말을 받아 마무리했다.

"티라노사우루스 렉스를 말이죠. 폭군 도마뱀, 역사상 가장 놀라운 괴수를 말입니다. 여기 포기각서에 서명해 주십시오. 손님께 무슨 일이 벌어지더라도, 그건 우리 책임이 아닙니다. 그 공룡들은 굶주려 있거든요."

에켈스는 화가 나서 얼굴을 붉혔다. "나를 겁주려는 모양이군!"

"솔직히 말씀드려서 그렇습니다. 첫 발을 쏘자마자 겁에 질려 날뛰는 손님들을 원하지는 않으니까요. 작년에만도 사파리 안내자 여섯과 사냥꾼 열둘이 목숨을 잃었습니다. 우리는 지금 손님께 진짜 사냥꾼이 원할 만한 최고의 스릴을 제공해 드리려는 겁니다. 6000만 년을 거슬러 올라가, 모든 시간 속에서 가장 큰 사냥감을 처리하는 일이죠. 손님의 개인 수표가 아직 여기에 있습니다. 찢어 버리셔도 좋습니다."

에켈스는 수표를 바라보았다. 그의 손가락이 움찔거렸다.

"행운을 빕니다." 책상 너머에 앉아 있는 남자가 말했다. "트래비스 씨, 이분을 맡아 주세요."

그들은 아무 말 없이 방을 가로질렀다. 총을 든 채로, 타임머신을 향해서, 은빛 금속과 일렁이는 빛을 향해서.

낮이 오고 밤이 오고 낮과 밤이 오고 낮-밤-낮-밤-낮이 찾아왔다. 한 주가, 한 달이, 1년이, 10년이 흘러갔다! 서기 2055년, 서기 2019년. 1999년! 1957년! 그대로 흘러갔다! 기계가 괴성을 울렸다.

그들은 산소 헬멧을 쓰고 내부 통신기를 점검해 보았다.

에켈스는 창백하고 딱딱하게 굳은 얼굴로 완충재를 댄 자리에 앉아 이리저리 흔들리고 있었다. 팔이 떨리는 것이 느껴졌고, 아래를 내려다보자 자신의 손이 신형 라이플을 단단히 붙들고 있다는 것을 알게 되었다. 타임머신 안에는 다른 남자 네 명이 있었다. 사파리 안내자인 트래비스, 그의 조수인 레스퍼런스, 그리고 사냥꾼 빌링스와 크레이

머. 그들은 서로를 바라보며 앉아 있었고, 밖에서는 시간이 내달려 사라지고 있었다.

"이 총으로 공룡을 잡을 수 있는 건가?" 에켈스는 자기도 모르게 물었다.

"정확하게 맞히기만 한다면야." 트래비스의 대답 소리가 헬멧에 장착된 통신기를 통해 들려왔다. "어떤 공룡들은 뇌가 두 개 있소. 하나는 머리에, 다른 하나는 척수를 타고 한참 아래쪽에 있지. 우리는 그런 놈들은 취급하지 않소. 너무 위험하니까. 가능하다면 처음 두 발을 눈에 맞히시오. 눈이 멀게 되고, 타격이 뇌로 들어가니까."

기계가 비명을 질렀다. 시간은 거꾸로 돌아가는 영화 필름 같았다. 태양이 정신없이 달려가고, 그 뒤를 따라 수천만 개의 달이 흘러갔다. "생각해 보게." 에켈스가 말했다. "인류 역사 속의 모든 사냥꾼들이 오늘 우리를 부러워할 거라고. 이건 뭐, 아프리카가 일리노이의 전원 풍경으로 보일 지경이군."

기계가 속도를 줄였다. 높은 괴성이 웅얼거림으로 변하며 잦아들었다. 타임머신이 멈추었다.

태양이 하늘 위에서 움직임을 멈추었다.

타임머신을 뒤덮고 있던 안개는 씻은 듯이 사라졌고, 그들은 과거에 도착했다. 매우 오랜 과거 속에, 세 명의 사냥꾼과 두 명의 사파리 안내자가, 무릎 위에 푸른색 금속으로 만든 총을 올려놓은 채로.

"그리스도는 아직 태어나지 않았소." 트래비스가 말했다. "모세도 신과 대화를 하기 위해 산을 오르지 않았지. 피라미드는 대지 속에 잠든 채로, 언젠가 누군가 잘라서 끌어 올려 주기만을 기다리고 있소. 그 점을 기억하시오. 알렉산드로스, 카이사르, 나폴레옹, 히틀러, 그 모두가 아직 존재하지 않는 시대요."

남자들은 고개를 끄덕였다.

트래비스 씨가 한쪽을 가리켰다. "저것이 바로 키스가 대통령이 되기까지 6000만하고도 2,052년이 남은 시대의 정글이오."

그는 녹색의 정글 속으로, 거대한 양치류와 야자나무를 헤치며 흘러가는 늪지대 위로 뻗어 있는 금속 통로를 가리키고 있었다.

"그리고 저 통로는 시간 사파리 사에서 여러분을 위해 설치한 것이오. 땅에서 15센티미터 위에 떠 있지. 풀잎 하나, 꽃 한 송이, 나무 한 그루도 건드리지 않게 되어 있소. 반중력금속으로 만들어져 있으니까. 저 통로의 목적은 당신들이 과거의 세계와 일절 접촉하지 못하게 하기 위한 것이오. 반드시 통로 위에만 있어야 하오. 벗어나지 마시오. 다시 말하지. 무슨 일이 있어도 통로를 벗어나지 마시오! 무슨 이유가 있더라도! 떨어지면 벌칙이 가해질 거요. 그리고 우리가 허가하지 않은 동물들을 쏘아서는 안 되고."

"그건 왜인가?" 에켈스가 물었다.

그들은 고대의 울창한 정글 속에 앉아 있었다. 바람 소리를 타고 멀리서 새 울음소리가 들려왔고, 타르와 옛적의 소금 바다, 축축한 풀잎, 핏빛 꽃들의 냄새가 전해져 왔다.

"미래를 바꾸고 싶지 않기 때문이오. 우리는 여기 과거에 속한 존재가 아니오. 당국에서는 우리가 이곳에 와 있는 것을 싫어하지. 우리 사업을 계속하기 위해서는 꽤나 많은 돈을 뿌려야 했소. 타임머신을 다루는 일은 꽤나 까다롭거든. 알지 못하는 사이에 중요한 동물을 죽일 수도 있소. 작은 새 한 마리, 바퀴벌레 한 마리, 심지어는 꽃 한 송이를 꺾는 일만으로도, 이후 태어날 종의 중요한 연결고리를 파괴할 수가 있는 거요."

"이해가 잘 안 되는데." 에켈스가 말했다.

"좋소." 트래비스는 말을 이었다. "우리가 여기에서 실수로 생쥐 한 마리를 죽였다 칩시다. 그렇다면 그 특정 생쥐의 후손들이 모두 사라진다는 말이지. 이해가 되시오?"

"이해했네."

"그리고 그 한 마리 생쥐의 모든 후손과 후손과 후손들까지도! 그 시조를 발로 밟아서 죽이는 행동만으로도, 수천, 수백만, 수조 마리의 생쥐들이 모두 사라지게 되는 거요!"

"그래서, 생쥐가 좀 죽었다고 뭐가 문제인데?" 에켈스가 말했다.

"뭐가 문제냐고?" 트래비스가 슬쩍 코웃음을 쳤다. "글쎄, 생존하기 위해 그 쥐를 필요로 하는 여우들은 어떻게 되겠소? 열 마리의 생쥐가 부족하면 여우 한 마리가 목숨을 잃지. 열 마리의 여우가 부족하면 사자 한 마리가 굶주리게 되고. 사자 한 마리가 사라지면, 온갖 종류의 곤충과 대머리수리와 수조 마리의 생명체가 혼돈과 사멸의 운명을 맞이하는 거요. 그 결과 이런 일이 벌어지게 될 거요. 5900만 년 후에, 이 세상에 열 명 정도밖에 안 되는 원시인 중 하나가 멧돼지나 검치호를 사냥하러 갈 거요. 그러나 애석하게도 바로 당신이 그 지역의 모든 호랑이를 밟아 죽여 버린 거지. 그 생쥐 한 마리를 밟아 죽여서. 그래서 그 원시인은 굶어 죽는 거요. 그리고 잘 생각해 보시오. 그 원주민은 그냥 쉽사리 죽게 놔둘 수 있는 존재가 아니란 말이오! 훗날에는 나라 하나가 될 수 있는 원시인이오. 그의 사타구니에서 열 명의 아들이 태어날 테니까. 그들의 사타구니에서 백 명의 아들이 태어나고, 그렇게 문명을 향해 나아가게 되겠지. 그 한 사람을 죽이면, 당신은 하나의 종족을, 하나의 민족을, 생명의 역사 가운데 하나를 완전히 파괴하는 거요. 아담의 손자 몇 명을 살해하는 일과 비견할 수 있겠지. 그 생쥐 한마리를 밟아 죽임으로써, 당신은 지진을 일으킬 수도 있는 거요. 그 효력이 우리의 지구를 뒤흔들고 그 운명이 시간을 타고 따라 내려가서, 모든 것의 기초를 파괴할 수 있는 지진 말이오. 그 원시인 한 명이 죽으면, 아직 태어나지 않고 자궁 속에서 꿈틀대는 수조 명의 다른 원시인들도 죽는 거요. 어쩌면 로마가 일곱 언덕 위에 일어나지 않을 수도 있겠지. 어쩌면 유럽은 영원히 어두운 숲으로 남아 있고, 아시아만이 건강하게 살아 숨 쉬게 될 수도 있겠지. 생쥐 한 마리를 밟으면 피라미드를 밟아 부수는 거요. 생쥐 한 마리를 밟으면, 자신의 흔적을 영원 속에 그랜드캐니언처럼 새기게 되는 거요. 엘리자베스 여왕이 태어나지 못할 수도 있소. 워싱턴이 델라웨어를 횡단하지 못할 수도, 미국이 존재하지 못하게 될 수도 있소. 그러니 주의하시오. 반드시 통로를 따라 걸어가시오. 절대 벗어나지 마시오!"

"잘 알겠네." 에켈스가 말했다. "그렇다면 풀잎 하나를 건드리기만 해도 곤란하다는 말이지?"

"바로 그렇소. 특정 식물을 짓밟는 사소한 일도 결과적으로는 무한대로 부풀어 오를 수 있으니까. 여기에서 벌이는 사소한 실수 하나가 6000만 년이 흐르는 동안 계속 배로 불어나서, 터무니없이 커다란 규모로 변할 수도 있소. 물론 우리의 이론이 틀릴 수도 있을 거요. 어쩌면 우리는 시간을 바꿀 수 없을지도 모르지. 아니면 그저 작고 미묘한 방식으로만 변할 수도 있을 테고. 생쥐 한 마리가 죽으면 한쪽에서 곤충 종의 불균형을 일으키고, 그것이 나중에는 생물 종의 불균형으로 이어지고, 그를 이어 머나먼 나라에서 흉작이 이어지고, 불황을, 대기

근을, 그리고 마침내 사회 경향성의 변화를 촉발할지도 모르지. 그렇게 아주 미묘한 문제가 생길 수도 있다는 거요. 어쩌면 가벼운 숨결, 속삭임, 머리카락, 공기 중의 꽃가루와 같은, 자세히 관찰하지 않으면 목격하기 힘든 것들로도 이런 변화가 생길 수도 있을 거요. 누가 알겠소? 그걸 안다고 말할 수 있는 사람이 누가 있겠소? 적어도 우리는 모르지. 그저 추측을 할 뿐이오. 하지만 우리가 시간을 건드리는 일이 역사에서 큰 반향을 일으킬지 작은 소란을 일으킬지 확실히 알게 될 때까지는, 우리는 주의를 기울여야만 하오. 아시겠지만, 이 타임머신, 이 통로, 당신들의 옷과 육체는 모두 여행 전에 세심하게 소독을 한 상태요. 산소 헬멧을 쓰는 것은 우리의 박테리아가 고대의 대기 속으로 침입하지 못하게 하기 위해서고."

"어떤 동물을 쏘아도 되는지는 어떻게 아는 거지?"

"붉은 페인트로 표시를 해 놓았소." 트래비스가 말했다. "오늘 우리의 여행을 시작하기 전에, 우리는 먼저 레스퍼런스를 타임머신에 태워 이곳에 보냈소. 저 친구가 이 시대를 조사하고 특정 동물들을 추적했지."

"연구를 했다는 건가?"

"그렇죠." 레스퍼런스가 말했다. "저는 그 동물들의 평생을 추적하면서, 어느 놈이 가장 오래 사는지를 확인합니다. 오래 사는 놈은 얼마 안 돼요. 몇 번이나 교미를 하는지도 확인하죠. 대개는 몇 번 안 됩니다. 인생은 짧은 법이거든요. 나무가 쓰러지는 바람에 깔려 죽거나 타르 웅덩이 안에서 익사할 놈을 찾으면, 저는 그 정확한 시간, 분, 초를 기록해 놓지요. 그리고 페인트 폭탄을 쏩니다. 그러면 옆구리에 붉은 자국이 남게 되지요. 놓칠 리가 없을 정도로 큰 자국이에요. 그런 다음에 저는 우리가 과거에 도착하는 시간을 조작해서, 그 짐승이 정해진 죽음을 맞이하기 2분 정도 전에 도착하게 만듭니다. 이렇게 하면 더 이상 미래가 없는 동물들만, 더 이상 교미를 할 리가 없는 동물들만 잡게 되는 거지요. 우리가 얼마나 조심하고 있는지 아시겠죠?"

"하지만 자네가 오늘 아침에 이곳에 왔다면," 에켈스가 열정적으로 말했다. "바로 우리 사파리 일행과 마주쳤을 것 아닌가! 어떻게 됐나? 사냥은 성공했나? 우리 모두가 살아서 여기를 떠나게 되었나?"

트래비스와 레스퍼런스는 서로를 마주 보며 눈빛을 교환했다.

"그러면 패러독스가 일어나겠죠." 레스퍼런스가 말했다. "시간은 그런 종류의 난장판이 벌어지는 것을 용납하지 않습니다. 자기 본인과 만날 수는 없어요. 그런 사태가 벌어질 위험이 생기면, 시간이 한 발짝 물러섭니다. 마치 에어포켓과 충돌하는 비행기처럼요. 우리가 멈추기 직전에 타임머신이 덜컹거린 것을 느끼셨겠죠? 그게 바로 미래로 돌아가는 길에 오른 우리들이었던 겁니다. 우리는 아무것도 보지 못했어요. 이번 원정이 성공하게 될지, 우리 목표인 괴수를 쓰러트릴 수 있을지, 또는 우리 모두가—에켈스 씨 당신을 포함해서 말입니다—여기에서 살아 나가게 될지는 아무도 알 수 없습니다."

에켈스가 창백한 얼굴로 웃음을 지었다.

"이제 그만." 트래비스가 날카롭게 말했다. "모두 출발 준비를 하시오!"

그들은 타임머신에서 나갈 채비를 마쳤다.

정글은 드높았고 드넓었고 온 세계를 영원하고 영원하게 뒤덮고 있는 것만 같았다. 음악 같은 소리와 천막이 날아가는 소리가 하늘을 가득 채웠다. 그 소리의 정체는 밤의 광증을 불러오는 거대한 박쥐 같은 프테로닥틸루스가 거대한 잿빛 날개를 퍼덕이며 날아오르는 소리였다. 좁은 통로 위에서 중심을 잡으며 걸어가던 에켈스는 장난삼아 라이플을 조준했다.

"멈추시오!" 트래비스가 말했다. "장난삼아서라도 겨누면 안 된다고, 빌어먹을! 실수로 총이 발사되기라도 하면,"

에켈스는 얼굴을 붉혔다. "우리 티라노사우루스는 어디에 있는 건데?"

레스퍼런스는 손목시계를 확인했다. "이 앞입니다. 60초 안에 놈의 경로를 가로지르게 될 겁니다. 붉은 페인트를 확인하세요! 우리가 허락하기 전까지는 쏘시면 안 됩니다. 통로 위에 계세요. 벗어나시면 안 됩니다!"

그들은 아침 바람을 뚫고 움직였다.

"묘하군." 에켈스가 중얼거렸다. "6000만 년 후에는 선거가 끝나 있는데. 키스가 대통령이 됐지. 모두 축하를 하고 있어. 그런데 우리는 머나먼 과거에, 그 모든 것이 존재하지 않는 곳에 있단 말이야. 우리가 몇 달 동안, 아니 평생 걱정해 오던 것들은 아직 태어나지도, 생각해 내지도 못한 거라고."

"전원 안전장치 해제!" 트래비스가 명령을 내렸다. "에켈스, 당신이 첫 사수요. 두 번째, 빌링스. 세 번째, 크레이머."

"나는 호랑이에, 멧돼지에, 들소에, 코끼리까지 사냥해 봤지. 하지만 이건 진짜배기인데. 지금 꼬맹이처럼 손이 떨리고 있다고." 에켈스가 말했다.

"아." 트래비스가 말했다.

모두가 걸음을 멈추었다.

트래비스가 손을 들어 올렸다. "이 앞이오." 그가 속삭였다. "안개 속에. 저기 있군. 저게 우리 위대하신 폐하요."

드넓은 정글은 조잘거리고 술렁이고 버석대고 한숨 쉬는 소리로 가득했다.

갑자기 누군가가 문을 닫기라도 한 것처럼, 그 모든 소리가 멈추었다. 정적이 흘렀다.

우렛소리가 들렸다.

안개를 뚫고, 100미터 밖에서, 티라노사우루스 렉스가 다가오고 있었다.

"저게." 에켈스가 중얼거렸다. "저게……"

"쉿!"

거대하고 번들거리는, 탄력 있는 다리가 그들 쪽으로 다가왔다. 절반 정도의 나무들보다 10미터는 더 높게 서 있는 그 모습은 마치 강대하고 사악한 신과도 같았고, 섬세한 시계공의 손처럼 보이는 앞발의 발톱은 번들거리는 파충류의 가슴팍에 찰싹 달라붙어 있었다. 뒷다리는 한쪽 한쪽이 피스톤처럼 움직였다. 450킬로그램 무게의 하얀 골격이 밧줄처럼 두꺼운 근육 안에 파묻혀 있었고, 그 위를 조약돌처럼 번쩍이는 비늘이 박힌 피부가 잔혹한 전사의 갑주와도 같이 뒤덮고 있었다. 각각의 허벅지는 1톤의 살점, 상아, 강철 그물로 만들어져 있었다. 그리고 상체의 거대한 갈빗대에는 한 쌍의 작은 팔이 앞으로 매달려 있었다. 뱀처럼 목을 꼬면서, 인간을 장난감처럼 집어 들어 관찰할 수 있는 손이 달린 앞발이. 그리고 돌을 쪼아 조각한 것만 같은 1톤의 거대한 머리는 쉽사리 하늘을 향해 움직였다. 입을 벌리자 단검처럼 보이는 이빨의 울타리가 드러났다. 타조 알만큼이나 커다란 눈이 움직였다. 단 하나의 감정, 굶주림만을 제외하고 아무것도 떠올라 있지 않은 공허한 눈이었다. 놈은 입을 다물어 죽음의 미소를 지었다. 놈이 달리기 시작했다. 골반이 나무와 수풀을 밀치며 쓰러트렸고, 거대한 발톱이 달린 뒷발은 축축한 대지를 헤집으며, 어디로 발길을 옮기든 15센티미터 깊이의 발자국을 남겼다. 놈은 미끄러지는 발레리나처럼 걸음을 옮겼다. 10톤의 무게치고는 너무 우아하고 균형 잡힌 모습이었다. 놈은 사방에 주의를 기울이며 햇빛이 비치는 지역으로 들어왔다. 파충류답게 아름다운 앞발이 공기를 느끼고 있었다.

"세상에, 세상에." 에켈스의 입매가 일그러졌다. "몸을 뻗으면 달을 잡을 수도 있겠는데."

"쉿!" 트래비스가 화나서 몸을 뒤틀었다. "아직 저놈은 우리를 알아채지 못했소."

"저걸 죽일 수 있을 리가 없어." 에켈스가 재론의 여지도 없다는 양, 조용히 선언했다. 이미 모든 증거를 확인하고, 숙고 끝에 내린 결론이었다. 손에 들린 라이플이 장난감 딱총처럼 느껴졌다. "여기에 오다니 어리석은 짓이었어. 이건 불가능한 일이야."

"좀 닥쳐!" 트래비스가 속삭였다.

"악몽이야."

"돌아서 조용히 타임머신으로 걸어가. 당신이 지불한 금액의 절반을 되돌려 줄 테니까." 트래비스가 명령했다.

"저렇게 클 거라고는 상상도 못 했어." 에켈스가 말했다. "그냥 계산을 틀린 것뿐이야. 그게 다라고. 그러니까 이제 나가고 싶어."

"이쪽을 본다!"

"가슴에 붉은 페인트 자국이 있습니다!"

폭군 도마뱀이 몸을 곧추세웠다. 갑주를 두른 육체가 천 개의 녹색 동전처럼 반짝였다. 점액으로 뒤덮인 동전들에서 김이 뿜어져 나왔다. 점액 속에서는 작은 곤충들이 꿈틀거렸고, 그 덕분에 괴물 자신은 움직이지 않는데도 몸이 떨리고 물결치는 것처럼 보이는 효과를 낳았다. 놈이 숨을 내쉬었다. 날고기의 악취가 사방의 자연 속으로 퍼져 나갔다.

"날 여기에서 내보내 줘." 에켈스가 말했다. "예전에는 이렇지 않았어. 확실하게 살아 돌아갈 거라고 알고 있었다고. 훌륭한 안내원에, 훌륭한 사파리에서, 안전도 확실했어. 그런데 이번에는 내 생각이 틀렸어. 내 호적수를 만났다고 인정할게. 이건 내가 버티기에는 너무 끔찍한 일이야."

"뛰지 마세요." 레스퍼런스가 말했다. "몸을 돌리세요. 타임머신 안에 숨으세요."

"알겠네." 에켈스는 온몸이 마비된 듯했다. 그는 발을 움직이게 하려는 듯 아래를 내려다보았다. 그리고 무력하게 신음했다.

"에켈스!"

그는 눈을 깜빡이고 발을 끌면서 몇 발짝을 내딛었다.

"그쪽이 아니야!"

괴물의 첫 반응은 끔찍하게 울부짖으며 앞으로 돌진해 오는 것이었다. 놈은 고작 6초 만에 100미터를 주파했다. 라이플이 허공으로 불을 내뿜었다. 야수의 입에서 뿜어져 나오는 돌개바람이 점액과 눌어붙은 피 냄새로 그들을 휘감았다. 괴물이 태양 빛에 이빨을 번뜩이며 포효했다.

에켈스는 뒤도 돌아보지 않은 채, 정신없이 통로의 가장자리로 나가서, 감각 없는 손으로 라이플을 움켜쥔 채, 자각도 없이 통로를 벗어나 정글로 들어갔다. 그의 발이 녹색 이끼 안에 박혔다. 다리가 혼자서 움직였고, 그는 뒤에서 벌어지는 사건과 아무런 관계 없이 홀로 남은 느낌을 받았다.

다시 라이플 소리가 들렸다. 그리고 그 소리는 비명과 도마뱀의 발소리에 묻혀 사그라졌다. 도마뱀의 거대한 꼬리가 허공으로 치솟더니 통로 옆을 때렸다. 나무 몇 그루가 나뭇잎과 나뭇가지의 구름을 남기며 터져 나갔다. 괴물은 보석세공사 같은 섬세한 앞발을 뻗어 인간들을 어루만지고, 비틀어 둘로 찢고, 딸기처럼 으깨고, 입으로 가져가 비명이 새어 나오는 목구멍으로 넘기려 했다. 바윗돌 같은 눈이 그들과 나란히 섰다. 사람들은 괴물의 눈에 비친 자신의 모습을 보았다. 그들은 금속성의 눈꺼풀과 이글거리는 검은 홍채에 대고 총을 쏘았다.

돌로 만든 우상처럼, 산사태처럼, 티라노사우루스가 쓰러졌다. 놈은 우레처럼 소리를 지르며 나무를 붙들었고, 붙잡힌 나무들은 함께 뽑혀 올라갔다. 놈은 금속으로 만든 통로를 우그러트리고 찢어 버렸다. 사람들은 뒤로 서둘러 물러났다. 놈의 육체가, 10톤의 차가운 육체와 암석이 땅으로 쓰러졌다. 사람들은 총을 쏘아 댔다. 괴물은 갑주를 두른 꼬리를 휘두르고, 뱀 같은 입을 움찔거리더니, 이내 조용히 땅 위에 누웠다. 목구멍에서 피가 분수처럼 솟구쳤다. 내부 어딘가에서 체액이 든 주머니가 터진 모양이었다. 구역질 나는 액체가 사냥꾼들을 흠뻑 적셨다. 그들은 붉은 액체에 젖어 번들거린 채 서 있었다.

우렛소리가 멎었다.

정글은 고요했다. 산사태가 지나가고 난 후 녹색의 평화가 찾아왔다. 악몽이 끝나고 아침이 찾아왔다.

빌링스와 크레이머는 통로에 주저앉아 토하고 있었다. 트래비스와 레스퍼런스는 연기가 피어오르는 라이플을 들고 서서 계속 욕설을 내뱉었다.

타임머신에는 에켈스가 얼굴을 묻고 앉아 몸을 떨고 있었다. 어떻게든 다시 통로로 돌아와, 타임머신에 올라탄 모양이었다.

트래비스는 타임머신으로 다가와, 에켈스를 힐끔 쳐다보고는, 금속 상자에서 면으로 만든 거즈를 꺼내 통로에 주저앉아 있는 다른 이들에게 돌아갔다.

"닦으시오."

그들은 헬멧에서 피를 닦아 냈다. 그들 역시 욕설을 내뱉기 시작했다. 괴물은 이제 육중한 살점의 산이 되어 누워 있었다. 놈의 내부 구역이 하나씩 죽어 가며, 기관이 하나씩 오작동하며, 체액이 마지막으로 흉강을 나와 비장으로 흘러 들어가며, 모든 것이 닫히고 영원히 종말을 맞이하면서 내는 한숨과 중얼거림이 들려왔다. 사고가 난 기관차나 작업을 끝내는 증기 삽 옆에 서 있는 것과 흡사했다. 모든 밸브를 열거나 꽉 조여 닫는 것과 같았다. 뼈가 부서지는 소리가 들렸다. 육체의 무게가 균형을 잃자, 섬세한 앞발이 부러져서 그 아래 깔린 것이다. 사냥감의 고깃덩이가 떨리면서 천천히 땅 위에서 움직임을 멈추었다.

다시 부러지는 소리가 들렸다. 머리 위에서 거대한 나뭇가지가 굵직한 둥치에서 부러져 나와 떨어지는 모습이 보였다. 가지는 죽은 짐승에게 마지막 선고를 내리듯 떨어져 내렸다.

"다 됐군요." 레스퍼런스는 손목시계를 확인했다. "정각입니다. 원래는 저 커다란 나무가 넘어지면서 저 동물이 죽게 될 예정이었습니다." 그는 두 명의 사냥꾼을 바라보았다. "전리품 사진을 찍고 싶으신

가요?"

"뭐요?"

"전리품을 미래로 가지고 돌아갈 수는 없습니다. 저 시체는 원래 죽었어야 하는 장소에 그대로 남아 있어야 합니다. 그래서 곤충, 새, 박테리아가 원래 그러했듯이 저 시체를 처리할 수 있도록 말입니다. 모든 생물들은 균형을 이루지요. 시체는 여기 놔두고 가야 합니다. 하지만 저 근처에 서 있는 여러분의 사진을 찍어 줄 수는 있습니다."

두 남자는 생각을 가다듬으려 노력했지만, 곧 고개를 저으며 포기했다.

그들은 안내자들을 따라 금속 통로를 걸어갔고, 곧 타임머신의 쿠션 위에 힘겹게 몸을 던졌다. 그들은 망가진 괴물을 보고, 부패하기 시작하는 무더기를 보았다. 그 위에는 이미 괴상한 익룡들과 금빛 곤충들이 김이 피어오르는 갑옷을 바쁘게 물어뜯고 있었다.

타임머신 바닥에서 들리는 소리에 그들은 모두 흠칫 긴장했다. 에켈스가 그곳에 몸을 떨며 앉아 있었다.

"미안하오." 그가 마침내 말했다.

"일어나!" 트래비스가 소리쳤다.

에켈스는 자리에서 일어섰다.

"혼자서 통로로 나가." 트래비스가 말했다. 라이플을 겨눈 채였다. "네놈은 타임머신을 타고 돌아갈 수 없어. 여기 놔두고 가겠다!"

레스퍼런스가 트래비스의 팔을 붙들었다. "잠깐만요."

"끼어들지 마!" 트래비스가 그의 손을 떨쳐 냈다. "저 머저리가 우리를 모두 죽일 뻔했어. 하지만 중요한 것은 그게 아니야. 절대 아니지. 저놈의 신발! 신발을 보라고! 저놈이 통로에서 벗어났어. 우리 모두를 망쳤다고! 영업권을 박탈당할 거야! 수천 달러의 보증금도! 누구도 통로를 떠나지 못하게 하겠다고 보증했는데. 저놈이 그냥 나가 버렸어. 아, 저 한심한 놈! 정부에 보고를 해야 한다고. 여행 허가를 박탈당할지도 몰라. 저 자식이 시간에, 역사에 무슨 일을 했는지 누가 알겠어!"

"진정 좀 하세요. 저 사람 발에 흙이 좀 묻은 것뿐이잖아요."

"어떻게 아는데?" 트래비스가 소리쳤다. "우리는 아무것도 모른다고! 전부 수수께끼란 말이야! 당장 여기에서 나가, 에켈스!"

에켈스는 셔츠를 뒤적거렸다. "뭐든 내겠소. 10만 달러라도!"

트래비스는 에켈스의 수표책을 노려보더니 침을 뱉었다. "당장 밖으로 나가. 그 괴물은 통로 옆에 있다. 놈의 입에 네놈 팔을 팔꿈치까지 집어넣어. 그러면 우리와 함께 돌아갈 수 있을 거다."

"그건 말도 안 되는 소리요!"

"저 괴물은 죽었어, 이 머저리 자식. 총탄 말이다! 총탄을 남겨 두고 갈 수는 없다고. 과거에 속한 물건이 아니니까. 뭐든 변화시킬지도 몰라. 여기 내 칼이 있다. 가서 총탄을 파내!"

정글은 다시 살아나서, 고대의 진동과 새 울음소리로 가득 차 있었다. 에켈스는 천천히 몸을 돌려 원시의 쓰레기 더미를, 악몽과 공포의 무더기를 바라보았다. 한참이 지난 후, 그는 몽유병자처럼 비틀대며 통로를 따라 걸어갔다.

5분 후, 그는 몸을 사시나무처럼 떨면서, 팔꿈치까지 붉게 젖어서 돌아왔다. 그는 양손을 내밀었다. 각각의 손에 하나씩 금속 총탄이 들려 있었다. 그리고 그는 쓰러졌다. 그는 쓰러진 자리에서 미동도 하지 않고 누워 있었다.

"그런 일까지 시킬 필요는 없었잖아요." 레스퍼런스가 말했다.

"그랬다고 생각하나? 아직 확신하기에는 너무 이를 텐데." 트래비스가 에켈스의 움직이지 않는 몸을 찔러 보았다. "살아 있기는 하군. 이제 다시는 이런 사냥놀이에 끼어들지 않겠지." 그는 레스퍼런스를 보며 지친 표정으로 엄지를 치켜들어 보였다. "스위치 올려. 집으로 가자고."

1492. 1776. 1812.

그들은 손과 얼굴을 닦았다. 피가 엉겨 붙은 셔츠와 바지를 갈아입었다. 에켈스는 정신을 차리고 자리에서 일어났으나, 아무 말도 하지 않았다. 트래비스는 꼬박 10분 동안 그를 노려보고 있었다.

"그렇게 쳐다보지 말게." 에켈스가 소리쳤다. "나는 아무것도 하지 않았다고."

"누가 알겠어?"

"그냥 통로에서 잠깐 벗어났을 뿐이잖나. 신발에 진흙이 좀 묻은 것뿐이라고. 내가 뭘 했으면 좋겠나. 엎드려서 기도라도 할까?"

"그럴 필요가 있을지도 모르지. 경고하겠는데, 에켈스, 나는 아직 당신을 죽일 수 있어. 총은 준비되어 있으니까."

"나는 무죄라고. 아무것도 하지 않았어!"

1999. 2000. 2055.

타임머신이 멈추었다.

"내리시오." 트래비스가 말했다.

방은 그들이 떠났을 때의 모습이었다. 그러나 그들이 떠났을 때와 똑같지는 않았다. 같은 사람이 같은 책상 뒤에 앉아 있었다. 그러나 그 같은 사람이 정확하게 같은 책상 뒤에 앉아 있는 것이 아니었다.

트래비스는 서둘러 주변을 둘러보았다. "여기 다 괜찮은 거야?" 그가 쏘아붙였다.

"아무 문제도 없습니다. 잘 돌아오셨습니다!"

트래비스는 긴장을 풀지 않았다. 그는 공기의 원자 하나하나를 살펴보고, 높은 창문을 통해 어떤 식으로 햇살이 쏟아져 들어오는지를 관찰하는 듯했다.

"좋아, 에켈스, 이제 나와. 두 번 다시 돌아오지 마."

에켈스는 움직일 수 없었다.

"내 말 들었을 텐데." 트래비스가 말했다. "뭘 쳐다보고 있는 거야?"

에켈스는 그 자리에 서서 공기 냄새를 맡고 있었다. 대기 중에 뭔가가 있었다. 너무 가볍고 너무 미묘한, 그의 훌륭한 감각으로도 희미한 흔적밖에는 감지할 수 없는 화학적인 흔적이 느껴졌다. 색깔도, 흰색, 회색, 파란색, 오렌지색, 벽에서, 가구에서, 창문 너머로 보이는 하늘에서, 그 안에…… 안에는…… 그리고 그 느낌이 있었다. 그의 육체가 흠칫 떨렸다. 손이 씰룩거렸다. 그는 온몸의 모공으로 기묘함을 들이켜며 서 있었다. 어디선가, 누군가가 예의 개만이 들을 수 있다는 소리 없는 호각을 불고 있는 것 같았다. 그의 육체도 그에 답하듯 소리 없이 비명을 질렀다. 방 너머에, 방의 벽 너머에, 예전과 완전히 같지 않은 책상 앞에 앉아 있는, 예전과 완전히 같지 않은 사람 너머에…… 거리와 사람으로 가득한 세계가 놓여 있었다. 그 세계가 이제 어떤 모습일지는 알 도리가 없었다. 벽 너머에서 움직임이 느껴졌다. 체스 말들이 마른 바람에 휩쓸려 날아가는 것 같은 소리가……

그러나 당장 눈에 띄는 것은 사무실 벽에 걸려 있는 간판이었다. 그가 오늘 아침 처음 들어왔을 때 보았던 그 간판이었다.

어째서인지는 모르지만, 간판은 이렇게 바뀌어 있었다.

시감 새파리 쥬식헤사
가거 언느 떼로등 갈 쑤 인는
새파리.
돔물의 존류를 말슴헤 주십씨오.
저히가 그고스로 대려다 드림미다.
당씬은 총만 쏘씨면 됨미다.

에켈스는 자신이 의자로 쓰러지는 것을 느꼈다. 그는 다급하게 부츠 바닥에 묻은 두터운 진흙을 긁어 댔다. 그는 떨리는 손으로 진흙 덩어리를 들어 올렸다. "아냐, 그럴 리가 없어. 이렇게 작은 것 하나로. 안 돼!"

진흙 속에는, 녹색과 금색과 검은색으로 반짝이는 나비 한 마리가 붙어 있었다. 매우 아름답고 완벽하게 죽은 상태로.

"이런 하찮은 것 하나 때문에! 고작해야 나비 한 마리인데!" 에켈스가 울부짖었다.

나비가 바닥으로 떨어졌다. 훌륭한 곤충이었다. 작은 동물이지만, 균형을 흐트러트려 작은 도미노의 줄을 무너트리고, 이어서 큰 도미노를, 그리고 마침내 거대한 도미노까지, 시간의 물결 속에서 모든 것을 무너트릴 수 있는 존재였다. 에켈스의 머릿속이 빙빙 돌기 시작했다. 이런 놈이 모든 것을 바꿀 수 있을 리가 없어. 나비 한 마리를 죽이는 일이 이렇게 큰 영향을 끼쳤을 리가 없어! 그게 가능한 일인가?

그의 얼굴에서 핏기가 가셨다. 그리고 떨리는 입으로 질문을 하나 뱉었다. "어제, 어제 대통령 선거에서 누가 승리했지?"

책상 너머에 앉은 남자가 웃었다. "농담하세요? 아주 잘 아실 텐데요. 당연히 도이처가 이겼죠! 아니면 누가 이겼겠어요? 그 한심한 약골 키스로는 택도 없지요. 우리는 이제 강철의 지도자를 가지게 된 겁니다. 배짱이 두둑한 사나이를요!" 사무원은 말을 멈추었다. "왜 그러십니까?"

에켈스는 신음했다. 그는 무릎을 꿇고는, 떨리는 손가락으로 금빛 나비를 더듬거렸다. "어떻게든," 그는 세계에, 자기 자신에게, 사무원들에게, 타임머신에게 애원했다. "어떻게든 이걸 물러서, 다시 살아나게 할 수는 없겠소? 다시 시작할 수는 없는 거요? 어떻게든."

그는 움직임을 멈추었다. 눈을 감은 채로 몸을 떨면서 기다릴 뿐이었다. 방 안에 울려 퍼지는 트래비스의 거친 숨소리가 들렸다. 트래비스가 라이플을 내리는 소리, 안전장치를 푸는 소리, 그리고 총을 들어 올리는 소리가 들렸다.

우렛소리가 울렸다.

끝없는 비
The Long Rain

빗줄기가 계속 이어졌다. 장대비, 끝없는 비, 몸을 흐르고 물보라를 일으키는 비였다. 눈앞이 뿌옇게 될 정도의 폭우가 계속 쏟아져서, 눈을 때리고, 땅에서 소용돌이치며, 발목을 붙들었다. 다른 모든 비와 그 비에 대한 기억을 잠재울 만한 비였다. 킬로그램과 톤 단위로 내려서, 정글을 들쑤시고, 가위처럼 나무를 베어 넘기고, 풀을 깎아 내고, 땅에 구멍을 뚫고, 덤불의 껍질을 벗겼다. 사람 손을 쭈글쭈글한 유인원 손으로 만들었다. 투명한 액체가 하늘에서 격렬하게 쏟아져 내리며, 단 한 번도 멈추지 않았다.

"얼마나 더 가야 합니까, 중위님?"

"나도 모르지. 1킬로미터, 10킬로미터, 1,000킬로미터일 수도 있고."

"정확히 모르시는 겁니까?"

"내가 어떻게 정확히 알겠나?"

"이 비는 정말 마음에 안 드는군요. 태양 돔까지 얼마나 남았는지 알기만 하면 기분이 훨씬 나아질 텐데 말입니다."

"여기에서 한두 시간 정도면 될 걸세."

"정말로 그렇게 생각하십니까, 중위님?"

"당연하지."

"아니면 그냥 저희 기분을 좋게 해 주려고 거짓말을 하시는 겁니까?"

"그래, 자네들 기분을 좋게 해 주려고 거짓말을 하는 걸세. 이제 좀 닥쳐!"

두 남자는 함께 빗속에 앉아 있었다. 그들 뒤로는 흠뻑 젖고 지치고 녹아내리는 진흙덩이처럼 주저앉아 있는 다른 남자 두 사람이 보였다.

중위는 고개를 들었다. 한때는 갈색이었던 그의 얼굴은 비에 씻겨 창백해져 있었다. 그리고 빗방울에 색이 바랜 그의 눈도, 그의 이빨과 머리카락도 하얬다. 온통 하얬다. 그의 군복마저 하얗게 변하고 있었고, 균류 때문인지 약간 녹색 기운이 도는 듯도 했다.

중위는 볼에 떨어지는 빗방울을 느꼈다. "여기 금성에서 마지막으로 비가 멎은 지 수백만 년은 지났겠지."

"말도 안 되는 소리 마십시오." 다른 두 남자 중 하나가 말했다. "금성에서는 비가 멈추지 않습니다. 계속 내리고 또 내릴 뿐이죠. 저는 여기에서 10년을 살았는데, 그동안 폭우가 내리지 않은 적은 단 1분, 단 1초도 없었습니다."

"바닷속에 사는 기분이군." 중위가 몸을 일으키고는 총을 둘러멨다. "자, 이제 출발하는 것이 좋겠네. 그 태양 돔을 찾아야지."

"찾지 못할지도 모르지요." 조금 전에 비꼬던 병사가 말했다.

"한 시간 정도면 될 걸세."

"이젠 저한테 거짓말을 하시는군요, 중위님."

"아니, 이제 나한테 거짓말을 하고 있는 걸세. 거짓말을 할 수밖에 없는 상황이지 않나. 이대로는 도저히 더 견디지 못할 것 같네."

그들은 가끔씩 나침반을 확인하며 정글 속의 오솔길을 따라 걸었다. 나침반 외에는 딱히 방향을 잡을 방도가 없었다. 회색 하늘과 끊임없이 내리는 비와 정글과 오솔길 하나와, 그 오솔길을 되짚어 한참을 따라가면 존재하는, 그들이 타고 오다 추락한 로켓이 있을 뿐이었다. 그 로켓 옆에는 동료 두 사람이 시체가 되어 비에 젖은 채 누워 있었다.

그들은 아무 말 없이 일렬종대로 걸었다. 그들은 갈색 강물이 느리게 흘러가는 넓은 강둑에 도착했다. 유일한 바다로 흘러가는 강이었다. 수십조 개의 작은 빗방울들이 수면을 찔러 구멍을 내고 있었다.

"좋아, 시먼스."

중위가 고개를 끄덕였고, 시먼스가 배낭에서 작은 꾸러미를 꺼냈다. 그 안에 숨겨진 화학물질에 압력을 가하자 꾸러미는 커다란 보트로 부풀어 올랐다. 중위는 나무를 베어 노를 만들라고 지시했고, 곧 그들은 빗속에서 민첩하게 노를 저으며 매끄러운 강물 가운데로 나아갔다.

중위는 뺨과 목과 움직이고 있는 팔에 떨어지는 차가운 빗방울을 느꼈다. 한기가 허파로 침투해 오고 있었다. 그는 귀로, 눈으로, 다리로 빗방울을 느꼈다.

"어젯밤에는 잠을 자지 못했네." 그가 말했다.

"잠을 잔 사람이 있기는 한가요? 누가? 언제? 잠을 잔 지 얼마나 됐습니까? 30번의 밤과 30번의 낮이 지나갔는데! 빗방울이 계속 머리를 때려 대는데 잘 수 있는 사람이 누가 있겠습니까…… 모자를 하나 얻을 수만 있으면 뭐라도 주겠습니다. 정말입니다. 빗방울이 제 머리를 때리지 않게 할 수만 있다면요. 이제는 두통이 생겼습니다. 머리가 욱신거립니다. 계속 쓰라립니다."

"중국으로 오게 되다니 정말 유감입니다." 다른 한 남자가 말했다.

"금성을 중국이라고 부르는 건 처음 들어 보는군."

"당연히 중국이죠. 중국식 물고문 말입니다. 옛날 고문 방법인데, 기억하십니까? 사람을 묶어서 벽에 기대 세웁니다. 그리고 30분마다 머리 위에 물을 한 방울씩 떨어트리는 겁니다. 그러면 다음번 물방울을 기다리다 미칠 지경이 되지요. 여기 금성에서는 그 규모가 훨씬 커졌을 뿐입니다. 우리는 물에 익숙해질 수가 없습니다. 잠도 이룰 수 없고, 제대로 숨 쉬기도 힘들고, 축축하게 젖어 있다는 것만으로도 미칠 지경이 됩니다. 추락 사고가 일어날 줄 알았더라면 방수 군복과 군모를 가져왔을 텐데 말입니다. 다른 무엇보다도 빗방울이 머리를 두드려 대는 일이 가장 성질을 건드립니다. 빗방울이 너무 묵직합니다. 비비탄에 얻어맞는 느낌입니다. 더 이상 얼마나 견딜 수 있을지 모르겠습니다."

"그래, 제발 태양 돔에 가고 싶군! 그걸 생각해 낸 사람은 정말로 엄청난 일을 해낸 거야."

그들은 강을 건너면서 태양 돔을 생각했다. 저 너머 어딘가, 정글의 폭우 속에서 반짝이고 있을 태양 돔을. 둥글고 노랗고, 태양처럼 밝게 빛나고 있을 집을. 높이 12미터 지름 30미터의, 온기와 정적과 따뜻한 음식과 비로부터의 해방이 갖추어져 있는 건물. 그리고 태양 돔의 가운데에는, 당연하게도 태양이 있다. 노란 열기를 내뿜는 작은 구체가 등실 떠서, 건물 꼭대기에 설치된 우주 공간 속을 떠다니고 있다. 그리고 당신은 앉은 자리에서 담배를 피우거나 책을 읽거나 마시멜로 덩어리를 띄운 핫초콜릿이나 다른 음료를 마시며 그 태양을 올려다볼 수 있다. 지구에서 보는 태양과 똑같은 크기의 노란 태양이 그곳에서 빛나고 있는 것이다. 영원히 따뜻하게. 그리고 그 건물 안에서 느긋하게 시간을 보내는 동안은, 끝없는 비가 내리는 금성의 세계를 완전히 잊어버릴 수 있다.

중위는 고개를 돌려 이를 악물고 노를 젓고 있는 세 남자를 바라보았다. 버섯처럼, 중위 본인만큼이나 허연 얼굴들이었다. 금성에 오면 몇 달 안에 모든 것의 색이 바래 버린다. 심지어는 정글조차 흑백 만화 영화 속의 악몽처럼 보였다. 태양도 뜨지 않고 항상 비만 내리는 어둑한 정글이 어떻게 녹색일 수 있겠는가? 옅은 치즈 색깔의 나뭇잎이 흩날리는 허여멀건 정글, 축축한 카망베르 치즈로 빚은 대지, 그리고 거대한 버섯처럼 돋아난 나무까지…… 모든 것이 흑백이었다. 또 토양을 직접 볼 수 있는 때는 얼마나 되는가? 대부분 계곡, 여울, 웅덩이, 연못, 호수, 강, 그리고 마침내 바다일 뿐이지 않은가?

"다 왔습니다!"

그들은 반대편 강둑으로 뛰어내리며, 발을 철벅여 물보라를 일으켰다. 보트는 다시 줄어들어 시가 상자 크기의 주머니로 돌아갔다. 비 내리는 강둑에서 그들은 잠시 멈추어 서서 담배에 불을 붙이려 시도했다. 5분 후 그들은 몸을 떨면서 함입형 라이터로 불을 붙였고, 손을 모아 붙인 채로 몇 모금을 빨았다. 그러나 갑자기 떨어진 빗방울 때문에, 담배는 금세 꺼져서 그들의 입술에서 떨어져 나갔다.

그들은 계속 행군했다.

"잠깐 대기." 중위가 말했다. "방금 앞에 뭔가가 있었던 것 같은데."

"태양 돔입니까?"

"확신할 수는 없군. 다시 빗줄기가 거세져서."

시먼스는 달리기 시작했다. "태양 돔이다!"

"돌아오게, 시먼스!"

"태양 돔이야!"

시먼스가 빗속으로 사라졌다. 다른 이들도 그를 따라 달려갔다.

그들은 좁은 공터에서 그를 발견했다. 그리고 그들 역시 발을 멈추고 시먼스를, 그리고 그가 발견한 물체를 바라보았다.

로켓 우주선이었다.

그들이 버려 두고 떠난 장소에 있었다. 어째서인지는 몰라도, 한 바퀴를 돌아 처음 출발한 장소로 돌아온 모양이었다. 우주선의 잔해 안에 놓인 사망자 두 명의 입안에서 녹색 버섯이 자라고 있었다. 그들이 바라보는 앞에서, 버섯은 꽃을 피웠고, 꽃잎이 빗방울을 맞아 떨어져 나가더니, 그대로 죽어 버리고 말았다.

"어쩌다 이렇게 된 겁니까?"

"근처에 자기폭풍이 있는 모양이네. 우리 나침반에 간섭한 거지. 그렇다면 설명이 되는군."

"그런 모양이군요."

"이제 어떻게 합니까?"

"다시 출발해야지."

"세상에, 우리는 어느 곳으로든 전혀 다가가지 못한 것 아닙니까!"

"침착하게 받아들이도록 하세, 시먼스."

"침착, 그놈의 침착! 이 비 때문에 돌아 버릴 지경이란 말입니다!"

"식량을 주의해서 배급하면 앞으로 이틀 정도는 버틸 수 있네."

피부 위에서, 젖은 제복 위에서 빗방울이 춤췄다. 코와 귀를 타고, 손가락과 무릎으로 빗물이 흘러내렸다. 정글 한복판에 선 석조 분수대 위에 얼어붙어서, 온몸의 구멍에서 물을 뱉어 내고 있는 석상 같았다.

그들이 그렇게 서 있는 동안, 멀리 떨어진 곳에서 노성이 들리기 시작했다.

그리고 비를 뚫고 괴물이 모습을 드러냈다.

괴물은 천 개의 푸른빛 전기 다리로 몸을 지탱하고 있었다. 놈은 빠르고 잔혹하게 움직였다. 뻗어 내리치는 다리가 허공을 가를 때마다, 나무 한 그루가 넘어져서 불타올랐다. 오존의 악취가 비 내리는 공기를 채웠다. 괴물은 너비가 800미터에 길이가 1,600미터였고, 거대한 눈먼 야수처럼 땅을 더듬으며 오고 있었다. 때로는 다리가 하나도 보이지 않았다. 그러다 다음 순간, 천 갈래의 청백색 채찍이 배에서 뿜어져 나와 정글을 사방으로 꿰뚫곤 했다.

"저건 자기폭풍입니다." 병사 하나가 말했다. "우리 나침반을 망가트린 놈입니다. 게다가 이리로 다가오고 있습니다."

"모두 자리에 눕게." 중위가 말했다.

"달아나야 합니다!" 시먼스가 소리쳤다.

"한심하게 굴지 말게. 자리에 누워. 저 번개는 가장 높은 지점에 떨어질 걸세. 로켓에서 15미터 정도 거리를 두고 땅에 눕게. 그러면 로켓에다 힘을 쏟고 우리는 지나칠 수도 있을 걸세. 당장 자세를 낮춰!"

병사들은 자리에 누웠다.

잠시 시간이 흐른 후, 그들은 서로에게 물었다. "지금 오고 있나?"

"오고 있어."

"더 가까워졌습니까?"

"200미터까지 왔군."

"더 왔나요?"

"이제 온다!"

괴물이 다가와 그들 위에 버티고 섰다. 열 갈래의 푸른 번개가 로켓에 내리꽂혔다. 로켓은 뎅그렁 소리와 함께 번쩍이며 금속성으로 울렸다. 괴물은 열다섯 갈래의 번개를 다시 쏘았고, 번개는 그들 주변에서 우스꽝스러운 무언극 광대처럼 춤추며 정글과 축축한 토양을 휩쓸었다.

"안 돼, 안 돼!" 한 병사가 벌떡 일어섰다.

"누워 있어, 한심한 자식!" 중위가 말했다.

"싫어!"

열 갈래가 넘는 번개가 다시 로켓을 때렸다. 중위는 팔로 지탱하고 고개를 돌려 푸른 섬광이 일어나는 모습을 보았다. 나무가 쪼개지며 무너지는 모습이 보였다. 거대한 먹구름이 검은 접시처럼 머리 위에서 소용돌이치며 전기 기둥 수백 개를 던지는 모습이 보였다.

자리에서 일어난 남자는 이제 달려가고 있었다. 수많은 기둥으로 가득한 거대한 홀 안을 달려가는 것 같았다. 그는 달리면서 계속 기둥을 피했지만, 한 번에 열 갈래가 넘는 기둥이 그를 향해 내리꽂혔고, 파리 퇴치기의 전기 철망으로 파리를 내려칠 때 나는 소리가 들렸다. 중위는 농장에서 살던 어린 시절에 그 소리를 들어 본 적이 있었다. 그리고 사람이 숯덩이가 될 때까지 구워지는 냄새가 났다.

중위는 고개를 숙였다. "올려다보지 말게." 그는 다른 병사들에게 말했다. 그 자신도 언제 일어나 달아나게 될지 두려울 지경이었다.

그들 위의 폭풍이 다시 한 번 한 무리의 벼락을 내리치고는 움직여 가기 시작했다. 다시 한 번 주변에는 비만 남았다. 비는 타고 그슬린 냄새를 빠르게 지워 주었고, 잠시 후 남은 세 사람은 자리에 일어나 앉아, 심장 박동이 다시 잦아들기를 기다렸다.

그들은 혹시라도 목숨을 구할 수 있지 않을까 하는 기대를 가지고 시체 쪽으로 걸어갔다. 그 사람을 구할 방법이 전혀 없다는 사실을 받아들일 수가 없었다. 직접 만져 보고 뒤집어 보고 매장을 할 계획을 세우거나 그대로 놔두어 빠르게 자라나는 정글 식물이 묻어 버리게 하기로 결정을 내리기 전까지는. 죽음을 받아들이기 힘든 것이 인간의 천성이기 때문이다.

시체는 뒤틀린 채로 단단하게 굳어 있었다. 타서 달라붙은 가죽에 휩싸인 것만 같았다. 밀랍 인형을 소각로에 집어 던졌다가, 숯이 된 뼈대 위로 밀랍이 눌어붙은 후에 다시 끄집어낸 것 같은 모양새였다. 하얀 부분은 치아뿐으로, 마치 검은 주먹에서 반쯤 떨어져 나온 하얀 보석 팔찌처럼 빛났다.

"일어나면 안 되는 거였는데." 그들이 거의 동시에 중얼거렸다.

그렇게 서서 지켜보고 있는 와중에도, 시체는 이미 모습을 감추고 있었다. 식물들이 그 가장자리로 기어 오고 있었기 때문이다. 작은 덩굴과 담쟁이와 덩굴손이 모습을 드러냈고, 꽃마저 피어나고 있었다.

폭풍은 저 멀리서 푸른 벼락으로 몸을 지탱하며 걸어가다, 이윽고 모습을 감추었다.

그들은 강과 계곡과 여울을 건너고, 십여 개의 다른 강과 계곡과 여울을 건넜다. 그들의 눈앞에 강물이 나타났다. 과거의 강이 진로를 바꾸어 만들어진, 굽이쳐 흐르는 새로운 강이었다. 수은 빛깔의 강, 은빛과 우윳빛의 강이었다.

그들은 바다에 도착했다.

유일한 바다였다. 금성에는 대륙이 단 하나밖에 존재하지 않는다. 이 대륙은 길이가 5,000킬로미터에 넓이가 1,600킬로미터이며, 비 내리는 행성을 뒤덮고 있는 바다가 이곳을 사방으로 둘러싸고 있었다. 유일한 바다. 움직임이 거의 없이 허연 해변을 마주하고 있는 바다가……

"이쪽일세." 중위가 턱짓으로 남쪽을 가리켰다. "저쪽에 2개의 태양 돔이 있는 것이 분명하네."

"짓는 김에 한 100개 정도 더 지었으면 좋았을 텐데요."

"지금 이미 120개 정도 있지 않던가?"

"지난달 기록으로 126개가 있었죠. 1년 전에 지구에서 태양 돔을 20개 정도 더 짓는 법안을 통과시키려고 했지만, 하아, 중위님도 그런 일이 어떻게 돌아가는지 아시지 않습니까. 차라리 비 때문에 미쳐 버리는 사람이 조금 더 생기는 쪽을 감수하기로 한 거죠."

그들은 남쪽으로 걸음을 옮겼다.

중위와 시먼스와 세 번째 병사, 피커드는 빗속에서 걸었다. 억수같이 쏟아졌다 약해지곤 하는 빗줄기를 뚫고서. 육지와 바다와 걸음을 옮기는 사람들 위로 비가 끝없이 쏟아져 내렸다.

먼저 발견한 사람은 시먼스였다. "저기 있군요!"

"뭐가 있다는 건가?"

"태양 돔 말입니다!"

중위는 눈을 껌뻑여 물방울을 털어 낸 다음, 따가운 빗발을 막으려고 한 손을 들어 올렸다.

저 멀리 바닷가 정글 한쪽으로 노란 빛이 보였다. 분명 태양 돔이었다.

병사들은 서로를 돌아보며 웃음을 지었다.

"중위님 말씀이 옳았던 모양입니다."

"운이 좋았던 거지."

"저걸 보기만 해도 근육이 붙는 것 같군요. 얼른 가죠!" 시먼스가 걸음을 빨리하기 시작했다. 다른 두 사람도 자동적으로 그와 보폭을 맞추었다. 지쳐 헐떡이면서도, 속도를 줄이지 않았다.

"우선 커피를 주전자째로 마실 겁니다." 시먼스가 웃으면서 숨을 헐떡였다. "그리고 시나몬 롤도 한 판을 먹어 치울 수 있습니다. 이야! 그리고 거기 누워서 우리 친구 태양의 빛을 흠뻑 맞을 겁니다. 태양 돔을 발명한 친구는 훈장을 잔뜩 받아야 해요!"

그들은 더 빠르게 달렸다. 노란 빛은 더 밝아졌다.

"치료법을 생각해 내기 전에 분명 수많은 사람들이 돌아 버렸을 겁니다. 뻔한 일 아닙니까! 누가 봐도 당연하죠." 시먼스는 계속 달려가며 헐떡이는 숨과 함께 한 단어씩 내뱉었다. "비, 비! 몇 년 전에, 제 친구 하나를, 정글에서, 찾았습니다, 돌아다니고 있더군요, 빗속에서, 계속 이런 말만, 하고 있었습니다, '여기 비가 내리는, 밖으로 나오다니, 내가 뭘 몰랐어요, 여기 비가 내리는, 밖으로 나오다니, 내가 뭘 몰랐어요, 여기 비가 내리는,' 이런 식으로, 계속해서요. 불쌍한 바보가, 돌아 버린 겁니다."

"숨 좀 아끼게!"

그들은 달려갔다.

모두가 웃고 있었다. 태양 돔의 문에 도달한 그들은 웃고 있었다.

시먼스가 문을 활짝 열었다. "어이! 커피 내놔!" 그가 소리쳤다.

그러나 대답은 없었다.

그들은 문으로 들어갔다.

태양 돔은 어둡고 텅 비어 있었다. 푸른 천장 가운데에 높은 가스 소리를 내며 떠다니는 노란 합성 태양은 보이지 않았다. 음식물도 없었다. 동굴만큼이나 추웠다. 그리고 천장에 새로 뚫린 수백 개의 구멍에서는 물이 흘러내리고 있었다. 비가 계속 들어와 두터운 양탄자를 적시고 육중한 현대식 가구를 타고 흘러내려 유리 탁자 위로 떨어졌다. 정글이 이 방 안에도 이끼처럼 자라나고 있었다. 책꽂이 위에서, 침대 소파 위에서. 빗방울이 구멍을 가르고 들어와 세 사람의 얼굴 위로 떨어져 내렸다.

피커드가 나직하게 웃기 시작했다.

"닥쳐, 피커드!"

"세상에 주여, 여기 우리를 위해 뭐가 있나 좀 보십시오. 음식도 없고, 태양도 없고, 아무것도 없습니다. 금성인들이 한 짓입니다! 당연한 소리지만!"

시먼스는 얼굴로 쏟아져 내리는 빗물을 맞으며 고개를 끄덕였다. 빗물이 허옇게 바랜 머리카락을 타고 허연 눈썹 위로 쏟아져 내렸다. "금성인들이 가끔가다 바다에서 기어 나와 태양 돔을 공격한다고 하더군요. 태양 돔을 파괴하면 우리를 망가트릴 수 있다는 사실을 알고 있는 거지요."

"하지만 태양 돔에는 방어용 포대가 있지 않나?"

"물론입니다." 시먼스는 비교적 덜 젖은 쪽으로 비켜서며 말을 이었다. "하지만 금성인들이 행동에 나선 지도 이미 5년이 지났습니다. 방어가 느슨해질 수밖에 없지요. 놈들이 돔을 불시에 기습한 겁니다."

"시체는 어디 있지?"

"금성인들이 전부 해저로 끌고 갔을 겁니다. 인간을 익사시켜 죽이는 아주 즐거운 방법을 알고 있다고 하더군요. 놈들의 방식으로 하면 익사하는 데까지 여덟 시간이 걸린다고 합니다. 아주 유쾌하지요."

"아무래도 음식은 전혀 남아 있지 않을 것 같군요." 피커드가 크게 웃었다.

중위는 얼굴을 찌푸리고 그를 노려본 후, 시먼스에게 고개를 끄덕여 살펴보라는 지시를 내렸다. 시먼스는 고개를 젓고 타원형 거실의 한쪽에 붙은 방으로 다가갔다. 부엌 안에는 축축해진 빵들과 녹색 솜털이 자라나고 있는 고깃덩이가 여기저기 널려 있었다. 부엌 천장에 뚫린 수십 개의 구멍에서 비가 새어 들고 있었다.

"훌륭하군." 중위는 구멍들을 올려다보았다. "저 구멍을 전부 막은 다음에 여기 틀어박혀 있을 수는 없겠지."

"음식도 없이 말입니까, 중위님?" 시먼스가 코웃음을 쳤다. "태양 기계는 분해한 모양입니다. 가장 확률이 높은 방법은 다음 태양 돔까지 걸어가는 겁니다. 여기에서 거기까지 얼마나 걸립니까?"

"그리 멀지는 않네. 내 기억에 따르면, 태양 돔은 두 곳을 꽤나 가깝게 짓거든. 기다리고 있으면 반대쪽에서 구조대가 올지도 모르지."

"아마 며칠 전에 이미 다녀갔을 겁니다. 6개월쯤 지나 의회에서 비용을 인가하면 이곳을 수리할 인원을 보내기는 하겠죠. 기다리는 편이 나을 거라는 생각은 안 드는군요."

"그럼 좋아. 우리 식량을 마저 해치우고 다음 돔으로 이동하기로 하세."

피커드가 말했다. "몇 분이라도 좋으니까, 비가 제 머리를 두드리지 않았으면 좋겠습니다. 이렇게 귀찮게 굴지 않는 것이 어떤 기분인지 기억나기만 해도." 그는 머리 위로 손을 올려 단단히 맞잡았다. "학교에 다닐 때, 제 뒤에 앉은 고약한 녀석이 매일 5분 간격으로 저를 꼬집고 꼬집고 또 꼬집곤 했습니다. 그렇게 몇 주 몇 달을 계속했죠. 나중에는 팔이 뻣뻣해지고 검푸른 멍으로 계속 덮여 있었습니다. 이러다가는 꼬집혀서 미쳐 버리겠다는 생각이 들었습니다. 그러던 어느 날, 너무 아프고 아파서 조금 맛이 가 버렸고, 그대로 뒤를 돌아서 제도용 금속 곱자를 들어서 그 망할 머리통을 잘라 낼 뻔했습니다. 그놈의 머리 가죽을 벗겨 버리기 직전에 사람들이 저를 교실에서 끌어냈죠. 저는 계속 '왜 나를 가만 놔두지 않는 거야? 왜 나를 가만 놔두지 않는 거야?' 하고 소리쳤죠. 세상에!" 손으로 두개골을 움켜쥔 채로, 그는 몸을 떨고 움츠리고 눈을 감았다. "하지만 지금은 어떻게 해야 하죠? 누굴 때려야 합니까? 누구한테 손대지 말라고, 가만 놔두라고 말해야 합니까? 이 망할 비가 계속 꼬집듯이 저를 괴롭히고 있단 말입니다. 들리는 거라고는, 느껴지는 거라고는, 전부 이 비뿐입니다!"

"오늘 오후 4시쯤에는 다른 태양 돔에 도착할 걸세."

"태양 돔 말씀입니까? 이 꼴 좀 보십시오! 금성에 있는 모든 태양 돔이 망가져 버렸으면 어떻게 합니까? 그러면 어떻게 합니까? 천장마다 전부 구멍이 잔뜩 뚫려서, 빗물이 쏟아져 들어오면 어떻게 합니까!"

"운에 맡겨야겠지."

"저는 운에 맡기는 일은 질렸습니다. 지붕하고 조용한 장소가 필요

합니다. 혼자 있고 싶습니다."

"앞으로 여덟 시간만 더 견디면 될 걸세."

"걱정 마십시오, 견딜 수 있을 겁니다." 그리고 피커드는 그들을 바라보지 않고 크게 웃었다.

"식사를 하시죠." 시먼스가 그를 물끄러미 바라보며 말했다.

그들은 다시 한 번 해변을 따라 남쪽으로 출발했다. 네 시간 후, 그들은 강폭이 2킬로미터 가까이 되는 강을 만나 우회하기 위해 내륙으로 들어가야 했다. 유속이 너무 빨라서 보트로 건널 수가 없었다. 그들은 내륙으로 10킬로미터를 걸어 들어가, 대지에 치명적인 상처가 난 것처럼 강물이 땅속에서 솟아오르는 지점에 도달했다. 빗속에서 그들은 땅을 밟으며 다시 바다로 돌아갔다.

"잠을 좀 자야겠습니다." 피커드가 마침내 말했다. 그는 힘없이 땅에 쓰러졌다. "4주 동안 제대로 잠을 이룬 적이 없습니다. 노력해도 안 되더군요. 여기에서 자죠."

하늘이 점차 어두워지고 있었다. 금성의 밤은 너무 완벽하게 어두워서 움직이기 위험했다. 시먼스와 중위 역시 그 자리에 주저앉았다. 중위가 말했다. "좋아, 어디 시도라도 해 볼까. 전에도 시도는 해 봤지만 별로 기대는 안 되는군. 이런 날씨에서는 도저히 잠이 찾아오지 않아서 말이야."

그들은 몸을 쭉 펴고 누워서, 입안으로 빗물이 들어오지 않도록 머리를 괴고는 눈을 감았다.

중위는 몸을 움찔거렸다.

잠을 이룰 수가 없었다.

살갗 위를 기어 다니는 것들이 있었다. 그를 층층이 뒤덮으며 자라나는 것들이 있었다. 빗방울이 떨어지며 다른 빗방울을 건드렸고, 함께 뭉쳐 흘러내리며 그의 몸을 간질였다. 빗물이 그의 육신을 타고 흘러내리는 동안, 숲의 작은 식물들이 그의 옷에 뿌리를 내리기 시작했다. 담쟁이가 타고 올라와 그의 두 번째 의복이 되는 것이 느껴졌다. 작은 꽃들이 봉오리를 만들고 꽃을 피운 다음 떨어져 내리는 것이 느껴졌다. 그리고 비는 여전히 그의 몸과 머리를 두드리고 있었다. 어둠 속에서 희미하게 빛나는 식물들의 빛 속에서, 그는 다른 두 사람의 형체를 알아볼 수 있었다. 벨벳처럼 부드러운 풀과 꽃으로 덮인, 쓰러진 통나무처럼 보이는 모습이었다. 빗방울이 그의 얼굴을 때렸다. 그는 손으로 얼굴을 가렸다. 빗방울이 그의 목덜미를 때렸다. 그는 진흙탕 속에, 말랑말랑한 식물 위에 배를 깔고 엎드렸고, 빗방울은 그의 등과 다리를 때렸다.

갑자기 그는 일어나 앉아서 몸에 묻은 물을 털어 내기 시작했다. 수천 개의 손이 그를 만지고 있었고, 그는 더 이상은 그것을 원치 않았다. 더 이상 누군가가 자신을 만져 대는 것을 견딜 수 없었다. 그는 허우적대다가 다른 누군가를 때렸고, 그 대상이 시먼스임을 깨달았다. 그는 빗속에서 일어서서 쿨럭거리며 기침을 해 대고 있었다. 다음으로 피커드가 자리에서 일어나서, 소리치며 뛰어가기 시작했다.

"잠깐 기다리게, 피커드!"

"멈춰, 멈추라고!" 피커드가 소리쳤다. 그는 밤하늘에 대고 총을 여섯 발 쏘았다. 점점이 빛나는 조명 속에서, 그들은 빗방울의 대군을 볼 수 있었다. 폭발음에 놀란 듯, 호박색 빛 속에서 순간 움직임을 멈춘 채 150억 개의 빗방울이, 150억 개의 눈물방울이, 150억 개의 장신구와 보석들이 하얀색 벨벳 스크린을 바탕으로 허공에 떠 있었다. 그리고 다음 순간 빛이 사라지자, 수많은 빗방울은 사진이 찍히기를 기다리고 있었던 것처럼 다시 아래로 쏟아져 내리기 시작했다. 차갑고 고통스러운 곤충 떼처럼, 그들을 공격하기 시작했다.

"멈춰! 멈추라고!"

"피커드!"

그러나 이제 피커드는 홀로 서 있을 뿐이었다. 중위는 작은 손전등을 켜서 전원을 넣고 피커드의 젖은 얼굴 위로 비추어 보았다. 동공은 팽창되고, 입은 열리고, 얼굴은 위를 향하고 있었다. 그래서 빗물이 계속 그의 혀로 쏟아져 내리고, 그의 크게 뜬 눈을 뒤덮고, 그의 콧구멍 속에서 숨결에 부글거리며 끓어올랐다.

"피커드!"

그는 대답하지 않았다. 빗방울이 그의 허옇게 바랜 머리카락을 타고 흘러내려, 보석 수갑처럼 손목과 목을 휘감는 동안 그대로 그곳에 서 있을 뿐이었다.

"피커드! 이제 떠날 거네. 계속 움직여야 해. 어서 따라오게."

피커드의 귀에서 물이 흘러내렸다.

"내 말 들리나, 피커드!"

우물에 대고 소리치는 것만 같았다.

"피커드!"

"그대로 두시죠." 시먼스가 말했다.

"이 친구를 놔두고는 갈 수 없다."

"그럼 어떻게 하실 겁니까? 젊어지고 가시려고요?" 시먼스가 침을 뱉었다. "저 친구는 이제 우리에게도, 자기 자신에게도 도움이 안 됩니다. 저 친구가 이제 뭘 할지 아십니까? 그대로 저렇게 서 있다가 익사해 버릴 겁니다."

"뭐라고?"

"슬슬 아실 때도 되지 않았습니까. 그 이야기 들어 본 적 없으십니까? 저렇게 고개를 쳐들고 콧구멍과 입으로 빗물이 들어오게 놔둘 겁니다. 물을 허파로 빨아들일 겁니다."

"말도 안 돼."

"그 당시 멘트 장군이 저 꼴로 발견됐습니다. 고개를 젖힌 채 바위 위에 앉아서 빗물로 숨 쉬고 있었죠. 허파에 물이 가득 차 있었습니다."

중위는 눈도 깜빡이지 않는 피커드의 얼굴로 불빛을 돌렸다. 피커드의 콧구멍에서 희미하게 물 넘어가는 소리가 들렸다.

"피커드!" 중위가 그의 뺨을 후려쳤다.

"느껴지지도 않을 겁니다." 시먼스가 말했다. "이런 빗속에서 며칠만 있으면 얼굴도 다리도 손도 남지 않게 되지요."

중위는 공포에 질려 자신의 손을 내려다보았다. 그도 더 이상 자신의 손을 느낄 수가 없었다.

"하지만 피커드를 이렇게 두고 갈 수는 없네."

"뭘 할 수 있는지 보여 드리죠." 시먼스가 총을 쏘았다.

피커드가 비에 젖은 땅 위로 쓰러졌다.

시먼스가 말했다. "움직이지 마십시오, 중위님. 중위님에게도 얼마든지 쏠 수 있습니다. 잘 생각해 보십시오. 저 친구는 저기에 서 있거나 앉아 있다가 익사해 버렸을 겁니다. 이쪽이 더 빠른 겁니다."

중위는 그의 시체를 보며 눈을 껌뻑였다. "하지만 자네가 저 친구를 죽였어."

"그렇죠. 저 친구가 짐짝이 되어 우리 모두를 죽였을 수도 있기 때문입니다. 그 얼굴을 보셨겠죠. 돌아 버린 겁니다."

잠시 후, 중위가 고개를 끄덕였다.

그들은 빗속을 뚫고 걷기 시작했다.

사방이 컴컴했고, 그들의 손전등은 빗속에서 고작해야 몇십 센티미터 정도밖에는 비추지 못했다. 30분이 지난 후, 그들은 걸음을 멈추고 한데 앉아서, 주린 배를 움켜쥐고 동이 트기를 기다리기로 했다. 새벽이 와서 하늘이 잿빛으로 변하자, 그들은 끝없이 내리는 비를 맞으며 다시 걷기 시작했다.

"계산 실수를 했어요." 시먼스가 말했다.

"아냐. 한 시간만 더 가면 돼."

"좀 더 크게 말씀하시죠. 안 들립니다." 시먼스는 걸음을 멈추고 웃음을 지었다. 그는 자신의 귀를 만져 보았다. "귀가 문젭니다. 나가 버린 모양입니다. 계속 퍼붓는 비 때문에 골수까지 감각을 잃은 모양입니다."

"아무것도 안 들리는 건가?" 중위가 말했다.

"뭐라고 하셨습니까?" 시먼스는 영문을 모르겠다는 표정이었다.

"아무것도 아니네. 계속 가지."

"여기에서 기다려야겠습니다. 중위님이 앞서 나가십시오."

"그럴 수는 없지."

"무슨 말씀인지 안 들립니다. 계속 가십시오. 저는 지쳤습니다. 저쪽에 태양 돔이 있으리라고 생각하지도 않습니다. 만약 있다고 해도, 저번 돔과 마찬가지로 천장에 구멍이 뚫려 있을 겁니다. 그냥 여기 좀 앉아 있어야겠습니다."

"당장 거기에서 일어나게!"

"잘 가십시오, 중위님."

"여기까지 와서 포기할 수는 없지 않나."

"총을 들고 있는 건 저고, 제가 여기 있겠다고 말하는 겁니다. 그저 더 이상 신경 쓰고 싶지가 않아요. 아직 돌지는 않았지만 돌기 직전입니다. 그런 식으로 망가지고 싶지 않습니다. 중위님이 시야에서 사라지기만 하면 저는 이 총을 제게 쏴 버릴 겁니다."

"시먼스!"

"제 이름을 부르셨군요. 입술만 읽어도 그 정도는 알 수 있어요."

"시먼스."

"잘 들으십시오, 이건 시간의 문제일 뿐입니다. 지금 죽지 않아도 어차피 몇 시간 안에 죽을 겁니다. 다음 돔에 도달할 때까지 기다렸다가, 도착한 다음에 천장으로 빗물이 들어오는 꼴을 발견했다고 해 보십시오. 끝내줄 것 같지 않습니까?"

중위는 잠시 머뭇거리다, 이윽고 철벅거리며 빗속으로 걸어 나갔다. 한 번 고개를 돌려 소리쳐 불러 보기는 했지만, 시먼스는 총을 손에 들고 앉아서 중위가 시야 밖으로 사라지기를 기다리고 있을 뿐이었다. 그는 고개를 젓고는 손을 흔들어 가라고 재촉했다.

중위는 총소리조차 듣지 못했다.

그는 걸어가며 꽃을 꺾어 먹기 시작했다. 꽃은 한동안은 얌전히 배 속에 들어 있었고, 독성도 없는 듯했다. 물론 딱히 허기에 도움이 되지도 않았다. 1분 정도가 지나자, 그는 격렬하게 구토를 하며 먹은 것을 전부 뱉어 버렸다.

잎을 따서 모자를 만들려고도 해 봤지만, 이미 예전에도 시도해 본 일이었다. 빗방울이 나뭇잎을 녹여 떨어트린 것이다. 이곳의 식물은 꺾으면 금세 썩어 들어가 손가락 사이에서 잿빛 물질로 부스러졌다.

"5분만 더 가자고." 그는 혼잣말을 했다. "5분이 가도 안 나오면, 그 대로 바다로 걸어 들어가는 거야. 우리는 이런 곳에 어울리지 않아. 지구인으로서는 과거에도, 미래에도 도저히 견딜 수 없는 일이야. 신경이, 신경이 끊어질 것 같아."

그는 진흙과 나뭇잎의 바다를 헤치고 나와 작은 언덕에 도달했다.

차가운 빗물 장막 너머 멀리, 희미하게 노란 얼룩이 보였다.

다음 태양 돔이었다.

나무 사이 저 멀리, 길고 둥근 노란 건물이 빛나고 있었다. 한동안 그는 비틀거리며 그 모습을 바라보고 있었다.

그는 달리기 시작하다, 곧 속도를 늦추었다. 두려웠기 때문이다. 소리를 입 밖으로 낼 수가 없었다. 만약 저게 아까 그 돔이라면 어떻게 한다? 그 안에 태양이 없는, 죽어 버린 태양 돔이라면 어떻게 한다? 그는 생각했다.

그는 미끄러져 넘어졌다. 그렇게 누워서 그는 생각했다. 저 태양 돔은 아니야. 여기에 누워 있자. 아무 소용 없어. 빗물 따위 마음껏 마셔 주지.

그러나 그는 간신히 다시 몸을 일으키고, 여러 개의 도랑을 건넜다. 노란 빛은 매우 밝게 빛났고, 그는 다시 달리기 시작했다. 거울과 유리처럼 반짝이는 수면을 깨트리며, 다이아몬드와 온갖 보석들을 향해 팔을 휘두르며.

그는 노란 문 앞에 섰다. 문에는 '태양 돔'이라는 활자가 있었다. 그는 감각이 없는 손을 뻗어 문을 만져 보았다. 그러고는 문고리를 돌리고 비척거리며 안으로 들어갔다.

그는 주변을 둘러보며 한참을 서 있었다. 뒤편으로는 문가에서 비바람이 소용돌이쳤다. 눈앞에는, 낮은 탁자 위에 김을 뿜는 핫초콜릿이 담긴 은주전자와, 잔 가득한 핫초콜릿 위에 마시멜로가 떠 있는 컵이 있었다. 그 옆으로는, 다른 쟁반에, 토실토실한 닭고기와 방금 자른 신선한 토마토와 골파를 넣은 두툼한 샌드위치가 놓여 있었다. 바로 눈앞의 수건걸이에는 두툼한 녹색의 터키 타월이 걸려 있었고, 젖은 옷을 넣을 바구니도 보였다. 그리고 오른쪽에는 몸을 순식간에 말려 주는 열광선 장치가 달린 칸막이도 있었다. 그리고 의자 위에는 새로 갈아입을 군복이 있었다. 그든, 아니면 다른 누구든, 길을 잃은 자들이 사용하도록 준비된 물건이었다. 그리고 조금 더 떨어진 곳에는 뜨거운 구리 단지에 커피가 끓고 있었고, 금방이라도 은은한 음악이 흘러나올 듯한 축음기, 붉은색과 갈색 가죽으로 장정된 책들도 보였다. 그리고 책장 옆에는 침대가 하나 있었다. 부드럽고 푹신한, 누구든 맨몸으로 누워 잠들 수 있는 침대였다. 그곳에 누워 방 안을 가득 채우고 있는 위대한 존재의 광선을 흠뻑 들이켤 수 있는 침대였다.

그는 눈가로 손을 가져갔다. 다른 사람들이 그를 향해 다가오는 모습이 보였지만, 그들에게는 아무 말도 하지 않았다. 그는 잠시 기다린 후, 눈을 뜨고 바라보았다. 제복에서 흘러내린 물이 발치에 고였다. 머리카락과 얼굴과 가슴팍과 팔다리의 물기가 말라 가는 것이 느껴졌다.

그는 태양을 바라보고 있었다.

방 가운데에, 크고 노랗고 따뜻한 태양이 떠 있었다. 아무 소리도 내지 않고서. 방 안에서는 아무 소리도 들리지 않았다. 문이 닫혔고, 감각이 돌아오기 시작하는 몸에서 비는 이미 기억 속의 존재가 되어 있었다. 방 안의 푸른 하늘 높이 태양이 떠 있었다. 따스하고, 뜨겁고, 노랗고, 그리고 매우 아름다운 태양이.

그는 옷을 벗어 팽개치며 앞으로 걸어 나갔다.

추방자들
The Exiles

마녀들은 허리를 굽히고 번들거리는 막대와 비쩍 마른 손가락으로
솥을 휘저었다. 눈이 불타오르고 입가에서는 불길이 이글거렸다.

우리 셋이 언제 다시 만나게 되려나
천둥이 울릴 때, 번개가 칠 때, 아니면 비가 내릴 때?

그들은 텅 빈 바닷가에서 비틀대며 춤을 추었다. 세 마녀의 세 혓바
닥이 공기를 더럽혔고, 고양이처럼 생긴 눈에서 악의가 번득였다.

무쇠솥 안에 들어가는 것은,
상하여 독이 넘치는 내장이라네……

고통과 고뇌는 두 배가, 두 배가 되니
불은 타오르고 솥은 끓어 넘치네.

그들은 움직임을 멈추고 주변을 둘러보았다. "수정은 어디 있지? 바늘은 어디 있어?"

"여기 있지!"

"좋았어!"

"누런 밀랍은 끈적해졌나?"

"그래!"

"여기 쇠로 된 거푸집에 부어 넣어!"

"밀랍 인형이 완성이 됐나?" 마녀들은 노란 밀랍을 당밀처럼 뚝뚝 흘리며 녹색 손으로 빚어 모양을 만들었다.

"심장에 바늘을 박아 넣어!"

"수정이야, 수정이 필요해. 타로 가방에서 수정을 가져와. 먼지를 떨어. 어디 한번 보자고!"

그들은 수정구 위로 고개를 숙였다. 낯빛이 창백했다. "보인다, 보인다, 보여……"

로켓 우주선이 지구를 떠나 화성으로 날아가는 중이었다. 로켓 우주선 안에서는 사람이 죽어 가고 있었다.

선장은 지친 듯 고개를 들었다. "모르핀을 사용해야겠네."

"하지만, 선장님……"

"자네도 이 친구의 상태를 두 눈으로 똑똑히 보지 않았나." 선장이 양모 담요를 들추자 젖은 시트 아래 구속되어 있는 사람이 나타났다.

공기 중에 유황 냄새가 확 풍겨 나왔다.

"나는 봤어, 나는 봤다고." 남자가 눈을 뜨고는 창밖을 바라보았다. 그러나 그곳에는 오직 검은 우주, 비틀거리며 흘러가는 별들, 멀리 사라져 가는 지구, 그리고 갈수록 크고 붉게 다가오는 화성만이 보일 뿐이었다. "그걸 봤단 말이야. 커다란 박쥐였어. 사람의 얼굴을 가진 박쥐가 정면 출입구 밖을 덮고 있었어. 날개를 퍼덕이고 퍼덕이고, 퍼덕이고 퍼덕이면서."

"맥박은?" 선장이 물었다.

간호병이 맥박을 측정했다. "130입니다."

"저 상태로 놔둘 수는 없어. 모르핀을 투여하게. 스미스, 따라오게."

그들은 걸음을 옮겼다. 갑자기 통로 바닥이 비명을 지르는 허연 해골과 뼈다귀로 가득 찼다. 선장은 차마 아래를 내려다볼 엄두도 내지 못하고, 비명을 억누르듯 큰 소리로 말했다. "저기가 퍼스가 있는 곳인가?" 그리고 그는 해치 하나로 들어갔다.

흰 작업복을 입은 군의관이 시체 하나에서 물러섰다. "저로서는 도무지 이해가 안 갑니다."

"퍼스는 왜 죽은 건가?"

"저도 모릅니다, 선장님. 심장 문제도, 뇌 문제도, 충격 때문도 아니었습니다. 그냥…… 죽어 버린 겁니다."

선장은 의사의 손목을 잡고 맥을 재 보았다. 손목이 그대로 뱀으로 변해 쉭쉭 소리를 내며 그를 물었다. 선장은 눈 하나 깜빡하지 않았다. "자네 건강도 챙기게. 자네도 맥이 빠르니까 말이야."

의사는 고개를 끄덕였다. "퍼스는 고통을 호소했습니다. 그의 말로는, 바늘이 손목과 다리를 찌르는 느낌이 들었다고 하더군요. 자기가 녹아내리는 밀랍이 된 것 같다고 말했습니다. 그리고 쓰러졌습니다. 제가 부축을 해 주었습니다. 아이처럼 울더군요. 심장에 은바늘이 박혔다고 했습니다. 그리고 죽었습니다. 그렇게 여기에 누워 있습니다. 원하신다면 다시 부검을 할 수도 있습니다. 모든 장기가 정상입니다."

"말도 안 돼! 뭔가 이유가 있었으니까 죽은 것 아닌가!"

선장은 창문 쪽으로 걸어갔다. 깔끔하게 다듬고 매니큐어를 칠한 그의 손에서는 멘톨과 요오드와 녹색 비누 냄새가 났다. 하얀 치아는 깨끗이 양치질을 하고, 귀와 뺨은 분홍빛이 돌 정도로 깨끗이 씻은 모습이었다. 제복은 갓 구운 소금 색깔이었고, 군화는 검은 거울처럼 그의 모습을 비추었다. 새로 깎은 스포츠머리에서는 찌르는 듯한 알코올 냄새가 났다. 심지어 그의 숨결조차 날카롭고 새롭고 청결했다. 얼룩 한 점 없었다. 방금 의사의 오븐에서 구워져 나온 듯, 여전히 신선하고 날카롭게 갈고 닦여 있는 도구였다.

그의 부하들 역시 같은 방식으로 주조된 이들이었다. 등 뒤에 커다란 황동 태엽이 천천히 돌아가고 있을 것만 같은 이들이었다. 비싸고, 능력 있고, 잘 기름칠된 장난감들이었다. 순종적이고 민첩한 자들이었다.

선장은 우주에 떠 있는 화성이 매우 크게 다가오는 것을 보고 있었다.

"한 시간 안에 저 황무지에 착륙할 예정이다. 스미스, 혹시 자네도 박쥐를 보거나 다른 악몽을 꾼 건 아니겠지?"

"사실, 그랬습니다, 선장님. 우리 로켓이 뉴욕에서 이륙하기 한 달 전이었습니다, 선장님. 하얀 쥐들이 제 목을 물어뜯고 제 피를 마셨지요. 다른 사람들에게는 말하지 않았습니다. 이번 여행에 합류하지 못할까 봐 걱정되어서요."

"신경 쓰지 말게." 선장이 한숨을 쉬었다. "나도 꿈을 꾸었다네. 지구에서 이륙하기 바로 전 주였지. 지난 50년 동안 단 한 번도 꿈을 꾸지 않았는데 말이야. 그 후로는 매일 밤 하얀 늑대가 된 꿈을 꾸었다네. 설원에서 사냥꾼들에게 몰려 달아나는 중이었지. 은탄환을 맞았어. 심장에 말뚝이 박혔지." 그는 화성 쪽으로 고개를 돌렸다. "스미스, 자네는 저들이 우리가 오는 것을 알고 있다고 생각하나?"

"화성인이 존재하는지 여부도 모르지 않습니까, 선장님."

"그런가? 그들은 우리가 출발도 하기 전인 8주 전부터 우리에게 겁을 주기 시작했어. 이제 퍼스와 레이놀즈를 죽였네. 어제는 그렌빌의 눈을 멀게 만들었지. 어떻게? 나도 모르네. 박쥐, 바늘, 악몽, 그리고 아무 이유 없이 죽어 가는 사람들. 다른 시대였다면 마법이라고 했을 거야. 하지만 우리는 2120년에 살고 있다네, 스미스. 우리는 이성적인 인간이야. 이런 일이 일어나서는 안 되는 거라고. 하지만 일어나고 있단 말이지! 저들이 누구인지는 몰라도, 분명 바늘과 박쥐로 우리들을 끝장내려 들고 있는 거라네." 그는 몸을 흔들었다. "스미스, 내 물품에서 그 책들을 좀 가져다주게. 착륙하면 그게 필요할 거야."

로켓 갑판에는 200여 권의 책이 쌓여 있었다.

"고맙네, 스미스. 혹시 저 책들을 들여다본 적 있나? 내가 미쳤다고 생각하나? 그럴지도 모르지. 전부 미친 책들이야. 나는 마지막 순간에 역사박물관에 이 책들을 주문했다네. 내 꿈 때문이지. 20일 동안, 나는 찔리고, 도축되고, 해부대 위에 핀으로 고정된 박쥐가 되고, 검은 상자에 담겨 지하에서 썩어 가는 생물이 되었다네. 끔찍하고 사악한 꿈들이었지. 우리 승무원들은 모두가 마녀 부류에 변신 괴물 부류, 흡혈귀와 유령 따위, 그들이 전혀 알 리가 없는 것들의 꿈을 꾸었다네. 왜냐고? 그런 고약한 주제를 다루는 책들은 1세기 전에 전부 파괴되어 버렸으니까. 법률로 정해서, 누구든 그런 끔찍한 책들은 가지고 있지 못하게 되었지. 여기에서 자네가 보는 것들은 마지막으로 남은 그런 책들이라네. 역사 연구 목적으로 박물관 금고 안에 잠들어 있던 것들이지."

스미스는 몸을 숙여 먼지 낀 책들의 제목을 읽어 보았다.

"『신비와 상상 속의 이야기』, 에드거 앨런 포.『드라큘라』, 브램 스토커.『프랑켄슈타인』, 메리 셸리.『나사의 회전』, 헨리 제임스.『슬리피 할로의 전설』, 워싱턴 어빙.「라파치니의 딸」, 너새니얼 호손.「올빼미 계곡 다리의 사건」, 앰브로스 비어스.『이상한 나라의 앨리스』, 루이스 캐럴.『버드나무』, 앨저넌 블랙우드.『오즈의 마법사』, L. 프랭크 바움.『인스머스의 그림자』, H. P. 러브크래프트. 이게 끝이 아니군요! 월터 데 라 메어, 웨이크필드, 하비, 웰스, 애스키스, 헉슬리…… 전부 금지된 작가들 아닙니까. 핼러윈이 불법이 되고 크리스마스가 금지된 그 해에 전부 불태워진 책들이잖아요! 하지만 선장님, 이 책들을 로켓에 가지고 타는 일이 무슨 도움이 된다는 겁니까?"

"나도 모르네." 선장이 한숨을 쉬었다. "아직은."

세 명의 마녀가 수정구를 번쩍 들었다. 그 안에서는 선장의 모습이 일렁이고 있었다. 작은 목소리가 수정 표면에서 맑게 울렸다.

"나도 모르네." 선장이 한숨을 쉬었다. "아직은."

세 마녀는 이글거리는 눈으로 서로의 얼굴을 바라보았다.

"시간이 얼마 없어." 마녀 하나가 말했다.

"도시의 그자들에게 경고를 하는 편이 좋겠어."

"책들에 대해서 알고 싶어 할 거야. 상황이 좋지 못한걸. 그 한심한 선장이라는 작자가!"

"한 시간 안에 로켓이 여기 착륙할 거야."

세 마녀는 몸을 부르르 떨고는 황량한 화성의 바다 가장자리에 솟아 있는 에메랄드의 도시를 바라보았다. 도시의 가장 높은 곳에 있는 창문에는 핏빛 망토를 걸친 키 작은 남자가 서 있었다. 그는 세 마녀가 가마솥에 마법의 재료를 넣고 밀랍을 주물럭거리고 있는 황야를 바라보았다. 황야 더 멀리로는 각기 다른 1만 개의 푸른색 불꽃과 월계수 향, 검은 담배 연기와 분홍 쐐기풀, 계피와 뼛가루가 나방처럼 부드럽게 화성의 밤하늘 위로 날아오르고 있었다. 남자는 분노로 타오르는 마법의 불길의 수를 헤아려 보았다. 그리고 세 마녀가 지켜보는 가운데, 그는 등을 돌렸다. 선홍색 망토가 풀려나와 땅으로 떨어지며, 먼 곳의 문이 노란 눈동자처럼 깜빡이게 만들었다.

에드거 앨런 포는 탑의 창문에 서 있었다. 숨결에서는 살짝 독주 냄새가 났다. "헤카테*의 친구들이 오늘 밤은 바쁘게 움직이는군." 그는 멀리 내려다보이는 마녀들을 보며 말했다.

그의 뒤에서 누군가가 말했다. "아까 윌리엄 셰익스피어가 바닷가에 서서 열심히 독려하는 모습을 보았다네. 오늘 밤은 바다 전체가 셰익스피어의 군대만으로 가득 차 있어. 수천 명의 병사들이 있지. 세 마녀, 오베론, 햄릿의 아버지, 퍽…… 수천 명이나 된다니까! 세상에, 인

---

* 그리스 신화에서, 달의 여신, 대지의 여신, 지하의 여신 셋이 한데 합쳐진 여신. 종교, 신화, 유령, 마술의 수호신이라고도 한다.

간의 바다라고 부를 수 있지 않겠나."

"윌리엄은 훌륭한 친구야." 포는 몸을 돌렸다. 선홍색 망토가 그대로 땅에 떨어졌다. 그는 한동안 석실 안을 이리저리 둘러보았다. 검은 나무로 만든 책상, 촛불의 불빛, 그리고 동료 앰브로스 비어스를. 그는 나른하게 앉아서 성냥불을 켜고, 불길이 타들어 가 사그라지는 모습을 구경하고 있었다. 입안으로 노래를 흥얼거리며, 가끔가다 혼자서 웃음을 짓곤 하며.

"디킨스 씨에게 알려 줘야겠네." 포가 말했다. "너무 오래 미루어 뒀어. 이제 몇 시간 안에 결판이 날 걸세. 나와 함께 그의 집으로 가 주지 않겠나, 비어스?"

비어스는 경쾌하게 위를 올려다보았다. "이런 생각을 하고 있었다네. 우리에게 무슨 일이 일어날까?"

"로켓 조종사들을 죽여 버리거나 겁을 줘서 쫓아 보낼 수 없다면, 물론 다시 떠나야겠지. 목성으로 옮겨 가겠지만, 저들이 목성에 오면 토성으로 가야 할 테고, 저들이 토성에 오면 천왕성이나 해왕성으로, 그리고 마침내는 명왕성까지 가서."

"그러고는 어디로 가나?"

포는 지친 표정이었다. 그의 눈 안에는 사그라지고 있는 불씨가 남아 있었고, 말투는 격양되어 있지만 어딘가 슬프게만 들렸다. 손과 눈부신 하얀 앞이마 위로 드리운 머리카락은 무력하게만 보였다. 목적을 잃은 악마의 왕, 침략 전쟁에 패배하고 돌아온 장군 같은 모습이었다. 부드러운 검은 콧수염은 끊임없이 생각에 잠겨 있는 입술 때문에 닳아 버렸다. 이제는 너무 작아져서 커다란 앞이마만이 형광을 발하며 어두운 방 안에 떠 있는 것만 같았다.

"우리는 더 나은 이동 수단이라는 이점을 가지고 있네." 그가 말했다. "저들이 다시 한 번 핵전쟁이나 사회 붕괴를 겪어 암흑기가 찾아오는 걸 기대할 수도 있지. 미신이 돌아오는 거야. 그러면 우리는 모두 함께 다시 지구로 돌아갈 수 있을 걸세. 하룻밤 사이에." 포의 빛나는 둥근 앞이마 아래에서 검은 눈동자가 고뇌를 곱씹었다. "그래, 이 세계마저도 파괴하러 온다는 말인가? 어떤 것도 순수한 채로 남겨 둘 수는 없다는 소리겠지?"

"늑대 무리가 사냥감을 죽이고 내장을 씹을 때까지 멈추는 법이 있던가?" 비어스가 말했다. "꽤나 대단한 전쟁이 될 거야. 나는 한쪽으로 비켜 앉아서 점수나 기록하고 있겠네. 수많은 지구인들이 기름에 튀겨질 테고, 수많은 병에 든 이름들이 불타 사라질 것이고, 수많은 지구인이 바늘에 찔릴 것이며, 수많은 적사병의 병균이 피하주사를 타고 핏줄로 들어갈 테니까…… 하!"

포는 분노로 가득한 욕설을 내뱉었다. 와인에 살짝 취한 듯했다. "우리가 뭘 했다고? 제발 동참해 주게, 비어스. 신의 자비를 보아서라도! 우리가 문학 평론가들 앞에서 공정한 재판을 받은 적이 있나? 아니야! 소독된 의학용 집게로 책들을 하나씩 뽑아내서는, 약품 통 안에 집어넣고 끓여서, 죽음의 병균을 전부 없애 버렸지. 전부 저주받을 놈들!"

"나는 우리 상황이 꽤나 재미있다고 생각하는데." 비어스가 말했다.

탑의 층계에서 흥분한 목소리가 들려와 그들의 대화를 중단시켰다.

"포 씨! 비어스 씨!"

"그래, 그래, 지금 가네!" 포와 비어스는 층계를 내려가서, 석조 통로 벽에 기대어 숨을 헐떡이는 한 남자를 발견했다.

"소식 들으셨습니까?" 그는 절벽에서 떨어지기 직전인 사람처럼 그들을 부여잡으며 소리쳤다. "한 시간 안에 착륙한답니다! 게다가 책들을 가지고 왔어요. 낡은 책들을요. 마녀들이 그랬답니다! 이런 때에 탑에 틀어박혀서 뭘 하고 계시는 겁니까? 왜 행동에 나서지 않으시는 겁니까?"

포가 말했다. "우리는 할 수 있는 일은 전부 하고 있다네, 블랙우드. 자네는 이런 일에는 신참이지. 따라오게. 지금 찰스 디킨스 씨의 집으로 가려던 참이라네."

"우리의 종말을, 검은 종말을 성찰해 보기 위해서 말이야." 비어스가 윙크를 보냈다.

그들은 발소리를 울리며 성의 목구멍 속으로 걸어 내려갔다. 어두침침한 녹색 층들을 하나씩 지나서, 눅눅하고 부패되고 거미와 꿈결같이 펼쳐진 거미줄로 가득한 통로를. "걱정하지 말게." 자신의 앞이마가 커다란 하얀 등잔이라도 되는 양 앞길을 밝히고 계속 아래로 내려가며 포가 말했다. "오늘 밤에는 죽음의 바다 위로 다른 모두를 불러모았네. 자네의 친구들과 내 친구들도 말이야. 블랙우드, 비어스. 그들이 모두 거기에 모여 있다네. 짐승들과 노파들과 뾰족하고 하얀 이빨을 가진 껑다리 남자들까지. 함정이 전부 설치되어 있다네. 구덩이도 있고, 추도 있지. 적사병도." 이 대목에서 그는 나직하게 웃었다. "그래, 적사병까지 있다네. 예전에는, 그래, 절대로 적사병 같은 것이 실제로 존재하게 되리라는 생각조차 하지 못했다네. 하지만 저들이 자초한 일이니, 어디 한번 상대해 보라고 하지!"

"하지만 우리 힘으로 충분할까요?" 블랙우드가 물었다.

"얼마나 충분해야 충분하다고 할 수 있겠나? 적어도 저들이 우리의 공격에 준비가 되어 있지 않다는 점은 명백하지. 그럴 상상력이 없으니까. 저 젊고 청결한 로켓 조종사들은 멸균된 바지를 입고 어항처럼 생긴 헬멧을 뒤집어쓰고는 자기네의 새로운 종교를 들고 찾아온다네. 목에 건 금빛 사슬에는 메스가 달려 있지. 머리에는 현미경 모양의 머리 장식을 쓰고 있고. 성스러운 손가락으로는 연기가 피어오르는 향로를 들고 있다네. 실제로는 미신을 몰아내기 위한 살균 향로일 뿐이지만. 포, 비어스, 호손, 블랙우드와 같은 이름들은 그들의 청결한 입술에서는 오직 신성 모독일 뿐이야."

성을 나온 이들은 습기 찬 공간을 지나갔다. 호수가 아닌 호수, 악몽에서 나온 안개로 뿌옇게 흐렸다. 허공은 날개 퍼덕이는 소리와 윙윙대는 소리, 바람의 움직임과 암흑으로 가득했다. 목소리가 바뀌고 모닥불 가에는 그림자가 어른거렸다. 포는 불가에서 뜨개질을 하는, 뜨고 뜨고 또 뜨는 바늘을 지켜보았다. 고통과 비탄을 뜨고, 밀랍 인형에, 진흙 인형에 사악한 정령을 기워 붙이는 모습을. 솥에서 나는 야생 마늘과 고추와 사프란 냄새가 한데 섞여 밤하늘을 고약한 악취로 가득 채웠다.

"계속하게!" 포가 말했다. "곧 돌아오겠네!"

텅 빈 해변을 따라, 검은 형체들이 실을 잣고 신음을 뱉으며, 허공으로 검은 연기를 일으켜 흩날려 보내고 있었다. 산의 탑에서 종이 울리자, 그 청동빛 소리에서 감초처럼 검은 까마귀들이 쏟아져 나와 이내 재가 되어 사라졌다.

포와 비어스는 고독한 황야를 건너 작은 계곡으로 서둘러 발걸음을 옮겼고, 순간 갑작스럽게 포석이 깔린 길거리, 춥고 황량하고 고통스러운 날씨, 돌바닥 위를 뛰어다니며 발을 덥히려는 사람들 사이로 나오게 되었다. 안개가 자욱하고, 사무실과 크리스마스 칠면조가 매달려 있는 상점의 창가에는 촛불이 타오르고 있었다. 멀리서 온몸을 옷으로 꽁꽁 싸맨 아이들이 하얀 입김을 뿜으며 캐럴을 부르는 소리가 들려왔다. 그러는 동안 커다란 시계의 종소리가 자정을 알렸다. 아이들은 제각기 저녁거리를 더러운 손으로 움켜쥐거나 접시나 은식기 위에 올린 채로 빵집을 지나 서둘러 달려갔다.

'스크루지, 말리 앤드 디킨스'라고 적힌 간판 앞에 서서, 포는 말리 얼굴 모양의 문고리를 두드렸다. 그러자 문이 살짝 몇 센티미터 정도 열리며, 안쪽에서 갑작스레 음악 소리가 흘러나와 그들은 순간 춤의 물결에 휩쓸릴 뻔했다. 그리고 그곳에, 잘 다듬은 염소수염과 콧수염을 달고 있는 사람의 어깨 너머로, 페지위그 씨가 손뼉을 치고 있는 모습이 보였고, 페지위그 부인은 얼굴에 함박웃음을 띤 채로 춤을 추며 파티에 참석한 다른 사람들과 부딪쳐 대고 있었다. 깽깽이는 계속 음악을 뱉어 댔고, 탁자 앞의 사람들은 갑자기 불어온 바람에 흔들리는 샹들리에처럼 사방으로 웃음을 뿌리고 있었다. 커다란 탁자 위에는 치즈와 칠면조와 크리스마스 장식과 거위로 가득했다. 고기 파이, 새끼 돼지 통구이, 똬리를 틀고 앉은 소시지, 오렌지와 사과. 그리고 밥 크래칫과 꼬마 도릿과 조그만 팀과 패긴 씨 본인도 있었고, 그 사이에 소화되지 않은 소고기 한 조각, 머스터드 자국, 치즈 부스러기, 제대로 익지 않은 감자 조각처럼 보이는 남자 하나가 끼어 있었다. 쇠사슬이나 다른 모든 점으로 보아, 말리 씨 본인이 분명했다. 사방에서 와인을 따르고 갈색으로 잘 익은 칠면조가 최선을 다해 김을 뿜어내는 파티 한가운데에 어색하게 끼어 있는 모습이었다!

"원하는 게 뭔가?" 찰스 디킨스가 물었다.

"다시 한 번 청을 하러 왔네, 찰스. 우리는 자네 도움이 필요해." 포가 말했다.

"도움이라? 내가 로켓을 타고 오는 그 선량한 사람들과 맞서 싸우는 일을 도와줄 거라 생각하는 건가? 어차피 나는 여기에 속한 사람이 아니야. 내 책이 불태워진 것은 실수였을 뿐이라고. 나는 초자연적인 작품을 쓰는 작가도 아니고, 포 자네, 비어스 자네와 같이 공포와 두려움을 불러일으키는 글을 쓰지도 않는다네. 나는 자네들 따위 한심한 작자들과는 어울릴 생각 없네!"

"자네는 말솜씨가 훌륭하지 않은가." 포가 살살 달래듯 말했다. "자네라면 저 로켓 조종사들과 만나서, 적당히 회유해서 의심을 제거할 수 있을 거야. 그러면 우리가 나머지는 알아서 처리하겠네."

디킨스의 눈이 포의 손을 숨기고 있는 검은색 외투 자락에 가서 멎었다. 포는 웃으며 그 안에서 검은 고양이를 한 마리 꺼냈다. "그들 중 하나에게 선물할 생각일세."

"그럼 다른 자들은?"

포는 만족스러운 표정으로 다시 웃음을 지었다. "「때 이른 매장」은 어떤가?"

"자네는 끔찍한 사람이야, 포."

"나는 겁에 질리고 분노한 사람일 뿐이라네. 나는 신이야, 디킨스. 자네가 신인 것처럼, 우리 모두가 신인 것처럼. 하지만 우리의 피조물—자네가 원한다면 우리 백성이라 해도 좋지만—들은 위협을 받는 것뿐이 아니라 추방과 화형을 당하고, 뜯겨 나가고 검열당하고, 파멸당하고 버려졌다네. 우리가 만든 세계가 전부 잿더미로 변하고 있어.

신조차도 나가 싸워야 할 때가 있는 법이라네!"

"그래서?" 디킨스는 어서 파티로, 음악으로, 음식으로 돌아가고 싶어서 몸이 단 채 고개를 갸웃거렸다. "혹시 왜 우리가 이곳에 오게 되었는지 설명해 줄 수 있겠나? 우리가 어쩌다 여기에 오게 됐지?"

"전쟁은 다른 전쟁을 불러오고, 파괴는 다른 파괴를 촉발하게 마련이네. 지구에서, 20세기 후반부에 들어 사람들은 우리 책을 금서로 지정하기 시작했다네. 아, 얼마나 끔찍한 일인지. 우리의 문학 유산을 그런 식으로 파괴해 버리다니! 그런 행위는 우리를…… 어디라고 해야할까? 죽음? 저 너머? ……에서 불러오게 되었지. 나는 이런 추상적인 표현을 싫어한다네. 나도 모르겠어. 그저 우리의 세계와 작품들이 우리를 불렀고, 우리는 그들을 구하려고 노력을 했지만, 할 수 있었던 일은 결국 여기 화성에서 고난의 시대를 견디며, 지구가 과학자들과 회의주의의 무게를 견디지 못하고 무너지기만을 기다리는 것뿐이었다고 말해 두겠네. 하지만 이제 그들은 우리를 몰아내려, 우리와 어둠의 피조물을 몰아내려 이곳으로 오고 있다네. 그리고 모든 연금술사, 마녀, 흡혈귀, 그리고 변신 괴물들은 지구의 모든 구석까지 과학이 침투하는 가운데 결국 견디지 못하고 우주를 건너는 피난길에 오르고 만 것이지. 자네는 우리를 도와야 해. 자네는 말솜씨가 뛰어나지 않나. 우리는 자네가 필요해."

"다시 한 번 말하겠지만, 나는 자네들의 일원이 아닐세. 자네도, 다른 이들도 인정할 생각이 없어." 디킨스가 화를 내며 소리쳤다. "나는 마녀나 흡혈귀나 한밤중의 괴물을 다루는 사람이 아니란 말일세."

"그럼 「크리스마스 캐럴」은 뭔가?"

"말도 안 되는 소리! 딱 하나 있는 단편일 뿐이야. 아, 물론 유령에 대한 글을 몇 편 더 썼을지도 모르지만, 그게 뭐 어떻다는 건가? 내 작품의 근간은 그런 허튼수작과는 전혀 관계가 없는 거라고!"

"실수인지 아닌지는 모르지만, 저들이 자네를 우리와 같은 부류로 묶었네. 저들은 자네의 책을 파괴했어. 자네의 세계도. 자네도 저자들이 싫지 않은가, 디킨스!"

"멍청하고 무례한 자들이라는 것은 분명하지만, 그게 다일세. 잘 가게나!"

"적어도 말리 씨 정도는 빌려주게!"

"싫네!"

문이 쾅 닫혔다. 포는 몸을 돌려, 서리가 내린 포석을 뛰어넘으며 거리를 따라 걸어갔다. 공기 중에 마차꾼의 나팔 소리가 울리며 커다란 마차가 집 앞에 멈췄다. 버찌만큼이나 붉은 마차 안에서, 즐겁게 웃고 노래하며 한 무리의 픽윅 시대 신사들이 내리더니 문을 두드리며 활기차게 큰 소리로 "메리 크리스마스"를 외쳤다. 뚱뚱한 소년이 문을 열어 주었다.

포는 한밤중의 메마른 바다의 해변을 따라 서둘러 걸어갔다. 불과 연기가 보이자 그는 발걸음을 멈추고, 명령을 내리고 끓어오르는 가마솥과 독극물과 백묵으로 그린 마법진을 확인했다. "됐어!" 그는 소리치며 계속 달렸다. "아주 좋아!" 그는 소리치면서 다시 달렸다. 사람들이 그와 합류해 함께 달리기 시작했다. 이제 코퍼드와 매컨이 그와 함께 달리고 있었다. 그리고 혐오스러운 뱀과 성난 악마들과 불을 내뿜는 청동의 용과 침을 뱉는 독사와 몸을 떠는 마녀들이, 덤불과 쐐기풀과 가시와 기타 상상력의 바닷물이 쓸려 내려가며 우울함의 바닷가에 남겨 놓은 온갖 쓰레기 더미처럼, 신음을 뱉고 몸을 뒤틀고 독설을 뱉고 있었다.

매컨이 걸음을 멈추었다. 그는 차가운 백사장에 아이처럼 주저앉더니, 이내 흐느끼기 시작했다. 다른 이들은 그를 달래려 했지만, 그는 전혀 귀를 기울이지 않았다. "이런 생각이 들었어요. 마지막 남은 우리 책까지 불태워지면 우리는 어떻게 될까요?"

공기가 술렁거렸다.

"그런 말은 하지 말게!"

"생각할 수밖에 없잖아요." 매컨이 흐느꼈다. "이제, 지금, 로켓이 내려오는 동안에도, 당신들, 포 씨, 코퍼드, 비어스, 당신들 모두 모습이 흐릿해지고 있다고요. 생나무를 태우는 연기처럼요. 흩어지고 있는 거라고요. 얼굴이 녹아내리고,"

"죽음이야! 우리 모두가 진짜로 죽음을 맞이하는 거라고."

"우리는 지구에서 허락해 주기 때문에 존재할 뿐이라고요. 오늘 밤 우리의 마지막 남은 작품들을 파괴하라는 칙령이 떨어지면, 우리는 촛불처럼 꺼져 버리고 말 거예요."

코퍼드가 조용히 생각에 잠기며 말했다. "내가 누구인지 궁금해집니다. 오늘 밤 지구의 어떤 사람의 마음속에 내가 남아 있을까요? 아프리카의 어떤 오두막에? 내 이야기를 읽고 있는 어떤 은둔자의 마음속에? 시간과 과학의 폭풍 속에서 그렇게 홀로 타오르는 촛불이 존재할 수 있을까요? 그런 위태로운 불꽃이 여기에 유배되어 있는 나를 지탱하고 있는 걸까요? 그 사람 때문에? 아니면 쓰레기로 가득한 다락방을 뒤지다가, 딱 알맞은 때에 나를 찾아낸 소년 덕분일까요? 아, 어젯밤에 저는 끔찍하게, 골수에 스미는 고통을 겪었습니다. 육체의 육체가 존재하는 것과 마찬가지로 영혼의 육체도 존재하기 때문에, 그리고 이 영혼의 육체의 모든 빛나는 부분이 하나하나 시려 와서 말이죠. 그리고 어젯밤 저는 꺼지기 직전의 촛불이 된 듯한 느낌을 받았습니다. 그러다 갑자기, 새로운 불빛을 얻어 타오르게 되었죠. 한 아이가 지구의 빛바랜 다락방에서, 시간의 먼지를 뒤집어쓰고 있던 낡아 빠진 제 작품을 다시 한 번 발견한 겁니다! 그렇게 해서 저는 아주 짧은 유예를 얻게 된 거지요!"

해변의 작은 오두막에서 쾅 소리와 함께 문이 활짝 열렸다. 깡마르고 키가 작으며, 피부가 여러 겹으로 겹쳐져 축 늘어진 남자 하나가 오두막에서 걸어 나와서는, 다른 이들은 신경도 쓰지 않고 해변에 앉아 자신의 꽉 쥔 주먹을 바라보기만 했다.

"저 사람이야말로 정말로 유감스럽더군요." 블랙우드가 속삭였다. "저 사람이 죽어 가는 꼴을 보세요. 한때 인간이었던 우리들보다 더욱 실체가 있는 존재였는데. 저들은 해골만 남은 관념인 저 사람을 데려다가, 몇 세기 분량의 분홍 살점과 눈처럼 흰 수염과 붉은 벨벳 제복과 검은 장화를 신겼지요. 순록에, 번드르르한 금속 단추에, 크리스마스 장식을 잔뜩 달아서요. 하지만 그런 식으로 몇 세기 동안 저 사람을 제조해 내다가, 결국은 소독약으로 가득한 약품 용기에 던져 버리고 만 것 아닙니까."

그들은 모두 조용해졌다.

"크리스마스가 없는 지구에서는 무슨 일이 벌어지고 있을까?" 포가 말했다. "군밤도, 크리스마스트리도, 장식품이나 북이나 양초도 없이. 아무것도 없는데. 눈과 바람과 외롭고 현실적인 사람들로만 가득할 텐데……"

그들은 모두 뻣뻣한 수염이 나고 빛바랜 붉은 벨벳 제복을 입은 깡마르고 작은 남자를 바라보았다.

"저 사람 이야기를 읽어 본 적 있나?"

"상상은 할 수 있네. 눈이 반짝이는 정신분석가, 영리한 사회학자, 사람을 싫어하는 냉랭한 말투의 교육학자, 냉담한 부모들……"

"끔찍한 상황이야." 비어스가 웃으며 말했다. "내가 기억하는 바로는, 마지막으로 본 크리스마스 상인들은 핼러윈이 시작하기도 전부터 크리스마스 장식을 내다 걸고 '노엘'을 부르기 시작하고 있었는데 말이야. 올해는 운이 좋으면 노동절부터 시작할 수도 있었을 텐데!"

비어스는 더 이상 말을 잇지 못했다. 그는 한숨을 쉬며 앞으로 무너져 내렸다. 땅에 쓰러지기 전, 그는 간신히 "정말 흥미롭군"이라고밖에는 말할 수 없었다. 그리고 모두가 경악하여 바라보는 앞에서, 그의 육신은 푸른 먼지와 불탄 뼈로 변해 버렸고, 그마저 곧 검은 재가 되어 하늘로 흩어졌다.

"비어스, 비어스!"

"죽었어!"

"저 친구의 마지막 책이 사라진 걸세. 지구의 누군가가 방금 태워 버린 모양이야."

"그에게 안식이 있기를. 이제 저 친구는 조금도 남아 있지 않아. 우리는 그저 책일 뿐이니까. 책이 사라지면 아무것도 남지 않게 되는 걸세."

웅웅거리는 소리가 하늘을 가득 채웠다.

그들은 겁에 질려 비명을 지르며 일제히 하늘을 바라보았다. 화염으로 이글거리는 구름 속에서 뭔가가 번쩍였다. 로켓이 내려오고 있었다! 해변에 서 있는 사람들 주변으로 불꽃이 여기저기 솟구쳤다. 새된 비명과 끓어오르는 소리가 들리고, 음식 익는 냄새가 났다. 눈두덩 안에서 촛불이 타오르는 호박들이 차갑고 맑은 하늘로 솟구쳐 올라갔다. 가느다란 손가락들은 꽉 쥐여 주먹이 되었고, 마녀 하나가 주름진 입으로 새된 비명을 질러 댔다.

배야, 배야, 부서지고, 떨어져라!
배야, 배야, 전부 타 버려라!
금이 가고, 조각나고, 흔들리고, 녹아라!
미라처럼 가루가 되고, 가죽이 벗겨져라!

"떠날 시간이군요." 블랙우드가 중얼거렸다. "목성으로, 토성이나 명왕성으로."

"달아나자고?" 바람을 뚫고 포가 소리쳤다. "절대 그렇게는 못 해!"

"나는 이제 지친 늙은이오!"

포는 노인의 얼굴을 바라보고, 그의 말을 믿었다. 그는 커다란 바위 위로 기어올라 불어오는 바람 속의 1만 개의 그림자와 녹색 불빛과 노란 눈들을 마주했다.

"가루를 뿌려!" 그가 소리쳤다.

쓰디쓴 아몬드, 사향, 커민, 세멘시나, 흰 붓꽃 냄새가 숨 막히게 피어올랐다!

로켓이 내려왔다. 천천히, 영혼이 비명을 지르는 소리를 내며! 포는 로켓을 향해 분노를 쏟아부었다! 그는 주먹을 번쩍 들어 올렸고, 열기와 냄새와 증오의 오케스트라가 그에 화답하듯 함께 밀려왔다! 벗겨져 나간 나무껍질처럼, 박쥐들이 위로 솟구쳐 올랐다! 불타는 심장들이 미사일처럼 쏘아져 올라가며, 달구어진 공기 속에서 폭죽처럼 터져 나갔다. 아래로, 아래로, 끊임없이 아래로, 시계추처럼 로켓이 계속 하강했다. 포는 격노해서 울부짖고는, 공기를 휘저으며 내려오는 로켓의 바람으로부터 몸을 피했다! 죽음의 바다 자체가 거대한 구덩이 같았다. 그 안의 모두는 함정에 빠지기라도 한 것처럼 빛나는 도끼처럼 내려오는 두려운 기계를 바라보고만 있었다. 그들은 산사태에 휩쓸리는 인간과도 같은 처지였던 것이다!

"뱀을 풀어라!" 포가 소리쳤다.

물결치는 녹색으로 빛나는 뱀들이 로켓을 향해 날아갔다. 그러나 로켓은 그대로 불을 뿜으며 내려왔고, 결국 2킬로미터 밖에까지 이어지는 붉은 화염을 대지에 뿌리며 그대로 내려앉았다.

"돌격!" 포가 소리쳤다. "계획이 바뀌었다! 이제 기회는 단 한 번뿐이다! 달려라! 돌격! 돌격! 우리의 육신으로 놈들을 질식시켜라! 전부 죽여!"

그리고 격렬하게 물결치는 바다가 마치 그의 명령에 따라 방향을 바꾸기라도 한 듯, 고대의 심연으로부터 몸을 일으키기라도 한 듯, 소용돌이와 격렬한 화염이 퍼져 나가고 비바람과 번개가 메마른 백사장과 삼각주를 휩쓸었고, 그 모두가 그림자 속에서 소리를 지르며, 휘파람을 불고 신음을 하며, 이제 불길을 뿜는 것을 멈춘 로켓을 향해, 멀찍이 공터 위에 내린 청결한 금속 횃불을 향해 밀려가기 시작했다. 거대한 무쇠솥을 뒤엎어 그 안에 반짝이던 용암이 쏟아져 나온 것처럼, 끓어오르는 사람들과 물어뜯을 준비가 된 짐승들이 메마른 분지 안으로 쏟아져 내려갔다.

"놈들을 죽여라!" 포가 달려가며 소리쳤다.

로켓 승무원들은 총을 준비하여 우주선에서 뛰어내렸다. 그들은 주변을 걸어 다니며 사냥개처럼 공기 중의 냄새를 맡아 보았다. 아무것도 보이지 않았다. 그들은 긴장을 풀었다.

마지막으로 선장이 배에서 내렸다. 그는 날카롭게 몇 마디 명령을 내렸다. 장작이 모이고, 불이 붙고, 순식간에 불꽃이 타올랐다. 선장은 모닥불 주변에 승무원들을 반원으로 둘러서게 했다.

"여기는 신세계다." 그는 애써 아무렇지도 않은 양, 하지만 가끔씩 초조하게 어깨 너머로 텅 빈 바다를 바라보며 말했다. "우리는 구세계를 뒤에 남겨 두고 왔다. 새로운 시작인 셈이지. 더욱 확고하게 과학과 진보에 충성을 바치기로 결의하기에는 딱 좋은 시간이다." 그는 날카롭게 부관에게 고갯짓을 했다. "책을 가져오도록."

모닥불의 불빛에 닳아 해진 금박 제목이 반짝였다. 『버드나무에 부는 바람』, 『아웃사이더』, 『이 꿈꾸는 자를 보라』, 『지킬 박사와 하이드 씨』, 『오즈의 나라』, 『펠루시다』, 『시간조차 잊어버린 땅』, 「한여름 밤의 꿈」, 그리고 그 끔찍한 이름들, 매컨이며 에드거 앨런 포며 캐벌이며 던세이니며 블랙우드며 루이스 캐럴이 보였다. 작가들, 옛적의 작가들, 사악한 작가들.

"여기는 신세계다. 그를 기념하기 위해, 우리는 여기에서 마지막 남은 과거를 태운다."

선장이 책장을 찢었다. 그는 책을 한 장씩 찢어 불 속으로 던졌다.

비명이 들렸다!

승무원들은 깜짝 놀라 뒤로 물러서며, 모닥불 너머 아무도 없는 황량한 바다를 바라보았다.

다시 비명이 들렸다! 높고 울부짖는 소리였다. 용의 단말마 같은, 레비아단*이 사는 바닷물이 해변으로 빨려 들어가 증발하면서 남겨진 청동 고래가 헐떡이며 몸부림치는 듯한 소리였다.

방금 전까지만 해도 무언가가 있었던 것처럼, 소멸한 존재의 자리를 메우려 밀려드는 공기의 움직임 소리가 들렸다!

선장은 마지막 남은 책을 깔끔하게 불에 던져 소멸시켰다.

공기 중의 신음이 멈추었다.

정적이 찾아왔다.

로켓 승무원들은 몸을 숙이고 귀를 기울였다.

"선장님, 방금 그 소리 들으셨습니까?"

"아니."

"파도 같았습니다, 선장님. 바다 밑에서요! 뭔가를 본 것만 같았습니다. 저쪽에서요. 검은 파도처럼, 거대한 무언가가 우리를 향해 달려오고 있었습니다."

"잘못 본 거겠지."

"저기 좀 보십시오, 선장님!"

"뭐지?"

"보이십니까? 저기요! 도시가! 저기 있잖습니까! 호수 근처에 녹색 도시가 있어요! 반으로 쪼개지고 있습니다. 무너지고 있습니다!"

승무원들은 눈을 찌푸리며 그쪽으로 움직이기 시작했다.

스미스는 그들 사이에서 몸을 떨면서 서 있었다. 그는 무언가 머릿

---

* 구약 성서상의, 바다를 혼돈에 빠트리는 바다뱀.

속의 생각을 끄집어내려는 듯 머리에 손을 대고 있었다. "기억이 납니다. 그래요, 이제 기억이 납니다. 아주 오래전에요. 어린아이였을 때. 책을 읽은 적이 있었죠. 어떤 이야기였는데. 오즈. 그랬던 것 같아요. 그래, 오즈. 에메랄드의 도시 오즈……"

"오즈?"

"네, 오즈. 바로 저겁니다. 이야기 속에서 보았던 것과 똑같은 모습이군요. 오즈가 무너지는 것을 보았습니다."

"스미스!"

"네, 선장님?"

"즉시 군의관을 찾아가도록."

"네, 선장님!" 그가 꼿꼿하게 경례를 했다.

"조심하게."

승무원들은 총을 든 채로 발소리를 죽이며, 우주선의 무균 조명 너머로 보이는 넓은 바다와 낮은 언덕들을 바라보았다.

"왜 여기에 아무도 없는 걸까요? 정말로 아무도 없을 줄이야." 스미스가 실망한 듯 말했다.

바람이 그의 신발을 모래로 뒤덮으며 신음을 냈다.

여기 호랑이가 출몰한다
Here There Be Tygers

"행성이란 놈들은 그놈들의 구역에서 짓밟아 줘야 한다고." 채터턴이 말했다. "놈들 안으로 들어가서 죄다 뜯어내고, 뱀을 죽이고, 동물들을 독살하고, 강둑을 막고, 평야를 경작하고, 공기를 정화하고, 광물을 캐고, 그렇게 꼼짝하지 못하게 만든 다음에 죄다 뜯어내서, 원하는 것을 전부 얻은 다음에는 불을 뿜으며 떠나면 되는 거지. 그러지 않으면 행성에게 혼쭐이 나게 되거든. 행성은 믿으면 안 돼. 행성이란 우리에게는 낯선 모습일 수밖에 없고, 고약할 수밖에 없고, 자네들을 해치우려고 덤벼드는 존재일 수밖에 없단 말이야. 특히 이렇게 수십억 킬로미터나 떨어진 곳에 나와 있으면 더욱더 그렇지. 그러니까 먼저 상대를 때려눕혀야 한다는 말이야. 껍질을 벗겨 버려야 한다니까. 악몽이 눈앞에서 폭발하기 전에 얼른 광물을 캐서 도망치는 거지. 행성은 그런 식으로 다루어야 하는 거야."

　로켓 우주선은 84번 항성계의 7번 행성에 착륙했다. 그들은 수백만 킬로미터를 날아온 참이었다. 지구는 너무나도 멀었고, 지구의 태양과 태양계는 오래전에 잊혔다. 지구가 속한 항성계는 모두 사람으로 가득하고 탐사를 끝냈고 투자되고 이윤도 회수했고, 주변 항성계들 역시 전부 탐사하고 짜내고 정비를 마쳤다. 그래서 이제 저 머나먼 행성에서 작은 사람들을 태우고 출발한 로켓이 여기 외우주에 이른 것이다. 몇 달, 몇 년만 있으면 그들은 어디로든 갈 수 있었다. 그들의 로켓은 신과도 같이 빨랐기 때문에. 그렇게 수없이 많은 탐사 여행 중 하나로, 수많은 사냥용 로켓 중 하나가 외계의 행성에 사뿐히 내려앉고 있었다.

　"아니." 포레스터 선장이 말했다. "나는 다른 행성들을 존중하고 있어서, 당신이 말하는 그런 행동은 할 수가 없소, 채터턴. 다행히도 약탈이나 파괴는 나와는 관계없는 일이니까. 나는 그저 로켓 조종사일 뿐이오. 당신은 인류학자 겸 광물학자이고, 원하는 대로 하시오. 원하는 대로 채굴을 하고 뜯어내고 긁어 내시오. 나는 구경만 하고 있을 테니. 이 행성이 어떤 곳이든, 어떤 모습이든, 나는 그저 새 행성을 한 바퀴 둘러보기만 할 거요. 나는 구경을 좋아하니까. 로켓 조종사들은 모두 구경꾼 체질이고, 그렇지 않았더라면 이런 일을 하지도 않았을 테니까. 로켓 조종사라면 응당 새로운 공기의 냄새를 맡고, 새로운 바다와 섬들을 보고 싶어 하는 법이거든."

　"총은 챙겨 가게." 채터턴이 말했다.

　"총집 안에 들어 있소." 포레스터가 말했다.

　그들은 함께 우주선 창문으로 몸을 돌리고 점차 우주선으로 다가오는 녹색 행성을 바라보았다. "저 행성이 우리를 어떻게 여길는지 궁금하군." 포레스터가 말했다.

"우리를 좋아하지 않을 게야." 채터턴이 말했다. "내가 확실히 우리를 싫어하게 만들어 주지. 그리고 자네도 알겠지만, 나는 신경 쓰지 않아. 여기 나온 이유도 돈 때문이니까. 자, 선장, 저기 저쪽에 착륙해 주겠나. 딱 봐도 풍요로운 지역이라는 느낌이 드는구면."

어린 시절 이후로, 그들이 본 가장 선명한 초록색이었다.

완만한 언덕 위로 투명한 푸른 물방울처럼 호수들이 흩어져 있었다. 시끄러운 고속도로도, 광고판이나 도시도 보이지 않았다. 초록색 골프장이 바다처럼 영원히 이어지는 듯하군, 하고 포레스터는 생각했다. 퍼팅용 잔디밭, 드라이브용 잔디밭, 어느 쪽으로든 1만 킬로미터를 걸어가도 골프는 끝나지 않을 것이다. 일요일의 행성, 크로켓 경기장의 세계, 토끼풀을 입에 물고 잔디밭에 드러누워, 눈을 반쯤 감은 채 하늘을 향해 미소를 흘리며, 잔디밭 내음을 맡고, 영원한 유월절을 만끽하며 졸음에 잠겨서, 가끔씩 일요일 자 신문을 넘기거나 붉은 줄무늬가 있는 나무 공을 문으로 쳐 넣는 소리에 몸을 뒤척일 뿐인 그런 곳이었다.

"행성이 여자일 수 있다면, 이곳이야말로 딱 그럴 것 같군."

"겉모습은 여자고, 내면은 남자겠지." 채터턴이 말했다. "안쪽은 전부 단단할 거야. 남자다운 철이며, 구리며, 우라늄이며, 검은 토양으로 가득하겠지. 화장 솜씨에 속지 말게나."

그는 지표 드릴이 대기하고 있는 칸막이 쪽으로 걸어갔다. 거대한 나사 모양 주둥이가 날선 푸른색으로 빛나고 있었다. 지표 아래 20미터까지 파고 들어가 코르크 뚜껑을 딴 다음, 행성의 핵심부에 이를 때까지 연장 굴착기를 뻗어 나갈 준비를 끝마친 상태였다. 채터턴이 기계를 향해 윙크를 보냈다. "포레스터, 우리가 자네 행성을 아주 확실하게 굴복시켜 주겠네."

"그래, 그럴 거라는 사실은 알고 있소." 포레스터가 나직하게 말했다.

로켓이 착륙했다.

"너무 초록색이고 너무 평화롭군." 채터턴이 말했다. "마음에 안 들어." 그는 선장을 돌아보았다. "라이플을 가지고 나가도록."

"혹시나 해서 말하는 거지만, 명령을 내리는 쪽은 나요."

"그래, 그리고 보호가 필요한 수백만 달러어치의 기계 장비를 싣고 여기까지 오는 자금을 댄 것은 내 회사지. 꽤나 엄청난 투자였다고."

인간이 처음 발을 디딘 84번 항성계 7번 행성의 공기는 쾌적했다. 출입구가 활짝 열렸다. 사람들이 식물원처럼 보이는 행성 위로 우글우글 몰려나왔다.

마지막으로 손에 총을 든 채터턴이 내려왔다.

채터턴이 푸른 잔디밭에 발을 딛자, 대지가 진동했다. 잔디밭이 몸을 떨었다. 멀리 보이는 숲이 우릉거렸다. 하늘이 보일 듯 말 듯 어두워지며 껌뻑이는 듯했다. 그런 일이 일어났을 때, 사람들은 채터턴을 바라보고 있었다.

"지진이다!"

채터턴의 얼굴이 창백해졌다. 모두가 소리 내어 웃었다.

"당신이 마음에 안 드나 본데요, 채터턴!"

"말도 안 되는 소리!"

마침내 떨림이 잦아들었다.

"글쎄." 포레스터 선장이 말했다. "우리 때는 지진이 나지 않았던 것으로 보아, 아무래도 이 행성은 당신의 철학이 마음에 들지 않는 모양이오."

"우연일 뿐이네." 채터턴이 힘겹게 미소를 지으며 말했다. "이제 움직이자고, 두 배는 빠르게 행동하도록. 30분 안에 여기에 드릴을 설치하고 표본을 채취하고 싶다고."

"잠깐 기다리시오." 포레스터가 웃음을 멈추었다. "그보다 먼저 이 지역을 확보하고 적대적인 원주민이나 동물이 없는지 확인해야 하오. 게다가 이렇게 쾌적한 행성에 발을 디디는 것도 항상 있는 일은 아니지 않소. 우리도 이 동네를 한번 돌아볼 기회 정도는 가져도 되지 않겠소?"

"알겠네." 채터턴이 그들과 합류하며 말했다. "그럼 얼른 끝내자고."

그들은 우주선을 지킬 인원을 한 명 남겨 두고 평야와 초원을 지나, 작은 언덕을 넘어 작은 계곡으로 내려갔다. 역사상 최고로 아름다운 해의 최고의 여름의 최고의 날에 소풍을 나온 소년들처럼, 그들은 크로케에 어울리는 청명한 날씨 속으로 걸어갔다. 귀를 기울이면 나무 공이 잔디밭을 굴러다니는 소리를, 공이 게이트에 부딪치는 소리를, 부드럽게 속삭이는 목소리를, 담쟁이 그늘이 드리운 현관 앞에서 문득 소리 높여 웃는 여자의 웃음소리를, 여름날의 찻주전자 안에서 얼음이 달각이는 소리를 들을 수 있을 것만 같았다.

"있잖아요." 승무원 중 젊은 축에 속하는 드리스콜이 코를 쳐들고 벌름거렸다. "야구공이랑 방망이를 가져왔어요. 나중에 한 게임 하죠. 끝내주는 야구장이 될 것 같아요!"

남자들은 나직하게 웃었다. 야구에 어울리는 계절에, 테니스 치기에 딱 좋은 부드러운 바람 속에서, 자전거를 타거나 산머루를 따기에 딱 알맞은 날씨 속에서.

"이 잔디를 전부 깎으려면 얼마나 힘들지 상상이 되세요?" 드리스콜이 물었다.

일행은 걸음을 멈추었다.

"뭔가 이상하다 생각했어!" 채터턴이 소리쳤다. "이 잔디를 보라고. 전부 방금 깎은 모습이잖아!"

"아욱메풀속屬의 식물들일 거요. 항상 짧게 자라지."

채터턴은 푸른 잔디 위에 침을 뱉고는 부츠로 비볐다. "마음에 안 들어. 마음에 안 든다고. 우리한테 무슨 일이 생긴다 해도 지구에서는 전혀 알지도 못할 거라고. 말도 안 되는 정책이야. 로켓이 돌아오지 않아도, 절대로 그 이유를 확인하려고 두 번째 로켓을 보내지 않는단 말이야."

"당연한 일이오." 포레스터가 설명했다. "수천 개의 적대적인 행성에서 의미 없는 전쟁을 벌이느라 시간을 허비할 수는 없지 않소. 로켓 하나를 쏘는 데는 엄청난 시간, 자금, 생명이 필요하오. 로켓 하나로 특정 행성이 적대적인 곳이라는 사실을 확인하게 되면, 두 대나 낭비할 필요는 없는 거요. 우리는 이곳처럼 평화로운 행성에만 힘을 쏟는 거요."

"가끔 그게 궁금해져요." 드리스콜이 말했다. "두 번 다시 시도하지 않을 경로로 갔던 탐사대에게는 어떤 일이 일어났을까요."

채터턴은 멀리 보이는 숲을 바라보았다. "총에 맞거나, 칼에 찔리거나, 잘 구워진 저녁 식사가 되었겠지. 지금 우리도 언제 그렇게 될지 몰라. 이제 작업으로 돌아갈 때가 됐네, 선장!"

그들은 작은 언덕 위에 올랐다.

"느껴 보세요." 드리스콜이 팔을 나른하게 벌리고 말했다. "어릴 적에 어떻게 달렸는지, 그리고 그럴 때마다 바람이 어떤 느낌으로 감싸고 돌았는지. 팔에 깃털이 돋은 것 같았었죠. 쭉 달려가다 보면 언제든 날아오를 수 있을 것 같은 느낌이었지만, 결국 날 수는 없었지요."

남자들은 어린 시절을 떠올리며 그렇게 서 있었다. 수백만 개의 풀잎에 떨어져 말라 가는 빗방울과 꽃가루 냄새가 났다.

드리스콜은 살짝 달려 보았다. "세상에, 이 바람을 느껴 보세요. 있잖아요, 우리 진짜로 자기 힘만으로 날아 본 적은 없잖아요. 몇 톤짜리 금속 안에 앉아 이륙하는 건 진짜로 나는 게 아니에요. 우리는 새들처럼 스스로의 힘으로 날아 본 적이 없어요. 팔을 이렇게 펼치고……" 그는 팔을 벌렸다. "달리는 거예요." 그는 스스로의 어리석음에 웃으며 다른 이들을 제치고 달려 나갔다. "그리고 날아오르는 거죠!" 그는 소리쳤다.

그리고 그는 날아올랐다.

아래에 서 있는 사람들의 소리 없는 금빛 손목시계 위에서 시간이 흘러갔다. 그들은 위를 올려다보고만 있었다. 그리고 높은 하늘에서 자신도 도저히 믿지 못하는 듯한 높은 웃음소리가 들려왔다.

"당장 내려오라고 하게." 채터턴이 속삭였다. "저러다 살해당할 거야."

아무도 그의 말에 귀를 기울이지 않았다. 그들은 채터턴에게서 등을 돌린 채 하늘을 바라보고 있었다. 모두 놀라서 환하게 웃고 있었다.

마침내 드리스콜이 사뿐히 착지했다. "방금 다들 보셨어요? 제가 날

왔다고요!"

모두가 보았다.

"잠깐만 좀 앉을게요. 아, 세상에, 정말 세상에." 드리스콜이 무릎을 때리며 쿡쿡 웃었다. "참새가, 매가 된 것 같았어요. 신이시여. 다들, 얼른 해 보세요!"

"바람이에요. 바람이 저를 붙들어서 날게 해 준 거라고요!" 잠시 후, 환희에 몸을 떨고 숨을 가쁘게 몰아쉬며, 그가 말했다.

"당장 여기에서 나가지." 채터턴은 천천히 몸을 돌려, 푸른 하늘을 바라보며, 초조하게 원을 그리며 걸었다. "이건 함정이야. 우리가 전부 하늘에 뜨기를 기다리는 거라고. 저러다 우리 모두를 한 번에 떨어트려 죽여 버릴 거야. 나는 우주선으로 돌아가겠어."

"그러려면 내 명령을 기다려야 할 거요." 포레스터가 말했다.

남자들은 따뜻하고 시원한 공기 속에 서서 얼굴을 찌푸리고 있었다. 바람이 한숨 소리를 내며 흘러갔다. 영원히 3월이 이어지는 듯, 바람을 타고 연 날리는 소리가 흘러왔다.

"바람한테 날게 해 달라고 부탁한 거예요." 드리스콜이 말했다. "그랬더니 해 준 거라고요!" 포레스터는 다른 이들에게 손짓해 옆으로 비켜서게 했다. "다음에는 내가 해 보지. 만약 내가 죽으면 자네들 모두 우주선으로 돌아가도록."

"미안하지만 그건 용납할 수 없네. 자네는 선장이야." 채터턴이 말했다. "자네를 잃을 수는 없어." 그는 총을 빼 들었다. "여기에서는 내 권위를, 아니면 강제력이라도 사용해야겠네. 장난질은 이제 충분히 했어. 모두 우주선으로 돌아가라고 명령해야겠네."

"총은 집어넣으시오." 포레스터가 나직하게 말했다.

"꼼짝 말라고, 이 멍청한 놈!" 채터턴은 총을 겨눈 채로 눈을 깜빡였다. "느끼지 못했나? 이 행성은 살아 있다고. 우리를 가지고 놀면서 때가 오기를 기다리고 있는 거야."

"그건 내가 판단할 일이오." 포레스터가 말했다. "당장 그 총을 집어넣지 않으면, 당신은 당장 체포되어 우주선에 구금되는 신세가 될 거요."

"나하고 함께 돌아가지 않겠다면, 전부 여기에서 죽어 나자빠져 있게 될 거다. 나는 돌아가서 표본을 챙긴 다음 이곳을 뜨겠어."

"채터턴!"

"막을 생각은 하지도 마!"

채터턴은 달리기 시작했다. 그러다 갑자기, 그는 비명을 내질렀다.

모두가 고함을 지르며 위를 올려다보았다.

"저기 가네요." 드리스콜이 말했다.

채터턴은 하늘 높이 날고 있었다.

거대하지만 친절한 눈꺼풀이 감기듯, 밤이 찾아왔다. 채터턴은 충격을 받은 채로 언덕 한쪽에 앉아 있었다. 다른 이들은 전부 지쳤지만 크게 웃으며 그 주변에 둘러앉아 있었다. 그는 다른 이들도, 하늘도 바라보지 않고, 오직 대지만을 느끼며 팔과 다리와 몸을 단단히 붙인 채로 있었다.

"아, 이거 정말 끝내주지 않았나요!" 케스틀러라는 이름의 남자가 말했다.

그들 모두가 이미 한 번씩 날아 본 참이었다. 꾀꼬리나 독수리나 참새처럼. 그리고 그들은 모두 행복해했다.

"이제 그만 좀 해요, 채터턴. 꽤나 즐겁지 않았습니까?" 케스틀러가 말했다.

"말도 안 되는 일이야." 채터턴은 눈을 힘주어 꼭 감으며 말했다. "이런 게 가능하려면 단 한 가지 가능성밖에는 없어. 이놈은 살아 있는 거야. 공기도 살아 있어. 공기가 커다란 주먹처럼 나를 집어 올렸다고. 놈은 언제라도 우리를 죽일 수 있어. 이놈은 살아 있단 말이야."

"그래, 좋아요." 케스틀러가 말했다. "이 녀석이 살아 있다고 칩시다. 살아 있는 존재라면 존재의 목적을 가져야 하는 법이잖습니까. 이 행성의 목적이 우리를 행복하게 해 주는 것이라면 어떻겠습니까."

이 말에 동조라도 하듯, 드리스콜이 양손에 수통을 하나씩 들고 날아왔다. "아래에서 계곡물을 찾았어요. 시험해 보니까 순수한 물이더군요. 잠깐, 일단 한번 마셔 보세요!"

포레스터는 수통을 하나 받아 들고, 채터턴 앞으로 내밀며 권했다. 채터턴은 고개를 저으며 황급하게 몸을 빼냈다. 그는 손으로 얼굴을 가렸다. "그건 이 행성의 혈액이야. 살아 있는 혈액이라고. 그걸 마시면, 그 액체를 체내에 넣으면 이 행성이 자네들 몸 안에 들어가 자네 눈으로 밖을 보고 자네 귀로 소리를 듣게 될 거라고. 나는 됐어!"

포레스터는 어깨를 으쓱하고 수통의 액체를 마셨다.

"와인이잖아!" 그가 말했다.

"말도 안 돼요!"

"정말이라니까! 냄새 좀 맡아 봐! 맛을 보라고! 훌륭한 화이트 와인이야!"

"프랑스 와인이죠." 드리스콜이 자기 수통을 홀짝였다.

"독이야." 채터턴이 말했다.

그들은 서로 수통을 돌려 가며 마셨다.

승무원들은 오후 내내 나른하게 앉아 있기만 했다. 주변에 가득 펼쳐져 있는 평화를 어지럽히는 행동은 조금도 하고 싶지 않았던 것이다. 놀라운 미인, 훌륭하고 유명한 여인을 마주한 풋내기 젊은이들과 같은 느낌이었다. 뭔가 말을 꺼내거나 손짓을 해서 그 때문에 그녀가 고개를 돌리거나, 사랑스러운 눈빛과 상냥한 시선을 다른 곳으로 향하게 하고 싶지 않았던 것이다. 그들은 채터턴을 맞이했던 지진을 기억하고 있었고, 그런 지진을 겪고 싶지 않았다. 방과 후의 즐거운 오후를, 낚시를 가고 싶어지는 날씨를 만끽하도록 하자. 나무 그늘에 앉아 쉬거나 따사로운 언덕을 거닐도록 하자. 하지만 드릴로 구멍을 뚫거나, 표본을 시험하거나, 오염을 퍼트리는 일은 하지 말도록 하자.

그들은 물이 부글거리며 끓어오르는 웅덩이로 이어지는 시냇물을 발견했다. 위쪽의 차가운 계곡에서 헤엄치던 물고기는, 비늘을 반짝이며 아래의 뜨거운 물로 떨어져서는, 잠시 후 잘 익은 상태로 수면으로 떠올랐다.

채터턴은 마지못해 다른 이들과 함께 식사에 참가했다.

"우리는 전부 중독될 거야. 이런 짓거리에는 항상 속임수가 있기 마련이라고. 오늘 밤은 로켓 안에서 자겠어. 자네들은 원한다면 밖에서 자든 말든 알아서 해. 중세의 지도에 적힌 구절을 하나 인용하도록 하지. '여기 호랑이가 출몰한다.' 오늘 밤 자네들이 잠들어 있는 동안, 호랑이와 식인종이 모습을 드러낼 거라고."

포레스터는 고개를 저었다. "이 행성이 살아 있다는 점에서는 당신 말에 동의하오. 하나의 종족이라 할 수도 있겠지. 하지만 이 행성은 자신을 뽐내기 위해서, 자신의 아름다움에 감탄할 수 있는 우리들의 존재가 필요한 거요. 기적으로 가득한 무대가 있다고 해도, 관객이 없다면 무슨 소용이 있겠소?"

그러나 채터턴은 부산을 떨고 있었다. 그는 등을 수그리고 구역질을 해 댔다.

"독이야! 독을 먹었어!"

그들은 구역질이 가라앉을 때까지 그의 등을 두드려 주었다. 그리고 물을 주었다. 다른 이들은 아무렇지도 않았다.

"지금부터는 우주선에 있는 음식만 먹는 편이 낫겠소." 포레스터가 충고했다. "그 편이 더 안전할 테니까."

"당장 작업을 시작해야겠어." 채터턴은 입가를 훔치며 비틀거렸다. "하루를 낭비했다고. 꼭 그래야만 한다면 혼자서라도 작업을 하겠어. 이 지옥 같은 행성에 본때를 보여 줘야지!"

그는 비틀대며 로켓 쪽으로 걸어갔다.

"이렇게 극진하게 대접을 받는데도 알아차리지를 못하네요." 드리스콜이 중얼거렸다. "저 사람 어떻게 막을 수 없나요, 선장님?"

"저 작자는 이 탐사대를 소유하고 있는 것이나 다름없어. 우리가 의무적으로 저 작자를 도울 필요가 없는 것은, 위험한 상황에서 작업 거부권을 행사할 수 있다는 항목이 계약서에 존재하기 때문이지. 그러니까…… 이 소풍 장소는 이곳이 자네들에게 해 준 만큼 소중하게 다루도록 하게. 나무를 함부로 꺾지 말고, 잔디가 벗겨진 곳은 다시 덮어 놓게나. 바나나 껍질은 다 주워 가고."

그때, 아래쪽 우주선이 있는 곳에서 엄청난 웅웅거림이 들리기 시작했다. 화물칸 출입구에서 거대하고 반짝이는 드릴이 굴러 나왔다. 채터턴이 그 뒤를 따르며 로봇 통신기에 명령을 내리고 있었다. "이쪽이야, 이쪽!"

"저 멍청이."

"좋아!" 채터턴이 소리쳤다.

길쭉한 나사 모양의 드릴이 푸른 풀밭을 뚫고 들어갔다. 채터턴은 다른 사람들에게 손을 흔들어 보였다. "잘 보라고!"

하늘이 우렁거렸다.

드릴은 잔디로 만들어진 작은 바다 위에 놓여 있었다. 순식간에 잔디는 멀리 사라지고, 그 자리에 축축하고 푸석한 흙이 나타났고, 떨리고 있는 분석 물질함으로 토악질하듯 밀려 들어갔다.

그리고 드릴은 식사를 하다 방해받은 괴물처럼 고약한 금속성 비명을 지르기 시작했다. 드릴 아래 땅에서 푸른빛을 띤 액체가 느리게 거품을 내며 스며 나오기 시작했다.

채터턴은 소리쳤다. "물러나라고, 이 바보야!"

드릴은 고대의 춤을 추듯 휘청거렸다. 전속력으로 달리던 기차가 급회전을 하는 듯한 소리가 났고, 붉은 불똥이 튀었다. 드릴은 가라앉고 있었다. 그 아래로 검은 점액질 액체가 고이는 모습이 보였다.

기침 섞인 소리를 내며, 한참을 헐떡이고 거품을 뱉어 내다가, 드릴은 총에 맞아 쓰러진 코끼리처럼, 시대의 종말을 맞은 매머드처럼, 나팔 소리를 울리며 검은 점액 속으로 빠져 들어갔다. 단단하게 대지를 디딘 발이 한 쪽씩 구덩이 속으로 사라지고 있었다.

"한심하군, 한심해." 포레스터는 눈앞의 광경에 사로잡혀 낮은 소리로 중얼거렸다. "저게 뭔지 아나, 드리스콜? 저건 타르야. 저 한심한 기계가 타르 웅덩이를 건드린 거라고!"

"말 좀 들어, 말 좀 들으라고!" 채터턴은 드릴을 향해 소리치며, 기름투성이 호수 가장자리를 뛰어다녔다. "이쪽이야, 이쪽으로 나와!"

그러나 옛날에 지구를 활보하던 폭군, 긴 목을 휘두르며 비명을 지르던 공룡들처럼, 드릴은 웅덩이에 빠진 채 몸부림을 칠 뿐, 자신이 이해할 수 있는 단단한 땅으로는 두 번 다시 올라오지 못했다.

채터턴은 멀리 떨어져서 구경만 하고 있는 다른 사람들을 돌아보았다. "아무나 뭔가 좀 해 봐!"

드릴은 사라져 버렸다.

타르 웅덩이는 거품을 띄우며 만족한 듯 트림을 하고는, 이미 눈에 보이지 않는 괴물의 골격을 빨아들여 버렸다. 웅덩이의 표면은 잔잔했다. 마침내 커다란 방울 하나가 솟아올라, 고대의 석유 냄새를 풍기고는, 그대로 터져 버렸다.

사람들은 언덕에서 내려와 작고 검은 바다 가장자리에 서 있었다.

채터턴은 소리치던 것을 멈추었다.

한참을 고요한 타르 웅덩이를 바라보고만 있다가, 채터턴은 고개를 돌려 성난 눈으로 언덕과 푸른 들판을 바라보았다. 멀리 떨어진 나무에서는 과일이 자라나서는, 그대로 살짝 땅으로 떨어졌다.

"내가 보여 주겠어." 그가 조용히 중얼거렸다.

"진정 좀 하시오, 채터턴."

"본때를 보여 주겠어." 그가 말했다.

"자리에 앉아서 이거나 한잔 들어요."

"제대로 본때를 보여 주겠어. 나한테 이런 짓거리를 할 수 없다는 것을 똑똑히 가르쳐 주겠어."

채터턴은 다시 우주선으로 돌아가기 시작했다.

"거기 잠깐 기다리시오." 포레스터가 말했다.

채터턴은 달리기 시작했다. "뭘 해야 할지 알아. 어떻게 하면 본때를 보여 줄 수 있는지 안다고!"

"저자를 막아!" 포레스터가 말했다. 그는 달리기 시작했지만, 곧 자신이 날 수 있다는 사실을 깨달았다. "우주선에 원자폭탄이 있다고. 우주선에 도달하게 된다면……"

다른 사람들도 그 사실을 생각해 냈는지 그대로 날아올랐다. 땅 위를 달리는 채터턴과 로켓 사이에는 작은 숲이 있었다. 그는 나는 법을 잊었든가, 날기가 두려워졌든가, 아니면 날도록 허락을 받지 못한 듯, 그대로 소리치며 달리고만 있었다. 승무원들은 그자를 앞질러 가서 기다리려고 곧바로 로켓으로 향했고, 선장도 그들과 함께 움직였다. 그들이 마지막으로 목격한 채터턴의 모습은 작은 숲 안으로 곧장 들어가는 것이었다.

승무원들은 자리를 잡고 기다렸다.

"저 머저리, 미친 작자 같으니."

그러나 채터턴은 작은 숲의 반대편으로 모습을 나타내지 않았다.

"우리가 경계를 늦추기를 기다리면서 돌아간 모양인데요."

"가서 데려오게." 포레스터가 말했다.

남자 둘이 날아갔다.

이내 부드럽고 포근한 빗줄기가 녹색 행성 위를 적시기 시작했다.

"완벽한 마무리로군요." 드리스콜이 말했다. "이 행성에서는 집을 지을 필요도 없겠어요. 우리한테는 비가 내리지 않잖아요. 주변 사방으로, 우리 앞뒤로는 비가 내리고 있는데 말이에요. 정말 대단한 행성이에요!"

그들은 푸르고 차가운 빗줄기 속에서 마른 몸으로 서 있었다. 해가 기울고 있었다. 얼음의 색을 가진 커다란 달이 생기를 얻은 언덕 위로 떠올랐다.

"이제 딱 하나만 더 있으면 이 행성은 완벽하겠는데."

"그렇군." 모두가, 생각에 잠겨, 천천히 말했다.

"한번 찾아보자고요." 드리스콜이 말했다. "논리적인 일이잖아요. 바람이 우리를 날게 해 주고, 나무와 시냇물이 먹을 것을 주고, 모든 것이 살아 있어요. 만약 우리가 함께할 존재를 요구하기만 하면……"

"오늘도 그 전에도, 한동안 그런 생각을 해 봤지." 케스틀러가 말했다. "우리는 전부 총각이고, 몇 년 동안 줄곧 여행만 했고, 이제는 죄다 질려 버렸어. 슬슬 어딘가 정착해도 되지 않을까? 기왕이면 여기는 어때? 지구에서는 열심히 일해서 저금을 해야 집을 사고 세금을 낼 수 있잖아. 도시는 끔찍하고. 여기 이런 날씨에는 집도 필요하지 않아. 지겨워지면 비, 구름, 눈, 변화를 얼마든지 요구할 수 있어. 여기에서는 전혀 일할 필요가 없다고."

"지겹지 않겠어? 우리 모두 미쳐 버릴 거야."

"그럴 리가." 케스틀러는 웃으며 말했다. "인생이 너무 단순해지면, 우리는 그저 채터턴이 말한 주문을 몇 번 반복하기만 하면 될 거라고. '호랑이가 출몰할 것이다.' 저 소리를 들어 보라고!"

저 멀리, 황혼에 휩싸인 숲 속에서 들리는 저 희미한 소리는, 거대한 고양잇과 동물의 소리가 아닌가?

남자들은 몸을 떨었다.

"다재다능한 세계로군." 케스틀러가 무미건조한 목소리로 말했다. "우리가 친절하게 대해 주기만 하면, 이 여자는 손님들을 기쁘게 하기 위해 무슨 일이든 해 주는 거야. 채터턴은 친절하지 않았던 것이고."

"채터턴. 그 작자는 어떻게 됐지?"

포레스터, 드리스콜, 케스틀러는 숲 쪽으로 날아갔다.

"무슨 일인가?"

선발대가 숲 속을 가리키고 있었다. "이걸 보셨으면 해서요, 선장님. 묘한 일이에요." 한 사람이 오솔길을 가리켰다. "여길 보시죠, 선장님."

오솔길 위에 커다란 발톱 자국이 선명하게 새겨져 있었다.

"그리고 이쪽도요."

피가 몇 방울 떨어져 있었다.

고양잇과 동물의 냄새가 공기 중에 묵직하게 감돌았다.

"채터턴은?"

"찾을 수 있을 것 같지는 않습니다, 선장님."

희미하게, 희미하게, 멀어져 가며, 이제는 황혼의 정적 속으로 사라지며, 호랑이 울음소리가 들려왔다.

승무원들은 로켓 옆 탄력 있는 풀밭 위에 누워 있었고, 밤공기는 따스했다. "어릴 적에 이렇게 밤을 보낸 생각이 나네요." 드리스콜이 말했다. "형하고 저는 7월에서도 가장 무더운 날이 오기를 기다렸다가, 청사 건물 잔디밭에 누워 잠을 청하며 별을 헤아리고 이야기를 나누곤 했어요. 좋은 밤이었죠. 내 생애 최고의 밤이었어요." 그러고는 덧붙였다. "물론 오늘 밤을 제외하고 말이에요."

"저는 계속 채터턴 생각이 납니다." 케스틀러가 말했다.

"그런 생각은 하지 말게." 포레스터가 말했다. "우리는 여기에서 몇 시간 잠을 청한 다음에 이륙할 거네. 여기에서는 단 하루도 더 머무를 수 없어. 채터턴을 낚아챈 그 위험 때문이 아니야. 절대 아니지. 내 말은, 여기 머물면 이 행성을 너무 좋아하게 될 거라는 뜻이라네. 도저히 떠날 수가 없게 될 거야."

부드러운 바람이 그들을 스치고 지나갔다.

"지금도 떠나고 싶지 않은데요." 드리스콜은 팔베개를 하고 조용히 자리에 누웠다. "그리고 이 행성도 우리가 떠나는 것을 원치 않는 모양이고요."

"지구로 돌아가서 이 행성이 얼마나 아름다운지 모두에게 말해 주면, 무슨 일이 벌어질 것 같습니까, 선장님? 온갖 사람이 이리로 밀려와서 모든 것을 망쳐 버릴 겁니다."

"그렇게 되지는 않을 걸세." 포레스터가 느긋하게 말했다. "우선, 이 행성은 전면 침공이 벌어지면 절대 가만 있지 않을 걸세. 뭘 할지 정확히는 모르겠지만, 아마도 꽤나 흥미로운 방법을 생각해 낼 거야. 두 번째로, 나는 이 행성이 너무 마음에 든다네. 존중하고 있어. 우리는 지구로 돌아가서 거짓말을 할 거네. 적대적인 행성이라고 말하도록 하지. 채터턴처럼 해를 입히려고 뛰어드는 평범한 사람들에게는 실제로 적대적이지 않겠나. 딱히 거짓말은 아닐 것이라고 생각하네."

"재밌게도 말입니다." 케스틀러가 말했다. "저는 겁이 나지 않습니다. 채터턴이 사라졌고, 아마 가장 끔찍한 방식으로 죽음을 맞았을 텐데도, 우리는 여기 이렇게 누워 있지 않습니까. 도망치는 사람도, 두려워 떠는 사람도 없어요. 한심한 노릇입니다. 하지만 옳은 일이죠. 우리는 이 행성을 믿고, 이 행성도 우리를 믿는 겁니다."

"와인이 된 물을 적당히 마시고 나니까, 더 이상 마실 생각이 안 들지 않던가? 이곳은 절제가 존재하는 세계야."

그들은 행성의 거대한 심장이 자신들의 몸 아래에서 느리지만 따뜻하게 두근대는 소리에 귀를 기울이며 누워 있었다.

문득 포레스터는 이런 생각을 했다. 목이 마르군.

비 한 방울이 그의 입술로 떨어졌다.

그는 나직하게 웃었다.

외롭군. 그는 생각했다.

멀리서 부드럽고 높은 목소리가 들려왔다.

그는 계시를 보듯 눈길을 돌렸다. 언덕에서 맑은 강물이 흘러내리고, 강물 얕은 곳에는 아름다운 여인들이 빛나는 얼굴로 물보라를 일으키고 있었다. 그녀들은 물가의 아이들처럼 장난을 치고 있었다. 그리고 포레스터는 그들에 대해, 그들의 삶에 대해 자연스레 알게 되었다. 그들은 떠돌이로, 원하는 대로 이 세계의 표면을 떠도는 이들이었다. 고속도로도 도시도 없는 세계, 언덕과 평야와 원하기만 하면 하얀 깃털처럼 그들을 날라다 주는 바람만이 존재하는 세계였다. 포레스터가 질문을 하면, 보이지 않는 누군가가 그의 귓가에 답변을 속삭여 주었다. 이곳에는 남성이 없었다. 여성들이 홀로 자손을 낳았다. 남성들은 5만년 전에 모두 사라져 버렸다. 그리고 지금 이 여성들은 어디에 있는가? 푸른 숲을 따라 1킬로미터를 걸어가서, 여섯 개의 하얀 돌이 놓인 와인이 흐르는 계곡을 지나 1킬로미터를 간 다음, 큰 강을 따라 1킬로미터를 더 걸어가면 된다. 그러면 그곳, 얕은 강물 속에서, 훌륭한 아내가 되고 아름다운 아이를 키울 여인들이 뛰놀고 있는 것이다.

포레스터는 눈을 떴다. 다른 남자들도 자리에서 일어나 앉고 있었다.

"꿈을 꿨네."

그들 모두가 꿈을 꾸었다.

"푸른 숲을 따라 1킬로미터를 가서……"

"……여섯 개의 하얀 돌이 놓인……"

"와인이 흐르는 계곡을 따라 1킬로미터를 간 다음……" 케스틀러가 말했다.

"……큰 강을 따라 1킬로미터를 더 걸어가면." 드리스콜이 자리에 일어나 앉으며 말했다.

잠시 아무도 입을 열지 않았다. 그들은 별빛을 받으며 서 있는 은빛 로켓을 바라보았다.

"걸어서 갈까요, 아니면 날아서 갈까요, 선장님?"

포레스터는 아무 말도 하지 않았다.

드리스콜이 입을 열었다. "선장님, 여기 머물러요. 지구로 돌아갈 필요 없잖아요. 우리에게 무슨 일이 벌어졌는지 확인하러 사람을 보내지는 않을 거예요. 그냥 전부 죽었다고 생각하겠죠. 어떻게 생각하세요?"

포레스터의 얼굴에서 진땀이 흐르고 있었다. 그의 입술 위에서 혀가 움직였다 멈추기를 반복했다. 무릎에 올려놓은 손이 떨렸다. 승무원들은 앉은 채 기다리고 있었다.

"아주 훌륭하겠지." 선장이 말했다.

"물론이죠."

"하지만……" 포레스터는 한숨을 쉬었다. "우리는 임무를 완수해야 한다. 우리 우주선에 투자한 사람들이 있어. 우리는 그 사람들을 위해 돌아가야 한다."

포레스터는 자리에서 일어섰다. 승무원들은 그의 말에 귀를 기울이지 않고 여전히 자리에 앉아 있었다.

"정말로 훌륭하고, 쾌적하고, 아름다운 밤인데요." 케스틀러가 말했다.

그들은 완만한 언덕과 나무와 반대편 지평선에 이르도록 흘러가는 강물을 바라보았다.

"승선하지." 포레스터가 간신히 입을 떼었다.

"선장님……"

"승선하라." 그가 말했다.

로켓이 하늘로 날아올랐다. 포레스터는 아래에 펼쳐진 모든 계곡과 모든 작은 호수들을 눈여겨보았다.

"여기 머물렀어야 합니다." 케스틀러가 말했다.

"그래, 나도 아네."

"아직 돌아가기에는 너무 늦지 않았습니다."

"유감스럽게도 그렇지는 않은 듯하군." 포레스터는 창문의 관측 장치를 조절했다. "한번 보게."

케스틀러는 관측 장치를 들여다보았다.

행성 표면은 변해 있었다. 호랑이, 공룡, 매머드가 나타났다. 화산이 폭발하고, 사이클론과 허리케인이 대자연의 분노를 드러내 보이며 언덕을 휩쓸었다.

"그래, 말 그대로 여자나 다름없군." 포레스터가 말했다. "수백만 년 동안 아름답게 보이려고 몸단장을 하면서 손님들을 기다리고 있던 게지. 우리를 위해 최고의 모습을 보였던 거야. 채터턴이 고약하게 구니까 몇 번 경고를 하고는, 그 작자가 자신의 아름다움을 망치려고 드니까 제거했지. 다른 모든 여인과 마찬가지로, 재산 때문이 아니라 자기 자신을 사랑해 주기를 원했던 거야. 그런데 이제, 우리에게 모든 것을 바쳤는데도, 우리는 그녀에게서 등을 돌린 셈이지. 농락당한 여인이 된 거야. 우리가 가도록 놔두기는 했지만, 돌아오는 것은 허락하지 않겠지. 저것들을 가지고 우리를 맞이할 테니까……" 그는 호랑이와 사이클론과 끓어오르는 바다를 턱짓으로 가리켜 보였다.

"선장님." 케스틀러가 말했다.

"왜 그러나."

"보고하기에는 조금 늦은 것 같습니다만, 이륙하기 직전에, 제가 에어록을 담당하고 있었습니다. 저는 드리스콜이 빠져나가도록 놔뒀습니다. 그 녀석은 저기 남고 싶어 했어요. 거절할 수가 없었습니다. 제책임입니다. 그 녀석은 지금 저 행성 위에 머물러 있을 겁니다."

그들은 함께 관측창 쪽으로 시선을 돌렸다.

한참이 지난 후, 포레스터가 입을 열었다. "다행이군. 우리 중 한 명이 저곳에 남을 만큼 제정신이 박혀 있었다는 사실이 진심으로 기쁘네."

"하지만 지금쯤은 죽어 있을 텐데요!"

"아니, 저기 보이는 저 광경은 우리만을 위한 것이야. 아마도 환영이겠지. 저 모든 호랑이와 사자와 허리케인 아래에, 드리스콜은 안전하게 살아 있을 걸세. 이제 남은 관객이라고는 그 친구뿐이니까. 아, 물론 푹 썩어 문드러질 정도로 잘 대해 주겠지. 아주 끝내주는 삶을 살거야. 우리는 이 바깥에서 느릿느릿 항성계 사이를 헤매면서, 저런 행성을 두 번 다시 찾아내지 못하고 살아갈 텐데 말이야. 아니, 우리는 드리스콜을 '구조'하러 돌아가지 않을 걸세. '저 여자'가 그러도록 허락해 주지도 않겠지만. 전속력 항진. 케스틀러, 전속력으로 빠져나가세."

로켓은 가속을 더해 가며 눈부신 속도로 날아갔다.

그리고 행성이 눈부신 안개 속으로 사라지기 직전, 포레스터는 드리스콜의 모습을 선명하게 본 것만 같았다. 사방을 둘러싸고 있는 푸르른 행성을 바라보며, 나직하게 휘파람을 불면서, 그를 위해 흐르는 와인 계곡과 익은 생선이 떠오르는 온천과 한밤중이면 과일이 익어 떨어지는 나무들을 바라보며, 푸른 숲 속을 지나, 그가 지나가기를 기다리고만 있는 멀리 떨어진 숲과 호수를 향해서. 드리스콜이 숲을 빠져나와, 여섯 개의 하얀 돌멩이가 놓인 끝없는 평원을 건너, 눈부시게 빛나는 큰 강의 기슭에 이르는 모습이 보였다……

딸기 창문
The Strawberry Window

꿈속에서, 그는 딸기 창문과 레몬 창문과 구름처럼 하얀 창문과 맑은 시냇물처럼 파란 창문이 달린 현관문을 닫고 있었다. 24개의 창문이 커다란 창 하나를 둘러싸고 달려 있었다. 제각기 과일주와 젤리와 시원한 얼음 색깔을 가진 창문들이었다. 어릴 적 아버지가 그를 번쩍 들어 올리던 때가 생각났다. "자, 봐라!" 녹색 창문을 통해 보면 세상이 에메랄드와 이끼와 여름 박하처럼 보였다. "여기도!" 라일락 유리창에 눈을 가져다 대면 지나가는 사람들이 전부 토실토실한 포도송이처럼 보였다. 그리고 마지막으로, 딸기 창문은 마을 전체를 장밋빛 온기로 감싸고, 세상에 분홍색 햇빛을 뿌리고, 방금 깎은 잔디밭이 페르시아의 바자에서 수입해 온 양탄자처럼 보이게 만들었다. 다른 무엇보다도, 딸기 창문은 사람들의 창백한 얼굴을 치유해 주고, 차가운 빗방울을 따뜻하게 만들고, 2월의 사나운 눈보라를 불타오르게 만들었다.

"그래, 여기예요! 바로 이 창문이!"

그는 잠에서 깨어났다.

꿈이 채 사라지지 않은 채 어둠 속에 누워서 그는 아들들이 떠드는 소리, 그 말소리에 깃든 슬픈 어조를 들었다. 바다 아래의 백색 토양을 쓸어 올려 푸른 언덕으로 만드는 바람 같은 소리였다. 그리고 그는 기억해 냈다.

우리는 화성에 있잖아. 그는 생각했다.

"왜 그래요?" 아내가 잠에 겨운 목소리로 말했다.

그는 자신이 말을 했다는 사실도 깨닫지 못하고 있었다. 그는 할 수 있는 한 꼼짝도 않고 누워 있었다. 그러나 이제 돌아온 먹먹한 현실 속에서, 아내가 자리에서 일어나 방 안을 돌아다니는 모습이 보였다. 그녀는 조립식 주택의 작고 높은 창문을 통해, 선명하지만 낯선 별들을 올려다보고 있었다.

"캐리." 그가 나지막이 속삭였다.

그녀는 그의 말을 듣지 못했다.

"캐리." 그는 계속 속삭였다. "하고 싶은 말이 있어. 지난 한 달 동안 계속 하고 싶던 말이야…… 내일…… 내일 아침에 그게 올 거야……"

그러나 그의 아내는 푸른 별빛 아래 홀로 앉아서 생각에 잠긴 채, 그를 돌아보지 않았다.

그는 생각했다. 태양이 계속 떠 있어 준다면, 밤이 찾아오지 않아 준다면. 낮 동안은 정착지의 건설 일을 하고, 아이들은 학교에 가고, 캐리는 청소, 정원 일, 요리 등을 해야 했다. 그러나 해가 지고 꽃이나 망치와 못과 산수 등을 내려놓아야 할 때가 오면, 기억이 밤새와 같이 어둠을 타고 둥지로 돌아왔다.

아내가 움직였다. 머리를 슬쩍 돌리는 모양이었다.

"밥." 마침내 그녀가 말했다. "집에 가고 싶어요."

"캐리!"

"여기는 집이 아니에요." 그녀가 말했다.

그녀의 눈이 젖어 반짝였다. "캐리, 조금만 참고 견뎌 봐."

"이제는 붙들고 버틸 손톱도 남아 있지 않아요!"

여전히 꿈속에서 움직이는 것처럼, 그녀는 서랍을 열고 차곡차곡 쌓인 손수건, 셔츠, 속옷을 꺼내 서랍장 위에 올려놓았다. 눈으로 보지도 않고, 손가락이 닿는 대로 꺼내어 쌓아 놓았다. 이제는 너무 익숙해진 일과였다. 말을 한 다음 물건을 꺼내 놓고 조용히 서 있다가, 결국에는 물건들을 다시 집어넣은 다음 눈물이 말라붙은 얼굴로 침대로, 꿈속으로 돌아가곤 했다. 그는 언젠가 그녀가 모든 서랍을 비우고 벽에 기대 세워 놓은 오래된 여행가방까지 꺼내지는 않을까 걱정했다.

"밥……" 그녀의 목소리는 고통스럽다기보다는 부드럽고 형체가 없었다. 그녀의 움직임을 보여 주는 달빛 그 자체만큼이나 아무런 색채도 없었다. "여섯 달 동안 매일 밤 이렇게 말했다는 건 알아요. 나도 부끄러울 지경이에요. 당신은 도시에서 열심히 건물을 짓죠. 그렇게 열심히 일하는 남자가 슬픔에 빠진 아내의 말까지 들어 주어야 한다니 너무 힘들 거예요. 하지만 나는, 이렇게 당신에게 털어놓는 것밖에는 아무것도 할 수가 없어요. 가장 그리운 것은 아주 작은 것들이에요. 나도 왜 그런지는 모르지만…… 사소한 것들요. 발코니에 달려 있던 그네. 버들가지로 만든 안락의자, 여름밤. 오하이오에 있을 때 그런 밤마다 걷거나 차를 타고 지나가는 사람들을 바라보던 일. 음정이 맞지 않는 검은색 피아노. 스웨덴제 컷글라스 그릇. 응접실의 가구들. 나도 알아요, 코끼리 떼처럼 육중한 가구들이었죠. 죄다 낡아 빠졌고. 그리고 바람에 흔들려 짤랑거리는 중국 유리구슬을 엮어 만든 발이나, 6월 밤마다 현관에 나와 서서 이웃과 이야기를 나누던 일. 그런 한심하고 사소한 것들 말이에요. 중요한 것들은 아니죠. 하지만 새벽 3시가 되면 그런 것들이 생각나요. 미안해요."

"미안해할 필요 없어." 그가 말했다. "화성은 너무 다른 곳이니까. 이상한 냄새가 나고, 이상하게 생겼고, 이상한 느낌이 들지. 나도 밤마다 그런 생각을 해. 우리가 살던 곳은 정말 좋은 마을이었으니까."

"봄하고 여름에는 온통 초록색이었죠." 그녀가 말했다. "그리고 가을에는 노란색과 붉은색이고. 우리 살던 집도 정말 좋은 곳이었어요. 세상에, 정말 낡은 곳이었죠. 지은 지 89년인가 되었을 거예요. 밤이면 속삭이듯 집이 삐걱대는 소리가 들려오곤 했죠. 마른 목재며, 난간이며, 앞쪽 베란다며, 창틀까지 전부. 어디를 만지든 집이 속삭였죠. 모든 방이 서로 다른 목소리를 냈죠. 그리고 집 전체가 이야기를 하기 시작하면, 어둠 속에 온 가족이 둘러앉아서 나를 재워 주는 것만 같았어요. 요즘 짓는 집들에서 그런 소리가 날 리 없죠. 그런 소리가 나려면 수많은 사람들이 그 집을 거쳐 가면서 천천히 마모시켜야 하니까요. 우리가 있는 이 집은, 이 오두막은, 내가 안에 있는지 없는지도 몰라요. 내가 살든 죽든 신경도 쓰지 않아요. 깡통 같은 소리가 나잖아요. 깡통은 차갑고. 세월이 스며들 만한 틈은 조금도 없어요. 새해가 오고 또 새해가 와도, 이제는 안 쓰는 물건을 넣어 놓을 다락방도 없어요. 밥, 이곳에 우리에게 익숙한 것이 아주 조금만 있더라도, 다른 모든 괴상한 것들을 받아들일 만한 여유가 생길 수 있을 거예요. 하지만 모든 것들이,

422

존재하는 모든 물건이 낯설기만 하다면, 아무리 시간이 흘러도 그 모든 것들에 익숙해질 수는 없어요."

그는 어둠 속에서 고개를 끄덕였다. "나도 당신하고 같은 생각을 했어. 조금도 다르지 않게, 바로 그런 생각을 했어."

그녀는 벽에 기대 세워져 있는 여행가방 위에 쏟아지는 달빛을 바라보고 있었다. 그는 그녀의 손이 가방을 쓰다듬는 모습을 보았다.

"캐리!"

"왜요?"

그는 침대에서 훌쩍 일어나 앉았다. "캐리, 사실 내가 아주 어리석고 미친 짓을 저질렀어. 요 몇 달 동안 당신이 겁에 질려 꿈속으로 도망치는 모습을 보고, 밤에 아이들이 잠들어 있는 모습을 보고, 저 밖 화성의 바다를 보고, 그리고……" 그는 말을 멈추고 침을 꿀꺽 삼켰다. "당신이라면 내가 무엇을 했는지, 왜 그런 일을 했는지를 이해할 수 있을 거야. 한 달 전까지 은행에 들어 있던 돈 전부를, 우리가 10년 동안 모은 돈 전부를, 깨끗이 써 버렸어."

"밥!"

"전부 허공에 뿌려 버린 거야, 캐리. 진심으로, 아무 쓸모도 없는 것에 낭비해 버렸어. 들으면 꽤나 놀랄 거야. 하지만 지금, 오늘 밤은, 당신은 거기 서 있고, 바닥에는 그 망할 여행가방들이 펼쳐져 있으니까……"

"밥." 그녀가 남편을 돌아보았다. "그러니까 당신 말은, 화성까지 와서 이 모든 고생을 하면서 매주 조금씩 모은 돈을, 고작해야 몇 시간 만에 전부 써 버렸다는 말인가요?"

"나도 모르겠어." 그가 말했다. "돌아서 바보가 된 걸지도. 기다려 봐, 조금만 있으면 아침이 되잖아. 일찍 일어나자고. 가서 내가 뭘 했는지를 보여 줄게. 말로 하고 싶지 않아. 직접 가서 눈으로 확인해 줬으면 좋겠어. 그리고 당신이 용납할 수 없다면, 그때는 저 여행가방들도 있고, 한 달에 네 번 지구로 가는 로켓도 있으니까."

그녀는 꼼짝도 하지 않았다. "밥, 밥." 그녀가 중얼거렸다.

"더 이상은 말하지 마." 그가 말했다.

"밥, 밥……" 그녀는 천천히, 믿을 수 없다는 듯 고개를 저었다. 그는 몸을 돌려 침대의 한쪽, 자기 자리에 다시 몸을 누였고, 그녀는 다른 쪽에 앉아서 자신의 손수건과 보석과 옷가지가 깔끔하게 쌓여 있는 곳을 바라보았다. 밖에서는 달빛과 같은 색의 바람이 잠모래를 퍼 올려 공중으로 흩뿌리고 있었다.

마침내 그녀는 다시 자리에 누웠지만, 더 이상 아무 말도 하지 않고 차갑게 침대 위에 무게를 더하기만 했다. 희미하게 아침의 징조가 비쳐 오는, 긴 밤의 터널 속을 지켜보면서.

그들은 해가 뜨자마자 자리에서 일어나 아무 소리도 없이 작은 조립식 주택 안을 움직였다. 누군가가 비명을 지를 때까지 끝없이 연장하는 무언극 같은 모습이었다. 어머니와 아버지와 아들들은 세수를 하고 옷을 입고 토스트와 과일 주스와 커피로 조용히 아침 식사를 했다. 모두가 서로를 쳐다보지 않고, 토스터나 유리잔이나 식기에 비친 서로의 모습을 바라보면서. 그렇게 비친 모습은 전부 형상이 녹아 흐릿해져 새벽의 빛 속에서 끔찍하도록 이질적으로 보였다. 그리고 마침내 그들은 조립식 주택의 문을 열었고, 청백색 화성의 바다 위를 건너온 바람이 집 안으로 들어왔다. 모래의 파도가 흩어지고 일렁이며 실체 없는 무늬를 만들기만 하는 바다였다. 그리고 그들은 청명하고 또렷한, 차가운 하늘 아래로 나와서 도시를 향해 걸어가기 시작했다. 멀리 보이는 도시는 마치 거대하고 텅 빈 무대 위에 설치해 놓은 영화 촬영용 세트장 같은 모습이었다.

"도시 어디로 가는 건가요?" 캐리가 물었다.

"로켓 역사야." 그가 말했다. "하지만 거기에 도착하기 전에 할 말이 아주 많아."

아이들은 걸음을 늦추고 부모의 뒤를 따라가며 귀를 기울였다. 아버지는 먼 곳을 내다보고 있었다. 그리고 말을 하는 동안 내내, 단 한 번도 아내나 아들들을 바라보며 그들이 자신의 말을 어떻게 받아들이는지 신경 쓰지 않았다.

"나는 화성을 믿어." 그는 조용히 입을 열었다. "언젠가는 이 행성이 우리 것이 될 거라고 믿고 있지. 우리는 이곳을 정복할 거야. 정착하게 될 거야. 꼬리를 말고 도망치지 않을 거라고. 1년 전, 우리가 처음 도착했을 때 문득 이런 생각을 했어. 우리가 여기에 왜 온 걸까? 혼자 이런 질문을 던지고, 이곳에 오도록 되어 있었기 때문이라고 혼자 결론을 내렸어. 매년 연어들이 하는 행동과 같은 거야. 연어들은 어디로 가는지 몰라도 일단 움직이기 시작하지. 기억도 하지 못하는 강을 거슬러 올라가, 계곡을 타고 올라가서, 폭포를 거슬러 올라, 마침내 번식을 하고 죽는 곳에 도달하는 거야. 그리고 그 모든 일이 다시 시작되지. 종족 기억이나 본능이라고 불러도 좋고, 아무것도 아니라고 생각해도 좋지만, 그건 존재하는 거야. 우리는 그걸 따라 여기에 온 거지."

조용한 아침, 광막한 하늘이 굽어보는 아래 그들은 걸었다. 그들이 발을 옮기는 대로, 새로 건설한 고속도로 위에서 낯선 푸른색과 새하얀색의 모래가 흩날렸다.

"그래서 우리가 여기 있는 거야. 그럼 화성에서는 어디로 가게 될까? 목성, 해왕성, 명왕성, 그리고 그 너머로? 바로 그거야. 그리고 그 너머로. 왜? 언젠가 태양이 누수가 일어난 원자로처럼 폭발해 버릴 테니까. 쾅 하면 지구는 끝장이야. 하지만 어쩌면 화성은 무사할지도 몰라. 만약 화성이 당해도 명왕성은 무사할 수도 있겠지. 만약 명왕성도 피해를 입으면, 우리는, 우리 자손의 자손들은 어디에 있을까?"

그는 흠집 하나 없는 자주색 하늘을 계속 바라보았다.

"글쎄, 어쩌면 숫자로 표시해야 하는 행성에 가 있을지도 모르지. 97번 항성계의 6번 행성이나, 99번 항성계의 2번 행성 같은 곳! 여기에서 너무 멀어서 악몽으로만 보이는 그런 곳에 말이야! 우리는 그렇게 도망쳐서, 멀리 떠나서 안전해질 거라고! 그래, 나는 그렇게 생각하며 납득했어. 이게 우리가 화성에 온 이유로구나. 이게 인간이 로켓을 쏘아 올린 이유로구나."

"밥……"

"우선 내 말부터 들어 봐. 돈을 벌려고 오는 게 아니야. 절대 아니지. 풍경을 감상하러 온 것도 아니야. 그런 것은 인간들이 자신에게 하는 거짓말일 뿐이야. 부자가 되려고, 유명해지려고, 뭐 그런 소리를 하지. 하지만 그러는 와중에도 저 깊은 곳에서는 연어나 고래들과 마찬가지로, 다른 뭔가가 째깍대고 있어. 그건 상상할 수 있는 가장 작은 미생물 속에서도 째깍대지. 그러면, 모든 생물에 들어 있는 그 작은 시계가 뭐라고 째깍대고 있는 줄 알아? 그건 떠나라고, 퍼져 나가라고, 다른 곳으로 옮겨 가라고, 계속 헤엄치라고 말하지. 수많은 행성으로 가서 수많은 도시를 만들어서, 그 무엇도 인류를 없애지 못하게 하라고. 이해가 돼, 캐리? 화성에 온 것은 우리뿐이 아니야. 우리 종족 전체가, 망할 인류 전체가 우리가 생애 동안 이곳에서 무슨 일을 하는지에 의지하고 있는 거라고. 너무 거대한 규모라서 웃어넘기고 싶을 지경이야. 두려워서 몸이 굳을 지경이라고.”

아이들이 꾸준히 뒤를 따라오는 느낌, 캐리가 그의 곁에서 함께 걷고 있는 느낌이 들었다. 그는 그녀의 얼굴을 바라보고 이 모든 것을 어떻게 받아들이는지 확인하고 싶었지만, 이번에도 그는 돌아보지 않았다.

“이런 모든 일은 내가 어릴 적, 아빠와 함께 들판을 걸었던 것과 다르지 않아. 파종기가 망가졌는데 고칠 돈이 없어서 손으로 직접 씨를 뿌렸지. 해야만 하는 일이었어. 일요일판 특집 기사로 나왔던 내용을 기억하는지 모르겠네. ‘100만 년만 있으면 지구가 얼어붙을 것이다!’라는 내용이었지. 어릴 적에 그 비슷한 기사를 읽고는 엉엉 울었던 적이 있어. 어머니가 왜 그러느냐고 물으셨지. 먼 훗날의 그 불쌍한 사람들 때문에 우는 거예요, 라고 나는 말했어. 어머니는 그 사람들 걱정은 하지 말라고 하셨고. 하지만 캐리, 내가 말하고 싶은 것이 바로 그거야. 우리는 그들 걱정을 하고 있는 거라고. 그렇지 않으면 여기에 오지 않았을 테니까. 인류라는 종족이 살아남는 일에 신경을 쓰고 있는 거야. 내 사전에는 인류라는 종족보다 중요한 것은 존재하지 않아. 물론 나 자신이 인간이니 편견에 가득한 생각이겠지. 하지만 인류가 항상 추구하던 그 불멸성을 획득할 수 있는 유일한 방법은, 바로 그렇게 우주로 널리 퍼져 나가는 거야. 그러면 어디선가 작물에 전염병이 돌아도 아무런 문제가 없어. 지구에서 가뭄이 들거나 녹병이 퍼져도, 금성이나 이후 천 년 동안 인간이 가게 될 다른 행성에서는 밀이 풍작

일 테니까. 나는 이 생각에 완전히 빠져 있어, 캐리. 완전히. 마침내 이 걸 깨달은 순간에는, 너무 흥분해서 사람들을, 당신을, 아이들을 붙들고 말해 주고 싶더라니까. 하지만 어차피, 굳이 그럴 필요가 없다는 생각이 들었지. 낮이든 밤이든, 다른 이들도 자기 속에서 째깍대는 소리를 듣게 될 테고, 그러면 자연히 깨닫게 될 테니까, 이런 모든 이야기를 할 필요는 없을 거라고 말이야. 허풍 떠는 것 같다는 건 알아, 캐리. 그리고 고작해야 170센티미터도 안 되는 사람에게는 너무 커다란 생각이지. 하지만 모든 것을 걸고 말하는데, 이건 진실이니까."

그들은 도시의 텅 빈 거리를 따라 걸어가며, 울려 퍼지는 발소리를 들었다.

"오늘 아침에 해야 한다던 이야기는 뭐예요?" 캐리가 말했다.

"지금까지 이런 생각을 했어. 내 일부는 당신처럼 집으로 돌아가고 싶어 해. 하지만 다른 일부는 지금 떠나면 모든 것이 끝장이라고 말하지. 그래서 나는 이렇게 생각했지. 우리에게 가장 성가신 문제가 뭘까? 우리가 한때 가지고 있던 물건들이야. 애들 물건, 당신 물건, 내 물건. 그리고 나는 이런 생각을 했어. 새로운 일을 시작하는 데 옛 물건들이 필요하다면, 그냥 옛 물건들을 사용하면 되는 거잖아. 역사책에서 읽은 내용이 기억나더라고. 천 년 전에는 사람들이 소의 뿔 안에 숯을 넣고는, 낮 동안 그걸 불면서 여기저기로 옮겨 다니다가 밤마다 아침에 가져온 불씨로 불을 피웠다는 거야. 항상 새로운 불이지만, 그 안에는 옛날의 불씨가 남아 있는 거지. 그래서 나는 그런 내용을 고려하면서 저울질을 해 봤어. 옛날 물건들에 우리 돈을 전부 써 버릴 가치가 있을까? 이런 질문을 했지. 말도 안 되지! 우리가 옛 물건들을 사용했기 때문에 가치가 생긴 거니까. 자, 그렇다면, 새로운 물건들은 우리

돈만큼 가치가 있을까? 다음 주 중반의 생활을 위해서라면 투자할 생각이 있어? 나는 당연하다고 생각했어. 만약 우리가 지구로 돌아가고 싶게 만드는 그것들을 물리칠 수만 있다면, 돈을 전부 휘발유에 적셔서 불을 붙여도 된다고!"

캐리와 두 아이들은 움직이지 않았다. 그들은 거리에 서서, 마치 그가 주변을 휩쓰는, 자신들까지 휩쓸어 가 버릴 듯한, 그리고 이제는 잦아드는 폭풍이라도 되는 양 쳐다보고 있었다.

"오늘 아침에 화물 로켓이 들어와." 그가 나직하게 말했다. "우리 화물도 그 안에 있어. 가서 받아 오자고."

그들은 천천히 로켓 역사로 통하는 계단을 올라가서, 발소리를 울리며 이제 막 문을 열고 영업을 시작하려는 화물 수령실로 통하는 복도를 걸어갔다.

"연어 이야기 다시 해 주세요." 아이 하나가 말했다.

따스한 오전 공기를 뚫고, 그들은 온갖 나무 상자와 포장과 꾸러미로 가득한 대여 트럭을 몰고 마을을 빠져나갔다. 길쭉한 것, 큰 것, 짧은 것, 납작한 것 모두 번호가 매겨져 있고, 전부 깔끔한 글씨로 화성, 뉴톨레도, 로버트 프렌티스 앞이라는 주소가 적혀 있었다.

그들은 조립식 주택 앞에 트럭을 세웠고, 아이들은 먼저 내려 어머니가 내리는 것을 도와주었다. 밥은 잠시 운전석에 앉아 있다가, 천천히 차에서 내려 화물칸으로 가서는 그곳에 가득 실린 상자들을 바라보았다.

그리고 정오쯤에는 하나를 제외한 모든 상자를 개봉했고, 그 내용물이 도시 외곽의 바다 위에 가득 펼쳐졌다. 가족들은 그 사이 여기저기에 서 있었다.

"캐리……"

그는 상자에서 꺼낸 낡은 현관 계단 위로 아내를 이끌었다.

"잘 들어 봐, 캐리."

계단이 그녀의 발밑에서 삐걱대며 소리를 냈다.

"뭐라고 하고 있어, 뭐라고 하고 있는지 말해 봐."

그녀는 낡은 목조 계단 위에 서서, 생각에 잠긴 채 차마 입을 떼지 못했다.

그는 손을 흔들었다. "여기에 현관, 여기에 거실, 응접실, 부엌, 침실 세 개가 들어갈 거야. 대부분은 새로 지어야겠지만, 일부는 가져올 수 있지. 물론 여기 있는 것이라곤 현관 계단하고 응접실용 가구 일부, 그리고 옛날 침대뿐이지만 말이야."

"그 돈을 다 써서, 밥!"

그는 웃으며 그녀를 돌아보았다. "화난 건 아니겠지, 자, 이쪽 좀 봐! 화 안 났군. 내년에, 5년 후에, 전부 가지고 올 거야! 컷글라스 화병이며, 장모님이 1975년에 주신 아르메니아 양탄자도! 태양 따위야 폭발해 버리라지!"

그들은 번호와 글자가 적힌 다른 상자들을 살펴보았다. 베란다용 그네, 베란다용 안락의자, 중국 유리구슬로 만든 발……

"내가 직접 입으로 불어서 짤랑거리게 해야겠군."

그리고 그들은 작은 색유리창이 있는 현관문을 현관 계단 꼭대기에 올렸고, 캐리는 딸기 창문 밖을 바라보았다.

"뭘 보고 있어?"

그러나 그는 이미 아내가 무엇을 보는지를 알고 있었다. 그 역시 색

유리를 통해 보고 있었으니까. 그 너머에는 화성이, 차가운 하늘은 따뜻해지고 죽은 바다는 색을 얻어 달아오르는, 딸기 빙수 더미처럼 보이는 언덕과 바람에 움직이는 불타는 숯 더미처럼 보이는 모래를 가진 화성이 있었다. 딸기 창문이, 딸기 창문이, 온 땅에 부드러운 장밋빛을 불어넣어 눈과 마음을 끝나지 않는 새벽으로 가득 채웠다. 그렇게 몸을 굽힌 채 유리 너머를 바라보면서, 그는 자신이 이렇게 말하는 소리를 들었다.

"도시는 1년만 있으면 여기까지 뻗어 나올 거야. 그늘이 드리운 거리가 생길 거고, 당신 베란다도 생길 거고, 친구도 생길 거야. 그렇게 되면 이 모든 것은 별로 필요 없어지겠지. 하지만 바로 여기에서, 몇 조각 안 되는 낯익은 물건들로 시작하면, 그 낯익은 모습이 점차 퍼져 나가, 화성이 평생 알아 왔던 것 같은 모습으로 변하는 걸 볼 수 있을 거야."

그는 계단을 내려가 아직 열지 않은, 캔버스 천으로 싸인 마지막 상자로 다가갔다. 그는 주머니칼을 꺼내 캔버스에 구멍을 뚫었다. "뭔지 맞혀 봐!"

"부엌 스토브? 재봉틀?"

"그런 건 절대 아니지." 그는 매우 온화하게 웃었다. "노래 한 곡 불러 봐."

"밥, 당신 완전히 돌아 버린 것 아네요?"

"은행에 있었지만 이제는 사라져 버린, 이제 아무래도 좋은 그 돈의 값어치를 하는 노래를 불러 보라고."

"내가 아는 노래라고는 〈제너비브, 사랑스러운 제너비브〉뿐인걸요."

"불러 봐." 그가 말했다.

그러나 입을 열어도 노랫소리는 흘러나오지 않았다. 아내의 입술이 움직이며 시도하는 모습은 보였지만, 소리는 조금도 나오지 않았다.

그는 캔버스를 더 넓게 찢고는 손을 넣어 한동안 부스럭거렸다. 그러고는 노래 가사를 중얼거리며 계속 손을 움직였다. 그의 손이 마지막으로 움직이는 것과 함께, 청명한 피아노 건반 소리 하나가 아침 공기를 뚫고 퍼져 나갔다.

"이거야." 그가 말했다. "여기부터 따라 부르면 되겠군. 다 같이! 내가 음을 잡아 줄 테니까."

용
The Dragon

황야의 성긴 잡초 위를 밤이 휩쓸고 지나갔다. 다른 모든 것은 조금도 움직이지 않았다. 눈먼 하늘의 장막 아래 마지막으로 새가 날아간 지도 수년이 지났다. 예전에는 한때 생명이 스러져 무너져 내린 자리에 작은 돌멩이 몇 개가 굴러다니기라도 했었다. 그러나 이제는, 불가에 몸을 숙이고 있는 두 남자의 영혼 속에서 움직이는 것은 오직 밤의 장막뿐이었다. 심장 박동을 따라 어둠이 핏줄을 타고 조용히 꿀렁거리고, 관자놀이와 손목에서 소리 없이 맥박이 되어 뛰었다.

불똥이 날아올라 험악한 얼굴 옆을 떠돌다, 오렌지색의 재가 되어 그들의 눈동자 속에 고였다. 두 남자는 서로의 희미하고 차가운 숨소리에, 무감각하게 눈꺼풀을 깜빡이는 소리에 귀를 기울였다. 마침내 한 남자가 검으로 모닥불을 휘저었다.

"그만둬, 이 멍청이. 너 때문에 들키겠어!"

"무슨 상관이야." 두 번째 남자가 말했다. "어차피 용은 몇 킬로미터 밖에서도 우리 냄새를 맡을 수 있는데. 이거 참, 정말로 춥군. 성에 남아 있었더라면 얼마나 좋을까."

"우리가 쫓는 것은 잠이 아니라 죽음이라네, 이 친구야……"

"왜? 무엇 때문에? 용은 마을에는 한 발짝도 들어오지 않는데!"

"조용히 해, 멍청한 놈! 용은 우리 마을에서 다음 마을까지 혼자 여행하는 사람들을 잡아먹는다고!"

"그놈들이 먹히든 말든, 이제 집으로 돌아가자고!"

"잠깐만. 방금 들었어?"

두 남자는 움직임을 멈추었다.

둘은 한참을 기다렸지만, 검은 벨벳으로 만든 탬버린같이 팽팽한 말가죽이 은빛 박차에 부딪쳐 절그렁대는 소리만이 들릴 뿐이었다. 가볍게, 부드럽게.

"하아." 두 번째 남자가 한숨을 쉬었다. "악몽 같은 땅이로군. 여기에서는 뭐든 일어날 수 있는 것 같아. 누군가가 태양의 빛을 훅 하고 꺼 버려서, 난데없이 밤이 찾아오지. 그런 다음에는, 그 때문에, 원 세상에, 생각을 해 보라고! 불타는 눈을 가진 용이 찾아온다고들 하잖나. 허연 독숨결을 뿜어서, 어둠에 젖은 땅을 불태우는 용 말일세. 유황과 번개를 내뿜으며 들판을 불태우고 달려가는 모습을 보면, 양들은 미처 날뛰다 정신이 나가 죽어 버리고, 여자들은 괴물을 낳게 된다니까. 용의 격노 때문에 감시탑의 벽이 흔들리다 부서져 가루가 되어 버린다고. 해가 뜨면 용에게 희생된 이들이 언덕 여기저기에 널려 있다고들 하지. 감히 묻겠는데, 이 괴물을 상대하기 위해 길을 떠났다 실패한, 우리같이 실패한 기사가 몇이나 되던가?"

"그런 소리는 이제 됐어!"

"되긴 뭐가 돼! 이 비참한 곳에서는 지금이 몇 년인지도 알 수가 없는데!"

"그리스도 탄생 후 900년일세."

"아냐, 아냐." 두 번째 남자가 눈을 감은 채로 뇌까렸다. "이 황야에 시간 따위는 없어. 영원이 있을 뿐이야. 내가 느끼기에는, 지금 다시 길가로 달려 나가면 마을은 사라져 있고, 사람들은 아직 태어나지 않았고, 모든 것이 바뀌고, 성의 석재도 아직 바위 속에 잠들어 있고, 목재도 숲에 그대로 서 있을 것만 같네. 어떻게 그런 걸 아는지는 묻지 말게나. 이 황야는 알고 있고, 그걸 내게 속삭이고 있어. 그런데 우리는 화염의 용이 머무는 땅에 주저앉아 있다는 말이지. 신이여, 우리를 구원하소서!"

"그렇게 겁이 난다면 갑옷을 차려입게나!"

"무슨 소용인가? 허공 속에서 달려 나오기 때문에 은신처를 찾아낼 수도 없어. 안개 속으로 사라져 버리니 어디로 가는지도 알 수 없네. 그래, 갑옷을 입으면 제대로 차려입고 죽음을 맞이할 수는 있겠군."

은빛 흉갑을 반쯤 걸치다 말고, 두 번째 남자는 다시 움직임을 멈추고 고개를 돌렸다.

희미한 풍경 너머로, 황야 가운데 가득한 공허와 한밤의 어둠 너머로, 한때 모래시계 속에서 시간을 알리던 흙먼지가 바람을 타고 피어올랐다. 새로운 바람의 심장 속에서 검은 태양이 타오르고, 지평선 너머에 있는 가을 나무에서 떨어져 나온 듯한 100만 장의 불탄 낙엽이 흔들리기 시작했다. 바람이 주변 풍경을 녹였다. 뼈는 하얀 밀랍처럼 늘어지고, 피는 끈적하게 탁해져 뇌에 질척하게 고였다. 이 바람은 영원히 혼란 속에 빠져 이 세상을 헤어나지 못하는, 죽어 가는 수천의 영혼이었다. 어둠에 휩싸인 연막 위로 드리운 안개였다. 그리고 이곳은 세월이나 시간이 존재하지 않는, 인간이 있어서는 안 되는 장소였다. 지금 이곳에 있는 이들은 갑작스러운 냉기와 폭풍, 그리고 초록색 유리창처럼 떨어져 내리는 벼락 뒤편에서 흰 빛의 천둥이 다가오는 모습을 바라보고 있었다. 소나기가 쏟아져 풀밭을 적셨다. 모든 소리가 차츰 사라지며, 결국 숨소리조차 들리지 않을 정적만을 뒤에 남겼다. 두 남자는 체온에만 의지하며 추운 계절 속에서 홀로 기다리는 신세가 되어 버렸다.

"저기다." 첫 번째 남자가 말했다. "아, 저기야……"

수 킬로미터 밖에서, 거대한 외침과 굉음이 들려왔다. 용이었다.

남자들은 아무 말 없이 갑옷을 착용하고 말에 올랐다. 용이 점차 다가오며 울리는 굉음에 한밤중의 황야가 둘로 쪼개졌다. 번쩍이는 노란 눈빛이 언덕 위를 훑고 지나갔다. 그 뒤로 제법 멀어서, 따라서 명확히 보이지 않는, 끝없이 꿈틀거리는 거무스레한 몸통이 이어졌다. 언덕을 타고 넘어서 골짜기로 사라지고 있었다.

"서두르게!"

그들은 말에 박차를 가해 작은 공터로 달려 나갔다.

"놈은 이곳을 지나갈 거야!"

그들은 쇠장갑을 낀 손으로 마상창을 꼬나 쥐고, 눈가리개를 내려 말의 눈을 덮었다.

"주여!"

"그래, 그분의 이름을 앞세우고 가도록 하세."

바로 그 순간, 용이 언덕을 휘감아 돌았다. 괴물의 불타는 눈빛이 그들을 휘감으며, 갑옷을 붉은색으로 물들여 번득이게 했다. 끔찍한 울부짖음과 함께, 놈은 그대로 땅을 가로질러 몸을 던지며 달려들었다.

"주여, 자비를!"

깜빡이지도 않는 노란 눈 아래에 창이 명중했지만, 남자는 그대로 쐽쇄째 날아가고 말았다. 용은 그대로 그를 덮치고 달려들어 깔아뭉갰다. 검고 거대한 어깨가 홀로 남은 말과 기수를 바위 한쪽으로 짓누르며 30여 미터에 걸쳐 박살을 내고 지나갔다. 용은 계속 울부짖고 또 울부짖으며 질주했다. 사방에, 주변에, 몸 아래에, 화염이 가득한 채로, 분홍색의, 노란색의, 오렌지색의 태양 같은 화염과 눈이 멀 듯 짙은 연기를 끝없이 뿜으면서.

"방금 봤지?" 누군가의 외침이 들렸다. "내가 말한 그대로잖아!"

"이번에도야! 똑같다니까! 갑옷을 입은 기사라니, 주여! 우리가 기사를 치고 지나갔다고!"

"멈출 생각이야?"

"한번은 멈추기도 했는데, 아무것도 없더라고. 이 황야에서는 멈추고 싶지가 않아. 기분이 오싹하거든. 뭔가 느껴지는 것이 있다고나 할까."

"하지만 뭔가를 친 것은 분명하지 않나!"

"경적을 그렇게 울렸는데. 그 친구 꿈쩍도 하질 않더군!"

연기와 경적이 뿜어 올라가며 안개를 둘로 갈랐다.

"스토클리에는 정시에 도착하겠어. 석탄 더 넣을까, 응, 프레드?"

다시 한 번 경적 소리가 텅 빈 하늘의 이슬을 흩날렸다. 불을 뿜으며 광포하게 달려가는 야간 기차는, 협곡을 따라 달려가, 비탈을 올라가서는, 차가운 땅 위를 달려 북쪽을 향해 사라졌다. 기차가 영원 속으로 달려가 버린 뒤로는, 검은 연기와 증기만이 차가운 공기 속을 잠시 떠돌다 사라질 뿐이었다.

서리와 불꽃
Frost and Fire

I

심은 밤 동안 태어났다. 그는 차가운 동굴의 돌바닥에 누워 울부짖고 있었다. 맥박이 1분에 1,000번 뛰었다. 그는 계속 자라나고 있었다.

어머니가 열에 달뜬 손으로 아기의 입에 음식을 넣어 주었다. 삶이라는 이름의 악몽이 시작되었다. 갓 태어나자마자 그는 주변의 모든 것을 인식하고는, 정확한 이유를 이해하지도 못한 채, 즉시 자신을 휘감는 눈부신 공포와 마주했다. 그는 음식에 목이 메어 울부짖었다. 그리고 제대로 보이지도 않는 눈으로 주변을 둘러보았다.

시야에 안개가 자욱하게 깔려 있었다. 곧 안개가 사라지고, 동굴의 윤곽이 드러났다. 한 남자의 형상이, 광기에 사로잡히고 끔찍한 몰골을 한 남자의 모습이 드러났다. 죽어 가는 얼굴을 가진 남자였다. 늙고 비바람에 시들어 버린, 열기 속에서 갈라지는 점토 같은 피부의 남자였다. 그는 동굴 깊숙한 구석에 쭈그리고 앉아서, 허옇게 뜬 눈으로 한쪽을 바라보며, 얼어붙은 밤의 행성 위로 광포하게 울부짖는 바람 소리를 듣고 있었다.

심의 어머니는 가끔씩 몸을 떨면서 남자를 바라보고는, 심에게 조약돌처럼 단단한 과일과 계곡의 잡초와 동굴 입구에서 따 온 젖꼭지 모양의 얼음을 먹이고 있었다. 그렇게 먹고, 배설하고, 다시 먹으면서, 그는 점차 자라나고 있었다.

동굴 구석에 앉아 있는 남자는 그의 아버지였다! 얼굴에서 생기가 느껴지는 곳은 두 눈밖에 없었다. 말라비틀어진 손에는 조잡한 돌 단검이 들려 있고, 턱은 힘없이 무심하게 벌어져 있었다.

그리고 점차 시야가 확산되어 가면서, 심은 이 거주 공간 너머의 토굴 속에 앉아 있는 나이 든 사람들을 보았다. 그리고 그의 눈앞에서, 그들은 죽어 가기 시작했다.

그들의 고통이 동굴 안을 가득 채웠다. 그들은 밀랍으로 만든 형상처럼 녹아내렸다. 툭 튀어나온 두개골 안으로 얼굴이 무너져 내렸다. 이빨이 튀어나왔다. 방금 전만 해도 그들의 얼굴은 성숙하고, 제법 매끈하고, 살아 있고, 기운이 있었다. 다음 순간, 그들의 얼굴에서는 수분이 빠져나가고 살점은 타들어 가 없어져 버렸다.

심은 어머니의 손길 안에서 발버둥을 쳤다. 어머니가 그를 끌어안았다. "안 돼, 안 되지." 어머니는 나직하고 침착하게 그를 달랬다. 그러면서 고개를 돌려, 이 때문에 혹시 남편이 다시 일어나려고 하는지를 살폈다.

조용하지만 빠르게, 심의 아버지가 동굴을 가로질러 달려왔다. 심의 어머니가 비명을 질렀다. 그가 심을 어머니의 손에서 빼앗아 갔다. 심은 돌바닥으로 떨어져 구르며, 생긴 지 얼마 안 되는 아직 축축한 허파로 비명을 질렀다.

  거미줄처럼 금이 간 아버지의 얼굴이 그를 굽어보고 있었다. 손에 단검을 들고 겨눈 채였다. 아직 어머니의 육신 안에 들어 있는 태아였던 시절 꾸고 또 꾸었던 악몽에서와 같은 모습이었다. 이어지는 끔찍하고 불가해한 몇 순간 동안, 여러 의문점이 그의 머릿속을 가로질렀다. 아버지는 단검을 높이 쳐들고, 그를 없애려 들기 직전이었다. 그러나 이 동굴 안의 삶에 대한 의문, 죽어 가는 사람들과 시들어 가는 사람들과 광기에 대한 의문이 갓 만들어진 심의 작은 머릿속에서 끓어올랐다. 어떻게 그런 것을 이해할 수 있었을까? 갓난아기 주제에? 갓난아기가 생각하고, 보고, 이해하고, 해석할 수 있다는 말인가? 아니다. 잘못된 일이다! 불가능한 일이다. 하지만 그 일은 지금 일어나고 있었다! 적어도 그에게는. 생명을 얻은 지 한 시간밖에 되지 않았고, 이제 곧 목숨을 잃을지 모르는데도!

  어머니가 아버지의 등으로 몸을 날려서는, 손을 때려 무기를 떨어트렸다. 심은 부모의 갈등하는 마음이 만들어 내는 엄청난 역류를 감지했다. "그냥 죽이게 놔둬!" 아버지가 거칠게 숨을 몰아쉬며, 울음 섞인 목소리로 말했다. "살 이유가 뭐가 있는데?"

  "안 돼, 안 돼요!" 어머니는 계속 소리치며, 연약하고 늙은 몸으로 아버지의 커다란 덩치 건너편에 놓인 무기를 쳐 냈다. "이 아이는 살아야 해요! 미래가 있을지도 모르잖아요! 우리보다 더 오래 살 수 있을지도 몰라요. 더 젊은 모습으로!"

아버지는 돌로 만든 요람에 기대어 주저앉았다. 심은 그 요람 안에 눈을 반짝이며 누워 바라보고 있는 다른 아기가 있다는 것을 깨달았다. 여자아이였다. 얌전히 누워서 고사리손을 움직여 먹을 것을 가져가고 있었다. 그의 누나였다.

어머니는 아버지의 손에서 단검을 빼앗은 다음, 자리에서 일어나, 흐느끼며 마구 흐트러진 뻣뻣한 회색 머리카락을 쓸어 넘겼다. 그녀의 입이 떨리며 열렸다. "당신을 죽일 거예요!" 그녀가 남편을 내려다보았다. "내 아이들한테 손댈 생각도 하지 말아요."

나이 든 남자는 힘겹게, 쓰디쓰게, 침을 뱉고는 멍하니 돌 요람을, 그 안에 있는 여자아이를 바라보았다. "이 아이의 인생 8분의 1이 벌써 지나가 버렸어." 그는 숨을 헐떡였다. "자기도 모르는 사이에 말이야. 이게 다 무슨 소용이야?"

심의 눈앞에서, 그의 어머니가 몸을 뒤척이면서 연기처럼 공허한 모습으로 변해 가고 있었다. 비쩍 마르고 각진 얼굴에 미로처럼 주름살이 피어올랐다. 그녀는 고통에 몸을 떨면서, 쪼그라든 가슴에 단검을 끌어안고 어루만지며 그의 옆에 바싹 붙어 앉았다. 그녀 역시 토굴 속의 노인들처럼 나이를 먹고 죽어 가고 있었다.

심은 멈추지 않고 울어 댔다. 어디를 봐도 공포밖에는 존재하지 않았다. 문득 다른 정신이 그의 정신을 찾아왔다. 그는 본능적으로 돌 요람 쪽을 바라보았다. 그의 누나, 다크가 그를 마주 보고 있었다. 두 아기의 정신이 짝을 찾아 헤매는 손가락들처럼 서로를 스치고 지나갔다. 그는 약간이나마 긴장을 풀었다. 그는 배우기 시작했다.

아버지는 한숨을 쉬고는, 녹색 눈 위로 눈꺼풀을 닫았다. "애한테 먹을 걸 줘." 그가 지친 듯 말했다. "어서. 벌써 새벽이 되었고, 우리 목숨의 마지막 날이잖아, 이 여자야. 먹이라고. 자라게 해."

심은 울음을 그쳤다. 공포에서 흘러나온 환영이 그의 주변을 떠다녔
다.

이 행성은 태양 바로 옆에 있었다. 밤은 냉기에 타들어 갔고, 낮은
타오르는 불꽃과도 같았다. 격렬한 환경, 살아갈 수 없는 세계였다. 사
람들은 끔찍한 얼음과 타오르는 낮을 피하기 위해 절벽에서 살았다.
숨을 쉴 수 있는 꽃 내음 가득한 공기가 존재하는 때는 새벽과 저녁뿐
이었다. 그럴 때마다 동굴 속의 사람들은 아이들을 데리고 바위투성
이의 황량한 계곡으로 나갔다. 새벽이 되면 얼음이 녹아 시내와 강을
이루며 흘러내렸고, 저녁이 되면 열기가 잦아들어 식어 갔다. 쾌적한
기온이 이어지는 이런 얼마 안 되는 기간 동안, 사람들은 동굴에서 빠
져나와 삶을 누리고, 달리고, 뛰어놀고, 사랑을 나누었다. 온 행성의 생
물이 대지로 올라와 생명의 꽃을 활짝 피웠다. 식물은 순식간에 자라
나고, 새들은 총알처럼 하늘을 가로질러 날아다녔다. 보다 작은 다리
달린 짐승들은 바위 사이를 바삐 헤치고 다녔다. 모두가 이 짧은 유예
기간 동안 자신의 삶을 마무리 지으려 애썼다.

견디기 힘든 행성이었다. 심은 이 사실을 태어나서 몇 시간 만에 깨
쳤다. 그의 머릿속에 종족의 기억이 피어났다. 그는 평생을 동굴 속에
살면서, 매일 두 시간 정도씩을 밖에서 보내게 될 것이다. 여기, 돌 틈
의 공기 속에서 그는 쉴 새 없이 자신의 종족들과 대화를 하며, 잠을
이루지 못한 채, 생각하고, 또 생각하고, 자리에 누워 꿈을 꿀 것이었
다. 하지만 결코 잠들지는 못할 것이다.

그리고 정확하게 여드레를 살게 될 것이었다.

얼마나 끔찍한 생각인가! 여드레라니. 짧고도 짧은 8일이라니. 잘못된 일이었지만, 말도 안 되는 일이었지만, 그것이 현실이었다. 어머니의 육신 속에 들어 있는 동안에조차, 머나먼 곳에서 들려오는 듯한 묘한 목소리가 그에게 종족의 지식을 일러 주고 있었다. 그가 빠르게 형체를 갖추고, 빠르게 탄생을 향해 다가가는 동안.

출생은 단검만큼이나 빠르게 일어났다. 어린 시절은 순식간에 흘러가 버렸다. 사춘기는 번개와도 같았다. 성년기는 꿈이고, 중년기는 미신이며, 노년기는 벗어날 수 없을 정도로 빠르게 다가오는 현실이며, 죽음은 순식간에 등장하는 확실한 종말이었다.

지금으로부터 여드레가 지나면, 그는 반쯤 눈이 멀고, 비쩍 말라 주름진 몸으로 죽어 갈 것이다. 지금, 무력하게 자신의 아내와 아이들을 바라보고 있는 그의 아버지처럼.

오늘은 일생의 8분의 1에 해당되었다! 매 순간을 즐겨야 했다. 부모의 기억 속에서 지식을 훑어야 했다.

몇 시간만 있으면 그들은 죽을 테니까.

말도 안 될 정도로 불공평한 일이다. 이것이 일생의 전부란 말인가? 어머니의 자궁 속에서는 긴 인생을, 불에 그슬린 바위투성이 계곡이 아닌 푸른 잎과 온화한 기후로 뒤덮인 대지를 꿈꾸지 않았던가? 분명 그랬다! 그리고 그런 꿈을 꾸었다면, 그 환상에는 분명 일말의 진실이 숨겨져 있을 것이다. 어떻게 하면 긴 인생을 찾아서 손에 넣을 수 있을까? 어디에서? 그리고 이 끔찍하고 우울한, 지금도 흘러가고 있는 여드레 동안의 인생에서, 대체 어떻게 하면 그 임무를 완수할 수 있단 말인가?

그의 종족은 어찌하여 이런 상황에 처하게 된 것일까?

스위치를 누른 것처럼, 환영 하나가 떠올랐다. 멀리 떨어진 녹색 행성에서 온 금속 씨앗이 우주를 떠다니고 있었다. 긴 불꽃을 내뿜으며 싸우다가, 이 험난한 행성에 착륙했다. 부서진 씨앗 속에서 남자와 여자들이 기어 나왔다.

언제? 한참 전에. 1만 일 전에. 사고의 피해자들은 태양을 피해 절벽에 몸을 숨겼다. 화염, 얼음과 홍수가 거대한 금속 씨앗의 잔해를 씻어 냈다. 생존자들은 대장간의 달구어진 쇳덩이처럼 얻어맞으며 모습을 바꾸었다. 태양의 방사능이 그들을 흠뻑 적셨다. 맥박이 빨라졌다. 분당 200회, 500회, 1,000회까지. 피부는 두꺼워지고, 혈액의 구성 성분도 바뀌었다. 노년기가 물밀 듯이 찾아들었다. 동굴 속에서 아이들이 태어났다. 그 과정은 점점 더 빨라지기만 했다. 이 세계의 모든 토착 생물과 마찬가지로, 사고를 당한 남자와 여자들은 일주일 안에 살고 죽음을 맞이하며, 똑같은 삶을 살아가는 아이들을 남겼다.

그래서 이것이 우리의 삶이라는 거로군, 하고 심은 생각했다. 마음속으로 말한 것은 아니었다. 그는 아직 말을 몰랐으니까. 그가 아는 것은 영상, 과거의 기억, 일종의 지각, 그리고 육신을, 바위를, 금속을 뚫을 수 있는 정신 감응력뿐이었다. 세대가 계속 이어지는 와중에, 그들은 정신 감응 능력을 깨쳤다. 덤으로 종족 기억까지. 유일한 선물, 이모든 공포의 와중에 남은 유일한 희망이었다. 그래서 심은 생각했다. 나는 희망이라고는 없는 긴긴 가계도의 5,000번째 자손이란 말인가? 지금으로부터 8일 후에 죽지 않으려면 무슨 일을 해야 한다는 걸까? 탈출구가 존재하기는 할까?

그의 눈이 커졌다. 다른 영상이 그의 눈앞에 떠올랐다.

절벽이 있는 이 계곡 너머의 낮은 산악 지대에 완벽한, 상처 하나 없는 금속 씨앗이 하나 있었다. 녹이 슬지도, 산사태에 파묻히지도 않은 금속 우주선이었다. 이 금속 우주선은 아무 손상도 없이 버려져 있었다. 이곳에 추락한 모든 우주선들 중에서 단 하나 남은, 아직 무사하고 작동 가능한 우주선이었다. 하지만 그곳까지는 너무 멀었다. 그곳에 가도 도와줄 사람이 없었다. 그렇다 해도 멀리 떨어진 산속에 있는 이 우주선이야말로 그가 자라나며 추구해야 할 운명이었다. 탈출할 수 있는 유일한 희망이었던 것이다.

그의 마음이 움직이기 시작했다.

이 절벽 안쪽, 깊은 곳에 고독하게 뭉친 채로, 한 무리의 과학자들이 일하고 있었다. 충분히 나이가 들고 지혜를 쌓으면, 그곳으로 가야 했다. 그들 역시 탈출을, 긴 수명을, 푸른 계곡과 온화한 날씨를 꿈꾸고 있었다. 그들 역시 높은 산 위에 있는 우주선을, 너무도 완벽해서 녹슬지도 닳아 없어지지도 않는 금속을 바라보고 있었다.

절벽이 신음했다.

심의 아버지가 닳아 해져 생기 없는 얼굴을 들어 올렸다.

"새벽이 오는군." 그가 말했다.

II

아침이 장대한 화강암 절벽의 힘을 빼기 시작했다. 산사태가 올 때였다.

맨발로 달리는 소리가 토굴 속에 울렸다. 어른과 아이들은 굶주리고 갈망하는 눈으로 동굴 밖에 찾아오는 새벽을 바라보았다. 심은 저 멀리에서 돌 구르는 소리, 비명, 그리고 정적을 들었다. 산사태가 계곡으로 밀려오고 있었다. 지금까지 미처 떨어지지 않고 때를 기다리고 있던 바윗덩이들이, 100만 년 동안이나 덩치를 불려 나가다, 단 하나의 바위로 시작해서 수천 개의 파편과 마찰열로 달구어진 돌무더기로 불어나 계곡 바닥으로 떨어져 내려왔다.

아침이 올 때마다, 적어도 한 사람은 쏟아지는 토사에 파묻혔다.

절벽의 사람들은 산사태를 기꺼이 감수했다. 어차피 너무 짧은, 너무 무모한, 너무 위험한 그들의 삶에 한 가지 흥분 요소가 더해지는 것뿐이었으니까.

심은 아버지가 자신을 들어 올리는 것을 느꼈다. 아버지가 자신을 거칠게 들고는 토굴을 따라 1킬로미터를, 햇빛이 모습을 보이는 곳으로 나아가고 있었다. 아버지의 눈에는 광기가 빛나고 있었다. 심은 움직일 수 없었다. 무슨 일이 일어날지를 느낄 수 있었다. 어머니가 누나 다크를 들쳐 안고, 서둘러 아버지의 뒤를 따라오고 있었다. "잠깐! 조심해요!" 그녀가 남편에게 소리쳤다.

심은 아버지가 귀를 기울이며 몸을 숙이는 것을 느꼈다.

절벽 높은 곳에서 떨림이, 진동이 느껴졌다.

"지금이야!" 아버지가 소리치며 뛰쳐나갔다.

산사태가 그들 위를 덮쳤다!

심은 정신없이 무너져 내리는 벽, 먼지, 혼란을 느꼈을 뿐이었다. 어머니가 비명을 질렀다! 흔들리고 무너지는 소리가 들렸다.

마지막 한 발을 내디디며 심의 아버지는 그를 들고 햇빛 속으로 나갔다. 뒤편으로는 우레 같은 소리를 내며 산사태가 일어나고 있었다. 어머니와 다크가 간신히 뒤로 물러선 동굴 입구는 자갈과 각각 50킬로

그램은 되어 보이는 두 개의 바윗덩이로 막혀 있었다.

폭풍 같은 눈사태가 지나가고 이제 모래가 솔솔 흘러내리고 있었다. 심의 아버지는 크게 웃음을 터트렸다. "성공이야! 세상에! 무사히 빠져나왔어!" 그리고 그는 절벽을 깔보듯 바라보며 침을 뱉었다. "뙷!"

어머니와 다크 누나가 돌무더기를 뚫고 빠져나왔다. 그녀는 남편에게 욕을 퍼부었다. "멍청한 양반! 당신이 심을 죽일 뻔했어요!"

"아직도 그럴지 몰라." 남편이 비꼬듯 말했다.

심은 그들의 말을 듣고 있지 않았다. 그는 옆의 토굴 앞에 쌓인 산사태의 잔해에 매료되어 있었다. 바위 무더기 아래에서 피 한 줄기가 흘러나와 땅을 적시고 있었다. 딱히 신기한 일도 아니었다. 누군가가 게임에서 패배했을 뿐이었다.

다크가 먼저 늘씬하고 유연한 다리를 놀려, 맨발을 확실하게 디디며 달려 나갔다.

계곡의 공기는 마치 산맥 사이에서 걸러져 나와 흐르는 와인 같았다. 하늘은 불안한 푸른색이었다. 한낮의 불타오르는 하얀색 공기도 아니고, 부옇게 빛나는 별들이 점점이 박힌 밤의 부어오르고 멍든 보라색도 아니었다.

조수가 밀려간 웅덩이와 같은 곳이었다. 다양하고 격렬한 기후가 공격해 들어왔다가 밀려가는 곳이었다. 지금 이 웅덩이는 고요하고 서늘했고, 그 안에서 생명체들이 움직이고 있었다.

웃음소리! 멀리서 웃음소리가 들렸다. 왜 웃는 걸까? 그의 동족들에게 웃을 시간이 존재한다는 사실이 이해가 되지 않았다. 어쩌면 나중에는 그 이유를 알게 될지도 모른다.

계곡이 갑자기 강렬한 색으로 물들었다. 갑자기 찾아든 새벽의 온기에 얼었다 녹은 식물들이 온갖 곳에서 자라나고 있었다. 그들이 보고 있는 앞에서 꽃이 피어났다. 그을린 바위 위에 연녹색의 덩굴손이 나타났다. 몇 초 후, 풀잎 끝에 잘 익은 과일이 맺혀 흔들렸다. 아버지는 심을 어머니에게 넘기고, 매 순간 영그는 농익은 과실을 채집하기 시작했다. 선홍색, 푸른색, 노란색의 과일이 그의 허리에 매달린 모피 주머니로 들어갔다. 어머니는 새로 자라난 촉촉한 풀잎을 뜯어 심의 혓바닥에 올려놓았다.

그의 감각이 날카롭게 다듬어지고 있었다. 그는 목이 마른 듯 지식을 쌓아 나갔다. 그는 사랑, 결혼, 관습, 분노, 동정, 격정, 이기심, 미묘하고 민감한 표현, 현실과 허상을 이해했다. 하나의 지식이 다른 지식으로 이어졌다. 푸른 식물의 모습이 자이로스코프처럼 그의 마음속에서 회전하며, 설명을 받아들일 시간이 없어서 스스로 해답을 찾아내고 해석해야 하는 세계에서 균형을 잡았다. 음식을 찾아야 하는 의무가 그에게 자신의 구조, 에너지, 움직임에 대한 지식을 주었다. 갓 알을 깨고 나온 새처럼, 그는 이제 거의 온전한, 모든 것을 아는 개체가 되어 있었다. 모든 정신에서 나온, 모든 바람을 타고 다가오는 유전과 정신 감응이 그에게 이 모든 것을 해 주었다. 그는 자신의 능력에 흥분하기 시작했다.

그들은, 아버지와 어머니와 두 아이들은 계속 걸었다. 온갖 냄새를 맡고, 새들이 계곡 한쪽에서 반대쪽으로 물수제비처럼 튕겨 날아가는 모습을 보면서. 문득 아버지가 묘한 소리를 했다.

"기억나?"

무엇을 기억한단 말인가? 심은 품에 안겨 있었다. 그들에게 노력해서 기억할 만한 일이 있다는 말인가? 그들은 지금까지 고작해야 이레 밖에 살지 못했는데?

남편과 아내는 서로를 마주 보았다.

"겨우 사흘 전의 일이 아니던가요?" 어머니가 몸을 떨면서 눈을 감고 생각에 잠겼다. "믿을 수가 없네요. 너무 불공평해요." 그녀는 흐느끼더니, 손으로 얼굴을 훔치고 갈라진 입술을 깨물었다. 그녀의 회색 머리카락이 바람에 나부꼈다. "이제 내가 울 차례인가 보네요. 한 시간 전에는 당신이었는데!"

"한 시간이면 인생의 절반이나 다름없어."

"이리 와요." 그녀가 남편의 팔을 끌었다. "모든 것을 똑똑히 보자고요. 이게 우리가 마지막으로 보는 것일 테니까."

"몇 분만 있으면 해가 높이 뜰 거야." 그사이 늙어 버린 남자가 말했다. "이제는 돌아가야 해."

"아주 잠깐만요." 여자가 애원했다.

"태양이 우리를 따라잡을 거야."

"그럼 따라잡으라고 해요!"

"진심으로 하는 소리는 아니겠지."

"나는 아무 생각도, 정말로 아무 생각도 없어요." 여자가 울부짖었다.

태양이 빠르게 떠오르고 있었다. 계곡의 푸른빛이 타들어 가 없어졌다. 달아오른 바람이 절벽 위를 휩쓸었다. 저 멀리 햇살이 깎아지른 절벽을 때리는 곳에서, 거대한 바위들이 흔들리며 내용물을 쏟아 냈다. 아직 무너져 내리지 않고 있던 토사가 이제야 달구어진 채로 흘러내리고 있었다.

"다크!" 아버지가 소리쳤다. 소녀는 얼른 대답하며 따스한 계곡 바닥에서 튀어 올라, 머리카락을 검은 깃발처럼 휘날리며 달려왔다. 손에 녹색 과일을 가득 든 채로, 그녀는 가족과 합류했다.

태양이 지평선을 불길로 달구었다. 그에 따라 공기가 위태롭게 요동치며 휘파람 소리를 냈다.

동굴 주민들은 벌떡 일어나 소리를 치면서, 넘어진 아이들을 안아 들고는, 엄청난 양의 과일과 풀을 짊어진 채로 깊숙한 은신처로 돌아갔다. 순식간에 계곡은 텅 비어 버렸다. 누군가가 놓고 간 아이 하나만을 제외하고는. 아이는 분지 멀리까지 달려오기는 했지만 힘이 부족했고, 계곡을 반쯤 건넜을 때 벼랑 위에서 열기가 밀려오기 시작했다.

꽃들은 장난감처럼 타올랐고, 풀들은 불에 그슬린 뱀처럼 바위 틈새로 기어들어 갔다. 꽃씨가 갑자기 불어닥친 뜨거운 바람을 타고 하늘로 쓸려 올라갔다 떨어져 내려왔다. 씨앗들은 메마른 협곡과 바위 틈새로 들어가서, 오늘 밤 해 질 녘에 꽃을 피우고, 다시 씨앗으로 돌아갈 채비를 했다.

심의 아버지는 그 아이가 홀로 계곡을 건너 달려오는 모습을 지켜보았다. 그와 그의 아내와 다크와 심은 토굴 입구에 무사히 도착한 후였다.

"저 아이는 무사할 수 없을 거야." 아버지가 말했다. "보지 말라고, 당신. 보기 좋은 광경은 아닐 거야."

그들은 몸을 돌렸다. 심을 제외한 모두가. 심의 눈은 저 멀리서 반짝이는 금속의 모습을 발견하고 있었다. 심장이 두근대는 소리가 들렸고, 눈앞이 뿌옇게 변했다. 저 멀리, 낮은 산의 꼭대기에, 우주에서 날아온 금속 씨앗 중 하나가 눈부시게 빛을 반사하고 있는 것이었다! 태아였을 적의 꿈 하나가 이루어진 것이나 다름없었다! 금속으로 만든 우주 씨앗이, 전혀 망가지지 않은 온전한 모습으로, 산 위에 놓여 있었다! 저것이 그의 미래였다! 살아남기 위한 희망이었다! 며칠 안에, 이상한 느낌이기는 하지만, 성인이 되면 목표로 할 곳이었다!

태양이 녹아내린 용암처럼 계곡을 가득 채웠다.

달려오던 아이는 비명을 질렀고, 태양이 타올랐고, 비명은 멈추었다.

심의 어머니는 고통스럽게 걸었다. 갑작스럽게 나이를 먹은 듯 토굴 안으로 걸어가다가, 문득 걸음을 멈추고 손을 뻗어 밤 동안 생겨난 마지막 고드름 두 개를 따 들었다. 그녀는 고드름 하나를 남편에게 건네고, 다른 하나는 자신의 손에 들었다. "마지막으로 건배를 하도록 해요. 당신을 위해, 아이들을 위해."

"당신을 위해, 아이들을 위해." 남자는 고개를 끄덕였다. 그들은 고드름을 들어 올렸다. 열기에 녹은 얼음이 갈증을 느끼는 그들의 목으로 흘러 들어왔다.

III

낮 시간 내내 태양은 이글거리며 열기로 계곡을 뒤덮었다. 심이 직접 볼 수는 없었지만, 부모의 마음속에 생생하게 그려지는 광경만 보아도 이 한낮의 불길이 어떤 모습인지는 명백했다. 햇빛은 수은처럼 흘러내려 동굴을 달구며 안으로 들어왔지만, 충분히 깊게 들어오지는 못했다. 동굴 안은 환해졌다. 절벽 안쪽의 공동空洞은 견디기 좋을 정도로 따뜻해졌다.

심은 부모의 젊음을 유지하기 위해 안간힘을 썼다. 그러나 그가 정신과 환영을 통해 아무리 애를 써 보아도, 그들은 그의 눈앞에서 미라처럼 변해 갔다. 그의 아버지는 노화의 한 단계에서 다음 단계로 그대로 녹아 들어가는 것만 같았다. 공포에 질린 심은 자신에게도 곧 그런 일이 일어나리라고 생각했다.

심은 성장하고 있었다. 자신의 소화 기관과 배설 기관의 움직임이 느껴졌다. 그는 매 순간 음식을 먹었다. 계속 음식을 삼키고 소화하고 있었다. 그는 형상이나 작용에 단어를 배치하기 시작했다. 그런 단어 중에 사랑이 있었다. 사랑은 추상적인 개념이 아니라, 하나의 작용이었다. 스치는 숨결, 아침 공기의 냄새, 달뜨는 마음, 그를 안아 주는 팔의 곡선, 굳은 얼굴로 그를 바라보는 어머니의 눈길. 그는 그 모든 작용을 인지하고, 그녀의 굳은 얼굴 안쪽에서, 그녀의 두뇌에서 사용할 준비가 끝난 그 단어를 찾아냈다. 그의 목은 말할 준비를 끝냈다. 삶이 그를 밀어 대고 있었다. 그를 영원한 망각으로 밀어 넣으려 재촉하고 있었다.

그는 자신의 손톱이 팽창하는 것을, 세포가 변화하는 것을, 머리카락이 뿜어 나오는 것을, 골격과 힘줄이 늘어나는 것을, 부드럽고 허연 밀랍 같은 두뇌가 굽이치는 것을 느끼고 있었다. 태어났을 때 그의 뇌는 둥근 얼음처럼 투명하고 순수하고 한 점 티끌도 없었다. 하지만 다음 순간, 마치 돌에 맞아 부서진 것처럼, 그 뇌는 갈라지고 흠집이 나고 100만 개의 생각과 발견으로 골이 져 버렸다.

그의 누나 다크는 계속 뭔가를 먹으면서, 쑥쑥 자라는 다른 아이들과 함께 끊임없이 들락거리고 있었다. 그의 어머니가 그를 굽어보며 몸을 떨고 있었다. 조금도 음식을 먹지 않고. 더 이상 식욕이 없었기 때문에. 그녀의 눈은 굳게 닫혀 있었다.

"해 질 녘이야." 마침내 그의 아버지가 말했다.

낮이 끝났다. 빛이 사라지고, 바람 소리가 들렸다.

어머니가 자리에서 일어섰다. "바깥세상을 다시 한 번 보고 싶어요…… 딱 한 번만 더……" 그녀는 보이지 않는 눈을 이리저리 돌리며 몸을 떨었다.

아버지는 눈을 감고 벽에 기대어 누워 있었다.

"일어날 수가 없군." 그가 간신히 속삭였다. "움직일 수가 없어."

"다크!" 어머니가 갈라지는 목소리로 소리쳤다. 소녀가 얼른 달려왔다. "여기 받아라." 그녀는 소녀에게 심을 넘겨주었다. "심을 안아 주거라, 다크. 음식을 먹이고, 돌봐 줘야 한다." 그녀는 마지막으로 사랑을 담아 심을 어루만졌다.

다크는 한 마디도 하지 않고 심을 안아 들었다. 그녀의 커다란 녹색 눈이 젖어 반짝였다.

"이제 가거라." 어머니가 말했다. "해 질 녘 세상으로 데리고 나가. 삶을 즐기거라. 음식을 모으고 먹어라. 뛰어놀아."

다크는 뒤를 돌아보지도 않고 걸어 나갔다. 심은 누나의 손길 안에서 몸을 뒤틀며, 믿을 수 없다는 슬픈 눈으로 어깨 너머로 부모를 바라보았다. 그는 울음을 터트리며, 자신의 입술에서 최초의 단어를 터트리듯 내뱉었다.

"왜……?"

어머니의 몸이 경직되는 모습이 보였다. "저 아이가 말을 했어요!"

"그래." 아버지가 말했다. "뭐라고 했는지 들었어?"

"확실히 들었어요." 어머니가 나직하게 말했다.

심이 본 살아 있는 부모의 마지막은, 어머니가 힘겹게, 비틀대며, 천천히 동굴 바닥을 가로질러 아무 말 없는 남편의 옆자리에 눕는 모습이었다. 그들이 움직이는 모습을 본 것은 그때가 마지막이었다.

IV

밤이 찾아왔다 지나가고 이틀째 낮이 시작되었다.

밤 동안 죽은 사람들의 시체를 나르는 행렬이 작은 언덕 꼭대기로 이어졌다. 행렬은 길었고, 시체는 수가 많았다.

다크는 사람들 사이에서, 이제 갓 걷기 시작한 심의 손을 잡고 걸었다. 심은 새벽이 찾아오기 한 시간 전에야 걸음마를 시작했다.

언덕 꼭대기에서, 심은 다시 한 번 멀리 떨어져 있는 금속 씨앗을 보았다. 그쪽을 보거나 언급하는 사람은 아무도 없었다. 왜일까? 뭔가 이유가 있는 걸까? 혹시 신기루인 것은 아닐까? 왜 그쪽으로 달려가지 않는 것일까? 숭배하지 않는 것일까? 저곳에 도달해서 우주로 날아가려 시도하지 않는 것일까?

사람들이 장례 기도를 읊조렸다. 시체는 땅 위에 놓였다. 몇 분도 지나지 않아, 태양이 시체들을 화장할 것이었다.

행렬은 방향을 돌려 언덕을 달려 내려갔다. 얼마 남지 않은 자유 시간 동안 뛰어놀고 상쾌한 공기를 맛보고 웃기 위해서.

다크와 심은 새처럼 재잘거리며 바위 틈새에서 음식을 먹고, 자신들이 삶에 대해 아는 것들을 공유했다. 그는 이틀째, 누나는 사흘째의 삶이었다. 언제나와 마찬가지로 눈부시게 흘러가는 삶의 속도에 쫓기고 있었다.

그때, 그의 삶에서 새로운 부분이 모습을 드러냈다.

50명의 젊은이들이 언덕을 내려오고 있었다. 큼직한 손에 날카로운 돌멩이와 돌 단검을 들고 있었다. 그들은 소리를 지르며 멀리 검게 늘어선 작은 절벽을 향해 달려가고 있었다.

"전쟁!"

그런 생각이 심의 두뇌를 스쳐 지나갔다. 그 생각은 충격이 되어 그의 뇌리를 가격했다. 저 남자들은 싸우기 위해, 죽이기 위해, 다른 사람들이 살고 있는 저 먼 곳의 검은 절벽을 향해 달려가고 있었던 것이다.

하지만 왜? 싸우고 죽이지 않아도 우리의 삶은 충분히 짧지 않은가?

멀리서 전투가 벌어지는 소리가 들렸고, 그 소리에 소년의 가슴이 내려앉았다. "왜, 다크, 왜?"

다크도 알지 못했다. 어쩌면 내일이 되면 이해할 수 있을지도 모른다. 지금은 생명을 유지하고 지탱하기 위해 계속 먹어야만 했다. 다크를 바라보고 있노라면 항상 분홍빛 혀를 날름거리며 먹을 것을 찾아다니는 굶주린 도마뱀이 떠올랐다.

사방에서 창백한 피부의 아이들이 그들을 둘러쌌다. 땅딸막한 아이하나가 바위 위로 기어 올라와, 심을 한쪽으로 밀어붙인 후 그가 바위 아래에서 찾아낸 유달리 달콤해 보이는 붉은 열매 하나를 낚아챘다.

그 아이는 심이 자리에서 일어서기도 전에 서둘러 열매를 먹어 치웠다. 심은 비틀대면서도 그에게 덤벼들었고, 둘은 땅 위를 구르며 한심하게 아옹다옹했다. 다크가 소리를 지르며 그런 두 아이를 떨어트려 놓기 전까지.

심은 피를 흘리고 있었다. 그는 신처럼 당당하게 우뚝 서서 말했다. "이래서는 안 돼. 아이들은 이렇게 행동하면 안 돼. 잘못된 일이야!"

다크는 끼어들어 온 작은 소년을 때려서 밀쳤다. "저리 가!" 그녀가 소리쳤다. "이름이 뭐야, 못된 녀석?"

"치온!" 아이가 웃으며 말했다. "치온, 치온, 치온!"

심은 작고 미숙한 얼굴에 모든 분노를 모아 그를 노려보았다. 목이 메었다. 이 아이는 그의 적이었다. 마치 지금껏, 주변의 배경이 아닌 인간의 형상을 한 적수를 기다려 온 것만 같았다. 그는 이미 산사태, 열기, 냉기, 짧은 생애에 대해서 알고 있었다. 그러나 그런 것들은 이 장소에 존재하는 배경에 지나지 않았다. 말없이, 생각을 하지 않는 자연의 발현이었고, 오로지 중력과 방사능에 의해서 만들어진 것이었을 뿐이다. 그러나 여기에서 찍찍대고 있는 치온은 그가 처음으로 인지하게 된, 생각을 하는 적이었다!

치온이 총알같이 뛰어가서는, 멀찍이 떨어져 고개를 돌리며 도발해 댔다.

"나는 내일이면 널 죽일 수 있을 정도로 커질 거야!"

그리고 그는 바위 뒤편으로 사라졌다.

다른 아이들이 깔깔대며 심의 곁을 스쳐 지나갔다. 누가 친구가 되고, 누가 적이 될까? 이렇게 믿을 수 없을 정도로 빠르게 지나가는 일생에서 어떻게 친구와 적이 생겨날 수 있을까? 양쪽 모두 만들기에는 너무 짧은 시간이 아닌가?

그의 생각을 알아챈 다크가 그를 끌고 움직였다. 음식을 찾으면서, 그녀는 동생의 귀에 대고 격렬하게 속삭였다. "음식을 훔치는 따위의 일을 하면 적이 생겨. 긴 풀을 선물하면 친구가 되고. 적은 또한 의견이나 생각에서도 생겨날 수 있어. 너는 5초 만에 평생 갈 적을 만들어 버렸어. 인생이 짧으니까 적도 빨리 만들 수밖에 없지." 그리고 그녀는 어린 나이에 어울리지 않는 아이러니를 담아 크게 웃었다. 그녀 역시 자신이 누려야 할 시간이 다 지나가기 전에 나이부터 먹고 있었던 것이다. "자신을 지키려면 싸워야 해. 다른 이들, 미신을 믿는 이들이 너를 죽이려고 시도할 거야. 어리석은 미신이 하나 있거든. 다른 사람을 죽이면, 살인자가 죽인 사람의 생기를 받아 가서 추가로 하루를 더 살 수 있다는 거야. 이해가 되지? 그런 말을 믿는 사람이 있는 한, 너도 위험할 수밖에 없는 거야."

그러나 심은 그 말을 듣고 있지 않았다. 내일이면 큰 키에 보다 조용해질, 그리고 모레면 몸매가 빚어지고 글피면 남편을 맞이하게 될, 한 무리의 어여쁜 소녀들 사이에서, 심은 남보라색으로 타오르는 머리를 가진 작은 소녀 하나와 눈이 마주쳤다.

그녀가 심의 옆으로 빠르게 달려 지나갔다. 순간 둘의 몸이 스쳤다. 은화처럼 하얀 눈이 그를 바라보며 반짝였다. 그는 자신이 친구를, 사랑을, 아내를, 일주일 후에 함께 장례식 언덕에 누워 뼈에서 살점을 벗겨 내는 햇빛을 맞게 될 사람을 만났다는 사실을 깨달았다.

그저 눈이 마주쳤을 뿐이지만, 그들은 순간 움직임을 멈추었다.

"이름이 뭐야?" 심이 그녀 뒤에서 소리쳤다.

"라이트!" 그녀도 웃으며 소리쳐 대답했다.

"나는 심이야." 그는 혼란에 빠져 어쩔 줄 몰라 하며 대답했다.

"심이구나!" 그녀는 그의 이름을 반복해 말하고는 활짝 웃었다. "기억해 놓을게!"

다크가 동생의 옆구리를 찔렀다. "여기, 먹어." 그녀는 얼이 빠진 동생에게 말했다. "어서 먹지 않으면 저 아이를 따라잡을 정도로 크지 못할 거야."

어디선가 치온이 나타나서는 그들을 지나 달려갔다. "라이트!" 그는 고약하게 약 올리듯 춤추며 그 뒤를 따라 달려갔다. "라이트! 나도 라이트를 기억할 거야!"

다크는 크고 늘씬한 몸을 일으켜서는, 흑요석처럼 검은 머리카락을 흔들며 슬프게 말했다. "우리 꼬마 심, 네 앞날이 보이는구나. 저 라이트라는 아이를 가지려면 무기가 필요하게 될 거야. 자, 서두르자. 태양이 오고 있어!"

그들은 동굴로 달려 들어갔다.

V

삶의 4분의 1이 지나가 버렸다! 유아 시절은 사라졌다. 그는 이제 소년이었다! 어둠이 드리우는 계곡에 거세게 비바람이 몰아쳤다. 그는 계곡에 새로운 강물의 흐름이 생겨나는 것을 보았다. 금속 씨앗이 있는 산을 지나가고 있었다. 그는 훗날 이 지식을 사용하기 위해 간직했다. 매일 밤 새로운 강이 생겨났고, 땅에는 새로운 길이 만들어졌다.

"이 계곡 너머에는 뭐가 있을까?" 심이 물었다.

"계곡 너머로 가 본 사람은 아무도 없어." 다크가 설명했다. "평야에 가려고 한 사람들은 전부 얼어 죽거나 타 죽었어. 우리가 아는 땅은 여기에서 달려서 한 시간 안에 있는 곳들뿐이야. 가는 데 30분, 돌아오는 데 30분."

"그럼 금속 씨앗에 도착한 사람은 아무도 없는 거야?"

다크는 코웃음을 쳤다. "과학자들이 시도는 하고 있어. 한심한 멍청이들. 포기하는 법을 모른다니까. 소용없는 짓이야. 너무 멀다고."

과학자. 그 단어가 그의 마음을 휘저었다. 그는 지금까지 태어나기 직전, 그리고 태어난 직후에 본 환영을 거의 잊어버리고 있었다. 그의 목소리가 달아올랐다. "과학자들은 어디 있어?"

다크는 동생에게서 시선을 돌렸다. "알고 있어도 이야기 안 해 줬을 거야. 그자들은 너한테 실험을 하면서 죽여 버릴 거라고! 그런 자들이랑 어울리면 안 돼! 네 인생을 살아. 산에 있는 그 웃기는 금속 덩어리에 다가가려다 삶을 반 토막 내지 말고."

"그럼 다른 사람들한테 과학자들이 어디에 있는지 물어볼 거야!"

"아무도 안 알려 줄걸! 사람들은 과학자를 싫어해. 혼자 힘으로 찾아내야 할 거야. 그러고 나선 뭘 할 건데? 우리를 구원해 줄 거야? 그래, 우리를 구해 봐, 이 꼬맹아!" 누나는 토라진 표정이었다. 이미 그녀 인생의 절반이 지나간 후였다.

"이렇게 그저 앉아서 말하고 먹기만 할 수는 없어." 동생이 항의하며 자리에서 일어났다.

"그럼 가서 찾아보든가!" 누나가 짜증을 담아 비꼬았다. "네가 잊도록 도와줄 수는 있겠지. 그래, 그래." 마침내 그녀가 내뱉었다. "네 삶이 고작해야 며칠이면 끝난다는 사실을 말이야!"

심은 토굴 안을 이리저리 둘러보며 돌아다녔다. 가끔씩 과학자들이 어디에 있을지 반쯤 상상해 보기도 했다. 그러나 그럴 때마다, 그가 과학자들의 동굴로 향하는 방향이 어디인지 물어본 사람들로부터 성난 감정의 물결이 밀어닥쳐, 혼돈과 경멸의 감정으로 그를 씻어 냈다. 애초에 이 끔찍한 세계에 도착하게 된 것 자체가 과학자들의 잘못이 아니던가! 심은 폭풍처럼 쏟아지는 맹세와 저주의 물결 아래 몸을 움츠렸다.

그는 아무 말 없이 중앙 홀의 자기 자리에 앉았다. 아이들이 어른의 말을 경청하고 있었다. 교육을 하는 시기인 '말의 때'였다. 아무리 숨기거나 늦추려고 해도, 아무리 초조한 마음이 강하다 해도, 삶이 빠르게 손아귀를 빠져나가고 죽음이 검은 운석처럼 다가오고 있어도, 그는 자신의 정신에 지식이 필요하다는 사실을 알고 있었다. 따라서 오늘은 학교의 밤이었다. 그러나 그는 초조함을 견딜 수가 없었다. 이제 그의 삶은 5일밖에 남지 않았다.

치온은 심의 맞은편에 앉아, 얇은 입술을 거만하게 일그러트리고 있었다.

라이트가 둘 사이에 나타났다. 지난 몇 시간 동안, 그녀의 발걸음은 더욱 확고해지고, 모습은 더욱 부드러워지고 더욱 커졌다. 그녀의 머리카락도 더 밝게 빛났다. 그녀는 치온을 무시하고 심의 옆에 앉으며 웃어 보였다. 이 모습을 본 치온은 먹는 것을 멈추었다. 몸이 경직되는 것이 보였다.

어른의 갈라진 말소리가 방 안을 가득 채웠다. 심장 박동만큼이나 빠르게, 1분에 1,000개, 2,000개의 단어들이 쏟아져 나왔다. 심은 지식을 배우며 그것으로 머릿속을 가득 채웠다. 눈을 감지는 않았지만, 거의 태내에서 보았던 것과 같은 나른하지만 생생한 꿈속으로 빠져들었다. 희미하게 어른의 말이 들려왔고, 그 목소리가 그의 머릿속에서 지식의 직물을 자아내고 있었다.

그는 돌이 보이지 않는, 오직 풀로만 가득한 평원의 꿈을 꾸었다. 대지를 가득 채우고 바람에 흩날리며 새벽을 향해 나아가는, 잔혹한 추위도, 끓어오르는 바위의 냄새도, 불에 그슬린 잔재도 보이지 않는 곳이었다. 그는 푸른 평원을 걸어 가로질렀다. 머리 위에서는 쾌적하고 변하지 않는 온도의 하늘 위를 금속 씨앗들이 날아다녔다. 모든 것이 느리고, 느리고, 또 느렸다.

새들은 자라나는 데 100일, 200일, 5,000일이 걸리는 거대한 나무 근방에 머물고 있었다. 모든 것이 제자리에 있었다. 새들은 태양의 빛이 보여도 초조하게 나래를 퍼덕이지 않았고, 나무도 햇빛이 쏟아져도 겁에 질려 땅속으로 돌아가지 않았다.

이 꿈속에서 사람들은 느긋하게 거닐었다. 달리는 일은 거의 없었다. 심장 박동 역시 미친 듯 널뛰는 것이 아니라 평온하고 느릿하게 뛰었다. 초원은 횃불이 되어 사라지지 않고 그대로 남아 있었다. 꿈속의 사람들은 항상 미래의 삶에 대해 말하고, 미래의 죽음에 대해 말하지 않았다. 너무 친숙하게 느껴지는 모습이라, 누군가가 그의 손을 잡았을 때 그는 그조차 꿈의 일부라는 생각을 했다.

라이트의 손이 그의 손안에 들어와 있었다. "꿈을 꾸고 있어?" 그녀가 물었다.

"응."

"균형이란 게 존재하는 거야. 불공평한 삶과 균형을 이루기 위해, 우리의 정신은 우리 안으로 들어가서, 행복한 모습을 보여 주는 거야."

그는 자신의 손을 돌바닥에 대고 때리고 또 때렸다. "이런다고 공평해지는 건 아니야! 난 이런 게 싫어! 어딘가 더 나은 것이, 내가 놓친 무언가가 존재한다는 생각이 들게 하잖아! 그냥 모른 채 있으면 안 되는 거야? 왜 이런 삶이 비정상적이라는 사실을 모른 채로 살다가 죽을 수는 없는 거야?" 반쯤 열린 채 경직된 입에서 거친 숨이 새어 나왔다.

"모든 일에는 목적이 필요하니까." 라이트가 말했다. "이런 꿈은 우리에게 목적을 주고, 일하고, 계획을 세우고, 방법을 찾게 만들잖아."

그의 눈은 불타는 에메랄드처럼 빛나고 있었다. "아주 천천히, 풀로 가득한 언덕을 올라가고 있었어." 그가 말했다.

"내가 한 시간 전에 걸었던 그 언덕과 같은 곳일까?" 라이트가 물었다.

"그럴지도 몰라. 꽤 비슷해 보였어. 꿈이 현실보다 훨씬 낫네." 그는 눈을 깜빡이다가 찌푸렸다. "사람들이 보였는데, 음식을 먹고 있지 않았어."

"말하지도 않고?"

"말하지도 않고. 그런데 우리는 항상 무언가를 먹고, 무언가를 말하고 있어. 꿈속의 사람들은 때로는 눈을 감은 채로, 조금도 움직이지 않고 한자리에 누워 있기만 했어."

라이트가 그의 얼굴을 바라보는 동안, 끔찍한 일이 일어났다. 그녀의 얼굴이 검게 변하고, 쪼그라들고, 노화의 징후를 나타내며 뒤틀리는 모습이 떠올랐다. 머리카락은 눈처럼 하얗게 변해 그녀의 귀 뒤로 흘날렸고, 눈은 거미줄 같은 속눈썹 속에서 색이 바랜 동전처럼 보였다. 입술 아래로 이빨이 떨어져 나갔고, 아름다운 손가락은 쇠약해진 손목에 불탄 나뭇가지처럼 매달려 있었다. 그가 바라보는 동안, 그녀의 아름다움은 사그라지고 헛되이 사라져 버렸다. 손을 뻗어 그녀를 붙들었을 때, 그는 공포에 질려 비명을 질렀다. 자신의 손 역시 삭아가는 환영을 보았기 때문이다. 비명이 목구멍 속으로 잦아들었다.

"심, 왜 그러는 거야?"

입안에 감도는 말 때문에 침이 바짝 말랐다.

"앞으로 닷새……"

"과학자들."

심은 깜짝 놀랐다. 누가 말한 것일까? 희미한 빛 속에서 키 큰 남자가 말하고 있었다. "과학자들이 우리를 이 세계로 추락하게 만들었고, 지금은 수천 명의 목숨과 시간을 낭비하고 있다. 소용없는 짓이야. 소용없는 짓이지. 그들을 용납해 주기는 해도, 너희들의 시간을 낭비하지는 말거라. 삶은 오직 한 번뿐이라는 점을 기억하거라."

이런 증오의 대상인 과학자들은 어디에 있는 것일까? 학습의 시간을 거치고 나니, 그는 과학자들을 찾을 준비가 되어 있었다. 이제 적어도 자유를 위한 싸움을, 우주선을 향해 출발할 만큼은 알게 된 것이다!

"심, 어딜 가는 거야?"

그러나 그는 이미 사라지고 없었다. 돌을 다듬어 만든 통로를 따라 그의 발소리가 울리며 멀어져 갔다.

밤의 절반을 낭비한 것만 같았다. 그는 열 번도 넘게 막다른 골목에 도달했다. 그의 생기를 원하는, 정신이 나간 젊은이들이 수도 없이 공격을 해 왔다. 그들의 미신에 빠진 헛소리가 동굴 속을 울리며 그를 따라왔다. 굶주린 자들의 손톱 자국이 그의 몸을 뒤덮었다.

그는 원하던 것을 찾았다.

남자들 예닐곱 명이 절벽의 암반 깊숙한 곳에 있는 작은 흑요석 동굴 안에 모여 있었다. 그들 앞 탁자에는 낯설기는 해도 심의 머릿속에

조화로운 음을 울리게 하는 물건들이 놓여 있었다.

과학자들은 짝을 지어 일했다. 늙은이들은 중요한 작업을 하고, 젊은이들은 학습하며 질문을 던졌다. 그리고 그들의 발치에는 작은 아이들 세 명이 있었다. 이것이 과정이었다. 8일이 지나갈 때마다 한 가지 문제를 연구하는 과학자들은 완벽하게 교체되었다. 성과는 지극히 부족할 수밖에 없었다. 창의력을 발휘할 시기가 시작되자마자 나이를 먹고 쓰러져 죽어 버렸기 때문이다. 한 사람이 창의력을 발휘하는 시기는 일생 중 고작해야 열두 시간에 지나지 않았다. 인생의 4분의 3을 학습하며 보낸 다음에, 아주 짧은 시간 동안 창의력을 불태우고, 그러고는 노화, 치매, 죽음이 이어지는 것이었다.

심이 들어오자 사람들은 몸을 돌렸다.

"설마 신참자가 들어온 것은 아니겠지?" 가장 나이 든 이가 말했다.

"믿을 수가 없군요." 보다 젊은 남자가 말했다. "쫓아내죠. 아마 전쟁이나 벌이는 놈들 중 하나일 겁니다."

"아니야, 아니야." 나이 든 남자가 맨발을 살짝 끌면서 심을 향해 다가왔다. "들어오너라, 들어오너라, 얘야." 그는 친절한 눈, 느린 눈을 가지고 있었다. 동굴 위쪽에 사는 날랜 거주민들과는 다른 눈이었다. 고요한 회색 눈이었다. "무얼 원하는 게냐?"

심은 머뭇거리며 고개를 숙였다. 그의 고요하고 친절한 눈길을 마주할 수가 없었다. "저는 살고 싶어요." 심이 속삭였다.

노인은 나직하게 웃으며, 심의 어깨를 두드렸다. "새로운 종족인가? 어디 아픈 게냐?" 그는 반쯤 진지하게 심에게 물어보았다. "왜 나가 놀지 않느냐? 왜 사랑하고 결혼하고 아이를 가지는 시기를 준비하지 않는 게냐? 오늘 밤이면 네가 거의 성인이 되리라는 사실을 모르는 게냐? 주의하지 않으면 네 일생을 놓치게 되리라는 사실을 모르는 게냐?" 그가 말을 멈추었다.

심은 질문마다 이리저리 눈길을 돌렸다. 그는 탁자 위에 놓인 기구를 보며 눈을 깜빡였다. "제가 여기에 오면 안 되는 건가요?"

"그럴 리가 있나." 늙은이가 단호하게 말했다. "하지만 네가 온 것 자체가 기적 같구나. 1천 일 동안 평범한 사람들로부터 지원자가 없었는데! 우리는 우리끼리 과학자를 길러 내야 했단다! 우리들만으로! 수를 세어 보거라! 여섯이야! 남자가 여섯! 그리고 아이가 셋! 기쁘지 않을 것 같으냐?" 노인은 돌바닥에 침을 뱉었다. "자원자를 모집하려고 하면 사람들은 우리를 향해 소리를 질러 대지. '다른 사람을 찾아보시지!'나 '우린 시간이 없어!' 따위의 소리를 말이야. 그자들이 왜 그런 말을 하는지 알고 있느냐?"

"아뇨." 심은 몸을 움찔했다.

"그 작자들이 이기적이기 때문이야. 물론 오래 살고 싶기는 하겠지만, 자신이 무엇을 하든 자신의 수명이 더해지지는 않는다는 사실을 알고 있거든. 그들의 먼 후손에게는 더 오랜 삶을 줄 수 있을지도 모르지. 하지만 그 작자들은 자신의 사랑을, 짧은 젊음을, 단 한 번의 새벽이나 해 질 녘조차도 포기하고 싶지 않은 거란다!"

심은 진지하게 귀를 기울이며 탁자에 기대섰다. "이해가 되네요."

"이해를 한다고?" 노인은 멍하니 심을 바라보았다. 그는 한숨을 쉬며 아이의 팔을 부드럽게 철썩 때렸다. "그래, 물론, 이해하는 모양이로구나. 이제는 사람들이 이해해 주기를 바라기도 쉽지가 않아. 너와 같은 아이는 드물어졌단다."

다른 이들이 심과 노인 주변으로 모여들었다.

"나는 디엔크다. 내일 밤이면 여기 코트가 내 자리를 차지할 게야. 나는 그때쯤이면 죽어 있을 테고. 그리고 그다음 날이면 다른 누군가가 코트의 자리에 들어갈 테고, 그다음에는 네가 되겠지. 만약 네가 일하고 믿는다면 말이다. 하지만 그 전에, 먼저 네게 기회를 주마. 원한다면 지금이라도 네 소꿉친구들에게 돌아가도 좋다. 사랑하는 여자가 있느냐? 그렇다면 그 아이에게 돌아가거라. 인생은 짧단다. 아직 태어나지 않은 누군가를 위해 희생을 할 이유가 있겠느냐? 너는 젊음을 누릴 권리가 있어. 원한다면 지금이라도 돌아가거라. 여기에 머물게 된다면 일하고 늙어 가고 일하다가 죽어 가는 것밖에는 할 수 있는 일이 없으니까. 하지만 가치 있는 일이지. 어쩌겠느냐?"

심은 토굴을 돌아보았다. 저 멀리서 바람이 포효하는 소리가 들렸고, 음식 냄새와 맨발로 뛰어다니는 소리, 그리고 너무도 달콤하게 들리는 젊은이들의 웃음소리가 흘러왔다. 그는 서둘러 고개를 저었다. 눈가가 젖어 있었다.

"여기 있겠어요." 그가 말했다.

VI

사흘째 낮과 사흘째 밤이 지나갔다. 나흘째 밤이 되었다. 심은 그들의 삶 속으로 빠져들었다. 그는 멀리 산꼭대기에 있는 금속 씨앗에 대해 배웠다. 그는 최초의 씨앗들에 대해 들었다. 이 행성에 불시착한 '우주선'이라고 불리는 것들과 그 생존자들이 어떻게 절벽을 파고 들어갔는지, 빠르게 노화하면서 간신히 생존하기 위해 몸부림을 치면서 모든 과학을 잊어버렸는지를. 이토록 격렬하게 변화하는 문명에서는 기계에 대한 지식이 살아남을 가능성이 없었다. 모든 인간에게는 오로지 '지금'만이 존재했기 때문에.

과거는 아무 의미도 없었고, 미래는 그들을 또렷하게 바라보고 있었다. 그러나 그들의 노화를 촉발한 바로 그 방사선이 일종의 정신 감응 능력을 주었고, 그를 통해 새로 태어난 아이들은 사상과 감정을 흡수했다. 순식간에 자라나는 종족 기억 속에 다른 시대의 기억이 보존되어 있었던 것이다.

"왜 산 위에 있는 우주선으로 가지 않는 건가요?" 심이 물었다.

"너무 멀단다. 태양에서 몸을 보호할 방법이 필요해." 디엔크가 설명했다.

"보호하려고 해 본 적은 있나요?"

"연고와 고약, 돌이나 새의 날개로 만든 방호복, 그리고 최근에는 조잡한 금속도 사용해 보았지. 어느 것도 통하지 않았단다. 1,000명분의 인생을 더 사용하면, 내부에 차가운 물이 흐르는 금속 방호복을 만들어서 우주선에 도달할 수 있을지도 모르지. 하지만 우리는 너무 느리게, 너무 맹목적으로 일하고 있단다. 아침이 되면 성숙한 사람이 되어 연장을 손에 들지. 그리고 다음 날이면 죽음을 맞이하며 연장을 내려놓는단다. 한 사람이 하루 만에 대체 뭘 할 수 있겠느냐? 만약 사람이 1,000명이 있으면 해결할 수 있을지도 모르지만……"

"저는 우주선에 가겠어요." 심이 말했다.

"그럼 너는 죽을 게다." 노인이 말했다. 심의 말에 방 안에 침묵이 드리웠다. 남자들은 심을 바라보았다. "너는 이기적인 녀석이야."

"이기적이라고요!" 심이 화를 내며 소리쳤다.

노인의 손이 허공을 저었다. "내 마음에 드는 방식으로 이기적이구나. 너는 오래 살고 싶은 게지. 그러기 위해서라면 뭐든 할 게야. 너는 우주선을 향해 출발할 거다. 나는 그게 소용없는 일이라고 말하고 있고. 하지만 네가 원하는 일이라면 내가 막을 수 있겠느냐. 적어도 고작 며칠을 더 살기 위해서 전쟁을 벌이는 그런 자들과는 다르지 않느냐."

"전쟁이오?" 심이 물었다. "어떻게 이런 곳에 전쟁이 있을 수 있나요?"

서늘한 기운이 그의 몸을 꿰뚫고 지나갔다. 도저히 이해할 수가 없었다.

"그런 이야기는 내일 해도 충분할 게다." 디엔크가 말했다. "그럼 이제 내 말을 듣거라."

밤이 흘러갔다.

VII

아침이 되었다. 라이트가 소리치고 흐느끼며 복도를 따라 달려 내려와서 그의 품에 안겼다. 그녀는 또 변해 있었다. 더 나이 들고, 더 아름다워져 있었다. 그녀는 몸을 떨면서 그를 붙들었다. "심, 그자들이 너를 뒤쫓아 오고 있어!"

맨발로 달려오는 소리가 복도에 울렸다. 동굴 안쪽 공간으로 밀려들고 있었다. 역시 키가 더 커진 치온이, 양손에 뾰족한 돌을 들고 웃으며 서 있었다. "아, 거기 있었군, 심!"

"저리 꺼져!" 라이트가 그를 향해 몸을 돌리며 소리쳤다.

"심을 데려가기 전까지는 그럴 수 없지." 치온은 그녀에게 단호하게 말하고는 심을 향해 웃어 보였다. "물론 저 녀석이 우리와 함께 싸우러 나갈 생각이라면 말이지만."

디엔크가 발을 끌며 앞으로 나섰다. 눈을 힘겹게 껌뻑거리며, 손을 새처럼 허공에 휘저었다. "썩 꺼져라!" 분노를 담은 높은 목소리였다. "이 아이는 이제 과학자다. 우리와 함께 일할 거야."

치온의 얼굴에서 웃음이 사라졌다. "더 나은 일을 해야 한다고. 우리는 가장 먼 절벽에 있는 사람들과 싸우러 갈 거야." 그의 눈이 초조하게 번득였다. "물론 우리와 함께 가겠지, 심?"

"안 돼, 안 돼!" 라이트가 그의 팔을 꽉 붙들었다.

심은 그녀의 어깨를 다독이고는 치온을 바라보았다. "왜 그 사람들을 공격하는 건데?"

"우리와 함께 가는 사람들은 사흘을 더 살 수 있어."

"사흘이라고! 사흘을 더 산다고?"

치온이 단호하게 고개를 끄덕였다. "이기기만 하면 여드레가 아니라 열하루를 살 수 있다고. 그 작자들이 사는 절벽에는 어떤 광물질이 있대. 그게 방사능을 막아 주는 모양이야! 생각해 보라고, 심. 인생을 사흘이나 더 누릴 수 있는 거야. 함께 가지 않겠어?"

디엔크가 그의 말을 잘랐다. "이 아이는 두고 가거라. 심은 내 학생이야!"

치온은 코웃음을 쳤다. "가서 뒈져 버려, 늙은이. 오늘 해 질 녘이면 그슬린 뼈다귀가 되어 있을 거면서. 자기가 뭐라고 우리한테 명령을 내리는 거야? 우리는 아직 젊고, 더 오래 살고 싶다고."

열하루. 심으로서는 믿을 수 없는 소리였다. 열하루라니. 이제 그는 왜 전쟁이 존재하는지 알게 되었다. 자신의 생명을 거의 한 배 반으로 늘릴 수 있다면 누구라도 싸우지 않겠는가. 그렇게 더 오래 살 수 있다니! 그래. 당연히 싸워야 하지 않겠는가!

"사흘을 더 산다고." 디엔크가 귀에 거슬리는 어투로 말했다. "만약 살아남기만 한다면 말이지. 만약 싸우다 죽지 않는다면 말이지. 만약, 만약! 너희들은 지금까지 이겨 본 적이 없어. 항상 지기만 했지 않느냐!"

"하지만 이번에는 우리가 이길 거야!" 치온이 날카롭게 소리쳤다.

심은 어찌할 바를 몰랐다. "하지만 우리는 모두 같은 조상에서 나왔잖아. 왜 가장 좋은 절벽을 함께 쓰지 않는 거야?"

치온이 웃으며 손에 든 날카로운 돌을 고쳐 잡았다. "가장 좋은 절벽에 사는 작자들은 자기네가 우리보다 낫다고 생각해. 권력을 가진 놈들은 항상 그런 식으로 행동하지. 게다가 그곳의 절벽은 여기보다 작아서, 겨우 300명밖에는 들어가 살 수 없다고 하더라고."

사흘 치의 여분 목숨.

"너하고 같이 가겠어." 심이 치온에게 말했다.

"좋아!" 치온은 매우 기분이 좋아 보였다. 너무 심하게 기뻐하는 모습이었다.

디엔크는 헉하고 숨을 삼켰다.

심은 디엔크와 라이트를 돌아보았다. "지금 싸워서 이기면, 우주선까지 800미터는 더 가까이 갈 수 있어요. 그리고 우주선에 도달하기 위해 사흘을 더 쓸 수 있고요. 저는 이렇게 할 수밖에 없을 것 같아요."

디엔크는 슬프게 고개를 끄덕였다. "그렇게 할 수밖에 없겠구나. 나는 너를 믿는다. 따라가거라."

"안녕히 계세요." 심이 말했다.

노인은 순간 놀란 듯했지만, 곧 스스로가 우습다는 투로 소리 내어 웃었다. "그렇구나. 너를 다시 볼 수는 없겠지? 그럼 잘 가거라." 그리고 그들은 악수를 나누었다.

그들은 밖으로 나갔다. 치온, 심, 라이트, 모두가 함께. 다른 아이들이 뒤를 따랐다. 아이들은 싸울 수 있는 남자들로 빠르게 자라나고 있었다. 그리고 치온의 눈에는 불길한 빛이 번득이고 있었다.

라이트가 그를 따라왔다. 그녀는 그를 위해 돌을 고르고 운반해 주었다. 그가 아무리 애원해도 돌아갈 생각을 하지 않았다. 태양은 막 지평선을 넘어갔고, 그들은 계곡을 행진하기 시작했다.

"제발, 라이트, 돌아가 줘!"

"그리고 치온이 돌아오기를 기다리라고?" 그녀가 말했다. "저 자식은 너를 죽게 하고 나를 자기 짝으로 만들 계획을 꾸미고 있단 말이야." 그녀는 믿을 수 없도록 아름다운 청백색의 머리카락을 단호하게 흔들었다. "하지만 나는 너랑 같이 있을 거야. 네가 죽으면 나도 죽을 거라고."

심의 얼굴이 굳었다. 이제 그는 장신의 남자였다. 밤이 지나가는 동안 세상이 줄어들었다. 음식을 찾던 아이들이 그들을 보고 환성을 질렀고, 그는 낯선 생물을 보는 것처럼 아이들을 바라보았다. 고작해야 나흘 전만 해도 자신 역시 저런 모습이었다는 말인가? 기묘한 일이었다. 마음속으로는 이미 수많은 나날이 지나간 것처럼 느껴졌다. 정말로 1천 일을 살기라도 한 것만 같았다. 너무도 복잡하고 다양한 사건과 생각들이 층층이 두텁게 쌓여서, 그 짧은 시간 동안 그렇게 많은 일이 벌어졌다는 사실을 믿을 수가 없었다.

전사가 된 남자들은 두셋씩 무리 지어 달려갔다. 심은 저 멀리 지평선에 모습을 드러내는 작은 흑요석 절벽을 바라보면서 생각했다. 그럼 이게 나의 네 번째 날이 될 모양이군. 그리고 나는 아직도 우주선에, 아니 다른 무엇에도 조금도 다가가지 못하고 있어. 심지어는—그는 자신의 곁에서 달려오는 라이트의 가벼운 발걸음을 들으며 생각했다—심지어는 내 무기를 들어 주고 잘 익은 딸기를 따 주는 그녀에게도 다가서지 못하고 있어.

그의 삶의 절반이 사라져 버렸다. 아니, 3분의 1일 수도 있다. 만약 이 싸움에서 이기게 된다면. 만약.

그는 가뿐하게 다리를 올렸다 내리며 달려갔다. 오늘은 내 육체를 인식하는 날인 모양이야. 달리면서 먹고, 먹으면서 자라나고, 자라나면서 라이트를 바라볼 때마다 어지러운 황홀경에 빠지게 되고. 그리고 그녀는 나와 같은 상냥한 마음으로 나를 바라본다. 오늘은 우리의 젊음을 만끽하는 날이야. 혹시나 낭비하고 있는 것은 아닐까? 꿈을, 거짓을 좇다가 젊음을 놓치는 것은 아닐까?

멀리서 웃음소리가 들렸다. 어린아이일 적에는 어떻게 웃을 수 있는지가 궁금했었다. 이제 그는 웃음을 이해했다. 높은 바위를 기어올라 가장 푸른 잎사귀를 따고, 가장 커다란 아침 얼음을 마시며 바위 열매를 먹고 새로운 욕구에 차올라 젊은 입술을 맛볼 때 웃음이 나오는 것이었다.

그들은 적이 있는 절벽에 접근했다.

라이트가 날씬한 몸을 곧추세우고 있는 모습이 보였다. 그녀의 목선이 새삼 눈에 들어와 그를 놀라게 했다. 손을 대어 보면 맥박을 느낄 수 있을 듯했다. 그의 손안에서 멈추지 않고 끊임없이 유연하게 움직이는 그녀의 목. 그리고……

라이트가 한쪽으로 고개를 획 돌렸다. "앞을 봐!" 그녀가 소리쳤다. "뭐가 오는지 똑똑히 봐야 해. 앞만 보고 있어."

그는 자신들이 삶의 일부를 지나쳐 가고 있다는 생각이, 그들의 젊음을 한쪽으로 버려 둔 채, 돌아보지도 않고 달려가고 있다는 생각이 들었다.

"나는 돌만 바라보느라 눈이 멀어 있었어." 그는 달려가며 말했다.

"그럼 새 돌을 찾아!"

"내 눈에 보이는 돌은……" 그의 목소리는 그녀의 손바닥만큼이나 부드러워졌다. 그들의 주변으로 풍경이 흘러갔다. 모든 것이 꿈결 속에 불어오는 부드러운 바람 같았다. "내 눈에 보이는 돌은, 서늘한 그늘에 계곡을 만들어 바위 열매를 눈물처럼 두텁게 자라나게 하는 돌이야. 돌을 건드리면 열매들은 소리 없이 붉은 산사태를 이루며 쏟아지고, 풀밭은 부드럽고……"

"나한테는 그런 거 안 보여!" 그녀는 고개를 돌리고 점차 걸음을 빨리했다.

그는 그녀의 목덜미에 난 솜털을 보았다. 조약돌의 차가운 아랫면에 자라나는, 빛을 받아 은빛으로 반짝이는 보드라운 이끼 같았다. 아주 가벼운 숨결에도 물결치는 이끼처럼 보였다. 그는 자신을 돌아보았다. 주먹을 꽉 쥔 채로 힘겹게 죽음을 향해 나아가는 모습을. 그의 손에는 이미 힘줄이 튀어나오고 젊음의 혈기가 배어나고 있었다.

라이트는 그에게 음식을 건네주었다.

"배 안 고파." 그가 말했다.

474

"먹어. 입을 꽉 채워 둬." 그녀가 날카롭게 명령했다. "그래야 전투에서 강인하게 싸울 수 있으니까."

"세상에!" 그가 고통스럽게 소리쳤다. "싸움 따위가 무슨 상관이야!"

그들 앞으로 바위가 쿵쿵거리며 쏟아져 내려왔다. 남자 하나가 머리가 부서진 채로 쓰러졌다. 전쟁이 시작되었다.

라이트가 그에게 무기를 건네주었다. 그들은 아무 말도 없이 살육의 현장으로 뛰어들었다.

적들의 절벽 위에서 바위가 굴러 내려오기 시작했다. 사람의 힘으로 만든 산사태였다!

이제 그의 마음속에는 단 하나의 생각밖에는 없었다. 다른 이를 죽이고 다른 이의 생명을 줄여서 자신이 살아남아야 한다는 것, 이곳에 교두보를 만들고 충분히 오래 살아서 우주선에 당도해야 한다는 것. 그는 몸을 숙이고, 좌우로 피하고, 돌을 움켜쥐고 힘껏 위로 던졌다. 왼손에 든 넓적한 돌 방패로는 계속 쏟아지는 돌을 막아 냈다. 사방에서 부서지는 소리가 들렸다. 라이트는 그와 함께 달리며 계속 격려했다. 남자 두 명이 그들 앞에서 쓰러졌다. 죽어 있었다. 가슴이 뼈까지 베인 채로, 믿을 수 없을 정도로 피가 솟구치고 있었다.

가망이 없는 전투였다. 심은 이런 시도 자체가 얼마나 어리석은지를 즉시 깨달았다. 그들은 절벽을 쓸어 낼 수 없을 것이다. 바위로 만든 벽이 무너져 내렸다. 열 명이 넘는 사람들이 머리에 흑요석 조각이 박힌 채 쓰러졌다. 예닐곱 명은 팔이 부러져 축 늘어져 있었다. 한 사람이 비명을 지르며 허연 뼈가 드러난 무릎을 들어 보였다. 잘 조준된 화강암 조각에 두 번 맞자 살점이 떨어져 나간 모양이었다. 시체 위로 시체가 쌓였다.

뺨 근육이 경직되고, 그는 자신이 왜 이곳에 왔는지 후회했다. 그러나 이리저리 공격을 피하며 움직이는 와중에도, 그는 눈을 들어 언덕 위를 바라보고만 있었다. 너무도 저곳에 살고 싶었다. 기회를 손에 넣고 싶었다. 이 상황을 견뎌야만 했다. 그러나 그는 이미 열의를 잃고 있었다.

라이트가 귀청을 찢는 비명을 질렀다. 당황하여 어쩔 줄 몰라 하던 심이 고개를 돌리자, 그녀의 손이 손목에서 축 늘어져 있는 모습이 보였다. 그녀의 손등에 큰 상처가 나서 피가 솟구치고 있었다. 그녀는 고통을 억누르기 위해 손을 겨드랑이 사이에 끼고 눌렀다. 그의 분노가 솟아올라 폭발했다. 분노 속에서, 그는 앞으로 달려가며 정확하게 돌을 던져 댔다. 한 사람이 몸을 뒤집으며 떨어지는 모습이 보였다. 한 층에서 그 아래층으로, 그가 던진 돌의 희생양이 되어서. 아마 소리를 지르고 있었을 것이다. 가슴이 크게 오르락내리락하는 모습이 보였고 입을 크게 벌리고 있었으니까. 그리고 달려가던 그의 발밑 땅이 미친 듯이 돌아가기 시작했다.

돌이 머리를 스치고 지나가서, 그는 그대로 비틀거리며 뒤로 쓰러졌다. 입안으로 모래가 들어왔다. 세계가 보라색 소용돌이로 녹아들었다. 일어설 수가 없었다. 그는 자리에 누운 채로 이것이 자신의 마지막 날임을, 마지막 시간임을 깨달았다. 주변에서 전투의 함성이 들려오는 가운데, 그는 라이트가 자신 위로 몸을 숙이고 있는 것을 깨달았다. 그녀의 손이 그의 이마를 식혀 주고, 그를 적들의 사정거리 밖으로 끌어내리려고 애쓰고 있었다. 그러나 그는 헐떡이며 자리에 누워 자신을 두고 가라고 말하고 있었다.

"그만!" 누군가가 소리쳤다. 그 순간 전쟁 전체가 멎어 버리는 듯했다. "퇴각!" 그 목소리가 즉시 소리쳤다. 그리고 옆으로 돌아누워 있는 심이 바라보는 가운데, 그의 동료들은 몸을 돌려 집이 있는 쪽으로 도망치기 시작했다.

"태양이 떠오르고 있어. 이제 시간이 없어!" 그는 그들의 근육질 등이 움직이고 긴장하는 모습을, 다리를 위아래로 바삐 놀리는 모습을 바라보았다. 죽은 이들은 그대로 전장에 버려졌다. 부상자들은 소리쳐 도움을 청했다. 빠르게 움직일 수 있는 사람들이나 동굴 속 집으로 돌아갈 수 있을 것이다. 달아오르는 공기를 거칠게 들이쉬면서, 태양이 그들을 태워 죽이기 전에 간신히 동굴로 뛰어 들어갈 수 있을 것이다.

태양!

심은 누군가가 자신에게 달려오는 모습을 보았다. 치온이었다! 라이트는 심이 일어나도록 도와주면서, 그에게 계속 속삭여 용기를 북돋고 있었다. "걸을 수 있어?" 그녀가 물었다. 그는 신음하며 대답했다. "그런 것 같아."

"그럼 걸어. 천천히 걷다가, 조금씩 속도를 올리는 거야. 할 수 있어. 우리는 해낼 수 있어." 그녀가 말했다.

심은 자리에서 일어나 비틀거렸다. 치온이 그대로 달려왔다. 묘한 표정으로 뺨에 잔주름을 잡으면서, 눈에는 살의가 번득이는 채. 그는 라이트를 한쪽으로 밀더니, 돌 하나를 잡고 심의 발목을 세게 때려 살을 길게 찢어 놓았다. 이 모든 일이 침묵 속에서 일어났다.

치온이 다시 일어섰다. 여전히 아무 말도 하지 않고, 한밤중 산속의 짐승처럼 웃기만 하며, 가슴을 헐떡이면서, 자신이 저지른 짓과 라이트를 번갈아 바라보고 있었다. 그는 호흡을 가다듬었다. "저 자식은 절대 돌아가지 못할 거야." 그가 심을 향해 고갯짓을 했다. "여기 놔두고 가야 해. 따라와, 라이트."

라이트는 고양잇과 짐승처럼 치온에게 달려들어서는, 앙다문 이빨 사이로 소리를 지르며 그의 눈을 노렸다. 그녀의 손가락이 치온의 팔에, 그리고 다음 순간 그의 목에 길게 긁힌 붉은 자국을 남겼다. 치온은 욕설을 내뱉으며 그녀에게서 물러섰다. 그녀는 돌을 던졌다. 돌은 맞지 않았지만, 치온은 신음을 내며 몇 미터 물러섰다. "바보야!" 그는 소리치며 그녀를 돌아봤다. "나하고 함께 가자고. 심은 몇 분 안에 죽을 거야. 어서 와!"

라이트는 그에게서 등을 돌렸다. "나를 안아 들고 가겠다면 함께 가겠어."

치온의 얼굴이 변했다. 그의 눈에서 빛이 사라졌다. "시간이 없어. 너를 안고 갔다가는 우리 둘 다 죽을 거야."

라이트는 그 너머의 먼 곳을 바라보았다. "그럼 안고 가. 내가 원하는 게 바로 그거니까."

더 이상 아무 말도 하지 않고, 두려움에 질려 태양을 바라보면서, 치온은 도망갔다. 그의 발소리가 점차 빨라지더니 곧 들리지 않게 되었다. "넘어져서 목이나 부러져 버려라." 라이트가 계곡 기슭에 도착한 그의 모습을 험악하게 바라보며 중얼거렸다. 그녀는 심에게 돌아왔다. "걸을 수 있어?"

상처 입은 발목에서 고통이 다리를 타고 올라왔다. 그는 야릇한 기분으로 고개를 끄덕였다. "걸어가면 두 시간 안에 동굴에 도착할 수 있을 거야. 생각이 하나 있어, 라이트. 부축 좀 해 줘." 그리고 그는 우울하게 웃어 보였다.

그녀는 그를 부축했다. "어쨌든 걸어야 할 것 아냐. 가자."

"아니." 그가 말했다. "여기 있을 거야."

"대체 왜?"

"우리는 여기에서 살 곳을 찾으러 왔어. 걸어가면 죽게 될 거야. 그럴 바에는 여기에서 죽겠어. 시간이 얼마나 있지?"

그들은 함께 태양의 위치를 가늠해 보았다. "몇 분 정도야." 그녀가 나직하고 무미건조한 목소리로 말하고는, 그에게 몸을 붙였다.

태양이 세상을 가득 채우기 시작하며, 절벽의 검은 바위는 진한 보라색과 갈색으로 변하고 있었다.

자신이 얼마나 바보였는지! 그는 뒤에 남아서 디엔크와 함께 일하며, 생각을 하고 꿈을 꾸었어야 했다.

목의 힘줄이 뻣뻣해지는 것을 느끼며, 그는 절벽의 구멍을 향해 힘껏 소리쳤다.

"나와 싸울 남자를 한 명 내려보내라!"

침묵이 이어졌다. 그의 목소리가 절벽에 반사되어 울려 퍼졌다. 공기가 뜨거워졌다.

"소용없어." 라이트가 말했다. "귀를 기울이지도 않을걸."

그는 다시 소리쳤다. "내 말 잘 들어!" 그는 다치지 않은 쪽 발에 몸무게를 실었다. 왼발이 욱신거리고 고통이 주기적으로 밀려오는 것이 느껴졌다. "겁쟁이가 아닌 전사를 한 명 내려보내라! 여기에서 몸을 돌려 집으로 달아나지는 않겠다! 나는 정정당당하게 싸움을 하러 왔다! 자신의 동굴을 위해 기꺼이 싸울 남자를 내려보내라! 그자를 반드시 죽여 줄 테니까!"

침묵만이 이어졌다. 열기가 땅을 한 번 훑고는 다시 물러갔다.

"아, 물론 그러시겠지." 심은 벌거벗은 허리에 손을 올리고, 머리를 뒤로 젖힌 채 크게 웃으며 도발을 했다. "너희 중에 병신과도 겨룰 만한 배짱이 있는 녀석이 있을 리가 없지!" 침묵이 흘렀다. "내 말이 틀렸나?" 역시 침묵.

"그렇다면 내가 너희를 잘못 평가한 모양이다. 내가 틀렸어. 그렇다면 나는 태양이 내 뼈에서 살점을 태워 검은 잿더미로 만들 때까지 여기 서서 네놈들을 욕하고 있겠다. 네놈들에게 걸맞은 지저분한 욕설을 말이야."

누군가가 그에게 대답했다. "나는 모욕을 좋아하지 않는다."

심은 발의 부상도 잊은 채 앞으로 뛰어나갔다.

3층 동굴 입구에서 거대한 체구의 남자가 나타났다.

"내려오라고." 심이 으르듯 말했다. "내려오시지, 뚱보 씨. 나를 죽여 봐."

남자는 험악한 얼굴로 적을 보며 코웃음을 치고는, 천천히 오솔길을 따라 내려왔다. 손에는 아무런 무기도 들고 있지 않았다. 순식간에 모든 동굴 입구가 머리로 가득해졌다. 구경거리를 위해 모여든 관중들이었다.

남자는 심에게 다가왔다. "네가 알고 있다면, 규칙에 따라 싸우겠다."

"싸우면서 배우도록 하지." 심이 대답했다.

이 말에 만족한 듯, 남자는 긴장을 풀지 않으면서도 그리 차갑지 않은 눈으로 심을 바라보았다. "이 정도는 말해 주지." 남자는 베푼다는 듯 말했다. "네가 죽으면, 네 짝에게 쉴 곳을 제공해 주고 원하는 대로 살게 해 주겠다. 훌륭한 남자의 아내였기 때문이지."

심은 즉시 고개를 끄덕였다. "나는 준비됐어."

"규칙은 간단하다. 서로를 건드리는 것은 오직 돌만으로 한다. 돌이나 태양이 우리 둘 중 하나를 끝장내 줄 것이다. 그럼 시작해 볼까."

VIII

지평선으로 태양의 끝자락이 고개를 내밀었다. "내 이름은 노지다." 심의 적수가 자갈과 돌멩이를 한 움큼 주워 들어 무게를 가늠하면서 말했다. 심도 같은 행동을 했다. 그는 배가 고팠다. 몇 분 동안이나 음식을 먹지 못했다. 이 행성의 주민들에게 굶주림은 저주와도 같은 것이었다. 텅 빈 배 속은 계속 더 많은 음식을 요구했다. 그의 혈액이 힘없이 몸을 감돌았다. 계속되는 열기와 압박을 느끼며 힘겹게 혈관을 타고 움직이고 있었다. 그의 갈빗대가 서두르듯 앞으로 튀어나왔다 들어갔다 다시 튀어나왔다.

"어서!" 절벽 위에서 지켜보고 있는 300명의 관중들이 소리쳤다. "어서!" 남자와 여자와 아이들이 서로 뒤엉켜, 언덕 위에서 균형을 맞추며 합창해 댔다. "어서! 시작해!"

신호라도 되는 듯, 태양이 떠올랐다. 태양은 달아오른 납작한 돌멩이처럼 그들을 후려쳤다. 두 사람은 녹아내리는 듯한 충격을 받고 비틀거렸다. 벌거벗은 종아리와 사타구니에서 땀이 솟아올랐다. 겨드랑이와 얼굴에 맺힌 땀이 얇은 유리막처럼 그들의 몸을 뒤덮었다.

노지는 거대한 몸의 무게중심을 바꾸어 서며, 전혀 서둘러 싸울 필요가 없다는 듯 태양을 바라보았다. 그리고 아무 말도 경고도 없이, 놀랍도록 빠르게 엄지와 검지로 조약돌 하나를 튕겼다. 심은 볼에 정통으로 조약돌을 얻어맞고는 뒤로 물러섰다. 그에 따라 다친 발에서 격렬한 통증이 타고 올라와서는 배 속에서 강하게 폭발했다. 그는 뺨을 타고 흐르는 피를 핥았다.

노지는 우아하게 움직였다. 그가 마술같이 손을 세 번 튕기자, 무해해 보이는 돌멩이 세 개가 새 울음소리를 내며 심에게 날아왔다. 돌멩이는 매번 그의 몸에서 목표물을 찾아 정확하게 그곳을 때렸다. 심의 신경계의 중심을! 그중 하나가 복부를 때려, 그는 지난 열 시간 동안 먹은 모든 것을 게워 낼 뻔했다. 두 번째는 그의 이마를, 세 번째는 목을 때렸다. 그는 끓어오르는 모래 위로 넘어졌다. 단단한 대지에 부딪힌 무릎에서 우둑거리는 소리가 났다. 낯빛은 창백했고, 꽉 감은 눈은 열에 달뜨고 떨리는 눈꺼풀 안으로 눈물을 감추려 하고 있었다. 하지만 넘어진 상태에서도, 그는 손에 쥔 돌멩이들을 격렬하게 던졌다!

돌멩이가 허공을 날아갔다. 그중 하나가, 오직 그 하나만이, 노지를 맞혔다. 그의 왼쪽 안구를. 노지는 신음하더니, 다음 순간 망가진 눈을 손으로 눌렀다.

심은 간신히 신음하듯 웃음을 뱉어 냈다. 이 정도의 승리는 거둘 수 있었다. 적의 눈 한쪽. 이것으로…… 시간을 벌 수 있을 것이다. 아, 세상에. 그는 생각했다. 배 속은 구역질로 뒤틀리며, 숨을 쉬려 애쓰고 있었다. 내가 살아가는 세상은 시간에 지배되는 곳이다. 조금만 더, 아주 조금의 시간만 더 있으면 된다!

애꾸가 된 노지는 고통으로 팔을 휘저으며, 몸을 비틀어 대는 심에게 돌을 내던졌다. 그러나 이제 제대로 겨냥을 할 수가 없어졌기 때문에, 그가 던지는 돌은 한쪽으로 날아가 버리거나, 설령 심에게 맞더라도 생기를 잃고 힘없이 부딪쳐 떨어질 뿐이었다.

심은 안간힘을 써서 반쯤 몸을 일으켰다. 시야 한구석으로 라이트가 자신을 바라보며 기다리고 있는 모습이 보였다. 그녀의 입술은 격려와 희망의 말을 중얼거리는 중이었다. 심은 가랑비를 흠뻑 맞은 듯 온몸이 땀에 젖어 있었다.

이제 태양은 지평선 위로 온전히 모습을 드러내고 있었다. 냄새가 났다. 돌은 거울처럼 번득이고, 모래는 일렁이며 끓어오르기 시작했다. 계곡 곳곳에 환영이 솟아올랐다. 그는 노지라는 이름을 가진 한 명의 전사가 아닌, 열 명이 넘는 전사들을 상대하고 있었다. 제각기 몸을 곧추세우고 다음 돌을 던질 준비를 하고 있었다. 한낮의 금빛 위협 속에서 열 명이 넘는 전사들이, 진동하는 청동 징처럼 시야에서 일렁이고 있었다!

심은 힘겹게 숨을 쉬고 있었다. 콧구멍이 타올랐고, 입은 산소가 아니라 불꽃을 들이마셨다. 그의 허파는 비단 횃불처럼 불이 붙었고 몸은 소모되고 있었다. 땀구멍에서 흘러나온 땀은 즉시 증발해 버렸다. 자신이 쪼그라들어 점차 작아져 가는 느낌이 들었다. 그는 자신의 아버지처럼, 늙어서 홀쭉해지고 말라비틀어진 자신의 모습을 상상했다! 모래가 어디 있지? 움직일 수 있나? 그래. 세상이 움찔거리고 있기는 하지만, 이제 그는 자리에서 일어서 있었다.

더 이상의 싸움은 없을 것이다.

절벽에서 들려오는 중얼거림이 그 사실을 명확하게 알려 주었다. 높은 곳에 있는 관객들의 그을린 얼굴이 입을 벌리고 그를 야유하고 자기네 전사를 응원하고 있었다. "똑바로 서 있어, 노지. 지금은 힘을 아끼라고! 똑바로 서서 땀을 흘려!" 그들이 외쳤고, 노지는 그대로 서서, 몸을 살짝 흔들면서, 천천히 흔들면서, 하늘의 불타는 숨결에 흔들리는 시계추처럼 서 있었다. "움직이면 안 돼, 노지. 정신력을 아껴. 힘을 아껴 놔!"

"시련이다, 시련이야!" 높은 곳의 사람들이 말했다. "태양의 시련이야."

그리고 이것이야말로 싸움의 가장 끔찍한 부분이었다. 심은 저 멀리 절벽 위에 일그러져 보이는 환상을 보려고 눈을 찌푸렸다. 부모님이 보인 것만 같았다. 불타는 녹색 눈을 가진, 좌절한 얼굴의 아버지. 불타는 바람에 회색 연기처럼 머리카락을 나부끼는 어머니. 저들에게 가야 한다. 저들을 위해서, 저들과 함께 살아야 한다!

뒤편에서 라이트가 작은 소리로 웅얼거리는 것이 들렸다. 육신이 모래에 부딪히는 소리가 났다. 그녀가 쓰러진 것이다. 심은 돌아볼 엄두를 내지 못했다. 돌아보는 일에 소모하는 체력만으로도 그는 그대로 고통과 어둠 속으로 떨어질 것이었다.

무릎이 꺾였다. 심은 생각했다. 지금 여기에서 쓰러진다면, 여기 누워서 그대로 재가 되어 버리겠지. 노지는 어디에 있지? 노지는 그곳에, 그에게서 몇 미터 떨어진 곳에 있었다. 몸을 수그린 채로, 땀으로 번들거리며, 마치 거대한 파괴의 망치로 등뼈를 얻어맞은 듯한 모습이었다.

'쓰러져, 노지! 쓰러져!' 심이 생각했다. '쓰러지라고, 어서! 네가 쓰러지면 나는 네 자리를 빼앗을 수 있어!'

그러나 노지는 쓰러지지 않았다. 그의 반쯤 벌어진 왼손에 들려 있던 조약돌이 하나씩 달구어진 모래 위로 떨어졌다. 침이 마르면서 입술이 뒤집혀져 올라갔고, 눈동자가 뿌옇게 변했다. 그러나 그는 쓰러지지 않았다. 그의 내면에도 강렬한 삶의 의지가 있었다. 실로 매달아 놓은 듯, 그는 그렇게 서 있었다.

심이 한쪽 무릎을 꿇었다!

"아!" 절벽에서 사람들의 비명이 들렸다. 그들은 눈앞에서 죽음이 펼쳐지고 있다는 사실을 알았다. 심은 고개를 들어 올리고 반사적으로 웃음을 지었다. 마치 무언가 어리석은 짓을 하다가 들킨 듯한 바보 같은 웃음이었다. "아냐, 아직." 그는 멍하니 중얼거리고는 다시 일어섰다. 고통이 너무 지독해서 온몸이 먹먹했다. 무언가 휘도는, 지지직거리는, 구워지는 소리가 대지를 가득 채웠다. 저 높은 곳에서 산사태가 연극의 막을 내리듯 소리 없이 내려왔다. 계속되는 윙윙 소리 외에는 모든 것이 고요했다. 이제 그의 눈앞에는 노지의 환영이 좋이 50개는 있었다. 땀으로 만들어진 갑주를 두르고, 눈은 고통스럽게 부풀어 오르고, 빰은 홀쭉하게 들어갔고, 입술은 마른 과일의 껍질처럼 뒤집혀 있었다. 그러나 그를 지탱하는 실은 여전히 그를 세워 놓고 있었다.

"이제." 달아오른 이빨 사이로 구워진 혀를 빼물며, 심은 천천히 중얼거렸다. "이제 쓰러져서 누워 잠들 수 있어." 그는 천천히, 생각만으로도 즐거워하며 말했다. 그는 계획을 세웠다. 어떻게 해야 하는지 알고 있었다. 정확히 그렇게 할 것이었다. 그는 고개를 들어 관중들이 아직도 지켜보고 있는지 확인했다.

그들은 사라지고 없었다!

태양이 그들을 쫓아낸 것이었다. 한두 명의 용감한 이들밖에는 남아 있지 않았다. 심은 술에 취한 듯 웃고는, 감각이 없는 자신의 손에 땀방울이 모여서, 잠시 멈춰 있다 그대로 떨어져서는, 모랫바닥을 향해 반쯤 낙하하다가 그대로 허공에서 증발해 버리는 모습을 바라보았다.

노지가 쓰러졌다.

실이 잘려 나갔다. 노지는 그대로 앞으로 쓰러졌고, 입가에서는 피가 한 줄기 흘러나왔다. 그의 눈은 뒤로 돌아가 허연 광기의 모습을 드러냈다.

노지가 쓰러졌다. 50개의 환영도 함께 쓰러졌다.

온 계곡을 바람의 노래와 신음성이 가득 채웠고, 심은 푸른 강이 흘러 들어가는 푸른 호수를, 강가의 작은 하얀 집과 집을 들락거리는 사람들과 크고 푸른 나무를 보았다. 일곱 명의 사람보다도 더 큰 나무들이 강의 환영 옆에 서 있었다.

"이제." 마침내 심이 혼잣말로 중얼거렸다. "이제 쓰러질 수 있어. 그대로 저 호수 속으로."

그는 앞으로 쓰러졌다.

그리고 쓰러지는 그를 붙들어 멈추게 하고, 그를 굶주린 공기 속으로 높이 들어 올려, 불타는 횃불처럼 흔들며 서둘러 옮기는 사람들의 손길을 느끼며, 그는 충격을 받았다.

"죽음은 정말로 기묘하군." 이런 생각과 함께, 그는 어둠 속으로 빠져들었다.

심은 뺨 위를 흐르는 차가운 물의 느낌에 정신이 들었다.

심은 두려워하며 눈을 떴다. 라이트가 그의 머리를 자기 무릎 위에 놓은 채, 손가락으로 그의 입에 음식을 가져다 댔다. 그는 지독하게 배가 고프고 지쳐 있었지만, 순간 솟아오른 두려움이 두 감각 모두를 압도했다. 그는 머리 위의 이상하게 생긴 동굴의 윤곽을 보고는 힘겹게 몸을 일으켰다.

"지금 몇 시야?" 그가 물었다.

"싸움을 한 바로 그날이야. 얌전히 있어." 그녀가 말했다.

"같은 날이라고!"

그녀는 재미있는 듯 고개를 끄덕였다. "너는 단 하루도 잃어버리지 않았어. 여기는 노지의 동굴이야. 검은 절벽 안으로 들어온 거야. 이제 사흘을 더 살 수 있어. 이제 만족해? 누워 있어."

"노지는 죽은 거야?" 그는 헐떡이며 다시 자리에 누웠다. 심장이 갈 빗대를 두드려 댔다. 그는 천천히 긴장을 풀었다. "이겼어. 이겼다고." 그는 숨을 헐떡였다.

"노지는 죽었어. 우리도 거의 죽을 뻔했고. 여기 사람들이 아슬아슬 하게 우리를 데리고 들어왔어."

그는 정신없이 음식을 먹었다. "낭비할 시간이 없어. 힘을 모아야 해. 내 다리는," 그가 다리를 바라보며 시험해 보았다. 길고 노란 풀이 상처를 감싸고 있었고, 욱신거리는 고통도 잦아든 상태였다. 그가 바라보는 동안에도, 격렬하게 뛰는 맥박이 계속 자기 일을 하며 붕대 아래에서 불순물을 제거하고 있었다. 해 질 녘까지는 회복이 되어야 할 텐데, 하고 그는 생각했다. 회복이 되어야만 한다.

그는 자리에서 일어나 사로잡힌 동물처럼 절름거리며 동굴 안을 맴돌았다. 라이트가 자신을 바라보는 눈빛이 느껴졌다. 그는 그녀를 정면으로 바라볼 엄두가 나지 않았다. 마침내 그는 무력하게 고개를 돌렸다.

그녀가 그를 불러 세웠다. "우주선으로 가고 싶은 거지?" 그녀가 부드러운 목소리로 말했다. "오늘 밤에? 해가 지면 바로?"

그는 크게 심호흡을 했다. "응."

"아침까지 기다릴 수 있을 리는 없겠지?"

"맞아."

"그럼 나도 함께 가겠어."

"안 돼!"

"뒤처지면 놔두고 가. 여기에는 내가 살아갈 이유가 없어."

그들은 한참 서로를 마주 보았다. 그는 무력하게 어깨를 으쓱했다.

"알았어." 마침내 그가 말했다. "너를 막을 수 없다는 건 알고 있으니까. 함께 가자."

IX

그들은 새로운 동굴 입구에서 기다렸다. 해가 졌다. 바위가 식어 그 위를 걸을 수 있을 정도가 되었다. 동굴을 뛰쳐나가 멀리 산꼭대기에서 빛나는 금속 씨앗을 향해 달려갈 때가 거의 다가오고 있었다.

곧 비가 내릴 것이다. 그리고 심은 빗물이 계곡에 고여 시냇물을 이루고, 강이 되어 매일 밤 새로운 협곡을 만들던 모습을 떠올렸다. 어느 날은 북쪽으로 흐르는 강물이, 다음 날은 북동쪽으로 흐르는 강물이, 그다음 날은 서쪽으로 흐르는 강물이 생겨날 것이다. 이런 물살이 끊임없이 계곡을 깎아 내고 상처 입히고 있었다. 지진과 산사태가 예전의 강둑을 메웠다. 그리고 바로 새로운 강이 생겨났다. 몇 시간 동안 그는 머릿속으로 이런 강물의 개념과 방향을 생각하고 있었다. 어쩌면 가능할지도 모른다…… 일단은 한번 지켜봐야 했다.

그는 이 새로운 절벽 동굴에 사는 일이 자신의 맥박을 얼마나 늦추었는지, 다른 모든 것을 느리게 만들었는지를 알아챘다. 이곳의 광물이 태양의 방사능을 막아 주기 때문일 것이다. 삶은 여전히 빨랐지만, 이제 예전만큼 빠르지는 않았다.

"지금이야, 심!" 라이트가 소리쳤다.

그들은 달렸다. 뜨거운 죽음과 차가운 죽음 사이를. 함께, 절벽을 떠나, 멀리서 그들을 부르고 있는 우주선을 향해.

지금까지 이렇게 달려 본 적은 없었다. 그들의 발이 크고 길쭉한 바위 위로 힘차게 뛰어내려서, 협곡을 내려가, 경사를 올라, 다시 달려가기 시작했다. 팔로 공기를 휘저으며 숨을 내뿜었다. 그들 뒤로는 방금 떠나온 절벽이 두 번 다시 돌아갈 수 없는 존재로 흐릿하게 사라지고 있었다.

그들은 달리면서 음식을 먹지 않았다. 시간을 줄이기 위해, 동굴에 있는 동안 배가 터질 정도로 미리 먹고 온 상태였다. 이제는 오직 달릴 뿐이었다. 다리를 들어 올리고, 접은 팔꿈치로 균형을 맞추고, 근육을 움직이며, 방금 전까지 뜨거웠지만 이제 식어 가는 공기를 힘껏 들이쉬면서.

"저들이 우리를 바라보고 있을까?"

라이트의 숨찬 목소리가 심장 박동 소리를 뚫고 그의 귓가에 도달했다.

"누구?" 그러나 그는 답을 알고 있었다. 물론 절벽의 사람들이겠지. 누군가 마지막으로 이렇게 뛰어갔던 것이 언제일까? 1천 일 전? 1만 일 전? 온 문명의 눈길을 등으로 받으며, 협곡을 뛰어넘어 평원을 가로질러 달려가는 사람이 존재했던 것이 얼마나 오래전일까? 저 뒤편에서 연인들이 웃음을 멈추고, 운명을 향해 달려가는 작은 두 개의 점, 한 남자와 한 여자를 바라보고 있을까? 아이들은 새로 자라난 과일을 먹거나 뛰어노는 일을 멈추고, 시간을 다투며 달려가는 두 사람을 바라보고 있을까? 디엔크가 아직 살아서, 북슬북슬한 눈썹을 찌푸리고 흐릿한 눈으로 내려다보며, 노쇠하고 갈라진 목소리로 소리치며, 뒤틀린 손을 흔들어 대고 있을까? 야유를 보내고 있을까? 바보라고, 머저리라고 욕하고 있을까? 그리고 그렇게 욕하는 와중에서도, 속으로는 그들을 위해 기도하면서, 우주선에 도달하기만을 간절히 바라고 있지는 않을까?

심은 재빨리 하늘을 바라보았다. 밤이 다가오는 하늘은 검은빛으로 멍들어 가고 있었다. 허공에서 구름이 나타나더니, 200미터 앞의 협곡에 가랑비가 쏟아져 내리기 시작했다. 멀리 보이는 산에 번개가 내리쳤고, 바람을 타고 강한 오존 냄새가 밀려 들어왔다.

"저기가 절반이야." 심이 헐떡이며 말했다. 그는 라이트가 얼굴을 반쯤 돌리고 뒤에 남겨 두고 온 삶을 그리운 듯 바라보는 모습을 지켜보았다. "돌아가고 싶으면 지금밖에 없어. 아직 시간이 있으니까. 1분만 더 있으면,"

산속에 천둥소리가 울렸다. 가벼운 산사태가 곧 엄청난 규모로 변해서는 대지의 갈라진 틈을 메우고 지나갔다. 라이트의 매끈하고 하얀 피부에 빗방울이 맺히기 시작했다. 곧 그녀의 머리카락이 비에 젖어 촉촉하게 반짝이기 시작했다.

"이젠 너무 늦었어." 그녀가 자신의 젖은 발소리를 덮을 정도로 크게 소리쳤다. "앞으로 가야만 해!"

이미 너무 늦었다. 심도 알고 있었다. 거리를 생각해 보면, 이제는 돌아갈 수가 없었다.

고통이 다리를 타고 올라왔다. 그는 한쪽 다리에 힘을 실으며 속도를 늦추었다. 곧 바람이 불어왔다. 살갗을 쏘는 듯한 차가운 바람이었다. 그러나 그 바람은 뒤편의 절벽에서 불어오며, 그들을 방해하는 것이 아니라 도리어 도와주었다. 좋은 징조일까? 그는 문득 이런 생각을 했다. 그럴 리가 없지.

시간이 지날수록, 그곳까지의 거리를 제대로 가늠하지 못했다는 사실이 명확해졌다. 시간은 이제 얼마 남지 않았지만, 우주선까지의 거리는 아직 한없이 멀었다. 아무 말도 하지 않았지만, 자신의 느려 터진 다리 근육에 대한 무력한 분노가 모여 이윽고 그의 눈에 뜨거운 눈물이 되어 고였다.

그는 라이트가 자신과 같은 생각을 하고 있다는 것을 알았다. 그러나 그녀는 하얀 새처럼 땅에 발을 제대로 디디지도 않으면서 그를 따라 날아오고 있었다. 그녀의 목이 숨을 토하는 소리가 들렸다. 깨끗하고 날카로운 단검을 칼집에서 빼는 듯한 소리였다.

하늘의 절반이 어두워졌다. 막 떠오른 별들이 먹구름을 뚫고 고개를 내밀었다. 그들 정면에 번개가 번쩍이며 길을 비추었다. 장대비와 타오르는 벼락으로 무장한 폭풍우가 그들 위를 덮쳤다.

그들은 이끼 낀 돌 위에서 미끄러지며 버둥거렸다. 라이트가 넘어졌다가, 격렬하게 욕설을 뱉으며 다시 몸을 일으켰다. 그녀의 몸은 여기저기 생채기가 나고 지저분해져 있었다. 비가 그녀의 몸을 씻어 냈다.

비가 쏟아지며 심을 뒤덮었다. 그의 눈을 가득 채우고, 등골을 따라 강을 이루어 흘러내렸다. 그도 빗물과 함께 울고 싶었다.

라이트가 넘어졌고, 이번에는 일어서지 못했다. 숨을 헐떡이는 모습이 보였다. 가슴이 떨리고 있었다.

그는 그녀를 붙들어 일으켰다. "달려, 라이트, 제발 달려!"

"나는 두고 가, 심. 어서!" 빗물이 그녀의 입안을 가득 채웠다. 사방에 물이 가득했다. "아무 소용 없어. 나는 두고 가."

추위와 무력함에 휩싸인 채, 그는 그대로 서 있었다. 생각의 맥이 풀리며, 희망의 불꽃이 깜빡이며 꺼져 가고 있었다. 사방이 어두웠다. 차가운 빗물과 절망의 장벽이 사방을 감싸고 있었다.

"그러면 걸어서 가자." 그가 말했다. "걸어가면서 힘을 모으는 거야."

그들은 가볍게, 느리게, 나들이를 나온 아이들처럼 50미터를 걸어갔다. 그들 앞의 계곡은 물소리와 함께 대지 위를 미끄러져 지평선을 향해 나아가는 물로 가득 차 있었다.

심이 소리를 질렀다. 그는 라이트를 끌어당기며 앞으로 달려갔다. "새로운 강이야." 그가 눈앞의 계곡을 가리키며 말했다. "매일 빗물이 새로운 강을 만들잖아. 바로 여기야, 라이트!" 그러고는 불어 오른 강물을 향해 몸을 숙였다.

그리고 그는 라이트와 함께 강물로 뛰어들었다.

강물이 그들의 몸을 나뭇조각처럼 휩쓸었다. 그들은 물 위로 나오려고 노력했다. 물이 입으로, 코로 들어갔다. 양쪽으로 땅이 순식간에 지나갔다. 미친 듯한 힘으로 라이트의 손가락을 붙든 채로, 심은 사방으로 휩쓸려 내려가며 하늘에서 내리치는 벼락을 보고, 마음속에서 새로 피어나는 희망을 느꼈다. 이제 더 이상 달릴 수는 없었다. 그래, 그러면 강물이 대신 자기들을 움직이게 해 주면 되는 것이다.

새로 생겨난 강물은 격렬하게 그들을 휩쓸며, 바위에 박아 어깨가 찢어지고, 다리 가죽이 벗겨지게 했다. "이쪽이야!" 심은 천둥소리에 지지 않으려고 소리치며 필사적으로 반대편 기슭을 향해 방향을 틀었다. 우주선이 있는 산은 바로 앞에 있었다. 이대로 지나칠 수는 없었다. 그들은 계속 흘러가는 액체와 싸우며 반대편 기슭에 도달했다. 심은 몸을 날려 튀어나온 바위를 붙들고는, 다리로 라이트의 몸을 꽉 붙든 채로, 조금씩 손을 뻗어 위로 올라가기 시작했다.

폭풍은 왔을 때와 마찬가지로 빠르게 사라졌다. 벼락도 잦아들었다. 비가 멈추었다. 구름이 녹아내려 하늘 속으로 사라졌다. 바람이 잦아들고 정적이 찾아왔다.

"우주선이야!" 라이트가 땅에 털썩 쓰러지며 말했다. "우주선이야, 심. 여기가 우주선이 있는 산이라고!"

그리고 추위가 찾아왔다. 목숨을 앗아 가는 추위가.

그들은 비틀대며 산을 오르기 시작했다. 냉기가 그들의 사지를 어루만지며, 화학 물질처럼 동맥으로 스며 들어가 피의 흐름을 느리게 만들었다.

저 앞에 빗물에 씻겨 반짝이는 우주선이 보였다. 꿈만 같았다. 심은 자신들이 이렇게 가까이 왔다는 사실을 믿을 수가 없었다. 이제 200미터만. 170미터만.

대지를 얼음이 뒤덮었다. 그들은 계속 미끄러져 넘어지고 또 넘어졌다. 뒤편으로는 강물이 얼어붙어 청백색의 차가운 고체로 똬리를 트는 모습이 보였다. 어딘가에 남아 있던 빗물 몇 방울이 단단한 탄환이 되어 그들을 때렸다.

심은 우주선의 동체에 몸을 기대며 쓰러졌다. 그는 실제로 우주선을 만지고 있었다. 만지고 있었다! 라이트가 나오지 않는 목소리로 뭐라고 중얼거리는 소리가 들렸다. 이것이 그 금속 씨앗, 우주선이었다. 지금까지 이것을 만져 본 사람이 얼마나 될까? 그와 라이트는 성공한 것이다!

다음 순간, 그의 피는 공기만큼이나 차갑게 식었다.

입구가 어디인 거지?

달리고, 헤엄치고, 익사할 뻔하고, 욕설을 내뱉고, 땀을 흘리고, 애쓰고, 산에 도달하고, 산을 올라서, 금속을 두드리며 안도해서 환호성을 울리고는…… 이제 입구를 찾을 수가 없었다.

그는 자신을 다스리려 애썼다. 천천히, 하지만 너무 느리지는 않게, 다짐하며 그는 우주선을 빙 돌았다. 우주선을 더듬는 그의 손 아래 느껴지는 금속은 너무 차가웠다. 땀에 젖은 손이 그대로 얼어서 달라붙을 것만 같았다. 이제 반대편이다. 라이트도 그와 함께 걸었다. 냉기가 거대한 주먹처럼 그들을 움켜쥐었다. 그 주먹에 점점 힘이 들어가기 시작했다.

입구이다.

금속이다. 차갑고 부술 수 없는 금속이다. 얇은 선으로 윤곽이 보일 뿐, 완전히 닫혀 있었다. 조심하는 일은 관두고, 그는 입구를 두드리기 시작했다. 배 속에 냉기가 뭉쳐지는 것이 느껴졌다. 손가락에 감각이 없었다. 안구는 눈두덩 안에서 반쯤 얼어붙었다. 그는 문을 두드리고 더듬고 금속 문에 대고 소리치기 시작했다. "열어! 이거 열어!" 그는 비틀거렸다. 그러다 뭔가를 때린 모양이었다…… 딸각 소리가 났다!

에어록에서 공기가 빠져나가는 소리가 났다. 고무를 댄 문틀에 금속 문이 마찰하는 소리가 들리더니, 문이 부드럽게 양옆으로 움직이며 사라졌다.

라이트가 목을 움켜쥔 채로 안으로 달려 들어가, 작고 반짝이는 방 안에 쓰러지는 모습이 보였다. 그도 아무 생각 없이 그녀를 따라 움직였다.

그들이 들어가자 뒤에서 에어록 문이 닫혔다.

숨을 쉴 수가 없었다. 그의 심장 박동이 느려지기 시작했다. 멈추기 시작했다.

구원을 찾아 도달한 우주선이, 이제 그의 맥박을 늦추고 있었다. 두뇌 안에 어둠을 드리우며, 독을 퍼트리고 있었다. 희미하게 사라져 가는 공포 속에서, 그는 자신이 죽어 가고 있다는 사실을 깨달았다.

어둠이 찾아왔다.

시간이 흐르는 것을 느낄 수 있었다. 생각할 수 있었다. 심장을 더 빠르게, 빠르게 뛰게 하려고 애쓰고 있었다…… 시야의 초점을 잡으려 애쓰고 있었다.

그러나 그의 몸속 액체는 조용히, 느릿느릿 혈관을 흘러갈 뿐이었다. 맥박이 두근, 쉬었다 다시 두근, 쉬었다 다시 두근, 그를 달래듯 쉬엄쉬엄 흘러가는 소리가 들렸다.

몸을 움직일 수가 없었다. 손도 다리도, 손가락 하나조차도. 속눈썹의 무게를 감당하는 일조차 쉽지 않았다. 얼굴을 돌려 옆에 누워 있는 라이트를 볼 수조차 없었다.

조금 떨어진 곳에서 그녀의 불규칙한 호흡 소리가 들려왔다. 상처 입은 새 한 마리가 말라붙고 뒤얽힌 날개를 퍼덕이는 소리 같았다. 너무 가까워서 그녀의 체온을 느낄 수 있을 정도였지만, 너무 멀리 떨어져 있는 것만 같은 느낌이 들었다.

몸이 식어 가고 있어! 문득 이런 생각이 들었다. 이것이 죽음일까? 이렇게 혈류가 느려지고, 맥박이 느려지고, 몸이 식어 가고, 생각의 속도가 느려지면서 죽음이 찾아오는 걸까?

우주선 천장을 바라보자 튜브와 기계가 복잡하게 얽혀 있는 시스템이 보였다. 이곳의 지식이, 이 우주선의 목적과 작동 방식이 그에게 스며 들어왔다. 그는 나른함 속에서 자신의 눈에 보이는 모습이 무엇인지를 인식해 가고 있었다. 천천히. 느릿하게.

반짝이는 하얀색 눈금이 달린 기구가 보였다.

무엇에 쓰는 물건일까?

그는 물속에 들어간 사람처럼 천천히 그 답을 떠올리기 시작했다.

사람들은 저 눈금을 사용했다. 만졌다. 수리하기도 했다. 설치했다. 저 기구를 만들기 전에, 설치하기 전에, 수리하고 만지고 사용하기 전에 저 기구를 상상했다. 저 눈금 안에는 그것을 만들고 사용했을 때의 기억이 남아 있었다. 그 안에 담긴 꿈결 같은 기억이 심에게 그 기구가 만들어진 이유를 알려 주었다. 시간만 있으면, 무엇을 보든 그로부터 자신이 원하는 기억을 끌어낼 수 있었다. 심의 흐릿한 자아 일부가 손을 뻗어, 그 물체의 내부를 분해한 다음 분석하기 시작했다.

이 눈금은 시간을 나타내는 것이었다!

수백만 시간에 달하는 시간을!

그러나 어떻게 그럴 수가 있단 말인가? 심의 눈가에 뜨거운 액체가 모여 눈앞을 흐릿하게 만들었다. 저런 물건을 필요로 하는 인간이 어디에 있단 말인가?

눈 뒤편에서 맥박이 쿵쿵거리며 뛰기 시작했다. 그는 눈을 감았다.

공포가 찾아왔다. 시간이 흘러가고 있었다. 그는 생각했다. 여기 이렇게 누워서, 내 남은 생명이 새어 나가는 것을 보고만 있다니. 몸을 움직일 수가 없어. 젊은 시절이 흘러가고 있는데. 얼마나 더 있어야 움직일 수 있을까?

창문 비슷한 구멍으로 밤이 지나가고, 낮이 찾아오고, 낮이 지나가고, 다시 밤이 찾아오는 모습이 보였다. 하늘에서 얼어붙은 별들이 반짝였다.

그는 생각했다. 주름이 지고 쪼그라들면서, 여기에서 이렇게 네댓새 정도 누워 있게 되겠지. 이 우주선 때문에 움직일 수가 없을 거야. 우리 절벽에 머물러 살면서 짧은 삶을 즐기는 편이 더 낫지 않았을까. 여기에 온 일이 대체 무슨 소용이 있는 거지? 나는 그 수많은 새벽과 해질 녘을 놓치고 있어. 두 번 다시 라이트를 만질 수 없을 거야. 여기 이렇게 내 곁에 누워 있는데도.

혼란. 정신이 혼미해졌다. 금속 우주선 안에서 그의 생각이 소용돌이쳤다. 결합된 금속에서 면도날처럼 날카로운 냄새가 났다. 밤이 되면 우주선의 동체가 수축하고, 낮이면 팽창하는 소리가 들렸다.

새벽이었다.

벌써, 다시 새벽이 온 것이다!

오늘로 나는 성인이 되겠지. 그는 이를 악물었다. 일어나야 한다. 움직여야 해. 남은 시간을 누려야 한다.

그러나 그는 움직이지 않았다. 그저 심장의 공간에서 다른 붉은 공간으로 잠에 취한 듯 움직이는, 생명을 잃은 자신의 몸을 흘러 돌아다니는, 계속 수축과 팽창을 반복하는 허파에 의해 정화되고 있는 혈액을 느낄 뿐이었다.

우주선이 따뜻해졌다. 어디선가 기계가 달각이는 소리가 들렸다. 온도가 자동으로 내려갔다. 제어 장치의 바람이 방 안을 가득 채웠다.

다시 밤이 되었다. 그리고 다시 낮이 찾아왔다.

그는 자리에 누운 채 남은 인생의 나흘이 지나가는 것을 지켜보았다.

그는 맞서 싸우려 하지 않았다. 소용없는 일이었다. 그의 삶은 끝나 버린 것이다.

이제는 고개를 돌리고 싶지도 않았다. 고통받던 어머니의 모습처럼 변한 라이트의 얼굴을 보고 싶지는 않았다. 회색 재로 뒤덮인 눈꺼풀, 마모된 금속처럼 보이는 눈동자, 닳아 버린 돌멩이처럼 퍼석한 볼. 누런 풀잎을 엮어 만든 모양의 목덜미를, 모닥불에서 타오르는 연기처럼 보이는 손을, 말라비틀어진 과일 껍질 같은 가슴과 빛을 잃고 회색 잡초처럼 듬성듬성 돋은 머리카락을 보고 싶지는 않았다!

그리고 그 자신은? 자신은 어떤 몰골이 되어 있을까? 턱이 움푹 패고, 눈두덩이 가라앉고, 이마에는 주름살과 세월의 흔적이 깊이 새겨져 있지는 않을까?

몸에 힘이 돌아오기 시작했다. 심장이 이토록 느리게 뛰다니 믿을 수가 없었다. 1분에 100번. 말도 안 되는 일이었다. 너무도 시원하고, 너무도 머리가 맑고, 너무도 가뿐한 기분이었다.

머리가 한쪽으로 돌아갔다. 그는 라이트를 바라보았다. 그리고 놀라 소리를 쳤다.

그녀는 젊고 아름다웠다.

그녀도 그를 바라보고 있었다. 너무 약해져서 말이 나오지 않는 모양이었다. 눈은 작은 은빛 메달 같았고, 목은 어린아이의 팔처럼 나긋

한 곡선을 그리고 있었다. 머리카락은 푸른 불꽃처럼 그녀의 두피를 뒤덮으며, 그녀의 날씬한 몸에서 양분을 섭취하고 있었다.

나흘이 지났는데도 그녀는 여전히 젊었다…… 아니, 우주선에 들어왔을 때보다 더 젊어진 것만 같았다. 청소년 시절로 돌아온 것만 같았다.

믿을 수 없는 일이었다.

그녀의 입에서 처음 나온 말은 이것이었다. "이게 얼마나 갈까?"

그는 조심스럽게 대답했다. "나도 모르겠어."

"우리, 아직도 젊은 모습이네."

"이 우주선 때문이야. 우리 주변을 둘러싸고 있는 금속 때문에. 이 금속이 태양을, 그리고 태양에서 나와서 우리를 늙게 만드는 것을 막아 주고 있는 거야."

그녀는 생각에 잠겨 시선을 옮겼다. "그렇다면, 여기 머무는 동안에는,"

"계속 젊은 상태로 살 수 있겠지."

"엿새 더? 열나흘 더? 스무 날?"

"아마 더 오래."

그녀는 아무 말도 않고 그렇게 누워 있었다. 한참이 흐른 후, 그녀가 입을 열었다. "심?"

"응."

"여기 계속 있자. 돌아가지 말고. 지금 돌아가면, 우리가 어떻게 될지 알고 있어……?"

"확신할 수는 없어."

"다시 나이를 먹게 되지 않을까?"

그는 시선을 돌렸다. 그는 천장을, 바늘이 돌아가고 있는 시계를 바라보았다. "그래, 나이를 먹겠지."

"우리…… 순식간에 나이를 먹을 수도 있잖아. 우주선에서 나가면 심한 충격을 받게 되지 않을까?"

"그럴 수도 있지."

다시 침묵이 흘렀다. 그는 사지를 움직이며 시험해 보기 시작했다. 몹시 배가 고팠다. "다른 사람들이 기다리고 있어." 그가 말했다.

그녀의 다음 말은 그의 숨을 멈추게 했다. "다른 사람들은 죽었어. 아니면 몇 시간 안에 죽을 거야. 거기 있는, 우리가 아는 사람들은 이제 전부 노인이야."

그는 그들의 나이 든 모습을 떠올리려 했다. 시간에 짓눌려 허리가 휘고 나이를 먹은 누나 다크의 모습을. 그는 고개를 저어 그 모습을 지웠다. "그 사람들은 죽을지도 모르지. 하지만 새로 태어난 사람들이 있어."

"우리가 알지도 못하는 사람들이야."

"그렇기는 해도, 우리 종족이야." 그가 대답했다. "우리가 돕지 않으면 고작해야 여드레, 아니면 열하루밖에는 살지 못하는 사람들이야."

"하지만 우리는 젊잖아, 심! 이대로 젊음을 누릴 수도 있다고!"

그는 그녀의 말을 듣고 싶지 않았다. 듣고만 있어도 너무 유혹이 강했다. 여기에 머물라고. 여기에서 삶을 누리라고. "우리는 이미 다른 이들보다 더 오랜 시간을 살았어." 그가 말했다. "나는 일꾼이 필요해. 이 우주선을 수리할 사람들이. 이제 일어나서 함께 이곳을 살펴보고, 음식을 찾고, 식사를 하고, 우주선을 움직일 수 있는지 알아보자. 나 혼자서 움직이기에는 겁이 나. 너무 크니까. 도움이 필요할 거야."

"하지만 그러려면 다시 그곳까지 달려서 돌아가야 하잖아!"

"나도 알아." 그는 힘겹게 몸을 일으켰다. "하지만 할 거야."

"사람들을 어떻게 데려올 생각인데?"

"강을 이용하면 되지."

"강이 있어야 말이지. 다른 곳으로 흘러갈 수도 있잖아."

"그럼 강이 생길 때까지 기다려야겠지. 나는 돌아가야만 해, 라이트. 디엔크의 아들이 나를 기다리고 있어. 이제 나이 들어 죽음을 기다리고 있는 내 누나가, 네 동생이, 우리한테서 소식이 오기를 기다리고 있어……"

한참이 지난 후, 그는 그녀가 움직이는 소리를 들었다. 그녀가 지친 몸을 이끌고 그에게 다가오고 있었다. 그녀는 눈을 감은 채 그의 가슴에 머리를 묻고는, 그의 팔을 쓸어내렸다. "미안해. 용서해 줘. 당신은 돌아가야만 해. 나는 이기적인 바보야."

그는 힘겹게 손을 뻗어 그녀의 볼을 어루만졌다. "너도 인간이니까. 이해할 수 있어. 용서하고 말고 할 일이 아니야."

그들은 음식을 찾았다. 우주선 안을 거닐었다. 우주선은 텅 비어 있었다. 조종실에 와서야 간신히 우두머리 조종사였을 사람의 유해를 찾을 수 있었다. 다른 이들은 아마도 비상용 구명정을 타고 우주로 나간 모양이었다. 이 조종사는 분명 여기에 홀로 앉아서, 추락한 다른 우주선에서 볼 수 있도록 이곳에 우주선을 착륙시켰을 것이다. 우주선은 고지대에 놓여 있어서 홍수의 피해도 입지 않았다. 조종사 본인은 착륙한 지 얼마 지나지 않아 사망했을 것이다. 아마도 심장 발작으로. 우주선은 여기 그대로 남아, 다른 생존자들의 손이 닿을락 말락 한 곳에서, 깨지지 않은 알처럼 온전한 모습으로, 아무 말 없이…… 얼마나 오래 이곳에 있었을까? 만약 이 조종사가 살아 있었다면 심과 라이트의 조상들은 얼마나 다른 삶을 살 수 있었을까. 심은 이런 생각을 하며, 멀리 떨어진 곳에서 벌어지던 전쟁의 불길한 여파를 느꼈다. 행성들 사이의 전쟁은 어떻게 결말을 맺었을까? 누가 이겼을까? 아니면 양쪽 행성 모두 패배했기 때문에, 이곳의 생존자를 회수하러 오지 못하게 된 것일까? 어느 쪽이 옳았는가? 적은 어떤 자들이었나? 심의 종족은 죄를 지은 쪽이었나, 아니면 무고한 쪽이었나? 그들은 결코 알 수 없을 것이었다.

그는 서둘러 우주선을 점검했다. 그는 우주선의 작동 방식은 조금도 알지 못했지만, 복도를 걸어 다니고, 기계를 두드리며 그로부터 무언가를 배우려 했다. 필요한 것은 승무원뿐이었다. 혼자 힘으로 다시 이 덩치를 움직이게 할 수는 없었다. 그는 길게 튀어나와 있는 둥근 기계에 손을 올려놓았다. 그리고 다음 순간, 불에 덴 것처럼 화들짝 놀라 손을 떼었다.

"라이트!"

"무슨 일이야?"

그는 다시 한 번 기계에 손을 올리고는, 떨리는 손으로 조심스레 어루만졌다. 눈에 눈물이 고이고, 입이 열렸다 닫히고, 사랑스러운 눈길로 기계를 바라보다가 그는 시선을 라이트에게 돌렸다.

"이 기계만 있으면……" 그는 나직하게, 믿을 수 없다는 듯 더듬거렸다. "이 기계만 있으면, 나는……"

"왜 그러는 거야, 심?"

그는 안에 조종간이 달린 컵 모양의 기묘한 기계에 손을 집어넣었다. 눈앞의 창문으로 멀리 절벽이 보였다. "두 번 다시 이 산으로 강물이 흘러오지 않을까 걱정한 거잖아, 우리?" 그는 기쁨에 겨운 목소리로 말했다.

"맞아, 심. 하지만,"

"강이 생길 거야. 그리고 나는 오늘 밤에 돌아올 거야! 사람들을 데리고 올 거라고. 500명의 사람들을! 이 기계를 쏘면 계곡에서 여기까지 이르는 강을 팔 수 있어. 그러면 그 안으로 물이 흘러들 테고, 나하고 다른 사람들은 확실하고 빠르게 돌아올 수 있을 거란 말이야!" 그는 기계의 뭉툭한 동체를 쓰다듬었다. "손을 대니까 이 기계의 목적과 사용 방법이 내 안에 새겨졌어! 잘 보라고!" 그는 조종간을 당겼다.

눈부신 빛줄기가 비명과 함께 우주선에서 뻗어 나갔다.

천천히, 정확하게, 심은 폭풍우의 빗물이 흘러들 물길을 깎아 내기 시작했다. 굶주린 빛줄기가 밤을 한낮으로 바꾸어 놓았다.

절벽으로는 심 혼자만 돌아가기로 했다. 라이트는 혹시 문제가 생길 경우를 대비해 뒤에 남았다. 처음에는 돌아가는 일 자체가 불가능해 보였다. 이번에는 그를 휩쓸어 운반해서 목적지에 도착하는 시간을 줄여 줄 강도 존재하지 않는다. 그는 새벽이 계속되는 동안 그 거리를 전부 달려가야 한다. 그리고 태양이 곧 떠올라, 안전한 장소에 도착하기 전에 그를 따라잡을 것이었다.

"유일한 방법은 동이 트기 전에 출발하는 거야."

"하지만 그랬다가는 얼어 죽어, 심."

"여기 보이지?" 그는 계곡에 이르는 강을 파는 일을 막 끝낸 기계를 조작해 보였다. 그는 매끄러운 총구를 들어 올리고 조종간을 누른 채 놔두었다. 불길이 절벽을 향해 뿜어져 나왔다. 그는 사정거리를 조작해서 불꽃이 시작 지점으로부터 5킬로미터 거리에서 끝나도록 만들었다. 조작이 끝났다. 그는 라이트를 돌아보았다. "이해가 안 되는데." 그녀가 말했다.

그는 에어록 문을 열었다. "지금 밖은 정말 추워. 해가 뜰 때까지는 30분은 더 남았고. 하지만 이 기계에서 나오는 불꽃에 충분히 가까이 붙어서 뛰어가면, 열기가 별로 없기는 해도 목숨을 유지할 정도는 될 거야."

"안전해 보이는 방법은 아닌데." 라이트는 여전히 반대했다.

"이 세계에서 안전한 건 아무것도 없어." 그는 앞으로 걸어 나갔다. "30분 일찍 출발하는 거야. 이 정도면 충분히 절벽에 도착할 수 있을 거야."

"하지만 네가 근처에서 달리고 있는데 기계가 고장 나면 어떻게 해?"

"그 생각은 하지 말자고." 그가 말했다.

잠시 후, 그는 밖으로 나왔다. 그는 배를 걷어차인 듯한 충격에 비틀거렸다. 심장이 폭발하는 것만 같았다. 그가 속한 세계의 주변 환경이 그에게 다시 빠른 삶을 강요하고 있었다. 심장 박동 수가 상승하며 혈관을 두드려 대는 것이 느껴졌다.

밤은 죽음만큼이나 추웠다. 우주선에서 발사된 열 광선이 계곡을 가로지르며 윙윙대는 소리와 열기를 발산하고 있었다. 그는 광선에 바싹 붙어 움직이기 시작했다. 발을 한 번 잘못 디디기만 해도……

"다녀올게." 그가 라이트에게 소리쳤다.

그와 빛줄기가 함께 나아가기 시작했다.

새벽이 되자, 동굴의 사람들은 길게 뻗어 나오는 눈부신 오렌지색 빛줄기와 그 옆에서 함께 달려오는 허여멀건 형체를 발견했다. 그들은 웅성거리고 신음하고 경탄의 한숨을 내뱉었다.

그리고 마침내 어린 시절을 보냈던 절벽에 도달한 심은, 그곳을 가득 메우고 있는 낯선 사람들을 마주했다. 익숙한 얼굴은 하나도 없었다. 이내 그는 낯익은 얼굴을 기대한 일이 얼마나 어리석었는지를 깨달았다. 비교적 나이 든 사람 하나가 그를 노려보았다. "넌 누구냐?" 그가 소리쳤다. "적들의 절벽에서 온 거냐? 이름이 뭐지?"

"나는 심, 심의 아들 심이다!"

"심!"

노파 한 명이 그의 머리 위 절벽에서 소리쳤다. 그녀는 다리를 절뚝거리며 돌로 된 길을 따라 내려왔다. "심, 심, 정말 너로구나!"

그는 완전히 당황하여 그 노파를 바라보았다. "하지만 나는 당신을 모르는데요." 그가 중얼거렸다.

"심, 나를 못 알아보겠니? 아, 심, 나야, 다크 누나야!"

"다크!"

속이 울렁거렸다. 누나가 그의 품에 안겼다. 눈이 반쯤 멀어 버린, 몸을 떨고 있는 이 노파가 그의 누나였던 것이다.

위쪽 동굴에서 다른 사람이 고개를 내밀었다. 노인의 얼굴이었다. 잔인하고 고약한 얼굴이었다. 그는 심을 내려다보며 으르렁댔다. "저 놈을 쫓아 버려!" 노인이 소리쳤다. "적들의 절벽에서 온 놈이다. 한때 여기에 살았었지! 아직도 젊구먼! 그곳으로 간 자들은 두 번 다시 이리로 돌아올 수 없어. 일족의 배신자 같으니!" 그리고 그는 돌을 던졌다.

심은 노파를 끌어당기며 옆으로 뛰어 피했다.

사람들이 웅성거리기 시작했다. 그들은 주먹을 흔들며 심에게 달려왔다. "죽여, 저놈을 죽여!" 노인은 계속 소리를 질렀지만, 심은 그가 누군지를 알아볼 수 없었다.

"멈춰!" 심은 손을 앞으로 뻗었다. "나는 우주선에서 왔다!"

"우주선?" 사람들의 움직임이 느려졌다. 다크는 그에게 달라붙은 채, 동생의 젊은 얼굴을 올려다보며, 그 매끄러운 피부에 영문을 몰라하고 있었다.

"죽여, 죽여, 죽이라고!" 노인이 울부짖으며 다시 돌을 집어 들었다.

"열흘, 스무 날, 서른 날의 목숨을 너희들에게 주겠다!"

사람들은 걸음을 멈추었다. 입이 쩍 벌어졌다. 믿을 수 없다는 눈이었다.

"서른 날이라고?" 사람들은 서로를 돌아보며 그 말을 되뇌었다. "어떻게?"

"나하고 함께 우주선으로 돌아가면 된다. 그 안에 들어가면 영원히 살 수 있어!"

노인은 돌을 높이 들어 올렸지만, 순간 목이 메어 쿨럭거리더니 발작을 일으키며 쓰러졌다. 그는 돌벽을 굴러떨어져 심의 발치에 나동그라졌다.

심은 몸을 숙이고 노인의 얼굴을 바라보았다. 생명이 끊어진 눈을, 비웃음을 띤 채로 늘어진 입술을, 무너져 내려 조용해진 몸을.

"치온!"

"그래." 뒤에 서 있던 다크가 기묘한 기색이 서린 쉰 목소리로 말했다. "네 적수란다. 치온이야."

그날 밤, 200명의 사람들이 우주선을 향해 출발했다. 새로 뚫은 물길로 강물이 흘러갔다. 100명이 물에 빠져 죽거나 추위 속에 남겨졌다. 남은 이들은 심과 함께 우주선에 도착했다.

라이트가 그들을 기다리고 있다가 금속 문을 활짝 열어 주었다.

몇 주가 흘러갔다. 절벽에서는 수 세대의 사람들이 살다가 죽어 갔고, 과학자와 일꾼들은 우주선에서 일하며, 그 부속과 기능을 파악해 냈다.

마지막 날이 되어, 20명의 사람들이 우주선에 자리를 잡았다. 이제 운명을 찾는 여행을 떠나야 할 시간이었다.

심은 손가락으로 조종 패널을 만지작거렸다.

라이트가 눈을 문지르며 그에게 다가와 옆의 바닥에 앉더니, 나른하게 그의 무릎에 자신의 머리를 기대었다. "꿈을 꿨어." 그녀가 어딘가 먼 곳을 바라보며 말했다. "춥고 뜨거운 행성의 절벽에 뚫린 동굴에서, 사람들이 여드레면 나이를 먹고 죽어 버리는 곳에서 사는 꿈을 꿨어."

"말도 안 되는 꿈이잖아." 심이 말했다. "그런 악몽 같은 곳에서 어떻게 사람이 살 수 있겠어. 다 잊어버려. 이제는 꿈에서 깨어났으니까."

그는 부드럽게 패널을 눌렀다. 배가 떠올라 우주를 향해 움직이기 시작했다.

심의 말이 옳았다.

마침내 악몽이 끝난 것이다.

에이나르 아저씨
Uncle Einar

"1분이면 되잖아요." 에이나르 아저씨의 사랑스러운 아내가 말했다.

"거부하겠어." 그가 말했다. "그리고 기껏해야 1초밖에 안 걸릴 거야."

"나는 오전 내내 일했다고요." 아내가 늘씬한 등을 쭉 펴고 말했다. "그런데 당신은 조금도 돕지 않을 거예요? 빗방울이 떨어지고 있다고요."

"비야 오든 말든." 그가 뚱하게 소리쳤다. "나는 당신 옷을 말리기 위해 벼락을 맞으러 가지는 않을 거라고."

"하지만 당신은 진짜 빠르잖아요."

"그래도 거부하겠어." 그의 커다란 방수성 날개가 구부정한 등 뒤에서 초조하게 윙윙거렸다.

아내가 그에게 가벼운 밧줄을 건넸다. 그 뒤로는 50벌가량의 방금 빤 빨랫감이 걸려 있었다. 그는 기분 나쁜 표정으로 빨랫줄을 손가락으로 꼬았다. "그래서 이 지경까지 되었다는 말이지." 그는 우울하게 중얼거렸다. "이렇게, 이런, 이런 꼬락서니가." 그는 거의 분노로 가득한 눈물을 쏟을 지경이었다.

"울지 말아요. 빨래가 다시 젖을 거 아녜요." 그녀가 말했다. "얼른 뛰어올라서, 이걸 들고 한 바퀴 돌고 와요."

"한 바퀴 돌라 이거지." 그의 목소리는 낮고 공허하고 끔찍하게 상처 입은 채였다. "이건 어때. 번개야 내리쳐라, 비야 쏟아져라!"

"화창하고 맑은 날이었다면 부탁하지도 않았을 거예요." 그녀는 차분하게 대꾸했다. "당신이 해 주지 않으면 내 빨래는 전부 수포로 돌아가는 거예요. 집 안 곳곳에 널어 놓아야 할 텐데,"

그것으로 충분했다. 그는 다른 무엇보다도 집 안에 옷들이 잔뜩 널려 있어서, 방 안을 가로지를 때마다 그 아래로 기어 다녀야 하는 일을 싫어했다. 그의 커다란 녹색 날개가 윙윙거렸다. "목초지 경계까지만 갔다 올 거야!"

바람을 일으키며 그는 하늘로 솟아올랐다. 날개가 시원한 공기를 받아들이며 어루만졌다. 누군가가 "에이나르 아저씨에게 초록색 날개가 있어"라고 말할 사이도 주지 않고, 그는 자신의 농장을 가로질러 낮게 날아갔다. 날개에서 일어나는 바람과 비행에 따른 충격파에 펄럭이는 빨래가 달린 고리를 끌고!

"받아!"

그는 돌아오자마자, 아래에 아내가 펼쳐 놓은 깨끗한 담요 위로 팝콘처럼 바삭하게 마른 빨래를 던졌다.

"고마워요!" 그녀가 소리쳤다.

"끄아아아아!" 그는 이렇게 소리치며, 홀로 고뇌를 씹기 위해 사과나무 아래로 날아가 버렸다.

에이나르 아저씨의 비단같이 아름다운 날개는 바다와 흡사한 녹색의 돛처럼 등 뒤로 뻗어 있었고, 재채기를 하거나 재빨리 방향을 돌릴 때마다 바람처럼 바삭거리는 소리를 냈다. 동족 중에서도 그처럼 재능이 명확히 드러나는 이는 얼마 되지 않았다. 다른 음침한 사촌과 조카와 형제들은 세계 곳곳의 작은 마을에 숨어 살면서, 보이지 않는 정신력으로 뭔가를 하거나, 마법을 부리거나, 하늘을 단풍처럼 붉은색으로 물들이거나, 달빛을 받은 늑대들처럼 숲 속을 내달리곤 했다. 그들은 보통 사람들과 적절히 거리를 두고 살았다. 그러나 커다란 녹색 날개를 가진 사람은 그럴 수가 없었다.

자신의 날개를 싫어하는 것은 아니었다. 오히려 반대였다! 젊은 시절에는 항상 밤마다 날아다녔다. 날개 달린 사람에게 밤은 소중한 시간이었으니까! 낮은 위험했다. 항상 그랬고, 앞으로도 그럴 것이다. 그러나 밤은, 아, 밤이 되면, 그는 여름 하늘의 바다와 구름의 섬들 사이를 항해할 수 있었다. 아무런 위험도 없이. 풍요롭고 온전한 비상, 희열이었다.

그러나 이제 그는 밤에 날 수가 없었다.

(한참 전) 일리노이의 멜린타운에서 열린 가족의 귀향 파티에 참석한 다음, 그는 유럽의 높은 산악 지대 가운데에 있는 집으로 돌아가고 있었다. 진한 선홍색 와인을 너무 마신 상태였다. "괜찮을 거야." 그는 중얼거리고는 새벽의 별빛을 받으며 멜린타운 너머 달빛에 젖은 시골

언덕 위로 날갯짓을 시작했다. 그런데 다음 순간, 하늘에서 피직 소리가 나며……

송전탑이 모습을 드러냈다.

그물에 걸린 오리처럼! 지글지글 구워지는 소리와 함께! 푸른 전기 불꽃에 얼굴이 꺼멓게 그슬린 채로, 그는 격렬하게 뒤로 날갯짓을 하여 전기에서 벗어난 다음, 그대로 아래로 떨어졌다.

송전탑 아래, 달빛이 드리운 초원으로 떨어지는 순간, 커다란 전화번호부를 하늘에서 떨어트린 듯한 소리가 났다.

다음 날 새벽, 그는 이슬에 젖은 날개를 격렬하게 떨면서 자리에서 일어섰다. 아직 날은 어두웠다. 동쪽 하늘에 새벽의 띠가 희미하게 드리워지는 모습이 보였다. 곧 그 띠가 하늘로 퍼져 나갈 것이고, 날아오를 수 없게 될 것이다. 이제는 숲 속에 몸을 잠시 숨기고, 다시 밤이 하늘을 뒤덮어 날개의 움직임을 숨겨 줄 때까지 가장 깊은 풀숲에서 기다리는 수밖에 없었다.

이렇게 해서 그는 지금의 아내를 만나게 되었다.

일리노이의 시골 지방치고는 따스한 날씨였던 11월 1일, 꽤나 젊은 브루닐라 웩슬리는 잃어버린 암소의 젖을 짜러 밖으로 나온 모양이었다. 한 손에는 은빛 양동이를 들고, 풀숲을 헤치며 눈에 보이지 않는 암소에게 집으로 돌아오지 않으면 젖을 짜지 못해 젖통이 터져 버릴 것이라고 애원하고 있었으니 말이다. 물론 정말로 젖꼭지를 잡아당길 일이 필요해지면 그 암소가 당장 집으로 돌아오리라는 사실은 브루닐라 웩슬리에게 별로 중요하지 않았다. 숲 속을 산책하며 엉겅퀴 씨앗을 불고 꽃을 씹으며 시간을 보내기에는 훌륭한 핑계였기 때문이다. 에이나르 아저씨와 마주쳤을 때, 브루닐라는 이 모든 것을 직접 행동에 옮기고 있었다.

풀숲 근처에 잠들어 있는 그의 모습은 마치 녹색 천막 아래 누워 있는 듯했다.

"오, 남자네. 텐트를 치고 야영하는 걸까." 흥에 겨워 있던 브루닐라가 말했다.

에이나르 아저씨는 잠에서 깨어났다. 천막이 그의 뒤편으로 커다란 녹색 부채처럼 펼쳐졌다.

"오, 날개를 가진 남자잖아." 소 탐색꾼 브루닐라가 말했다.

그녀는 그렇게 그를 받아들였다. 물론 놀라기는 했지만, 평생 상처를 입어 본 적이 없었기에 누구도 두려워하지 않았고, 날개 달린 사람을 만나는 일은 꽤나 재미있는 일이라 나름 자부심도 들 지경이었다. 그녀는 말을 걸어 보았다. 한 시간도 지나지 않아 그들은 오랜 친구처럼 되었고, 두 시간이 지나자 그녀는 그에게 날개가 있다는 사실조차 거의 잊어버렸다. 그리고 그는 어쩌다 숲에 있게 되었는지를 그녀에게 고백했다.

"그래요, 당신, 여기저기 다친 것 같아 보이더라고요." 그녀가 말했다. "오른쪽 날개는 상태가 꽤나 안 좋아 보이는데요. 우리 집으로 가서 치료를 하는 게 좋겠어요. 그런 상태로는 유럽까지 날아가기 힘들 테니까요. 게다가 요새 유럽에 살고 싶어 하는 사람이 어디 있어요?"

그는 그녀에게 감사를 표했지만, 그런 초대를 받아들일 수가 없는 몸이라고 설명했다.

"하지만 나는 혼자 사는걸요." 그녀가 말했다. "당신도 보면 알겠지만 나는 꽤나 못생겼거든요."

그는 그 말이 사실이 아니라고 주장했다.

"친절하시기도 해라." 그녀가 말했다. "하지만 사실인걸요. 나 자신을 속여 봤자 별수 없어요. 우리 가족은 세상을 떠났고, 나는 혼자서 꽤나 큰 농장에서 살고 있어요. 멜린타운에서도 꽤나 멀거든요. 그래서 이야기 상대가 필요해요."

하지만 그가 두렵지 않은가? 그가 물었다.

"자랑스럽고 질투가 난다는 쪽에 더 가깝겠죠." 그녀가 말했다. "만져 봐도 될까요?" 그렇게 말하고는, 그녀는 조심스레, 부러운 손길로, 녹색 막으로 이루어진 날개를 쓰다듬어 보았다. 그는 그녀의 손길에 몸을 부르르 떨며, 소리가 새어 나오지 않도록 이로 혀를 깨물어야 했다.

결국 치료를 하고 연고를 바르러 그녀의 집으로 가는 데는 아무런 문제도 없었다. 그리고 세상에! 얼굴에, 눈 바로 아래쪽에 끔찍한 화상 자국이 남아 있지 않은가! "눈이 멀지 않아서 다행이네요. 어쩌다 이렇게 된 거예요?" 그녀가 말했다.

"글쎄……" 그가 말했다. 곧 그들은 그녀의 농장에 도착했다. 벌써 1킬로미터 이상 걸었다는 점은 조금도 눈치채지 못하고 있었다. 서로를 바라보고 있었기 때문에.

하루가 흘러갔다. 그리고 또 하루가. 그리고 그는 문간에 서서 그녀에게 감사를 표하고 이제 가야만 한다고, 연고를 주고 돌보아 주고 묵을 곳을 제공해 주어 정말 감사하다고 말했다. 어스름이 내리기 시작하는 저녁 6시였고, 다음 날 아침 5시가 되기 전까지 대륙 하나와 대양 하나를 가로질러야만 했다. "고마워요. 잘 있어요." 그가 말하고는 어스름 속을 날아올라, 그대로 단풍나무와 정면으로 충돌했다.

"아!" 그녀는 비명을 지르며 정신을 잃은 그에게 달려갔다.

한 시간 후 정신이 든 그는, 자신이 더 이상 암흑 속에서 날 수 없다는 사실을 깨달았다. 섬세한 어둠 감지 능력이 사라져 버린 것이었다. 그가 지나는 길에 위치한 탑, 나무, 집과 언덕의 위치를 알려 주던 초감각이, 숲과 벼랑과 구름의 미궁 속에서 길을 안내해 주던 민감한 감각이, 얼굴을 강타한 충격으로, 푸른 전기 불꽃과 함께 불타 사라진 것이었다.

"어쩌지?" 그는 나직하게 신음했다. "유럽으로 어떻게 돌아가야 하지? 낮에 날아간다면 사람들의 눈에 띌 테고─끔찍한 농담이군─총에 맞을지도 몰라! 아니면 영원히 동물원에 갇히거나. 얼마나 끔찍한 삶이 될지! 브루닐라, 말해 줘요. 내가 어떻게 해야 할까요?"

"아." 그녀는 자신의 손을 내려다보며 속삭였다. "뭔가 방법이 있을 거예요……"

그들은 결혼했다.

그의 가족이 결혼식에 맞춰 찾아왔다. 단풍나무, 플라타너스, 떡갈나무, 느릅나무의 단풍이 쏟아져 내려오는 가을날, 그들은 쉭쉭 소리를 내고 부스럭거리며, 마로니에 열매와 뒤섞여 사방으로 쏟아지고, 겨울 사과처럼 육중하게 착지하며, 지나가 버린 여름의 향기를 바람과 함께 몰고 들어왔다. 결혼식? 결혼식 자체는 간단했다. 검은 양초를 켜고, 촛불을 끄고, 그 연기를 허공에 맴돌게 하는 정도였다. 브루닐라는 그 간략하고 음울하고 거꾸로 된 의식의 내용을 조금도 인식하지 못했다. 그녀에게는 의식을 마무리 짓는 동안 그들의 머리 위에 희미하게 울리고 있는 에이나르 아저씨의 날갯짓 소리밖에는 들리지 않았기 때문이다. 그리고 에이나르 아저씨에게 있어서는, 콧잔등의 상처가 거의 아물고 브루닐라와 팔짱을 끼고 있는 지금은, 유럽이 갈수록 희미해져 멀리 사라져 가는 것만 같았다.

수직으로 날아오르거나 내려오는 데는 별로 잘 볼 필요도 없었다. 그들이 결혼하는 날, 브루닐라를 끌어안고 그대로 하늘로 솟구쳐 올라가는 일은 너무도 자연스럽게 느껴졌다.

8킬로미터 떨어진 곳에 살고 있는 농부는, 자정 나절 낮게 깔린 구름을 바라보고, 그 안에서 희미하게 번쩍이는 빛과 우르릉거리는 소리를 들었다.

"여름 번개구먼." 그는 이렇게 말하고는 잠자리에 들었다.

그들은 아침이 되어서야, 이슬과 함께 땅으로 내려왔다.

결혼 생활이 이어졌다. 그녀로서는 그저 남편을 보기만 해도, 자신이 날개 달린 남자와 결혼한 유일한 사람이라는 것을 생각하며 기분이 좋아졌다. "이렇게 말할 수 있는 사람이 또 누가 있겠어?" 그녀는 거울을 보며 말했다. 그리고 답은 "아무도 없지!"였다.

반면 남편 쪽은, 아내의 얼굴 아래 숨겨진 놀라운 아름다움을, 친절함과 포용력을 발견했다. 그는 그녀의 생각에 맞추어 식생활을 조금 바꾸었고, 집 안에서 날개를 조심스레 간수하려 했다. 도자기를 떨어트리고 전등을 깨는 일에 짜증이 나서 몸을 피하려 애썼다. 수면 습관도 바꾸었다. 어차피 이제는 밤에 날 수가 없기도 했으니까. 반면 그녀는 날개가 있어도 편하게 사용할 수 있도록 의자를 고치고, 여기저기 추가로 완충재를 대거나 일부를 제거하기도 했다. 그리고 그가 가장 좋아하는 것은 그녀가 하는 말들이었다. "우리는 고치 속에 있는 거예요. 우리 모두가. 내가 얼마나 못생겼는지 보여요?" 그녀는 말했다. "하지만 언젠가 나는 고치를 깨고 나갈 거예요. 당신처럼 훌륭하고 멋진 날개를 펼치게 될 거예요."

"당신은 오래전에 고치를 깨고 나왔어." 그가 말했다.

그녀는 그 대답을 듣고는 생각에 잠겼다. "그래요." 그녀도 인정했다. "깨고 나온 날이 언제인지도 정확하게 알 것 같은걸요. 소를 찾으러 숲 속으로 들어갔다가 천막을 발견한 날이죠!" 그들은 함께 웃음을 터트렸고, 그의 품에 안겨 있으면 그녀는 자신이 너무도 아름답게 느껴졌다. 결혼 덕분에 마치 칼집에서 빠져나온 빛나는 칼처럼, 자신의 추함에서 벗어난 느낌이었다.

그들은 아이를 가졌다. 처음에는 아이들에게도 날개가 있으면 어쩌나 두려웠다. 오로지 그의 쪽에서만.

"말도 안 돼요, 정말로 멋질 텐데!" 그녀가 말했다. "걸어가다가 발에 걸리지도 않을 것 아녜요."

"그러면 대신 당신 머리카락 속에서 엉켜 버릴 텐데!" 그가 소리쳤다.

"어머나!" 그녀가 소리쳤다.

네 명의 아이가 태어났다. 남자애 셋에 여자애 하나였다. 워낙 정력적이라 정말로 날개가 있는 것은 아닐까 하는 생각이 드는 아이들이었다. 몇 년 만에 버섯처럼 쑥쑥 자라서는, 더운 여름이 되면 아버지에게 가서 사과나무 아래 앉아 시원한 날개로 바람을 부쳐 달라고 말했다. 그리고 하늘의 바다와 구름의 섬에 얽힌 별빛의 이야기를 들려 달라고, 안개와 바람의 느낌과 입안에서 별이 녹는 느낌과 산의 시원한 공기를 마시는 법을 알려 달라고, 에베레스트 산 꼭대기에서 돌멩이처럼 떨어져 내려와서는, 바닥에 닿기 직전에 초록색으로 폭발하며 날개를 활짝 펼치는 기분이 어떤지를 알려 달라고 졸랐다!

그의 결혼 생활은 이런 것이었다.

그리고 6년이 지난 오늘, 에이나르 아저씨는 이렇게 앉아 있었다. 사과나무 아래에서, 초조하고 부루퉁하게. 그러고 싶었기 때문이 아니라, 이토록 오래 기다렸는데도 여전히 한밤중의 거친 하늘을 날 수가 없기 때문이었다. 그의 초감각은 이후 다시는 돌아오지 않았다. 그는 비참한 기분으로 앉아 있었다. 한때는 반투명한 그림자 아래에서 안식을 찾던 휴양객들이 버리고 간, 계절이 지나 버려진 녹색 파라솔처럼. 이렇게 계속 이곳에 앉아, 누군가 자신을 발견할지도 모른다는 두려움에 사로잡힌 채 살아가야 할까? 이제는 아내를 위해 빨래를 말려 주거나, 무더운 8월의 한낮에 아이들에게 바람을 부쳐 주기 위해서만 비행을 할 수 있는 것일까? 그의 유일한 직업은 폭풍보다 빠르게 가족들 사이의 소식을 날라 주는 것이었다. 부메랑처럼 언덕과 계곡을 가로지르고 날아가, 민들레 홀씨처럼 사뿐히 내려앉곤 했었다. 그에게는 항상 돈이 있었다. 가족에서는 날개 달린 사람을 유용하게 써먹을 수 있었으니까! 하지만 이제는? 쓸쓸함밖에 남아 있지 않다! 그의 날개가 떨리며 허공을 때려 작은 우렛소리를 냈다.

"아빠." 꼬마 메그가 말했다.

아이들이 자신의 어두운 얼굴을 바라보고 서 있었다.

"아빠." 로널드가 말했다. "천둥 더 만들어 봐요!"

"추운 3월 아니냐. 금방 비가 내리고 천둥도 잔뜩 칠 게다." 에이나르 아저씨가 말했다.

"우리를 보러 올 거예요?" 마이클이 물었다.

"저리 가렴, 저리 가! 아빠, 생각 좀 하자!"

그는 사랑에 등을 돌리고 있었다. 사랑의 결실인 아이들에게도, 아이들의 사랑에도. 그는 오로지 천공을, 하늘을, 지평선을, 무한을, 밤이 든 낮이든, 별빛, 달빛, 햇빛으로 가득한, 흐리든 밝든, 끊임없이 오로지 하늘만을 생각했다. 하늘로 솟아오를 때마다 눈앞에 끝없이 펼쳐지는 그 하늘과 천상과 지평선을 생각했다. 그러나 지금 그는 여기 목초지를 헤매며, 눈에 띨까 두려워 숨어 있는 신세였다.

깊은 우물 속에 빠진 비참함이었다!

"아빠, 우리를 보러 와요, 3월이잖아요!" 메그가 소리쳤다. "우리 모두 다 도시에서 온 애들이랑 같이 언덕에 올라갈 거예요!"

에이나르 아저씨가 투덜거렸다. "어느 언덕 말이냐?"

"당연히 연날리기 언덕이죠!" 아이들이 다 함께 소리쳤다.

그제야 그는 아이들을 바라보았다.

모두가 커다란 종이 연을 하나씩 들고 있었다. 얼굴은 기대와 즐거움으로 번득였다. 작은 손가락에 들려 있는 하얀 실뭉당이가 보였다. 붉은색과 푸른색과 노란색과 녹색으로 칠한 연에서, 솜과 비단 조각으로 만든 꼬리가 길게 늘어져 있었다.

"우린 연을 날릴 거예요!" 로널드가 말했다. "아빠 안 올 거예요?"

"못 가겠구나." 그는 슬픈 목소리로 말했다. "다른 사람들 눈에 띄면 문제가 생길 거란다."

"숲 속에 숨어서 봐도 되잖아요." 메그가 말했다. "우리가 이 연을 직접 만들었어요. 어떻게 만드는지 알고 있거든요."

"어떻게 만드는지 어떻게 안 거냐?"

"아빠가 우리 아빠잖아요!" 아이들이 즉시 소리쳤다. "그래서 아는 거예요!"

그는 자기 아이들을 한참 바라보았다. 그는 한숨을 쉬었다. "연날리기 축제란 말이지?"

"네!"

"내가 이길 거예요." 메그가 말했다.

"아냐, 내가 이길 거야!" 마이클이 반박했다.

"나야, 나야!" 스티븐이 새된 소리를 질렀다.

"굴뚝 위에 바람이 부는구나!" 에이나르 아저씨가 소리치며, 귀가 먹을 정도로 큰 날갯짓 소리와 함께 높이 뛰어올랐다. "내 새끼들! 얘들아, 정말 사랑한다!"

"아버지, 뭐가 잘못된 거예요?" 마이클이 뒤로 물러섰다.

"잘못된 건 없어, 없다고, 아무것도 없단다!" 에이나르가 소리쳤다. 그는 날개를 힘차게 펼치고는 펄럭였다. 쿵! 심벌즈처럼 양쪽 날개가 거세게 부딪쳤다. 그 바람에 아이들이 땅에 넘어져 버렸다. "찾아냈어, 찾아냈다고! 나는 다시 자유야! 굴뚝에 불을 지펴라! 바람에 깃털을 날리고! 브루닐라!" 에이나르는 집 쪽을 향해 소리쳤다. 아내가 모습을 드러냈다. "들어 봐, 브루닐라. 이제 더 이상 밤은 필요 없어! 낮에도 날 수 있다고! 밤은 필요 없어! 지금부터는 1년 내내 매일, 어느 날이든 날 수 있다고! 지금 말하느라 시간 낭비하고 있을 수는 없지. 잘 보라고!"

걱정에 사로잡힌 가족들이 지켜보는 가운데, 그는 작은 연에 달린 면직물 꼬리 하나를 떼어서는 허리띠에 매단 후, 실뭉당이를 가져다가 한쪽 끝을 입으로 물고는 다른 쪽 끝을 아이에게 건네주었다. 그리고 그는 하늘 높이, 3월의 바람 속으로 높이 솟아올랐다!

그리고 그의 아이들은 벌판을 가로질러 농장을 넘어 달려갔다. 태양이 빛나는 하늘로 계속 실을 올려 보내며, 발이 걸리면서도 신나게 웃고 있었다. 브루닐라는 농장 안뜰에 서서 그 모습을 향해 손을 흔들며 웃음을 터트렸다. 그리고 그녀의 아이들은 멀찍이 떨어진 연날리기 언덕으로 행진해 가서, 넷이 함께 실뭉당이를 단단히, 자부심 넘치는 손가락으로 움켜쥐고는, 각자 실을 끌고 방향을 바꾸고 당기고 있었다. 그리고 멜린타운에서 온 아이들은 모두 자신의 작은 연을 하늘로 날려 보낸 다음, 하늘 높이 날아오르는 커다란 녹색 연을 보고는 일제히 소리쳤다.

"아, 아, 정말 엄청난 연이잖아! 대단한 연이야! 아, 나도 저런 연 가지고 싶다! 너희, 너희들 어디서 저런 연을 산 거야!"

"우리 아빠가 만들어 주셨어!" 메그와 마이클과 스티븐과 로널드가 이렇게 소리치고는 의기양양하게 연줄을 힘껏 잡아당겼다. 그러자 하늘에서 굉음을 내던 커다란 연은 한껏 떨어졌다 다시 솟아오르며, 구름 위에 신비롭고 커다란 느낌표 모양을 그렸다!

타임머신
The Time Machine

"이 동네는 기계로 가득한 것 같은데." 더글러스는 계속 달리며 말했다. "어프먼 씨의 행복 기계, 펀 양과 로버타 양의 초록 기계. 그래서 찰리, 이제 또 뭘 보여 주려는 거야?"

"타임머신이야!" 찰리 우드먼은 헐떡이며 그와 보조를 맞추었다. "어머니의, 스카우트의, 인디언의 명예를 걸고 말하는 거라고!"

"과거와 미래로 여행을 할 수 있다는 거야?" 존 허프가 가볍게 그들 주변을 빙 돌아오면서 말했다.

"과거만 되지만, 한 번에 모든 것을 가질 수는 없는 법이잖아. 이제 다 왔어."

찰리 우드먼은 산울타리 앞에서 걸음을 멈추었다.

더글러스는 고색창연한 집을 힐긋 바라보았다. "젠장, 저건 프리리 대령네 집이잖아. 저 안에 타임머신이 있을 리가 없어. 애초에 발명가도 아니고, 만약 발명가였다면 그런 중요한 물건은 몇 년 전에 소문이 쫙 퍼졌을 거라고."

찰리와 존은 살금살금 현관 앞 계단을 올라갔다. 더글러스는 계단 아래에 서서 코웃음을 치며 고개를 저었다.

"좋아, 더글러스." 찰리가 말했다. "멍청하게 굴고 싶다면 알아서 해. 물론 프리리 대령이 타임머신을 발명했을 리는 없지. 하지만 타임머신의 소유권 지분은 저 노친네한테 있고, 그 물건은 쭉 이곳에 있었다고. 그저 우리가 너무 멍청해서 알아채지 못했을 뿐이야! 그럼 더글러스 스폴딩, 잘 있으라고!"

찰리는 마치 숙녀를 에스코트하듯 존의 팔짱을 끼고는 현관 바깥문을 열고 안으로 들어갔다. 그러나 문은 닫히지 않았다.

더글러스가 문을 잡고는 소리 없이 안으로 따라 들어갔기 때문이다.

찰리는 현관 안쪽으로 들어가 노크를 하고는 안쪽 문을 열었다. 그들은 함께 길고 어두운 복도 끝에 있는 방을 들여다보았다. 마치 해저 동굴처럼 흐릿하고 부드러운 초록색의, 물속 같은 조명이 켜져 있는 방이었다.

"프리리 대령님?"

아무 소리도 들리지 않았다.

"귀가 잘 안 들리잖아." 찰리가 속삭였다. "하지만 그냥 들어와서 소리쳐 부르라고 했는데. 대령님!"

들리는 소리라고는 위층의 나선형 계단에서 먼지가 떨어져 내려앉는 소리뿐이었다. 그러고는 복도 끝에 있는 해저 같은 방 안에서 희미하게 뒤척이는 소리가 들렸다.

그들은 조심스레 복도를 따라가서, 단 두 개의 가구밖에 없는 방 안을 들여다보았다. 노인 하나, 그리고 의자 하나. 서로 아주 닮은 모습이었다. 양쪽 모두 너무 여위어서 어떤 식으로 조립되었는지를 확인할 수 있을 정도였으니까. 연결부와 구멍, 힘줄과 관절. 방의 나머지 부분은 그대로 드러나 있는 바닥 널, 텅 빈 벽과 천장, 그리고 상당한 양의 고요한 공기로 구성되어 있었다.

"죽은 것 같은데." 더글러스가 속삭였다.

"아니, 그냥 새로 여행을 갈 장소를 생각하고 있을 뿐이야." 찰리가 자부심 넘치는 소리로 나직하게 말했다. "대령님?"

갈색 가구 중 하나가 움직였다. 대령이 눈을 껌뻑이더니, 이내 초점을 맞추고는 이 없는 입으로 활짝 웃어 보였다. "찰리!"

"대령님, 더그하고 존이 같이 왔어요."

"좋아, 얘들아. 앉거라, 어서 앉아!"

세 소년은 불안하게 바닥에 자리를 잡고 앉았다.

"하지만 그게 대체 어디," 더글러스가 말했다. 찰리는 재빨리 그의 옆구리를 찔렀다.

"뭐가 어디 있다는 게냐?" 프리리 대령이 물었다.

"우리가 말을 해 봤자 무슨 의미가 있냐는 소리였어요." 찰리는 더글러스를 향해 얼굴을 찌푸려 보인 다음, 노인을 보고 웃음 지었다. "우리는 할 말이 없거든요. 대령님이 뭔가 이야기해 주세요."

"조심하거라, 찰리. 노인들이란 다른 사람들이 이야기해 달라고 부탁을 하길 기다리고 있는 존재들이니 말이다. 그러고 나면 삐걱대며 올라가는 승강기처럼 끊임없이 쇳소리를 뱉어 대지."

"칭링수는 어때요." 찰리가 가볍게 제안했다.

"응?" 대령이 물었다.

"1910년 보스턴이오." 찰리가 재빨리 덧붙였다.

"보스턴, 1910년이라……" 대령이 얼굴을 찌푸렸다. "아, 그래, 칭링 수 말이지. 물론 좋지!"

"부탁드려요, 대령님."

"그럼 어디 보자……" 대령의 목소리가 고요한 호수 위를 떠내려가 는 것처럼 잦아들었다. "어디 보자……"

소년들은 그대로 기다렸다.

프리리 대령이 눈을 감았다.

"1910년 10월 1일, 고요하고 서늘하고 청명했던 가을밤, 보스턴 공 연장. 그래, 이제 보이는구나. 객석을 가득 채운 사람들이 모두 기다리 고 있지. 오케스트라, 팡파르, 커튼이 올라간다! 위대한 동방의 마법 사, 칭링수! 그래, 지금 무대에 올라오는구나! 그리고 나는 여기, 첫 줄 의 가운데 자리에 있어! '총알 마술입니다!' 그가 소리쳤지. '자원자를 받습니다!' 내 옆의 사람이 무대로 올라가는구나. '소총을 확인해 보세 요!' 칭이 말하는구나. '총탄에 표시를 하세요! 그리고 이 표시를 한 총 알을 이 총으로 쏘세요. 제 얼굴을 목표로 삼아 조준하시고. 그러면 제 가 무대 반대쪽에서 이로 이 총알을 잡아 보이겠습니다!'"

프리리 대령은 심호흡을 하고는 말을 멈추었다.

더글러스는 반쯤 당황하고 반쯤 압도되어 대령을 바라보았다. 존 허 프와 찰리는 완전히 푹 빠져 있었다. 노인은 곧 말을 이었다. 머리와 몸은 굳은 채로, 오직 입술만이 움직였다.

"'준비, 조준하시고, 쏘세요!' 칭링수가 외치는구나. 탕! 소총에서 총 성이 울려 퍼지고, 탕! 칭링수가 비명을 지르며 비틀대더니, 그대로 쓰러지는구나. 얼굴이 온통 붉은색이야. 엄청난 혼란이 일어나고, 사람들이 사방에서 일어서는구나. 총이 어딘가 잘못되어 있었던 모양이야. '죽었어.' 누군가가 말하는구나. 그리고 그 말이 맞아. 죽은 거야. 끔찍해, 끔찍하구나…… 그 모습은 항상 기억이 날 게야…… 얼굴은 붉은색으로 뒤덮여 있고, 빠르게 커튼이 내려오며 여자들은 울부짖고…… 1910년…… 보스턴…… 공연장…… 불쌍한 사람이었어…… 불쌍한 사람……"

프리리 대령은 천천히 눈을 떴다.

"이야, 대령님, 그거 괜찮았어요." 찰리가 말했다. "그럼 이번에는 포니 빌은 어때요?"

"포니 빌……?"

"75년에 대평원에 계셨을 때 말이에요."

"포니 빌……" 대령은 어둠 속으로 들어갔다. "1875년…… 그래, 나하고 포니족의 빌은 대평원 가운데 작은 언덕 위에서 기다리고 있었지. '쉿!' 포니 빌이 말했어. '잘 들어 봐.' 대평원은 마치 앞으로 닥칠 폭풍우를 대비하고 있는 커다란 수사슴 같은 모습이었지. 천둥소리가 들리는구나. 꽤나 멀어. 다시 들리는구나. 이번에는 그리 멀지 않아. 그리고 대평원 저 멀리, 시선이 가닿는 끝에서 거대하고 불길한 암황색 구름이 일어나는구나. 검은 벼락을 가득 품고 있는, 무슨 이유에서인지 땅으로 내려온, 80킬로미터 너비에 80킬로미터 길이, 2킬로미터 높이에, 땅에서는 3센티미터밖에 떨어져 있지 않은 구름이야. '세상에!' 나는 소리쳤지. '세상에!' 언덕 위에 올라앉은 채로 말이야. '세상에!' 대지가 미친 심장처럼, 공황에 빠진 심장처럼 쿵쿵거렸어. 뼈가 금방이라도 부러질 양 흔들리기 시작했지. 대지가 흔들렸어. 타다닥 타다

닥, 쾅! 우르릉. 잘 쓰지 않는 표현이지, 우르릉 울린다는 건. 아, 그 강
대한 폭풍이 사방을, 위아래를, 언덕 위를 뒤흔들며 다가오는 모습이
라니. '저놈들이야!' 포니 빌이 소리쳤지. 그 구름은 먼지였어! 수증기
나 빗방울이 아니라, 불쏘시개처럼 바짝 말라 있는 대평원의 초원 위
로 먼지가 옥수숫가루처럼, 꽃가루처럼 날아오르고 있었어. 이제 태양
이 떠올라서, 햇빛을 받아 반짝이고 있었지. 나는 다시 소리쳤단다! 왜
냐고? 이제 그 지옥불처럼 끔찍한 먼지구름이 장막으로 변해 한쪽으
로 물러나고, 그 뒤로 놈들이 보였기 때문이지. 그래, 분명 보았단다!
고대부터 대평원을 점령하고 있던 군대가, 들소가, 버펄로가 등장한
거야!"

　대령은 침묵이 쌓이기를 기다리고 있다가, 다시 한 번 스스로 깨트
렸다.

　"깜둥이 거인의 주먹 같은 머리, 기관차 같은 몸통! 서쪽에서 쏘아
올린 20개, 50개, 200개의 강철 화살이, 궤도를 벗어나 불길을 뿜으면
서, 불붙은 석탄처럼 눈을 번득이며, 지옥을 향해 달려가고 있더란 말
이다!

　먼지가 솟아올랐고, 잠시 곱사등과 덩어리진 갈기의 바다만이, 털투
성이 검은 파도가 오르내리는 모습밖에는 보이지 않았단다…… '쏴!'
포니 빌이 말하는구나. '쏴!' 그 말에 나는 조준을 하고 있어. '쏴!' 그
래서 나는 신의 오른손이라도 된 양 그곳에 버티고 서서, 힘과 폭력의
결정체가 끊임없이 흘러가는 모습을 바라보고만 있었지. 정오의 자정
을, 마치 장례 열차처럼 길고 검은, 슬픈 물결이 끊임없이 흘러가는 모
습을 바라보면서 말이야. 장례 열차에 총을 쏠 수 있겠니, 애들아? 할
수 있어? 내가 원하는 것은 그저 먼지가 다시 내려앉아 힘겨운 몸을

끊임없이 움직이는 검은 절망의 형체들을 뒤덮어 주는 것뿐이었단다. 그리고 결국 먼지가 다시 내려앉았어. 구름이 천둥소리를 내고 먼지 폭풍을 만드는 수백만 개의 발을 가려 주었지. 포니 빌이 욕설을 하며 내 팔을 때리는 것이 느껴졌단다. 하지만 나는 그 구름이나 구름 안에 숨어 있는 강력한 힘을 납 조각 따위로 건드리지 않았다는 사실이 기쁘기만 했단다. 그저 그대로 서서, 들소들이 영원토록 만들어 내는 폭풍, 그리고 그 안에 숨어 있는 시간의 덩어리를 바라보고만 싶었단다.

한 시간, 세 시간, 여섯 시간. 그렇게 폭풍은 나보다 친절하지 않은 사람들이 기다리고 있을 지평선을 향해 지나가 버렸단다. 포니 빌은 가 버렸고, 나는 귀가 먹먹한 채로 홀로 서 있었지. 그대로 걸어서 160킬로미터 남쪽에 있는 마을에 도착할 때까지 사람의 목소리는 전혀 들리지 않았고, 나는 그 사실에 만족했단다. 그 천둥소리를 조금 더 오래 간직하고 싶었거든. 아직도 들리는구나. 오늘 같은 여름날 오후에, 호수 위로 비구름이 맺힐 때마다. 두렵고 경이로운 소리였지…… 너희들도 들었으면 싶은 소리구나……”

프리리 대령의 코를 희미한 빛이 반쯤 뚫고 들어왔다. 하얀 자기로 만든 커다란 그릇 안에, 매우 연하고 미지근한 오렌지색 차가 담겨 있는 듯한 모습이었다.

“잠든 거야?” 마침내 더글러스가 물었다.

“아니.” 찰리가 말했다. “그냥 재충전하고 계시는 거야.”

프리리 대령은 마치 한참을 달려온 듯 가쁜 숨을 몰아쉬었다. 마침내 그는 눈을 떴다.

“대령님!” 찰리가 감탄하듯 말했다.

“안녕, 찰리.” 대령은 영문을 모르겠다는 듯 소년들을 보며 웃어 보였다.

"얘는 더그고 얘는 존이에요." 찰리가 말했다.

"안녕, 얘들아."

소년들도 인사를 했다.

"하지만, 그건 대체 어디," 더글러스가 말했다.

"세상에, 너 바보 아니야!" 찰리가 더글러스를 찔렀다. 그리고 그는 대령을 돌아보았다. "말씀 중이셨죠, 대령님?"

"그랬던가?" 노인이 중얼거렸다.

"남북전쟁은 어때." 존 허프가 조용히 제안했다. "남북전쟁도 기억하시려나?"

"기억이 나던가?" 대령이 말했다. "오, 기억이 나는구나, 기억나!" 그는 다시 눈을 감았고, 그의 목소리가 떨리기 시작했다. "전부 기억나는구나! 딱 하나…… 내가 어느 쪽에서 싸웠는지만 빼고……"

"제복 색깔을 떠올려 보시면," 찰리가 입을 열었다.

"색깔은 계속 변한단다." 대령이 속삭였다. "갈수록 흐릿해지거든. 나와 함께 있는 병사들은 보이지만, 한참 전부터 이 친구들의 외투나 모자 색깔은 보이지 않았어. 나는 일리노이에서 태어나 버지니아에서 자랐고, 뉴욕에서 결혼을 하고 테네시에 집을 지은 다음, 이제는 자비로우신 신의 도움으로 말년을 그린타운에 돌아와 보내는 중이란다. 그러니 왜 색이 흐릿해지고 섞이는지 알겠지……"

"하지만 어느 쪽의 고지에서 싸웠는지는 기억하실 거 아녜요?" 찰리는 목소리를 높이지 않았다. "해가 왼쪽에서 뜨던가요, 오른쪽에서 뜨던가요? 캐나다를 향해 행군했나요, 멕시코를 향해 행군했나요?"

"어떤 날 아침에는 내 오른손 쪽에서 떠오르고, 어떤 날 아침에는 왼쪽 어깨 위로 떠올랐던 것 같구나. 우리는 사방으로 행군했어. 이제 거의 70년이 지났단다. 그렇게 오래전의 태양이나 아침은 금세 까먹게 되지."

"이겼던 기억은 나시겠죠? 어딘가의 전투에서 이겼던 기억은요?"

"아니." 노인은 아주 낮은 목소리로 말했다. "언제든 어디서든 누가 이겼던 기억은 나지 않는구나. 전쟁은 이기는 것이 아니란다, 찰리. 항상 지기만 하다가, 마지막에 지는 쪽에서 협정을 제안하는 거지. 내가 기억하는 것은 패배와 슬픔뿐이고, 좋았던 것이라고는 전쟁이 끝났던 것뿐이란다. 전쟁이 끝나는 것 자체만으로도 승리라고 할 수 있단다, 찰리. 총하고는 아무 관계 없는 일이야. 하지만 그건 너희들이 나한테서 듣고 싶어 하는 종류의 승리는 아닐 것 같구나."

"앤티텀. 앤티텀 전투에 대해 좀 여쭤 봐." 존 허프가 말했다.

"거기에도 있었지."

소년들의 눈이 밝아졌다. "불런, 불런 전투에 대해 여쭤 봐……"

"거기에도 있었지." 나직한 목소리.

"샤일로는 어땠어요?"

"내 인생에서 지금까지, 단 한 번도 빼놓지 않고 매년, 그런 아름다운 이름을 오직 전쟁 기록에서만 찾아볼 수 있다니 정말 아쉬운 일이라고 생각하지 않은 적이 없단다."

"샤일로는 그럼 됐어요. 섬터 요새는요?"

"첫 번째 포연이 피어오르는 모습을 보았지." 꿈꾸는 듯한 목소리였다. "너무 많은 것들이 생각나는구나. 아, 너무 많은 것들이. 노래가 기억나는구나. '포토맥 강 가는 고요하네, 병사들이 평화롭게 꿈꾸고 있는 그곳은. 청명한 가을의 달빛에, 모닥불의 불빛에, 줄지어 있는 천막

들이 반짝이는구나.' 기억이 나, 기억이…… '포토맥 강 가는 고요하
네. 강물 흐르는 소리밖에 들리지 않는구나. 죽은 이의 얼굴에 이슬이
방울져 맺히면, 그 사람은 이제 영원한 휴가를 떠났다네!'* ……항복
한 후에 링컨 씨는, 백악관의 발코니에 서서 군악대에 그 노래를 연주
하라고 명령했단다. '눈을 돌려요, 눈을 돌려요, 눈을 돌려요, 딕시랜드
로……'** 그리고 어느 날 밤에, 앞으로 천 년은 더 부를 노래를 쓴 보
스턴의 숙녀분도 있었지. '주께서 재림하시는 영광이 나의 눈에 보이
네. 모아 두신 분노의 포도를 짓밟으며 오시네.'*** 늦은 밤이면 내 입
은 다른 시절의 노래로 돌아가기도 한단다. '딕시의 기병대들이여! 남
부의 해안을 지키는……'****, '우리 아이들이 승리하여 고향으로 돌아
오면, 형제여, 그들에게 월계관을 안겨 주도록 하자……'***** 양쪽 모
두 수많은 노래를 불렀단다. 밤바람을 타고 북쪽으로, 남쪽으로 끊임
없이 전해졌지. '우리가 지금 갑니다, 에이브러햄 아버지, 30만 명의
병사가……'******, '오늘 밤 야영을 하네, 야영을 하네, 오래된 야영지
터에서'*******, '만세, 만세, 우리가 희년을 불렀다, 만세, 만세, 우리를
자유롭게 하는 깃발이여……'********"

노인의 목소리가 잦아들었다.

소년들은 한참을 꼼짝도 하지 않고 앉아 있었다. 그러다 찰리가 고

* 〈포토맥 강 가는 고요하네〉. 남군 군가.
** 〈딕시〉. 남부 연합의 군가.
*** 〈공화국 전투찬가〉. 북군 군가.
**** 〈딕시의 기병대들이여〉. 남군 군가.
***** 〈우리 깃발을 위해 잠든 이들에게〉. 남군 군가.
****** 〈우리가 갑니다, 에이브러햄 아버지〉. 북군 군가.
******* 〈오래된 야영지 터에서 야영을 하네〉. 북군 군가.
******** 〈조지아 행진곡〉. 북군 군가.

개를 돌려 더글러스를 바라보며 말했다. "자, 그래서, 이 사람이 맞는 것 같아, 아닌 것 같아?"

더글러스는 두 번 숨을 내쉬고는 말했다. "맞는 게 분명하네."

대령이 눈을 떴다.

"내가 분명 뭐라는 게냐?" 그가 말했다.

"타임머신요." 더글러스가 중얼거렸다. "타임머신."

대령은 5초 동안 아이들을 물끄러미 바라보았다. 이제는 그의 목소리 쪽이 경외심으로 가득 차 있었다.

"너희들은 나를 그렇게 부르는 거냐?"

"네, 대령님."

"네, 대령님."

대령은 천천히 다시 자리에 앉아서는 아이들을 보고, 자신의 손을 보고, 그들 뒤편의 텅 빈 벽을 멍하니 바라보았다.

찰리가 자리에서 일어섰다. "저기, 저희는 이제 가 봐야 할 것 같아요. 안녕히 계세요. 고맙습니다, 대령님."

"뭐라고? 아, 그래, 잘 가거라, 얘들아."

더글러스와 존과 찰리는 살금살금 문으로 나갔다.

프리리 대령은, 아이들이 자신의 시선 앞을 가로질러 갔음에도, 그들이 가는 모습을 보지 못했다.

거리로 나온 소년들은 위쪽 2층 창문에서 누군가가 소리치는 바람에 깜짝 놀라고 말았다. "어이!"

그들은 위를 올려다보았다.

"네, 대령님?"

대령이 창문으로 몸을 내밀고 한쪽 팔을 흔들고 있었다.

"너희들이 말한 것을 생각해 봤단다, 얘들아!"

"네, 대령님?"

"그리고…… 너희 말이 맞아! 왜 예전에는 그런 생각을 못 했는지! 타임머신이라니, 주여 축복하소서. 타임머신이야!"

"네, 대령님."

"잘 가거라, 얘들아. 언제든 타러 와도 좋단다!"

거리 끝에 이르러 다시 돌아보았더니, 대령은 여전히 손을 흔들고 있었다. 소년들은 따뜻하고 행복한 기분이 되어 마주 손을 흔든 다음 계속 걸어갔다.

존이 말했다. "랄랄라. 나는 과거로 12년 이상 돌아갈 수 없다네. 라랄랄라!"

"그래." 찰리가 대답하며 조용한 집 쪽을 돌아보았다. "하지만 어차피 미래로도 100년도 갈 수가 없는걸."

"아니." 존이 말했다. "나는 100년은 갈 수 있을 거야. 그 정도는 돼야 시간 여행이지. 그거야말로 진짜 타임머신이야."

그들은 한동안 아무 말 없이, 각자 자기 발을 내려다보며 걸었다. 그러다 그들은 울타리 앞에 도착했다.

"마지막으로 넘어오는 녀석은 계집애다." 더글러스가 말했다.

그들은 집에 도착할 때까지 더글러스를 '도라'라고 불렀다.

여름이 달려가는 소리
The Sound of Summer Running

그날 밤 늦은 시간, 어머니와 아버지와 동생 톰과 함께 영화를 보고 돌아오는 길에, 더글러스는 상점 창문의 조명 속에서 테니스화를 보았다. 그는 서둘러 시선을 돌렸지만, 이미 발목은 붙들리고 발바닥은 땅에 들러붙은 후였다. 다시 발이 움직였다. 땅이 빙글 돌았다. 가게의 차양이 달려가는 소년의 머리 위에서 캔버스 천 날개를 퍼덕였다. 어머니와 아버지와 동생은 소년의 양옆에서 조용히 걷고 있었다. 더글러스는 걸음을 옮기면서도, 고개를 뒤로 돌리고 한밤중의 상점 창문에 남겨 놓고 온 테니스화를 바라보고 있었다.

"좋은 영화였어." 어머니가 말했다.

더글러스는 중얼거렸다. "그러게요……"

6월이었고, 벽을 타고 흘러내리는 여름 빗방울만큼이나 조용한, 특별한 신발을 사기에는 시간이 한참 지나 있었다. 6월의 대지는 순수한 힘으로 가득했고, 모든 곳의 모든 것들이 생기를 얻어 움직이고 있었다. 푸른 기운이 여전히 교외 지역에서 쏟아져 들어오며, 보도 주변을 포위하고, 집을 옭아매고 있었다. 도시는 언제든 전복될 것만 같았다. 그대로 무너진 다음, 토끼풀과 잡초 속에서 꿈틀대지도 못하게 될 것이다. 그리고 더글러스는 바로 이곳에서, 죽은 시멘트와 붉은 벽돌이 깔린 도로에 사로잡힌 채, 제대로 움직일 수도 없는 상태였다.

"아빠!" 소년이 갑자기 입을 열었다. "저기 상점 진열장에요, 크림 스펀지 파라 라이트풋 신발이 있는데……"

소년의 아버지는 고개를 돌리지도 않았다. "그러면 네게 새 운동화가 필요한 이유를 설명해 보거라. 할 수 있겠니?"

"그건……"

여름이 찾아올 때마다, 처음으로 신발을 벗고 풀밭 위를 달릴 때와 같은 느낌이기 때문이다. 겨울철 따뜻한 이불 속에서 발을 내밀어서 열린 창문을 통해 불어오는 차가운 바람을 맞는 느낌, 한동안 그렇게 있다가 다시 이불 속으로 발을 들여놓고는 눈 뭉치같이 차가운 발을 어루만질 때와 같은 느낌이기 때문이다. 테니스 신발은 매년 새로운 느낌이 든다. 느릿하게 흐르는 계곡물에 발을 담그고, 자신의 진짜 모습은 물 위에 있는 채로, 빛의 굴절로 인해 1센티미터 하류에 있는 것처럼 보이는 자신의 발을 내려다보는 느낌과도 같았다.

"아빠, 그건 말로 설명하기가 힘들어요." 더글러스가 말했다.

그 방법은 모르겠지만, 테니스 신발을 만드는 사람들은 소년들이 무엇을 필요로 하는지를, 무엇을 원하는지를 정확하게 알고 있었다. 신발 밑창에는 마시멜로와 용수철을 넣고, 나머지는 표백한 풀잎으로 엮어서 자연 속에서 달군다. 신발의 부드러운 찰흙 동체 속 어딘가에는 가늘고 질긴 수사슴의 힘줄이 숨어 있었다. 신발을 만드는 사람들은 분명 나무 사이를 스치고 지나가는 바람을, 호수로 모여드는 강물을 아주 많이 관찰했을 것이다. 그 정체가 무엇인지는 몰라도, 신발 안에 있는 그 존재는 분명 여름 그 자체였다.

더글러스는 이 모든 것들을 말로 표현하려고 시도해 보았다.

"그렇구나." 아버지는 말했다. "하지만 작년의 운동화는 뭐가 문제인 게냐? 그냥 옷장에서 운동화를 꺼내기만 하면 되는 것 아니냐?"

글쎄, 소년은 1년 내내 테니스 신발만 신고 다니느라 발에서 겨울을 떨어낸다는 일이 어떤 것인지 모르는 캘리포니아의 소년들을 동정했다. 비와 눈으로 가득한 무거운 가죽 신발을 벗어 던지고, 맨발로 하루 종일 뛰어다닌 다음, 맨발보다 더 나은 신상품 테니스 신발을 처음 신는 기분이 어떤지 그 아이들은 모를 테니까. 마법은 항상 새 신발 속에만 깃들어 있었다. 9월이 찾아오면 마법은 죽어 사라진다. 하지만 아직 6월 하순이니 여전히 마법은 꽤나 남아 있었고, 이런 신발을 신으면 나무와 강과 집들을 뛰어넘을 수 있을 터였다. 그리고 원한다면, 울타리와 보도와 개들도 뛰어넘을 수 있었다.

"모르시겠어요? 작년 신발은 도저히 신을 수가 없다고요." 더글러스가 말했다.

작년의 신발은 그 내면이 죽어 있으니까. 작년에 처음 신었을 때는 괜찮았다. 하지만 매년 여름의 끝이 다가오면, 항상 그것을 신고는 더 이상 강과 나무와 집을 뛰어넘을 수 없다는 사실을 깨닫게 된다. 그러면 그 신발은 죽은 것이다. 그러나 언제나 새해는 찾아오기 마련이고, 그럴 때면 그는 새로운 신발을 신게 되면 말 그대로 뭐든지 할 수 있을 것이라고 느꼈다.

그들은 집 현관 계단을 올라가기 시작했다. "저금을 해라. 대여섯 주
정도만 돈을 모으면," 아빠가 말했다.

"여름이 끝날 거라고요!"

불이 꺼졌고, 톰은 잠들었고, 더글러스는 달빛 속에서 저 멀리 침대
반대쪽 끝에 있는 자신의 발을 바라보고 있었다. 무거운 쇠로 된 신발
을 벗어 던지고, 큼지막한 겨울의 조각을 떨어낸 자신의 발을.

"이유. 신발이 필요한 이유가 필요해."

글쎄, 모두가 알고 있듯이, 마을 주변의 언덕은 소를 놀라게 하러 다
니고, 날씨를 측정하기 위한 기압계를 가지고 놀고, 일광욕을 하며 더
많은 햇빛을 받기 위해 달력처럼 매일 껍질을 벗어 던지는 친구들로
가득했다. 그런 친구들을 따라잡기 위해서는 여우나 다람쥐보다 더
빨리 달릴 수 있어야 했다. 마을에는 열기 때문에 짜증이 심해져서, 겨
울철의 말다툼이나 욕설을 생생하게 떠올리게 하는 적들이 가득했다.
친구를 찾고, 적들을 피하세요! 크림 스펀지 파라 라이트풋 신발의 표
어가 바로 그것이었다. 세상이 너무 빨리 움직이나요? 항상 경계하고
계셔야 하나요? 그렇다면 라이트풋을 선택하세요! 라이트풋!

소년은 저금통을 들어 올리고는 그 안에서 들리는 희미한 짤랑거림
에, 텅 빈 동전의 무게에 귀를 기울였다.

무엇을 원하든 스스로 해결해야만 한다고, 소년은 생각했다. 이제
밤이 되었으니 숲 속의 오솔길을 찾아봐야지……

마을 중심가에서는 상점의 불빛이 하나씩 꺼지고 있었다. 창문으로
바람이 불어왔다. 하류로 흘러가는 강물, 그리고 그와 함께 흘러가고
싶은 그의 발과도 같은 바람이었다.

꿈속에서, 소년은 길게 자란 따뜻한 풀밭 속에서 달리고 달리고 또 달리는 토끼의 소리를 들었다.

샌더슨 노인은 자신의 신발 가게 안을 천천히 거닐며, 애완동물 가게의 주인이 사육장 속에 있는 온갖 세계의 동물들을 쓰다듬고 지나가듯이 신발들을 슬쩍 만지며 지나갔다. 샌더슨 씨는 진열장의 신발들을 손으로 쓸어 주었고, 그들 중 일부는 고양이처럼, 일부는 개처럼 그의 손길에 반응했다. 그는 애정을 담아 모든 신발들을 어루만졌다. 신발 끈을 매만지고, 발등을 덮어 주는 혀를 바로잡았다. 그리고 그는 정확하게 깔개 가운데에 서서, 고개를 끄덕이며 주변을 둘러보았다.

다가오는 우렛소리가 들렸다.

조금 전만 해도, 샌더슨의 신발 가게 정문은 텅 비어 있었다. 다음 순간, 더글러스 스폴딩이 어색한 표정으로 그곳에 서서, 자신의 가죽 신발이 시멘트에서 뽑아낼 수 없는 무거운 물건이라도 되는 양 바라보고 있었다. 그의 신발이 멈추자 우렛소리도 멈추었다. 그리고 이제, 고통스러울 정도로 느리게, 자신의 꽉 쥔 손안에 들어 있는 돈에서 시선을 뗄 엄두도 내지 못하며, 더글러스는 토요일 한낮의 밝은 햇빛 속에서 걸어 나왔다. 그는 계산대 위에 조심스레 5센트, 10센트, 25센트 동전들을 쌓아 놓았다. 마치 체스를 두며 다음 수 때문에 자신이 햇살 속으로 나가게 될지, 그림자 속으로 깊이 빠지게 될지 걱정하는 듯한 모습이었다.

"말할 필요 없다!" 샌더슨 씨가 말했다.

더글러스는 얼어붙었다.

"먼저, 나는 네가 뭘 사고 싶은지 알고 있다." 샌더슨 씨가 말했다.

"두 번째로, 매일 오후 창문으로 널 보았지. 내가 보지 못하고 있는 줄 알았니? 잘못 생각한 거야. 세 번째로, 그 이름을 전부 읊어 보자면, 너는 로열 크라운 크림 스펀지 파라 라이트풋 테니스 신발을 사고 싶은 거지. '당신의 발을 멘톨처럼 매만져 줘요!' 말이다. 네 번째로, 너는 지금 외상을 원하는 거지."

"아니에요!" 더글러스는 마치 꿈속에서 밤새 뛰어다닌 사람처럼 숨을 몰아쉬며 말했다. "외상보다 더 나은 걸 제안하려는 거예요!" 소년은 숨을 헐떡였다. "샌더슨 아저씨, 일단 한 가지 작은 부탁을 드려도 될까요. 아저씨가 마지막으로 라이트풋 운동화를 직접 신어 보신 적이 언제인지 기억하시나요?"

샌더슨 씨의 표정이 어두워졌다. "아, 10년, 20년, 아니, 30년은 되었겠지. 그런데 그건 왜……?"

"샌더슨 아저씨, 아저씨의 고객들을 위해서, 적어도 아저씨가 파는 테니스 신발을 한 번이라도, 1분이라도 신어서 그 느낌이 어떤지를 알아야 한다는 생각을 해 보신 적은 없으세요? 계속해서 시도를 하지 않으면 잊어버리게 마련이잖아요. 전미궐련상점협회 주인은 궐련을 피우잖아요? 사탕 가게 아저씨도 자기 물건을 맛보고요. 그러니까……"

"너도 이미 알고 있겠지만, 나도 신발을 신고 있단다." 노인이 말했다.

"하지만 운동화는 아니잖아요, 아저씨! 운동화를 칭찬하지 않고 어떻게 팔 수가 있어요? 그리고 신어 보지 않은 운동화를 어떻게 칭찬할 수가 있겠어요?"

샌더슨 씨는 한 손으로 턱을 받친 채로, 열정적으로 소리치는 소년에게서 조금 물러섰다. "글쎄다……"

더글러스는 말했다. "샌더슨 씨, 아저씨가 물건을 팔아 주시면, 저도 그만큼 값어치 있는 뭔가를 아저씨한테 팔게요."

"애야, 내가 운동화를 신어 보는 일이 운동화를 팔기 위해 반드시 필요하다는 게냐?" 노인이 말했다.

"꼭 그래 주셨으면 좋겠어요!"

노인은 한숨을 쉬었다. 잠시 후, 노인은 나직하게 헐떡이며, 자신의 길고 가는 발에 테니스 신발을 신고 끈을 조이고 있었다. 그의 양복 정장의 검은색 바지 밑단과 나란히 보이는 운동화는 너무도 동떨어지고 이질적으로만 보였다. 샌더슨 씨는 자리에서 일어섰다.

"느낌이 어때요?" 소년이 물었다.

"느낌이 어떠냐니, 고작 그런 걸 물어보는 거냐. 꽤나 괜찮구나." 그는 다시 자리에 앉았다.

"제발요!" 더글러스가 손을 내밀어 제지했다. "샌더슨 아저씨, 이제부디 잠시 몸을 앞뒤로 흔들면서, 완충재의 느낌을, 발을 밀어 올리는 느낌을 느껴 줄 수 있으세요? 제가 나머지를 말씀드리는 동안만요. 바로 이거예요. 제가 돈을 드리고, 아저씨는 저한테 신발을 주시고, 저는 1달러 외상을 지는 거죠. 하지만 샌더슨 아저씨, 제가 이 신발을 신는 바로 그 순간, 무슨 일이 벌어질지 알고 계세요?"

"뭐가 벌어지는데?"

"씽! 아저씨의 물건을 배달해 드리고, 물건을 받아 오고, 커피도 가져다 드리고, 쓰레기도 태우고, 우체국으로, 전신국으로, 도서관으로 달려갈 거예요! 1분에 열두 번씩 제가 가게를 들락거리는 모습을 보게되실 거예요. 이 신발을 느껴 보세요, 샌더슨 아저씨. 저 신발로 제가 얼마나 빠르게 움직일 수 있을지 느낄 수 있으세요? 그 안의 용수철을 사용해서요? 그 안에 얼마나 많은 뜀박질이 깃들어 있는지 느껴지세요? 그 운동화가 어떻게 발을 사로잡아서, 절대 떨어지지 않고, 그저 그곳에 서 있도록 놔두지 않을지 느껴지세요? 아저씨한테 귀찮은 일들을 제가 얼마나 빠르게 처리할 수 있을지 느껴지세요? 아저씨는 시원한 가게 안에 계시고, 저는 온 마을을 뛰어 돌아다니는 거예요! 하지만 그건 제가 아니라, 이 신발이 하는 일이에요. 이 신발이 미친 듯이 골목을 달려 내려가고, 길모퉁이를 돌고, 다시 돌아오는 거라고요! 신발이 달려가는 거예요!"

샌더슨 씨는 폭포처럼 쏟아지는 소년의 말에 넋을 잃고 서 있었다. 소년의 말이 이해가 되자 그 흐름이 그를 휘감았다. 그는 신발 속으로 깊이 빠져들어, 발가락을 옴찔대고, 발바닥을 굽혀 보고, 발목을 돌려 보기 시작했다. 그는 몰래, 슬쩍, 열린 가게 문으로 들어오는 희미한 산들바람을 타고 몸을 흔들기 시작했다. 양탄자에 깊게 박힌 테니스 신발이 소리 없이 움직였다. 정글의 풀숲을 디디고 있는 것처럼, 탄력 있는 점토에 깊이 박힌 것처럼. 그는 말랑말랑한 뒷굽에 몸무게를 실어, 친절한 대지가 자신의 몸을 충실하게 되튕기는 느낌을 맛보았다. 수많은 색의 불빛이 켜졌다 꺼지는 것처럼, 온갖 감정이 빠르게 그의 얼굴을 스치고 지나갔다. 그의 입이 슬쩍 열렸다. 그는 천천히 앞뒤로 몸을 흔들던 것을 멈추었다. 이내 소년의 목소리도 잦아들었고, 그들은 엄청나고 자연스러운 침묵 속에서 서로를 마주 보며 서 있었다.

뜨거운 태양이 내리쬐는 가게 밖의 보도로 행인 몇 명이 지나갔다.

그러나 노인과 소년은 여전히 그곳에 서 있었다. 소년은 환하게 웃으며, 노인은 얼굴에 깨달음이 드러난 채로.

"애야." 노인이 마침내 입을 열었다. "5년 후에 말이다, 우리 가게에서 신발 파는 일을 하는 것은 어떻겠느냐?"

"세상에, 고맙습니다, 샌더슨 아저씨. 하지만 저는 아직 나중에 뭐가 될지 정하지 못했어요."

"네가 바라는 거라면 뭐든 될 게다, 얘야." 노인이 말했다. "꼭 될 수 있을 게야. 누구도 너를 막을 수 없을 게다."

노인은 가벼운 걸음으로 가게를 가로질러 수천 개의 상자가 쌓여 있는 벽으로 가서, 소년을 위해 신발을 몇 켤레 가져온 다음, 종이에 목록을 적어 내려갔다. 소년은 발에 신은 신발의 끈을 조이고는 그곳에서 기다리며 서 있었다.

노인은 목록을 내밀었다. "네가 오늘 오후에 해야 하는 일이 열 가지 정도 된다. 이걸 다 끝내면 거래가 끝나는 게다, 스티븐. 그러고 나면 너는 해고야."

"고맙습니다, 샌더슨 아저씨!" 더글러스는 그대로 튀어 나갔다.

"잠깐!" 노인이 소리쳤다.

더글러스는 걸음을 멈추고 뒤를 돌아보았다.

샌더슨 씨가 몸을 앞으로 기울였다. "기분이 어떠냐?"

소년은 강물 깊이 드리운, 밀밭 속에 묻힌, 이미 바람을 타고 마을을 빠져나가고 있는 자신의 발을 바라보았다. 소년은 불타는 눈으로 노인을 올려다보며 입을 뻐끔거렸지만, 소리는 전혀 새어 나오지 않았다.

노인은 소년의 얼굴과 신발을 번갈아 바라보며 말했다. "사슴? 영양이 된 것 같으냐?"

소년은 그 말을 곱씹어 보고는, 잠시 머뭇거리다, 이윽고 서둘러 고개를 끄덕였다. 그리고 거의 즉시 소년은 사라졌다. 뭐라고 중얼거리면서 그대로 몸을 돌려 떠났다. 가게 문간은 텅 비었다. 테니스 신발의 소리가 정글의 열기 속으로 사라져 갔다.

샌더슨 씨는 햇빛이 이글거리는 문간에 서서, 귀를 기울였다. 그리고 먼 옛날, 그가 소년이었던 시절 들었던 바로 그 소리를 기억해 냈다. 아름다운 짐승들이 하늘 아래에서 뛰놀며, 풀숲을 헤치고, 나무 아래를 지나쳐 멀어져 가며, 오직 부드러운 메아리만을 남기며 뛰어가던 소리를.

"사슴. 그래. 영양." 샌더슨 씨가 말했다.

그는 소년이 두고 간 겨울 신발을 집어 들기 위해 몸을 굽혔다. 이미 잊어버린 비와 한참 전에 녹아 버린 눈 때문에 무거운 신발이었다. 뜨거운 햇살을 피해, 가볍게, 부드럽게, 천천히 걸음을 옮기며, 노인은 문명의 세계로 돌아가기 시작했다……

다양한 장르 문법 속에서 인간의 본질을 고찰하다

레이 브래드버리에 대한 첫 기억은 중학교 시절로 거슬러 올라간다.

당시 Sci-Fi 채널에서는 1980년대에 잔뜩 만들어진 조잡한 화질과 특수효과를 자랑하는 드라마나 텔레비전용 영화를 온종일 틀어 주곤 했는데, 그중 묘한 프로그램이 하나 있었다. 30분 남짓한 옴니버스 형식의 드라마는 매번 황당할 정도로 내용에 일관성이 없었다. 공룡 사냥과 타임머신 이야기에, 자신의 복제품에게 자리를 빼앗기는 중년 남성 이야기, 지문을 지우려고 온 집 안을 몸으로 문대고 다니는 남자와, 비 조금 맞았다고 정신이 나가 버리는 의지박약 군인들의 이야기까지.

그리고 그런 이야기들이 시작하기 전에는 항상, 두꺼운 안경을 쓴 백발 남자가 구식 승강기를 타고 올라가 온갖 골동품과 사진과 잡동

사니로 가득한 비좁은 서재로 들어서는 오프닝 영상이 들어갔다. 때로는 방으로 들어가는 모습에서 끝나고, 때로는 그날의 이야기에 대해 어눌한 말투로 몇 마디 설명을 시도하기도 했다. 그리고 때로는, 정면을 보고 책상에 앉아서는, 이걸 도저히 어찌해야 할지 모르겠다는 표정으로 엉망진창인 서재를 둘러보기도 했다. 그리고 목소리가 말한다. 이곳이 자신의 모든 착상이 나온 곳이라고, 여기가 〈레이 브래드버리 극장〉이라고.

시간이 흐르며 그의 단편소설을 글로 접하고, 예상 외의 유려한 문체에 당황하면서도 다시 한 번 감탄하고, 『화씨 451』이라는 충격을 접하는 와중에서도, 내 마음속의 브래드버리는 항상 어린 시절에 보던 어색한 특수효과로 가득한 드라마의 작가로, 두꺼운 검은 안경 속에서 어눌한 표정으로 서재를 둘러보던 백발의 노인으로 남아 있었다.

아마 그 때문에, 2012년 들려온 그의 타계 소식이 다른 어떤 유명인의 죽음보다도 더 기묘한 느낌으로 다가온 것이 아니었을까 싶다. 그가 왕성하게 활동한 반세기 동안 책과 라디오와 텔레비전으로 그의 이야기를 접했던 다른 수많은 독자들 역시 이와 비슷한 느낌을 받았을 것이라 생각한다. 이 자리를 빌려 삼가 고인의 명복을 빈다.

레이 브래드버리의 문필 활동은 다양함 그 자체였다. 형식으로 따지자면 단편소설과 장편소설, 시, 에세이, 희곡, 동화, 영화나 텔레비전 시리즈의 각본에 이르기까지 손대지 않은 것이 없다. 심지어 자신의 작품이 영상화될 때에도 각본 작업에 참여하는 경우가 많았으며, 결국에는 직접 제작에 참여하는 지경에까지 이른다. 하지만 브래드버리를 대표하는, 가장 두각을 나타내는 분야는 역시 단편소설이다. 가히 '단편의 제왕'이라는 수식어가 부족하지 않은 사람으로, 평생 쓴 단편이 300여 편, 단편집만 해도 (수록 작품이 겹치기는 하지만) 25권이 넘는다. 장편소설 중에서도 『화성 연대기』나 『민들레 와인』 등의 작품은 서로 다른 시기에 쓴 단편과 중편을 모아 하나의 소설을 구성하는 형식을 취하고 있기도 하다.

흔히 『화씨 451』이나 『화성 연대기』 등의 대표작 때문에 SF 작가라는 인식이 강하지만(사실 『화성 연대기』의 경우에는 작가 본인이 "SF가 아니다"라고 주장하기도 했다. 실제로 존재할 수 없는 일이니 환상 소설로 분류해야 한다는 것이다), 브래드버리는 자신의 작품에서 온갖 장르와 소재와 배경을 넘나든다. 이 단편선에서는 그런 작가의 일면을 엿볼 수 있다. 공룡과 우주선, 요정과 마법사, 비 내리는 금성과 일리노이 주의 평화로운 마을이 같은 책 속에 공존한다. 인종 문제가 등장하고, 살인 사건이 등장하고, 운동화가 필요해 몸이 달뜬 소년이 등장한다. 그리고 그 모든 생경하거나 익숙한 소재들은 놀라운 상상력과 아름다운 문장을 통해 독자의 마음속에 잔잔한 감동을 일깨운다.

이는 아마도 브래드버리가 다른 무엇보다 인간을 사랑하고, 인간에 대해 깊이 숙고하였으며, 어떤 시대, 어떤 장소를 배경으로 하여도 인간의 본질을 그리고자 하는 작가였기 때문일 것이다. 그의 작품 속에서, 시대가 흐르고 장소가 바뀌어도 인간의 본질은 변하지 않는다. 같은 고민을 하고 같은 실수를 저지르며 같은 감정에 휩싸인다. 그리고 브래드버리는 그런 인간의 모습을 진솔하고 애정 어린 눈길을 통해, 때로는 따뜻하게, 때로는 고통스러울 정도로 단호하게 그려 내보이고 있다.

단순히 한 시대를 대표하는 장르문학 작가가 아니라, 시대의 한계를 뛰어넘어 인간 본연의 모습을 성찰하는 단편 작가로서, 레이 브래드버리 또한 에드거 앨런 포나 오 헨리 등의 선배 작가들과 어깨를 나란히 할 수 있지 않을까.『화성 연대기』나『화씨 451』로 브래드버리를 접한 독자들도, 이번 단편선을 통해 작가의 새로운 모습을 확인할 수 있길 바란다.

단편집『태양의 황금 사과』는 1953년에 처음 출간되었으며, 당시에는 1945년에서 1953년에 걸쳐 발표한 22편의 단편이 수록되어 있었다. 이후 1990년 밴텀 출판사에서 브래드버리 단편선을 구상하면서, 해당 단편집에 다른 단편집『R는 로켓의 R』(1962)의 수록 작품을 덧붙여 총 32편으로 구성했고, 1997년에 다시『태양의 황금 사과』라는 제목을 붙여 재출간을 했다. 이 책의 번역에는 1997년 판본을 사용했다. 수록 작품은 1943년에서 1957년까지 발표된 작품들이다.

1920   8월 22일, 일리노이 주 워키건에서 전화선 수리공인 아버지와 스
웨덴 이민자 출신 어머니 사이에서 태어났다. 브래드버리는 이 미
시간 호반의 고향 마을을 깊이 사랑했으며, 자신의 여러 작품에서
'그린타운'이라는 이름으로 등장시킨다.

1931   처음으로 단편소설을 쓰기 시작했다. 4~5년에 걸쳐 아버지의 직
업 문제로 애리조나 주 투손과 워키건을 오가며 생활했다.

1934   캘리포니아 주 로스앤젤레스에 정착하고 안정된 생활에 접어들었
다. 브래드버리에게 할리우드는 동경의 땅이었다. 고등학교 진학
후에는 연극부에 들어가 배우를 꿈꾸었으나, 한 교사가 문학적 재

능을 알아보고 권유하여 문예부 활동도 병행하기 시작했다. 그러면서 작가가 되기로 결심했다.

1938   로스앤젤레스 고등학교를 졸업했다. 길거리 신문 가판대에서 일하며 SF 동호회에 드나들고, 단편소설을 집필하며 자가 팬진을 제작했다. 아마추어 팬진 《이매지네이션!》에 첫 단편 「홀러보첸의 딜레마Hollerbochen's Dilemma」를 발표했다.

1941   《슈퍼 사이언스 스토리스》에 단편 「진자Pendulum」가 게재되어 처음으로 원고료를 받았다.

1943   신문 판매 일을 그만두고 전업 작가가 되기로 결심, 작가의 길에 매진하기 시작했다.

1947   단골 서점의 점원이었던 마거리트 매클루어와 결혼했다. 그녀와는 이후 일생을 함께하는 동반자가 되었는데, 브래드버리는 평생 아내를 제외한 여성과 데이트를 한 적이 한 번도 없다고 직접 밝히기도 했다. 첫 단편집 『다크 카니발Dark Carnival』을 펴냈다.

1950   연작소설 『화성 연대기The Martian Chronicles』를 펴냈다.

1951   단편집 『일러스트레이티드 맨The Illustrated Man』을 펴냈다.

1953   장편소설 『화씨 451Fahrenheit 451』과 단편집 『태양의 황금 사과』를

퍼냈다.

1957	연작소설 『민들레 와인*Dandelion Wine*』을 펴냈다.
1962	장편소설 『사악한 존재가 이리로 온다*Something Wicked This Way Comes*』와 단편집 『R는 로켓의 R』를 펴냈다.
1965	자신의 단편소설 세 편을 희곡으로 개작하여 할리우드 코로넷 극장에서 초연했다. 브래드버리는 이후로도 자신의 작품을 꾸준히 연극 무대에 올린다.
1966	단편집 『S는 우주의 S*S is for Space*』를 펴냈다.
1985	케이블 텔레비전에서 자신의 작품을 영상화한 〈레이 브래드버리 극장*The Ray Bradbury Theater*〉을 제작했다. 〈레이 브래드버리 극장〉은 1992년까지 총 6시즌에 걸쳐 65편의 에피소드가 방영되었다.
1994	텔레비전 애니메이션 〈핼러윈 트리*The Halloween Tree*〉로 주간 에미상 각본 부문을 수상했다.
1999	뇌졸중으로 거동이 불편해졌다. 휠체어에 의존하면서도 꾸준히 집필 활동을 하고 SF 컨벤션에도 참석하여 독자들과 만났다.
2000	전미도서재단 평생공로상을 수상했다.

2003   부인 마거리트가 사망했다.

2004   미국예술훈장을 수상했다.

2006   마지막 장편소설 『작별의 여름_Farewell Summer_』을 펴냈다. 일리노이
        주 그린타운을 무대로 하는, 자전적 성격이 강한 소설이다.

2012   투병 끝에 6월 5일, 로스앤젤레스에서 사망했다. 향년 91세였다.
        고인이 미리 준비해 둔 묘비에는 '레이 브래드버리, 『화씨 451』의
        작가'라는 비문이 새겨졌다.

세계문학 단편선을 펴내며

세상의 모든 이야기는 단편으로 시작되었다. 성서와 그리스 신화를 비롯해 인류의 많은 신화와 설화는 단편의 형식으로 사물의 기원, 제도와 금기의 탄생, 운명이라는 이름의 삶의 보편적 형식을 설명했다.

〈세계문학 단편선〉은 모든 산문의 형식 중 가장 응축적이고 예술성이 높은 단편소설에 포커스를 맞추어 세계문학을 바라보는 새로운 관점을 제시하고자 한다. 단편소설을 언급할 때 빼놓을 수 없는 작가들의 작품들은 물론이고, 한두 편의 장편소설로만 우리에게 알려진 세계적 작가들이 남긴 주옥같은 단편들을 통해 대가의 진면모를 총체적으로 바라볼 수 있게 할 것이다. 또한 우리에게 문학의 변방으로 여겨져 왔던 나라들의 대표적 단편 작가들도 활발히 소개할 것이며 이미 순문학과의 경계가 불분명해진 장르문학의 형성과 발전에 크게 기여한 작가들의 작품 역시 새롭게 조명해 나갈 것이다.

에드거 앨런 포는 문학작품은 독자가 앉은자리에서 다 읽을 수 있을 정도로 짧아야 한다고 했다. 바쁜 일상의 삶을 사는 현대인들에게 〈세계문학 단편선〉은 삶과 사회, 나아가 세계를 바라볼 수 있게 하는 더할 나위 없이 좋은 친구가 될 것이라 확신한다.

21세기인 현재에 이르기까지 단편소설은 그리스 신화가 그러했듯이 삶의 불변하는 조건들을 응축된 예술적 형식으로 꾸준히 생산해 왔다. 그리고 새로운 문학적 기법과 실험적 시도를 통해 단편소설은 현재도 계속 진화, 확장되고 있다. 작가의 치열한 예술적 열정이 가장 뜨겁게 반영된 다양한 개성으로 빛나는 정교한 단편들을 통해 문학의 진정한 존재 이유를 독자들이 느낄 수 있기를 소망하며 이번 〈세계문학 단편선〉을 펴낸다.

현대문학 편집부

H 세계문학 단편선

※ 〈세계문학 단편선〉은 계속 출간됩니다.

레이 브래드버리

초판 1쇄 펴낸날 2015년 7월 24일
초판 7쇄 펴낸날 2025년 2월 5일

지은이 레이 브래드버리
옮긴이 조호근
펴낸이 김영정

펴낸곳 (주)현대문학
등록번호 제1-452호
주소 06532 서울시 서초구 신반포로 321(잠원동, 미래엔)
전화 02-2017-0280
팩스 02-516-5433
홈페이지 www.hdmh.co.kr

ISBN 978-89-7275-723-8 04840
세트 978-89-7275-672-9

* 책값은 뒤표지에 있습니다.
* 파본은 구입처에서 교환해 드립니다.